Amor verdadeiro

Jude Deveraux

Amor verdadeiro

Tradução
Ebréia de Castro Alves

essência

Título original: *True Love*
Esta tradução foi publicada em acordo com Ballantine Books, um selo da Random House, uma divisão da Random House LLC.

Preparação: Fernanda França
Revisão: Valquíria Della Pozza e Lizete M. Machado
Diagramação: Futura
Capa: Desenho Editorial
Imagem de capa: MilosStankovic / iStockphoto

CIP-BRASIL. CATALOGAÇÃO NA PUBLICAÇÃO
SINDICATO NACIONAL DOS EDITORES DE LIVROS, RJ

D499a

Deveraux, Jude
Amor verdadeiro / Jude Deveraux; tradução Ebréia de Castro Alves. – 1. ed. – São Paulo : Planeta, 2016.

Tradução de: True love
ISBN 978-85-422-0846-7

1. Ficção americana. I. Alves, Ebréia de Castro. II. Título.

16-36177 CDD: 813
CDU: 821.111(73)-3

2016
Todos os direitos desta edição reservados à
EDITORA PLANETA DO BRASIL LTDA.
Rua Padre João Manuel, 100 — 21º andar
Ed. Horsa II — Cerqueira César
01411-000 — São Paulo-SP
www.planetadelivros.com.br
atendimento@editoraplaneta.com.br

Ao mar, eternamente

Prólogo

Jared Montgomery Kingsley

NANTUCKET

— Ela vai chegar na sexta-feira — disse Jared, em resposta à pergunta do avô Caleb —, por isso vou embora antes, e acho que será melhor eu ficar afastado o tempo todo em que ela estiver aqui. Vou conseguir alguém para apanhá-la na balsa. Wes me deve o favor por ter desenhado a planta da sua garagem, então ele pode se encarregar disso. — Jared passou a mão no rosto. — Se ninguém for buscá-la, é bem capaz de ela ficar vagando por um beco e nunca mais ser vista. É possível que algum fantasma a leve.

— Você sempre teve mesmo muita imaginação — disse Caleb. — Mas talvez, neste caso, você pudesse imaginar menos e ser mais gentil. Ou será que isso se tornou fora de moda na sua geração?

— Gentil? — repetiu Jared, reprimindo a raiva. — Essa mulher vai se apossar da minha casa durante um ano inteiro e me obrigar a sair. Da *minha* casa. E isso por quê? Porque, quando menina, ela era capaz de ver fantasmas. Só por essa razão. Minha casa está sendo confiscada porque agora, como adulta, ela possivelmente pode enxergar alguém que outras pessoas não consigam.

Seu tom de voz expressou sua repugnância pela situação.

— Você sabe muito bem que o assunto é um pouco mais complicado do que isso — seu avô disse, com a maior calma.

— Entendi. Simplesmente não dá pra eu esquecer todos os segredos! Em primeiro lugar, a Victoria, mãe dessa moça, que há vinte anos esconde da própria filha suas vindas a esta ilha. E, claro, há o Grande Mistério dos Kingsley, que precisa ser solucionado. É a pergunta não resolvida de duzentos anos que tem atormentado nossa família desde...

— Duzentos e dois.

— Quê?

— Faz duzentos e dois anos que o mistério não é resolvido.

— Certo. — Suspirando, Jared sentou-se numa das velhas cadeiras da propriedade, pertencente a sua família desde que fora construída, em 1805. — Um mistério que ninguém conseguiu decifrar em duzentos e dois anos, mas que se acredita, por alguma razão insondável, que essa forasteira possa destrinchar.

Caleb permaneceu com as mãos cruzadas na nuca e olhou pela janela. Era apenas o começo da temporada de verão, mas o tráfego já estava aumentando. Em breve os para-choques dos carros estariam grudados uns nos outros, mesmo nas tranquilas pistas da alameda em frente à casa. Então, Caleb disse:

— Talvez o mistério não tenha sido solucionado porque ninguém se aprofundou no assunto. Ninguém tentou verdadeiramente encontrá-la.

Jared fechou os olhos por um momento. Depois que sua tia-avó Addy morrera, passaram-se meses até se destrinchar o testamento ridículo que ela havia deixado. O testamento dizia que uma moça, Alixandra Madsen, que não ia à casa desde seus quatro anos, deveria morar nela por um ano. Durante esse período, ela deveria tentar solucionar o mistério da família – isto é, se quisesse. O testamento da tia-avó Addy determinava claramente que, se Alixandra não quisesse pesquisar nada, não haveria problema. Ela poderia passar o tempo velejando, observando baleias ou fazendo qualquer das milhares de atividades que os moradores de Nantucket criavam para ocupar o grande número de turistas que invadiam sua ilha todos os verões.

Se esse fosse o único segredo não resolvido, Jared lidaria bem com isso, mas esconder uma vida inteira e fatos era lhe pedir demais. Ele sabia que seria levado à loucura ao tentar impedir que essa moça descobrisse que a mãe dela, Victoria Madsen, havia passado um mês, em todos os verões, na casa de sua tia-avó Addy, a fim de pesquisar para escrever seus romances históricos *best-sellers*. Jared respirou fundo. Talvez devesse tentar outra abordagem:

— Não entendo por que alguém de fora da ilha recebeu essa tarefa. Não se pode atirar um arpão sem machucar alguém cuja família está aqui há séculos. Se a um dos ilhéus fosse dada a incumbência de pesquisar, não seria preciso que essa moça viesse para cá. Os pesquisadores poderiam solucionar o mistério, e os segredos que Victoria insiste em manter estariam a salvo.

O olhar do avô o fez se calar. Não havia mais nada que já não tivesse sido dito.

— O senhor já deixou clara sua posição — disse Jared. — Um ano e pronto, essa moça vai embora daqui e tudo volta ao normal. Vou ter de volta a casa da minha família e a minha vida.

— Exceto talvez que descubramos o que aconteceu com Valentina — disse Caleb, suavemente.

Era irritante para Jared que estivesse tão aborrecido, e o velho tão calmo, mas sabia como ter a oportunidade de se dar bem na discussão:

— Então, por favor, me diga de novo por que minha querida tia-avó Addy não procurou por sua preciosa Valentina.

O rosto bonito do avô imediatamente ficou tempestuoso. Como acontece no mar. Seus ombros se moveram para trás, ele empinou o peito e berrou, com uma força que havia assustado muitos homens. Jared, porém, não se impressionou, pois havia escutado esses berros sua vida inteira:

— Por pura covardia! Adelaide teve medo do que aconteceria *se* descobrisse a verdade.

— Isto é, ela temeu que seu adorado fantasma desaparecesse e a deixasse sozinha neste casarão antigo — disse Jared, fazendo careta. — Além disso, as pessoas achavam que ela era uma solteirona com dinheiro herdado dos Sabonetes Kingsley. O dinheiro dos sabonetes havia acabado fazia muito tempo, mas o senhor, a tia Addy e Victoria bolaram uma forma de manter um teto sobre esta casa, não foi? O fato de que isso envolveu jogar nossa roupa suja no ventilador só incomodou a mim.

Seu avô voltou a olhar pela janela e disse:

— Você é pior do que seu pai. Não tem respeito pelos mais velhos. E deve saber que aconselhei Adelaide na questão do testamento.

— Eu sei disso — Jared confirmou. — E tudo foi feito sem me consultarem.

— Nós sabíamos que você seria contra, portanto, de que adiantaria perguntar?

Como Jared não respondeu, seu avô virou-se para ele e perguntou:

— De que você está sorrindo?

— O senhor tem a esperança de que essa moça se encante pelo romance do fantasma dos Kingsley, não é? Esse é seu plano.

— Claro que não! Ela tem conhecimento dessa coisa do mundo todo, essa tal de... como é mesmo o nome?

— Por que me perguntar? Não me consultam sobre nada...

— Aranha... não, não é isso. Teia. Não, rede. É isso aí. Ela tem conhecimento da web e podemos procurar lá.

— Para sua informação, eu também sei o que é a web, internet, e posso lhe garantir que a Valentina Montgomery que o senhor está procurando não se encontra lá.

— Tudo aconteceu há muito tempo.

Jared se levantou da cadeira e foi até a janela para ficar ao lado do avô e ver os turistas que já estavam começando a chegar. Eles eram tão diferentes dos habitantes de Nantucket quanto golfinhos de baleias. Entretanto, era bem divertido observar as turistas tropeçarem nos paralelepípedos por causa dos saltos altos.

— Como é que essa moça vai encontrar o que nós não conseguimos? — perguntou Jared, num tom calmo de voz.

— Não sei. É simplesmente algo que eu sinto.

Jared sabia, com sua experiência de muitos anos, que o avô estava mentindo, ou omitindo informações. Havia muito mais coisa sobre por que Alix Madsen havia recebido a posse da Casa Kingsley por um ano inteiro, mas Caleb não iria contar. E Jared sabia que só ouviria a história completa quando Caleb estivesse pronto para contá-la.

Mas Jared não ia desistir. Ainda não:

— Existem coisas sobre ela que o senhor desconhece.

— Então você deve me contar tudo.

— Falei com o pai dela na semana passada, e ele disse que a filha está meio deprê.

— E por quê?

— Estava prestes a se casar, mas ela e o noivo romperam faz pouco tempo.

— Então ela vai gostar de ficar aqui — disse o avô. — A mãe dela sempre adorou esta ilha.

— O senhor se refere à mãe que Alix desconhece que vinha pra cá todo ano?! — Jared estava com dificuldade de controlar a raiva. Ele movimentou a mão e disse: — Esquece. Essa moça acaba de romper com o noivo ou namorado... um dos dois, sei lá. O senhor sabe o que isso significa, não sabe? Que ela vai chorar o tempo todo, ficar na fossa e se entupir de chocolate, e então vai ver...

— Um fantasma.

— Isso mesmo — disse Jared. — Um fantasma alto, bonitão, que não envelhece, e é tão solidário, tão gentil, tão encantador, que ela vai se apaixonar por ele.

— Você acha isso?

— Isso não é uma piada — Jared continuou. — Ela seria uma mulher de outra geração, se fosse desistir de sua vida real por uma vida vazia.

Seu avô franziu o cenho e disse:

— Adelaide não quis se casar, mas mesmo assim sua vida nada tinha de vazia.

— Se o senhor acha que quatro reuniões semanais para tomar chá significam uma vida plena, concordo, então, que a vida de Adelaide não era absolutamente vazia.

Caleb olhou para o neto com expressão enfurecida.

— Tudo bem — disse Jared, levantando as mãos. — Então estou errado sobre a tia Addy. O senhor sabe que eu a amava muito. Toda a ilha também a amava, e este lugar não seria o que é hoje em dia não fosse o trabalho duro da minha querida tia. — Ele respirou fundo. — Acontece que essa moça é diferente. Ela não é da nossa família. Não está acostumada com fantasmas, mistérios familiares, nem com lendas de duzentos e dois anos. Não está sequer habituada a casas antigas cujo assoalho range, nem a ilhas onde se pode comprar uma jaqueta de mil dólares, mas onde nenhuma loja vende roupa de baixo de algodão.

— Ela vai aprender. — Seu avô virou-se para ele e sorriu: — Por que *você* não lhe ensina?

O rosto de Jared estampou uma expressão apreensiva:

— O senhor sabe o que ela é e o que iria querer de mim. O senhor sabe que ela está estudando para ser. Para ser...

— Fale logo, rapaz! — berrou o avô. — Ela está estudando para quê?

— Para ser arquiteta.

Seu avô sabia disso, mas não compreendeu por que o fato desagradava a Jared:

— Não é isso também que *você* é?

— É — Jared respondeu. — Isso é exatamente o que eu sou, mas tenho um escritório. Eu tenho... eu sou...

— Ah! — disse Caleb. — Já entendi. Você é o mestre e ela, o grumete. Ela vai querer aprender com você.

— Não que o senhor tenha algum motivo para saber isso, mas estamos em plena recessão. Há uma derrocada do mercado imobiliário. Uma das carreiras mais prejudicadas é a de arquiteto. Ninguém está contratando. Isso torna os recém-formados desesperados e agressivos. São tubarões que se atacam e se devoram.

— Então, dê a ela um treinamento de aprendizado — retrucou o avô. — Afinal de contas, você deve sua vida aos pais dela.

— É verdade, e essa é mais uma razão por que não posso ficar. Como posso esconder dela todos esses segredos? Como posso não contar à sua própria filha o que Victoria fazia enquanto estava aqui na ilha? — perguntou Jared; a voz evidenciou sua frustração. — O senhor se dá conta da posição em que o testamento idiota da minha tia me colocou? Não apenas devo guardar os segredos das pessoas a quem devo minha vida como minha empresa fica em Nova York, e essa garota é uma estudante de arquitetura. É uma situação impossível!

Caleb ignorou a primeira parte desse discurso inflamado e indagou:

— Por que os estudos dela incomodam você?

Jared fez uma careta e respondeu:

— Ela vai querer que eu lhe ensine, que veja seus desenhos, que os analise e critique. Vai querer saber quem são meus contatos, meu... meu tudo.

— A mim me parece ótimo.

— Mas não é! — exclamou Jared. — Não quero ser a isca para alimentá-la. Eu gosto de *fazer*, não de *ensinar*.

— Então, quais são as ações gloriosas que você pretende *fazer* — Caleb enfatizou a palavra — enquanto ela estiver aqui? Será que terá alguma coisa a ver com essas moças de comportamento pra lá de duvidoso com quem você desfila pela rua?

Jared suspirou, exasperado:

— Só porque as garotas hoje usam menos roupa, não quer dizer que tenham baixos padrões morais. Já discutimos isso umas mil vezes.

— Você está se referindo a ontem à noite? Qual é o padrão moral daquela moça? Onde você a conheceu?

Jared revirou os olhos e respondeu:

— No Captain Jonas.

Era um bar perto do porto, conhecido pela falta de decoro.

— Nem ouso perguntar que navio *ele* comandava. Mas quem são os pais daquela moça? Onde ela foi criada? Como se chama?

— Não tenho noção — respondeu Jared. — Ela se chama Betty ou Becky, não me lembro. Ela foi embora da ilha na balsa de hoje de manhã, mas talvez volte no fim do verão.

— Você está com trinta e seis anos e não tem nem mulher nem filhos. A geração Kingsley vai extinguir-se com você?

Jared não pôde deixar de resmungar:

— É melhor isso do que ter de conviver com uma estudante de arquitetura.

Embora Jared fosse mais alto, seu avô conseguiu olhar de cima para o neto:

— Creio que não precisa se preocupar com a atração dela por você. Se sua santa mãe estivesse viva, nem ela o reconheceria como você está agora.

Jared permaneceu onde estava perto da janela, e passou a mão na barba. Seu avô lhe tinha dito que este seria o último ano de vida da tia Addy, por isso ele havia reorganizado seu escritório de arquitetura de modo a passar com ela na ilha os derradeiros meses de vida. Mudara-se para a casa de hóspedes e passara o máximo de tempo possível com tia Addy. E ela era uma mulher compreensiva. Sempre o avisava quando ia reunir as amigas para tomar chá, a fim de que Jared pudesse sair no seu barco. Nunca mencionava as mulheres que às vezes iam para casa com ele. E, principalmente, ela fingia não ter ideia de por que ele estava na ilha.

Nas suas últimas semanas juntos, os dois partilharam muitas coisas. Tia Addy lhe contou histórias sobre sua vida, e, à medida que se passavam os dias, ela começou a mencionar Caleb. Primeiro explicou quem ele era:

— Ele é seu quinto bisavô.

Ele brincou:

— Eu tive cinco deles?

Ela ficou séria:

— Não. Caleb é pai do seu tataravô.

— E ele ainda está vivo? — Jared perguntou, como quem não quer nada, enquanto reabastecia de rum o copo da tia. Todas as mulheres da família Kingsley tinham enorme capacidade de beber rum. Seu avô explicara que isso era porque "o sangue delas era de marinheiro".

Jared percebeu que sua tia ficava menos ágil a cada dia. "Ela está se aproximando de mim", seu avô lhe dissera, e Caleb começou a ficar com ela todas as noites. Os dois moraram juntos durante muitos anos. "Fui eu quem viveu mais tempo com ela", Caleb disse, com lágrimas nos olhos que nunca envelheciam. Caleb Kingsley tinha trinta e três anos quando morrera, e, mais de duzentos anos depois, mantinha a mesma aparência.

Apesar de tudo o que Jared partilhara com sua tia, nunca chegara nem perto de lhe dizer que ele também podia ver, falar e discutir com o pai do seu tataravô. Todos os homens Kingsley tinham conseguido fazer isso, mas não contavam às mulheres de sua vida. "Elas que pensem que Caleb lhes pertence", seu pai disse a Jared quando ele era menino. "Além disso, um homem fica meio castrado quando as mulheres ficam sabendo que ele passa as noites com um morto. É melhor que elas pensem que se está tendo um caso." Jared não concordava com essa filosofia, mas manteve silêncio. Todos os sete Jared Montgomery Kingsley eram capazes de ver o fantasma de Caleb, assim como a maioria das filhas e alguns dos filhos mais novos. Jared achava que a verdade era que Caleb podia ou não deixar que as pessoas o vissem, mas o velho nunca esclareceu o assunto.

Dizer que era estranho que essa jovem, essa tal de Alix Madsen, pudesse ver o fantasma de Kingsley era um grande eufemismo.

Seu avô franziu a testa para ele e determinou:

— Você precisa ir ao barbeiro e raspar essa barba, e seu cabelo está muito comprido.

Jared virou-se e se olhou no espelho. Caleb escolhera esse espelho na China, naquela última e desastrosa viagem há muito tempo. Jared concordou: realmente não estava com boa aparência. Desde a morte da tia, mal saía do barco. Fazia meses que não se barbeava nem cortava o cabelo. Havia fios grisalhos na barba e no cabelo, que agora estava na altura da nuca.

— Nem eu gosto da minha aparência nova-iorquina, sabe? — Jared disse, pensativo. Se no ano seguinte tivesse de permanecer afastado de sua adorada ilha, seria melhor que ficasse irreconhecível.

— Não me interessa o que você esteja pensando — disse Caleb.

Jared virou-se e sorriu para o avô:

— Deveria ficar orgulhoso de mim. Ao contrário do senhor, não vou tentar fazer com que uma garota inocente se apaixone por mim.

Essa foi mais uma frase que certamente tiraria o sorriso do rosto do seu avô.

A explosão foi instantânea:

— Eu *nunca* fiz uma mulher...

— Tudo bem, tudo bem — disse Jared, com pena do fantasma bonitão. — Seus motivos são puros e transparentes. O senhor está esperando pela volta – ou reencarnação, seja lá o que for – da mulher que ama, sua preciosa Valentina. E o senhor sempre lhe foi fiel. Já ouvi isso tudo antes. A vida inteira. O senhor vai reconhecê-la quando a vir, e vocês dois vão partir juntos rumo ao pôr do sol. O que quer dizer que ou ela morre, ou o senhor volta à vida.

Caleb estava acostumado ao desrespeito e à insolência do neto. Nunca havia dito, mas esse neto em particular era o que mais se parecia com ele quando estava vivo. Caleb manteve a testa franzida e disse apenas:

— Preciso saber o que aconteceu com Valentina.

O que ele não acrescentou foi que sabia agora que havia um limite de tempo. Ele tinha somente até vinte e três de junho, apenas algumas semanas, para descobrir o que havia acontecido com a mulher a quem amava tanto que nem a morte poderia separá-los. Se ele não encaixasse todas as peças, estava certo de que nenhum deles – todos os que participaram do assunto há tanto tempo – encontraria a felicidade que merecia. Tudo de que ele precisava era fazer com que seu neto cabeça-dura, que não ouvia ninguém, *acreditasse.*

Capítulo um

Alix continuava chorando enquanto Izzy lhe entregava um chocolate depois do outro. Até então a moça destroçara dois donuts, uma daquelas barras de chocolate com sessenta por cento de cacau, um Tobblerone inteiro e um Kit Kat. Se isso continuasse, Alix iria começar a comer biscoitos com gotas de chocolate, o que significava que Izzy faria o mesmo e provavelmente engordaria uns cinco quilos e não caberia no vestido de noiva. Isso não ia além e acima do dever de uma amiga?

Elas estavam na barca expressa que ia de Hyannis a Nantucket, sentadas em uma das mesas perto da lanchonete. Todos os tipos de coisas deliciosas e engordativas estavam ao seu alcance.

Alix tinha ido bem nas últimas semanas, quando ela e Izzy terminaram o último semestre da faculdade de arquitetura. As duas entregaram seus projetos finais e, como sempre, Alix foi tão elogiada pelo professor que ficou até constrangida.

Foi nessa noite que o namorado de Alix terminou com ela. Isso a deixou arrasada. Eric alegou ter um outro plano para sua vida.

Depois do último e desastroso encontro, Alix foi direto ao apartamento de Izzy. Quando ela bateu na porta, Izzy e o noivo, Glenn, estavam "dando uns amassos" no sofá, junto a uma grande tigela de pipoca. Izzy não ficou nada surpresa quando Alix lhe contou o que havia acontecido: ela estava até preparada para isso, e havia posto um grande pote de sorvete de chocolate com caramelo na geladeira.

Glenn beijou Alix na testa e disse, antes de ir para a cama:

— Esse Eric é um idiota!

Izzy calculou que uma noite inteira de lamentações a esperava, mas uma hora depois Alix estava dormindo no sofá. De manhã, ela falou pouco:

— Acho melhor eu fazer a mala. Não há mais razão para eu não ir.

Ela se referia a passar um ano na ilha de Nantucket. Alguns anos atrás, pouco antes de Izzy conhecer Glenn – ela imediatamente soube que se casaria com ele –, as duas amigas fizeram um pacto. Quando terminasse o último semestre na faculdade, iam tirar um ano sabático antes de procurar emprego. Izzy queria um tempo para ser apenas uma esposa, e refletir sobre o que fazer na vida.

Alix sempre soube que queria preparar um portfólio de desenhos que apresentaria a um possível empregador. Como a maioria dos estudantes saía direto da faculdade para trabalhar, tudo o que as duas tinham para mostrar eram os projetos de "dever de casa", todos muito influenciados por aquilo de que os professores gostavam ou não. Alix queria mostrar o próprio trabalho, sendo tudo original.

Quando falaram a Alix sobre passar um ano de sua vida em Nantucket, ela relutou. Ir para um lugar onde não conhecia ninguém era demais. Além disso, havia o Eric na sua vida. Será que o relacionamento dos dois sobreviveria a tanto tempo separados? Alix começou a inventar uma porção de justificativas para não ir, e a principal era que Izzy precisava dela para o casamento.

Mas Izzy tinha dito que era uma oportunidade única na vida, e que Alix *precisava* aceitá-la:

— Você simplesmente *tem de* fazer isso!

— Não estou bem certa. Seu casamento, o Eric...

Ela deu de ombros.

Izzy a fuzilou com o olhar:

— Alix, é como se sua fada madrinha acenasse a varinha de condão, e lhe desse aquilo de que você precisa exatamente na hora certa. Você *deve* fazer isso!

— Será que minha fada madrinha tem olhos verdes? — Alix perguntou, e as duas morreram de rir. A mãe de Alix, Victoria, tinha olhos verdes. É claro que ela é que estava por trás dessa oferta de um ano de trabalho e estudo para sua preciosa filha.

O que lhes deu certeza de que a mãe de Alix mexera os pauzinhos foi o fato de ela ter contado à Alix a estranha disposição do testamento de Adelaide Kingsley. Izzy sempre admirou muito Victoria. Mesmo se não fosse internacionalmente famosa pelos livros maravilhosos e empolgantes que escreveu, seria magnífica de qualquer forma. Para começo de conversa, ela era deslumbrante. Seu cabelo castanho-claro era espesso, ela era uma figura semelhante a uma linda atriz espanhola que estrelava comerciais de sabonete, e tinha uma personalidade que resplandecia quando entrava num ambiente. Victoria não era vulgar, não era extravagante, mas, quando entrava em algum lugar, todo mundo a olhava. Um silêncio dominava as pessoas, que paravam de falar e se viravam para observá-la. Era como se sentissem a presença de Victoria, da mesma forma que a viam.

Quando Izzy conheceu Victoria, perguntou-se como Alix reagia ao ver que sua mãe recebia todas as atenções, mas Alix estava acostumada a isso. Para ela, sua mãe *era* assim, e ela aceitava essa realidade.

É claro que ajudava o fato de que, sempre que Victoria via sua filha entrar num recinto, parava de fazer charme para as pessoas ao seu redor e ia direto até Alix. Elas se davam os braços e se dirigiam para algum recanto mais sossegado, só as duas.

Quando Alix soube do teor do testamento daquela mulher de quem ela sequer se lembrava, negou a proposta. Tudo bem que houvesse planejado um ano sabático, mas não queria passá-lo numa ilha isolada.

O verdadeiro problema era que ela não havia contado à mãe que tinha um namorado com quem pensava em se casar. Se Eric a pedisse em casamento, é claro.

— Não entendo — Izzy disse. — Achei que não havia segredos entre você e sua mãe.

— Não — disse Alix. — Eu falei que descubro tudo sobre ela, mas sou muito seletiva sobre o que lhe conto.

— E Eric é um segredo?

— Faço o possível para manter minha vida amorosa com qualquer homem longe da minha mãe. Se ela soubesse sobre o Eric, não pararia de interrogá-lo, e ele provavelmente fugiria, apavorado.

Izzy desviou o rosto, para que Alix não a visse franzir o cenho. Ela jamais gostara de Eric e desejava que Victoria fizesse o que fosse necessário para a amiga se livrar dele.

Depois que Alix terminou seus projetos no último ano da faculdade e fez sua maquete, ela "ajudou" Eric com a dele. Na verdade, praticamente fez todo o projeto para ele.

Após o rompimento e a decisão de Alix de ir para Nantucket, ela assumiu uma atitude adulta sobre o caso: "Lá, eu também vou ter tempo de estudar". Para tornar-se uma arquiteta profissional, era preciso submeter--se a uma série de exames verdadeiramente complexos.

— Eu vou me dar bem nos exames, e meus pais terão orgulho de mim — prometeu Alix.

Izzy achava que os pais de Alix não poderiam ter mais orgulho dela do que já tinham, mas não disse nada. Quando Alix finalmente resolveu que ia para Nantucket, foi seu tom deprimido e fatalista que fez Izzy decidir que viajaria com a amiga, e permaneceria na ilha até Alix se instalar. Ela queria estar presente quando chegasse a hora de Alix se entregar à depressão, naquela ilha, por causa do rompimento do namoro.

Aconteceu quando elas entraram na barca rumo a Nantucket. Até então, Alix estivera tão envolvida com os preparativos para a viagem, que não houve tempo para remoer o fora que Eric lhe havia dado. Sua mãe cobriu todas as despesas, inclusive o envio da bagagem das duas amigas até a ilha, para que as moças só precisassem lidar com a bagagem da pernoite. E elas partiram antes da data planejada, porque Izzy receava que Alix se encontrasse com Eric de novo.

Alix estava bem, até a barca se afastar do cais. Quando olhou para Izzy, lágrimas lhe escorreram pelo rosto, e ela disse:

— Não entendo o que fiz de errado.

Como Izzy sabia que isso aconteceria, estava com uma grande barra de Toblerone na bolsa.

— O que você fez de errado foi ter nascido mais inteligente e talentosa do que Eric. Você o intimidava pra caramba.

— Não mesmo — negou Alix, quando Izzy abriu o chocolate e elas se sentaram a uma mesa. Como ainda era o começo do verão, a grande barca não estava lotada. — Eu sempre fui muito legal com ele.

— Eu sei — disse Izzy. — Porque você não queria magoar o minúsculo ego daquele cara.

— Por favor! — exclamou Alix, mastigando. — Ele e eu nos divertimos muito juntos. Ele...

— Ele usou você!

Izzy havia tido de suportar a situação, e observar Eric recorrer à Alix enquanto ela praticamente fazia os projetos do curso para ele. Todos os outros estudantes masculinos se sentiam intimidados por ela. Seu pai era um arquiteto bem-sucedido, sua mãe, uma escritora renomada, e, pior, os projetos de Alix ganhavam todas as competições, todos os prêmios, e eram elogiados pela faculdade inteira. Izzy continuou:

— E o que você esperava dele quando estava sempre entre os cinco melhores alunos da turma? Pensei que o professor Weaver fosse beijar seus pés quando viu seu último projeto.

— Só porque ele gosta de maquetes que possam realmente ser *construídas*.

— Isso é óbvio, poxa! Aquela coisa que o Eric desenhou antes de você começar a ajudá-lo não poderia ser montada nem pelo pessoal que construiu a Ópera de Sydney!

Alix deu um pequeno sorriso:

— Parecia uma nave espacial, não?

— Eu fiquei esperando que entrasse em órbita a qualquer minuto.

Alix estava se recuperando, mas aí seus olhos se entristeceram de novo.

— Você viu o par dele no baile de formatura? A moça devia ter uns vinte anos, se tanto.

— Pode abrir o jogo — disse Izzy. — Ela era burra. Uma toupeira. Mas é disso que o ego frágil do Eric precisa. Para que ele se sinta o máximo, os outros têm de ser insignificantes.

— Não sei se você é uma terapeuta ou guru.

— Não sou nenhum dos dois. Sou apenas uma mulher que vê claramente as coisas. Você vai ser uma grande arquiteta, e a única maneira pela qual vai encontrar o amor será com um homem que trabalhe num ramo totalmente diferente do seu.

Ela estava se referindo ao próprio noivo, que vendia carros. Ele não sabia distinguir entre Pei, Corbusier e a mais recente obra-prima orgânica de Montgomery.

— Ou posso encontrar um arquiteto tão bom que não se sentirá intimidado por mim — disse Alix.

— Acontece que Frank Lloyd Wright está morto...

Alix deu mais um pequeno sorriso, e Izzy foi incentivada a mudar de assunto:

— Você não me contou que um homem está morando na casa de hóspedes onde você vai ficar...

Alix fungou ao morder o *muffin* de chocolate que Izzy trouxe para ela:

— O advogado falou que o sobrinho da sra. Kingsley está vivendo lá, e que ele pode responder a qualquer pergunta que eu faça. E também que, se a casa precisar de algum reparo, ele pode fazê-lo. O nome dele é sr. Kingsley.

— Sei... — A voz de Izzy mostrou sua decepção. — Se Adelaide Kingsley morreu com mais de noventa anos, isso quer dizer que seu sobrinho tem, pelo menos, sessenta. Talvez ele leve você para dar uma volta em sua lambreta.

— Não me faça rir.

— É o que estou tentando fazer. Está funcionando?

— Sim — Alix respondeu —, está. — Ela olhou para a lanchonete. — Será que eles vendem biscoitos com gotas de chocolate?

Lamentando, Izzy silenciosamente amaldiçoou Eric, o ex-namorado de Alix. Ao se dirigir à lanchonete, ela resmungou:

— Se eu engordar, vou pôr gel de cabelo em toda a cola dele, e suas maquetes vão desmoronar.

Ela sorriu quando pegou numa cesta quatro biscoitos grandes embalados em plástico e pagou por eles.

Quando a barca ancorou, Alix havia parado de chorar, mas ainda continuava parecendo uma mártir na iminência de morrer empalamada.

Izzy, cheia de biscoitos e chocolate quente – não podia deixar que Alix comesse sozinha –, nunca tinha estado em Nantucket e ansiava por conhecer o lugar. Com suas grandes bolsas de couro (presentes de Victoria) penduradas nos ombros, pisaram num cais de madeira comprido e largo.

Lojinhas que pareciam ter sido casebres de pescadores estavam cheias de camisetas de bom gosto com logotipos de Nantucket. Ela gostaria de parar e comprar para o noivo alguns bonés e moletons, mas Alix seguia firme, queixo para cima, olhos para a frente, sem observar nada, apenas andando.

Izzy viu alguns garotos numa esquina segurando casquinhas de sorvete. Talvez se ela conseguisse fazer com que Alix tomasse um sorvete, poderia fazer algumas compras.

— Por aqui! — gritou Izzy, e Alix a seguiu. Havia um quiosque de venda de sorvetes à beira do cais, e Izzy acenou para Alix entrar.

— Um de nozes para mim! — pediu Izzy.

Entorpecida, Alix concordou com a cabeça e entrou no quiosque.

Izzy pegou o celular e ligou para o noivo.

— Nada bem — disse, em resposta à pergunta dele. — E não sei quando vou voltar. Do jeito que ela está agora, vai se enfiar na cama e nunca sair dela. Pois é, também sinto saudade de você. Eta! Aqui vem ela. Essa não! Ela comprou uma casquinha de sorvete com três bolas de chocolate. Desse jeito, não vai precisar da barca para voltar: ela vai flutuando. Acho que...

Izzy se interrompeu porque um homem se interpôs entre ela e Alix. Era alto, tinha pouco mais de um metro e oitenta e ombros largos. Usava uma barba mal aparada e grisalha e um cabelo emaranhado quase até os ombros. Andava com passos largos, e seu jeans e camisa de brim mostravam o corpo musculoso. Olhou de relance para Izzy, ignorou-a, e se concentrou em Alix, que caminhava em direção à amiga, as mãos ocupadas com duas casquinhas de sorvete. Ele olhou para Alix dos pés à cabeça, hesitou um momento, como se fosse falar com ela, mas em seguida continuou a andar e desapareceu na esquina.

Izzy continuou a olhar fixamente para o homem, olhos arregalados, boca aberta. O telefone ainda estava na sua orelha, e Glenn continuava falando, mas a moça não o ouvia.

Quando Alix se aproximou, Izzy perguntou, num sussurro:

— Você o viu?

— Quem?

Alix estendeu a casquinha de sorvete para Izzy.

— Ele.

— Ele quem? — Alix perguntou, sem nenhum interesse.

— ELE!

Do celular de Izzy, ouviu-se o grito de Glenn:

— Isabella!

— Ah, desculpe — ela disse, para o celular. — Acabei de vê-lo. Aqui em Nantucket. Preciso ir.

Ela desligou o telefone, tirou a casquinha de Alix e a jogou numa lixeira próxima.

— Poxa! — reclamou Alix. — Eu podia ter tomado esse sorvete.

— Você não o viu?

— Não vi ninguém — respondeu Alix, lambendo seu sorvete. — Quem você viu?

— Montgomery.

Alix ficou com os lábios parados nas bolas de sorvete. Grandes nacos de chocolate escorreram pelos lados.

— Vi Jared Montgomery passar por aqui.

Alix tirou a boca do sorvete:

— *O* Jared Montgomery? O arquiteto? O cara que fez o projeto do edifício Windham em Nova York?

— Quem mais poderia ser? E ele olhou para você. Quase parou para falar com você.

— É mentira — disse Alix, de olhos arregalados. — Ele não faria isso. Ele não fez isso.

— Ele *fez!* — Izzy confirmou. — Mas você...

Alix jogou o sorvete de três bolas na lixeira, limpou a boca e agarrou o braço de Izzy. — Por onde ele foi?

— Por ali. Dobrou a esquina.

— E você deixou que ele fosse embora?!

Alix largou o braço da amiga e saiu apressada, com Izzy atrás dela. Elas chegaram bem na hora em que o homem barbado estava de pé num lindo barco branco, com um camarote abaixo. Sorria para uma garota no cais; ela vestia shorts indecentemente curtos. O fato de o dia estar frio não fazia a mínima diferença para a moça. Ele continuou sorrindo para ela, um sorriso largo tão caloroso que Alix achou que rivalizava com o sol. Ele pegou a bolsa que a moça lhe entregou, e depois partiu célere e sozinho, deixando ondas duplas de água atrás de si.

Alix se encostou nas telhas desgastadas de um prédio.

— *Era* ele.

Izzy recostou-se ao lado dela; ambas olharam fixamente para o barco que desaparecia rapidamente a distância.

— O escritório dele fica em Nova York. O que você acha que ele está fazendo aqui? Passando férias? Construindo alguma coisa divina?

Alix continuava a olhar fixo para o mar:

— Era *ele* mesmo. Lembra-se de quando fomos à palestra que ele deu naquele hotel?

— Como se fosse ontem — Izzy respondeu. — Quando ele sorriu para aquela guria ainda agorinha, tive certeza de que era ele. Eu reconheceria aqueles olhos em qualquer lugar.

— E aquele lábio inferior — Alix murmurou. — Escrevi um poema sobre ele.

— Você está de brincadeira! Nunca vi nenhum poema seu.

— Porque eu nunca o mostrei a você. É o único poema que já escrevi na vida.

Ambas ficaram em silêncio, sem saber direito o que fazer ou dizer. Jared Montgomery era um ídolo para elas, um homem cujos projetos eram lendários no mundo da arquitetura. Para as duas, ele era os Beatles, todos os vampiros, um Justin Bieber incorporado numa só pessoa.

Izzy foi a primeira a se recuperar. À sua esquerda, um jovem ancorava seu velho barco. Ela se dirigiu a ele e perguntou:

— Você conhece o homem que acabou de zarpar naquele barco branco?

— Claro. Ele é meu primo.

— Veeeerdade? — Exclamou Izzy, como se aquela fosse a coisa mais interessante que já ouvira na vida. — Qual é o nome dele?

Alix se posicionou ao lado da amiga e as duas olharam para o rapaz, prendendo a respiração.

— Jared Kingsley.

— Kingsley? — repetiu Alix, atônita, com expressão desapontada. — Ele não é Jared Montgomery?

O homem riu. Não tinha má aparência, mas suas roupas pareciam não ser lavadas há algum tempo.

— Ah, já entendi! — Ele obviamente estava brincando com elas. — Ele é Kingsley aqui, mas é Montgomery na América.

— Na América? — Izzy perguntou. — Como assim?

— Lá. — O homem apontou para o outro lado da baía. — Na América, de onde vocês acabaram de chegar.

Izzy e Alix sorriram à ideia de que a ilha de Nantucket fosse um outro país.

Izzy queria ter certeza absoluta de que ele era o homem que elas pensavam que fosse:

— Você sabe o que ele faz para ganhar a vida?

— Ele faz projetos de casas. Ele desenhou uma garagem muito legal para mim. Todo verão eu alugo o apartamento em cima dessa garagem. Vocês precisam de um lugar para ficar?

Levou um momento para as duas moças digerirem a ideia de que um dos maiores arquitetos da história tivesse sido reduzido a um mero "projetista de casas".

Alix falou primeiro:

— Não, obrigada. Eu sou...

Ela se interrompeu porque não queria contar ao desconhecido qual era seu ramo de atividade.

Ele sorriu, como se soubesse o que elas estavam pensando:

— Se vocês estão interessadas nele, é melhor entrar na fila. E vão ter de adiar seu plano, porque o velho Jared vai ficar fora por pelo menos três dias.

— Obrigada — disse Izzy.

— Se vocês mudarem de ideia, meu nome é Wes. Basta pensarem na direção daquele bonito pôr do sol, eu vou estar lá.

Izzy e Alix deram a volta no prédio e voltaram ao quiosque de sorvete. Ambas estavam perplexas. Atônitas.

— Quer dizer que Jared Montgomery também é Jared Kingsley — Alix conseguiu finalmente dizer.

Izzy se deu conta do que se passava na cabeça de Alix:

— E você vai ficar na Casa dos Kinsgley.

— Durante um ano.

— Você acha que ele é o sr. Kingsley que vai morar lá *com* você? — Os olhos de Izzy estavam tão arregalados que pareciam círculos. — Que ele é o homem que vai te ajudar se você tiver algum problema com a casa?

— Não. Isto é, não acho isso. Não consigo imaginar uma coisa dessas.

— Mas você espera que seja verdade! — Izzy pôs os dedos nas têmporas. — Prevejo ene problemas de encanamento. Você vai se esquecer e ligar a água e encharcar o cara. Ele vai ter de tirar a roupa e você também vai se molhar e aí vocês dois vão se olhar e rasgar as roupas e...

Alix riu:

— Eu não vou ser *tão* espalhafatosa assim, mas consigo imaginar... talvez deixar cair um pacote com meus últimos projetos que, por acaso, vão cair virados para cima, bem nos pés dele.

— Boa ideia — disse Izzy. — O sexo fabuloso pode vir depois. Primeiro deixe que o Jared veja o que você sabe fazer em termos de arquitetura, depois você relaxa e deixa que ele assuma o controle e seja o homem da casa. Esse é um bom plano.

Alix se mostrou sonhadora:

— Ele então vai me dizer que nunca viu desenhos tão inovadores e bem concebidos. E que eu sou a pessoa mais talentosa que já viu, e quer que eu esteja sempre ao seu lado, para que ele possa me ensinar tudo o que sabe. Vou ter um ano inteiro com meu próprio professor particular. Um ano de aprendizado e...

— É isso aí! — Izzy exclamou.

— Isso o quê?

— Essa história toda do testamento — Izzy respondeu. — Sua mãe disse que essa idosa que você nem conheceu...

— Mamãe disse que ela e eu passamos um verão com ela quando eu tinha quatro anos. E suponho que as duas tenham mantido contato.

— Certo; ela é uma mulher de que você não se lembra haver conhecido, mas que lhe deixou a própria casa durante um ano. Victoria disse que foi porque você queria um recesso antes de conseguir um trabalho. Sempre achei muito estranha essa história, porque a velha...

— Sra. Kingsley.

— Pois é. A sra. Kingsley não sabia quando ia morrer. Tanto quanto sabia, ela poderia viver até cem anos, e aí você já estaria dirigindo seu próprio escritório.

— Talvez — disse Alix —, mas só se eu passar nos exames. — Era uma brincadeira interna entre os estudantes de arquitetura, que eles passavam mais tempo na faculdade do que os médicos, e que no final ainda havia uma série de exames angustiantes. E que, mesmo aprovados, não havia empregos para eles. — Não entendi o que você quis dizer.

— Acho que a sra. Kingsley e provavelmente sua mãe também queriam que você conhecesse o sobrinho arquiteto solteiro, Jared Montgomery. Ou, no caso, Kingsley.

— Mas se ela vivesse até os cem anos, a essa altura ele poderia ser pai de meia dúzia de filhos.

— Por que deixar que os fatos estraguem uma boa história?

— Você está certa — Alix disse. — A sra. Kingsley queria que eu conhecesse seu sobrinho, por isso ela, incentivada por minha mãe, me colocou na casa perto dele. É claro que ele mora e trabalha em Nova York, e só fica aqui provavelmente duas ou três semanas por ano, mas que importância tem isso para uma história espetacular?

— Você está dizendo que não acha que sua mãe tivesse segundas intenções para que você ficasse nessa casa velha?

Alix conhecia a mãe muito bem para negar isso. A verdade era que Alix não dava a mínima por que ou como tudo fora providenciado. Tudo o que importava era ela estar recebendo essa oportunidade inacreditável. E era mesmo possível que Jared Montgomery seria seu vizinho? Numa casa de hóspedes na mesma propriedade? Ela disse:

— Eu vou sugar todo o conhecimento dele. Vou aprender tudo o que ele sabe, desde os desenhos até a drenagem. Por favor, me lembre de mandar rosas à minha mãe. E agora, vamos para a casa.

— Chega de sorvete? — Izzy perguntou.

— Você só pode estar brincando. Vamos andar depressa e nos exercitar. Por que você me deixou comer todo aquele chocolate?

— Já ouvi falar de ingratidão, mas... — Izzy começou a dizer, mas a risada de Alix a interrompeu. — Você é muito engraçadinha! Desculpe-me por não rir. Temos três dias antes que ele volte, e um monte de trabalho pela frente.

— Ouvi dizer que é ótimo fazer compras em Nantucket — disse Alix.

— Nem pensar — Izzy declarou. — *Eu* faço as compras. Você precisa trabalhar. Essa vai ser a maior apresentação da sua vida.

— A verdade é que tenho mesmo algumas ideias na cabeça — disse Alix, e Izzy deu uma risada, porque Alix sempre tinha uma porção de ideias de projetos.

Quando começaram a caminhar, a primeira coisa em que repararam, agora que o espectro do que-o-Eric-fez-à-Alix já havia desaparecido, foi na incrível beleza do centro de Nantucket. As ruas eram de paralelepípedos, difíceis para andar ou dirigir neles, mas muito lindos. As calçadas eram largas e assentadas com tijolos. Fazia séculos que as árvores e a acomodação da terra as fizeram onduladas, fluindo de maneira artística.

Para Alix, porém, o ponto alto eram os edifícios. Um após o outro, eram todos espetaculares. Seu desenho e execução, perfeitos.

— Acho que vou desmaiar — disse Alix, parada num lugar e ao contemplar a beleza da cidade.

— Pois é, é ainda mais bonita do que as imagens que vi.

— É... sei lá! Parece o paraíso. E...

Izzy olhou para a amiga, curiosa. Elas se conheceram no primeiro dia de faculdade, e ambas eram elegantes e bonitas, mas as semelhanças paravam por aí. A ambição de Izzy era viver numa cidadezinha e ter um escritório onde fizesse trabalhos de remodelação. Seu principal objetivo na vida era se casar e ter filhos.

Alix, porém, herdou do pai um amor profundo pela arte da construção. O avô paterno era empreiteiro, e o filho dele passava os verões construindo casas. No inverno seu pai trabalhava numa loja, fazendo armários. Ele se formou em arquitetura antes de Alix nascer, e depois foi uma consequência natural ele começar a ensinar no nível universitário.

Seus pais se divorciaram quando Alix era criança e, como resultado, ela cresceu em dois mundos. Um era com o pai, o que abrangia tudo sobre construção, desde os projetos do pai até marteladas em alicerces e a escolha de cores para o interior das casas. E ele adorava ensinar à filha o que sabia. Quando ela estava no primeiro ano do curso elementar, já sabia ler plantas de obras.

A outra metade de sua vida compreendia a escrita da mãe. Parte do ano Alix e a mãe viviam tranquilamente, só as duas, enquanto Victoria escrevia romances que o mundo inteiro apreciava. Todo mês de agosto, sua mãe ia para uma cabana no Colorado onde se isolava e imaginava o enredo do romance daquele ano. Seus livros, muito populares, retratavam as aventuras de uma família que gostava de viagens marítimas, em diferentes épocas. Quando ela terminava cada livro, seguiam-se coquetéis, jantares opulentos, e férias. A vida de Alix com a mãe era uma combinação maravilhosa de trabalho tranquilo e grande empolgação.

Alix amava isso tudo! Gostava de se aboletar na parte traseira de uma caminhonete com o grupo que trabalhava com seu pai, comendo sanduíches, e gostava de usar um vestido assinado por algum estilista conhecido e rir com os mais conceituados profissionais da indústria editorial mundial.

— São todos a mesma coisa. Todos trabalham para ganhar a vida. Sejam suas ferramentas martelos de metal ou palavras de seis sílabas, todos são trabalhadores.

Como resultado de pais muito bem-sucedidos, Alix era talentosa e ambiciosa. Tinha o amor paterno pela construção e a convicção da mãe de que o topo era o único lugar aceitável para estar.

Izzy observou Alix: os olhos dela estavam vidrados ao contemplar Nantucket, e quase sentiu pena de Jared Montgomery. Quando Alix queria saber alguma coisa, era insaciável.

— Eu já vi isto aqui — Alix disse.

— Talvez você se lembre daqui, de quando tinha quatro anos.

— É meio improvável, mas...

Alix olhou ao redor. Do outro lado da rua havia um lindo edifício de madeira branca, com caixilhos verde-escuros na fachada. Em um dos lados havia um mapa pintado, que mostrava a distância entre Nantucket e outros lugares do mundo. Hong Kong ficava a 16.425 quilômetros de distância.

— "Somos o centro de tudo"[1] — disse Alix. — É isso que escuto alguém dizer quando olho para aquele mapa. "Nantucket é o epicentro da Terra."

[1] Citação da Bíblia. (N.T.)

Devo ter ouvido isso quando tinha quatro anos. Eu nunca tinha ouvido isso antes, mas, engraçado, sabia o que queria dizer. Isso faz algum sentido?

— Na verdade, faz — Izzy respondeu, sorrindo. Parecia que *ela* ia poder ir embora em breve. Dava para ver, pelo tom de voz de Alix, que a amiga se lembrava de mais coisas sobre Nantucket do que julgava. Melhor ainda, ela estava começando a se sentir em casa. Se Victoria e a falecida sra. Kingsley planejaram tudo isso para que Alix pudesse conhecer o famoso Jared Montgomery, o plano parecia estar dando certo.

— Vamos entrar aí — Izzy disse. — Precisamos comemorar.

Era a loja Murray's Beverage, onde havia fileiras de vinhos, cervejas e outras bebidas alcoólicas. Izzy achou que as duas precisavam de algo gelado e gasoso, por isso se dirigiu à geladeira na parede dos fundos.

Mas Alix foi até o antiquado balcão de madeira e olhou para as prateleiras atrás dele.

— Quero um copo de rum — disse à mulher atrás do balcão.

— Rum? — Izzy perguntou. — Não sabia que você gostava disso.

— Nem eu. Acho que em toda a vida só bebi rum com Coca uma vez. Mas aqui em Nantucket quero rum.

— É uma tradição local — informou a mulher. — Qual deles você quer?

— Aquele ali.

Alix apontou para uma garrafa de Flor de Caña, um rum de sete anos.

— Estômago de avestruz você tem, amiga! — disse Izzy, ao pôr uma garrafa de champanhe no balcão.

Alix tirou o celular da bolsa e verificou seus e-mails. Sua mãe lhe tinha dado instruções sobre como chegar à Casa dos Kingsley, mas, como estava perturbada com o fim do namoro com Eric, não imprimira o mapa. As indicações eram muito enigmáticas, o que não era raro de acontecer. Sua mãe pensava e escrevia como uma romancista, e gostava de mistério.

Alix olhou para a mulher atrás do balcão e disse:

— Vou ficar numa casa aqui em Nantucket, e minha mãe disse que dá para chegar lá a pé, a partir do cais da barca. Fica no número vinte e três da alameda Kingsley, e ela falou — Alix verificou o telefone — que vai dar no lado da West Brick. Não sei o que isso quer dizer. Como encontro a rua West Brick?

A mulher, acostumada com os turistas, sorriu e disse:

— Aposto como diz *a* West Brick.

— Na verdade, diz mesmo — Alix respondeu. — Pensei que fosse um erro de digitação.

— Você deve estar se referindo à casa da Addy — afirmou a mulher.

— É isso aí. Você a conhecia?

— Todo mundo a conhecia, e a gente sente muita falta dela. Quer dizer que você é a moça que vai morar lá por um ano?

Alix ficou meio espantada com o fato de a mulher saber disso:

— Sou — respondeu, hesitante.

— Sorte sua! E não deixe o Jared amedrontar você. Ele pode ser meu primo, mas isso não me impede de aconselhar que o enfrente.

Alix só conseguiu piscar para a mulher. Na sua opinião, Jared Montgomery/Kingsley era uma pessoa a ser reverenciada, um deus no mundo da arquitetura onde Alix vivia e trabalhava. Mas ninguém em Nantucket parecia admirá-lo.

Izzy deu um passo à frente:

— Já conhecemos um homem que diz ser... bem, primo do sr. Kingsley. Existem muitos outros?

A mulher sorriu mais uma vez:

— Muitos de nós descendem dos homens e mulheres que se estabeleceram nesta ilha, e somos aparentados de uma forma ou de outra. — Ela foi até o caixa e registrou as compras das duas moças. — Lá na encosta, vire à esquerda. Lá é a Main Street. Nessa rua, mais adiante, tem três casas de tijolos muito parecidas. A alameda Kingsley fica à direita, ao lado da última dessas três casas de tijolos.

— A West Brick.

— É isso aí.

Elas pagaram, agradeceram e saíram da loja.

— Agora a gente só precisa encontrar a encosta — Izzy disse.

Mas Alix estava de novo em transe, admirando a cidade. Do outro lado da rua havia um edifício que a deixou imóvel. Era um prédio de dois andares, ladeado por anexos de um andar, com telhados baixos e inclinados. Em cima disso, havia uma janela em meia-lua, e um octógono acima.

— Detesto interromper seu devaneio, mas, nesse ritmo, já será noite quando chegarmos lá.

Relutantemente, Alix recomeçou a andar, mas sempre analisando todos os edifícios pelos quais passavam, e admirando sua perfeição. Quando chegaram ao que parecia um cenário cinematográfico de uma drogaria do século XIX, Alix se empolgou:

— Eu me lembro deste lugar! Eu já estive aqui.

Ela abriu a porta antiquada de tela e entrou correndo, com Izzy atrás. À esquerda havia um balcão já desgastado, cheio de banquinhos à frente, e um espelho atrás.

Alix colocou seus pacotes no balcão e sentou-se num banquinho.

— Por favor, um sanduíche de queijo quente e um *frapê* de baunilha — pediu, firmemente, à jovem atendente atrás do balcão.

Izzy sentou-se no banquinho ao lado da amiga e perguntou:

— Como é que você pode estar com fome, e o que é um *frapê*?

— É uma mistura de leite com sorvete. — Alix encolheu os ombros. — Não sei direito. Eu sempre tomei isso, e é disso que preciso agora.

— Você *sempre* tomava aos quatro anos? — Izzy perguntou, sorrindo, contente por sua amiga estar se lembrando de coisas.

"Frapê" era o termo americanizado do francês *frappé*: uma espécie de milk-shake. Izzy pediu a mesma coisa, e também sanduíches de atum para viagem.

— Ela comprava coisas aqui — disse Alix enquanto comia o sanduíche, servido num pratinho fino de papel. — Lá nos fundos.

Izzy não resistiu a dar uma olhada pela loja. À primeira vista, era um lugar bastante simples, mas, ao observar mais detidamente, dava para ver que as mercadorias eram de alta qualidade. Os cosméticos para a pele eram do mesmo nível dos que se podiam encontrar na avenida Madison em Nova York.

— Aposto que sua mãe amava esta loja — Izzy disse quando já estavam na calçada.

Alix olhou para a amiga e comentou:

— Que ideia interessante! Se minha mãe providenciou essa coisa toda sobre o testamento, quando fez isso? Ela me disse que passamos um verão aqui quando eu tinha quatro anos. Foi quando ela e meu pai se separaram, mas, desde essa época, nunca mais mencionou Nantucket. Quando foi que ela esteve aqui? Como conheceu essa sra. Adelaide Kingsley?

— Eu só quero saber — disse Izzy — quem é "ela"?

— De que você está falando?

— Lá na drogaria você disse "*Ela* comprava coisas aqui". Você se referiu à sua mãe?

— Suponho — respondeu Alix —, mas acho que não. Neste instante é como eu estivesse mergulhando em outra época. Não tenho lembranças conscientes desta ilha, mas a cada passo que dou vejo alguma coisa que me é familiar. Aquela loja... — Ela estava olhando para a Loja de Roupas do Murray, com sua madeira pintada de cinza e branco, e uma porta de vidro. — Sei que as roupas infantis ficam no andar de cima, e que ela... isto é, alguém comprou um blusão rosa para mim.

— Se foi sua mãe, é claro que você se lembraria. Victoria é uma pessoa que chama muito a atenção.

Alix riu:

— Você se refere aos cabelos ruivos, olhos verdes e a um corpo capaz de provocar batidas de carro? Fico satisfeita de me parecer mais com meu pai. Onde você acha que fica o banco?

Izzy riu da amiga. Ouvindo Alix falar, alguém pensaria que ela era desenxabida e insignificante, quando comparada à mãe, mas isso estava longe da verdade. Embora Alix não sobressaísse numa multidão tanto quanto sua mãe, também era extraordinariamente bonita. Era mais alta e esbelta do que Victoria, e os cabelos avermelhados tinham mechas naturalmente louras. Ela os usava compridos, com franjas finas de um lado e cachos cheios do outro. Enquanto Izzy tinha de se esforçar para conseguir cachos no cabelo preto, os de Alix eram naturais. Os olhos eram azul-esverdeados e os lábios, pequenos porém carnudos. "Como os de uma boneca", disse Victoria certa vez enquanto as três almoçavam, e a filha ficou vermelha como tomate ao ouvir o elogio.

A modéstia de Alix sobre sua aparência, sua formação acadêmica e até mesmo sobre seu talento era coisa que Izzy sempre admirou na amiga.

Alix suspirou e parou de caminhar, dizendo:

— Olhe só aquilo.

Ela apontou para um edifício alto e majestoso, no fim da rua. Ele ficava numa fundação elevada, com uma escadaria bastante íngreme que levava à porta da frente, sob um pórtico de telhado arqueado. O elegante edifício parecia estar contemplando a cidade de cima, como uma grande imperatriz vigiando os súditos.

— É um arraso — Izzy disse, mas estava mais interessada em encontrar a Casa dos Kingsley.

— Olhe lá para cima.

Letras maiúsculas diziam: THE PACIFIC NATIONAL BANK.

Izzy deu uma risada:

— Não se parece com o meu banco. Que é que você acha?

— Nada aqui parece com nada em nenhum outro lugar — respondeu Alix. — Se o banco é esse, precisamos pegar a rua à esquerda.

Elas atravessaram os paralelepípedos na passagem de tijolos e dirigiram-se pela Main Street, depois da Fair Street. Era uma rua de casas, e todos os locais eram o sonho de um historiador, aninhados sob telhas harmoniosamente envelhecidas pelo tempo. Havia pouquíssimas das habituais chamativas casas estilo vitoriano, tão apreciadas como imóveis históricos por inúmeras cidadezinhas norte-americanas. Nantucket havia sido formada por Quakers, pessoas que acreditavam que a simplicidade devia fazer parte de suas roupas, atitudes, e especialmente de suas casas. Como resultado, as construções não apresentavam adornos desnecessários. Para o olhar treinado de Alix, cada telhado, porta e janela era uma obra de arte.

— Você acha que vai conseguir olhar para esta cidade por um ano inteiro? — Izzy perguntou, rindo da expressão de Alix.

Quando chegaram às três casas de tijolos, Alix teve a impressão de que iria desmaiar, bem à moda antiga. Grandes, altas e impecavelmente conservadas, as três casas realmente impressionavam.

Alix parecia estar grudada na calçada ao contemplar os imóveis, mas Izzy passou por ela.

Junto à última casa, havia uma pista estreita, cuja entrada estava quase escondida por árvores. Um pequeno cartaz branco dizia: "ALAMEDA KINGSLEY".

— Vamos — Izzy disse, e Alix a seguiu.

À direita, via-se uma calçada estreita. Silenciosamente, as duas começaram a percorrê-la, olhando para os números das casas.

— Elas têm nomes — Izzy constatou, surpresa. — As casas têm nomes!

— Placas ornamentais esculpidas — disse Alix.

— Você acabou de inventar essas palavras?

— Não. Eu... não sei como conheço essa expressão, mas é assim que se chamam essas placas de madeira.

— CAMPO DE ROSAS — falou Izzy, olhando para a casa localizada perto da rua.

— ALÉM DO TEMPO — foi o que Alix leu, em outra casa à direita. Havia uma entrada de carros ao lado, mas um portão impedia que elas vissem o jardim que ficava atrás. Na verdade, havia um local de estacionamento ao lado de cada casa por que as duas passaram. Alguns eram tão estreitos que os carros quase arranhavam as laterais, mas isso mantinha os veículos fora da rua.

— Olhe só, tem um *bed & breakfast* ali: POUSADA REFÚGIO DOS MARES.

— E aquela ... — Izzy disse, olhando para o outro lado da rua — é o número vinte e três, e se chama PARA O MAR, ETERNAMENTE.

À frente delas, havia um casarão branco deslumbrante. Como sua simplicidade lhe dava um caráter atemporal, a casa podia ser nova, ou ter centenas de anos. Viam-se cinco janelas acima, quatro abaixo, todas ladeadas por venezianas escuras; no centro, uma larga porta branca. O telhado era encimado por uma passagem cercada.

— É aqui? — Alix murmurou atrás de Izzy. — Onde vou viver por um ano?

— Acho que sim — Izzy respondeu. — É o número certo.

— Me lembre de mandar orquídeas à minha mãe, sim?

Alix remexeu a grande sacola Fendi à procura das chaves que a mãe lhe mandara. Quando as encontrou, dirigiu-se à porta, mas as mãos tremiam tanto que ela não conseguiu enfiar a chave na fechadura.

Izzy pegou a chave e destrancou a porta. As duas se viram num grande saguão, com uma escadaria à esquerda, que levava à parte de cima. À direita havia a sala de estar, e à esquerda, a sala de jantar.

— Acho... — Izzy começou a dizer.

— Que nós viajamos ainda mais para trás no tempo — Alix terminou a frase. Ela não havia pensado muito na maneira como uma casa antiga seria mobiliada, mas presumiu que fosse de modo absolutamente formal, baseada na teoria de um decorador sobre a aparência do imóvel. Mas esta casa era ocupada pela mesma família havia séculos. Tudo era uma combinação de velho e novo – e novo significava nenhuma década depois de cerca de 1930.

O saguão tinha uma escrivaninha alta e um baú embutido, com um material que parecia ser marfim. No canto, havia um grande porta-guarda-chuvas de porcelana chinesa, pintado com ramos de flores de cerejeira.

Elas espreitaram a sala de estar e viram móveis estofados com seda listrada, cujos braços estavam desgastados. O tapete era um Aubusson cor-de-rosa, com padrões que lembravam movimentos. Havia mesas, ornamentos e retratos de pessoas distintas.

As duas moças se entreolharam e começaram a rir:

— Isto aqui é um museu! — Izzy disse.

— Um museu *vivo*.

— E é *seu* — completou Izzy.

No minuto seguinte, ambas começaram a correr de um cômodo para outro, explorando-os e gritando comentários.

Havia uma saleta atrás da área de moradia, com um televisor.

— Que é que você acha dessa TV? — Alix perguntou. — Deve ser de 1964, por aí?

— Mande isso aí para o Smithsonian e peça a sua mãe para lhe comprar uma TV de tela plana.

— Vai ser uma prioridade da minha lista.

No fundo do casarão havia um cômodo amplo, claro e arejado, com prateleiras em duas paredes. Dois sofás cobertos de chita ladeavam uma enorme lareira; uma *bergère* e uma espreguiçadeira acolchoada e com braços completavam o ambiente.

— Era aqui que ela vivia — Alix sussurrou. — Servia-se chá às senhoras no salão da frente, mais formal, mas *a família* ficava aqui.

— Dá para você parar com isso? — Izzy disse. — No início foi divertido, mas agora você está começando a me apavorar.

— São apenas lembranças — Alix comentou. — Eu me pergunto por que mamãe nunca me trouxe aqui atrás.

— Vai ver, o sobrinho "gato" da sra. Kingsley tinha tesão por sua linda mãe, amiga. Isso seria bem constrangedor.

— Se eu tinha quatro anos, então esse sobrinho era um adolescente.

— É exatamente o que eu acho — disse Izzy. — Vamos ver quem chega primeiro lá em cima!

Izzy ganhou a corrida, mas só porque Alix diminuiu o ritmo, e ficou olhando para os contornos das silhuetas emolduradas e penduradas na parede. Havia uma de uma senhora usando um chapelão com penas.

— Eu me lembro de você — sussurrou Alix, para que Izzy não pudesse ouvi-la. — Você se parece com minha mãe.

— Eu o encontrei! — Izzy gritou do corrimão. — E vou subir na cama com ele.

Não havia necessidade de perguntar quem era "ele".

Alix subiu correndo as escadas, e procurou por Izzy no quarto à esquerda. Era um bonito quarto, todo de chita e musselina transparente, mas Izzy não estava lá.

Do outro lado do saguão havia um enorme quarto realmente lindo, todo em tons azuis, desde um azul pálido até tons mais profundos e fortes. No meio, via-se um dossel de quatro colunas, com colgaduras adamascadas. À esquerda, uma grande lareira e, ao lado, um retrato, mas Alix não conseguiu vê-lo por inteiro por causa das cortinas da cama.

— Vem cá — disse Izzy ao engatinhar para o fim da cama. — Sobe aqui e contemple Sua Alteza Real, Jared Montgomery. Ou Kingsley, como ele é conhecido aqui em Nantucket.

Alix subiu na cama, que ficava a uma boa distância do chão, e olhou para onde Izzy estava apontando. Na parede ao lado da lareira havia um retrato de corpo inteiro de alguém que parecia ser Jared Montgomery. Talvez o homem fosse alguns centímetros mais baixo, e estava vestido como um comandante de embarcação num período turbulento, mas era ele – ou, mais precisamente, seu antepassado. O rosto não tinha barba, da maneira como ela e Izzy viram Jared Montgomery anos antes, em uma de suas raras palestras. O cabelo era mais curto e um pouco encaracolado junto às orelhas. O queixo determinado e os olhos, que pareciam olhar através de uma pessoa, eram os mesmos.

Alix virou de costas, abriu os braços e exclamou:

— Esse cara vai ser meu!

— Só porque você mora aqui — Izzy disse, ao pôr as mãos na nuca e erguer a vista. A parte inferior da grande cama era de seda azul-clara com pregas em desenhos semelhantes a raios de sol, com uma rosa no meio. — Você acha que a sra. Kingsley ficava deitada aqui quando estava com seus noventa e poucos anos, e babava ao olhar para o retrato desse homem?

— Você não faria o mesmo?

— Se eu não estivesse perto de me casar... — Izzy começou, mas não terminou a frase, porque sabia que não era verdade: não trocaria Glenn por nenhum outro homem, famoso ou não.

Izzy rolou para fora da cama e foi explorar mais um pouco da casa, mas Alix virou-se para olhar mais o retrato. O homem a intrigava. Quando tinha quatro anos, ela se aconchegava nesta cama e olhava para o retrato, enquanto a tia Addy – Alix começou a chamá-la mentalmente assim – lia uma história para ela? Teria ela inventado suas próprias histórias sobre esse homem? Ou será que tia Addy lhe contava coisas sobre ele?

Fosse lá o que houvesse acontecido naquela época, Alix quase podia imaginá-lo se movimentando pela casa, e também quase podia imaginá-lo falando. E sua risada! Era alta e profunda; na verdade, era um rugido. Como o mar.

Havia uma plaquinha na parte inferior da foto, e ela saiu da cama para ler o que estava escrito: COMANDANTE CALEB JARED KINGSLEY — 1776-1809. Ele tinha apenas trinta e três anos quando morrera.

Ela se aprumou para observar o rosto dele. É, parecia o homem que ela havia visto anos antes, e revisto hoje no porto, mas outra coisa em relação à fotografia lhe suscitou uma lembrança encravada profundamente nela. A lembrança estava lá, mas não conseguia determinar o que era.

— Encontrei o quarto da sua mãe — Izzy gritou no saguão.

Aliex virou-se para sair dali, mas parou e olhou de novo para o retrato.

— Você foi um homem lindo, Caleb Kingsley — ela disse; em seguida, num impulso, beijou as próprias pontas dos dedos e as encostou nos lábios dele.

Por um segundo, menos até, ela julgou haver sentido uma respiração no rosto, e depois um toque. Tudo muito suave, muito rápido, e que desapareceu em seguida.

— Ande logo! — Izzy disse, à porta. — Você tem um ano inteiro para cobiçar aquele homem e o que mora na casa de hóspedes. Venha ver o quarto que sua mãe decorou.

Alix pensou em revelar que talvez o homem da foto a tivesse beijado, mas não disse nada. Tirou a mão do rosto e foi até a porta:

— Como é possível minha mãe ter um quarto aqui? E como você *tem certeza* de que é dela? — perguntou, seguindo pelo saguão, passando pelas escadas, e indo a outro aposento.

Mas, no instante em que Alix viu o cômodo, soube que sua mãe o havia decorado. Era pintado de verde, que ia de um verde-escuro tipo floresta a um tom amarelado claro. Uma das vaidades de sua mãe eram seus olhos verdes; ela costumava se vestir de forma a que a roupa combinasse com eles, e quase sempre escolhia cores para sua casa que complementassem seus olhos.

A cama era coberta por uma colcha de seda verde-escura, com minúsculas abelhas interligadas no tecido. Os travesseiros — uma meia dúzia — eram sutilmente monogramados com suas iniciais específicas e entrelaçadas: VM.

— Você acha que este quarto é dela? — Izzy perguntou, sarcasticamente.

— Poderia ser — Alix admitiu —, ou talvez a sra. Kingsley fosse grande admiradora dos livros da mamãe.

— Será que eu poderia... você sabe... só hoje à noite?

Alix brincava com Izzy que ela era a maior tiete de sua mãe, e um dos primeiros exemplares dos livros sempre lhe era dado.

— Claro, desde que você não durma pelada.

— Quê? — Izzy perguntou, indo atrás dela. — Sua mãe dorme nua?

— Eu não devia ter dito isso — resmungou Alix, ao olhar para mais um quarto, que era bonito, mas parecia que nada de novo lhe havia sido acrescentado nos últimos cinquenta anos. — Boca de siri, hein?! Não fui eu que contei.

— Juro por Deus! — prometeu Izzy, pondo um dedo nos lábios e fazendo menção de jogar a chave fora, para significar que ia ficar de bico calado.

— Essa é apenas uma das muitas pequenas falhas de minha mãe: lençóis caríssimos e sua pele nua juntos. Uma verdadeira combinação amorosa.

— Nossa! — Izzy exclamou. — Sua mãe...

— Pois é, eu sei.

Alix abriu uma porta estreita nos fundos da casa e entrou no que obviamente eram outrora os aposentos da empregada: uma sala de estar, dois quartos e um banheiro.

Tão claramente como se estivesse assistindo a um filme, Alix soube que ela e a mãe haviam ficado nesses cômodos. Espiou pela porta à direita e viu um quartinho decorado de rosa e verde, e se deu conta de que, quando criança, escolhera o tecido daquela colcha e daquelas cortinas. No chão, havia um tapete bordado à mão, com o desenho de uma sereia nadando entre recifes de corais. Ela sempre adorou sereias. Seria esse tapete a fonte de sua fascinação por elas?

Numa escrivaninha branca havia uma tigela de conchas que Alix se lembrava de haver coletado na areia. E também se lembrava de que a mão que segurava enquanto andava na areia era de alguém idoso. Certamente, não era a de sua mãe.

Quando ouviu Izzy na sala de estar, Alix saiu do pequeno quarto e fechou a porta.

— Alguma coisa interessante? — Izzy perguntou.

— Não, nada — Alix mentiu. Vistoriou o outro quarto: maior, porém impessoal; a natureza de tudo era absolutamente prática. O banheiro era todo branco, a pia ficava numa estrutura de suporte e a banheira era grande e esmaltada. Ela se lembrou de que a banheira era muito fria, e que ela precisava ficar em cima de uma caixa para alcançar a pia.

— Você está bem? — Izzy perguntou.

— Estou ótima. Acho que apenas impressionada. Vamos abrir as garrafas e brindar à família Kingsley?

— Demorou!

Capítulo dois

Uma hora depois elas estavam sentadas no chão da pequena sala de TV, comendo sanduíches de atum e uma pizza que encontraram na geladeira.

— Como serão as mercearias em Nantucket? — Izzy perguntou. Haviam encontrado uns lindos copos de cristal, e ela estava usando um deles. — Talvez Benjamin Franklin tenha bebido num destes — comentou, sabendo que a mãe dele era de Nantucket.

Quanto à Alix, a única bebida que ela queria era rum.

Na sua primeira vistoria do imóvel, não encontraram a cozinha. Foram achá-la escondida nos fundos da casa, atrás da sala de jantar. Comparado à cozinha, o resto da casa era absolutamente moderno. Quase tudo era do mesmo jeito que tinha sido em 1936. O forno era de esmalte verde e branco, com uma tampa sobre os bicos de gás. Na grande pia havia escorredores de ambos os lados, e todos os armários eram de metal. A geladeira era nova, mas muito pequena, porque precisava encaixar-se num espaço feito para uma geladeira da década de 1930. Na parede oposta, sob a janela, havia um assento e uma mesinha com um tampo de madeira muito desgastado, que Alix apostava que antes fora o convés de uma embarcação. Lembrou-se de que costumava sentar lá para colorir, enquanto alguém lhe preparava um sanduíche. Mais uma vez, teve uma visão de uma idosa. Se essa fosse a tia Addy, dona da casa, onde estaria sua mãe? E se elas eram hóspedes da tia Addy, por que ficavam nos aposentos de empregada? Nada disso fazia sentido.

— Você não fica morta de vontade de demolir tudo? — Izzy perguntou, ao observar a cozinha. — Acho que as bancadas deveriam ser de granito, e os armários, de madeira de bordo. E eu derrubaria essa parede junto à sala de jantar.

— Nem pensar! — Alix exclamou, com demasiada ênfase, mas depois se acalmou. — Eu deixaria tudo exatamente como está.

— Acho que este lugar está se apossando de você — Izzy disse, e depois exclamou, ao encontrar uma pizza congelada: — Vamos ter um banquete hoje à noite! Será que esta coisa funciona? — perguntou, referindo-se ao forno antigo.

Para surpresa de ambas, Alix sabia ligar a luz-piloto do forno, sabia que os botões do fogão eram esquisitos, e como lidar com cada um deles.

Izzy ficou atrás, observando-a, mas recusou-se a comentar.

Alix estava observando a cozinha, e mais uma vez sentiu que sabia alguma coisa, mas não conseguiu lembrar-se do que era. Quando viu a maçaneta da cabeça de um pirata junto à geladeira, exclamou:

— É isso! — E puxou.

Izzy foi ver o que a amiga descobrira.

— Este armário estava sempre trancado, e eu era fascinada por ele. Tentei até roubar a chave, mas não a encontrei.

Ela se lembrava, de maneira difusa, de um homem de voz grave dizendo que ela não podia ter a chave, mas não contou isso a Izzy.

Por um momento, as duas moças ficaram lá, olhando fixamente, sem acreditar no que viam. O armário tinha garrafas de bebida e misturadores. O insólito era que quase todas as garrafas eram de rum: tradicional, claro, dourado, branco, e pelo menos de uma dúzia de variedades com sabor. No meio do armário havia uma superfície com tampo de mármore e, embaixo dela, uma geladeira com uma só gaveta, cheia de frutas cítricas frescas. A cozinha não era modernizada havia quase um século, mas o bar poderia fazer parte de uma revista de decoração.

— Dá pra ver quais eram as prioridades da sra. Kingsley — Izzy disse.

Alix se perguntou se a razão pela qual associava rum a Nantucket era por haver visto pessoas tomando a bebida naquele cômodo. Fosse qual fosse a lógica subjacente ao armário, havia receitas de drinques coladas na parte traseira das portas, e ela quis experimentá-las.

— Que tal um Zumbi? — perguntou a Izzy. — É feito de três tipos de rum. Ou talvez um Planter's Punch?

— Não, obrigada. Vou continuar com o champanhe.

Rapidinho elas levaram a comida e os drinques para a saleta de TV. Para aquela noite, as outras salas eram muito grandes e intimidadoras para serem usadas.

— Você tem três dias — Izzy disse; ambas sabiam o que significava. "Ele" voltaria dali a três dias. — Será que hoje é um dos três? Se for, você só tem mais dois dias. Eu vou ter de fazer muitas compras rapidamente.

— A bagagem deve chegar amanhã, e eu já tenho muita roupa.

— Eu vi o que você pôs na mala: moletons e jeans.

— E isso é tudo de que vou precisar — Alix disse. — Pretendo trabalhar enquanto estiver aqui. Pensei em perguntar ao papai se conhece alguém que passe o verão aqui, e que pudesse me dar um emprego. Eu precisaria usar a licença profissional dele, e ter sua aprovação, mas talvez desse certo.

— Não estou falando do seu pai — disse Izzy.

Alix deu um grande gole do seu Planter's Punch. Ela costumava ficar bêbada com facilidade, mas já estava no segundo drinque com rum, e se sentia perfeitamente normal:

— Quero *aprender* com o Jared Montgomery. Se eu aparecer de shorts ou com uma criação de algum designer, ele vai me olhar da mesma forma com que olhou para aquela garota hoje.

— E qual é o problema *disso*? — perguntou Izzy.

— Acho que ele não pensou que ela fosse uma criatura inteligente, e você?

Izzy bebericou o champanhe e respondeu:

— Trabalho, trabalho e trabalho! Você não pensa em outra coisa?

— Que é que tem?

— *Que é que tem?* — Izzy estava incrédula. — Jared Montgomery tem mais de 1,80 metro de puros músculos. Toda vez que ele entra num lugar, a mulherada só falta desmaiar. A testa delas se ilumina com um cartazinho que diz "FICA COMIGO, POR FAVOR!". Nunca houve uma mulher que o rejeitasse, mas você... Tudo em que pensa é na *mente* dele. Nem percebi que ele tinha isso. Alixandra, você está ficando velha.

Alix deu outro grande gole, pôs o copo no tapete e perguntou:

— É isso que você acha? Que eu não o vejo como *homem*? Fica aí quietinha, que vou lhe mostrar uma coisa.

Ela subiu correndo a escada para pegar seu laptop e o ligou; então, quando voltou até Izzy, a tela já estava ligada. Alix precisou buscar em cerca de oito níveis de arquivos, antes de aparecer o documento que sempre escondera.

O lábio inferior de Jared

Macio e suculento, delicioso e firme
Cativante, sedutor, provocante
É o canto de uma sereia, a flauta de Pied Piper
Eu sonho com ele dormindo e acordada
Quero tocá-lo, acariciá-lo, beijá-lo
Com a ponta da língua, nossas respirações se misturando
E ele na minha boca, para eu acarinhá-lo
E senti-lo no meu próprio lábio
Ah, o lábio inferior de Jared...

Izzy leu o poema três vezes antes de olhar para Alix:

— É verdade, você pensa *mesmo* nele como homem. Nossa! O tempo todo!

— Faz alguns anos, depois que nós fomos à palestra dele, e nós duas ficamos horas falando sobre ele. Lembra-se de como ele preparou o projeto final da faculdade? Sem desenhos nem modelos. Ele fez a maquete com martelo e pregos. Meu pai diz que devia ser obrigatório que um ano do curso de arquitetura fosse passado com construções. Ele dizia...

Ela se interrompeu porque Izzy se levantou.

— Anda, vamos.

— Aonde?

— Vamos entrar na casa de hóspedes, onde ele fica.

— A gente não pode fazer isso — Alix disse, ao se levantar.

— Vi você olhando pela janela, como eu olhei, e você viu a casa nos fundos. Tem dois andares, um janelão na frente.

— Mas a gente não pode...

— Esta pode ser nossa única oportunidade. Ele está passeando no seu barco de pesca, e você sabe que chegamos aqui antes da data, mas ele não tem ideia disso.

— Isso quer dizer o quê?

— Não sei — Izzy respondeu —, mas talvez quando ele souber que uma estudante fanática de arquitetura está aqui nesta casa, vai colocar barras nas janelas e portas da casa dele.

Alix não havia pensado nisso, e disse:

— Eu vou ser bem sutil. Vou lhe dizer quanto admiro o trabalho dele e...

— E o lábio inferior dele? Já lhe passou pela cabeça que ele pode ter namorada? Só porque ele não é casado – ou não era, da última vez em que nós duas consultamos o Google – e porque está sozinho num barco de pesca, não quer dizer que esteja solteiro. Você acha que *ela* vai deixar você entrar na casa?

Alix sabia que era errado o que Izzy estava propondo, mas, por outro lado, Jared talvez tivesse desenhos na casa. Talvez essa fosse mesmo sua única oportunidade de observar privadamente um projeto de Montgomery antes que o mundo o visse.

Izzy percebeu que Alix estava hesitante e meio que a empurrou e a puxou pela porta lateral, e pela trilha do jardim que levava à casa de hóspedes. Era alta, e pesadas cortinas pendiam das janelas; era quase ameaçadora.

Izzy respirou fundo e tentou abrir a porta da frente, mas estava trancada.

— Não podemos fazer isso — Alix repetiu, e deu as costas para a casa.

Izzy, porém, pegou-a pelo braço e a levou para o lado.

— Talvez a gente consiga ver o quarto dele — murmurou. — Ou o armário de roupas. Ou o...

— *Quantos anos* você tem?

— Neste instante, me sinto como se tivesse catorze anos.

Alix recuou um passo:

— Não acho mesmo que a gente deva...

De súbito, ela parou e arregalou os olhos.

— Que foi? — perguntou Izzy, ofegante. — Por favor, diga que você não está vendo um fantasma. Eu li que Nantucket é um dos lugares mais mal-assombrados do mundo.

— É uma luz — Alix sussurrou.

— Ele deixou uma luz ligada? — Izzy recuou para erguer os olhos e viu o que parecia ser uma luminária de mesa, do tipo que se usa junto a pranchetas de desenho. — Tem razão. Você acha que ele tem um escritório em casa? *Agora* você acha que devemos entrar?

Alix estava junto à janela, tentando abri-la. A janela deslizou facilmente.

— É uma vidraça térmica Andersen Thermopane — murmurou ao dar um pulo e se impulsionar para dentro da casa, deixando que Izzy entrasse por si mesma.

Quando se viu dentro da casa, Alix rapidamente relanceou ao redor. Havia uma luz fraca na cozinha, o que lhe possibilitou ver uma área com sala de estar e de jantar. Tudo em uma só peça. Era um lugar agradável, mas ela quis ver onde estava a luz. Subiu correndo a escada, abriu a porta à direita e viu um cômodo com janelas em três paredes. Percebeu que a claridade seria linda durante o dia. Havia um tapete velho no assoalho de madeira de lei; debaixo das janelas ficava uma antiga prancheta de desenho, provavelmente da era eduardiana. Ao lado, havia um pequeno armário, cujo topo estava coberto de materiais de desenho. Numa época de sistemas de desenhos computadorizados, era maravilhoso ver desenhos reais, feitos a lápis, caneta e tinta. Ela tocou nas lapiseiras dele, todas alinhadas de acordo com o grafite, de duro a macio. Havia uma placa de apagamento, pincéis e uma régua em T. Não se via nenhuma ferramenta para fazer escalas em plantas.

À direita, uma parede estava coberta por desenhos dele. Destinavam-se à construção de pequenas estruturas, não de casas, e todos eram magníficos, no conceito e na execução. Havia dois galpões, uma casa de hóspedes e um conjunto de brinquedos infantis. Três plantas de garagens estavam ao lado de esboços de estruturas de jardim. Quase todos os centímetros de espaços vazios na parede haviam sido cobertos por seus desenhos e rascunhos de projetos.

— Eles são lindos, maravilhosos! Magníficos! — ela murmurou.

Alix recuou até a porta, para captar tudo. O cômodo lhe parecia um relicário ou santuário.

— Aposto que ele não convida ninguém para vir aqui — disse, em voz alta.

Ela se surpreendeu com o fato de os dois – ela e esse homem – pensarem da mesma forma. Acreditava firmemente que se podia e deveria encontrar beleza nos menores objetos. Fosse uma saboneteira ou uma mansão, embelezá-los era de importância fundamental.

— Nossa! — Izzy exclamou, atrás dela. — Parece com...

— Algo a ver com um navio?

— É isso aí, parece muito um *set* cinematográfico do camarote de um comandante.

Ocupando um canto do escritório, via-se uma sereia, figura de proa de um navio, esculpida em madeira, desgastada como se tivesse navegado por muitos oceanos.

— A família deles não costumava ter navios baleeiros? — Izzy perguntou.

— Essencialmente, para comércio com a China. — Quando acabou de falar, Alix se perguntou como sabia disso. — Mas nunca li sobre nenhum baleeiro na família — acrescentou, para disfarçar. Ela andou por ali, tocando nas coisas, memorizando-as. Se tivesse um escritório em casa, seria igualzinho a este. — Isto aqui não é o máximo?

— Para ser sincera, não acho não. Gosto de tudo computadorizado. Nada tenho a ver com caneta e tinta. Este lugar não faz meu gênero.

Do lado de fora, ouviu-se o bater de uma porta e as duas moças se entreolharam, em pânico.

Izzy disse:

— É melhor a gente sair logo daqui.

Relutantemente, Alix começou a seguir a amiga escada abaixo, mas virou-se para dar uma última olhada. Um esboço à mão livre de uma pequena pérgola de jardim: era octógona, e a cobertura parecia uma tulipa de cabeça para baixo. Sem pensar no que fazia, apanhou o esboço, enfiou-o na cintura da calça e desceu correndo as escadas.

Capítulo três

Alix recostou-se na cadeira e olhou para o modelo de papel que havia feito da capela que projetara. Não tinha sido fácil de construir, pois tudo de que ela dispunha era cartolina e fita adesiva. Era de tardinha, e ela estava no salão dos fundos da casa velha, onde sentia cordialidade e felicidade. Ela sabia, sem que ninguém lhe tivesse dito, que passava muito tempo nesta sala quando criança. Lembrava-se de construir pequenas casas que tinham torres e torreões. A princípio usava velhos blocos de madeira e empilhava objetos que encontrava em gavetas e prateleiras. Depois veio o Lego, seu brinquedo de infância favorito. Havia uma grande caixa dele e, no fundo, barquinhos para os quais ela construía galpões.

Enquanto brincava, ouvia música, suave e ligeira, mas nada de TV. O mais importante é que certa mulher estava sempre próxima. Alix quase pôde vê-la sorrindo, aprovando o que a menina fazia. E às vezes outras pessoas também estavam presentes: um rapaz que sempre parecia preocupado. E um menino alto que cheirava a mar. Havia senhoras sorridentes que comiam bolinhos, com botões de rosa em cima. Lembrava-se do sabor dos *petits-fours* e de como seu vestido novo lhe dava coceira.

Acima da grande lareira via-se o retrato de uma dama. Uma plaqueta dizia: "SENHORITA ADELAIDE KINGSLEY". Seu cabelo e as roupas indicavam que a tela devia ter sido pintada na década de 1930. Ela era bonita e tinha a aparência tranquila e respeitável, mas havia um brilho em seu olhar. A mulher de quem Alix se lembrava mais nitidamente a cada hora que passava era muito mais velha do que no quadro, mas Alix conhecia bem aquele cintilar em seus olhos. Parecia dizer que ela sabia e via coisas que os outros desconheciam, mas não revelava o quê. Exceto que ela havia partilhado seu conhecimento com Alix. Não recordava exatamente o que tia Addy havia lhe contado, mas ainda sentia o amor que havia existido, e os segredos partilhados.

Alix quis passar o dia com Izzy, explorando a velha casa e passeando em Nantucket. Afinal de contas, sua amiga logo iria embora, e Alix receava que, quando ela voltasse ao continente, Izzy se envolvesse tão profundamente no planejamento do seu casamento que não teriam mais muito contato. Quase no fim do verão, Alix seria dama de honra de Izzy, significando o fim da sua amizade adolescente. Alix tentou não pensar se o casamento iminente de Izzy as separaria.

O plano de passarem o dia juntas era excelente, mas não aconteceu. Alix acordou cedo, totalmente concentrada na possibilidade de mostrar seu trabalho ao grande Jared Montgomery. Se ele gostasse do que visse, talvez ela conseguisse uma entrevista para trabalhar na empresa dele. No mínimo, mostraria a ele que podia ser uma estudante muito ansiosa para aprender.

Deitada na cama de tia Addy, cedinho, com os braços atrás da cabeça, olhava para a seda rosa. Mesmo se não conseguisse um emprego com ele, ser sua aluna – mesmo que por algumas semanas – seria o ponto culminante de seus estudos de arquitetura. E ela certamente acrescentaria isso ao seu currículo. Mais importante do que tudo, aprenderia muitíssimo com ele.

Queria desenhar algo para impressioná-lo. Uma casa? Como poderia fazer isso em apenas dois dias? Ela era muito boa em esboços à mão livre, por isso, talvez pudesse desenhar algumas fachadas. Mas aí precisaria ver a terra. Todo mundo sabia que Montgomery acreditava em construções oriundas da terra, do meio ambiente. Ele *não* era a favor de simulações do estilo Tudor em Dallas.

— Que será que posso desenhar para impressioná-lo? — disse em voz alta.

Enquanto Alix permanecia deitada pensando, sem nada definir, um pequeno retrato emoldurado caiu da mesa junto à parede do outro lado. Surpreendentemente, esse transtorno no quarto silencioso não a assustou, mas fez com que ela se sentasse ereta.

Ela saiu da cama; a velha camiseta e o moletom surrado não a agasalhavam o bastante na manhã fria. Embora não soubesse por quê, sabia que o retrato que caíra era importante. Ao apanhá-lo do chão, viu uma foto dos anos 1940 de duas moças que riam. Usavam bonitos vestidos de verão e pareciam felizes.

Foi um pensamento interessante achar que a fotografia tinha algum significado, mas Alix não entendia qual. Devolveu a foto ao seu lugar na mesa e dirigiu-se ao banheiro, mas, de repente, parou, voltou e apanhou a foto de novo. Em segundo plano, mais distante, havia uma igrejinha. Talvez nem sequer uma igreja, mas uma capela, como as capelas particulares de famílias que tinha visto quando ela e o pai visitaram a Inglaterra.

Por um momento, Alix visualizou o escritório na casa de Jared Montgomery, e seus desenhos de esculturas e pérgolas de jardim, de caramanchões, e de um pequeno galpão de jardim.

— Pequena — ela murmurou. — Ele gostaria de ver alguma coisa pequena e primorosa.

Ela olhou para o grande retrato do ancestral Kingsley, o comandante Caleb, e teve uma vontade quase incontrolável de lhe agradecer.

Balançando a cabeça com essa bobagem, ela foi ao banheiro e prendeu o cabelo. Quando saiu, tirou o grande caderno vermelho de anotações de sua bolsa nova e voltou para a cama.

Talvez fosse a proximidade do casamento de Izzy, ou talvez a procura por algo pequeno que Montgomery não tivesse desenhado, ou talvez a ideia tivesse se originado da foto que caíra. Independentemente do motivo, Alix começou a esboçar capelas. Ela raramente se esquecia de uma construção, e desenhou aquilo de que se lembrava.

Todo mês de agosto, desde que seus pais se separaram, sua mãe ia para o Colorado, e Alix ficava com o pai. Se o cronograma de trabalho dele lhe permitisse viajar, os dois iam para onde pudessem estudar a arquitetura local. Foram ao sudoeste dos Estados Unidos analisar *pueblos*, à Califórnia para conhecer o estilo arquitetônico das missões, ao estado de Washington para ver as casas de estilo vitoriano. Quando Alix cresceu, ambos foram à Espanha para ver a obra de Gaudí e, claro, visitaram o Taj Mahal na Índia.

Alix usou tudo que conseguiu lembrar e fez os esboços o mais rapidamente que pôde. Quando nas páginas já não cabia nada, ela as destacava e as atirava na cama.

Quando a porta do quarto se abriu, ela viu que Izzy estava toda vestida, como se fosse sair.

— Eu sabia que você não estava dormindo. — Izzy tirou os desenhos do lugar, sentou-se na cama e apanhou alguns esboços. — Uma igreja?

— Uma capela. Pequena e particular.

Izzy olhou todos os desenhos em silêncio, enquanto Alix sustinha a respiração. Como sua amiga também estudava arquitetura, Alix valorizava muito sua opinião.

— Os desenhos são magníficos! — Izzy disse. — Realmente lindos!

— Estou no caminho certo, mas estou tentando incorporar tudo em um só desenho. Campanários, belas portas, escadas em caracol, tudo! Preciso decidir o que posso e o que não posso usar.

Izzy sorriu e disse:

— Você vai saber, estou certa. Só queria te dizer que vou fazer compras.

Alix atirou as cobertas para o lado e falou:

— Vou me vestir. Não vou demorar mais que uns minutinhos.

Izzy se levantou e disse:

— De jeito nenhum. Não a autorizo a sair. Esta é sua grande oportunidade, e quero que você a aproveite. Fique aqui e desenhe alguma coisa que vá deixar Montgmery estupefato. A propósito, tem comida lá embaixo.

— Como você conseguiu achar uma mercearia aberta tão cedo?

— Para seu conhecimento, são onze da matina, e toda a linda cidade de Nantucket está nas ruas. Já saí e voltei, e agora estou pronta para arrasar nas compras. Você simplesmente *não pode* conhecer Sua Alteza Imperial Montgomery usando *isso aí.*

Ela olhou de modo desaprovador para Alix.

Alix conhecia bem a amiga:

— Pensando bem, acho que vou com você. Preciso de sandálias novas.

Izzy recuou até a porta:

— Nananinanão! Volto na hora do jantar e quero ver o que você fez.

Saiu apressada, fechando a porta.

— Vou me esforçar ao máximo para deixar você contente — gritou Alix. Sabia que Izzy queria ir sozinha: adorava comprar roupas e, dependendo do humor, Alix também gostava. Mas não hoje. Além disso, as duas vestiam praticamente o mesmo tamanho, de modo que Izzy podia comprar as roupas de que Alix precisava, e cobrar tudo de Victoria.

Ao meio-dia, com o estômago roncando de fome, Alix finalmente se vestiu e saiu do quarto para tomar o café da manhã. Izzy havia comprado *bagels*, salada de atum, frutas e espinafre. Tudo saudável e nutritivo.

Alix preparou um sanduíche e voltou para o quarto a fim de pegar seus desenhos, de modo a poder observá-los enquanto comia. Para seu horror, deu-se conta de que só lhe restavam duas páginas em branco.

Pensou então que, se sua mãe ficara na casa mais de uma vez, ela teria papel em algum lugar, provavelmente no quarto verde. Mesmo achando estar sendo meio intrometida, Alix foi ao quarto que Izzy estava usando.

Mais uma vez, Alix se perguntou em que período a mãe havia ficado em Nantucket. E por que mantivera suas visitas em segredo? Alix lembrava-se de dizer que descobria tudo o que a mãe fazia, mas parecia que isso não era verdade. Entretanto, para ser justa, desde que saíra de casa para estudar na faculdade, tivera sua própria vida e não contara à mãe algumas coisas, como, por exemplo, sobre namorados. Parecia que a mãe também tinha seus segredos. Mas por quê? Existiria um homem na história?

Havia dois grandes armários no quarto, antigos e lindos. Um continha algumas sacolas que Izzy devia ter comprado de manhã e o outro estava trancado. Alix olhou em volta procurando a chave, mas não viu nenhuma. Num impulso, voltou ao seu quarto para pegar a bolsa, de onde tirou o chaveiro que a mãe lhe mandara. Alix não sabia para que servia cada uma das chaves, mas Victoria era assim mesmo: nunca dava muitas explicações. Sempre achava que a filha era inteligente o suficiente para descobrir tudo por si própria.

Uma das chaves menores entrou na fechadura. Alix abriu as portas duplas e encontrou um escritório inteirinho. Havia uma impressora e gavetas cheias de papéis e suprimentos. Prateleiras abrigavam o que Alix reconheceu como antigos manuscritos. Algumas fotografias estavam coladas no lado de dentro das portas. Uma delas mostrava Victoria abraçando uma idosa baixinha, que Alix reconheceu como sendo Adelaide Kingsley. A data da foto era 1998, quando Alix tinha doze anos.

Alix não conseguiu refrear a onda de mágoa que a percorreu. Era óbvio que a mãe havia passado muito tempo nessa casa em Nantucket, mas jamais contara nada à filha sobre isso. Evidentemente, ela vinha para a ilha em agosto, Alix pensou. Esse mês sempre tinha sido sacrossanto para Victoria, que dizia se refugiar na sua cabana no Colorado, porque a solidão a inspirava na concepção do enredo de um novo livro. Estava claro, porém, que ela não ia para lá *todos* os anos.

Alix continuou a observar o armário. Fazia sentido que sua mãe viesse para Nantucket, pois todos os seus livros se passavam numa comunidade ligada a atividades marítimas. Mas por que mantinha sua estada naquele lugar em segredo?

Alix teve vontade de ligar para a mãe e fazer-lhe uma série de perguntas. Mas Victoria estava num *tour* de vinte cidades para divulgar seu livro mais recente e se mostrar a autora sorridente e risonha que o mundo julgava conhecer. Alix não ia interromper isso. Ela poderia esperar para descobrir e, conhecendo a mãe, seria certamente uma história interessante.

Alix pegou o papel de que precisava, alguns materiais de escritório, achou até um velho pacote com papel fotográfico fosco, e carregou tudo para o andar de baixo, até a grande sala de estar. Ela sabia que uma daquelas mesinhas se abria. Pegou uma delas e acomodou seu sanduíche. Espalhou os desenhos no chão, sentou-se no sofá para comer e olhar para eles.

A princípio tudo pareceu uma grande miscelânea de estilos e desenhos. "É coisa demais!", ela pensou. Nenhum deles se enquadrava na elegância discreta de Nantucket.

Acabou de almoçar, tirou a mesa do caminho e continuou a olhar fixo para os desenhos, mas nada viu que valesse a pena recuperar. Estava começando a se sentir frustrada quando um dos papéis farfalhou na brisa. Não importava que todas as janelas e portas estivessem fechadas.

— Obrigada — ela disse, antes de pensar, e balançou a cabeça. Obrigada pelo quê? E a quem?

Apanhou o papel que se mexera. No cantinho, havia um minúsculo esboço que ela havia feito tão rapidamente que mal se lembrava dele. Era uma combinação de uma missão espanhola e dos Quakers de Nantucket. Um estilo comum, quase severo, mas ao mesmo tempo lindo na sua simplicidade.

— Você acha que ele vai gostar deste? — disse em voz alta, e depois começou a se corrigir, mas que importância tinha isso? Estava sozinha, e podia falar em voz alta se quisesse.

Pôs o desenho na mesa da bandeja e voltou a olhá-lo:

— Esta janela precisa ser mudada para ficar um pouquinho mais alta. E o campanário deve ser menor. Não! O telhado é que precisa ser menor.

Ela pegou mais papel e refez o desenho. Depois, fez isso mais três vezes. Quando o esboço ficou do jeito que queria, apanhou a escala arquitetônica que havia trazido consigo e começou a fazer um desenho em escala.

Às três horas da tarde, fez mais um sanduíche, pegou uma água tônica na geladeira, e voltou à sala de estar. O assoalho estava coberto de papéis; próximos a ela viam-se os novos esboços.

— Gostei — ela disse, andando ao redor dos desenhos, e olhando-os fixamente.

Terminou o sanduíche e a bebida e apanhou o papel de fotografia, tesoura e um aparelhinho de fita adesiva. Fazer uma maquete com esses elementos não seria fácil, mas Alix se esforçaria para conseguir realizar a tarefa.

Quando ouviu a porta se abrir, eram quase seis horas. Izzy estava em casa. Por um momento, Alix se deu conta de que sua amiga iria embora em breve, deixando-a sozinha, o que não era nada agradável.

Alix correu até a porta e foi cumprimentada por Izzy, que carregava o que parecia uma dúzia de enormes sacolas de compras, com os nomes das lojas em relevo.

— Dá pra notar que é bom fazer compras em Nantucket...

— É espetacular, divino! — enfatizou Izzy. Largou as sacolas e esfregou os dedos, onde as alças deixaram vincos.

Alix fechou a porta e disse:

— Venha, vou fazer um drinque para você.

— Mas nada com rum — Izzy disse, ao seguir Alix até a cozinha. — Numa daquelas sacolas tem comida. Vieiras, salada e sobremesa de framboesa e chocolate.

— Beleza! — exclamou Alix. — Por que não levamos lá para fora? Acho que está quente o bastante para comermos lá.

— Você quer ficar vigiando a casa dele, não é?

Alix sorriu e respondeu:

— Não. Quero amolecer você, para que não seja muito dura na crítica sobre o que desenhei hoje.

— Continua sendo uma igreja, ou você já a transformou numa catedral? Vejo contrafortes voadores de cedro inacabado. As janelas vão ser vitrais de algum comandante marítimo musculoso?

Alix ia começar a se defender e explicar, mas, em vez disso, foi à sala de estar, pegou o modelo, trouxe-o de volta e o colocou na mesa da cozinha.

Izzy retirou os recipientes das comidas das sacolas e os pôs na bancada. Durante vários momentos, ficou imóvel, contemplando o pequeno modelo branco. Era muito simples, com seu teto inclinado e o campanário, mas as proporções eram perfeitas.

— É ... — Izzy sussurrou — é...

Alix esperou, mas Izzy não disse mais nada.

— É o quê, criatura?

Izzy sentou-se no assento embutido atrás da mesa:

— É a melhor coisa que você já fez — murmurou, e ergueu os olhos para Alix.

— Verdade? — Alix perguntou. — Você não está só falando por falar?

— Estou sendo sincera. É a síntese de tudo aquilo por que você já trabalhou. É verdadeiramente lindo.

Alix não pôde evitar uns passinhos de dança de vitória na cozinha; depois, começou a tirar pratos dos armários e a pôr comida neles:

— Eu realmente me esforcei. Pensei que nunca ia conseguir combinar o novo com o original, o velho com o tradicional ao mesmo tempo. Contrariei a convicção bem conhecida de Montgomery, de que a terra é a base, mas pensei na capela como sendo uma construção de Nantucket, para que...

Ela se interrompeu porque, ao olhar para Izzy, viu que a amiga estava chorando, sentada à mesa, com lágrimas rolando pelas faces e os olhos focalizados no modelo da capela.

Alix foi até ela e a abraçou, dizendo:

— Nós não vamos deixar de estar juntas. Vou ficar aqui apenas um ano, depois eu volto. Você e Glenn vão...

Izzy se afastou e disse:

— Não se trata disso. Eu sei que você vai voltar para a nossa cidade.

— Ah, é por causa do Glenn? Sente saudade dele?

Alix levantou-se, abriu uma gaveta de onde tirou uma caixa de lenços de papel, e entregou um à amiga.

— Você sabe onde fica tudo nesta casa?

Alix sabia que Izzy precisava de tempo para se recuperar, e ia dar isso a ela; depois descobriria qual era o problema. Sua melhor amiga estava muito perturbada com alguma coisa, mas Alix não tinha ideia do que era. Sua intuição lhe dizia que, fosse qual fosse o problema, Izzy o estava reprimindo por causa do recente drama emocional de Alix.

Ela, então, se virou de costas para dar tempo à amiga de recobrar sua dignidade. Usando um liquidificador que parecia ser da década de 1950, preparou um drinque reforçado para Izzy e uma cuba libre, com muito suco de limão, para si. Alix tirou uma bandeja de um armário, sabendo exatamente onde a encontraria, pôs os drinques, e a levou para fora. Estava quase frio para sentar ao ar livre, mas Alix sabia que Izzy adorava jardins.

Ela tratou a amiga com especial gentileza quando a fez sentar-se numa sólida cadeira dobrável de madeira e lhe entregou um drinque. Alix não ia forçar a amiga a dizer nada, e ficou esperando.

— Glenn me ligou. Preciso ir embora amanhã de manhã — Izzy disse.

— Ele quer que você volte?

— Quer, é claro, mas...

Alix esperou, calada. Izzy e ela eram amigas desde o primeiro dia no curso de arquitetura. No fim daquela semana, já era claro que Alix era mais talentosa, que tinha a oportunidade de fazer alguma coisa de que o mundo tomaria conhecimento, mas Izzy nunca a invejou.

Por outro lado, todos gostavam tanto de Izzy que a convidavam para tudo. Quando ela ficou noiva, no terceiro ano da faculdade, Alix ficou muito contente. As duas eram bem diferentes, mas se davam muito bem.

— Se não é sobre o Glenn nem sobre mim, qual é o assunto?

Izzy olhou o jardim. A única vez em que o vira antes foi na noite da véspera, quando ela e Alix arremeteram precipitadamente e invadiram a casa de hóspedes de Montgomery. Na ocasião, foi maravilhoso pensar apenas nos problemas de Alix, dar-lhe chocolate, vê-la encantar-se com a casa antiga, rir por causa de um retrato de um comandante marítimo bonitão. Por algumas horas, Izzy havia conseguido deixar de lado seus próprios problemas.

— Este jardim é uma beleza — Izzy disse. — Quando florir, vai ser magnífico. Quem será que toma conta dele?

— Montgomery — Alix respondeu rapidinho. — Isabella, quero saber o que está acontecendo. Por que o Glenn quer que você vá embora tão cedo? Eu esperava que você e eu pudéssemos conhecer juntas pelo menos parte de Nantucket.

— Eu também — Izzy disse —, mas...

Alix pegou a jarra e encheu de novo o copo de Izzy.

— Mas o quê?

Izzy deu um grande gole do drinque:

— É o meu casamento.

— Pensei que tudo estivesse resolvido. Nós lhe compramos o vestido de noiva mais lindo já feito.

— Eu sei, e agradeço a você e à sua mãe por isso.

Izzy e Alix trocaram sorrisos ao se recordarem da ocasião.

Glenn, como era esperado, pedira Izzy em casamento durante o jantar numa sexta-feira. Na manhã seguinte, Izzy tinha ido ao pequeno apartamento de Alix, parecendo perplexa e sem saber o que fazer.

Depois de admirar a aliança de noivado, Alix assumiu o controle:

— Conheço um ótimo lugar para tomarmos o café da manhã, e depois podemos olhar vitrines. Você vai precisar de um enxoval completo.

A palavra e o conceito eram antigos, disse Izzy, enquanto se esforçava para parecer sofisticada demais e não se importar com essas bobagens. Mas Alix não se deixou enganar. Sabia que a amiga adorava a ideia de um casamento romântico.

Acabaram comprando o vestido de noiva de Izzy naquele mesmo dia. A intenção delas não era essa. Foi Alix quem persuadiu a amiga a irem a uma lojinha minúscula e sofisticada numa rua transversal no centro da cidade.

— A gente devia ir a uma dessas lojas gigantescas, experimentar cinquenta vestidos e levar as vendedoras à loucura — Izzy propôs.

— Grande ideia — Alix concordou — e estou ansiosa para fazer isso, mas mamãe me disse que, quando eu me casar, devo comprar meu vestido na loja da sra. Searle.

Izzy olhou severamente para a amiga e disse:

— Que, por um acaso, é perto daqui, não é?

— Isso mesmo — Alix respondeu, sorrindo.

O terceiro vestido que Izzy experimentou fez com que ambas se emocionassem: souberam na hora que era *aquele*.

A parte de cima do vestido era simples, de cetim de seda e com um belo decote redondo. A saia rodada era de tule muito fino, sobre um saiote de cetim ornamentado por minúsculos cristais, em padrão floral.

— Eu nunca poderia pagar por um vestido desses — Izzy disse, ao procurar a etiqueta de preço que não havia.

— Vai ser um presente da minha mãe — disse Alix — para sua fã número um.

— Não posso aceitar.

— Já que é assim — Alix disse —, ela então vai te dar uma torradeira.

— Eu não devia — disse Izzy, mas acabou aceitando. Depois pensou que, naquele momento, era a pessoa mais feliz da Terra. O que ela não contou a Alix foi que, depois, seus planos de casamento haviam desmoronado. Quando outras pessoas começaram a se meter, Izzy fez o máximo para ser firme sobre como queria que fosse seu casamento, mas sua futura sogra disse:

— Estou percebendo que você vai ser uma daquelas noivas neuróticas que a gente vê na TV. Nós não estamos sendo filmadas, estamos?

Izzy olhou para Alix e disse:

— Eu não quero ser uma noiva neurótica.

— Você quer dizer uma daquelas *prima donnas* mimadas que tornam um inferno a vida de todo mundo?

Izzy concordou com a cabeça.

— Isso não tem nada a ver com você. Izzy, quem pôs essa ideia na sua cabeça?

Alix encheu o copo da amiga de novo.

— Glenn e eu queremos um casamento discreto, sem muitos convidados. Talvez façamos um churrasco. O vestido que sua mãe me deu é a única extravagância que me permito. Ele é tão lindo e...

Seus olhos voltaram a se encher de lágrimas.

— É a mãe dele, não é? — Alix perguntou. — Se existe uma coisa que eu conheça bem são as mães. Bem-intencionadas, mas capazes de devorar você.

Izzy fez que sim com a cabeça e levantou dois dedos:

— Suponho que isso signifique as *duas* mães?

Izzy voltou a concordar com a cabeça.

Alix se serviu de mais cuba libre.

— Me conta tudo.

Tudo veio à tona. Alix sabia que Izzy era a única moça da família, mas não sabia que os pais dela haviam fugido para se casar.

— Minha mãe costumava brincar com bonecas de noiva de papel, mas, quando engravidou do meu irmão, ela e meu pai fugiram.

— E então agora ela quer que você tenha o casamento que ela não teve.

Izzy fez uma careta:

— Acontece que ela não é o único problema.

Alix sabia apenas que Glenn era filho único e que os pais dele tinham dinheiro. Ela perguntou:

— Como é a mãe dele?

Izzy cerrou os dentes:

— Ela é uma avalanche de blocos de granito que destroem tudo o que se interpõe entre ela e o que ela quer. E o que ela quer agora é que eu tenha um casamento suntuoso, para impressionar suas amigas. Sua lista de convidados tem mais de quatrocentos nomes! Glenn só conhece seis deles, e eu não conheço nenhum.

— Izzy, isso é muito sério. Por que você não me contou antes? — Alix perguntou.

— Porque aconteceu há pouco tempo, e então você e Eric...

Alix levantou a mão e disse:

— E eu estava chafurdando na minha autocomiseração e nem prestei atenção no quanto você estava sofrendo. Escute aqui: amanhã vou voltar com você e ajudá-la a resolver isso tudo.

— Não — Izzy interrompeu —, você não pode fazer isso. Estou convencida de que tudo foi providenciado para que você pudesse conhecer o Montgomery e lhe mostrar seu trabalho. Não dá nem para imaginar o que sua mãe precisou fazer para conseguir que você ficasse um ano nesta casa. Você não pode jogar fora uma coisa assim só por causa de um casamento.

Quando Alix terminou o drinque, contemplou o lindo jardim. Estava esfriando, e logo as duas teriam de entrar na casa:

— Por que você tem de ir embora de manhã?

— A mãe do Glenn chegou e quer me mostrar uns vestidos das damas de honra. Glenn disse que eles são cheios de franzidos e que ela trouxe duas primas, que vão participar do casamento.

— Elas vão ser as daminhas? — Alix perguntou, esperançosa.

— Não são *daminhas*: têm trinta e oito e trinta e nove anos, e são horríveis. E todo mundo odeia que meu casamento esteja marcado para vinte e cinco de agosto.

Distraidamente, Alix entregou a Izzy um prato de comida. As duas comeram em silêncio durante um tempo. Alix pensou em todas as vezes em que precisou ser forte para que sua mãe não agisse como um rolo compressor sobre ela. Então, disse:

— Quer dizer que eu não posso sair daqui, e você não pode ficar.

— É mais ou menos isso — Izzy concordou. Os drinques lhe possibilitaram sorrir: — Você devia ver a expressão da mãe de Glenn quando eu lhe disse que já tinha vestido de noiva. Ela ficou vermelha como um pimentão. Tive vontade de aproximar do rosto dela uma amostra de tecido, para ver se combinavam.

Alix deu uma risada e perguntou:

— Você contou que minha mãe pagou pelo vestido?

— Claro! — Izzy disse, e encheu a boca de comida.

— E o que ela falou?

— Que achava que os livros de Victoria Madsen não tinham nenhum mérito literário e não deviam ser publicados.

— Aposto que ela os lê avidamente, não é?

— Ah, sim! — Izzy respondeu, rindo. — Contei a Glenn o que ela disse, e ele revelou que ela lê todos os romances de Victoria digitalmente.

As duas deram uma risada.

— Isto é provavelmente uma crueldade da minha parte, mas adoraria ver todas juntas — Izzy disse.

— Minha mãe e sua sogra? — Alix perguntou.

— E a minha mãe também! Ela se comunica por meio de lágrimas. Olhou para meu lindo vestido de noiva e chorou porque não me ajudou a escolhê-lo. Chorou quando eu disse que queria me casar ao ar livre, debaixo de um caramanchão de rosas. Ela disse que ficaria de coração partido se eu não me casasse na mesma igreja que ela frequentava quando criança. Eu nunca vi essa igreja! E chorou quando me disse que ficou decepcionada porque não escolhi a filha da nossa vizinha de porta para ser minha dama de honra. Nunca fui com a cara dela quando criança, muito menos como mulher.

— Lágrimas e tirania — Alix disse.

— É a mesma diferença, no que me diz respeito. Amanhã vou enfrentar a guerra das madrinhas de casamento. Vou precisar dizer a três mulheres que não podem participar do meu casamento porque não *gosto* delas. E aí a mãe do Glenn vai...

Ela se interrompeu porque Alix se levantou a começou a andar pelo jardim. No final, havia uma pérgola, e Alix parou para contemplá-la.

— Acho que estas aqui são... puxa! Sim, são trepadeiras de rosas. — Ela espetou o dedo num espinho. — Izzy — ela disse com firmeza —, seu casamento vai ser aqui neste jardim.

— Não posso fazer isso — Izzy respondeu.

— Por que não? É o *seu* casamento.

— As duas mães fariam da minha vida um inferno.

— Por isso, vamos garantir que *minha* mãe compareça — Alix acrescentou, com uma ponta de malícia nos olhos.

Os olhos de Izzy se arregalaram:

— Se existe alguém...

— ... que possa fazer frente às suas duas mães, esse alguém é minha mãe — Alix afirmou, sorrindo.

Izzy olhou para Alix, à claridade que se desvanecia:

— Você acha que isso pode dar certo?

— Por que não daria? Você só precisa ser firme e lhes contar o que vai fazer.

— Eu teria de deixar o Glenn e mudar para cá, a fim de planejar tudo.

— Não — Alix disse —, você precisa ficar um tempo com ele. Além disso, se você se dividir, elas vão vencer. Diga ao Glenn que ele tem de apoiar você nisso, ou não haverá casamento.

— Mas não posso fazer isso!

— Tudo bem, então se divida em duas, resolva como vai agradar às duas mães e deixe que o Glenn se esconda com seus carros.

Izzy não pôde deixar de rir:

— Às vezes você fala igualzinho à sua mãe.

— E eu que pensava que você fosse minha amiga...

Izzy fechou os olhos por um momento e disse:

— Acho que sou como minha mãe porque posso começar a chorar agorinha mesmo. Alix, você é a melhor amiga que alguém já teve!

— Não mais do que você — ela disse, suavemente. — Eu não poderia ter sobrevivido ao rompimento com Eric se você não estivesse aqui.

— Pare com isso! Foi a visão do lábio inferior de Jared Montgomery que tirou você da fossa. Ei, tenho uma ideia. Já que você escreve tão bem, que tal me ajudar com meus votos de casamento?

— Vamos pedir à mamãe que trate disso. É claro que ela vai querer um contrato, uma data de vencimento, um sinal no ato da assinatura e direitos autorais, mas pode deixar que os votos vão ser um estouro!

As duas amigas se entreolharam e tiveram um ataque de riso incontrolável.

Lá em cima, ao lado de uma janela aberta, Caleb Kingsley olhava para elas, sorrindo. Era possível passar duzentos anos fazendo planos e morrer de novo se eles fracassassem, mas às vezes se viam e ouviam coisas que davam esperança.

Estava satisfeito ao ver as duas moças novamente juntas. Irmãs numa outra vida; amigas nesta.

Talvez, quem sabe, desta vez ele conseguisse ficar com Valentina. Para sempre.

⚓

Nessa noite Alix ligou para o pai, Ken. Antes de apertar o botão, como sempre, ela se recordou de que era melhor não mencionar a mãe. Seus pais haviam aprendido, com o passar dos anos, a se darem bem, mas, bastava dar-lhes alguma munição, e começavam as perguntas — com Alix encurralada no meio.

— Olá, filhota! — disse o pai, ao atender. — Chegou bem a Nantucket?

— Você nunca na vida vai adivinhar quem está morando na casa de hóspedes.

— Quem?

— Jared Montgomery.

— Esse cara que é arquiteto?

— Engraçadinho! — Alix disse. — Estou sabendo que você ensina sobre ele nas suas aulas, e sabe que ele é um gênio.

— Ele já fez algumas construções respeitáveis. Aprecio o fato de ele saber alguma coisa sobre construções.

— Sei que esse é seu mantra. Papai!

— Sim?

— Projetei uma capela.

— Uma igreja, você quer dizer — Ken perguntou. — Para quê?

— Vou contar, mas só se você prometer não ficar aborrecido comigo.

— Como assim?

— Papai? — disse Alix, em tom de advertência.

— Tudo bem, sem sermão. Que foi que você fez?

Nos dez minutos seguintes Alix contou ao pai que invadira o escritório da casa de Montgomery e vira seus desenhos, seus esboços particulares:

— Eles eram lindos, perfeitos.

— E então você desenhou algo pequeno para impressioná-lo — Ken disse. Ela percebeu a desaprovação no tom de voz.

— É, desenhei — ela disse, com firmeza. — Não sei quanto tempo ele vai ficar por aqui, mas espero poder mostrar-lhe parte do meu trabalho.

— Tenho certeza de que ele vai gostar — disse Ken.

— Duvido, mas talvez eu possa fazer com que ele *olhe* os meus desenhos.

— Estou *certo* de que ele vai olhar com atenção — Ken enfatizou. — Onde é que ele está agora?

— No barco dele. Izzy e eu o vimos velejar ontem. Ele é um homem lindo.

— Alix — disse Ken severamente —, pelo que sei desse tal de Montgomery, ele só gosta de se divertir com as mulheres. Não acredito...

— Calma, pai. Quero ser apenas aluna dele. Ele é muito velho pra mim. — Alix revirou os olhos. Sabia, por experiência própria, que quando se tratava de homem seu pai achava que nenhum deles era bom o bastante para ela. Mudou de assunto. — E você e a... você sabe... como estão indo?

Instantaneamente o pai mudou o tom, de cordial para gelado, mas Alix não se preocupou. Seu pai era um manteiga.

— Você se refere à mulher com quem estou vivendo nos últimos quatro anos?

— Desculpe — Alix disse. — Eu fui grosseira. Celeste é muito legal. Ela se veste muito bem e...

— Você pode parar de procurar coisas boas para dizer sobre ela. Essas roupas quase me levaram à falência. Mas isso já não importa, porque ela já saiu da minha vida.

— Puxa, papai, lamento. Sei que você gostava dela.

— Não, acho que eu não gostava não — ele disse, pensativamente.

Alix suspirou, aliviada:

— Graças a Deus! Agora posso dizer que eu não gostava dela.

— É mesmo? Não me parecia. Você sempre foi muito reservada e preocupada em manter suas opiniões em segredo.

— Desculpe, papai — ela disse, e, desta vez, sinceramente. — De verdade.

— Bem, mau gosto quanto ao sexo oposto é mal de família.

— Isso não é verdade. Quer dizer, é verdade no que diz respeito a você e à mamãe, mas Eric era... — Alix fez uma careta. — Vou abrir o jogo: ele era horrível. Izzy disse que eu só gostava dele porque me deu a oportunidade de fazer dois projetos em vez de um só.

Ken riu e disse:

— Eu sempre gostei da Izzy. E ela conhece bem a minha filha.

— Vou sentir falta dela, que vai embora amanhã de manhã. — Alix achou que era melhor não contar a ele sobre transferir o casamento para

Nantucket. Ele talvez achasse que ela estava se responsabilizando por coisas demais. — Seu maldito noivo quer que ela fique com *ele*.

— Aquilo é um demônio sem consideração!

— Foi isso que eu quis dizer.

— Escute, Alix, é tarde e precisamos dormir. Que dia o Montgomery vai voltar?

— Não faço ideia. Fiquei em casa trabalhando enquanto Izzy passou o dia comprando roupas para mim.

Ela não contou ao pai que Izzy tinha dito que as roupas eram para impressionar Montgomery.

— E mandou as contas para sua mãe, espero.

— É claro. Essas duas e o Amex da mamãe são grandes amigos. É uma trindade santa.

Ken deu um risinho e disse:

— Já estou com saudade. Agora vá dormir e me ligue depois que conhecer o Montgomery. Quero saber de tudo o que acontecer.

— Pai, te amo.

— Te amo também!

Capítulo quatro

— Resolvi que vou embora amanhã — disse Jared ao avô Caleb. Era o começo da noite, e os dois estavam na cozinha da Casa dos Kingsley. Jared havia acabado de chegar da sua viagem de pesca e ainda não tinha tomado banho nem trocado de roupa. — Vou limpar estes peixes, levá-los de manhã até a Dilys e depois sair da ilha.

— Seu plano original não era passar o verão? Você não tinha trabalho a fazer aqui?

— Tinha, mas posso fazê-lo em Nova York.

Jared tirou os peixes de um balde e os atirou na bancada ao lado da pia.

— Era sobre uma casa, não?

— Fui contratado para projetar uma casa em Los Angeles para uns atores de cinema. O detalhe de que o casamento deles não vai durar nem dois anos não é da minha conta. Achei que havia falado com o senhor sobre isso.

— Eu me lembro de você ter dito que em Nova York tinha tantas responsabilidades além dos projetos que já não conseguia nem raciocinar. Você disse que queria passar um ano em Nantucket. Qual foi mesmo aquela frase que você disse? Tinha alguma coisa a ver com raízes.

— O senhor sabe que eu disse que queria voltar às minhas raízes.

— Acredito que a palavra foi "precisava". Você *precisava* saber a que lugar pertence. É isso mesmo, ou será que contraí uma doença que distorce minha mente?

— O senhor está muito velho para contrair qualquer doença.

Jared estava sujo e cansado e faminto e zangado. Sim, ele havia planejado passar o verão inteiro em Nantucket, mas aí sua tia tinha deixado a casa para... para *ela*.

— Quer dizer que você vai fugir — Caleb disse. Estava de pé ao lado da mesa da cozinha e olhando de modo penetrante para o neto. — E abandonar a jovem Alix.

— Penso no assunto como uma espécie de proteção. O senhor, melhor do que qualquer um, sabe o que tem sido minha vida. Ela merece *isso*? Além do mais, seria melhor se ela nunca descobrisse quem eu sou. Como estudante, ela provavelmente me acha um herói. Mas não chego nem perto disso.

— Então agora sabemos a *verdade* — Caleb disse, mansamente.

— O que é que o senhor pensava? Que eu receasse que ela fosse pedir meu autógrafo? Isso não me importaria nada. — Ele deu um sorriso maroto. — Preferivelmente que eu assinasse em alguma parte do corpo, mas não no dessa garota. — Ele se levantou para começar a limpar os peixes, mas mudou de ideia e dirigiu-se ao armário alto ao lado da geladeira e se serviu de uma cuba libre.

— Que aconteceu com todos os limões que estavam aqui?

— Eu chupei. — Caleb olhou com raiva para o neto.

— Nunca se consegue uma resposta direta do senhor — Jared reclamou. Ele bebeu tudo, preparou mais um drinque, sentou-se à mesa e olhou pela cozinha.

— Está pensando em demolir tudo e substituir por bancadas de granito? — Caleb perguntou.

Jared quase engasgou com o drinque:

— Onde foi que o senhor ouviu essa blasfêmia?

— Foi uma pessoa qualquer que disse isso. Usar armários de bordo e bancadas de granito.

— Pare de blasfemar! — Jared exclamou. — Meu estômago está revirando. Esta cozinha é perfeita do jeito que está.

— Eu me lembro de quando foi construída — Caleb disse.

— Foi pelo Quinto, não foi?

— O Quarto — Caleb respondeu, referindo-se ao número no final dos nomes dos filhos mais velhos. Seu filho com Valentina, lá em 1807, foi chamado de Jared por causa do nome do meio, Montgomery porque era o último nome dela, e Kingsley, em razão da família de Caleb. Mesmo depois de tantos anos, o que ela precisou fazer para conseguir esse último nome para o filho deles ainda o revoltava. Desde aquele tempo, Caleb se certificava de que a escolha de Valentina do nome fosse honrada, e, por isso, todos os filhos mais velhos recebiam o nome de Jared Montgomery Kingsley. O atual, o mais obstinado de todos, era o Sétimo.

— Tenho certeza de que o senhor sabe quem fez o quê.

Jared continuou a observar a velha cozinha.

— Você está tentando memorizar este lugar? — Caleb perguntou.

— Considerando todas as coisas que não devo contar à filha de Victoria, acho melhor que eu não volte. Pelo menos não por enquanto...

— Enquanto Alix estiver aqui?

Era evidente a desaprovação na voz de Caleb.

— Não comece a me provocar de novo! — Jared disse. — Não sou professor nem jamais quis ser.

— Você não teve professores? — Caleb perguntou.

— Ela também teve! — Jared gemeu. — Olhe aqui, passei os últimos dias analisando o assunto. Não posso corresponder ao que esses estudantes esperam de mim. Eles esperam que eu seja uma fonte de sabedoria, o que não sou. Amanhã vou pedir a Dilys para apresentar essa moça a Lexie e a Toby. Elas três podem ser amigas, almoçar juntas e fazer compras. Vai ficar tudo bem.

— Quer dizer que a Dilys pode servir de mãe dela e Lexie criará laços de amizade com ela. E você vai fugir e se esconder.

Por um momento, o rosto de Jared ficou rubro por causa da acusação, mas depois ele sorriu e disse:

— Eu sou assim mesmo: um grande dum covarde. Tenho pavor de qualquer moça com um esquadro. Mas, se duvidar, ela nem sabe o que é isso. Estou certo de que ela conhece bem o sistema CAD[2], e toda a tecnologia de ponta. Provavelmente tem um estojo com vários modelos de telhados, vinte portas e dezesseis estilos de janelas. São pequenos moldes perfurados, que ela reúne para formar construções.

O olhar de Caleb expressou sua raiva, e ele disse:

---

[2] Computer-Aided Design: programa de computação usado por arquitetos, engenheiros, desenhistas e artistas para criar desenhos de precisão ou ilustrações técnicas. (N.T.)

— Tenho certeza de que ela é igualzinha a isso que você descreveu. Você tem razão; deve fugir e nunca nem sequer conhecer essa moça.

Depois de dizer isso, ele desapareceu.

Jared sabia que havia enfurecido seu avô, o que não era novidade: fazia isso desde os doze anos.

Sabia também que devia levantar-se e começar a limpar os peixes, mas sentou-se à mesa e olhou para o velho forno, do outro lado do cômodo. Imaginou uma estudante de arquitetura aparecendo com um projeto para uma cozinha nova e elegante. Com um fogão moderno, com oito bicos de gás, e três fornos, e uma parede demolida, que daria lugar a uma geladeira de aço inox de última geração. Além disso, retiraria a pia com sua cuba de porcelana e escorredores compridos e os substituiria por uma monstruosidade de aço inoxidável.

Não, ele não suportaria ter de explicar a uma estudante de arquitetura por que aquilo não podia ser feito. Ele não poderia...

— Olá!

Ao se virar em direção à voz, Jared viu uma bonita jovem à porta. Ela usava jeans e uma blusa xadrez, e o cabelo comprido estava preso para trás. Seus olhos eram grandes e esverdeados, com espessos cílios negros, e a boca era simplesmente maravilhosa.

— Pensei ter ouvido vozes — ela disse —, mas supus que fosse alguém na rua e não prestei atenção. Mas aí uma fotografia caiu da parede e sujou de pó a lareira, e isso me fez erguer os olhos e...

Ela se interrompeu, ficou sem fôlego e disse a si mesma: "Fique fria". Esse homem é *ele*. Ele... Ela não conseguiu pensar em outro nome para chamá-lo, a não ser "*Ele*". Com E maiúsculo.

Ele a olhava como se ela fosse um fantasma, como se não fosse de carne e osso.

Alix precisou se reprimir para não dizer, entusiasmada, quanto gostava dos projetos dele, admirava o que ele fazia no mundo da arquitetura, perguntar em que projeto estava trabalhando no momento; será que ele teria algumas palavras de sabedoria para ensinar-lhe, e será que ela poderia – por favor, pelo amor de Deus – mostrar-lhe a capela que desenhara?

Ela conseguiu reprimir tudo isso, embora seu coração estivesse disparado:

— Meu nome é Alix Madsen e vou ficar hospedada aqui durante... um tempo. Mas acho que já sabe disso. O senhor é o sr. Kingsley? Me disseram que cuidaria da casa, se ela precisasse de reparos.

Ela achou melhor deixar que ele se apresentasse.

Ele admirou o corpo curvilíneo de Alix.

— É, eu sei consertar coisas.

Alix procurou pensar em mais alguma coisa para dizer. Ele continuava sentado à mesa, com as longas pernas estendidas à frente. Vestia as mesmas roupas com que o vira subir no barco dias atrás. Elas estavam sujas e fediam a peixe. Mas mesmo com a barba desgrenhada e o cabelo comprido ele continuava um "gato". Neste momento ele estava meio intimidador, pela maneira como a olhava com desconfiança, mas isso talvez fosse porque não esperava que ela aparecesse. Alix não pôde deixar de olhar de relance para o lábio inferior de Jared. Era exatamente como ela se lembrava, como havia sonhado e sobre o qual escrevera.

Quando se forçou a desviar o olhar, viu uma pilha de robalos riscados no escorredor da pia e disse:

— O senhor andou pescando.

— Eu ia começar a limpá-los. Esta pia é maior do que a minha na casa de hóspedes, mas eu não teria vindo se soubesse que havia alguém aqui.

— Minha amiga Izzy e eu viemos antes do que planejávamos, e ela foi embora hoje de manhã — ela disse. A intensidade do olhar dele a estava deixando tão nervosa que Alix precisou se ocupar fazendo alguma coisa. Ao andar pela cozinha sentia o olhar dele. Sem pensar, abriu a terceira gaveta para baixo, de onde tirou uma luva de malha de aço e um velho facão, com uma lâmina comprida, fina e flexível:

— Posso ajudar?

— À vontade. — Ele se surpreendeu por ela saber onde a luva e o facão eram guardados. — Suponho que você já tenha vistoriado a casa inteira.

Ela pegou uma cabeça de peixe com a mão enluvada e a cortou até a espinha dorsal.

— Não é bem assim. Estudo arquitetura e, na maior parte do tempo, tenho trabalhado com meus projetos. — Ela fez uma pausa para dar a ele tempo de dizer alguma coisa, de preferência contar-lhe quem era, mas Jared não abriu a boca. — Bem, eu ainda não vi a casa inteira.

— Mas você viu a cozinha.

— Vi.

Ela não entendeu o que ele pretendia com esse tipo de papo. Alix fixou a mão no lado do peixe e cortou desde a cabeça até o rabo.

Jared levantou-se e se posicionou perto do escorredor, quando ela virou o peixe para o outro lado. Ele a observou puxar o filé, deixando a pele junto ao rabo. Mais umas postas rapidamente cortadas, e o peixe estava pronto, perfeitamente filetado.

Ele se recostou na pia e perguntou:

— Quem lhe ensinou a fazer isso?

— Meu pai. Ele ama pescar, e sempre me levou nas suas pescarias.

— Ele era bom nisso?

— Excelente!

Ao falar, ela tirou mais um peixe da bancada.

— Você gostaria de um drinque?

— Gostaria — ela respondeu. Internamente, estava eufórica. "Jared Montgomery está preparando um drinque para *mim!* Será que posso acrescentar isso ao meu currículo?"

— Lamento, mas não sei fazer martíni de maçã.

Ao tom de deboche dele, a euforia de Alix esmoeceu. Ficou contente por estar de costas para ele, pois não pôde deixar de fechar a cara pelo que julgou ser uma humilhação.

— Tudo bem. Desde que cheguei a Nantucket só tenho vontade de beber rum. Gosto de misturar com uma Coca e muito suco de limão.

Foi a vez de Jared franzir a testa. Era o que ele bebia, quando não bebericava apenas rum, que também era a bebida favorita de tia Addy. Rum era tudo o que bebiam os Kingsley, homens e mulheres.

— E aí, qual a sua profissão? — Alix indagou, prendendo a respiração. Como ele se descreveria e ao que fazia?

— Construo coisas — ele respondeu.

— Ah, é? — Sua voz subiu uma oitava, e ela baixou o tom. — Projeta e constrói?

— Não, não sou tão sofisticado assim. Eu apenas ando por aí na minha caminhonete e construo o que posso.

Alix parou de fatiar o peixe. Parecia que ele não planejava dizer-lhe quem era, mas tinha mesmo de contar uma mentira deslavada? Será que achava que uma estudante de arquitetura não saberia quem era ele? Nem o reconheceria? Seria tão ingênuo assim? Por outro lado, talvez estivesse apenas sendo modesto. Ela perguntou:

— O senhor trabalha aqui em Nantucket?

— Às vezes, mas tenho um escritório fora da ilha.

— Verdade?

Alix já havia estado no saguão do edifício em Nova York onde ficava o escritório dele. O segurança não a deixara entrar no elevador, mas ela procurara o nome dele no catálogo.

— É, e preciso voltar ao trabalho, por isso vou embora da ilha amanhã de manhã. Provavelmente não vou voltar enquanto...

— Enquanto eu estiver?

Ele concordou rapidamente com a cabeça.

— Compreendo — Alix disse, muito receosa de que realmente compreendesse. Haviam-lhe dito que o "sr. Kingsley" passaria o verão inteiro na ilha, mas ele decidira se afastar. Por quê? Teria mesmo um trabalho que precisava terminar? Ou ia embora porque não queria ficar próximo a uma estudante? Mas talvez ele não quisesse se gabar. Quem sabe, se ela o incentivasse, ele se abriria? — Meu pai é arquiteto e já fez muitas construções. Em que o senhor está trabalhando agora? — Ela ouviu Jared abrir uma lata de Coca.

— Em nada importante.

— Quem fez o projeto do que o senhor está construindo?

— Uma pessoa de quem ninguém nunca ouviu falar.

— Como estou na área de arquitetura, talvez eu o conheça.

— Provavelmente ele copiou a planta de uma revista — ele disse. — Tome seu drinque. Quer que eu termine os peixes?

— Como quiser.

Quando tirou a luva e a entregou a ele, pegou o drinque e o olhar de ambos se encontrou.

Ela pensou: "Que grande mentiroso!"

Ele pensou: "Que moça linda!"

Ela foi até a mesa, sentou-se e ficou observando enquanto ele filetava o peixe. Pensou então: "Que estranho!". Ele cortou o peixe *exatamente* da mesma forma que seu pai lhe havia ensinado. Nem um único golpe era diferente. Houve uma pausa longa e constrangedora. Talvez fosse melhor se ela concentrasse a atenção de Jared nas pequenas estruturas que vira no estúdio dele.

— Nantucket é muito bonita — ela disse.

— Concordo.

— É uma pena que o senhor não vá ficar. Eu adoraria ver mais casas da ilha. Na verdade, gosto de quaisquer prédios. Bem, à exceção de estruturas de blocos de concreto, e algumas outras. De qualquer forma, vi o que acredito serem galpões na Main Street, que simplesmente me arrebataram. Eram brancos, octogonais, cúpulas verdes abauladas, ligados por um banco de jardim. Absolutamente extraordinários.

Jared nada disse. Não estava a fim de ser sobrecarregado com a tarefa de ser um guia turístico. Ela em breve descobriria qual era a profissão dele, e então se transformaria numa máquina humana de perguntas, e o levaria à loucura.

— Como está seu drinque? Forte demais?

— Eu estava me perguntando se o senhor colocou rum nele...

— Isso...

A surpresa o fez parar de falar.

— Isso o quê?

— É exatamente o que minha tia costumava dizer.

— Oh! — Alix disse. — Desculpe, eu não sabia. Coisas que o façam recordar-se dela devem ser dolorosas. — Ela hesitou: — Era uma boa mulher.

— Você se lembra dela?

Alix se surpreendeu com a pergunta, e não sabia o que responder.

— Eu estive aqui quando tinha quatro anos. O senhor se lembra de muita coisa de quando era tão novo assim?

Ele pensou: "Eu me lembro de uma família feliz. Pai vivo, mãe viva. Não havia nuvens negras na vida deles na ocasião".

— Eu me lembro desta casa, e da tia Addy morando nela.

Havia uma suavidade no olhar dele que fez com que Alix tivesse vontade de lhe contar a verdade.

— Ela costumava se sentar na sala de estar e fazer alguma coisa com as mãos?

Pela primeira vez ele não pareceu haver comido alguma coisa azeda:

— Ela bordava, e pela casa há exemplos dos bordados emoldurados.

— E na sala de visitas na frente ela recebia senhoras para tomar chá. Eu me lembro de bolinhos com glacê de rosinhas amarelas.

— É isso mesmo — Jared disse, sorrindo. — Ela adorava rosas amarelas.

— O senhor deve sentir muita falta dela, não? — Alix comentou, docemente.

— Sinto. Passei os últimos três meses de sua vida com ela. Minha tia era uma grande dama. — Ele olhou rapidamente para Alix: — Você sabe filetar peixes, mas sabe cozinhá-los?

— Não sou *chef*, mas sei fritar peixes. E também sei fazer broa de milho frita.

— Com cerveja ou leite?

— Cerveja.

— E pimenta picante na massa?

— É claro.

— Nesta cozinha não há muita comida, mas tenho cebolas e fubá na casa de hóspedes.

Alix se deu conta de que ele a estava convidando para jantar:

— Por que o senhor não vai pegá-los e eu...

Ela encolheu os ombros.

— Tudo bem.

No instante em que ele saiu pela porta, Alix subiu correndo a escada até seu quarto. Suas malas haviam chegado, mas ela não as tinha desfeito. E as sacolas de roupas que Izzy lhe havia comprado estavam no chão. Contudo, seria "dar bandeira" trocar de roupa. Ela pareceria muito óbvia, muito ansiosa.

Alix correu para o banheiro a fim de colocar um pouco de rímel e um batom que não borrasse. Por que sua pele estava tão lustrosa? Ela usou o pó compacto que sua mãe lhe dera e suavizou a pele.

Voltou à cozinha bem no momento em que ele abriu a porta. Seus olhos se encontraram, mas Alix desviou o olhar: seu coração batia aceleradamente. Era cedo demais, ela disse a si própria. Cedo demais depois do rompimento com Eric, cedo demais após conhecer esse homem ilustre, enfim, cedo demais para tudo.

Ele trouxe um saco de papel cheio de todas as coisas de que ela precisava para fazer broa de milho frita, da maneira que seu pai lhe ensinara. Era interessante ele ter os ingredientes na sua cozinha; fubá e farinha, ambos com fermento, não eram fáceis de encontrar na cozinha de um homem solteiro.

Sem pensar no que estava fazendo, ela estendeu a mão, pegou no armário uma grande tigela de porcelana, e depois tirou uma colher de pau de uma gaveta.

— Para quem não se lembra muito bem de quando tinha quatro anos, você parece saber direitinho onde ficam as coisas.

— E me lembro mesmo — Alix disse. — Izzy comentou que isso era assustador, por isso fiquei na minha.

— Eu não me assusto facilmente — ele disse, ao lhe entregar um ovo.

— Tem certeza? Nem com filmes de terror nem com histórias de fantasmas?

— Filmes de horror, especialmente os que mostram motosserras, me apavoram, mas histórias de fantasmas me fazem rir.

Alix despejou azeite numa frigideira funda.

— Rir? O senhor não acredita em fantasmas?

— Acredito nos fantasmas reais, não aqueles do tipo que arrastam correntes. Me conte do que você se recorda. De lugares? Coisas? Pessoas?

Ele a observava intensamente enquanto ela misturava a massa.

— Acho que um pouco disso tudo. Me lembro bem desta cozinha. Eu costumava me sentar...

Ela pôs a tigela no escorredor e foi até a mesa, com seu assento embutido. Sob ele havia uma gaveta, que ela abriu. Dentro, havia um grosso bloco de papel de desenho e uma velha caixa de charutos, que ela sabia estar cheia de lápis de cera. Ele espreitou sobre seu ombro, quando Alix levantou a capa do bloco.

Os desenhos que havia feito quando criança continuavam lá, e todos retratavam construções. Casas, celeiros, moinhos de vento, um caramanchão de rosas, um galpão para envasamento de plantas.

— Parece que eu não mudei nada — Alix disse, e se virou para olhar para ele, que havia se afastado e estava de costas. Mais uma vez, ele estava se certificando de que ela compreendesse que ele nada queria com ela, uma simples estudante de arquitetura.

Parte dela queria revelar que sabia quem era ele, mas a maior parte não lhe queria dar a satisfação de saber disso. Se ele queria pensar que era um anônimo, que assim fosse. Ela voltou ao fogão.

— Você se lembra de alguma pessoa? — ele perguntou, sem olhar para ela ao pôr um peixe numa frigideira quente. Os dois estavam muito perto um do outro, sem se tocar, mas Alix sentia o calor que emanava dele.

— Principalmente da mulher mais velha, que suponho que fosse a sra. Kingsley — Alix respondeu. — E, quanto mais eu fico aqui, mas me lembro dela. Nós duas andávamos na praia e colecionávamos conchas. É possível que eu a chamasse de tia Addy?

— Provavelmente. Era assim que todos os parentes mais novos a chamavam. Eu a chamava desse modo. Havia mais alguém com você? Não na praia, mas aqui na casa.

Alix pôs a mão acima da panela de azeite para ver se estava quente o bastante, antes que ela começasse a jogar lá dentro porções da massa.

— Às vezes eu...

— Às vezes você o quê?

— Eu me lembro de ouvir um homem gargalhando. Uma risada profunda, de que eu gostava.

— Isso é tudo?

— Desculpe, sr. Kingsley, mas só me lembro disso. — Ela o olhou de relance; seus olhos lhe pediam que a convidasse a chamá-lo pelo primeiro nome, mas ele não respondeu. — E o senhor?

— Não — ele disse, e pareceu sair de um transe. — Minha risada é aguda, tipo capaz de quebrar copos; não é nada profunda.

Ela sorriu ao ver que ele se depreciava.

— Eu me referi às suas lembranças. De quem o senhor se lembra? Cresceu aqui em Nantucket?

— Cresci, mas não nesta casa.

— Quem vai ficar com ela quando terminar o ano que vou passar aqui?

— Eu — ele respondeu. — Quase sempre vai para o filho mais velho dos Kingsley.

— Quer dizer que eu estou tirando a sua herança?

— Não, só a está adiando. As broas estão prontas?

— Estão — Alix respondeu, ao tirar as broas do fogão e secá-las com papel-toalha.

— Que porcelana você quer usar?

— A de flores silvestres — ela disse sem pensar, e depois olhou para ele, surpresa. — Antes de eu vir para cá, disse a Izzy que não me lembrava de nada de quando fiquei aqui, mas me lembro até dos motivos da porcelana.

Ele estendeu o braço até o alto de um armário, de onde retirou pratos de que Alix sempre gostara.

— Talvez tenha acontecido alguma coisa negativa depois, que fez você esquecer.

— Possivelmente. Sei que meus pais estavam se separando na época, e isso pode ter me traumatizado quando criança. Meu pai e eu sempre fomos muito unidos. Ele e eu viajamos pelo mundo para conhecer as construções mais fabulosas. O senhor já viu...?

— Se você quiser salada, está na sacola.

Alix teve de dar as costas, para esconder que seu rosto estava roxo de raiva. Sentiu vontade de dizer: "Tudo bem, já entendi. O senhor é um arquiteto famoso, e eu não passo de uma estudante. Não precisa esfregar isso na minha cara".

Ela foi até o armário de bebidas e se ocupou preparando um drinque de uma das receitas com rum coladas na parte interna da porta. Nem se preocupou em perguntar a ele do que gostava.

Jared pôs os pratos e as broas na mesa, encheu de salada uma tigela e acrescentou um vidro de molho. Depois se sentou e observou Alix, perto do armário de bebidas, fazer um drinque de frutas. Tinha gostado dela. De que ela houvesse colaborado e limpado os peixes. De sua facilidade em socar a massa para as broas. Da maneira como ela bebia rum. Ela não dava risinhos bobos, nem tentava flertar com ele. Era uma companhia objetiva e agradável.

Principalmente, ele gostara de como se sentia atraído por ela. Não havia esperado isso. Lembrava-se dela como uma garotinha intensa sentada no tapete na sala de estar, empilhando coisas que os ancestrais dele traziam de suas viagens pelo mundo.

Naquela época, não sabia como eram valiosos aqueles objetos. Para ele, eram apenas coisas que ele vira a vida inteira. Jared ainda se lembrava daqueles muitos anos em que o dr. Huntley, o jovem recentemente promovido a responsável pela Sociedade História de Nantucket, quase desmaiara na vez em que visitara a tia Addy e vira a pequena Alix sentada no chão.

— Essa criança está brincando com... — Ele teve de se sentar para recuperar o fôlego. — Esse castiçal é do início do século XIX!

— Talvez seja mais antigo ainda — a tia Addy disse tranquilamente. — A família Kingsley vivia em Nantucket muito tempo antes de esta casa ser construída, e estou certa de que eles usavam velas.

O diretor continuava lívido.

— Não deviam deixar que ela brincasse com estas coisas. Ela...

Tia Addy apenas sorriu para ele.

— Onde o senhor morava? — Alix perguntou, ao colocar dois drinques na mesa.

— Quê? Ah, me desculpe, eu estava a quilômetros de distância. Minha mãe e eu morávamos em Madaket, à beira d'água.

— Não quero ser intrometida, mas por que o senhor não cresceu na Casa dos Kingsley?

Jared deu uma risadinha:

— Quando a tia Addy era menina, ela, digamos, se aproveitou do carinho do pai por ela para convencê-lo a alterar o testamento, e, assim, deixar a casa para ela, em vez de deixar para o filho mais velho. Todo mundo pensou que com o tempo ele recobraria o juízo, e o testamento voltasse à forma original, mas houve um acidente e ele morreu jovem, por isso tia Addy ficou com a casa, e não seu irmão.

— A família não se aborreceu com isso?

— Não, todos ficaram aliviados, porque o irmão dela provavelmente teria vendido a casa. Ele não sabia lidar com dinheiro nem se importava com a casa. Teria deixado o telhado desmoronar.

O que Jared não contou foi que Caleb tinha se juntado a Addy para que tudo acontecesse. Foi por causa deles dois que a Casa dos Kingsley permanecia na família por tantos anos.

— Mas agora a casa vai ser de um filho que entende muito de telhados.

— Gosto de achar que sim — Jared disse, sorrindo.

Alix percebeu orgulho nos olhos dele e pensou em como ele devia ter se sentido quando lhe disseram que sua posse da casa seria adiada por um ano inteiro.

— Onde o senhor cresceu é uma cidade?

— Não no sentido comum. Madaket é mais um lugar do que uma cidade, mas tem um restaurante e, claro, um shopping center.

— Um shopping center? Com que tipos de lojas?

Ele sorriu:

— O povo costuma dizer que é uma espelunca, mas temos uma grande área de "pegar ou largar" e... — Ele encolheu os ombros. — É Nantucket.

Os dois comeram em silêncio por algum tempo, e Alix começou a pensar na realidade de ficar sozinha num lugar onde não conhecia ninguém.

— Como são os locais para casamento aqui na ilha?

Ele parou o garfo quando ia comer e perguntou:

— Você vai se casar?

— Não, minha amiga é que vai, e... — ela se interrompeu; o rosto ficou vermelho de constrangimento.

— Qual é o problema?

— Eu disse a ela que podia se casar aqui no jardim, mas não devia ter feito isso. Não sou dona desta casa, o senhor é que é. Foi presunçoso da minha parte.

Jared mordeu uma das broas e comentou:

— Estas broas estão gostosas.

Ele se divertiu com o fato de ela o estar olhando interrogativamente, esperando uma resposta:

— Você tem minha permissão para realizar o casamento aqui. Este lugar precisa de música e risos.

Alix sorriu para ele tão calorosamente que ele inclinou a cabeça na direção dela, quase como se esperasse um beijo de agradecimento, mas ela desviou o rosto.

Jared se retraiu e informou:

— Vou mandar José e seu pessoal limparem o lugar para você.

— Eles são os jardineiros? Eu estava preocupada, pensando que teria de cortar a grama, revolver tudo com o ancinho etc. Não que eu não pudesse fazer isso, mas acho que não me sairia bem. Quero passar o verão trabalhando.

Esperou que ele tivesse a gentileza de lhe perguntar em que ela trabalharia, mas ele não disse nada.

De repente, Alix se fartou daquele joguinho dele. Estava evidente que Jared não achava que os dois partilhassem amor pela terra e por construções. Para ele, ela nem sequer merecia que ele lhe contasse a verdade sobre sua profissão.

Alix sabia que ele sentia atração por ela – uma mulher sempre sabe disso –, mas, embora ele fosse muito sexy, ela não estava interessada. Não queria ser apenas mais uma das conquistas do Grande Jared Montgomery. Lábio inferior ou não, ela gostava de um homem como um todo, e não apenas de um pedaço dele.

Ela se levantou e disse:

— Lamento deixá-lo fazer a limpeza, mas estou exausta e quero ir para a cama. Se eu não o vir de novo, obrigada pelo jantar, sr. Kingsley.

Ela pronunciou enfaticamente o nome dele.

Ele se levantou, parecendo ter a intenção de apertar-lhe a mão ou beijá-la no rosto, mas Alix lhe deu as costas e saiu da sala.

Por um momento, Jared ficou imóvel, olhando fixo para a moça que saía. Ele sabia que não devia ser isso, mas parecia que a havia feito se zangar. Por quê? Por que lhe perguntara sobre a tia dele? Isso não fazia o menor sentido.

Ele se sentou e apanhou o drinque de abacaxi e rum que Alix havia preparado. Não estava segundo seu gosto, mas lembrou-lhe sua tia-avó. Quando se serviu de uma dose de rum muito antigo para bebericar, ficou na expectativa de que seu avô aparecesse na sala e o repreendesse exaltadamente, mas houve apenas silêncio. Era mesmo a cara do avô não o avisar de que Alix Madsen estava na casa, que havia chegado antes do previsto, e que ela havia estado "trabalhando". Desenhando alguma construção extravagante que uma pessoa precisaria de uma varinha de condão para executar?

Reclinou-se na cadeira com o drinque e acabou com o resto das broas fritas: eram as mais gostosas que já havia comido.

Ele sabia que estava sendo um idiota em sentir-se atraído pela querida Alix de sua tia Addy. Na primeira vez em que ela estivera na casa, tinha quatro anos e, ele, catorze. Ela era uma graciosa garotinha que gostava de se sentar na sala de estar e construir coisas. Depois que o presidente da Sociedade Histórica quase teve um piripaque ao ver a criança empilhando entalhes valiosos, antigas caixas de chá chinesas, e *netsukes*[3] japoneses, Jared foi para casa e vasculhou o sótão até encontrar sua velha caixa de Lego. Sua mãe havia insistido em limpá-los na máquina de lavar pratos. Ele se lembrou de que ela ficou muito contente por ele estar sendo tão gentil com uma menininha. Naquela época, porém, Jared não era um exemplo de filho. Seu pai, Jared Sexto, morrera fazia apenas dois anos, e ele continuava muito zangado por causa disso. Sua mãe o obrigara a levar pessoalmente os Legos para Alix.

A garotinha nunca havia visto os blocos de construção, e não fazia ideia de como eram, por isso Jared se ajoelhou no tapete e lhe mostrou como usá-los. Ela ficou tão alegre que, quando ele ia embora, lhe passou os bracinhos pelo pescoço. Tia Addy, sentada no sofá observando sua amada Alix, disse:

— Um dia, você vai ser um excelente pai.

Seu avô Caleb, no fundo da sala, disse, com desprezo:

— Mas um péssimo marido.

Naquela época, seu avô não fazia fé em que Jared fosse dar em alguma coisa que prestasse; achava que ele iria mofar na cadeia. Jared já tinha aprendido a não reagir aos comentários do avô quando a tia estivesse por perto.

Mas Alix, que havia ouvido tudo, olhou sério para Jared e disse:

— Eu vou me casar com você.

Isso fez Jared dar um pulo, rubro de vergonha, enquanto Caleb deu uma grande gargalhada.

Depois, Jared viu a complexa estrutura de Lego feita por Alix, e se impressionou. Caleb disse que Jared nunca fizera nada tão bom assim aos

[3] Pequenos objetos esculpidos em marfim ou madeira e atravessados por orifícios, usados como adornos para prender uma pequena bolsa ou sacola à faixa do quimono. (N.T.)

quatro anos. Alix lhe deu um ramo de flores do jardim da tia Addy para agradecer-lhe pelo presente. Naquela noite, Jared saiu com os amigos, tomou um porre e acabou passando a noite na prisão – o que não era incomum para ele naquele período. Nunca voltou a ver a pequena Alix, porque logo depois o primeiro romance da mãe dela foi aceito para publicação. Victoria imediatamente levou a filha embora, e nunca a trouxe de volta a Nantucket.

Os pensamentos de Jared se concentraram no tempo presente. Ele achou que era sem dúvida melhor que saísse da ilha. Ele falaria a Dilys sobre Alix, ela apresentaria a moça a Lexie, prima de Jared, e à sua companheira de quarto, Toby, e em uma semana Alix já faria parte da intensa vida social de verão em Nantucket. E Jared estaria de volta a Nova York criando... ele não sabia o quê. Estava num período de entressafra de namoradas, de modo que... Droga! Não parava de visualizar os olhos, a boca, o corpo de Alix.

Isso não prestava. Alix era uma moça nova e inocente, e ele não deveria nem tocar nela. Sim, era melhor que deixasse a ilha o mais rápido possível.

Capítulo cinco

Alix estava na cama, tentando concentrar-se no mistério de um assassinato no livro que encontrara na gaveta de uma escrivaninha, mas as palavras estavam embaçadas. Ela só conseguia pensar em Jared Montgomery – ou o nome era Kingsley? Tudo a respeito dele parecia ser mentira, inclusive seu nome.

Por que ele precisava mentir tanto? Enquanto recordava todas as palavras da conversa dos dois, percebia como ele escapava das muitas insinuações dela. Se não queria responder às suas perguntas, poderia ter dito isso. Poderia ter...

Seu celular tocou e interrompeu-lhe os pensamentos. Era seu pai. Por quê, ó céus, tinha contado a ele que Montgomery estava passando um tempo na casa de hóspedes?

Ela tomou fôlego e tentou sorrir:

— Oi, pai! — exclamou alegremente. — Como vai?

— Qual é o problema?

— Problema? Nenhum. Por que pergunta?

— Porque conheço você a vida inteira, e reconheço quando está forçando uma alegria. Que aconteceu?

— Nada demais. Só me preocupo com Izzy e seu casamento. A mãe e a sogra estão infernizando a vida dela, por isso eu lhe disse para se casar aqui, mas como posso fazer isso? Não sei nada sobre casamentos.

— Você adora um desafio e vai chegar a uma solução. O que está incomodando você de verdade?

— Isso que eu falei. Acho que preparar um casamento para outra pessoa é impossível, e estou pensando em desistir de Nantucket e voltar para casa. Sou madrinha de Izzy, e preciso ajudá-la a escolher bolos, flores e tudo o mais. Ou talvez eu vá ficar com você um tempo. Tudo bem?

Ken esperou um momento antes de perguntar:

— O problema é o Montgomery, não é? Ele apareceu?

Alix sentiu os olhos lacrimejarem, mas não ia deixar seu pai perceber nada.

— Apareceu — respondeu — e jantamos juntos. Ele limpa peixes igualzinho a você.

— Que foi que ele disse quando você contou que o admirava?

— Nada.

— Alix, ele deve ter dito alguma coisa. O que foi?

— Ele não disse nada porque eu não contei. Ele fingiu não ser quem é.

— Quero que me conte tudo sobre isso, sem deixar nada de fora.

Alix lhe contou da maneira mais sucinta que pôde:

— Talvez ele tenha pensado que eu iria ficar no pé dele ou qualquer outra coisa desse gênero – se essa for a razão pela qual ele não me disse quem é –, mas simplesmente ficar lá sentado falando uma mentira depois da outra foi... foi...

— Desprezível — Ken disse, e ela percebeu a raiva na voz dele.

— Tudo bem, pai. Ele é um figurão, e entendo por que não quis revelar a uma estudante que é *o* Jared Montgomery. Provavelmente achou que eu beijaria o anel dele de arquiteto, ou faria alguma outra coisa de tiete. E, para ser sincera, eu teria feito isso mesmo. De qualquer modo, não importa. Ele vai embora amanhã de manhã e só vai voltar quando eu já não estiver aqui.

— Você está me dizendo que vai ficar sozinha nessa casa enorme durante um ano inteiro? — Ken perguntou. — Você não conhece ninguém na ilha, e prometeu fazer o casamento da sua amiga. Como vai fazer isso?

— Papai, você deve me animar, e não me fazer sentir pior do que já estou!

— Estou sendo realista.

— Eu também — Alix disse —, e é por isso que acho que eu devia voltar para o continente. Além disso, esta casa pertence ao sr. Kingsley, e ele a quer de volta, no mínimo por causa da grande pia da cozinha.

— Quem é o sr. Kingsley?

— Jared Montgomery.

— Ele lhe disse para chamá-lo de sr. Kingsley?

Ken ficou horrorizado.

— Não, pai. Foi assim que o advogado o chamou, mas eu usei esse sobrenome, e ele não me corrigiu.

— É muito presunçoso mesmo! — Ken exclamou, de dentes cerrados. — Escute, querida, preciso fazer uma coisa. Prometa-me que você não irá embora da ilha antes de nos falarmos de novo.

— Combinado — ela disse —, mas o que você está planejando fazer? Não está pensando em ligar para o escritório dele, está?

— Para o escritório dele, não.

— Papai, por favor, você vai me fazer lamentar ter te contado. Jared Montgomery é uma pessoa muito importante. Quando se trata de arquitetura, ele está na estratosfera. É compreensível não querer lidar com uma joão-ninguém, uma simples estudante. Ele...

— Alixandra, pode ser um chavão dizer isto, mas você tem mais talento no seu dedo mindinho do que esse homem no corpo inteiro.

— Você é um amor, mas o que disse não é verdade. Quando ele tinha a minha idade, ele...

— É de admirar que ele tenha conseguido *viver* até a sua idade. Alix, que me diz desta proposta? Vou dar a ele vinte e quatro horas para recuperar o bom-senso. Se ele não tiver mudado de ideia a esta hora amanhã, e você continuar magoada, irei até aí apanhar você. Além disso, vou ajudar você e Izzy com o casamento. Que tal?

Alix pensou em dizer ao pai que era adulta e capaz de tomar conta de si própria, mas sabia que não adiantaria nada. Ela respondeu:

— Isso parece uma aposta que você não quer perder — ela disse, tentando parecer animada. Não tinha a menor esperança de que Jared Montgomery fosse mudar alguma coisa em si mesmo.

— Ótimo! Amanhã ligo para você nesta mesma hora. Eu te amo, filha.

— Também te amo, pai — Alix disse, e desligou. Ficou tentada a ligar para Izzy e informá-la de que haveria uma alteração no local do casamento, mas não o fez.

⚓

Jared estava debruçado sobre a prancheta, trabalhando no que devia ser o quinto esboço para a tal casa na Califórnia, quando seu celular tocou. Como pouquíssimas pessoas tinham seu número particular, ele sempre atendia.

Imediatamente reconheceu o tom *furioso* de Kenneth Madsen:

— Quando eu te conheci, você era um delinquente juvenil de catorze anos. Tinha entrado e saído da cadeia tantas vezes que já sabiam de cor o que você comia no café da manhã. Sua pobre e querida mãe tomava seis remédios porque você a levava à loucura. Não foi isso mesmo? Estou dizendo alguma mentira?

— Não, tudo o que você disse é verdade — Jared admitiu.

— E quem pôs você na linha? Quem o arrastava para fora da cama de manhã, o enfiava num caminhão e o fazia trabalhar?

— Você — Jared respondeu, docilmente.

— Quem pagou pela droga dos seus estudos?

— Você e a Victoria.

— Certo! O pai *e* a mãe de Alix — Ken continuou. — E, mesmo assim, você fez nossa filha chorar?! É assim que você nos retribui?

— Não sei o que fiz para que ela chorasse — Jared respondeu, sincero.

— Não sabe? — Ken tomou fôlego. — Pensa que minha filha é burra? É isso que você pensa?

— Não, nunca pensei isso.

— Ela sabe quem é você. Ela o viu no dia em que chegou e o reconheceu imediatamente. Não entendo por quê, mas você é uma espécie de ídolo para ela.

— Poxa vida! — Jared exclamou. — Eu não sabia. Pensei...

— Pensou o quê? — Ken quase gritou, mas depois se acalmou. — Escute aqui, Jared, compreendo que ela seja apenas uma estudante e que alguém como você possa considerá-la um estorvo, mas macacos me mordam se você a tratar assim...

— Eu não tive a intenção.

Ken respirou fundo e disse:

— Minha filha só concordou em ficar em Nantucket para poder passar o tempo aí montando um portfólio de desenhos. Neste instante é duro eu conseguir engolir essa ideia, mas ela quer se candidatar a um emprego no *seu* escritório. Porém, hoje à noite, você... — Ele precisou fazer uma pausa rápida. — Cuidado comigo, Jared Montgomery Kingsley maldito sétimo, porque, se você voltar a fazer minha filha chorar, vai se arrepender, compreendeu?

— Sim, perfeitamente.

— E se você passar algum tempo com minha filha, não quero saber das habituais gracinhas que você faz com as mulheres. Entendido?

— Sim, entendido.

— Você acha que pode ser gentil com uma moça *e* deixar que ela continue vestida? É possível você se comportar bem?

— Vou tentar — Jared disse.

— Faça mais do que tentar, ouviu bem?

E Ken desligou o telefone.

Jared permaneceu imóvel, sentindo-se como se tivesse catorze anos e Ken, o homem que havia sido um segundo pai para ele, o repreendesse. Acontecera de novo. Como nos velhos tempos.

Jared desceu a escada, fez menção de pegar uma garrafa de rum, mas sentiu que isso não o acalmaria. Encontrou uma garrafa de tequila e tomou duas doses antes de se permitir meditar sobre o que aconteceu naquela noite.

Foi à sala de estar, sentou-se, e sua mente voltou a quando ele era, como disse Ken, um delinquente juvenil de catorze anos.

Segundo o que a tia Addy e Ken lhe contaram, Kenneth Madsen foi para a ilha a fim de encontrar sua mulher – que ele julgava estar vivendo na mais abjeta pobreza e, portanto, ficaria feliz ao vê-lo – e informá-la de que estava considerando aceitá-la de volta. Poderia até perdoá-la pela transa de uma noite com o sócio dele, seguida pelo fato de que ela tinha voado para Nantucket com sua filhinha Alix.

A verdade era que ele sentia tanta falta da mulher e da filha que mal conseguia trabalhar.

Mas o que encontrou em Nantucket não foi o que esperava. Sua mulher havia escrito um romance que foi aceito para publicação e estava planejando divorciar-se dele.

Ela estava muito feliz e ele, muito deprimido.

Depois que Victoria pegou a pequena Alix e foi embora da ilha, Addy sugeriu que Ken permanecesse na casa de hóspedes até se recuperar da melancolia. Após dois meses de sua estada, sem mostrar nenhum sinal de voltar à sua firma de arquitetura ou mesmo de querer voltar a viver, ela disse que ele podia reformar uma velha casa de hóspedes de propriedade da família Kingsley.

— Mas não tenho como pagar o seu trabalho — ela informou. — Só tenho dinheiro para os materiais.

— Tudo bem — Ken concordou. — Meu ex-sócio está pagando minhas contas. Ele me deve muito.

Addy esperou que ele explicasse a razão, mas Ken não falou mais nada sobre por que seu ex-sócio lhe devia.

— Você pode contratar operários na ilha, mas vai ter de lhes pagar. Por outro lado, meu sobrinho Jared é jovem e inexperiente e vai trabalhar de graça. Mas isso não interessa, porque acho que você não vai conseguir dar conta dele.

Ela olhou Ken de cima a baixo, como se quisesse dizer que ele não era homem suficiente para lidar com o rapazola.

Ken estava farto de ser tratado como se fosse menos de um homem, e aceitou na hora se encarregar do adolescente.

Desde que se conheceram, Ken e Jared se deram bem. A vida de Ken estava uma bagunça, assim como a de Jared. Um adolescente grandão e de mal com a vida, e um jovem arquiteto elegante e também zangado com a vida formaram uma dupla perfeita. A atitude de Ken foi a de que, se Jared não se comportasse, não trabalharia com ele. Como o emprego era uma reforma gratuita da velha casa aos pedaços na qual ele e a mãe estavam morando, Jared achou que devia manter o trabalho. Além disso, Ken ouvia o que Jared tinha a dizer sobre como achava que a casa devia ser mudada.

Jared nada sabia sobre obras, e a princípio trabalhou todos os dias de ressaca. Aos catorze anos, estava a caminho de se tornar um alcoólatra. Segundo seu raciocínio na época, beber era legal porque a maioria dos seus amigos era viciada em drogas. Pela sua lógica, se ele se mantivesse afastado das drogas, poderia beber à vontade.

Mas estar de ressaca num canteiro de obras era ruim. Ele ficava com dedões machucados, e acontecia um acidente atrás do outro, até que finalmente aprendeu a dizer "não" para as noitadas com os amigos. Não foi nada fácil, porque eles disseram que ele "estava se vendendo para o outro lado".

Ken ajudou, embora sua "ajuda" não fosse suave. Ele não tolerava besteiras, não sentia pena das circunstâncias da vida de Jared, e o fazia trabalhar, independentemente do que fosse.

Certo dia, depois que a turma saiu com os pneus dos carros "cantando", e de suas vaias ainda repercutindo nos ouvidos de Jared, Ken disse:

— Afinal de contas, é bem possível que você se torne um homem. Quem poderia imaginar isso?

Pouco a pouco, Jared começou a querer provar que tinha valor. Ken ficou na ilha em tempo integral por quase três anos, e eles dois trabalharam constantemente em construções. Numa ocasião, Jared viu Ken chorando, e se afastou para não o constranger. Depois, descobriu que a papelada do divórcio havia chegado naquele dia.

— A culpa foi toda minha — Ken disse, após a sexta cerveja. — Fui eu que estraguei tudo. Achei que era de uma classe superior à da pequena e bonita Victoria Winetky, e ela percebeu isso.

Nessa noite, Jared precisou carregar o bêbado Ken nos ombros, forçá-lo a entrar na picape, levá-lo de volta à casa de hóspedes e colocá-lo na cama. No dia seguinte nenhum dos dois mencionou o fato, e ambos nunca falaram disso.

Com o tempo, Ken se recuperou o suficiente para querer voltar à arquitetura; nessa época, descobriu que gostava de ensinar. Mas aí ele e Jared eram como pai e filho, e a ideia da separação doía. Ken disse:

— Não posso ficar aqui. Victoria não vai permitir que Alix volte a Nantucket. O romance dela vendeu milhões de exemplares, e ela afirma ter uma imagem a manter. Entre mim e você: acho que Victoria não quer que Addy assuma o controle de Alix. — Ele olhou para Jared: — Se quiser fazer parte do futuro da minha filha, preciso voltar ao continente e estabelecer lá minha vida. Voltarei quando puder.

Jared trabalhou para esconder sua dor. Alguns anos antes de conhecer Ken, certa vez seu pai saíra de barco e nunca voltara. Passaram-se dias antes que o encontrassem. Ele teve um infarto fulminante enquanto dormia. Jared amava o pai a ponto da idolatria, e perdê-lo trouxe à tona o que havia de pior no adolescente. Jared começou a beber poucos meses depois. Brigas de socos, "rachas" de carros, vandalismo, qualquer outra coisa violenta em que se pense, ele fez. A mãe, que tentava lidar com o próprio sofrimento pela morte do marido, não tinha controle sobre ele.

Foi aí que Ken, que também estava "de mal" com o mundo, entrou na história e assumiu o controle do rapaz.

Quando Jared se despediu, Ken achou que era a última vez que o veria. O pessoal de Nantucket estava acostumado a turistas durante o verão. Eles vinham e iam, e nunca mais eram vistos.

Ken, porém, voltou muitas vezes. Foi ele quem fez Jared entrar no colégio, e depois na faculdade de arquitetura. E, quando chegou a hora de Jared construir a maquete final da faculdade antes de se formar, foi Ken que deixou o escritório e a turma a quem lecionava e ajudou Jared a materializar o projeto.

Sim, Jared devia muito a Ken, e a Victoria, porque ela também tinha feito parte de sua vida. E, agora, ele devia à filha dos dois.

Ele permaneceu imóvel um instante, e tudo de que teve certeza era que queria falar com o avô.

⚓

Jared estava sentado na sala de estar da Casa dos Kingsley. Não acendeu a luz, mas não era preciso. Sabia que, se permanecesse sentado tempo suficiente, seu avô apareceria.

Quando isso aconteceu, Jared nem levantou os olhos e admitiu:

— Pisei na bola. Feio. Ken está zangado comigo, e, quando Victoria souber o que ocorreu, vai me destroçar, pedacinho por pedacinho. Acho até que não vou sobreviver. Nossa amizade certamente não vai. — Ele olhou na direção da janela para o avô. — Se o senhor tivesse me dito que ela estava aqui, eu poderia ter escapado.

— A jovem Alix sempre foi uma pessoa atenciosa — Caleb disse.

Caleb ia continuar a falar, mas Jared o interrompeu:

— Se o senhor vai me contar sobre essa baboseira de reencarnação, pode parar. Não quero ouvir nada.

— Nunca tento adicionar conhecimento nessa sua cabeça dura. Você só acredita no que pode ver e tocar. Acenda a luz e olhe dentro daquele armário lá.

Jared hesitou, como se temesse o que iria ver. Relutante, levantou-se, acendeu a luz e abriu o armário. O que viu não era o que esperava. Dentro, havia uma maquete do que parecia ser uma pequena capela, completa com um campanário.

De imediato, percebeu a influência do seu próprio trabalho no projeto, mas viu também a de Ken Madsen. Entretanto, mais importante do que tudo, era um desenho inovador, a marca exclusiva de Alix.

— O gato comeu sua língua? — Caleb perguntou.

— Quase isso.

— Ela fez isso para te mostrar, mas você...

— Não precisa esfregar na minha cara. Por que ela escolheu esse motivo?

— Eu me certifiquei de que ela visse uma velha fotografia.

Jared assentiu com a cabeça e indagou:

— Aquela de tia Addy e vovó Bethina rindo juntas?

— Essa mesma.

Ele apanhou a pequena maquete e a pôs na palma da mão, virando-a para analisá-la:

— É melhor do que eu próprio faria. — Ele guardou a maquete no armário, depois apanhou os esboços à mão livre de Alix, e estudou todas as páginas. — Ela entende do assunto. Três destes desenhos podem virar construções.

— Ela e a amiga invadiram sua casa.

— Elas o quê?

Jared continuava a olhar os esboços.

— Qual é mesmo aquela frase que você diz sobre os ídolos e Nosso Pai?

Jared pensou um instante para se lembrar. Seu avô costumava misturar gírias velhas e novas:

— Veneração a ídolos.

— Pois é. Alix costumava sentir isso em relação a você, mas, depois de hoje à noite, acho que mudou de opinião.

— Isso é exatamente o que eu não queria que acontecesse: uma garota me vendo com olhos de cachorrinho, pensando que eu sou quase um deus. É impossível fazer jus a essa expectativa.

— Mas você bem que ficou cobiçando a filha de Ken.

— Não é verdade! — disse Jared, furioso, mas em seguida deu um risinho. — Bem, talvez eu tenha mesmo. Ela é linda, tem um corpo divino. E eu sou apenas humano.

— E você gostou que o pai dela lhe ensinou o que você mostrou a ele sobre peixes...

— E que foi o que meu pai me ensinou.

— E que *eu* ensinei a todos vocês — disse Caleb, e os dois homens trocaram sorrisos.

— E agora, o que devo fazer? — Jared perguntou.

— Peça-lhe desculpas.

— Será que ela vai me perdoar? Peço desculpas e pronto? — Jared hesitou. — Já sei. Posso dar a ela um emprego no meu escritório de Nova York. Ela poderia...

— Você poderia ajudá-la com o casamento.

— Nem pensar! Não sei nada sobre isso. Se ela quiser permanecer aqui, posso mandar meu escritório lhe mandar algum trabalho e eu... vou comprar uma prancheta para ela. Ou um sistema CAD. Talvez ela possa usar a casa de hóspedes como escritório. Eu vou voltar para Nova York e... — Ele se interrompeu ao observar a expressão no rosto do avô e suspirou: — O que o senhor está tramando contra mim?

— Ela está sozinha aqui. Não conhece ninguém na ilha.

— Já disse que vou pedir a Dilys para...

— A jovem Alix está planejando ir embora definitivamente.

— Ken e Victoria querem que ela fique aqui. — Jared tomou fôlego. Se ele era a razão para ela ir embora, todos ficariam zangados com ele.

— Quando ela pretende sair da ilha?

— Ouvi o pai dela – a propósito, o homem que fez de você o que você é – pedir-lhe que lhe esperasse vinte e quatro horas para mudar as coisas. Ele mencionou esse prazo a você?

— Não, não mencionou. Pelo menos, acho que não, mas ele gritava tanto que foi difícil ouvir todas as palavras.

— Ele é um homem bom, que protege a cria. Parece que o Kenneth deixou nas suas mãos imaginar o que fazer para que ela fique. Se ela não fosse filha dele, o que você faria para mantê-la aqui?

— Subiria até o quarto e me meteria na cama com ela.

Caleb fez uma careta e disse:

— Neste caso, essa não é uma opção.

— Quando se trata de mulheres, sou melhor na cama do que fora dela — Jared disse, de maneira objetiva.

— Deve haver alguma coisa que você saiba fazer para agradar às mulheres fora da cama.

— O senhor se refere às suas ideias antiquadas de namoro, não é? Desde quando eu tenho *tempo* para isso? Trabalho sete dias por semana desde que era adolescente. Só parei um período para ficar com a tia Addy. Quanto a presentes, meu assistente sempre se encarregou disso, geralmente comprando joias da Tiffany. Talvez...

— Nada de joias.

Jared ficou em silêncio, refletindo, mas não conseguiu imaginar nada.

— Como é possível que um descendente meu seja tão inteligente e, ao mesmo tempo, tão burro? — Caleb perguntou, incrédulo.

— Talvez seja melhor não falarmos sobre atos burros dos homens Kingsley. Conte-me de novo o que aconteceu de tão horrível com o seu navio, que não lhe permitiram sair desta terra?

Caleb o olhou com raiva, depois balançou a cabeça e sorriu:

— Tudo bem, quando se trata de mulheres, nós dois somos igualmente uns tontos. Entretanto, estou tentando te ensinar o que aprendi na minha vida.

— O que abrange alguns anos...

— Mais do que alguns. Que tal flores? — Caleb indagou.

— Está certo. Amanhã de manhã vou comprar um buquê de flores para ela. Isso é fácil.

— De acordo com a minha experiência, coisas fáceis não conquistam uma mulher. Elas gostam que os homens escalem montanhas para elas.

— Certo. E colocar uma única e rara flor no topo do buquê. É claro que hoje em dia sabemos que fazer isso vai extinguir toda uma espécie.

Caleb fez uma careta e disse:

— E você ainda se pergunta por que as mulheres não ficam te rondando.

— Para sua informação...

— Eu sei — Caleb interrompeu —, é você que dá o fora nelas, e não o contrário. Acho que, quando Alix acordar amanhã, já deve encontrar as flores.

— Mas onde é que vou comprá-las? A estação está no início, e as flores ainda não estão prontas para ser colhidas. Que tal eu invadir uma floricultа?

Estava tentando dar um toque de humor à história toda, mas Caleb não sorriu.

— Não seria a primeira vez em que você faria uma coisa dessas — disse Caleb.

— Não, mas já faz algum tempo.

— Seria bom se conhecêssemos alguém que cultiva flores, mesmo quando está frio lá fora.

Jared piscou para Caleb, quando lhe surgiu uma ideia, e disse, ao se levantar:

— Não, não, não. Não vou fazer isso.

— Mas...

— Não vou fazer e pronto! Lexie vai esbravejar comigo, e não quero isso. Já recebi minha cota de gritos por hoje.

Jared foi até a porta dos fundos na cozinha.

Caleb se posicionou na frente da porta.

— Não — Jared repetiu, passou pelo avô há muito falecido, deu a volta na maçaneta e saiu.

Jared foi até a casa de hóspedes antes de parar. Resmungou uns palavrões, sabendo que o avô estava observando e, pior, sabendo que ele estava *certo.* Quando Jared se dirigiu ao portão, levantou a mão, num gesto muito antigo.

Caleb deu uma risadinha: sabia que seu neto faria a coisa certa. Ele só precisava ser muito pressionado – coisa em que Caleb era perito.

A prima de Jared, Lexie, morava a apenas algumas casas de distância e ele esperava que àquela hora ela estivesse dormindo, para que ele pudesse usar isso como desculpa para não a incomodar. No último verão, ele havia reformado a velha estufa na propriedade. Durante anos, a estufa ficara soterrada debaixo de alguns metros de videiras, plantas espinhosas e hera venenosa. Ele havia tentado convencê-la a usar uma escavadeira para nivelar o terreno:

— Depois, compro para você uma estufa novinha em folha, da empresa mais tradicional do mercado.

Contudo, nem Lexie nem sua companheira de quarto, Toby, aceitaram a proposta.

Lexie disse:

— Faz muito tempo que você está longe de Nantucket. Nós já reciclávamos e reutilizávamos antes de isso ser moda.

— Minha casa inteira é reutilizada e reciclada — ele retrucou, porque não gostou de ser acusado de adotar certas tendências por não ser um ilhéu.

No final, as duas mulheres venceram porque Jared cometeu o engano de perguntar a Toby o que ela queria fazer. Toby era alta, esbelta, loura e os olhos azuis tinham expressão sonhadora. Era etérea, frágil. Sua aparência transcendental era capaz de transformar homens adultos em servos.

— Gosto muito da ideia de uma estufa mais velha — ela disse, e sorriu para Jared.

— Então, deixa comigo — ele disse.

Lexie levantou as mãos e disse:

— Se eu peço, você discute, mas, quando é a Toby que pede, você cede na mesma hora.

— Que posso dizer, priminha? — Jared perguntou. — A Toby é mágica.

— Não importa — Lexie afirmou. — Se isso quer dizer que você vai fazer o trabalho e pagar por ele, é o que interessa.

Toby trabalhava na melhor floricultura da ilha, enquanto Lexie era assistente pessoal de um homem a quem descrevia como "um completo imbecil". Quando ele não estava em Nantucket exigindo sua atenção, Lexie planejava ajudar Toby a cultivar flores que poderiam vender para lojas ao redor da cidade.

Jared mandou uma mensagem de texto pelo celular para José Partida, proprietário da empresa paisagística Clean Cut Landscaping, e ele não hesitou um minuto e aceitou a tarefa assustadora de limpar o emaranhado venenoso.

Quando todos os detritos foram removidos, os dois homens constataram que não havia sobrado muita coisa da velha estufa, mas Lexie esperava que seu primo refizesse tudo.

— Este troço está podre — Jared disse. — Uma estufa nova...

— Quero que *você* faça o serviço — Lexie disse. — Quero que você seja um Kingsley – se conseguir se lembrar como – e refaça tudo igualzinho ao que era. Ou será que você se tornou urbano demais e não consegue usar um cinto de ferramentas?

Naquele momento Jared pensou em estrangular a prima, e refletiu se deveria ignorar o desafio dela, mas não o fez. Em vez disso, telefonou para Nova York e adiou o trabalho que estava fazendo para um cliente rico. Manteve-se grudado à prancheta na casa de hóspedes e passou três dias projetando um jardim para flores e bagas de frutinhas carnudas.

De acordo com o pedido de Lexie, Jared andava com um cinto de ferramentas, e trabalhava com os operários do empreiteiro Twig Perkins para recolocar a velha estufa em bom funcionamento. Eles também instalaram canteiros suspensos, fizeram uma área de adubo e acrescentaram um local para os clientes se sentarem.

Quando tudo terminou, Toby ficou nas pontas dos pés, beijou o rosto de Jared e disse:

— Obrigada.

Quando Toby foi embora, Lexie perguntou:

— Se você está tão encantado com ela, por que não a convida para sair?

— Isso seria a mesma coisa que sair com um anjo.

— Entendo. E você se assemelha a um demônio, não é?

— Finalmente alguém me entende de verdade. Não recebo nenhum agradecimento da *sua* parte?

Ele bateu com o dedo numa bochecha.

— Não foi esse lado que Toby beijou — Lexie disse, ao beijá-lo também.

— Nunca mais vou lavar o lado que *ela* beijou.

Lexie deu um gemidinho e disse:

— Venha nos ajudar a encher os vasos de terra.

Jared levantou as mãos:

— Não, não, eles são para cerveja. De agora em diante, vocês duas se virem.

Isso acontecera havia mais de um ano, e desde essa época as duas amigas conseguiam suplementar seus rendimentos com as flores que cultivavam.

Jared bateu levemente na porta da frente da casa das duas. Todas as luzes estavam apagadas, por isso ele duvidou que elas o ouvissem. Precisaria esperar até de manhã para conseguir as flores – isso significava que não levaria um fora de Lexie. Jared não entendia por que deixava que seu avô o induzisse a fazer coisas que não queria. Desde que ele era guri...

A porta se abriu e lá estava Toby. O comprido cabelo louro estava preso numa trança grossa que lhe caía nas costas, e ela usava um roupão branco salpicado de florezinhas cor-de-rosa. Ele ficou aliviado por não ter sido sua prima dona da verdade que abrira a porta.

— Pisei na bola com a filha de Ken e preciso de flores.

Toby apenas assentiu com a cabeça e saiu da casa:

— Vamos dar a volta na casa, para não acordar a Lexie.

— O Plymouth está na ilha? — Jared perguntou. Roger Plymouth era o chefe de Lexie, e, quando estava na ilha, ela trabalhava à exaustão. De acordo com ela, ele não era capaz de amarrar os cadarços dos sapatos. Vivia numa mansão em Polpis Road, chegava e partia no próprio avião, e nenhum amigo ou parente de Lexie jamais o havia visto. Brincavam com ela que ele não existia.

— Está — Toby respondeu —, e ela não aguenta de cansaço. Ele lhe telefona noite e dia. Quer que ela se mude para a casa de hóspedes dele, mas Lexie já disse que não vai. Mas que foi que você fez para pisar na bola com a filha de Ken?

— Menti pra ela. Eu lhe disse que era empreiteiro, mas o problema é que ela sabia o que faço para ganhar a vida. Ela estuda arquitetura, e é competente.

— Dado que ela é filha do Ken, isso não surpreende. De qualquer jeito, ela descobriria o que você faz, não?

— Sim, mas minha intenção era já ter saído da ilha quando ela chegasse. Ela se antecipou e, quando entrou na cozinha, me pegou desprevenido.

Nós passamos umas horas bem agradáveis, e até jantamos juntos. Se eu tivesse revelado minha profissão, teríamos falado sobre trabalho. Ou, pelo menos, essa é minha desculpa.

— Não é ruim; já ouvi piores.

Os dois estavam na porta dos fundos da estufa, e Jared a manteve aberta para Toby passar. Ela acendeu umas luzes suaves que estavam escondidas no topo da parede de vidro. À frente deles surgiu uma grande extensão de flores e folhagens e bandejas de mudas, todas em perfeitas condições.

— Muito bom! — Jared exclamou.

— É, mas porque um superarquiteto projetou tudo para nós.

— Não creio que Alix usaria esse termo para me descrever neste momento. Seu pai disse que eu a fiz querer sair da ilha.

— Ele estava *muito* zangado com você?

Toby apanhou uma cesta de madeira, retirou um alicate de um vidro de álcool e caminhou por uma vereda.

— Furioso. Se eu estivesse lá, ele teria atirado em mim, depois de me atropelar com um caminhão. Parece que eu a fiz chorar.

— Poxa, Jared, sinto muito. Por vocês dois. Você deve levar-lhe rosas, e é claro que vamos cortar uns narcisos também.

Ela abriu uma grande porta de madeira localizada na parede dos fundos e se revelou uma grande geladeira cheia de flores cortadas.

— Desde quando você tem a geladeira?

— Foi presente de aniversário. Meu pai me perguntou o que eu queria, e foi isso que eu quis.

— Sua mãe continua zangada por você estar na ilha?

Toby deu um pequeno sorriso e disse:

— Continua. Ela mal fala comigo.

Após essa frase, ela e Jared se entreolharam. A mãe de Toby era uma megera, e o fato de as duas não estarem quase se falando estava longe de ser um castigo.

— Você tem alguma dica para eu conseguir que Alix me perdoe?

— Passem um tempo juntos; deixe que ela conheça você — Toby respondeu.

— Amanhã vou falar com a Dilys.

— Perfeito! Leve Alix com você.

— Quero que ela conheça você e a Lexie.

— Será uma honra — Toby disse e olhou para ele, com as mãos cheias de rosinhas cor-de-rosa: — Você gosta dela, não é?

Ele a seguiu para o lado de fora e a observou usar a luz da estufa para cortar flores de narcisos.

— Ela é uma criança. Eu já bebia e dirigia quando ela só tinha quatro anos.

— Mas nós meninas temos o hábito de crescer...

— O que vocês fazem muito bem — Jared disse, sorrindo para ela.

Toby lhe entregou a cesta de flores e sugeriu:

— Ponha algumas das flores junto à porta da casa dela. Você sabe fazer panquecas?

— Sei dirigir até a Downyflake.

— Isso já basta.

Toby voltou à estufa, verificou o termômetro e desligou as luzes.

— Como vai a sua vida amorosa? — Jared perguntou. — Você não estava namorando... quem era mesmo?

— O mais velho dos garotos Jenkins, e "garoto" é a palavra-chave.

— Eu já namorei uma prima dele. Ela era...

Ele não concluiu a frase.

— Não era moça que você levasse para apresentar à família?

— Toby, você é uma diplomata nata. A Lexie não pode arranjar alguém para você namorar?

— Eu estou ótima assim — a moça respondeu. — De verdade.

— Esperando pelo Príncipe Encantado?

— Não é isso que fazem todas as mulheres? E você, está esperando por Cinderela?

— Na verdade — Jared respondeu lentamente —, prefiro esperar pela Rainha Má. Acho que ela deve ser muito mais divertida.

Os dois riram.

Capítulo seis

Quando Alix acordou, seu primeiro pensamento foi se perguntar se Montgomery-Kingsley já havia ido embora da ilha. Teria voltado na sua picape para o projeto que estava construindo com base na planta de uma revista? Não conseguiu evitar de sentir raiva, novamente, pelas mentiras dele.

Saiu da cama e relanceou o olhar para a grande fotografia do comandante Caleb, mas não chegou a fixar a vista nela. Nada de beijinhos suaves nesta manhã.

Ela foi ao banheiro para tomar banho e lavar a cabeça. "O que faço agora?", perguntou-se, ao se ensaboar. Sua Alteza Real Montgomery havia mentido para ela, mas isso não fazia a menor diferença sobre ficar em Nantucket. Antes de vir, ela nem sequer sabia que ele estava na ilha. E nunca na vida imaginara que um dia iria conhecê-lo pessoalmente. Claro que havia planejado se candidatar a um emprego na empresa dele, mas a maioria dos outros estudantes também tinha essa intenção.

Ela saiu do chuveiro, secou o cabelo com o secador, prendeu-o, maquiou-se levemente e voltou ao quarto para se vestir. As roupas que Izzy lhe comprara continuavam nas sacolas num canto do quarto. Ela esvaziou na extremidade da cama uma delas, da loja Zero Main, abriu o papel de seda e não pôde deixar de sorrir. As roupas eram simples, mas feitas com os tecidos mais primorosos que ela já havia visto. Eram a cara de Nantucket, pensou. Assim como as casas. Izzi havia lhe comprado duas blusas, um top de malha, um cachecol, calças pretas de linho e uma caixa com brincos turquesa.

— Posso muito bem dar uma volta para conhecer a ilha — disse em voz alta, e relanceou o olhar para a grande pintura. — O que o senhor acha, comandante? A blusa azul ou a pêssego?

Alix não se surpreendeu quando a gola da blusa azul se mexeu. Havia sido dobrada, de modo que fazia sentido que voltasse para o lugar, mas Alix preferiu achar que o comandante fora o responsável.

— Obrigada — disse. Só de pensar que não estava sozinha no casarão sentiu-se melhor. O fato de seu companheiro de casa haver morrido havia mais de duzentos anos era algo sobre o qual ela não iria refletir.

Quando estava completamente vestida, tomou fôlego e abriu a porta. A primeira coisa que viu foi um narciso no chão. Debaixo dele estava um grande envelope branco.

Logo imaginou que aquilo fosse obra do seu pai. Em seguida, achou que talvez Eric a tivesse encontrado.

Ao abrir o envelope, viu a caligrafia característica, resultado de muitos anos de desenhos:

Por favor, aceite minhas desculpas pelo mal-entendido.
Jared Montgomery Kingsley VII

Alix olhou fixo para o bilhete. O sétimo! Quem tinha um nome que era o sétimo?!

Mas é claro que o nome não era o problema. Na noite da véspera, ele mentira descaradamente a ela sobre o que fazia para ganhar a vida. Ele sabia que ela viria, e que era estudante de arquitetura, por isso tinha feito de tudo para não conversar sobre algo que ambos amavam.

Havia mais flores nos degraus, que ela apanhou uma por uma; quando chegou ao último degrau, estava sorrindo. Levou as flores para a cozinha, sabia onde eram guardados os jarros, e encheu um deles de água. Os narcisos coloridos ficaram lindos na mesa da cozinha.

Da janela, relanceou o olhar para a casa de hóspedes, mas todas as luzes estavam apagadas. Ela achou que ele ainda estava dormindo, e foi à sala de estar.

Ele estava sentado numa das grandes poltronas, com as longas pernas esticadas, segurando um jornal aberto à sua frente. Por um momento ela contemplou o perfil dele e não pôde evitar que os batimentos cardíacos se acelerassem. Independentemente de ser brilhante na profissão, como homem era um espécime espetacular.

Quando ele se virou e a viu, houve uma centelha de brilho em seus olhos, como se a estivesse vendo como mulher. Mas então ele mudou e a olhou como... bem, como seu pai a olhava.

Ela pensou: "Eu devia ter usado a blusa pêssego".

— Bom dia — ele falou. — Dormiu bem?

— Dormi — ela respondeu.

Ele dobrou o jornal, colocou-o na mesa e apanhou um buquê de pequeninas rosas cor-de-rosa, dizendo:

— São para você.

Ela deu uns passos à frente para pegá-las, mas, quando sua mão quase tocou na dele, Jared estremeceu e recuou. Ela ficou de costas para esconder o cenho franzido.

— Vou pôr as flores num vaso.

"Tudo bem", ela pensou. "Ontem à noite ele deixou bem claro que não queria falar sobre arquitetura, e agora mostrou que toques também são proibidos."

— Desculpe eu ter mentido sobre meu emprego — ele disse na cozinha, para onde a seguiu. — Eu pensei apenas...

— Que eu tentaria fazer com que o senhor fosse meu professor?

Ela quase sorriu por causa da palavra – "emprego" – que ele usara para se referir ao que fazia.

— Para ser sincero, foi isso mesmo.

Ele deu um sorrisinho maroto.

Alix se esforçou a fim de não olhar para o lábio inferior dele e a maneira que se curvava sobre seus dentes. Ficou de costas para Jared, para que ele não percebesse o que ela estava certa que seus olhos expressavam.

— Que acha se eu a levar para tomar café da manhã na Downyflake?

Havia alguma coisa no modo como ele falou que a deixou desconcertada. Era como se ele achasse que *precisava* levá-la para sair. Será que pensava que, porque ela estava vivendo na casa *dele*, os dois tinham de passar o tempo juntos – mesmo se ele não quisesse?

Ela lhe retribuiu o olhar e deu um grande sorriso. Não era culpa sua se o sorriso não se refletiu no seu olhar:

— Eu tenho alguns projetos a fazer para a faculdade, por isso vou ficar por aqui mesmo. Tem *bagels* na geladeira.

— Eu comi todos eles — ele disse, em tom irritado.

Alix pensou: "Aposto que ele não está acostumado a que mulheres recusem um convite seu". Ela disse então:

— Pode deixar. Vou sair e comprar mais.

— Você não pode viver de *bagels*.

Sua testa começou a franzir.

Alix não pôde deixar de sorrir para valer:

— Aposto que em Nantucket se vendem outros alimentos além de *bagels*. É provável que eu até encontre um restaurante no centro da cidade.

— A Downyflake tem donuts. Que são feitos todas as manhãs.

— Ah! — exclamou Alix, porque isso parecia bom mesmo.

— Você já conhece muita coisa em Nantucket? Ou só desde as barcas até aqui? Isso é apenas uma pequena parte da ilha.

Alix permaneceu imóvel, olhando para ele. O que ele dizia não parecia autêntico. O que o fizera mudar de atitude? Na noite anterior ele se recusara a contar alguma coisa sobre si próprio, e havia dito que ia embora da ilha. Hoje, oferecia-lhe flores e desculpas. Por quê?

— Vou alugar um carro e...

Jared revirou os olhos para cima e disse:

— Lamento ter mentido, certo? Nantucket é meu lar. O lugar onde me afasto de gente que vive me perguntando como surgem minhas ideias, ou o que planejo para o futuro. E estudantes são os piores! Um deles me perguntou se eu tinha algumas palavras de sabedoria para ele. Sabedoria? Quem sou eu? Um profeta do Antigo Testamento? E as estudantes — ele se interrompeu e tomou fôlego. — Me desculpe. Ontem à noite você me pegou desprevenido. Tive a terrível impressão de que precisaria responder a perguntas e... e a outras coisas.

Alix continuou parada, piscando. Ele havia acabado de dizer tudo que ela planejara fazer, inclusive as "outras coisas". Enquanto preparava a maquete da capela, tinha imaginado que ele lhe diria que ela era o máximo, e depois eles... Bem, ela finalmente provaria o gosto do lábio inferior dele.

Evidentemente, ela não podia contar-lhe nada disso:

— Eu também preciso de uma folga do trabalho — e percebeu que agora era ela quem estava mentindo: a intenção era duplicar sua carga de trabalho enquanto estivesse em Nantucket.

— Então, que tal irmos tomar o café da manhã e planejar sua estada aqui? Vou mostrar a você onde ficam a mercearia, o Museu Marinho e outros lugares essenciais.

— Tudo bem — ela concordou. — E prometo que não vou lhe perguntar nada sobre arquitetura.

— Pode me perguntar o que quiser — ele disse.

Suas palavras não combinaram com o tom de voz. Parecia que ele estava dizendo que ela podia golpeá-lo com um bastão de beisebol.

— Então está combinado — ela disse, séria. — Se o senhor pudesse transmitir umas palavras de sabedoria a uma estudante, quais seriam?

— Eu... — ele balbuciou, sem saber o que falar.

— Eu estava brincando — Alix disse. — Foi uma piada.

Ele a olhou como se não conseguisse saber qual era a dela, e abriu a porta dos fundos:

— Você se importa se formos na minha picape?

— Passei metade da vida em uma — Alix disse, mas ele ficou calado.

A caminhonete era velha e vermelha; nos fundos havia um *cooler* e uma grande caixa de ferramentas. A cabine tinha areia e terra, mas nenhum lixo. Os assentos estavam desgastados, mas em boas condições.

Ele deu marcha à ré até Kingsley Lane, e se dirigiu para o caminho que Izzy e ela haviam percorrido. A rua estreita estava silenciosa.

No final, pouco antes de virar para a Main Street, ele indicou com a cabeça uma casa à direita:

— Minha prima Lexie mora aqui com Toby, e as duas cultivam flores para vender.

— Foi onde o senhor conseguiu os narcisos e as rosas?

— Foi — ele respondeu, sorrindo. — Toby as cortou para mim.

— Ele lhe perguntou por que queria as flores?

— *Ela.* O verdadeiro nome da Toby é... não me lembro, mas sempre foi chamada de Toby. Ela só tem vinte e dois anos, e sempre passou o verão aqui, com os pais, mas há uns dois verões eles se separaram e ela resolveu ficar.

Ela o olhava enquanto ele dirigia; a barba e o cabelo desgrenhados o faziam parecer mais velho do que os trinta e seis anos que ela sabia ser sua idade.

— O senhor parece estar apaixonado por ela.

Jared sorriu:

— Todo mundo é apaixonado pela Toby. Ela é um encanto.

Alix olhou pela janela para a linda sucessão de casas na Main Street. Os paralelepípedos faziam o carro sacudir tanto, que ela precisou segurar na maçaneta da porta. A despeito da beleza ao redor ela não conseguiu evitar o desânimo. Desde o momento em que tinha visto Jared Montgomery de pé no barco, sorrindo para uma garota de shorts exageradamente curtos, sentiu que sua maré de sorte havia chegado. Supôs que iria aprender com ele, trabalhar com ele. E, naquela noite, ao reler o poema que escrevera, chegara a pensar em ter um caso com aquele homem. Seria algo que valeria a pena contar para seus netos. Esses pensamentos a empolgaram tanto que até tinha se esquecido do grande fora que levara do namorado e do receio de passar um ano sozinha num lugar onde não conhecia ninguém.

Mas, pouco a pouco, tudo o que ela havia imaginado desfez-se como um castelo de cartas. Esse homem ilustre não queria saber de papo sobre arquitetura. E certamente nada de atitudes maliciosas com ele, que parecia atraído por ela, mas dera um pulo quando a mão dela quase tocara na dele. Ele provavelmente tinha uma norma inviolável em relação a estudantes, mas agora estava se derretendo todo no assento, à menção de uma garota muito nova chamada Toby, que todos adoravam.

— Você é sempre calada assim? — ele perguntou.

À frente dos dois, estava a gloriosa cidade de Nantucket, com um após outro edifício maravilhoso. Ele parou num sinal de trânsito e dobrou à direita. Passaram por uma pequena e charmosa livraria, depois por uma igreja deslumbrante. Era uma rua cheia de casas, todas fascinantes.

— É como voltar ao passado — Alix disse. — Entendo perfeitamente por que o senhor se refugia aqui. Acho que talvez minha mãe tenha vindo aqui muitas vezes.

Jared a olhou brevemente. Victoria costumava vir para Nantucket todos os meses de agosto, desde que ele era garoto. Ela era linda e divertida, e ele adorava todos os minutos que passavam juntos. Sabia, porém, que sua filha não tinha conhecimento de que ela vinha sempre à ilha. "Aqui é onde consigo privacidade", Victoria sempre dizia. Já Caleb afirmava: "É aqui que ela rouba seus enredos". No primeiro dia de todos os meses de agosto, tia Addy entregava a Victoria um dos diários escritos pelas mulheres da família Kingsley através dos séculos. Durante o resto do mês, Victoria passava as manhãs lendo os manuscritos com caligrafia antiquada e preparando um esboço de seu próximo romance. Ela ignorava os trechos tediosos sobre a quantidade de picles que as mulheres preparavam e se concentrava nos dramas e nas emoções.

Victora jamais quis que alguém soubesse que ela – como dizia Caleb – "roubava" suas tramas, por isso mantinha em segredo dos amigos, da editora, e especialmente da filha, suas visitas a Nantucket. Contudo, era um segredo relativo, pois todos na ilha o conheciam. Durante onze meses do ano, a Casa dos Kingsley acolhia as reuniões do comitê e das obras de benemerência, mas em agosto – enquanto Alix ficava com o pai – a casa era um centro de música, dança e risada.

Jared voltou ao presente e disse a Alix no sinal de trânsito seguinte:

— Aí é uma panificação, e eles fazem bolos de casamento.

— E Toby trabalha com flores — disse Alix. — Vou falar com minha amiga Izzy, mas acho que não vou ficar aqui. É só que...

Ele esperou que ela concluísse a frase, o que não ocorreu. Ele pensou: "Só falta isso! Se ela não ficar, todos vão se zangar *comigo*". Seu avô estava convencido de que Alix tinha um elemento fundamental para descobrir o que havia acontecido com sua preciosa Valentina, há tanto tempo desaparecida. Ken queria que a filha montasse um portfólio de seus projetos. E Victoria era pior. Telefonava com frequência e, embora não o confessasse, ele sabia que ela queria ver os diários particulares de tia Addy, que estavam escondidos em algum lugar da casa.

Além deles, Lexie infernizaria Jared por haver afugentado Alix, e mesmo Toby provavelmente se entristeceria. Ademais, não havia dúvida de que todos os parentes na ilha diriam que Jared havia feito Alix partir porque queria sua casa de volta.

Sob qualquer aspecto que Jared considerasse, se Alix fosse embora antes de um ano, isso seria muito ruim.

Alix estava olhando pelo para-brisa enquanto eles desciam as ruas e ao redor de duas rotatórias ao estilo inglês, uma das quais era chamada de rotária. Por onde passavam, ela se surpreendia com a gentileza dos motoristas. Jared sinalizava para que qualquer veículo que estivesse empacado numa rua lateral passasse à sua frente, e todos os motoristas acenavam em agradecimento. Ele parava para todos os pedestres, que também levantavam as mãos, agradecidos. Carros, pessoas, bicicletas, bichos que atravessavam a rua, todos recebiam espaço e todas as ações eram gentilmente agradecidas.

Eles pararam num estacionamento de um pequeno e bonito prédio, com um grande donut acima da porta. Acima dele lia-se DOWNYFLAKE.

— Por que tem esse nome?

— Não faço ideia — Jared respondeu. — Você pode perguntar a Sue.

Ele abriu a porta para ela, e os dois entraram num restaurante de aspecto acolhedor, de que Alix gostou na hora. E percebeu o que significava haver crescido numa ilha. Jared conhecia *todo mundo*. Cumprimentou todos os funcionários, e quase todos às mesas ocupadas.

— Sentem em qualquer lugar — disse uma bonita garçonete, com um cardápio.

— Obrigado, Sue — Jared respondeu, e foi para uma cabine à esquerda, junto a uma janela. Parou para trocar cumprimentos e comentários sobre veados, barcos e peixes com um grupo de homens sentados a uma grande mesa redonda, e em seguida se sentou em frente a Alix.

— Desculpe. É que me ausentei por alguns dias e precisava ficar a par das coisas. Olá, Sharon! — ele disse para uma garçonete graciosa, alta e esbelta.

— Você voltou ontem à noite? — ela perguntou.

A moça, dona de um encantador sotaque irlandês, entregou a Alix um cardápio, e serviu café a Jared. Alix fez sinal com a cabeça que também queria café. Quando a garçonete se afastou, Alix examinou o cardápio, e perguntou:

— O que é gostoso aqui?

— Tudo.

— Acho que vou querer as panquecas de mirtilo e uns dois donuts.

Ele se virou, acenou com a cabeça para Sharon e, quando ela voltou, Alix fez seu pedido. Jared nada disse.

— O senhor não vai pedir nada? — Alix perguntou, quando a garçonete saiu.

— Eles sabem que sempre peço a mesma coisa.

— Não consigo imaginar viver num lugar onde um restaurante já sabe o que se vai pedir.

Ele olhou de relance pela janela por um instante:

— Quando estou em Nova York, às vezes sinto tanta falta daqui que minha vontade é evaporar.

— Que é que o senhor faz então?

— Se for possível, pego um avião e venho para casa. Tia Addy estava sempre aqui, e sempre tramando alguma coisa, e meu... — Ele parou de falar. Jared quase mencionou o avô, o que era incomum, porque isso era um tabu na sua vida.

Mas foi como se Alix lesse sua mente:

— Izzy me disse que Nantucket era um dos lugares mais mal-assombrados do planeta. O senhor já viu algum fantasma? Ou talvez a Casa dos Kingsley seja mal-assombrada.

— Por que pergunta?

Alix estava a par de que ele evitava responder às suas perguntas:

— Porque coisas esquisitas acontecem lá: fotografias caem de mesas, blocos de fuligem da lareira despencam, esse tipo de coisa. Hoje de manhã eu estava tentando me decidir entre uma blusa azul e uma cor de pêssego, e a gola da blusa azul se mexeu.

Jared sabia que a cor predileta do avô era o azul.

— É um casarão antigo e com muitas correntes de ar. Você já ouviu o assoalho ranger?

Ele continuava a se esquivar das perguntas dela:

— Não, mas acho que um homem me beijou no rosto.

Jared não sorriu:

— Você se assustou?

— De jeito nenhum, até gostei.

Ela ia continuar a falar, mas um casal mais velho se aproximou, quis cumprimentar Jared e dizer que sentiu muito saber do passamento de Addy. Alix bebeu seu café e observou o arquiteto sorrir e conversar. Com seu cabelo desgrenhado e comprido, parecia cansado. Ela acompanhava sua carreira o suficiente para saber que ele dava muito duro. Às vezes, parecia que todos nos Estados Unidos com sólidos recursos financeiros desejavam uma casa projetada por Jared Montgomery. Havia pelo menos quatro livros sobre o trabalho dele, e vários outros, ilustrados. Sua obra estava estampada em metade das revistas especializadas nas bancas. Ela costumava se perguntar se ele conseguia dormir.

Era estranho pensar nele como uma pessoa com uma vida, amigos e família. Que ele tivesse um talento extraordinário era apenas algo que acontecia por acaso. Esperava-se que ele permanecesse na ilha, mas havia afirmado que ia embora, e Alix achava que era para se afastar dela, e de todas as coisas que ela tencionava lhe perguntar.

Quando as pessoas se foram, ele voltou a beber seu café.

— Obrigada pelas flores — ela disse. — Foi muita gentileza sua.

— Eu não devia ter mentido.

— Não, devia sim. Se não tivesse, eu o teria bombardeado com perguntas. O senhor não precisa ir embora de Nantucket; prometo que não vou incomodá-lo. — Ela dissera a mesma coisa antes, mas desta vez não havia ressentimento na sua voz. — Não vou perguntar sobre projetos, nem de onde o senhor tira suas ideias. Não vou sequer lhe perguntar como o senhor concebeu o edifício Kondike. Não enquanto estiver em Nantucket. Aqui, o senhor vai ser Kingsley para mim, e não o grande e famoso Jared Montgomery. Mas... — ela sorriu para ele —, fora da ilha, tudo pode acontecer. Combinado?

Jared deu um sorriso amarelo; não sabia bem o que responder. De manhã ele fora cedo para a casa, para dar mais uma olhada na maquete da capela feita por Alix. Seu sócio, Tim, lhe havia enviado mais um e-mail, dizendo que precisava do projeto para a casa da Califórnia *ontem!* O casal de artistas de cinema queria um projeto de Jared Montgomery, não de outro projetista da firma, e sim do próprio Jared.

Também nessa manhã, Jared tivera a ideia de persuadir os astros de cinema a construir algo projetado por Alix Madsen. Ele lhes falaria sobre o pai dela, que ensinara a Jared tudo o que sabia, enfatizaria que ela era talentosa e que eles seriam os primeiros a possuir um de seus projetos. E uma capela particular oculta na sua grande propriedade seria o ideal.

E dar uma comissão a Alix retribuiria parcialmente a Ken tudo o que ele havia feito por Jared.

— Passar adiante.

— Que foi que você disse??

Jared não se deu conta de que havia falado em voz alta:

— Estava pensando no negócio generoso que você está propondo. Quando eu era estudante, tinha uma sede insaciável de conhecimento. — Ele pensou: "Entre as farras". Longe de casa, com todas aquelas garotas de pernas longilíneas na faculdade... Metade dos seus projetos fora feita três horas antes de ele precisar apresentá-los.

Sorriu para ela. Ele tinha agora de fazer com que Alix lhe mostrasse sua maquete, e se mostrar surpreso ao vê-la. Não queria que ela pensasse que ele havia andado xeretando, nem que alguém que não existia lhe mostrara a maquete.

O que eles pediram para o desjejum foi trazido: ovos mexidos com espinafre, bacon e queijo e um *muffin* de cranberry tostado como acompanhamento. Alix comeu suculentas panquecas de mirtilo e dois donuts cobertos por chocolate.

Quando Jared começou a comer, achou que tinha de dissuadi-la de ir embora. Ela precisava de uma razão para permanecer na ilha:

— Você sabia que casamentos são um negócio muito significativo em Nantucket? Multimilionário. Não sei muito a respeito, mas estou certo de que não seria difícil preparar um casamento para a sua amiga aqui.

— E sua namorada Toby poderia ajudar?

Jared deu um sorriso tão largo que os fios de cabelo na nuca de Alix se eriçaram. Aquele lábio dele era uma perdição! Ela desviou o olhar.

— A Toby não é minha namorada. Ela é areia demais para o meu caminhãozinho. Eu sou muito... — Ele passou a mão pela barba, enquanto pensava na palavra certa. Mundano? Irritadiço? Machista?

— Muito velho? — Alix perguntou.

Jared a olhou:

— Velho?

— O senhor disse que ela era uma garota. Tem vinte anos, não é?

— Ela acabou de fazer vinte e dois. Seu pai a presenteou com uma geladeira.

— Ah! Ele a embrulhou?

Desta vez Jared percebeu que ela estava brincando.

— Conhecendo o pai dela, ele provavelmente a encheu de notas de cem dólares, que Toby devolveu uma por uma. Ela está determinada a se sustentar.

— Cultivando flores?

— Isso, e trabalhando numa floricultura. Ela pode assessorar você sobre flores para o casamento.

Alix não sabia direito se admirava muito essa moça, ou se a odiava por fazer com que as pessoas se apaixonassem por ela.

— Além disso, temos a Valentina. Você pode se informar sobre ela.

— O que ela faz para casamentos? Bolos? Fotografias?

Alix se perguntou quantas namoradas ele teria na ilha.

Ele a olhava tão intensamente, que ela se sentia sendo examinada por um microscópio.

— Não lhe falaram sobre a Valentina?

— Parece que não me falaram uma porção de coisas. Minha mãe visita Nantucket e, pela quantidade de material de escritório no armário do quarto verde, ela já esteve aqui muitas vezes. E aí aparece *o senhor*. É difícil acreditar que, por uma simples coincidência, eu, estudante de arquitetura, tenha sido colocada numa casa cujo proprietário é uma lenda viva americana.

— Uma o quê?

Ele ficou horrorizado.

— Uma lenda...

— Ouvi o que você disse, mas é um absurdo.

Ela não se apressou, e continuou mastigando ao olhar para ele.

— Será minha imaginação, mas parece que, toda vez que lhe faço uma pergunta direta, sobre minha mãe, fantasmas, ou mesmo por que estou aqui, o senhor muda de assunto?

Jared quase se engasgou ao reprimir o riso. Se ninguém lhe tivesse contado que ela era filha de Victoria, nesse instante ele teria sabido:

— Sua mãe não é uma escritora famosa?

— Se o senhor cresceu em Nantucket, e depois corria para cá em todas as oportunidades que tinha, e minha mãe ficava aqui o suficiente para transformar um quarto da nossa casa em uma apologia à cor verde, então *certamente* o senhor a conheceu.

Jared levantou a xícara de café para ocultar um sorriso.

Foi a vez de Alix olhar para ele com a intensidade de um falcão focando sua presa:

— Sei que minha mãe providenciou minha estada na Casa dos Kingsley por um ano. Tenho interesse em saber o objetivo dela.

— Posso pegar um dos seus donuts?

— Sirva-se. A grande pergunta é: por que o senhor está tentando me dar tanto para fazer a fim de me impedir de ir embora da ilha?

— Olá, Jared, meu amigão! — exclamou uma voz masculina.

— Salvo pelo gongo! — Jared murmurou.

— O senhor não se livrou absolutamente.

Um rapaz que pareceu vagamente familiar disse a Alix:

— Vejo que conseguiu encontrá-lo. Não se lembra de mim, não é?

Ela se lembrou de Wes, onde o sol se põe, mas disse:

— Norte ao noroeste, não é esse seu nome?

Ele deu uma risada:

— É muito legal ser lembrado por uma mulher linda. Você e esse cara aqui não são um casal, não é?

Alix continuou a sorrir e, pelo canto do olho, viu Jared franzir a testa:

— O sr. Kingsley e eu? De jeito nenhum!

— Irado! — Wes exclamou. — Que tal irmos juntos ao Festival dos Narcisos neste fim de semana? Vamos no carro velho do meu pai até o desfile, e depois podemos ir a Siasconset para um piquenique.

— O que eu devo levar?

— Apenas sua bonita pessoinha. Minha mãe e minha irmã vão se encarregar da comida.

— Para ficar tudo em família, não é?

Ele se recordou de que Wes lhe dissera ser primo, parte da família Kingsley.

— Fazer isso incluiria metade da ilha. Eu hoje vou andar de barco. Quer vir comigo?

— Eu...

— Ela e eu vamos visitar a Dilys — Jared disse, com voz firme. — E temos de fazer umas coisas na cidade.

Alix manteve o olhar em Wes e disse:

— E o sr. Kingsley e eu temos muito que conversar.

— Pensando bem — Jared disse —, talvez ela possa ir com você.

Alix se virou e sorriu cordialmente para Jared:

— O senhor é meu anfitrião, e acho que devemos nos conhecer melhor, não?

— Vim tomar o café da manhã aqui, então talvez eu possa me juntar a vocês — Wes disse. — E não vejo Dilys há semanas.

— Nós já terminamos.

Jared se levantou e pôs dinheiro na mesa. Downyflake não aceitava cartões de crédito.

— Vejo você no sábado — Alix disse a Wes ao sair, com Jared atrás.

Entraram na picape, e ele manobrou para sair do pequeno estacionamento, o que fez com facilidade.

— E aí? Por que minha mãe *me* quer aqui? — Alix perguntou logo que pegaram a rua.

— Não tenho ideia — ele respondeu.

Ela sentiu sinceridade na voz dele.

— Olhe, essa coisa toda é um choque para mim. Minha tia Addy morreu e me disseram que deixou a casa da nossa família – que deveria ser minha – para a filha de Victoria por um ano. Reconheço que fiquei possesso quando soube.

Ele a olhou, para ver como reagiria:

— Entendo perfeitamente. Eu também ficaria. Por que minha mãe vinha para cá?

— Quem sabe em busca de inspiração? — ele respondeu, tentando parecer inocente. — Os livros dela não se passam sempre numa cidade litorânea?

— Você nunca os leu?

— Não.

Ele não esclareceu que não os lia porque sabia que se baseavam nos seus antepassados. Quem queria ler que sua tataravó teve uma porção de casos? Ou que um primo distante provavelmente matou o cunhado?

— Por que ela não me contou que vinha aqui? Todo mês de agosto ela me mandava ficar com papai. Mamãe dizia que ia ficar na sua cabana nas montanhas do Colorado para refletir, a fim de criar o enredo de seus romances.

Jared pensou, mas não disse nada; "Ela passava aquele mês lendo os diários da minha família, um por um".

— Com que frequência ela vinha aqui, em vez de ir para o Colorado?

— Ela vem para cá todo mês de agosto desde que eu tinha catorze anos.

Alix abriu a boca para falar, mas se calou. Será que isso queria dizer que essa história de "cabana no Colorado" era um mito?

— Por que ela mentiu para mim todos esses anos?

Jared desejou que nada disso tivesse começado; não cabia a ele falar a respeito:

— Talvez você fosse muito unida à minha tia — ele disse suavemente. Seu avô e sua mãe lhe contaram que tia Addy ficara acamada durante semanas depois que Alix lhe foi tirada naquele primeiro verão. Ela havia passado pelas mortes da maior parte de sua família, mas sempre resistira bem, e consolara os que estavam sofrendo.

Mas aquele verão tinha sido diferente. Depois que Ken encontrara a mulher e o sócio numa situação comprometedora, sua vida organizada e tranquila virou de cabeça para baixo. Na turbulência subsequente, Victoria pegou a filha de quatro anos fugiu, para dar tempo a ele de se acalmar. Acabou na ilha de Nantucket, sem dinheiro e nem habilidades perceptíveis. Trabalhou então como governanta-cozinheira para Adelaide Kingsley. Apesar de que Victoria era incapaz sequer de ligar o velho fogão, e de se recusar a limpar a casa, Addy a tolerava porque ela e a pequena Alix se tornaram inseparáveis. Quando Victoria encontrou os diários e começou a escrever a primeira história, Addy teve muita esperança de que Victoria e Alix permaneceriam lá.

Isso poderia ter acontecido, não fosse a insistência de Victoria em manter sigilo. Quando ela tirou a pequena Alix da ilha, Addy quase morreu.

E só Jared percebeu que isso afetou intensamente seu avô. Sua mãe, que não era uma Kingsley, não conseguia ver Caled, mas Jared conseguia. Nem a morte do pai de Jared perturbou tanto seu avô.

— Por que ela quis tirar a menina daqui? — Caled havia sussurrado para Jared. — Alix faz parte deste lugar, sempre fez.

Jared não pôde extrair nada mais do avô, mas nessa ocasião o pai de Alix já estava lá, e a vida de Jared mudou da água para o vinho.

— Acho que isso pode ser verdade — Alix disse, em resposta ao comentário dele. — Minha mãe não consegue controlar o ciúme.

— E você?

— Ela sempre teve muito ciúme de qualquer um que se aproximasse de mim. No ensino médio eu mal conseguia convidar um garoto para ir lá em casa, porque ela...

— Eu quis saber se você também é ciumenta assim.

— Há um mês eu diria que não, mas recentemente meu namorado, Eric, terminou nosso relacionamento e começou a sair com outra pessoa. Aí, tive vontade de acabar com ele!

— Mas não com ela?

— Ela era burra demais para entender o que estava acontecendo.

Jared riu, e Alix não pôde deixar de sorrir.

— Ainda é muito cedo para eu conseguir rir desse fato. A caminho daqui, na barca, chorei muito e me entupi de chocolate.

— Verdade? — Jared perguntou. — É isso que as mulheres costumam fazer quando são rejeitadas?

Ele fez a voz mais inocente que conseguiu.

— No meu caso, foi.

— Isso aconteceu há apenas alguns dias. O que fez você superar sua dor?

— Eu vi... — Ela se interrompeu. Quase respondeu "Eu vi seu lábio inferior". Em vez disso, olhou pela janela da caminhonete. Eles agora estavam numa área rural, com grande distância entre as casas, mas ainda com fachadas revestidas de cedro cinzento que evidenciavam que se estava em Nantucket.

Ele disse:

— Achei que talvez você tivesse feito algum trabalho e isso a fez se esquecer dos problemas.

Ela pensou na maquete da capela escondida no armário da parte de baixo da casa. Em vista da frequência com que ele entrava e saía da casa, ela sabia que precisava movimentar a maquete e os esboços, para que ele não os visse acidentalmente.

— Nada de muito importante — ela respondeu. — Agora, me fale sobre Dilys.

Capítulo sete

Eles pegaram uma estradinha próxima à água, e estacionaram numa entrada de carros ao lado de uma casa que Alix percebeu ter sido projetada por Jared Montgomery. Paredes altas eram visíveis do telhado, as portas eram embutidas, e havia ângulos inesperados. As marcas registradas dos seus projetos estavam todas lá.

Ele continuou sentado na picape, observando-a, como se esperasse que ela dissesse alguma coisa, mas Alix não o fez. Estava determinada a cumprir com seu trato. Ali em Nantucket ele era Kingsley, não Montgomery.

Uma senhora baixinha, grisalha e sessentona saiu da casa. Sua pele era a de alguém que passava muito tempo exposto ao sol e à água salgada, mas seus olhos eram exatamente como os de Jared. "E como os do comandante Caleb", Alix pensou.

Jared praticamente saltou da picape e correu até a prima, levantou-a nos braços e girou-a.

— Nossa, Jared, que recepção calorosa! Nós nos vimos há poucos dias.

— Não mencione Ken — ele disse, baixinho. — Para todos os efeitos, você não chegou a conhecê-lo. Pode falar sobre Victoria, mas não sobre ele.

Dilys olhou para Alix, sobre quem já ouvira falar muito. Lexie havia telefonado e contado uma história extraordinária sobre Jared ter aparecido no meio da noite querendo flores.

— Não devo mencionar o próprio pai dela? — Dilys perguntou, quando Jared a pôs no chão.

— Você nunca ouviu falar dele. Depois eu explico.

Dilys concordou com a cabeça e se dirigu para onde Alix estava.

— Bem-vinda a Nantucket. Não quer entrar? Acabei de fazer chá.

Jared estava na caminhonete, tirando o *cooler* da parte traseira do veículo.

— Ela prefere rum.

— Não prefiro não! — Alix disse, receosa de que Dilys pensasse que ela era alcoólatra.

— Não deixe que a aparência inocente dela te engane. Ela manda ver no rum como um marinheiro dos Kingsley!

Quando ele levou o *cooler* para dentro da casa, Alix ficou imóvel, vermelha como um tomate:

— Eu não bebo tanto assim. Eu...

Dilys riu e disse:

— Aquilo foi um elogio. Entre e olhe em volta. Soube que você estuda arquitetura.

— Estudo — Alix concordou, entrou na casa e ficou sem fôlego. O interior da residência era espetacular. Havia enormes janelas que davam para o mar, um pé-direito alto como o de uma catedral, uma pequena cozinha esplendidamente equipada, uma banqueta embutida. Era o encontro do velho com o novo. Parte era uma casa de praia, parte comodidades modernas, e tudo era a cara de Jared Montgomery. Alix, porém, sabia que essa casa nunca havia sido fotografada nem exposta num livro.

Ao se virar para olhar para tudo, viu de relance o rosto de Jared ao tirar as coisas do *cooler*. "Presunçoso", ela pensou. Ele sabia exatamente o que ela estava pensando, e esperava elogios.

— Percebo que o arquiteto Jared Montgomery foi o autor disto — Alix disse em voz bem alta. — É da sua primeira fase, mas é dele. As janelas, a maneira como este cômodo se liga ao outro, isso o denuncia. É obra dele, eu a reconheceria em qualquer lugar. — Ela o olhou e perguntou: — Sr. Kingsley, o senhor e Dilys se importam se eu der uma olhada no resto da casa?

— Fique à vontade — ele disse, e Alix começou a percorrer o corredor.

Dilys arregalou os olhos:

— Ela não sabe que *você* é Montgomery?

— Sabe — Jared respondeu, sorrindo.

— Sei... — Dilys não entendeu. — Por que ela chama você de sr. Kingsley?

— Acho que é assim que o advogado me chamou, por isso ela usa esse sobrenome.

— Você disse a ela que o chamasse de Jared?

— Não. — Ele sorriu. — Eu até gosto. É um sinal de respeito.

— Ou de idade.

— Por que hoje todo mundo fica repisando sobre minha idade?

— Não sei, mas talvez seja por causa da sua barba e do seu cabelo emaranhado...

Jared se calou, com o embrulho de peixe na mão, e piscou:

— Posso ligar para Trish e marcar hora para você? — Dilys perguntou. — Que tal às três horas hoje?

Jared assentiu com a cabeça.

⚓

— O senhor se encaixa tão bem aqui que é difícil imaginar que já viveu em outro lugar — Alix disse. — O senhor já quis sair da ilha?

Jared encontrava-se de costas, estendido na grama, enquanto Alix estava sentada; ambos contemplavam a água. Atrás deles, a casa dele. Ele havia feito um *tour* pela sua casa de infância e lhe contara como era a residência quando ele era criança: escura e úmida, pouco mais do que uma cabana de pescador. Ele tinha dito, olhando para ela:

— Mas eu dei um jeito nela. Foi a primeira casa que reformei.

Ela teve vontade de comentar o brilhantismo da reforma, mas receou ser muito efusiva, e se calou. Ele lhe contou que a casa foi reformada quando ele tinha catorze anos, e pareceu achar que isso era importante, mas Alix não entendeu por quê.

Depois do *tour* pela casa, Dilys pediu que se fossem por um tempo, porque ela queria preparar o almoço, e que Jared devia mostrar a Alix sua antiga vizinhança.

Eles caminharam mais de uma hora e, da mesma forma que aconteceu no restaurante, Jared conhecia todo mundo. Alix foi apresentada por seu primeiro nome a todas as pessoas que encontraram e foi convidada para passear de barco, comer vieiras e visitar jardins.

Dois casais mais velhos pediram a Jared que averiguasse alguma coisa que não estava funcionando na casa deles, e ele prometeu que o faria. Ninguém nem de longe o tratou como se ele fosse algo mais do que a versão adulta de um garoto que costumava morar perto de todos.

Quando voltaram à casa de Dilys, ela pediu de novo que fossem para fora. Jared não se apressou a responder à pergunta de Alix:

— Quando meu pai morreu, fiquei zangado, furioso, e eu tinha muita energia reprimida. Queria derrotar o mundo com seu próprio jogo. Para fazer isso, eu tinha de deixar a ilha, primeiro para estudar e conseguir um diploma, e depois para trabalhar.

— O senhor deu muito duro na faculdade para, dessa maneira, se livrar da energia acumulada? Opa, desculpe! Não devo perguntar isso.

Ele ignorou essa última parte:

— Na verdade, não. A faculdade era muito fácil para mim.

Alix gemeu e disse:

— Acabei de decidir que eu o detesto...

— Essa não! A faculdade não deve ser difícil para você, que é filha da Victoria.

— Tem sido mais a perseverança do meu pai que eu herdei que faz com que eu esteja me saindo bem do que o... Não sei como chamar a característica de minha mãe.

— Carisma? — Jared perguntou. — Charme? Ou alegria de viver?

— Tudo isso. O que ela faz é muito fácil para ela: afasta-se por um mês todos os anos e... — Alix olhou para ele. — Mas acho que o senhor sabe disso melhor do que eu. De qualquer maneira, ela desaparece e cria seus enredos, depois volta para casa e os escreve. Determinou-se uma cota diária de páginas, e nunca hesita quanto à sua trama original. Eu mudo de ideia umas cinquenta vezes antes de decidir o que quero fazer.

— Você muda de ideia ou analisa o que desenhou, vê o que está errado e conserta?

— Isso é exatamente o que faço! — ela respondeu, sorrindo.

— Ser capaz de reconhecer as falhas no próprio trabalho é um dom.

— Acho que sim. Nunca pensei nisso dessa forma. Sei que Eric pensava que todo desenho que fazia era perfeito.

— Seu noivo Eric?

— Não o promova. Ele era somente meu namorado, e agora, meu ex-namorado.

Eles trocaram olhares por um instante, e Alix teve vontade de lhe perguntar se todas as suas namoradas eram ex, mas ele desviou o olhar e a oportunidade passou.

— Em que você está trabalhando agora? — ele quis saber.

Ela pensou na sua capelinha, que era insignificante, comparada às magníficas estruturas projetadas por ele.

— Em nada importante. Preciso estudar para as próximas provas, e planejar meu projeto final.

— Você vai construí-lo? — Jared perguntou, com olhos brilhando.

Ela riu:

— Esse artifício já foi feito por outra pessoa.

— Poderia ser repetido, não?

— Acho que não. Eu... — ela se interrompeu porque Dilys os chamou para almoçar.

Minutos depois estavam sentados à mesa na linda casa, comendo peixe frito, salada de repolho e picles de ameixa feito em casa. Dilys e Jared estavam de um lado, e Alix na frente deles.

— Alix faz umas broas fritas deliciosas — Jared disse.

— Foi sua mãe que ensinou? — Dilys quis saber.

— Minha mãe... — Alix começou a responder, mas reparou no olhar sorridente de Dilys. — Vejo que você a conhece bem. Aos seis anos, eu já sabia ligar para todos os restaurantes na nossa área que entregavam comida em casa.

— Victoria pode ter seus defeitos, mas é uma alegria só onde quer que esteja — Dilys disse. — Nós adorávamos porque sua mãe conseguia fazer com que Addy saísse de casa.

— Eu não sabia que ela era uma reclusa — Alix disse. — Lembro-me de reuniões para tomar chá, e muitos convidados.

— Sim, Addy convidava muitas pessoas à sua casa, mas não costumava sair muito.

— Ela tinha alguma fobia de sair de casa, tipo agorafobia? — Alix perguntou.

Dilys se debruçou para a frente, como se estivesse conspirando:

— Minha avó costumava dizer que Addy tinha um amante fantasma.

— Alguém quer mais salada de repolho? — Jared indagou. — Ainda tem muita.

Ambas as mulheres o ignoraram.

— Deve ter sido o comandante Caleb — Alix comentou. — Eu me lembro de que tia Addy – ela me disse para chamá-la assim – e eu ficávamos deitadas na sua cama olhando para a fotografia dele, e ela me contava histórias de sereias. Eu achava tudo extremamente romântico.

— Ainda se lembra disso? — Dilys perguntou. — Mas você só tinha quatro anos!

— Ela sabe onde fica tudo na casa — Jared disse.

Dilys sorriu:

— Isso porque ela costumava vasculhar as gavetas e os armários a fim de encontrar coisas para suas construções. Se você não lhe tivesse dado aqueles Legos, ela teria sido bem capaz de arrancar os tijolos das paredes.

Alix olhou interrogativamente para Jared, e então seu rosto se iluminou com a lembrança:

— Você é o adolescente alto que cheirava a mar!

Dilys riu e concordou:

— Era mesmo o Jared. Ele sempre cheirou a peixe e serragem. Acho que só tomou banho aos dezesseis anos, quando começou a se interessar por garotas.

Alix continuou a olhá-lo fixamente:

— O senhor me ensinou a usar os blocos, e a gente se sentou no chão e construiu... o que foi mesmo?

— Uma réplica bem tosca desta casa. Minha mãe não parava de dizer que a casa precisava de reparos, e eu pensei em como acrescentar um cômodo.

Depois, ele tinha feito esboços de suas ideias; Ken os vira, e usara os desenhos de Jared para reformar a residência. O fato de que Jared não podia contar a Alix agora que ela, como alguém que, aos quatro anos de idade, construía coisas e o inspirara no começo da carreira o incomodava.

Alix estava tentando absorver tudo o que ouvia. Havia recebido aulas de como construir Legos de um garoto que crescera e se tornara um dos maiores arquitetos do mundo. Seu rosto deve ter expressado tais pensamentos, porque Jared desviou o olhar. Ela viu que ele estava de cenho franzido. Certamente, esse homem não queria ser visto como uma celebridade.

Alix não quis dizer nada que piorasse aquela cara fechada. Ela olhou para Dilys e perguntou:

— Quer dizer que o comandante Caleb foi o amante fantasma de tia Addy?

Dilys assentiu com a cabeça:

— Era isso que minha avó afirmava. Minha mãe dizia que ela estava sendo ridícula, mas, verdade ou não, eu adorava essa história. E Lexie também.

— Lexie? Ouvi falar dela, mas ainda não a conheci.

— Lexie e a mãe foram morar comigo depois que o pai de Lexie morreu. Quando Jared foi para a faculdade, ele teve a gentileza de nos convidar para morar na sua casa.

Por um instante, ela olhou para Jared com tanto amor e gratidão que foi quase constrangedor.

Escondendo o rosto para que elas não pudessem ver sua expressão, Jared se levantou e começou a recolher os pratos sujos. Alix fez menção de ajudá-lo, mas o olhar de Dilys determinou que Jared devia fazer isso sozinho.

— Como é que se pode ter um caso com um fantasma? — Alix perguntou. — Isto é, e as limitações físicas, como ficam?

— Eu também sempre me perguntei isso — Dilys disse. — Na verdade... — Depois de relancear o olhar para Jared, que estava de costas para elas, a senhora se debruçou em direção a Alix, e acrescentou: — Perguntei à minha mãe a mesma coisa.

— E que foi que ela respondeu?

— Que certa vez Addy admitiu amar tanto aquele homem que o mantinha prisioneiro.

Alix recostou-se na cadeira:

— Que coisa mais estranha de dizer! Eu me pergunto como a tia Addy poderia ter feito isso.

— Na verdade, eu até lhe perguntei isso uma vez, e ela me respondeu que nunca procurou a chave que destrancaria a porta da cela do comandante.

— Isso é muito enigmático. O que você acha que ela quis dizer... — Alix foi interrompida por Jared.

— Será que dá para vocês duas pararem de fofocar um pouco? Tenho um compromisso às três horas.

— Os homens Kingsley *não* acreditam em fantasmas — Dilys afirmou. — Eles se orgulham de ser sensatos e sensíveis, e fantasmas não se enquadram nessa descrição. Por isso, minha cara, se *você* vir um fantasma na Casa dos Kingsley, vai ter de me contar.

— Dilys — Alix disse devagar —, se eu vir o comandante Caleb, fantasma ou não, vou ficar com ele para mim.

As duas mulheres riram tão alto que Jared voltou à cozinha.

Depois do almoço Jared foi até a picape pegar umas ferramentas para fazer um conserto. Quando ficaram sozinhas, Dilys disse a Alix que tinha um barco, e que dali a mais ou menos uma semana Jared o tiraria do depósito e o colocaria na água para ela.

— Parece que ele faz muita coisa para o povo da ilha — Alix disse.

— Ele tem responsabilidades. É o filho mais velho de uma família tradicional de Nantucket. Seu sobrenome implica obrigações.

— Não é um conceito moderno — Alix comentou.

— Muitas coisas sobre nós, de Nantucket, não são modernas.

— Estou começando a perceber isso — Alix disse. Quis dar algum tempo a Dilys e Jared, por isso foi caminhar no cais que se projetava no mar.

Quando Jared voltou para a casa, Dilys observou a maneira como ele olhou ao redor à procura de Alix, e depois se tranquilizou ao vê-la no comprido cais. Minutos mais tarde, ele estava deitado no chão, com a parte superior do corpo dentro de um armário, enquanto consertava a torneira de Dilys que pingava.

— Nunca vi você tão à vontade com nenhuma mulher antes — Dilys disse.

— Tenho uma dívida com Ken. Me passa a chave inglesa.

Ele a pegou e disse:

— Infelizmente, os pais de Alix nunca lhe falaram sobre Nantucket.

— Que é que você quer dizer?

— Nenhum dos dois contou a ela que costumavam vir para cá.

— Mas Victoria vem todo ano!

— Só agora Alix sabe disso; Victoria disse à filha que vai para uma cabana no Colorado.

— Por quê?

— Não tenho a menor ideia. Tente abrir a torneira agora.

Dilys assim o fez e a torneira funcionou perfeitamente.

Jared saiu de onde estava e comentou:

— Ken me contou que Victoria não queria que ninguém soubesse que as tramas de seus livros se localizavam em Nantucket e se baseavam na família Kingsley.

— Mas todo mundo na ilha sabe disso!

— E mantemos discrição sobre o que diz respeito a nós. Ela não quer que o mundo exterior saiba.

— Mas qual a desculpa de Ken para não contar a Alix que ele vem muito aqui?

— Ele foi proibido por Victoria, alegando que, se Alix soubesse que os pais estavam sempre aqui, ela iria querer vir também.

Dilys teve dificuldade em compreender a ideia, mas então assentiu com a cabeça:

— Essa história tem a ver com a Addy, não tem?

— Talvez. Sei que Victoria não queria que a filha visitasse a tia Addy. Elas ficaram muito unidas quando Alix esteve aqui, e Victoria não gostou nada disso.

Dilys balançou a cabeça e se lembrou:

— Me lembro bem de como Addy ficou deprimida quando Victoria levou Alix embora. Cheguei a pensar que ela fosse morrer. Na verdade, achei muito cruel da parte de Victoria. E Alix também sentiu muito. Como aquela criança chorou!

— Alix acabou superando bem. Não creio que conscientemente se lembre de muita coisa, mas sabe mais do que pensa que sabe. Ela se movimenta pela cozinha como se tivesse passado a vida ali.

— Não me diga que ela consegue cozinhar naquele horrível fogão verde velho!

— Aquele fogão é o máximo! E Alix maneja os botões com a maior facilidade.

Dilys se afastou e olhou para ele:

— Que tom estranho é esse que percebo na sua voz?

— É respeito, que é o que sinto pela filha de Ken e Victoria.

— Não me venha com essa, Jared Kingsley. Eu te conheço desde que nasceu. Você vê alguma coisa diferente nela.

Jared hesitou por um momento e disse, suavemente:

— Ela desenhou uma capela.

— E daí?

— E ficou muito boa.

— "Boa"? Numa escala de um a dez?

— Onze.

— Quem diria! — Dillys exclamou. — Ela é inteligente, bonita e talentosa. Parece perfeita.

— É muito cedo para saber.

— Jared, meu bem, meu conselho é que você não demore muito para tomar uma decisão. Inteligência, beleza e talento não escapam muito tempo do pessoal de Nantucket. Somos pessoas sábias.

Jared lavou as mãos na pia.

— Wes a convidou para ir ao Festival de Narcisos com ele no sábado.

— Seu primo Wes Drayton? O jovem bonitão e solteiro que tem um negócio próspero de conserto de barcos? *Esse* Wes?

— Ele mesmo. — Jared não sorriu quando ela descreveu o primo. — Não posso ficar de brincadeira com a filha de Ken e Victoria. Se nós tivéssemos um relacionamento sério e não desse certo, como é que eu ia me livrar? Devo minha vida inteira aos pais dela. Você devia ter ouvido o Ken me espinafrando porque... — Ele agitou a mão. — Agora não importa. Ela está vindo aí. Mas vê se manera, está bem? Ela é uma boa garota.

— E você faça o mesmo — Dilys disse, mas Jared já estava à porta, sorrindo para Alix.

Capítulo oito

— Gostei de Dilys — Alix disse. Eles estavam na velha caminhonete vermelha dele se dirigindo de volta à cidade, passando por lindos panoramas de pântanos e lagos. Era o princípio da estação, por isso alguns arbustos ainda não tinham folhas. — O que são essas flores brancas?

— Juneberries. Elas florescem na mesma época da desova do sável americano.

— Suponho que isso signifique que o senhor em breve vai estar partindo no seu barco.

— Ainda tenho algumas coisas para fazer aqui na ilha.

Ele não especificou quais eram porque sabia que precisava fazer com que Alix se estabelecesse, para que não pegasse uma barca no minuto em que ele fosse embora. Ele recordou a si mesmo que tinha de incentivá-la a se dar bem com Lexie e Toby.

Alix relanceou o olhar pela janela e pensou: "Será que 'algumas coisas' queria dizer que ele estava trabalhando num projeto para algum edifício fabuloso?

— Dilys é legal — disse Jared. — Você por acaso está precisando de algum suprimento para computador?

— Há quantidade suficiente no armário da minha mãe para os meus trabalhos. Por quê?

— Porque se eu a levar para casa, vou me atrasar para meu compromisso. Talvez eu possa ligar para Trish e mudar a hora.

— Ah! — Alix exclamou. — Vocês dois vão sair?

— Não, a Tricia é cabeleireira, e Dilys recomendou que eu tirasse isto do rosto. — Ele passou a mão pela barba.

— O senhor vai se barbear e cortar o cabelo?

Ele olhou de relance para ela enquanto dirigia:

— Você acha que eu não deveria?

Ela gostava dele de barba, mas dizer isso pareceria muito pessoal.

— Eu só não quero confundi-lo com o Montgomery. O cabelo é apropriado para um Kingsley que tem ligação com o mar e vive numa ilha.

— Está certo — ele respondeu, sorrindo. — Vou apenas aparar a barba, em vez de raspá-la, e não vou cortar muito o cabelo. Que tal?

Seu tom de voz fez com que ela franzisse a testa: por que ele estava se esforçando tanto para agradá-la?

— Quem lhe disse que eu tinha conhecimento da sua... sua profissão?

— Você estava zangada comigo — ele disse. — E não parava de fazer insinuações desajeitadas sobre meu trabalho. Lamento só ter me tocado bem depois.

— Mas o senhor me ofereceu flores — Alix disse, de maneira mais branda. — Isso foi muito legal da sua parte.

Ele dobrou à esquerda da rua larga e entrou na área de estacionamento de umas lojinhas. Uma delas se chamava CUIDADOS COM OS CABELOS, e outra era uma loja de computadores.

— Não sei quanto tempo isso vai demorar. Se você quiser ir para casa, vou lá e digo a Trish que tenho de desmarcar. Ou você pode visitar as outras lojas.

Alix saltou da picape:

— Vou entrar com o senhor e me apresentar. Vou precisar de cabeleireira enquanto estiver por aqui.

— Pensei que você ia embora amanhã — ele disse, quando deu a volta na caminhonete.

— O senhor também ia. Mudou de ideia?

— Agora que sei que você não vai me pedir nenhuma palavra de sabedoria, talvez eu fique.

— Se eu conhecer Jared Montgomery, essa é a primeira coisa que vou pedir a ele, mas o sr. Kingsley está sempre pescando e... — Ela o olhou: — Que mais o senhor faz?

— Não sei. Há anos não tenho folga. Todos os invernos eu ia e vinha de Nova York, e agora mesmo estou com um projeto que meu sócio deve fazer.

Eles chegaram a uma pequena varanda, e Jared segurou a porta para ela entrar no salão.

Alix precisou cerrar os dentes para não lhe perguntar em que projeto ele tinha de trabalhar. Afinal, um acordo era um acordo, e ela não iria rompê-lo.

O salão era grande e bem iluminado. Jared apresentou Alix a Trish, que era baixa, esbelta e muito bonitinha.

— Não quero que raspe a barba dele — Alix disse, e enrubesceu. — Desculpe por ser tão mandona.

— De qualquer forma, não estou autorizada — Trish disse, e explicou que não tinha licença como barbeira, por isso não podia barbear Jared. Durante alguns minutos, as duas mulheres discutiram o que fazer com o cabelo e a barba desgrenhada dele, enquanto ele permanecia calado na cadeira. Quando as duas chegaram a um acordo, Alix sentou-se na cadeira vazia na cabine ao lado.

Parecia que Trish havia lido todos os romances publicados nos últimos dez anos. Ela e Alix não pararam de tagarelar enquanto Trish aparava, lavava e cortava o cabelo de Jared. Se ele chegou a dizer uma palavra, nenhuma das duas reparou.

Quando Trish terminou, as duas mulheres ficaram lado a lado, para inspecionar o trabalho.

Jared parecia pelo menos dez anos mais jovem, e a barba e o cabelo de comprimento médio lhe deram ótima aparência. A barba ficou perfeitamente aparada ao redor dos sólidos maxilares, e o cabelo chegava até a nuca. Havia pedaços grisalhos na barba e no cabelo que lhe caíram muito bem.

Alix achava que não seria possível, mas ele estava ainda mais bonito do que há alguns anos, quando ela e Izzy foram a uma palestra dele. Pelo espelho, Alix não pôde evitar olhar para o lábio inferior de Jared.

— Ficou bom? — Jared perguntou, olhando para Alix no espelho.

— Ficou — ela respondeu, e desviou o olhar.

Jared foi até a caixa registradora pagar, os dois se despediram e foram embora.

— Vamos à mercearia? — Jared perguntou.

Ela abriu a porta da picape e disse:

— Estou começando a sentir remorso por ocupar seu tempo. Talvez o senhor possa me levar a uma agência de aluguel de carros, e eu alugue um veículo.

— Se você vai passar um ano inteiro aqui, devemos comprar um carro usado. Tenho um amigo que está vendendo um Fusca.

— Vou esperar para comprar um carro. Quando mamãe chegar, é provável que ela se ocupe disso. Que carro ela dirige quando vem para cá?

— Nenhum — respondeu Jared. — Ela caminha até a cidade para comer. A alguns quarteirões daqui, tem uma mercearia, onde ela compra frutas. Ela e tia Addy sempre almoçavam juntas, mas, na maioria do tempo que sua mãe passava aqui, ela trabalhava.

— Ah, claro. Criando os enredos dos seus romances.

Jared pensou: "Lendo os diários da minha família e fazendo anotações". Num certo ano, Victoria trouxe furtivamente uma copiadora portátil que só usava na privacidade do seu quarto, mas o avô de Jared, Caleb, contou à tia Addy, e as duas tiveram uma briga terrível. Victoria acusou Addy de espioná-la.

Quando Jared soube, acusou o avô de ser o espião:

— O senhor anda por aí e fica vendo-a se vestir e se despir?

Jared queria que suas palavras reprimissem o avô, mas Caleb deu um risinho e disse:

— Sim, claro. Mas faço isso só porque é a Victoria — E desapareceu.

Não importava como Addy ficou sabendo, mas mandaram Victoria se livrar da copiadora ou ir embora. Relutantemente, ela entregou o aparelho a Addy. Da última vez que Jared olhara, continuava no armário do segundo andar.

— Sim, criando seus enredos — Jared finalmente respondeu. — Você quer ir à mercearia ou não?

— Quero, estou precisando de umas coisas.

Ele estacionou num lugar que ela reconheceu. Do outro lado da rua ficava a Downyflake, com seu grande donut na frente. Foi a primeira vez que ela não se sentiu perdida.

— Você sabe onde está? — ele perguntou.

— Vagamente.

Ele estendeu a mão atrás do assento do carona, pegou uma blusa larga de flanela e entregou a ela.

— Para que isto?

— Você já vai ver.

A mercearia Pare e Compre era o lugar mais frio em que ela já havia estado, e Alix rapidamente vestiu a blusa, que abrigaria duas pessoas com o corpo dela.

— Você está começando a parecer uma nativa da ilha... — ele disse, com um sorrisinho.

— Por que acho que recebi um grande elogio? Pouco depois de ter sido chamada de uma Kingsley bebum, chegada a rum...

Jared riu:

— A propósito, tem uma loja de bebidas bem aqui ao lado. Acha que devemos dar uma passadinha por lá? E talvez comprar uma caixa de rum tradicional para você?

— Se me lembro bem, o senhor bebeu tanto quanto eu.

— Mas, infelizmente, nenhum de nós ficou de porre.

Ele foi à frente para pegar uns pés de alface fresquinha.

Alix ficou parada com o carrinho de compras, observando-o. Ele havia acabado de dizer a primeira coisa que poderia ser considerada como flerte. Poucos minutos antes, ela teve de se controlar para não se derreter quando o viu no espelho, mas ele continuara a olhar para ela da mesma forma que seu pai.

— Me conte sobre esse encontro que vou ter no sábado — Alix pediu. Eles estavam nas gôndolas de café e chá; Jared lia os rótulos.

— Não há muito que contar. Existem milhões de narcisos na ilha. Corre por aí uma história de que um cortador de grama quase acabou com todas essas flores, mas elas continuam aqui. Acontece um desfile de carros antigos e um piquenique em Sconset.

Ele pôs dois pacotes de café no carrinho.

— Suponho que o senhor não participe da festa.

— Quando garoto, eu participava porque meus pais me levavam todo ano. Minha mãe me cobria de narcisos e me punha na parte traseira de uma velha caminhonete com meus primos. Mas, quando fiquei mais velho, eu me achava, e não quis mais saber disso.

Ele estava debruçado no cabo do carrinho vendo Alix colocar as coisas dentro. Os dois pararam no grande balcão de vidro que continha uma variedade de carnes e saladas. Jared cumprimentou pelo nome todos que atendiam lá.

— O que o senhor quer? — ela perguntou sem pensar, e emendou: — Desculpe. Até parece que vamos partilhar muitas refeições.

— Salada de frango e um pouco de presunto para fazer sanduíches. A gente se esqueceu dos tomates. Vou lá pegar alguns. Ah! Compre também um pouco daquele peru defumado.

Dando as costas, ele voltou à seção de frutas e legumes.

Alix não pôde deixar de sorrir. Afinal de contas, parecia que ela não iria fazer todas as refeições sozinha.

Estava divertido fazer compras, mas, quando os dois chegaram ao local dos congelados, os dentes de Alix estavam batendo. Jared pôs as mãos nos antebraços dela e os esfregou vigorosamente:

— Se você vai viver aqui, precisa ficar mais resistente.

Dirigiram-se ao caixa, mas Alix parou para olhar revistas. Pegou um exemplar da *Nantucket today* e hesitou sobre se levava uma revista de reforma de casas. Jared a apanhou e pôs no carrinho de compras.

— Depois, o senhor pode me dizer tudo o que os arquitetos fizeram de errado — ela disse, sorridente.

— Não aprendeu nada na faculdade? Você é que tem de me dizer.

Estavam descarregando o carrinho e pondo as compras na esteira do caixa.

— Tudo bem. Vou falar sobre um erro da *American living*... — O olhar dele a interrompeu. — Mas o que uma marinheira dos Kingsley entende de reformas?

Ele lhe sorriu com tanta ternura que os joelhos de Alix quase dobraram.

— Você aprende rapidinho, não é?

— Sim, quando é do meu interesse. O senhor comprou ovos?

— Não. Eles ficam no fim deste corredor. Não esqueça de abrir a caixa, para ver se tem algum quebrado.

Ela ficou ereta e o olhou.

Com um suspiro, ele se apressou pelo corredor para apanhar a caixa de ovos.

Quando Alix terminou de descarregar, a operadora de caixa perguntou:

— Você e Jared estão namorando?

Alix ficou muda por um instante. Seria possível que todos na ilha se conhecessem? Ela acabou respondendo:

— Não, nós nos conhecemos ontem.

A mulher levantou as sobrancelhas e disse:

— Vocês dois discutem como se fossem casados.

Alix começou a dizer alguma coisa, mas Jared chegou com os ovos.

— Você pegou iogurte grego? Não suporto aquelas caixinhas com muito açúcar no fundo.

Alix, ciente de que a operadora estava observando, simplesmente mostrou os iogurtes gregos:

— Ótimo! — ele disse, sorridente. — É dessa marca mesmo que eu gosto. — Ken lhe havia apresentado a marca.

Ela olhou de relance para a operadora de caixa, que voltou a levantar as sobrancelhas. Jared lhe mostrou o chaveiro com o cartão do Pare e Compre e pagou as compras.

Do lado de fora estava mais quente do que na loja, e eles se apressaram a ir até a caminhonete. Quando já estavam dentro da picape, ele a olhou e ligou o aquecimento:

— Como é que você vai sobreviver ao inverno aqui, numa casa velha e com correntes de ar?

— Vou arranjar um namorado gordo — ela respondeu.

Jared não disse nada, e ela olhou para ele, que estava manobrando e continuou calado. Parecia que namorados era outro assunto que ela não devia mencionar. Contudo, a verdade era que, se não conseguisse um homem para distraí-la, iria bancar a boboca por causa de Jared Montgomery/Kingsley.

— Que acha de nós irmos para casa, guardarmos as compras e depois caminharmos um pouco pela cidade? — ele perguntou.

— E quem sabe o senhor encontra alguém que conheça?

Ele relanceou o olhar para ela, e percebeu que estava sendo irônica:

— Hoje em dia, todos nós nos conhecemos, mas isso não vai durar muito.

— Como assim?

— Eeeeeeeles estão cheeeeegando!

Ela não pôde deixar de rir: ele parecia alguém anunciando um *trailer* de filme de horror:

— Quem está chegando?

Ele entrou numa rua muito estreita para ser até de mão única, mas outra picape vinha bem na direção deles. Nem Jared nem o outro motorista ficaram preocupados em passar um pelo outro num espaço tão estreito e, claro, acenaram um para o outro.

— Você vai descobrir — ele disse, o que não chegava a ser uma resposta.

Quando chegaram a casa, levaram os mantimentos para dentro e rapidamente os guardaram. Alix sabia onde colocar as coisas nas gavetas mais baixas, o que os fez rir. Duas vezes, ela passou por baixo do braço dele para chegar à geladeira. Em suma, eles trabalharam bem juntos.

Vinte minutos depois, estavam de volta ao ar livre, caminhando nas ruas de Nantucket. Ela seguia Jared enquanto andavam pelas vias, parando de vez em quando para comentar sobre uma porta ou alguma outra característica extraordinária de uma casa.

Depois de certo tempo, ele parou em frente a uma pequena casa e, por um momento, Alix não entendeu por quê, mas então olhou por cima do ombro dele, e arregalou os olhos:

— Foi o senhor que fez isso, não foi? Quero dizer, Jared Montgomery reformou essa casa.

— Foi ele mesmo — disse Jared, com olhos brilhando. — E acontece que sei que ele só tinha quinze anos quando fez esse projeto. É claro que isso não é nada comparado aos trabalhos que ele fez depois, mas esse aí é dele.

— O senhor está brincando? — disse Alix. — Eu *sabia* que esse projeto era dele. Veja só a maneira como a porta está encaixada na parede. Isso é puro Montgomery!

Jared ficou sério e perguntou:

— Você está dizendo que ele não evoluiu durante a carreira?

— Acho que ele, muito sabiamente, manteve o que dá certo.

Depois de hesitar um instante, Jared comentou:

— Isso foi muito diplomático de sua parte.

— Sei que não devia perguntar, mas como ele conseguiu projetar uma construção quando só tinha quinze anos?

— Ele trabalhou com um mestre de obras que deixou que ele... *me* deixou fazer esse projeto. — Sua voz ficou mais suave ao relembrar aquela época, e os dois recomeçaram a caminhar. — Eu desenhava minhas ideias com um graveto na terra, e ele me ensinou desenhos técnicos rudimentares. Ele me mostrou como usar um triângulo e uma régua de desenhista, e minha primeira prancheta foi uma porta velha montada sobre cavaletes, com...

— Com pedaços triangulares de madeira compensada, para que fique inclinada — Alix disse.

— Parece até que você a viu.

— Meu pai fez uma assim para mim, mas usou a metade inferior de uma porta holandesa[4].

— Quantos anos você tinha?

— Oito.

Ela deu uma risadinha.

— Qual é a graça?

— Eu estava pensando nos Legos. Acho que deixei para trás os que o senhor me deu, porque depois fui a uma loja com meu pai e vi caixas com eles... Ainda me lembro de que me descontrolei e comecei a chorar. Nunca fui criança de fazer birra, mas acho que nunca antes nem depois quis tanto uma coisa quanto quis aqueles Legos. Meu pai entendeu, porque encheu um carrinho de compras com vários jogos deles.

Jared deu um risinho:

— Você chegou a usá-los?

— Muito! Mas minha mãe os detestava porque as pecinhas estavam em todos os lugares da casa. Ela dizia: "Kenneth, minha filha vai ser escritora quando crescer. Ela não precisa desses bloquinhos irritantes".

— E seu pai dizia o quê?

Ela baixou a voz:

[4] Ou "porta de estábulo". É uma porta dividida horizontalmente, que permite que as metades de baixo fiquem fechadas, enquanto as de cima se abrem. (N.T.)

— “Ela *já* é arquiteta. Não acho que ela possa ser o que nós dois somos.”

— Parece que ele estava certo — Jared disse.

— Estava mesmo. Enquanto eu crescia, minha mãe tentava me fazer criar histórias, mas essa não era a minha praia. Se eu ouvisse uma história, conseguia escrevê-la com facilidade, mas não saberia seguir os passos de minha mãe e inventar enredos fantásticos.

— Você sabe escrever, mas não criar enredos?

Ele estava se divertindo com algo que atormentara Alix ao crescer.

— É mais ou menos isso, mas quem foi que já ouviu falar de coisas na vida real como as que acontecem nos livros da minha mãe? Assassinatos, cômodos secretos que escondem criminosos, amores proibidos, intrigas e tramas para se apossar de uma casa e... — Ao olhar para ele, viu que Jared a olhava, pasmo: — Por que o senhor está me olhando desse jeito?

— Estou horrorizado com o que as pessoas leem. Agora, você é que parece estranha.

— Eu ainda estou me adaptando ao fato de que minha mãe passava todo mês de agosto aqui, e não no Colorado.

Ele teve a impressão de que ela não havia dito tudo o que lhe passava pela cabeça, por isso esperou que continuasse:

— Acabei de me dar conta de uma coisa: sua família é antiga, e sua casa também.

— Por favor, não me diga que você está pensando que *minha* família é o protótipo de um monte de assassinos!

Ela mal o ouviu. A ideia de que a mãe havia baseado todos os seus livros na família Kingsley se fortalecia cada vez mais. Seria possível que os enredos dos livros escandalosos de sua mãe fossem *verdadeiros?*

Jared imaginou o que Alix estaria pensando, e não gostou nada. Acreditava que a história familiar de uma pessoa devia ser preservada. Pôs as mãos nos ombros dela e virou seu corpo, para que ela visse uma casa:

— Esta aí foi um projeto de Montgomery aos dezesseis anos.

Alix ficou parada, piscando. Um dos livros de sua mãe tratava da fórmula de um sabonete que se tornou o fundamento da riqueza de toda a família. “O Sabonete Kingsley”, Alix murmurou, com olhos arregalados. Era um produto real, e a embalagem dizia que estava no mercado havia séculos. Atualmente já não tinha muita saída, mas barras do sabonete continuavam nas prateleiras de todos os mercados do país. A mãe do seu pai costumava jurar que sim.

— Você está certa — disse Jared, bem alto. — Este projeto não pode ser um projeto Montgomery. As janelas não estão direitas, e ele nunca faria janelas de sótão como essas monstruosidades. — Ele começou a descer a rua.

— Ele as faria iguaizinhas a essas — Alix disse, enquanto tentava afastar o pensamento do sabonete.

Jared parou de caminhar e virou-se para olhá-la.

— Veja a casa Danwell — ela disse. — As janelas do sótão são idênticas àquelas.

Sorrindo, Jared recomeçou a caminhar.

Alix correu para alcançá-lo e tropeçou na calçada desigual. Ele dobrou num beco que não parecia largo o bastante para que uma lambreta o percorresse, mas havia carros estacionados em ambos os lados. Jared caminhava rápido; as pernas compridas devoravam a distância.

Alix quase precisou correr para acompanhá-lo.

Abruptamente, ele parou numa casa perto da rua, tirou umas chaves do bolso e destrancou uma porta. Alix o seguiu e entrou.

— Acho que a eletricidade está ligada — ele disse, ao tatear a parede e encontrar um interruptor.

Eles estavam numa cozinha no térreo, e à direita avistou-se uma parede de tijolos. Pela porta, ela viu o que provavelmente era uma sala de jantar, com uma grande lareira na parede oposta.

Jared ficou satisfeito ao perceber que os olhos de Alix já não refletiam aquele olhar distante. Parecia que a casa havia substituído seus pensamentos sobre a família dele e os romances de sua mãe, e que os assuntos estavam interligados.

— Esta casa é muito antiga — Alix disse, em voz baixa e cheia da reverência que uma casa assim merecia. Ela observou o cômodo mais afastado, viu a grande lareira, e depois voltou a olhar para a velha cozinha, onde havia um fogão antigo Tappan e uma pia lascada com muitos sinais de uso. Os armários foram feitos por alguém que nunca ouvira falar de juntas de encaixe e espiga.

— Armários de bordo e granito? — Jared perguntou.

— Não sei se eu iria a esses extremos, mas eu ... — Ela se interrompeu ao se lembrar de com quem estava falando. — De quem é esta casa?

— Do meu primo. Ele quer que eu faça um projeto de reforma, e ele executa a obra e depois a vende. Quer ver lá em cima?

Ela concordou com a cabeça, e eles subiram a escada íngreme e estreita, e uma série de quartos interligados. A casa fora aumentada de maneira muito aleatória. Alguns quartos eram lindos, mas outros tinham sido separados por feias paredes de *drywall*.

Jared sentou-se num velho sofá sustentado na parte traseira por catálogos telefônicos, e esperou enquanto Alix percorria cada cômodo. Ele viu que ela observava o topo das paredes, e sabia que estava constatando o que era antigo e original, e o que fora adicionado na década de 1960, numa tentativa de fazer o maior número de quartos possível.

Ele deixou que ela vistoriasse tudo por cerca de vinte minutos, mas começou a sentir fome e se levantou:

— Pronta para ir embora, ou devo pegar uma fita métrica lá em casa?

— Até parece que o senhor não tem toda a planta do assoalho no papel... — Alix disse.

Jared deu um sorriso forçado e respondeu:

— Talvez eu tenha. Estou faminto. Vamos comer algo.

— Temos muitos mantimentos e poderíamos...

— Isso ia demorar muito. Vamos ao Fraternidade.

Ele a conduziu para fora por outra porta, e saíram no que era um jardim horrivelmente coberto de capim.

— O senhor vai fazer o paisagismo?

— Eu não — ele respondeu, quando começaram a caminhar, ele na frente. — Estou pensando em passar uma conversa na Toby para que ela se encarregue disso. Assim, fica tudo em família.

— Como assim? Eu não sabia que ela era sua parente.

Alix não conseguiu evitar se sentir um pouquinho contente ao ouvir que Toby, a quem todos adoravam, estava fora dos limites dele. Gostou porque sua voz não exprimira seus sentimentos.

Jared comentou, ao pôr a mão no coração e suspirar fundo:

— Ela é minha parenta de coração, não de sangue.

— Seu bocó!

Foi então que percebeu o que dissera e a quem.

Jared riu e falou:

— Só no que diz respeito à Toby.

Ele abriu a porta do restaurante para ela entrar.

Alix balançou a cabeça, entrou numa espécie de *pub* antiquado e percebeu que as paredes e a lareira eram verdadeiras.

— Bonito — disse.

Os dois foram levados para uma cabine na parte de trás; Jared ia cumprimentando as pessoas enquanto caminhavam no restaurante.

— É impossível ter um caso às escondidas na ilha, não é?

— Algumas pessoas já conseguiram — ele respondeu, consultando o cardápio —, mas geralmente acabam sendo descobertas.

O garçom veio anotar seus pedidos, e Alix pensou no que Jared tinha dito.

— Aposto que tia Addy sabia de todas as fofocas. Mesmo que raramente saísse de casa, ela recebia muito e com certeza as pessoas lhe contavam o que estava acontecendo. Talvez minha mãe tenha sabido sobre...

Jared então pôs um guardanapo de papel e uma esferográfica na frente de Alix e perguntou:

— O que você faria naquela casa?

— O senhor está tentando desviar minha atenção, não é?

— Pensei apenas que seu futuro lhe interessasse mais do que o passado de sua mãe. Acho que me enganei.

Ele estendeu a mão para tirar o guardanapo.

Alix o pegou e começou a esboçar o *layout* da casa:

— Quando eu era criança, meu pai me levava para visitar casas, e quando voltávamos ele me mandava desenhar as plantas baixas.

Jared teve vontade de dizer que o pai dela tinha feito a mesma coisa com ele, mas se conteve. Quando Alix descobrisse a verdade, esperava sinceramente que não ficasse zangada com ele por não lhe contar que seu pai também passava muito tempo em Nantucket.

O restaurante era escuro, e Jared olhou para a cabeça dela enquanto desenhava. Dilys havia dito que ele se sentia "à vontade" com Alix, o que era verdade. Talvez porque ambos tivessem sido ensinados pelo pai dela, ou porque se interessassem pela mesma coisa. Independentemente do motivo, ele gostava de estar junto dela.

Mas não era fácil reprimir seu desejo físico por Alix. Gostava da maneira como ela se movimentava, e de observar-lhe os lábios enquanto falava. Não parava de se imaginar tocando o seu corpo, e era difícil manter as mãos longe dela. Na mercearia, quando ela sentira muito frio, quis abraçá-la, mas tudo o que fez foi esfregar-lhe os braços. Na rua, ele a tocou para lhe mostrar a direção para casa. Foram toques ligeiros, mas ele se arrependeu, porque só fizeram aumentar seu desejo por ela.

— Isto está certo? — ela perguntou ao empurrar o guardanapo até ele.

Ele mal olhou o desenho, mas fazia esboços desde adolescente:

— Esta parede não está certa. Devia ficar aqui.

— Não, o senhor está errado — ela disse. — A lareira fica ali.

— Sua mensuração está errada. A parede é aqui, e a lareira, ali.

Ele não desenhou, apenas passou a ponta do dedo onde as linhas deveriam estar.

— Absolutamente não. O senhor está... — Ela se calou, voltando a lembrar-se de quem ele era. — Desculpe. Tenho certeza de que o senhor sabe mais do que eu.

— Qual foi mesmo aquela expressão repugnante que você usou para me chamar?

Ela precisou pensar um momento:

— Uma lenda viva americana?

— Essa mesma. Isso me faz parecer um artefato de antes da Revolução. — Ele estendeu a mão. — Eu sou humano. De carne e osso. *Posso* cometer enganos.

Alix pôs a mão na dele, e os dedos de Jared se fecharam sobre a mão dela. Por um momento, os olhares de ambos se cruzaram, e pareceu a ela que centelhas lhe percorreram o corpo.

Eles separaram as mãos quando o garçom trouxe os sanduíches.

— E então, como você reformaria a casa? — Jared perguntou, logo que ficaram sozinhos.

Alix olhou o esboço e se obrigou a concentrar-se no desenho:

— Depende do que o proprietário tem em mente.

— Ele deixou à minha escolha. Vai revendê-la depois.

— Ele lhe deu carta branca. Que ideia fascinante! Meu pai disse que a parte mais difícil de ser arquiteto é lidar com os clientes. O senhor acha que Montgomery teve algum problema nessa área?

— Acho que ele lhes disse que, se queriam um projeto feito por Montgomery, precisariam acatar as decisões dele, ou então nada feito.

— Esse é um caminho certo para passar fome.

— Na ocasião a economia estava melhor, e ele tinha suficiente raiva no seu corpo para ter essa atitude.

Alix olhou o homem sentado à sua frente. O restaurante era escuro, sugeria um clima, e os olhos dele tinham uma expressão que ela não conseguia decifrar. Dava para imaginar que a raiva, o talento e a aparência dele eram uma combinação letal.

Jared tinha dificuldade para permanecer imóvel quando Alix o olhava daquele modo. Se ela fosse qualquer outra mulher, ele teria dito "Vamos embora daqui", e a teria levado para a cama da sua casa. Mas essa moça era filha de Ken.

— Você não tem nenhuma ideia para a reforma?

Ele pareceu decepcionado com ela.

Alix olhou para o desenho e tentou não franzir a testa. Sentiu-se quase como se um homem tivesse acabado de lhe dar um fora, que ela tivesse dado em cima dele e ele a tivesse rejeitado. Ela sabia que precisava se controlar. Pelo que sabia, ele namorava a sério, e a moça talvez fosse até sua noiva.

Ainda assim... ele podia *fingir* que estava interessado nela.

— Se eu fosse Montgomery — ela disse, firme —, eu trocaria esta porta e alargaria as janelas do sótão. Do lado de dentro, eu tiraria esta parede e esta aqui e, na cozinha, poria a pia aqui.

Ela marcava o esboço tão rapidamente quanto falava e, ao terminar, olhou para ele.

Jared a estava fitando de olhos arregalados. Era *exatamente* a maneira como ele havia planejado a reforma, incluindo a posição da pia.

Ele precisou de um momento para se recuperar:

— Como é que *você* a faria?

— Mais íntima, menos invasiva. Deixaria a cozinha separada e acrescentaria uma bancada. Derrubaria a parede do térreo e, no segundo piso, tiraria as paredes de enquadramento aqui e aqui.

— E no exterior?

— Não mexeria, exceto para acrescentar um cômodo aqui. Escavaria fundo, para não bloquear as janelas superiores, e poria janelas na extensão lateral sul. Porta e escadas levariam ao jardim aqui.

Ela se calou. O desenho mal estava legível, com tantas marcas feitas por ela:

— Eu faria assim.

Jared a olhou fixamente. Se estava seguindo um estilo tão acentuado, que uma estudante poderia prever o que ele estava fazendo, isso era péssimo. Mas essa estudante era o que ele havia sido outrora, e desenhava melhor do que ele.

Passou-lhe pela cabeça que devia sair da ilha imediatamente e afastar-se dessa arrivista que se julgava melhor do que o famoso Jared Montgomery.

No minuto seguinte, ele se recostou na cadeira e sorriu.

Alix percebeu as emoções nas expressões do rosto dele e, por um instante, pensou que ele fosse sair do restaurante e que ela nunca mais o veria.

— É sua — ele disse, sorrindo para ela.

— O quê?

— A casa. Você vai reformá-la. — Ele havia combinado com o primo que faria o trabalho de graça, mas não disse isso a ela. — Vou me certificar de que você receba o crédito pelo serviço, e pode incluí-lo no seu currículo. — Ele se debruçou até ela, com o rosto sério. — Que eu sinceramente espero que você apresente à *minha* companhia quando se candidatar a um emprego. Nele vai constar meu endosso pessoal, e, como o escritório é meu, tenho certeza de que você vai ser minha funcionária.

Alix permaneceu sentada, atônita, sem que a ficha caísse.

— Se você começar a chorar e me constranger, retiro minha proposta.

— Isso não vai acontecer — ela disse, piscando os olhos.

Jared fez um sinal para o garçom se aproximar e pediu duas sobremesas de chocolate e duas cubas libres.

— Com muito limão — acrescentou.

— Bêbada e gorda — Alix murmurou, e fez menção de pegar o guardanapo para enxugar os olhos.

— Você talvez precise deste depois — ele disse, e lhe entregou um guardanapo limpo, que tirou de uma mesa vazia. Ele pegou o guardanapo com o desenho todo riscado e o guardou no bolso da camisa.

Recostado na cabine, Jared observou Alix comer sua sobremesa de chocolate e metade da dele. Incentivada por ele, tagarelou sobre sua infância e como havia sido crescer com pais extraordinariamente talentosos.

Enquanto ela falava, ele pensou que talvez seus projetos tivessem se tornado previsíveis, e que ele era agora uma espécie de marca registrada. Alix, novata no mundo da arquitetura, tinha uma energia que ele não sentia fazia muito tempo.

— Pronta para ir para casa? — Jared perguntou. — Estou com uma vontade irresistível de ver algumas plantas de casas que fiz no inverno. Acho que preciso alterá-las. São muito semelhantes a outras que eu já fiz. Eu não tenho um sistema CAD aqui, mas talvez juntos a gente possa...

— Combinado — Alix disse.

— Você não me deixou terminar.

— O senhor não precisa de um CAD nem de computador. Já me ganhou quando disse a palavra "juntos". — Ela se levantou: — Pronto para irmos embora?

— Acho que devo pagar a conta primeiro, certo? — Ele sorriu.

Relutante, ela assentiu com a cabeça.

Capítulo nove

Jared não sabia direito o que o havia acordado, mas a primeira coisa que viu foi seu avô pairando sobre ele. A luz do sol inundava o quarto e atravessava o corpo do avô. Quando Jared era pequeno e sua tia não estava no quarto, ele atravessava correndo o avô, e depois ria como louco. Sua mãe, que não conseguia ver Caleb, achava engraçado que, quando visitavam a tia Addy, seu filho corria de um lado para outro na sala, e ria muito de alguma coisa imaginária.

O pai de Jared, que conseguia ver Caleb, sorria de modo indulgente. Quando criança, fazia exatamente a mesma coisa.

Quando Caleb desapareceu, Jared viu Alix esparramada no outro sofá, dormindo profundamente. Um prato e um copo vazios estavam no tapete; pilhas de papéis e grandes rolos de plantas de construções se encontravan espalhados por todos os lugares. Parecia que ela havia adormecido enquanto trabalhava. Mas era compreensível: os dois trabalharam durante quatro dias e noites, e só dormiram duas noites.

Jared sentou-se ereto no sofá, passou as mãos no rosto, e voltou a olhar para ela. Sabia, por experiência própria, que o sono dela era pesado. Na primeira vez que Alix adormecara no sofá, ele tinha bancado o cavalheiro e tentara levá-la para o quarto no segundo andar.

Mas não deu certo. Ele a cutucou, mas ela resmungou e continuou a dormir. Mesmo quando Jared a segurou pelos ombros e a fez sentar--se ereta, a moça não acordou. Ele chegou a pensar que, se a levantasse, Alix faria conchinha contra seu corpo, como uma criança. Como estava tão cansado quanto ela, receou que, se a carregasse até a cama, acabaria dormindo lá mesmo.

Ele acabou dando-lhe um beijo na testa e a deixou dormir no sofá. Quis ir para a casa de hóspedes, tomar um banho e dormir na própria cama. Em vez disso, porém, relanceou o olhar para uma das plantas baixas no chão e percebeu que continha um erro. Voltou a sentar-se no sofá, com a intenção de corrigir o engano, mas em seguida Alix estava de pé perto dele, dizendo:

— Esta parede está errada: deve ficar a dez centímetros para o sul.

Ele demorou um minuto para se dar conta do que ela tinha dito, mas, quando o fez, disse:

— Concordo.

Essa cena tinha acontecido dois dias atrás. Daí em diante, eles não dormiram, só trabalharam.

Jared, então, voltou a olhar para Alix, e sorriu ao vê-la adormecida.

Na noite da véspera – ou melhor, cedo naquela manhã –, quando ela caíra no sono, ele a beijara na boca. Tinha sido um beijo terno, mais de amizade do que de paixão. Ela lhe retribuiu o beijo brevemente, e sorriu no sono.

Jared levantou o olhar e viu o avô, com uma expressão que dizia: "Você é patético", e desapareceu.

Na segunda vez, Jared nem sequer pensou em dormir em outro lugar que não fosse o sofá, encarando Alix.

Um movimento lhe chamou a atenção, e, quando procurou ver o que era, o avô reapareceu na entrada. Parecia que ia dizer alguma coisa, mas no minuto seguinte Lexie chegou, passando através do corpo dele:

— Jared! — ela disse em voz alta. — Por onde você tem andado? Ninguém teve notícias suas desde que você foi à casa da Dilys. Toby está tão preocupada que me mandou aqui ver... Ah! Aquela é a...

Ela viu Alix dormindo no sofá.

Jared atravessou a sala em duas largas passadas, pegou a prima pelo braço e a levou até a cozinha.

— Era a Alix no outro sofá? Vocês são um casal? Já?

— Não, pelo menos, não da maneira como você quer dizer. E baixe a voz: ela precisa dormir.

— O que vocês dois têm feito, além de beber rum? — Havia uma garrafa vazia no balcão, e outra pela metade ao lado. Lexie levantou a mão: — Não me diga: vocês têm trabalhado.

— Isso mesmo — Jared disse. — Ela é pior do que eu.

— Não é possível — disse Lexie, e ficou com pena dele, porque o primo parecia mesmo cansado. — Pelo menos ela e Dilys conseguiram com que você cortasse aquela maçaroca de cabelo. Pegue uma cadeira, que eu vou preparar o café da manhã. Toby mandou geleia que ela fez. Será que a Alix vai acordar logo?

Ela encheu a cafeteira.

Jared sentou-se na banqueta e esfregou os olhos para espantar o sono.

— Ela vai acordar quando tiver de acordar.

— Como assim?

— Que antes que ela esteja pronta, mesmo se uma âncora lhe caísse nos pés, ela não acordaria.

Lexie estava de costas para ele tirando as coisas da geladeira, por isso Jared não pôde ver que ela sorria. Era uma jovem muito bonitinha, de cabelo preto e os olhos de todos os Kingsley, e o maxilar era inconfundível. Seu pai não era um ilhéu; tinha cabelo louro e olhos azuis, e sua coloração amenizou o tom moreno dos Kingsley, de modo que, ao sol, viam-se traços mais claros no cabelo de Lexie. Dilys sempre dizia que os olhos de Lexie eram mais claros do que o azul dos Kingsley, tão escuro que era quase negro.

— E você só sabe disso agora? — Lexie perguntou, ao colocar uma caixa de ovos no balcão.

Jared não estava a fim de responder a essa pergunta.

— Como vai a Dilys?

— Cheia de notícias sobre você e Alix. É verdade que você faz com que ela o chame de sr. Kingsley?

Jared riu e disse:

— No início foi assim, mas isso foi quando ela ainda tinha certo temor de mim. Agora é apenas Kingsley. "Kingsley, você não sabe o que está falando."

— Pensei que estudantes de arquitetura achassem que você é um deus a ser idolatrado.

O tom de Lexie expressou que ela julgava isso um absurdo.

— Menos a Alix. — Jared sorriu. — Pelo menos, não mais, embora *eu* estivesse certo sobre a parede na casa do meu primo.

Lexie parou de quebrar ovos e o olhou.

— Você *deu ouvidos* a ela? Pelo que sei, quando se trata de construções, é como você quer, ou nada feito.

— Exceto com o Ken — Jared disse.

— E isso inclui a filha dele? A Dilys acha que o homem pode fazer milagres. Ela costumava me contar como você era antes de Ken aparecer. Eu era só uma garota, mas...

— Você tem a mesma idade da Alix. Dilys trazia você aqui à casa da tia Addy para brincar com ela.

— Eu não sabia disso. Ela não me contou.

— Uma vez eu vi vocês duas juntas. Me lembro bem de vocês sentadas nos fundos e...

Ele parou de falar ao relembrar a cena.

Tinha sido no verão anterior à chegada de Ken. Era o segundo verão de Jared sem o pai. Embora as pessoas lhe dissessem que com a passagem do tempo a saudade diminuiria, Jared descobriu que o tempo só fazia aumentar a falta do pai. Ele deixou de praticar todos os esportes na escola, não abriu um livro didático naquele ano inteiro, e "enxugava" tudo o que era bebida alcoólica a que suas mãos de menor de idade conseguiam acesso. Teve vários empregos nos quais trabalhava depois das aulas, mas foi despedido de todos porque raramente comparecia.

Sua família se cansou de conversar com ele, ameaçando-o ou lhe oferecendo incentivos para mudar suas atitudes. Mesmo o fantasma do avô não parava de lhe passar sermões sobre a necessidade de ele se tornar homem e ajudar a mãe viúva, em vez de ser um peso na vida dela, como estava fazendo. Mas a raiva de Jared não lhe dava condições de raciocinar.

Apenas sua tia-avó Addy não pegava no seu pé. Na sua longa vida, ela vivenciou a dor de muitas mortes, e sabia bem o que era sofrer. Seu único comentário foi: "Você é um bom menino, e essa bondade vai se manifestar na hora certa". Como resultado dessa compreensão, o único lugar na ilha em que Jared se sentia em paz era na Casa dos Kingsley, com sua tia.

No dia em que Jared viu as pequenas Lexie e Alix brincando, havia sido demitido de mais um emprego. Pegou uma cerveja na geladeira da tia – ela não o censurou por ser menor de idade – e sentou-se numa cadeira ao lado dela, sob a sombra de uma árvore.

— A Alix se enquadra muito bem aqui — Addy disse.

— A senhora sabe que a mãe vai levar *ela* embora. Victoria não é do tipo de morar aqui o ano inteiro — Jared disse. — É melhor a senhora não se apaixonar por essa garota. — Ele falava como um adulto.

— Eu sei disso — Addy respondeu —, mas pretendo desfrutar a presença dela ao máximo.

— O que a Victoria faz o dia inteiro? A casa precisa de uma boa faxina.

— Eu sei. Está tudo cheio de poeira. — Addy baixou a voz: — Acho que ela está lendo os antigos diários dos Kingsley.

— Como diabos ela encontrou *eles*? — Jared olhou para o rosto de Addy. — Desculpe. Como foi que ela encontrou *eles*?

— Ela derrubou um armário quando dançava com um turista.

Adelaide falara como se Victoria se tivesse associado a um alienígena inimigo.

Jared sorriu ao beber sua cerveja. Isso era a cara da Victoria. Ela era linda, jovial e...

— Jared, veja se volta à Terra! — Lexie disse.

Ele piscou algumas vezes e comentou:

— Eu estava me lembrando de você e Alix juntas.

— Nós brincávamos de quê?

— Não me lembro. Não, espere aí, me lembro sim. Você trazia umas bonecas, e ela construía casas para elas.

— Não entendo por que você não a ajudava com as casas.

— Isso foi antes de Ken chegar, de modo que eu as teria construído com iscas de peixe.

— Voltamos ao Ken. Só queria entender por que você não conta à Alix que o pai dela foi seu mentor quanto às construções.

— Eu fico no fogo cruzado — ele disse, e contou à prima sobre seu primeiro encontro com Alix. — Eu não fazia ideia de que ela me reconheceu, e aí Ken telefonou e arrasou comigo por ter mentido para a filha.

Lexie colocou uma omelete de presunto e queijo num prato.

— Então é por isso que você está passando uma semana inteira escondido com ela nesta casa? Para compensar o fato de ter mentido?

Lexie serviu duas xícaras de café.

— Eu não quis que ela deixasse a ilha, porque sabia que me culpariam por ter feito com que ela fosse embora.

Lexie tirou pão da torradeira e passou nele a geleia feita por Toby.

— É isso mesmo? A única, verdadeira e total razão pela qual você há dias não sai desta casa?

Jared cortou um pedaço da omelete e demorou para responder:

— No início, foi só por essa razão mesmo.

— E agora?

Lexie sentou-se à frente dele.

Ele a olhou, e seus olhos expeliram centelhas:

— Agora Ken é a única razão por que não dou em cima dela.

— Minha nossa! — Lexie exclamou, recostando-se na cadeira. — Você não se... você sabe... por ela, não é?

— Eu a conheço há menos de uma semana — Jared respondeu, franzindo a testa.

Lexie bebericou o café e observou o primo, certa de que ele não respondera à sua pergunta. Dilys dizia que Jared nunca se recuperara da morte prematura do pai. Contaram à Lexie que Jared e a mãe quase enlouqueceram quando Seis tinha morrido. Jared ficou furioso com o mundo e sua mãe se afundou numa depressão da qual nem terapia nem comprimidos conseguiram livrá-la.

E então, Ken Madsen apareceu e deu ao rapaz uma válvula de escape para sua raiva. Entretanto, nada nem ninguém foi capaz de reanimar a mãe de Jared, que morreu pouco depois que o filho se formou no ensino médio.

Desde essa época, Jared era o solitário da família, vivendo em dois mundos, e chegando até a usar um outro nome fora da ilha.

— E você está fazendo isso tudo por respeito ao Ken? — Lexie indagou.

— Eu devo muito a ele, não acha?

— Todos nós devemos — Lexie respondeu, sorrindo para o primo. Ela e Toby não foram as únicas pessoas ajudadas por Jared. Ele empregara amigos e parentes, subsidiara as hipotecas de dois primos necessitados e permanecera com tia Addy no fim da sua vida. — Quando é que você vai contar a Alix a verdade sobre você e o pai dela?

— Eu não vou contar — ele disse. — Não cabe a mim fazer isso. Além do mais, ela acabou de descobrir que a Victoria vem para cá todos os anos.

— Ela não sabia nem disso?

Jared balançou a cabeça.

Lexie levantou para pegar a cafeteira.

— Você contou a ela sobre Victoria?

— Não. — Jared deu um risinho. — Ela viu o quarto, chamou-o de Cidade da Esmeralda, e deduziu que fosse da sua mãe.

Lexie riu ao encher novamente as xícaras e se sentou.

— Acho que você precisa se proteger nesse assunto. *Quando* – não *se* – Alix descobrir a verdade sobre seu pai e você, não vai gostar nada de saber que você escondeu um segredo tão importante.

— Essa é uma boa ideia — Jared disse. — Vou ligar para Ken e pedir permissão para contar à sua filha que ele vinha muito aqui, porque meu tesão é tanto, que estou subindo pelas paredes. E que quando ela se debruça sobre mim para olhar um desenho, seu hálito é tão cheiroso que tenho vontade de devorá-la todinha. E que a maneira como seu corpo se mexe dentro da roupa me faz suar frio. — Ele olhou para a prima do outro lado da mesa: — Você acha que se eu contar todas essas verdades a Ken, ele vai aprovar meu relacionamento com a Alix?

Lexie só conseguiu piscar os olhos.

— Tem mais torrada? — Jared perguntou. — A geleia da Toby é muito gostosa. Alix vai gostar.

Lexie respirou fundo para se recuperar e se levantou para pegar o pão:

— Acho...

— Estou aberto a sugestões — ele disse.

— Você chegou a prometer a Ken que se manteria afastado da Alix?

— Prometi.

— Meu Deus do céu! Você precisa conseguir que ele venha aqui para contar a verdade a Alix; só assim você ficará livre da sua promessa.

— É, isso deve dar certo... — Jared disse. — É só o Ken aparecer que eu imediatamente carrego filha dele para a cama.

Lexie refletiu um momento e disse:

— O que a Alix sente em relação a *você*?

Jared fez uma careta:

— Eu sou seu professor, embora ela não me escute muito. Quer saber o que ela está fazendo?

— Claro.

Lexie não o deixou ver como estava surpresa. Nunca ouvira o primo falar sobre qualquer das mulheres que havia namorado, talvez porque não ficasse tempo suficiente com elas para chegar a se lembrar dos seus nomes. Nunca trouxera nenhuma delas para Nantucket, nem apresentara alguma à família.

— Enquanto eu estava velejando no meu barco, ela e Izzy invadiram meu escritório.

— O lugar onde você não permite que ninguém se intrometa?

— Esse mesmo.

Ele levantou os olhos quando o avô surgiu atrás de Lexie.

Ela se virou, mas não viu ninguém.

— Que foi?

— Nada — ele respondeu, mas sabia que seu avô o estava advertindo para não falar demais. — Acho que a Alix deve ter visto alguns desenhos que fiz para pequenas estruturas, porque desenhou uma capela. Ela encontrou umas folhas de cartolina e fez um modelo. Eu o vi escondido num armário, e o achei espetacular, original, perfeito. Vou tentar fazer com que alguns dos meus clientes construam a capela e deem reconhecimento total a Alix. Isso vai ser um grande começo para a carreira dela, não?

— Parece maravilhoso! Que foi que ela disse quando você lhe contou?

— Ela não me mostrou a maquete.

Lexie assentiu com a cabeça:

— Entendo que ela não pudesse admitir que entrou furtivamente no seu escritório. Talvez você pudesse insinuar que não faz só grandes construções.

— Já fiz isso, mas não houve reação da parte dela. Talvez amanhã eu possa...

— Você não vai ter tempo — Lexie disse. — Estou aqui porque precisamos falar sobre o fim de semana, mas me fale sobre a capela.

— Não há mais nada a dizer. Ela não mencionou o desenho e a maquete já não está no armário.

— Por que você não lhe diz que viu a maquete e que é maravilhosa?

— Porque pode parecer que eu estava xeretando. Acho que existe uma razão para ela não ter me mostrado nem o desenho, mas não sei qual.

— Se fosse comigo, eu ficaria apavorada com a possibilidade de você achar a maquete horrorosa. Parece que ela quer impressionar você, mas e se você vir alguma coisa feita por ela e odiar o trabalho? Isso a magoaria muito.

— Eu já disse a ela que lhe daria um emprego na minha firma.

— Ela provavelmente não quer fazer nada que ponha essa proposta em risco — Lexie disse.

Jared acabou de comer a torrada, pegou o prato vazio e o colocou na pia. Estava de testa franzida com o que Lexie falou. Perguntou a ela:

— Que é que você quer me dizer sobre o fim de semana?

— O que você vai fazer sobre o Festival de Narcisos?

— Acho que a mesma coisa que sempre faço — Jared respondeu.

— Ficar em casa debruçado sobre uma prancheta?

— É por aí.

— Você tem estado um bocado de tempo com a Alix, trabalhando, bebendo rum, mas não lhe passou nenhuma cantada? — Lexie perguntou.

— Nem toquei nela.

— Não ficou olhando muito e demoradamente para ela?

Jared sorriu:

— Não que ela tenha visto.

— Apesar de você sentir tanta atração por ela?

— Você e a Dilys! Vocês duas querem que eu me sinta mal? Aonde você quer chegar, prima?

— Estou apenas tentando encarar o assunto do ponto de vista da Alix. Essa moça linda passou quase uma semana sendo rejeitada por um homem conhecido por... o que posso dizer?... ser um grande paquerador. Mas ele – você – a encheu de rum, e nem sequer se insinuou para ela. E amanhã ela vai sair com o Wes.

— Com o Wes?

— Seu primo e meu primo... lembra-se dele? Do jovem e gato Wes Drayton, que herdou dois hectares em São Francisco e planeja construir uma casa porque está pronto para virar um homem sério e ter filhos? *Esse* Wes?

— Você está tentando dizer que Wes e Alix podem vir a namorar?

— Wes não para de falar na Alix desde que a conheceu. Ontem ele passou uma hora com a Toby planejando as decorações com narcisos para o carro antigo do pai que vai participar do festival. A família dele vai fazer um grande piquenique para recepcionar Alix. E à tarde ele pretende levá-la para velejar de barco.

Jared recostou-se na cadeira e olhou fixo para Lexie:

— Alix não... Olhe, ela acabou de romper com um cara, e não vai se meter com um sujeito que acabou de conhecer, nem vai se casar e viver na ilha. Ela é ambiciosa, quer fazer carreira como arquiteta. Precisa ter reputação profissional antes de se esconder em algum lugar.

— Tudo bem — Lexie disse, olhando firme para Jared. — Nesse caso, ela só vai fazer muito sexo casual com seu primo Wes. Ele vai fazer com que ela saiba que um homem a deseja por alguma outra coisa além de saber desenhar a planta de uma casa, e no ano que vem vai embora de Nantucket se sentindo maravilhosa. Vai trabalhar na grande e metida a besta companhia de Jared Montgomery, vai se casar com um cara que trabalha para você, e o casal vai ter filhos. Fim da história. — Ela sorriu docemente para o primo.

Jared retribuiu o olhar de Lexie; estava abalado demais para dizer alguma coisa.

— Talvez Ken tenha mesmo lhe imposto limitações, mas você precisa resolver como mudar as coisas, ou vai perder Alix antes mesmo de ela ser sua. — Lexie apanhou a bolsa e foi até a porta: — Toby e eu vamos ficar em casa o dia inteiro amanhã. Vá almoçar conosco. Vamos preparar comida para o piquenique. É uma pena que Alix vá jantar com Wes. Adeusinho — ela disse, ao fechar a porta.

Jared ficou sentado, pensando no que Lexie disse. A verdade era que seria bom se Alix e Wes se entendessem. Isso livraria Jared de precisar acompanhá-la a todos os lugares. E ter um namorado na ilha faria com que ela permanecesse. Ninguém infernizaria a vida de Jared por ter causado a volta de Alix para casa. Pelo contrário, diriam a ele que havia agido bem. Além do mais, ele poderia dar a Alix as caixas de informações sobre Valentina e ela e Wes poderiam trabalhar nisso.

Por um momento, Jared visualizou Alix e o primo dele, sentados no chão da sala de estar no fundo da casa, rodeados de papéis. Eles seriam como ele e Alix nos últimos dias, com a diferença de que Wes não teria correntes a prendê-lo, como era o caso de Jared. Ninguém diria a Wes para manter as mãos longe dela.

E que faria Jared? Voltaria para Nova York e ao *expediente* de doze a catorze horas diárias de trabalho nos dias úteis? E no próximo ano, quando estivesse na ilha, seria proibido de perambular dentro e fora da própria casa? Já imaginava Alix lhe dizendo que ela e Wes precisavam ter privacidade. E se Jared por acaso lhes desse o flagra quando estivessem...?

Ele não quis ir adiante com suas visualizações.

Olhou ao redor da cozinha e pensou nos dias desde a chegada de Alix. Ele e ela fizeram coisas comuns: compraram mantimentos, prepararam refeições juntos, trabalharam lado a lado. No trabalho, Alix tinha a capacidade de olhar adiante e ver como e por que uma determinada característica não funcionaria. Era um talento que Jared também tinha, mas que sabia, por experiência, ser muito raro.

Mas nada disso importava de verdade.

Em resumo: fazia sentido que Alix e Wes passassem juntos o dia seguinte, e que acontecesse o que tivesse de acontecer. Na verdade, seria bom para todo mundo se eles dois formassem um casal.

— Uma ova que seria! — Jared resmungou quando saiu da casa. Precisava tomar banho e dar uns telefonemas. O Festival de Narcisos começava com um desfile de carros antigos, e ele sabia exatamente onde conseguir um.

Capítulo dez

Quando Alix acordou, ouviu vozes. Uma era inegavelmente a voz estrondosa de Jared, e a outra pertencia a uma mulher. Por um momento, ela permaneceu deitada no sofá e se perguntou se era dele a voz de que se lembrava haver ouvido há tanto tempo. Já havia escutado a risada de Jared, mas só ligeiramente, e não era o tipo de risada que vem do fundo de uma pessoa e é tão abrangente que é capaz de curar doenças. Era dessa risada que ela se lembrava.

Virou a cabeça e viu a mixórdia de livros e papéis no chão, e não pôde deixar de sorrir. Tinha sido o máximo trabalhar com ele! Jared era dogmático, bem informado e experiente e... e sexy. Mas Alix havia se esforçado para reprimir esses pensamentos. Se ela se aproximava muito, ele se afastava. Parecia que sua impressão original de que ele tinha interesse nela como mulher estava errada.

Ela não conseguiu arranjar coragem para lhe perguntar se tinha namorada: não era da sua conta.

Quando ouviu a porta dos fundos abrir e fechar, saltou do sofá e subiu a escada correndo. Sabia que devia estar horrenda, e precisava de um tempo para se arrumar. Além disso, queria muito ligar para Izzy e lhe contar tudo o que estava acontecendo.

Do seu quarto, telefonou para Izzy, mas a chamada caiu na caixa postal, o que a fez franzir a testa. Fazia dias que não falava com a amiga, que não respondera a seus muitos e-mails e mensagens de texto.

Na primeira noite depois que jantou com Kingsley – a certa altura, o "sr." tinha sido deixado de lado – falou com o pai, e lhe contou das pródigas desculpas que tinha recebido, acompanhadas de flores.

— Foram só mesmo desculpas? — o pai perguntou. — Nada mais? Sem insinuações nem toques inadequados? — Pelo seu tom de voz, esse último detalhe era o que ele mais temia.

— Não, pai — ela respondeu, solenemente. — Continuo tão virgem e pura quanto era antes de conhecer o Vilão Kingsley.

— Alixandra! — disse o pai, em tom de advertência.

— Desculpe. Jared Kingsley me trata com absoluto e total respeito. Assim está melhor?

— Fico satisfeito em saber.

Alix teve vontade de dizer: "Eu não", mas se conteve.

Desde então ela não teve mais notícias do pai, mas sabia que ele estava ocupado com as provas finais e as notas dos seus alunos.

Sua preocupação era Izzy. Mandou-lhe mais um e-mail e uma mensagem de texto e foi tomar banho.

Demorou para se vestir e tratar da maquiagem e do cabelo, embora se perguntasse se adiantaria alguma coisa. Será que o veria hoje? No primeiro dos últimos quatro dias, os dois terminaram a planta baixa da casa do primo dele. No final, haviam chegado a um meio-termo relativo às ideias dela e as dele: as janelas do sótão que ele propôs, e o acréscimo de janelas sugerido por ela. A competência de Jared em paisagismo a surpreendeu, pois não tinha ideia de mais esse talento dele.

— Isso é porque já vi muitos jardins na vida e bebi muita cerveja com paisagistas — ele explicou.

Alix teve vontade de dizer que gostava de cerveja, mas receou que isso o afugentasse.

Quando chegaram a um consenso sobre o que fazer para reformar a casa do primo dele, precisaram enfrentar o fato de terem terminado sua tarefa. Não havia mais razão para trabalharem juntos. Nenhuma justificativa para permanecerem no mesmo cômodo, lado a lado.

Bastaram trinta segundos para Alix decidir subir a escada correndo e apanhar seu grosso portfólio de desenhos para a faculdade. Na primeira vez em que se dera conta de que iria conhecer Jared Montgomery, e até morar perto dele, ela havia imaginado todas as coisas maravilhosas que ele lhe diria sobre seu trabalho, exatamente como faziam seus professores.

Jared, porém, havia apenas passado a vista neles, e lhe perguntado:

— Você tem alguma coisa original?

Por um momento, Alix se sentiu uma garotinha. Teve vontade de fugir e se esconder para chorar. E quis também ligar para sua melhor amiga e lhe dizer que Montgomery era um babaca.

Mas em seguida ela se tornou profissional, e começou a defender seu trabalho. Ao reparar numa sombra de sorriso nele, percebeu que ele a havia induzido a fazer isso.

Um por um, ambos analisaram os desenhos dela e os rasgaram. Apenas quando Alix dava um argumento convincente que justificava uma determinada característica ele relutantemente admitia ser possível. O que realmente a irritava era constatar que ele quase sempre estava certo. Seu olhar para proporções e sua intuição para desenho eram perfeitos. O pai de Alix sempre dizia: "Não se pode ensinar talento", e talento era o que Jared Montgomery Kingsley tinha em abundância.

Sob orientação dele, ela alterou quase todos os seus desenhos – para melhor.

Foi no último dia – para perplexidade de Alix – que ele trouxe as plantas que havia desenhado para um cliente em New Hampshire. A essa altura, eles já tinham certa intimidade, por haverem trabalhado juntos, partilhado refeições e até dormido no mesmo cômodo. Ainda assim, ela relutava em criticar os desenhos dele, mas, na verdade, era extraordinário que ele – mesmo levando em conta suas mudanças de nome, era *o* Jared Montgomery – pedisse a opinião *dela*, o que a fez ficar sem fala.

— Você não tem nada a dizer?

— É perfeito — ela murmurou, e o exterior era mesmo. Mas então ela viu a planta baixa, respirou fundo e não hesitou: — A sala de visitas está no lugar errado — e ambos continuaram o trabalho desse ponto.

Agora que haviam de fato terminado as plantas, ela se perguntou se Jared voltaria para a casa de hóspedes e trabalharia sozinho. Várias vezes ele mencionara que precisava fazer uma casa na Califórnia, e Alix havia tido de se esforçar para não dizer nada sobre seu próprio desenho, mas tinha algo tão pessoal na sua capela, que não queria ser criticada.

Seguindo um impulso, ela tirou a mala de debaixo da cama, abriu-a e retirou a pequena maquete. Gostava tanto do que tinha feito que não suportaria que alguém lhe dissesse que o ângulo do telhado estava errado, ou que o campanário era muito alto ou muito baixo. Ela gostava de tudo do jeito que estava.

Levantou-se, com a maquete na palma da mão, mostrou-a ao retrato do comandante Caleb, e perguntou:

— O que o senhor acha? Gosta ou não?

É claro que houve silêncio e Alix sorriu à ideia de receber resposta. Virou-se para guardar a maquete de volta na mala, mas olhou de novo para o retrato e disse:

— Se o senhor gosta da maquete como está, faça alguma coisa se mexer.

No mesmo instante, a fotografia emoldurada das duas mulheres caiu outra vez da mesa e atingiu o espesso tapete.

Por um momento, Alix ficou tonta. Depois disse a si mesma que a foto haver caído no mesmo instante em que ela fizera a pergunta tinha sido uma coincidência, mas não acreditou nisso. Sentou-se na beirada da cama, ainda segurando a maquete:

— Acho que o senhor gostou mesmo. — Ficou satisfeita por não ter havido resposta às suas palavras. — Parece que estou vivendo numa casa mal-assombrada.

Ela não quis pensar muito nisso. Após tomar fôlego, levantou-se, recolocou a maquete no esconderijo e foi até a porta.

Um envelope branco igual ao que havia guardado o narciso havia sido empurrado por baixo da porta.

— Por que o senhor não me disse que isto estava aqui? — ela perguntou em voz alta, e então se deu conta do que estava fazendo: — E não se atreva a me responder. *Uma* resposta de fantasma é o máximo que consigo tolerar por dia.

Ela abriu o envelope: um bilhete, com a caligrafia característica, dizia:

Gostaria de ir comigo sequestrar uma caminhonete antiga?

Alix não pôde deixar de rir e dançar um pouquinho.

— Ah, sim, eu adoraria ir! — disse em voz alta enquanto dançava à frente do retrato do comandante Caleb. — O senhor está feliz com tudo isso? — E emendou: — *Não* faça nada cair.

Ficou contente por tudo no quarto continuar imóvel. Depois de se recompor, desceu a escada. Como antes, Jared estava na sala de visitas lendo jornal. Todos os papéis e as plantas baixas dos dois haviam desaparecido do chão e estavam empilhados ordenadamente nas prateleiras.

— Com fome? — ele perguntou, sem levantar a vista.

— Faminta. Nós compramos granola?

— Não — ele respondeu quando largou o jornal e a olhou.

Ela pensou ver um lampejo nos olhos dele, que logo sumiu.

— Se você sabe fazer ovos mexidos, eu sei fazer torradas. Toby mandou uma geleia que ela mesma fez.

— A Toby que todo mundo adora faz as próprias conservas e geleias?

— E também os próprios assados. Ela faz uma torta de amoras que é de chorar. Acho que põe canela na massa.

— Quando vocês dois vão se casar?

— Toby é boa demais para merecer alguém como eu. Eu teria de me comportar o tempo inteiro.

— Não haveria mais sequestros de caminhonetes antigas?

— Certamente não — Jared respondeu sorrindo.

Quando se dirigiram para a cozinha, o celular de Alix tocou e ela olhou para a tela, esperando que fosse Izzy, mas era um anúncio tentando vender-lhe um carro usado. Ela apagou a mensagem.

— Algum problema? — Jared perguntou.

Ela lhe disse que não tinha notícias da amiga fazia dias, o que não era comum.

— Está preocupada com ela? — ele lhe perguntou quando foi até a geladeira.

— Não para valer, mas gostaria que ela me dissesse o que anda fazendo. Você já comeu?

— Já.

Como sempre, os dois trabalharam juntos como uma máquina bem azeitada, apanhando víveres e colocando-os onde necessário. Quando Alix pegou a frigideira, Jared lhe passou a manteiga. Ela já havia quebrado dois ovos, que pôs numa tigela azul de que Alix se lembrava de haver visto sendo usada para ovos. Pão foi colocado na torradeira, e Jared pôs a mesa.

Em minutos os dois se sentaram e encheram as xícaras de café quente.

— Eu ouvi mesmo vozes hoje de manhã? — Alix perguntou. — Mesmo se for mentira, por favor, me diga que ouvi.

— Como assim?

Se ela lhe contasse toda a verdade, teria de mencionar a maquete da capela, o que não queria fazer.

— Só que mais uma foto caiu de uma mesa, e não ouse dizer que foi porque esta é uma casa velha cheia de correntes de ar.

Jared deu um risinho, pois era exatamente isso que ia dizer:

— Sempre acontecem coisas esquisitas em casas antigas, mas você ouviu vozes, sim. Lexie deu uma passada aqui hoje de manhã.

— Não me diga que ela me viu *desmaiada* no sofá!

— Claro que viu, e quis saber tudo sobre você.

— E o que você lhe disse?

— Que você quase me fez morrer de tanto trabalhar.

— Foi você que... — Ela se interrompeu e balançou a cabeça. — Onde está a divina geleia da Toby?

— Como pude esquecer? — ele disse, com olhos que expressavam alegria ao ir até a geladeira pegar o vidro.

A etiqueta era cheia de margaridas, e uma caligrafia perfeita dizia "GELEIA DE AMEIXA — CLW".

— CLW?

Jared encolheu os ombros e respondeu:

— Acho que devem ser as verdadeiras iniciais de Toby.

— Pensei que você soubesse tudo sobre ela.

— Simples mortais não podem aspirar a chegar tão alto assim.

Alix deu um gemido misturado com riso:

— Estou até com medo de conhecer essa criatura. As asas dela atrapalham quando ela se movimenta?

— Toby está habituada a elas, e sempre dá um jeito de metê-las debaixo dos braços. Você está pronta para irmos?

— A geleia é mesmo uma delícia. De que tipo de ameixas é feita?

— Essas ameixas são silvestres, e existem em abundância por aqui, mas onde podem ser encontradas é um segredo que passa de geração para geração.

— Suponho que isso queira dizer que você sabe.

— Eu não; quem sabe é o homem que assombra esta casa.

Alix riu ao levar o prato à pia e lavá-lo.

— Onde está essa caminhonete que pretende roubar, e por que está querendo fazer isso?

— É para o desfile do Festival de Narcisos.

— Para que Lexie e a angélica Toby a usem? É Wes que vai dirigir?

— Não, *eu* vou.

— Pensei que você não comparecesse ao festival.

— Lexie me fez mudar de ideia. Você tem sapatos mais resistentes do que esses? Pensei em lhe mostrar umas terras minhas antes de chegarmos até a caminhonete. Têm sido passadas de um Jared para outro.

— E quem é esse? — perguntou Alix, sem hesitar.

Ele ficou atônito por um momento, depois deu um sorriso forçado:

— Jared é o nome que vem entre o sr. e Kingsley.

— Antes ou depois do número?

— Antes — ele respondeu, ainda sorrindo. Na verdade, é assim que a maioria das pessoas me chama. Exceto, claro, os iniciantes que trabalham no meu escritório, e estão lá para receber pérolas da minha sabedoria.

— Aaaaah! *Esse* Jared! O sábio. Ele está fora do meu alcance. Fico nervosa só de pensar nele.

— E que me diz de Jared Kingsley?

— Desse, eu gosto muito — Alix respondeu, olhando-o fixamente.

Por um momento, seus olhares se cruzaram. Ele foi o primeiro a deixar de encará-la ao pôr a mão na maçaneta.

— Vá trocar os sapatos e me encontre lá fora em cinco minutos. E não me faça esperar.

— Tudo bem... Jared — ela disse, deixando a sala e subindo a escada correndo para chegar ao quarto.

Fechou a porta e se recostou nela por um minuto.

— Bem, comandante — ela disse, olhando para o retrato —, o que o senhor acha do seu neto e eu? Não responda — ela disse rapidinho.

Tirou as sandálias, abriu o grande armário para pegar os tênis, calçou-os e amarrou os cadarços. Ao se levantar, encarou o retrato e subitamente se deu conta de uma coisa: se havia um fantasma na casa, ele havia conhecido sua mãe.

— Sou filha da Victoria — ela disse. — Não pareço com ela, exceto a boca, e meu cabelo é meio ruivo. Não tenho o talento dela, mas ela é minha mãe. Ela...

Pedrinhas atingiram a janela, ela a abriu e se inclinou à frente.

Jared estava lá embaixo, olhando para ela:

— Que demora! Você está escrevendo um livro? Vamos logo!

— Estou corrigindo os erros que você fez na casa do seu primo. Isso demora um pouco. — Ela fechou a janela. — Ele não é muito paciente, certo?

Ela abriu a porta, olhou de novo para o comandante Caleb e lhe jogou um beijo:

— Depois falo com o senhor. — Desceu a escada correndo, pegou a bolsa na mesa da sala e continuou a correr.

Alix entrou na picape ao lado de Jared e fechou a porta com força. Há alguns dias, ela provavelmente se teria perguntado por que um homem tão famoso e provavelmente tão rico não comprava uma caminhonete nova. Contudo, quanto mais tempo ela ficava em Nantucket, mais a velha picape parecia apropriada.

Ele dirigia passando por uma rua atrás da outra, algumas delas tão estreitas que ela ficava sem fôlego, mas Jared parecia não notar.

— Droga! — ele resmungou.

Alix olhou para ver o que o estava irritando, mas não viu nada fora do comum. Estavam agora numa ruela muito estreita, e avançando na sua direção havia um grande utilitário preto, mas isso era normal.

— Que foi?

— Um forasteiro — ele resmungou, e seu tom de voz fez a palavra parecer repugnante, talvez até má.

O carrão parecia com todos os outros, então, por que ele concluíra que se tratava de alguém que não morava em Nantucket?

— Como é que você sabe?

Sua resposta foi um olhar que dizia “Como é possível não saber?”. Ele pôs o braço atrás do assento, engatou marcha à ré e manobrou a picape num espaço minúsculo ao longo da calçada.

Alix olhou com interesse quando o veículo passou. Dentro estava uma mulher com muito cabelo lustroso, meia dúzia de pulseiras de ouro no braço, uma blusa de linho de grife e um celular grudado na orelha. Quando cruzou com eles, não se dignou a acenar um agradecimento a Jared por ter lhe dado espaço para passar. Na verdade, nem sequer olhou para eles.

— Sua pergunta foi respondida? — Jared questionou.

Nos poucos dias em que se encontrava na ilha, Alix já estava tão acostumada à cordialidade e gentileza entre os habitantes que a grosseria da mulher a impressionou. Foi como se a caminhonete velha não existisse para ela.

— Forasteiros — Alix repetiu, pasma. — Vão aparecer muitos deles por aqui?

— Desgraçadamente! — Jared exclamou ao sair do estacionamento provisório. — E nenhum deles sabe dirigir direito. Acham que cruzamentos em quatro ruas significam que os outros motoristas têm de parar para que eles possam passar sem sequer diminuírem a marcha.

Alix esperou que ele estivesse pilheriando. Durante o resto do percurso, ela olhou pela janela. Duvidava de que algum dia se cansasse de admirar a beleza das casas de Nantucket.

Finalmente Jared saiu da rua asfaltada e pegou um caminho de terra. Ao redor deles viam-se pequenos arbustos e pinheiros altos e curvados que pareciam bonsais cultivados com esteroides.

— Foi o vento que fez isso? — Alix perguntou.

— Foi. Estamos no litoral norte, perto de onde os primeiros ingleses se estabeleceram.

— E onde seus ancestrais viviam?

Ele concordou com a cabeça:

— Eles construíram casas perto daqui, mas o porto ficou interditado por causa de uma grande tempestade, e então eles se mudaram.

— E o porto é tudo, não é?

— Não, o mar é que é — ele disse, e citou: — "Dois terços deste globo terrestre são do nativo de Nantucket. Porque o mar é dele; ele o possui, como os imperadores possuem seus próprios impérios". Foi isso que Melville disse sobre nós.

— Sim, claro. Trecho de *Moby Dick*. Na época em que se exaltava a matança de baleias.

— Minha família nunca fez isso — disse Jared quando parou, desligou o motor e os dois saíram da picape.

— É verdade. O comandante Caleb lidava com o comércio com a China. Por que isso não continuou? Ou continuou?

— Por causa das Guerras do Ópio. Preciso discutir um assunto com você. Quanto...? — Ele se interrompeu porque seu celular tocou. Ele o tirou do bolso, e identificou quem estava chamando. — Desculpe, mas preciso atender esta ligação. O mar fica naquela direção.

— Tudo bem — ela disse. Havia uma pequena trilha à sua frente, que ela percorreu. As plantas ao redor eram vigorosas e resistentes. Alix pensou: "Mais ou menos como o pessoal de Nantucket", e tentou imaginar o que os primeiros colonizadores viram. Ela precisava mesmo ler alguma coisa sobre a história de Nantucket.

No final da trilha havia uma das muito lindas e arenosas praias que cercavam a ilha, das quais ela havia visto fotos. Nunca tinha sido o tipo de pessoa que adora praia e ama ficar horas sentada sob um sol escaldante sem fazer nada, mas nesta praia era muito possível, digamos, *refletir*.

— Gosta?

Ela levantou os olhos e viu Jared de pé ao seu lado, admirando o oceano.

— Sim, gosto. Havia alguma casa por aqui?

— Venha — ele disse —, vou te mostrar.

Ela o seguiu por um caminho estreito feito em meio aos resistentes e pequenos arbustos, e reparou na areia no terreno. Imaginou que, se alguém cavasse em qualquer lugar da ilha, encontraria areia.

Ele parou numa grande clareira com uma profunda depressão indicando que outrora existira uma construção ali.

— A casa foi transferida?

— Incendiada — Jared respondeu.

— Recentemente?

— No início do século XIX.

Ela o olhou; ele foi até um pinheiro alto e se sentou numa área de agulhas suavizadas.

Alix se sentou ao lado dele, mas não muito próximo. Ela achou que ele estava muito sério e perguntou:

— Você não queria discutir um assunto comigo?

— Queria — ele respondeu —, mas primeiro sabe essa ligação que acabei de receber? Era da pessoa que me assessora em Nova York.

— Você precisa voltar — ela disse, sem pensar.

— Não.

Ele sorriu. Ela falara como se não quisesse que ele se fosse.

— Que foi que ela disse?

Alix ficou meio sem graça pela maneira como fez essa pergunta.

— Ele. Tenho um assistente que se chama Stanley. Usa gravata-borboleta e é extremamente eficiente. Eu lhe pedi que descobrisse o que está havendo com sua amiga Izzy.

— Você pediu isso? — ela perguntou, surpresa.

— Pedi, e ele descobriu que Izzy está nas Ilhas Virgens.

— Você está brincando!

— Stanley não brinca. Nem se engana. Ele telefonou para a mãe de Izzy e ela disse que a mãe de Gary...

— A mãe de Glenn.

— A mãe de Glenn está infernizando tanto a vida de Izzy que ele a levou para lá para relaxar um pouco.

— Ela não é a única culpada. A mãe de Izzy tampouco é flor que se cheire.

— Foi o que Stanley me disse. Parece que depois que Glenn disse aos pais e aos pais de Izzy que não seriam convidados para o casamento se não parassem de atormentar a Izzy, os dois conjuntos de pais pagaram pela viagem. Entretanto, o celular de Izzy não funciona na ilha, e ligar do hotel é muito caro.

— Ela e Glenn estão longe de serem ricos, e Izzy não ia querer ser responsável por uma conta que os pais dos dois tivessem de pagar.

— Eu calculei isso, e o Stanley vai mandar entregar à sua amiga um celular internacional pré-pago, comprado numa loja próxima ao hotel. Em breve ela deve se comunicar com você.

Alix continuou sentada, olhando para Jared. Como ele estava com a cabeça virada para o outro lado, ela só via seu perfil.

Alix disse, docemente:

— Mais uma gentileza sua. Eu vou te pagar pelo telefone.

— Vai ser um presente de casamento. Além disso, essa história deu a Stanley algo com que se ocupar.

— Obrigada — ela disse. — Muitíssimo obrigada.

Inclinou-se para a frente para beijar o rosto de Jared, mas ele desviou a cabeça e ela voltou a se sentar ereta. Pensou então: "Tudo bem. Só amizade". Precisava tentar se lembrar de que era isso que ele queria.

— Você continua a ser muito legal comigo. Flores, e agora um telefone. Não sei como retribuir.

Por um momento, ele não falou, mas depois indagou:

— Você leu o testamento da minha tia?

— Não. Minha mãe me ligou, e me deu o número de um advogado. Disse que ele tinha uma notícia fabulosa para me dar, que iria me deixar extasiada.

Sorrindo, Jared olhou para ela:

— Isso é a cara da Victoria.

Havia tanta afeição na voz dele que uma onda do que pareceu ser ciúme percorreu Alix. Ela tentou reprimi-la, mas lhe passou pela cabeça que sua mãe talvez fosse a razão de Jared se esquivar tanto dela. Izzy dissera isso ao ver o quarto verde-esmeralda de Victoria, mas Alix tinha varrido o pensamento da cabeça.

— Presumo que o advogado não tenha te falado sobre Valentina.

— Você já mencionou esse nome, mas não sei nada sobre ela.

— Meu avô... — Jared se conteve. — Sabe o retrato no quarto da tia Addy? Isto é, no seu quarto?

— O comandante Caleb? Supus que ele fosse seu avô, mas de algumas gerações passadas.

— Da quinta geração. Você gostaria de ouvir a história dele?

— Muito!

Era um local silencioso onde eles estavam, sentados sob a sombra da árvore inclinada, e com o sol brilhando no antigo lugar de uma casa.

— Valentina Montgomery era uma forasteira na ilha — explicou Jared. — Ela apareceu aqui no início do século XIX para visitar uma velha tia que havia se casado com um comandante de navio nascido em Nantucket. A tia era viúva e inválida, e Valentina cuidou dela.

Jared prosseguiu contando que o jovem e bonitão comandante Caleb Kingsley não se encontrava na ilha quando Valentina chegara. Estava viajando na China, onde tinha feito fama ao trazer de lá excelentes mercadorias e vendê-las por preços altos para lojas da Costa Leste dos Estados Unidos.

— Ele tinha bom gosto — disse Jared. — Foi isso que o distinguiu dos demais e o fez enriquecer.

Explicou que outros que iam à China traziam as mercadorias mais baratas que encontravam, para obter o máximo lucro. Caleb, por outro lado, optou pelas coisas bonitas e de qualidade e, como resultado, aos trinta e três anos era um homem milionário, e o melhor partido numa ilha onde havia muitas viúvas.

— Ele e Valentina se apaixonaram e iam se casar — Jared continuou —, mas Caleb quis fazer uma última viagem.

— Essas viagens não levavam anos? — Alix perguntou.

— Entre três e sete anos.

— Então eles concordaram em esperar que ele voltasse?

— É — Jared sorriu. — Mas não esperaram por tudo. Quando Caleb partiu, Valentina estava grávida de um filho dele.

— Minha nossa! E o que ela fez?

Jared não podia dizer a Alix que tinha escutado essa história a vida inteira, e, independentemente de quantas vezes seu avô a contava, era sempre com paixão – e raiva.

— Valentina se casou com Obed Kingsley, primo de Caleb. Ninguém tem certeza, mas cogitou-se que ela fez isso para dar ao filho o sobrenome Kingsley. Ou talvez que tenha agido assim para poder permanecer na ilha e criar o filho aqui. Ou que...

— O quê?

— Ela talvez tenha sido chantageada ou ameaçada de alguma forma. Entenda, Valentina estava de posse da fórmula do Sabonete Kingsley. Ela encontrou uma forma de usar glicerina para fazer um sabonete suave e transparente, numa época em que lixívia era empregada como base de sabão.

— Só de pensar nisso minha pele arde! — Alix disse.

— Valentina estava produzindo o sabonete fazia uns dois anos e o vendia na loja do marido Obed. Depois que se casaram, ele começou a produzir o sabonete em larga escala e a mandá-lo para ser vendido fora da ilha. Fosse lá o que ele fosse, era excelente comerciante.

Alix reparou no sarcasmo na voz de Jared; era como se ele estivesse falando de acontecimentos recentes. Ela disse então:

— Ele só precisava de um produto para vender — para incentivar Jared a continuar a falar. Pelo tom da voz dele, Alix deduziu que o final da história seria trágico, mas, de qualquer maneira, ter de casar com um homem a quem não amava só para que seu filho tivesse um nome já era trágico por si só.

— O sabonete... — ela começou a dizer, mas hesitou. Voltou a pensar num romance de sua mãe sobre um império de sabonete. O produto era transparente e cheirava a jasmim silvestre, e fez com que a família se tornasse miliardária. Mas esse romance não tinha sido contado segundo o ponto de vista de uma segunda esposa? — Que aconteceu com Valentina?

— Não sabemos — Jared respondeu. — Ela deu à luz um menino, chamou-o de Jared Montgomery Kingsley, e...

— Ele foi o primeiro?

— Foi — Jared disse.

— Que aconteceu quando o comandante Caleb voltou de viagem e descobriu que sua noiva havia se casado com seu primo?

— Caleb não voltou. Ele estava num porto na América do Sul com um navio avariado que levaria meses para ser reparado quando o irmão apareceu em outro navio.

— Os nativos de Nantucket eram donos dos oceanos.

— Eram mesmo. — A expressão de Jared ficou séria. — O irmão de Caleb, Thomas, estava a caminho de casa quando resolveu atracar para ver o irmão. Os dois conversaram, e Caleb ficou sabendo que Valentina dera à luz um menino seis meses depois de se casar. Caleb sabia que o filho era dele, e não tinha a menor ideia de por que Valentina havia se casado com Obed. Quis voltar imediatamente para casa, e convenceu o irmão mais novo a trocar de navio com ele. O navio de Thomas era muito mais veloz do que o de Caleb, e estava pronto para zarpar. Caleb fez um testamento deixando tudo o que possuía para Valentina e o filho dos dois, e depois rumou de volta para casa no navio do irmão. Entretanto, a embarcação foi atingida por uma tempestade e naufragou com toda a tripulação. Quase um ano depois, Thomas voltou para casa com o navio de Caleb cheio de mercadorias chinesas valiosas, que pertenciam, na sua totalidade, a Valentina e ao filho. Eles se mudaram daqui para uma casa nova na alameda Kingsley, e um ano depois Valentina desapareceu. Simplesmente sumiu. Obed disse que ela fugiu e o deixou e ao filho. Mas ninguém viu Valentina sair da ilha. Algumas pessoas duvidaram, mas ninguém tinha razão para não acreditar em Obed. Todos sentiram pena dele, e poucos anos depois ele voltou a se casar.

— Quer dizer que a criança herdou tudo.

— Tudinho. E Obed e a segunda esposa não tiveram filhos, portanto, o Sabonete Kingsley também ficou com o menino. Ele foi um garoto multimilionário.

— Mas não tinha pais — Alix disse. — Era o típico pobre menino rico.

Jared voltou-se para ela e sorriu docemente.

— Você está certa. Nada no mundo compensa uma perda desse tipo.

Por um momento eles se entreolharam, embalados pela doce aragem do mar de Nantucket, mas Jared se levantou e esse instante se perdeu.

— Espera-se que você descubra o que aconteceu com Valentina — ele disse.

— Como é que é? — Alix perguntou ao ficar de pé.

— Você deve descobrir o que aconteceu com Valentina. Esse é o Grande Mistério dos Kingsley.

— Essa criatura desapareceu há mais de duzentos anos! Como esperam que eu pesquise isso?

Jared começou a caminhar pela trilha, de volta à picape, com Alix atrás.

— Não tenho ideia — ele disse. — Tia Addy deixou caixas de documentos reunidos por vários parentes, mas ninguém descobriu nada. Ela sempre dizia que o segredo morreu com Obed.

Chegaram à caminhonete, e Alix disse:

— Quero ver se entendi direito. Seus ancestrais passaram anos tentando resolver o caso, mas não conseguiram, e agora querem que eu – atrevo-me a dizer –, uma forasteira, descubra o que aconteceu com Valentina? É isso mesmo?

— É isso aí. Você percebe rapidamente as coisas. Já constatei que é esperta, meio impaciente às vezes, e por isso entende errado as coisas, mas você é inteligente.

— Eu é que sou impaciente? Hoje de manhã você atirou pedrinhas na minha janela para me apressar a trocar de sapato.

— Receei que você estivesse batendo papo com o comandante de quem gosta tanto.

— Eu mandei que ele calasse a boca.

Os olhos de Jared se arregalaram:

— Você estava mesmo falando com ele?

— Eu apenas joguei uns beijinhos para ele. Nosso relacionamento é puramente físico.

— Aposto que ele gosta disso — Jared resmungou ao entrar na picape ao lado de Alix.

Ela se sentou e ficou em silêncio, pensando no que ele dissera, enquanto Jared manobrava o veículo e dirigia de volta à rua pavimentada. Alix estava tão concentrada no assunto que prestou pouca atenção aonde estavam indo.

Só conseguia pensar na história que ele havia acabado de contar: duas pessoas profundamente apaixonadas que haviam concordado em esperar por anos. Alix não podia imaginar que isso acontecesse nos dias de hoje. Pelo menos, Caleb e Valentina conseguiram passar um tempo sozinhos. Teria sido na véspera da viagem dele? Uma noite selvagem e ardente. Talvez eles tivessem decidido esperar até Caleb voltar de viagem, mas nessa noite ela entrara furtivamente no quarto dele, tirara o espartilho e...

— Chegamos — disse Jared. — Você parece estar a milhares de quilômetros daqui.

Alix saiu do transe e olhou pela janela: viu uma casa nova, razoavelmente moderna, mas que certamente não fora projetada por Montgomery. O mar se estendia atrás dela.

— Eu estava pensando na história que você me contou. Minha mãe escreveu um romance sobre um homem que construiu um império com as vendas de um sabonte.

— Ah, é? — Jared perguntou. — O que ela disse sobre como ele conseguiu a fórmula do sabonete?

— Não me lembro. Li o livro há muito tempo, mas me recordo de que havia uma segunda esposa. Ela se chamava Sally?

— Susan — Jared respondeu, e olhou para ela de modo penetrante. — Isso não quer dizer que sua mãe estivesse escrevendo um livro sobre *minha* família.

Alix teve vontade de fazer uma observação sarcástica sobre o fato de sua mãe passar tanto tempo em Nantucket, mas mesmo assim Jared não queria acreditar que ela escrevesse sobre a ilha. Mas se conteve ao subitamente se dar conta de que ele podia não gostar que as paixões e indiscrições passadas de sua família fossem expostas para o mundo.

— Qual é o nome do livro sobre sabonete? — ele perguntou.

— *Para sempre ...*

Ela o olhou:

— Para sempre o quê? Fazendo bolhinhas?

Ele não estava fazendo gracinha. Na verdade, parecia até indignado.

— *...no mar* — ela disse, suavemente. — *Para sempre no mar.*

— Beleza! E a minha *quarterboard*[5] é...

— NO MAR PARA SEMPRE — Alix disse, em tom solidário, enquanto pensava: "Poxa, mamãe, que foi que você fez?". — Pode ser coincidência. O Sabonete Kingsley era um negócio muito importante, e talvez mamãe...

Jared a olhou com olhos semicerrados e perguntou:

— Fale sério! Você acha mesmo que se trata de uma coincidência?

Alix ia dizer que poderia ser, mas mudou de ideia:

— Acho que minha mãe passava um mês por ano aqui com a tia Addy para xeretar toda a história da família Kingsley. Depois ficava os onze meses seguintes escrevendo as histórias que viraram best-sellers. É isso que eu penso.

Pareceu que Jared ia responder a isso, mas abriu a porta da caminhonete e saiu.

Alix pensou: "Ele sabe muito mais sobre essa história do que está me contando".

— Venha — disse Jared. — Precisamos conseguir a caminhonete velha.

---

[5] Placa de madeira feita para adornar navios. (N.T.)

Alix tinha um montão de perguntas a fazer, mas calculou que não era hora disso; ele não responderia a nenhuma.

— Não pode ser mais velha do que a sua.

Ele deu um pequeno sorriso e disse:

— É mais velha até do que *eu.*

— Uma verdadeira antiguidade — Alix disse, e se apressou para caminhar ao lado dele.

Ela achou que ele riria da piadinha, mas, em vez disso, Jared olhou para Alix como se dissesse que gostaria de lhe mostrar o que um "velho" era capaz de fazer. Sinceramente, o olhar dele era meio assustador, mas Alix lembrou-se de que a moça da loja de bebidas lhe dissera para não permitir que ele a intimidasse. Alix se manteve ereta e enfrentou o olhar dele, como se dissesse: "Manda brasa. Estou preparada".

Ficou muito satisfeita ao notar que ele deu um sorrisinho antes de desviar a cabeça. Ela seguiu as largas passadas dele no cascalho até a garagem.

Quando chegaram lá, ele ergueu a tampa de uma caixa de alarme, teclou uns números, e a porta começou a abrir.

Alix estava olhando para a casa:

— Ele pode ser seu amigo, mas você não projetou esta casa.

— Fiz uma no Arizona para ele.

— A casa Harwood? — A respiração ficou-lhe presa na garganta.

— É isso aí.

— Ah! — Alix exclamou, olhando para ele. — É uma das minhas favoritas. Aquela casa parece se elevar do deserto, fazer parte dele.

— E deveria. Ainda estou com cicatrizes nas costas porque me choquei com um cacto. Porcaria de planta! É pior do que ser atingido por uma isca para atum.

Ela o seguiu à garagem:

— Você passou um período lá estudando a terra? Ficou quanto tempo? Foi difícil convencer o proprietário a concordar com o teto inclinado? Os tetos de lá costumam ser horizontais, mas o seu...

Ela se calou porque Jared a olhou de modo penetrante.

— Estamos *na ilha* — *ele* disse.

— Mas acabamos de passar dias juntos projetando casas e... — Ao ver que Jared continuava a olhá-la muito sério, ela disse: — Tudo bem, você venceu. Chega de falar de trabalho. Devo pensar em Valentina e no fantasma que fica atirando coisas no meu quarto, isto é, quando ele não está me beijando, e preciso também providenciar o casamento da Izzy. Que eu não seja pesquisadora profissional, e certamente tampouco uma planejadora de casamentos, não importa a ninguém.

— Todos confiam muito em você. Que é que você achou da caminhonete? Isto é, se você parar de se queixar o tempo necessário para examiná-la.

Ele tinha razão: ela não havia sequer olhado para o veículo. Era velho, com grandes para-lamas redondos, pneus de banda branca e um grande duto de ventilação na frente. Era provavelmente da década de 1930 e estava em perfeitas condições, pintada de um tom azul que brilhava tanto que parecia molhada.

— Legal! — Ela passou a mão num para-lama. — Você vai dirigi-la no desfile? — Ela queria mesmo era saber quem iria com ele.

— Sim, vou — ele respondeu, olhando para ela pelas janelas do carro. — Toby e Lexie vão ajudá-la com os preparativos do casamento. E eu posso ajudar com os documentos do vovô. Isto é, se você quiser trabalhar com eles. O testamento da tia Addy deixa claro que você não precisa.

Ela não pôde evitar a pequena descarga elétrica que percorreu seu corpo à ideia de continuarem a trabalhar juntos. Subitamente, ocorreu-lhe este pensamento:

— Sei que o que aconteceu com o comandante Caleb e Valentina foi uma grande tragédia, mas ocorreu há muito tempo. Que diferença faz *agora*?

Jared desviou o olhar e não soube bem o que dizer.

— É o sabonete? — ela perguntou.

— O sabonete?

— Se você pudesse provar a propriedade do sabonete, isso significaria que ainda é dono da companhia? — Ela arregalou os olhos. — Ou você *ainda é* dono do Sabonete Kingsley?

Jared sorriu:

— O irmão de tia Addy, o quinto, vendeu a empresa, com a fórmula e tudo, e depois gastou até o último centavo.

Ele levantou o capô da caminhonete e olhou debaixo.

Alix ficou ao seu lado. O motor estava tão limpo quanto a lataria do veículo, ela não estava olhando isso. Um dos livros de sua mãe não era sobre um simpático salafrário que desperdiçara a fortuna da família? Ela voltou ao presente e perguntou:

— E então? Por que todo mundo quer saber o que aconteceu com Valentina?

— Talvez a tia Addy tenha prometido ao Caleb descobrir. Sabe-se lá?

— Ela não era *tão* velha assim. — Alix o seguiu até os fundos da caminhonete: — Espere aí. Você não acredita no que a Dilys falou sobre tia Addy conversar com um fantasma, não é?

Jared tirou os olhos da picape e perguntou:

— Você gostaria de ver dentro da casa?

— Você está tentando me fazer parar com as perguntas sobre sua família? Há *um monte* de mistérios?

— Walt Harwood me pediu que projetasse um quarto nesta casa para seu neto. Reproduz o interior de um antigo navio baleeiro. Na verdade, uma versão cinematográfica. E fotos do quarto jamais foram publicadas em livro.

Alix queria muito saber mais sobre Valentina, Caleb e até mesmo Obed. E também como sua mãe ficara sabendo tanto sobre todos os Kingsley. Era possível tia Addy estar a par de tanta coisa da família? Desde o século XVIII? Isso não era provável. E por que solicitaram que ela, Alix, fizesse essa pesquisa? Por que não pediram isso a sua mãe? Mas aí sua mãe teria contratado alguém do Smithsonian.

Apesar da vontade que tinha de fazer perguntas, Alix ponderou que essa poderia ser sua única oportunidade de ver um cômodo – um *interior* projetado por Jared Montgomery. Percebia que ele estava tentando distrair sua atenção, mas ainda assim...

— Tenho uma Nixon de dezesseis megapixels no porta-luvas do carro — ele disse. — Você pode tirar quantas fotos quiser.

Alix o olhou fixamente.

— Não acha que sua amiga Izzy gostaria de vê-las? — ele perguntou, sedutoramente.

— Tudo bem, você venceu. Por favor, me leve até o quarto. Você já fez muitos interiores?

— Na ilha — ele respondeu. — E chega de perguntas.

— Você é uma raposa de tão esperto, não é?

— E tenho uma cauda muito forte e comprida — ele disse, e andou à frente dela.

Alix observou o traseiro dele e concordou: parecia mesmo muito forte.

⚓

Alix achou o interior da casa bem comum. Havia janelões que davam para o mar, o que era legal, mas nada na casa era extraordinário nem muito interessante. As sancas eram insípidas, e o madeiramento se baseava num catálogo de marcenaria.

Entretanto, ela notou que os armários da cozinha eram de um tipo muito caro feito na Alemanha, o granito tinha fósseis incrustados, e todos os azulejos foram feitos à mão. Ela achou estranho que as paredes fossem de placas de gesso Sheetrock, mas o mármore fosse de Carrara.

Alix voltou o olhar para Jared e indagou:

— Você se importa se eu perguntar quanto seu amigo pagou por esta casa?

— Vinte milhões.

Alix ficou perplexa, e demorou um minuto para confirmar.

— Vinte *milhões* de dólares? Dólares americanos? Vinte milhões de verdinhas?

— Isso mesmo.

— Qual a explicação para a casa ter custado esse valor enorme?

— Porque ela fica em Nantucket.

— Eu sei disso. E se ficasse em Indiana?

— Se ficasse em Indiana não custaria nem um milhão — ele disse. — Mas acontece que fica em Nantucket.

— Eu sei, e é à beira-mar, mas vinte milhões não são uma quantia meio excessiva?

— Não se a casa fica em Nantucket — ele afirmou.

— Tudo bem — ela disse —, mas quanto ela custaria se ficasse, digamos, em Martha's Vineyard?

— Quem é ela?

— Não sei quem foi ela. Estou me referindo à ilha que fica a cerca de cinquenta quilômetros a oeste daqui.

— Nunca ouvi falar dessa ilha.

Ele se virou e percorreu o corredor.

Alix permaneceu parada por um instante, balançando a cabeça, e depois o seguiu escada acima, a fim de ver o quarto que ele desenhara para parecer o alojamento de um comandante de navio.

Capítulo onze

Quando estavam saindo da casa, Alix tropeçou na varanda e caiu nos braços de Jared. Havia tirado mais de cinquenta fotografias do quarto – encantador – que ele projetara, e as estava vendo no visor da câmera. De tão concentrada nas fotos, não prestou atenção onde estava pisando e não reparou quando chegou à beira da varanda.

Jared deve ter visto o que aconteceria, ou tinha os reflexos de uma cobra. Estendeu os braços e a agarrou antes que ela caísse e batesse com o rosto no chão.

Por um momento os dois ficaram parados: Jared a ergueu, deixando seus pés fora do chão, e os dois braços ao seu redor. Alix segurou a câmera com uma das mãos, enquanto a outra se apoiou nas costas dele.

A única coisa de que Alix tinha certeza era de que desejava muito que ele a beijasse. Seus olhos se fixaram no lábio inferior dele e palavras do seu poema como "suculentos", "ponta da minha língua" e "atraísse para dentro" lhe vieram à mente. Palavras e sensações aguardadas lhe flutuaram na mente e percorreram seu corpo.

Ela sentiu o hálito dele nos seus lábios e pensou "mistura de fôlegos". Não conseguiu deixar de mover os lábios para mais perto dos dele, até que as bocas dos dois ficaram separadas por apenas um centímetro. Ela viu que os olhos dele cintilavam em tons azuis, como se uma explosão fosse acontecer.

Se estivesse em qualquer outro lugar, ela teria vencido o minúsculo espaço entre os lábios dos dois, mas, com esse homem, não tinha certeza do que fazer.

Uma gaivota guinchou perto dali, interrompendo o transe.

Jared a pôs no chão com tanta força que os dentes de Alix estalaram. No instante em que ela e Jared se desembaraçaram, ele se virou e caminhou rapidamente em direção ao mar.

Alix deu um passo para trás e sentou-se na beira da varanda. Mesmo se esse homem a tivesse esbofeteado, ela não estaria se sentindo pior. Enterrou o rosto nas mãos e tentou acalmar o coração, que batia disparado.

Lembrou-se de uma conversa que ouvira anos atrás entre seu pai e um amigo, que dissera: "A verdadeira alegria da juventude é que se é desejável a todos. Quando se chega à nossa idade, cada ano vivido corta esse número pela metade".

— Então, onde estamos agora? Na estimativa de quinze por cento da população?

— Você sempre foi otimista.

Os dois homens riram às gargalhadas.

Alix escutara essa conversa quando tinha uns vinte anos, o que significava que seu pai estaria com quase cinquenta. Ela não se achava velha agora, aos vinte e seis, mas estava chegando à conclusão de que não era desejável a todos os homens. E certamente não para Jared Montgomery Kingsley Sétimo.

Quando se levantou, tomou fôlego. Não podia continuar com essa paixonite por um homem que não a queria. Quanto antes parasse com essa alucinação de imaginar que poderia haver alguma coisa entre ela e esse arquiteto famoso, melhor seria.

Ela olhou para a água e o viu com os ombros elevados, como se estivesse lutando contra um ataque. A postura autodefensiva dele a fez se sentir mal. Ela se recordou de que esta ilha era a casa dele, um lugar onde ele se abrigava de estudantes que o incomodavam.

Ela foi corajosa, caminhou poucos metros, e parou bem atrás dele. Que não se virou.

— Desculpe — ela disse, suavemente. — Não vai acontecer de novo.

Ele manteve o rosto desviado do dela, mas suspirou, como se estivesse aliviado.

Alix não pôde deixar de sentir pena dele. Devia ter sido terrível para Jared estar num auditório cheio de estudantes, todos querendo alguma coisa dele.

— Amigos? — ela disse, e estendeu a mão.

Quando ele se virou para olhá-la, Alix engoliu em seco. Esperava ver tristeza nos olhos dele, mas, em vez disso, voltou a encontrar uma centelha flamejante azul. Escaldante. Tão selvagem que ela teve de se conter para não recuar.

Mas isso desapareceu tão rápido quanto surgiu. No minuto seguinte, ele sorriu como se nada tivesse acontecido.

— Não sei se você está com fome, mas eu estou faminto. Quer almoçar na casa de Lexie?

Ele começou a se dirigir para a velha caminhonete.

— Isso quer dizer que vou conhecer a angélica Toby? — Alix perguntou, ao caminhar rapidamente atrás dele. Esperava que ambos pudessem voltar a manter a boa camaradagem dos últimos dias.

Ele parou com a mão na maçaneta da porta do carro antigo:

— Com uma condição.

Alix susteve a respiração. Será que ia pedir que não voltasse a tocá-lo?

— Qual?

— Que você me ajude com aquela casa em Los Angeles, cujo projeto está atrasado. Tim me mandou outro e-mail. Os clientes querem o projeto para ontem.

— Ah! — exclamou Alix ao entrar no carro.

— Esse "ah" quer dizer sim ou não? — ele perguntou, sentando atrás do volante.

— Eu sou estudante e você é... ele. O que você acha que quer dizer?

— Que eu devo fazer meu próprio trabalho?

Ela ficou contente por ele ter voltado a implicar com ela e porque desaparecera a tensão, e perguntou:

— Você tem alguma foto do terreno?

— Tenho um 3D do lote de doze hectares, inclusive das árvores e de uma formação rochosa. Eu estava pensando em...

— Fazer uma parede com parte da pedra? — ela indagou.

Ele estava com um dos braços apoiado na parte traseira do banco para dar marcha à ré, mas parou e olhou para ela. Esse olhar era o mesmo que seu pai costumava dar quando ela fazia alguma coisa que o agradava.

— Você teve a mesma ideia? — ela perguntou.

— Exatamente, mas estou indeciso sobre a entrada. Que devo fazer para combinar com a parede de pedra? Talvez...

Ele se interrompeu quando o celular dela tocou.

Ela o tirou da bolsa e olhou para a tela.

— Diz "bloqueado". — Ela era muito cuidadosa com esse tipo de chamada.

— Pode ser sua amiga.

Alix apertou a tecla:

— Alô!

— Me desculpe! — Izzy disse. — Lamento muito mesmo eu ter desaparecido, mas Glenn teve um ataque! Foi maravilhoso! Nunca estive tão apaixonada por ele na minha vida. Pensei que ele e o pai fossem se atracar, mas Glenn bateu o pé e a mãe dele parou de me atormentar sobre quem eu devia convidar para *o meu* casamento.

Alix olhou para Jared e assentiu com a cabeça que era mesmo a Izzy. Ao vê-la tão feliz, ele sorriu.

— Me fala da sua mãe.

— Meu pai se encarregou dela — Izzy respondeu. — Ele foi hilário. Disse que meu jovem cavaleiro andante o apavorou e que, embora mamãe também o assustasse, Glenn era mais poderoso.

— Isso é a cara do seu pai.

— E do seu também. Você sabia que ele ligou para meu pai e disse... Bem, não sei o que ele disse, mas foi o que começou a história toda e... Poxa, Alix, só falei sobre *mim*. Como vai *você*?

— Estou ótima, mas infelizmente ainda não tomei muitas providências sobre seu casório.

— Tudo bem. Eu tenho todos os detalhes e vou te mandar por e-mail. Você sabia que Glenn e eu estamos nas Ilhas Virgens?

— Sim, sabia.

— A ideia foi do seu pai, mas nossos pais também pagaram.

— Meu pai colaborou com dinheiro? — Alix olhou para Jared, que levantou as sobrancelhas.

— Colaborou. E, como meu celular não funciona aqui no hotel, eles me mandaram este que estou usando.

— Na verdade, foi...

— Estou grávida.

— Quê? — Alix perguntou.

— Por isso é que eu estava chorando tanto em Nantucket. Acho que eram os hormônios. E agora vomito o tempo inteiro. Eu...

Ela parou porque Alix gritou de felicidade.

— Você tem certeza?

Jared olhou interrogativamente para Alix, e ela fez um gesto de uma grande bola na barriga.

— Absoluta. Mas só você e Glenn sabem.

— Você contou a ele primeiro?! Antes de *mim*? — Alix disse. — Que espécie de melhor amiga é você?

Izzy riu e disse:

— Sinto saudade sua. Você já conheceu *a figura*?

— Jared está bem aqui. Você gostaria de falar com ele?

Alix passou o telefone para Jared:

— Parabéns, Izzy. Desculpe estar ouvindo sem ter sido convidado, mas é que Alix e eu estamos juntos numa picape e eu não pude deixar de escutar.

Ele esperou calado, mas não houve resposta. Olhou para Alix e encolheu os ombros.

Ela pegou o telefone e perguntou:

— Izzy?

Não houve resposta

— Izzy? Você está me ouvindo?

Silêncio.

Alix olhou para o celular e disse:

— Acho que caiu a ligação.

— Estou aqui.

Alix aproximou o telefone do ouvido mais uma vez.

—Você está mesmo aí? Ouviu o que Jared falou?

— Ja... — Isso foi tudo que Izzy conseguiu balbuciar.

— Jared — disse Alix. — Jared Kingsley quando está em casa, aqui na ilha. Jared Montgomery para forasteiros, mas eles não têm importância.

Ele sorriu para ela, num sinal de aprovação.

— Você está numa caminhonete com ele agora? Neste instante?

Izzy falou tão baixinho que Alix mal conseguiu ouvi-la.

— É isso mesmo. É um carro antigo. Da década de 1930? — Ela olhou para Jared.

— É um Ford 1936 — Jared informou.

— Foi ele que falou agora? — Izzy sussurrou.

— Não estou conseguindo te escutar.

— Vocês estão namorando?

— Somos amigos — Izzy respondeu. — Colegas. Faz alguns minutos, Jared me pediu para ajudá-lo a projetar uma casa que lhe foi encomendada. Ele e eu vamos tentar usar uma rocha que faz parte do terreno como parte da estrutura.

— Você e... e...?

— Jared — disse Alix. — Ou apenas Kingsley. Mas acho que às vezes o chamam de Sete. — Ela o olhou de maneira interrogativa, e ele assentiu com a cabeça.

— Acho que vou precisar me deitar — disse Izzy. — Isso tudo que você me contou é demais para eu absorver. Alix?

— Sim?

— Como está o encanamento daquela casa velha?

Ela se lembrou da fantasia de Izzy, na qual os canos estouravam e Alix e Jared ficavam encharcados d'água. E respondeu:

— O encanamento está ótimo, e não existe absolutamente nenhum perigo de os canos estourarem.

Ao dizer isso, não pôde evitar de olhar rapidamente para o corpo de Jared. Ele estava fazendo uma curva, com o rosto distante dela. Aquele cara se mantinha em forma. Barriga tanquinho, coxas musculosas. Ele endireitou o volante depois da curva, e Alix desviou o olhar.

— Alix — Izzy disse —, às vezes encanamentos velhos podem estourar, se forem pressionados...

— É, mas a pressão também pode fazer com que explodam e destruam a casa... Izzy?

— Quê?

— Eu disse a Jared que estava preocupada com você, por isso ele pediu que o assistente ligasse para sua mãe a fim de saber seu paradeiro. E depois Jared mandou que o telefone fosse enviado para o seu hotel e pagou por ele.

Izzy ficou calada por um instante. Quando falou, sua voz era a de um comandante:

— Alixandra! — Izzy disse, severamente. — Você não pode deixar escapar um homem desses. Se for preciso usar uma marreta nos encanamentos, *use!* Preciso ir agora. Vou vomitar.

Alix desligou o celular e depois silenciou, enquanto olhava pelo para-brisa e pensava no que Izzy lhe dissera.

— Está feliz por sua amiga? — Jared perguntou.

— Muito! Izzy nasceu para ser a mãe de alguém. Quando estou meio deprê, ela sempre me apoia, me dando chocolate e prestando atenção no que digo. Ela é a melhor amiga que alguém pode ter.

— Ela continua planejando se casar aqui?

— Acho que sim e não pode demorar, ou ela não vai caber no vestido que compramos.

— Você pode passar a tarde conversando com Toby sobre tudo de que precisa. — Ele a olhou de relance. — Você está bem?

— Estou sim. — Ela sabia que precisava se adaptar a essa nova situação. Sua amiga não iria apenas se casar, mas também ter um filho, enquanto Alix... — É que eu ainda estou me recuperando do fim de um relacionamento. Você já passou por isso?

Esperou ansiosa pela resposta dele. Era a primeira pergunta pessoal que lhe fazia.

— Ah, claro — ele respondeu. — Cada uma delas, mais cedo ou mais tarde, disse que eu amava mais meu trabalho do que poderia vir a amá-la um dia. Depois disso, eu sabia que o fim estava próximo.

— Isso é parecido com o que Eric me disse. Não sobre amor, mas que eu dava mais atenção ao trabalho do que a ele. Não consegui fazer com que ele entendesse que construções sempre foram parte importante da minha vida.

— Eu posso avalizar isso — Jared afirmou. — Você construía torres de um metro de altura quando ainda era uma garotinha. Você e meu avô... — Seu avô costumava supervisionar a pequena Alix quando ela posicionava os objetos, e lhe dizia onde ficavam as coisas na casa. Sob instrução de Caleb, ela tirava pedaços de *scrimshaw*[6], caixinhas esmaltadas e até moedas de lugares onde eles haviam sido escondidos fazia um século ou mais.

— Seu avô e eu fazíamos o quê? — Alix perguntou.

Ele sabia que ela se referia a seu avô mais recente, que morrera pouco depois de Jared nascer. O pai de sua mãe falecera antes disso. Quando Jared era ainda bem pequeno, fez seu pai rir ao se impressionar porque um de seus amiguinhos tinha um avô que todo mundo realmente conseguia *ver*.

— Desculpe, me confundi. Você e tia Addy passavam horas construindo coisas.

Alix desviou o olhar um instante porque teve a sensação de que ele não estava falando a verdade. Não se lembrava de tia Addy sentada no chão empilhando objetos, mas resolveu não forçar a barra. Já havia aprendido que, se persistisse, conseguia extrair dele tudo o que quisesse saber, mas, se perguntasse diretamente, ele mudava de assunto.

— Então me diga: como é a casa da Lexie?

Jared deixou cair os ombros, que havia inconscientemente levantado para se proteger da investida de perguntas, e lhe deu um sorriso deslumbrante:

— É uma aquisição recente, está na família há apenas setenta e cinco anos.

— Absolutamente moderna! — ela disse, e os dois trocaram sorrisos.

Ele contou a história da família até que chegaram de volta à Casa dos Kingsley, onde estacionou a velha caminhonete. Caminharam em direção à Main Street até a casa de Lexie.

Alix não conseguiu evitar se sentir nervosa. E se as três mulheres não simpatizassem umas com as outras?

Ao seu lado, Jared pareceu ter adivinhado seu pensamento:

— Se alguém te causar algum problema, é só falar comigo.

Ela sorriu para ele, agradecida.

[6] Arte de entalhe, gravação ou pintura em marfim — dentes e ossos — de cachalotes. (N.T.)

Capítulo doze

— Eles estão vindo pela calçada — Lexie disse, ao espreitar pelas janelas da sala de jantar.

Toby estava preparando sanduíches para seus convidados. Ela e Lexie levantaram cedo a fim de começar a cozinhar para o piquenique do dia seguinte, e já haviam almoçado. Quando Jared lhes mandou uma mensagem de texto avisando que ele e Alix estavam a caminho, as duas mulheres pararam tudo e se apressaram para se preparar.

— Eles ficam bem juntos — Lexie disse. — Ela é suficientemente alta para ele, que sempre gostou de ruivas. Posso ver Victoria em seu rosto, mas ela se parece mais com Ken.

— Lembre-se daquilo! — Toby disse.

— Estou sabendo. Não devo mencionar o Ken. Acho que vou ligar para ele e lhe dizer que esse segredo é irritante. Ou melhor, vou deixar que *você* telefone para ele.

Toby sorriu. Às vezes, Lexie era bem abrupta.

— Por que estão demorando tanto?

— Jared não para de rodeá-la, como se alguém fosse aparecer e sequestrá-la. Agora ele está apontando para a casa e falando. Espero que não a esteja aborrecendo com palavras como "viga mestra", "ângulos" e... e, seja lá qual for o outro assunto favorito dele.

— Como Alix estuda arquitetura, pode ser que goste de falar sobre isso — Toby disse, enquanto acrescentava nos sanduíches os picles fatiados que tinha preparado. Não sabia o que eles gostavam de comer, por isso pôs um pouco de todos eles nos pães.

— Eu preferiria que ele estivesse elogiando os olhos dela — Lexie disse.

— Dizendo que eles parecem poças líquidas de luar? — Toby sugeriu.

— Perfeito! — Lexie disse. — Opa! Ela está franzindo a testa. Espero que ele não lhe esteja falando sobre cupins que comem madeira. Isso acaba com qualquer romance.

Toby pôs os pratos de sanduíches na mesa de jantar e perguntou:

— Por que você está querendo tanto que Jared e essa moça namorem?

— Ele precisa ter alguém. Já perdeu muita gente na vida. Tia Addy era a única pessoa constante que tinha, e agora ela também se foi.

— Mas existe você, e todos os demais parentes dele, e ele se dá com a maioria das pessoas da ilha.

Lexie soltou a cortina.

— Mas ele está dividido. Parte dele vive na América, e parte está aqui. Eu já lhe contei que conheci uma namorada dele em Nova York?

— Não — Toby respondeu. — Como era ela?

— Alta, magra, linda, inteligente.

— Isto é, maravilhosa.

— Mas eu não consegui imaginá-la num bote pesqueiro em Nantucket, e muito menos numa casa velha com aquele fogão verde. Que faria ela se Jared Kingsley pusesse vinte robalos riscados na pia e lhe dissesse para limpá-los?

Toby suspirou:

— Apaixonar-se por um elegante Montgomery e depois se dar conta de ter casado com um Kingsley que cheirava a sal marinho. Não seria justo para nenhum dos dois.

— Além disso, Jared tem hábitos de trabalho. Nem te conto quantas vezes Ken ou tia Addy me mandaram subir até o quarto dele para acordá-lo, e quando eu chegava lá ele estava na cama, acordado, rodeado por uma dúzia de rolos de esboços.

— Mais ou menos como a Alix no sofá? — Toby perguntou.

— Exatamente assim.

As duas mulheres trocaram sorrisos.

— Eu quero saber — Lexie disse, ao se encaminhar para a porta — o que Alix sente por ele.

— Vamos ver se a gente descobre — Toby disse.

Lexie abriu a porta da frente.

⚓

Alix se sentou na cadeira indicada por Lexie junto à linda mesa da velha sala de jantar. Jared ficou ao seu lado, e as duas moças sentaram-se em frente a eles dois.

Quando Lexie e Jared começaram a falar de coisas desconhecidas de Alix, ela olhou para seu sanduíche. Era de queijo suíço, coisa ressecada de que ela não gostava. E quando provou, o recheio também tinha peru defumado, de que ela tampouco gostava.

Enquanto Lexie, Toby e Jared batiam papo, Alix puxou o prato dele para junto do seu, e resolveu o problema: deu a Jared o queijo e o peru defumado – que ela sabia que ele adorava – e pegou os picles e o queijo cheddar do sanduíche dele. Trocou as azeitonas do prato dele pelas batatas fritas do seu próprio prato.

Quando os recheios e os condimentos dos sanduíches estavam adequadamente distribuídos, cortou cada um deles em diagonal e devolveu o prato de Jared. Trocou também as bebidas, de modo que ela ficou com a limonada, e ele, com o chá gelado.

Quando Alix levantou o olhar, Toby e Lexie a olharam fixamente e em silêncio.

— Desculpem — ela disse. — Não prestei atenção no que estavam falando.

— Nada interessante — disse Jared ao olhar para Toby. — Vocês têm mostarda picante? Alix gosta muito.

— Temos.

Toby levantou-se e foi apanhar a mostarda na cozinha.

Lexie estava olhando para Alix muito intensamente. A semelhança entre Jared e sua prima era evidente: queixo bem definido, olhos que pareciam atravessar uma pessoa. Alix decidiu que não gostaria de ser alvo do temperamento forte de Lexie, do qual estava certa.

Quanto a Toby, não era nada como Alix havia imaginado. Baseada no que Jared tinha lhe falado, havia visualizado uma riponga natureba, que usava roupas de tecido rústico feitas à mão e sandálias de pneus velhos. Pelo contrário: Toby era elegante e muito bonitinha, num estilo antiquado, como uma pintura medieval de uma madona. Usava um vestido encantador, que Alix imaginou pudesse ter sido comprado na mesma loja onde Izzy tinha feito compras.

— Seu vestido é da Zero Main? — Alix perguntou.

— É — respondeu Toby, sorrindo. — Meu pai vem me visitar de meses em meses, e sempre me leva lá, e o proprietário, Noel, monta um enxoval para mim. Esse top que você está usando não é dessa mesma loja?

— É sim.

— Se as senhoritas vão falar agora sobre a Petticoat Row[7], acho que está na hora de eu me mandar — disse Jared.

Alix o olhou para que explicasse esse nome, mas Lexie se antecipou:

— Quando os homens estavam no mar, as mulheres administravam a ilha, e os locais onde ficavam as lojas eram chamados de Fileiras de Anáguas.

— E ainda são — Jared disse ao se levantar.

— Isso porque as mulheres administravam tudo muito bem, e ainda o fazem.

Lexie olhou para ele e disse:

— Queria que você verificasse o aquecedor da estufa. E há ratos entocados sob alguns canteiros de flores.

— Ratos? — repetiu Alix.

Jared a olhou e disse:

— Graças às viagens pelo mundo dos nossos ilustres ancestrais, temos uma extraordinária variedade de ratos na ilha.

Todos olharam para Alix, a fim de ver como reagiria. Será que se encolheria e guincharia, horrorizada?

— É uma Galápagos de roedores — Alix disse.

— É isso aí — Jared sorriu tão calorosamente para a moça que Alix ficou ruborizada. — Tudo bem — ele disse. — Vou deixar vocês à vontade. Que cheiro gostoso está aqui! Alix cozinha muito bem, e tem de organizar um casamento e...

Lexie e Toby o olharam fixamente, curiosas.

Jared encarou Alix e disse:

— Se precisar de alguma coisa, é só me chamar.

---

[7] Padaria-butique localizada no centro histórico de Nantucket, especializada em cupcakes, bolos de casamento, croissants e bagels. (N.T.)

Alix levantou-se e respondeu:

— Pode deixar. Você vai estar fora de casa?

— Vou. Mas, depois que eu consertar o aquecedor e colocar malhas de arame onde estão os ratos, vou para casa.

— Para a casa grande ou a pequena?

— Você escolhe.

— A casa grande. Vou embrulhar os últimos dois peixes com alecrim da horta. Talvez você possa colocar algumas batatas para assar, a duzentos e cinquenta graus, em forno lento.

— Tudo bem.

Eles se entreolharam. Nenhum dos dois pareceu querer se movimentar.

Lexie e Toby se sentaram à frente deles, observando Jared e Alix simplesmente imóveis, de pé, olhando-se fixamente, sem dizer nada. Não sabiam como se separar.

Balançando a cabeça, sem acreditar no que via, Lexie se levantou e ergueu as mãos:

— Acho que vou enjoar. Jared, vá consertar o aquecedor! Alix, vá para a cozinha ajudar Toby a rechear cogumelos ou a fazer outra coisa.

Jared desviou o olhar de Alix e deu um sorriso forçado para a prima:

— A Senhorita Ditadora vai fazer o quê?

— Dar um pulinho à igreja para agradecer que *eu* continuo em pleno juízo.

— Como assim? — Jared perguntou.

Ainda balançando a cabeça para ele, Lexie deu a volta na mesa, pôs as mãos em seus ombros, e o empurrou na cozinha até a porta dos fundos.

— Vá lá para fora, respire. Prometo que Toby e eu não vamos magoá-la.

— Francamente, Lexie! — Ele exclamou. — Isto é...

Jared parou de falar porque ela fechou a porta na cara dele.

Lexie passou pela pequena sala de estar e chegou à cozinha, onde Toby estava junto à bancada. Alix, junto à porta, parecia querer fugir.

— Lexie — disse Toby —, por que você não vai ao Grand Union e compra uns limões?

Lexie deu um risinho e perguntou:

— Está querendo se livrar de mim?

— Estou — confirmou Toby.

Rindo, Lexie saiu da cozinha; elas escutaram a porta se fechar.

— Desculpe — Toby disse. — Quer se sentar?

A longa cozinha era semelhante à de um navio, mas em uma das paredes junto à parte da bancada havia algumas banquetas.

— Peço desculpas se Jared e eu estávamos... — Alix não sabia o que dizer. — Ele é a única pessoa que conheço em Nantucket, e passamos juntos a maior parte do tempo desde que cheguei. Bem, não juntos-juntos, mas...

— Você sabe raspar frutas cítricas? — Toby perguntou.

— Não sou tão boa cozinheira quanto Jared disse que eu era, mas sei fazer isso.

Toby apontou com a cabeça uma tigela cheia de limões, limas e laranjas.

— Preciso de um quarto de xícara de cada um.

Em seguida, entregou a Alix um pequeno ralador multiperfurado.

Alix ficou satisfeita com a troca de assunto que abrangia ela e Jared.

Toby perguntou:

— O que você está achando de Nantucket?

— Até agora, estou adorando.

Alix começou a discorrer sobre suas impressões do lugar. A palavra "beleza" só perdia para a palavra "Jared". Tudo o que Alix vira até então era uma "beleza". Todos os demais sentidos eram abrangidos por Jared: o que ele dizia, fazia, pensava, tudo fazia parte da conversa de Alix.

— Você vai mesmo sair com Wes amanhã?

— Por que não deveria? — Alix indagou.

— Achei que você e Jared estavam quase... — Toby se calou. Estava a par da ordem de Ken a Jared, para que sequer tocasse em Alix, mas queria saber se eles estavam burlando essa restrição.

— Entendi — Alix disse. — Você pensa que Jared e eu estamos a caminho de namorar, mas não estamos. Espero que sejamos amigos, mas certamente somos colegas de trabalho que estão ficando amigos.

Toby olhou, incrédula, para Alix.

— Estou falando sério — Alix disse. — Acho que ele e eu demos a impressão errada.

— Mas vocês passam tanto tempo juntos! A ilha inteira quer saber o que está acontecendo.

— Isso não é legal — Alix disse. — Jared e eu trabalhamos juntos, só isso.

— E os sanduíches?

— Como assim? — Alix quis saber.

— Trocando comida que cada um de vocês gosta.

— Como nós trabalhamos juntos, comemos juntos, e aprendemos um pouco sobre nossos gostos.

— Mas? — Toby arregalou os olhos.

— Tudo bem, vou ser sincera. A princípio me interessei por ele *daquela* maneira. — Ela se lembrou do seu poema. — Mas ele deixou bem claro que nada desse tipo aconteceria. Reconheço que a princípio fiquei magoada, mas já superei isso. E, entre nós duas, estou ansiosa para sair com Wes. Estou a fim de dar uns amassos. Gostaria de me lembrar que sou do sexo feminino.

Alix respirou fundo, esperando que sua mentira fosse convincente. Ela *não* queria sair com outro homem:

— Dá para falarmos de outro assunto que não seja eu?

— Claro. Não quis me intrometer, mas é que nunca vimos Jared tão interessado em alguém.

Alix não sabia como responder a isso, e então mudou de assunto:

— Eu disse à minha amiga Izzy que a ajudaria a providenciar o casamento dela aqui em Nantucket, mas não tenho ideia de como fazer isso. Jared me disse que você saberia o que fazer.

Toby compreendeu que Alix estava gentilmente lhe pedindo para não insistir em falar sobre ela e Jared.

— Você já marcou uma data para o casamento?

— Já, mas tenho certeza de que terá de ser mudada.

Alix não explicou por quê: por enquanto, queria manter a gravidez de Izzy em segredo. Meio assustada, ela percebeu que "em segredo" incluía Jared.

Toby continuou:

— A primeira coisa que você precisa fazer depois de definir a data é saber quais as cores que a noiva quer. Tudo gira em torno das cores. Se ela quiser flores especiais, vou precisar saber com bastante antecedência, para que elas sejam transportadas por avião.

— Transportadas por avião? Esse não é o tipo de casamento que a Izzy quer.

— Quase tudo na ilha chega aqui por avião ou é posto num caminhão quando é levado de carro para uma barca. Você precisa ter certeza do que sua amiga quer, pois noivas costumam mudar de opinião. Já vi moças chegando à floricultura e pedindo uma coisa simples, mas depois decidem que querem orquídeas no valor de trinta mil dólares.

— Trinta...? — Alix pegou uma lima; já havia terminado com as laranjas. — Acho que esse tipo de coisa é para gente que mora em casas de vinte milhões.

— Ou mais. O proprietário de uma casa à venda em Polpis está pedindo cinquenta e nove milhões de dólares.

Alix só conseguiu piscar, atônita.

— E você? — Toby perguntou.

— Eu o quê?

— Que tipo de casamento você quer?

— Um que tenha um noivo.

Toby riu e indagou:

— Fala sério: você nunca pensou no assunto?

— No casamento propriamente dito, não, mas a felicidade de Izzy com o noivo me fez pensar sobre coisas. E você? Tem um homem na sua vida?

— Nenhum permanente.

Alix hesitou antes de falar:

— Achei que você e Jared eram... você sabe.

— Que eu e Jared estávamos tendo um caso?

Alix não tirou os olhos da lima que segurava e perguntou:

— Nem no passado?

— Não, claro que não! Jared é como um irmão mais velho para mim. Ele está me usando para provocar ciúme em você?

— De jeito nenhum! Não estamos nesse estágio. — Mas, quando pensou no caso, se deu conta da maneira entusiasmada e carinhosa como ele se referia a Toby. — Aliás, quem sabe? — Alix não pôde deixar de sorrir. — Ele tem muitas ex-namoradas na ilha?

— Absolutamente. Lexie disse que ele teve uma namorada no ensino médio, mas a garota se casou com o primo dele.

— Que pode ser qualquer um da ilha.

— Mais ou menos isso. Mas, ao que me consta, esse primo e Jared não se dão muito, até hoje. O casal mora em Surfside.

— Suponho que esse lugar fique em Nantucket?

— Parece que você aprendeu que só existe Nantucket.

Alix riu e disse:

— Pelo menos, no que toca a Jared.

⚓

Naquela tarde, depois que Alix foi embora, Lexie voltou e as duas moças discutiram o que viram e ouviram.

— Ela disse isso? — Lexie perguntou. — Alix disse que estava querendo uns amassos com meu primo Wes, que é uma testosterona ambulante?

— Quando se trata de testosterona, acho que Jared não tem o que temer — Toby disse.

— Se ele não tivesse prometido se conter ao pai de Alix, ele poderia ir adiante — disse Lexie. — Essa história *não* está indo bem.

— Lamento ter de concordar. Você vai ligar para quem?

— Para o Wes. Vou convidá-lo pra vir aqui tomar um chá e bater papo.

— Que você pretende fazer? — Toby perguntou. — Acho que Jared não vai gostar...

— Não se preocupe, sei lidar com meus primos — disse Lexie, pegando o celular. — Wes? É Lexie. Toby e eu queremos que você venha aqui. — Ela fez uma pausa. — Claro que agora. Só falta você querer um convite impresso. Sim, tem a ver com sua saída com Alix. — Lexie desligou o fone e disse: — Ele vai estar aqui em dez minutos.

Toby achava que nunca se acostumaria com a informalidade de Nantucket. O dia inteiro as pessoas iam e vinham das casas umas das outras sem avisar. Certo dia, ela estava muito à vontade quando uma porta se abrira dentro da casa. Era o encanador, vindo do porão. Ele havia entrado pela porta externa – que todos sabiam que não ficava trancada –, consertado um cano furado, e depois subira ao primeiro andar para se certificar de que o banheiro já não estava vazando. O fato de ninguém saber que ele estava na casa só incomodou Toby.

— Escute aqui, Wes — Lexie começou a falar, vinte minutos após o telefonema, e ela e Toby estavam no sofá em frente ao rapaz. Toby havia providenciado cerveja e *pretzels*, e ele esperava que lhe dissessem o motivo da convocação.

— A ilha inteira sabe que você continua apaixonado pela Daris Brubaker — Lexie continuou. Daris era a mulher com quem Wes ia se casar, mas havia seis meses os dois tiveram uma briga feia – cuja causa ninguém sabia – e Daris mandara Wes plantar batata. Desde esse dia, ele saíra com quase todas as mulheres solteiras da ilha.

Lexie esperou que Wes falasse alguma coisa, de preferência explicasse o que acontecera entre ele e Daris, mas o rapaz continuou a beber sua cerveja e não disse nada.

— Mas acontece que ela te deu um fora, provavelmente porque você é um mulherengo. Você só convidou Alix para sair a fim de revidar e se exibir para Jared.

Wes não se perturbou com essa crítica, nem deu informação alguma:

— E daí, qual é a sua, Lexie?

— Não vou ficar divagando. Que é preciso fazer para você ligar para Alix e cancelar o encontro?

— Eu não vou fazer isso. Meu pai vai dirigir seu Chevy antigo no desfile e...

Foi a vez de Toby falar:

— Jared vai fazer um projeto de casa naquele seu lote, e de graça.

Lexie a olhou, atônita. Todos sabiam que Jared cobrava preços altíssimos por seus projetos.

Wes não conseguiu ocultar sua surpresa. Tudo bem que seu primo tivesse desenhado sua garagem sem cobrar, mas daí a projetar *uma casa?*

— Com um chuveiro ao ar livre e um lugar para meus barcos?

— Com o que você quiser — Toby afirmou.

— Eu não poderia pagar por nada projetado pelo Montgomery.

Lexie sabia que Wes chamar o primo de Montgomery e não de Kingsley era um insulto proposital. Ela se recostou no sofá e olhou furiosa para Wes. Para ele, tratava-se de um jogo, mas as duas estavam falando sério.

Toby, que não crescera na ilha, não se perturbava com relacionamentos passados nem significados sutis de utilização de nomes:

— Jared vai ser uma espécie de banco e te emprestar o dinheiro.

— Acho que Jared... — Lexie começou a dizer, mas Wes e Toby estavam se olhando. Era como se Lexie não estivesse presente.

— Sem juros? — ele perguntou.

— Meio por cento mais baixos do que a taxa em vigor no dia do fechamento — Toby disse rapidamente.

— Um e meio — Wes disse.

— Três quartos — disse Toby.

— Combinado — Wes respondeu.

— Minha nossa, Toby! — Lexie disse. — Eu não tinha ideia de que você era capaz de negociar dessa maneira.

— Aprendi com meu pai.

Quando Wes foi embora, Lexie ficou com receio de contar a Jared o que tinha feito em nome dele. Por outro lado, como ele não estava tomando uma atitude, alguém precisava fazer isso. Ela então ligou para Jared e lhe disse que precisava vê-lo imediatamente.

Lexie fez com que ele se sentasse na mesma cadeira ocupada por Wes uma hora antes, e Jared não quis tomar nenhum refresco.

— Que é que está havendo? — ele perguntou. — Alix está acabando de preparar o jantar, e nós temos coisas a fazer.

— Tais como? — Toby perguntou.

Jared sorriu para ela:

— Não o que vocês duas obviamente esperam. Agora me digam: o que é tão importante que não podia esperar até nós nos vermos amanhã?

— Amanhã é exatamente o que importa — disse Lexie. — Você parece alheio ao fato de que Alix vai sair com Wes amanhã. Num encontro que vai durar o dia inteiro.

Jared não respondeu.

— Você não dá a mínima? — Lexie perguntou.

— Não que seja da sua conta, priminha, mas tenciono resolver esse assunto.

— De que maneira? — Lexie indagou.

— Acho que você deve esperar para ver — ele disse, e começou a se levantar da cadeira. — Bem, se vocês já acabaram de se meter na minha vida particular, vou para casa.

— Para Alix — disse Toby, sorrindo.

Jared retribuiu o sorriso:

— Sim, para Alix.

— Nós já resolvemos o assunto — disse Lexie. — Providenciamos tudo com o Wes. Vai sair meio caro para você, mas vai valer a pena.

Jared olhou para as duas, que sorriam e tinham aparência de anjinhos. Pensou então: "Como são bonitinhas! E têm as melhores intenções, mas a dinamite tampouco foi inventada para causar mal". Voltou a se sentar e disse, calmamente:

— Contem o que vocês fizeram.

— Acertamos um negócio para você — Lexie disse. — A ideia foi minha, mas Toby negociou a taxa de juros. Ela foi ótima.

Lexie olhou com orgulho para sua companheira de quarto.

— É melhor vocês duas começarem do início — Jared disse.

Foi Lexie quem falou a maior parte do tempo, ao explicar o que prometera a Wes em troca de ele cancelar sua saída com Alix.

O rosto de Jared não mostrou nenhuma emoção – ele era um excelente jogador de pôquer:

— Quer dizer que devo fazer de graça o projeto de uma casa para ele *e* emprestar-lhe dinheiro a uma taxa de juros ridiculamente baixa?

— Com essa maneira de expressar, o acordo realmente parece meio exagerado — Lexie disse. — Acontece, Jared, que você não pode deixar a Alix passar o dia com Wes. Desde que Daris o mandou catar coquinho, ele tem agido como um lobo à espreita da caça. E sempre existiu uma rivalidade entre vocês dois. Nós nos preocupamos com que ele dê o bote para cima da pobre Alix.

— Eu acho — Toby disse, suavemente — que Jared tem outro plano.

— Você tem mesmo? — Lexie perguntou ao primo.

Ele não contou às duas intrometidas bem-intencionadas, mas estava pretendendo agir depois que deixasse Alix em casa à noite, e fazê-lo em particular. Tirando um celular do bolso, apertou o botão de viva voz para que Lexie e Toby pudessem ouvir, e teclou um número:

— Jared? — perguntou uma voz feminina. — É você?

— Olá, Daris, como vai seu pai?

— Ele agora está muito bem. Você recebeu nossos bilhetes de agradecimento?

— Todos os quatro.

— Nós te devemos muito por ter nos ajudado.

— Será que posso pedir um favor? — Jared perguntou.

— Qualquer coisa! — Daris respondeu. — Inclusive fugir para casar com você.

Toby e Lexie, sentadas à frente dele no sofá, se entreolharam com olhos arregalados.

Sorrindo, Jared falou mais baixo e mais devagar:

— Esse sacrifício não será necessário, Daris, embora a ideia seja tentadora. Não vou conseguir dormir hoje à noite de tanto pensar no assunto.

— Eu poderia... — Daris começou a falar.

Lexie a interrompeu, em voz alta:

— Olá, Daris! É Lexie. Como vai sua mãe?

Daris recuperou-se rapidamente da surpresa de constatar que Jared não estava sozinho:

— Ela está ótima. Perdeu dez quilos com a doença do papai. Está pensando em escrever um livro chamado *Dieta meu marido teve um infarto.* Jared, em que posso ajudar você?

— Você tem interesse em voltar com o Wes, independentemente do que ele tenha feito?

— Isso é um favor para você ou para mim?

Jared sorriu:

— Então, deduzo que você aceita minha proposta?

— Cem por cento. Completamente. Devo levar armas?

— Prefiro shorts muito curtos e uma regata bem justa.

Daris se calou por um instante e depois perguntou:

— Jared querido, você *tem certeza* de que não quer se casar?

— Não, não tenho — ele disse, docemente. Isso fez com que os olhos de Lexie e Toby se arregalassem mais ainda.

Daris deu uma risada:

— Agora estou entendendo. Isso tem alguma coisa a ver com aquela moça bonita com quem você está praticamente morando desde que ela se mudou para a casa da sua tia?

— É possível. Ligo depois para combinarmos os detalhes, mas podemos nos encontrar amanhã, às quinze para as dez, para participarmos do desfile?

— Vou encurtar meus shorts esta noite.

— Estou ansioso para desfrutar o panorama...

Jared desligou e olhou para Lexie e Toby com as sobrancelhas arqueadas interrogativamente.

— E então?

— Você acha que ela e Wes vão voltar? — Toby perguntou.

— Não é da minha conta — Jared respondeu.

Lexie posicionou as mãos para simular uma balança.

— As pernas de Daris ou um empréstimo de um milhão de dólares? Essas vão ser as opções do Wes.

Ela olhou para Toby e Jared.

— Ele vai escolher as pernas — opinou Toby.

— As pernas da Daris! — disse Jared. — Sem sombra de dúvida!

Capítulo treze

Jared apareceu na Casa dos Kingsley usando um lindo paletó sob medida, camisa azul e calças cáqui. Quando Alix o viu, subiu correndo as escadas para trocar de roupa.

— Por que o senhor não me avisou que se tratava de um evento de alta classe? — ela perguntou ao retrato do comandante Caleb. — E se o senhor fizer uma só coisa se mexer, eu viro seu retrato para a parede.

Eles se encontraram com Lexie e Toby e caminharam pela Main Street até onde a rua se alargava, e onde havia uma fila dupla comprida de veículos esperando. Jared havia saído cedo de casa, e o veículo do seu amigo era o quinto da fila.

As ruas estavam cheias de gente, e quase metade das pessoas usava narcisos. Algumas mulheres exibiam chapéus mirabolantes, que reluziam sob o sol matinal.

— Fique comigo — Jared disse, logo que chegaram perto da multidão.

— Mas eu devo me encontrar com Wes — ela retrucou, pela quarta vez. Todas as vezes, Jared agira como se ela nada tivesse falado.

— Nada a comentar sobre ciúme... — Alix resmungou baixinho ao tentar se acomodar, em vista das pernas compridas dele. Na noite anterior, ele havia saído de casa logo que o jantar ficou pronto, alegando uma emergência na casa de Lexie. Voltou quarenta e cinco minutos depois, mas não explicou a Alix o que tinha acontecido. O máximo que disse foi: "Não houve derramamento de sangue, embora devesse ter havido".

Os dois assistiram a um filme – *Lar... meu tormento* (1948) – e duas vezes Alix mencionou que ia ao desfile com Wes. Jared não fez nenhum comentário. Quando ela aceitara sair com o primo dele, mal conhecia

Jared. Lembrou-se de que ficara deslumbrada com ele, e não pôde deixar de sorrir. Agora ela preferiria, sem a menor dúvida, desfilar com Jared na velha caminhonete Ford.

Mas, apesar das alusões que ela fez, Jared não disse nada.

Na noite anterior, quando Jared a deixara para ir dormir na casa de hóspedes, Alix se irritou. Ela estava começando a se sentir parte da família Kingsley, mas tudo indicava que Jared não achava o mesmo. Ou talvez achasse. Wes era seu primo, portanto, não havia nada demais se ela participasse do desfile com ele.

Naquela manhã, quando eles quatro chegaram aonde os carros estavam enfileirados, Alix ficou calada. Deveria se sentar ao lado de Wes e acenar para as pessoas que já conhecia?

Contudo, ninguém mais parecia perturbado com coisa alguma. Lexie e Toby iam de carro a Sconset, com os *coolers* de comida que Alix ajudara a preparar, mas primeiro iriam cumprimentar os veranistas.

— Eles são o mesmo que forasteiros? — Alix perguntou.

— São e não são.

Jared explicou que eram pessoas que tinham casas em Nantucket, onde passavam todos os verões. Algumas delas iam para lá há vinte, trinta anos, ou até mais.

— Você gosta ou não gosta deles? — Alix indagou, tentando fazer graça.

Mas Jared não sorriu:

— Depende de se eles acrescentam algo à comunidade ou não.

Quando alcançaram a multidão, Lexie e Toby se separaram deles, mas Alix permaneceu com Jared. Para variar, ele conhecia todo mundo.

— Quando é que você vai fazer o projeto da minha casa? — um homem perguntou. Ele era baixo, corpulento e vagamente familiar.

Quando se afastaram, Alix perguntou quem era ele

— Está entre os dez mais da *Forbes* — respondeu Jared, antes de cumprimentar mais uma pessoa.

Ela sabia que isso significava a lista dos "dez mais ricos".

Quando Wes apareceu, tudo aconteceu ao mesmo tempo. Relutante, Alix saiu do lado de Jared para ir até ele. Freneticamente, imaginava um modo de cancelar esse passeio sem ofender ninguém. Mas, por outro lado, Jared não tinha dito que a *queria* com ele.

Quando Alix deu um passo em direção a Wes, Jared não tentou detê-la. Nesse instante, Wes parou subitamente e olhou fixamente para alguma coisa atrás de Alix, que se virou para ver o que era.

Uma jovem estava ao lado de Jared, deu-lhe o braço, e se inclinou para ele, de maneira possessiva. Muito atraente, era loura e tinha olhos grandes, mas o que realmente chamava a atenção era como estava vestida. Usava uma túnica branca transparente que alcançava o alto das coxas, e parecia não haver nada por baixo. Suas pernas longas e lindas – perfeitamente bronzeadas e depiladas – pareciam não ter fim, e os pés estavam calçados por pequenas sandálias douradas.

Alix, muda, olhou da moça para Jared, para Wes, e de volta para a moça.

— Meu encontro é com ela — Jared disse a Wes.

Alix ficou boquiaberta. Não era de espantar que ele não desse a mínima por ela participar do desfile com outra pessoa. Não era de espantar que...

— Quer trocar? — Jared perguntou ao primo.

Wes assentiu brevemente com a cabeça, e a moça largou o braço de Jared e se dirigiu até onde estava Wes.

Alix ficou parada, incapaz de se mover; não fazia ideia do que havia acontecido.

— Você está pronta para ir? — Jared perguntou, impaciente.

Alix continuou perplexa.

— O desfile já vai começar e a gente precisa subir na caminhonete.

Alix recuperou-se o suficiente para caminhar pelos paralelepípedos até o Ford azul e sentar ao lado de Jared:

— Você planejou aquela cena?

Ele deu a partida no carro e perguntou:

— Planejar o quê? Ah, você se refere a Daris?

— É ela a moça que estava sem calcinha?

Jared sorriu:

— Ela tem as pernas mais bonitas da ilha. Ela e Wes formavam um casal até seis meses atrás, mas ele fez alguma coisa de que ela não gostou, e então Daris o mandou pastar. Acho que ela já o castigou bastante. Tome.

Ele lhe entregou um buquê de narcisos.

Alix pegou as flores quando ele se colocou atrás de um Mercedes com "asa de gaivota" da década de 1960 e disse:

— Quer dizer que você planejou tudo!

Ele a olhou de relance, deu um pequeno sorriso e perguntou:

— Você pensou mesmo que eu a deixaria sair com Wes?

— Pensei sim. — Ela sorriu para Jared e disse: — Obrigada por provar que me enganei.

— O prazer foi meu.

Ele falou de maneira tão presunçosa que ela não pôde deixar passar:

— É tão raro eu me enganar que estava começando a pensar que isso não era possível.

Jared riu e disse:

— Acene para as pessoas.

Ela acenou e perguntou:

— Que ideias você tem para a casa de hóspedes do homem dos dez mais da *Forbes*?

— Fazê-la toda de vidro, à la Philip Johnson[8].

— Isso é uma piada, certo?

— Você não deve trabalhar hoje. Aprecie o panorama.

Estavam percorrendo a Orange Street, e todas as lindas casas antigas a faziam pensar em um projeto para uma casa de hóspedes, mas Alix não disse nada.

— A mulher dele adora jardinagem e quer um galpão de envasamento — disse Jared. — Coisinha pequena, com apenas cerca de duzentos metros quadrados.

— Verdade? — Alix o olhou, pasma. — Talvez Toby tenha alguma ideia sobre isso.

— Exatamente o que eu estava pensando — Jared comentou, com um sorriso forçado, e os dois conversaram sobre design o trajeto todo até Sconset – de apenas dezesseis quilômetros, mas que pareceram mais distantes.

---

[8] Norte-americano (1906-2005) considerado um dos mais importantes arquitetos do século XX e vencedor do primeiro Prêmio Pritzker, o Oscar da arquitetura, em 1979. (N.T.)

Quando chegaram à encantadora cidadezinha, que Jared explicou costumava ser cheia de cabanas de pescadores, Lexie e Toby os esperavam. Já haviam descarregado um utilitário cheio de comida, utensílios e elegantes acessórios de piquenique.

Jared manobrou a velha caminhonete no estacionamento que Lexie lhe indicou, e depois desapareceu, como costumam fazer os homens quando se deparam com o que consideram ser trabalho de mulher. Alix seguiu as instruções de Jared e ajudou a arrumar as coisas. Em minutos, a parte traseira da velha caminhonete e uma mesa estavam cobertas por comidas e bebidas em cima de bonitas toalhas de mesa italianas. Era tudo muito requintado e parecia um piquenique no campo de cinema.

Alix foi até a rua. Em ambos os lados viam-se os lindos e antigos carros e caminhonetes que desfilaram pela cidade.

Desde sua chegada à ilha, Alix ia se inteirando da riqueza que havia em Nantucket, e essa impressão se solidificou com a reunião dos carros antigos. Não eram simples calhambeques; tratava-se de veículos com qualidade para ser expostos em museus, e seus proprietários sorridentes e que gostavam de bater papo se assemelhavam a modelos em anúncios de Ralph Lauren, com blazer, cachecol e relógio de ouro. As mulheres usavam elegantes roupas de designers. Alix observou o suntuoso *layout* do piquenique e sorriu.

— Gostou? — Jared perguntou ao reaparecer, agora que o trabalho estava feito.

— Tudo é realmente lindo. Eu me sinto numa capa da revista *Town and Country.*

— Vamos — ele disse. — Estão fazendo uma demonstração de esculturas no gelo mais lá para baixo.

Havia dançarinos e músicos, artistas e acrobatas perambulando pelo lugar, e todos se conheciam. Quando voltaram para a caminhonete, Jared conversou com um grupo de pessoas, enquanto Alix fazia pratos para eles dois. Havia cadeiras à frente do veículo, e ela e Jared se sentaram lá para comer.

— Fazia anos que eu não vinha ao Festival — Jared disse. — Evoluiu muito.

— Por que você não vinha? É maravilhoso.

— Eu não conseguia quem me acompanhasse.

Alix se lembrava perfeitamente de ver a bonita Daris de braço com ele.

— Essa não! Metade das mulheres aqui...

Ele interrompeu:

— Eu quis dizer que não conseguia encontrar alguém que eu quisesse como companhia.

Alix sorriu para ele e, por um instante, os dois trocaram olhares, mas, como sempre, ele desviou o rosto. "Sinais contraditórios" foram as palavras que vieram à cabeça de Alix. Jared bolou um esquema complicado para impedi-la de sair com outro homem, mas, quando ela o olhava expressando alguma intenção além de trabalho, ele não a encarava.

Ela disse a si mesma que não se entusiasmasse muito.

Trinta minutos depois eles estavam na rua, conversando com as pessoas, quando Jared se virou para ela com uma expressão séria e perguntou:

— Alix, você acha que me deve alguma coisa?

— Claro. Eu já não te agradeci o bastante? Nesse caso, peço desculpas por...

— Não, não é isso. É que meu primo está vindo para cá e...

— Wes?

— Não.

— A pessoa da loja de bebidas? — O olhar dele a fez parar de tentar adivinhar. — Tudo bem, desculpe. Um dos seus primos está vindo para cá e...

— A mulher dele foi minha namorada no ensino médio. Ele venceu, e eu perdi. É ridículo da minha parte, mas...

Alix olhou para a multidão e viu um homem mais ou menos da idade de Jared, com o queixo característico dos Kingsley, cabelos e olhos pretos. Mas, enquanto os mesmos traços, em Jared, formavam um rosto muito másculo, nesse homem eram meio afeminados. Ele estava bem-vestido, com uma camisa e um paletó elegantes e uma calça jeans. Só que esse jeans era diferente dos que Jared costumava usar, que, mesmo quando limpos, pareciam ter saído de um armário bagunçado.

Ao lado do homem estava uma loura alta e magra, de olhos azuis muito claros. Alix a achou bonita, porém parecia cansada e mais velha do que devia ser.

Quando a mulher avistou Jared, seu rosto se iluminou, o cansaço desapareceu e sua beleza se destacou. Alix a imaginou num desfile marítimo, ou sendo a rainha de um baile de formatura.

Quando o homem ao seu lado viu Jared, numa fração de segundo seu rosto ficou sombrio. Ele se recuperou o suficiente para forçar um sorriso, não refletido em seus olhos.

— Jared! — a mulher exclamou, e estendeu os braços como se fosse abraçá-lo.

Alix reagiu por instinto. Jared não havia terminado o que ia lhe pedir, mas ela concluiu que ia pedir-lhe que interferisse entre ele e sua ex. Por isso, perguntou baixinho:

— Quer que eu proteja você?

— Por favor — ele respondeu, aguentando firme, e esperando que a mulher o alcançasse.

Alix pôs o corpo à frente do de Jared, e a mulher se deteve. Os braços continuaram estendidos, mas ela não soube o que fazer com eles.

Alix se adiantou e apertou a mão dela:

— Olá! Eu sou Alix. Suponho que conheça Jared.

Pelo canto do olho, viu Lexie dar uma cotovelada nas costelas de Toby. É claro que as duas mulheres ficaram imóveis, ansiosamente esperando o desfecho do drama.

— Eu sou Missy. Jared e eu nos conhecemos há muito tempo.

— Ah, é? — disse Alix. — E eu, crente que já conhecia de ouvir falar todos os amigos de Jared, mas ele nunca mencionou o seu nome.

Quando ela se virou para Jared, percebeu que, como ele mantinha a cabeça baixa, o nariz dos dois estava praticamente se tocando. Quando ela ia recuar, ele lhe passou o braço pela cintura e a puxou para si.

Alix arregalou os olhos, mas conseguiu se controlar. Mais ou menos:

— Eu... é... eu...

— Prazer em ver você, Jared — disse o homem, e se pôs ao lado da mulher loura. Como fez Jared, passou o braço possessivamente pela cintura dela. — E aí, como é a vida fora da ilha? Você aprendeu muitas coisas sobre o mundo exterior?

Até Alix se deu conta de que isso foi um insulto. Deu um sorriso gelado para o homem e disse:

— Jared continua a conquistar o mundo com seus projetos maravilhosos.

Como o homem manteve um sorrisinho autossatisfeito, Alix se lembrou dos livros da mãe, e de como os parentes passaram séculos lutando pela casa da família.

— Além disso, existe todo o trabalho que ele faz na Casa dos Kingsley. Preservá-la intacta para seu futuro filho, o Oitavo, é um legado da sua herança que ele reverencia.

Por um momento Alix achou que havia pegado muito pesado, mas aí teve a satisfação de ver sumir o sorrisinho complacente do homem.

Atrás dela, Jared enterrou o rosto no pescoço de Alix, o que fez os pelos do seu corpo se arrepiarem.

— Você é a garota dos meus sonhos — ele disse, e ela percebeu que ele estava contendo o riso, mas conseguiu se recuperar a ponto de levantar a cabeça:

— Este é meu primo Oliver Collins e sua mulher, Missy. E esta é Alix.

— Que prazer conhecê-lo! — disse Alix, estendendo a mão para apertar a de Oliver. — O seu sobrenome não é Kingsley?

— Nós somos aparentados pelo lado da mãe dele, que se casou com um forasteiro — Jared disse. E então, ainda segurando a cintura da Alix, indicou a caminhonete abarrotada de comida — Almocem conosco.

— Obrigado — respondeu Oliver —, mas precisamos ir para casa. As crianças precisam de nós. O casamento abrange grandes responsabilidades. Até, Alix e Jared — ele disse curto e rasteiro, e se foi, à frente da mulher.

Missy relanceou o olhar para trás, como se quisesse ficar, mas o marido continuou agarrando sua cintura.

Jared girou o corpo de Alix para encará-la:

— Você foi maravilhosa! Espetacular! O metido do Oliver não leva um "sai pra lá" desses desde... bem, acho que nunca. Você é mesmo filha da Victoria!

Sempre sorrindo, sob impulso, ele deu um selinho na boca sorridente de Alix.

Pelo menos, sua intenção foi essa, mas ele e Alix ficaram tão abalados que pareceu que uma corrente elétrica os atravessou.

— Eu... — Jared balbuciou, e se aproximou mais.

De novo, ela viu fogo nos olhos dele, e levantou os braços para passá-los pelo pescoço daquele homem.

Mas nada aconteceu. De cenho franzido, Jared recuou, e o fogo nos seus olhos desapareceu.

O primeiro impulso de Alix foi fugir. Quantas vezes isso ia se repetir? Seus corpos ficavam juntos, ele a olhava como se fosse devorá-la, depois ficava gélido e ia embora. Essa mesma cena já acontecera várias vezes.

Alix não sabia para onde iria se fosse embora do piquenique, mas a raiva que sentia fez com que achasse que poderia ir caminhando de volta à Casa dos Kingsley. E, quando chegasse lá, era bem possível que fizesse as malas e deixasse a ilha. Não aguentava mais esse homem olhando-a com desejo um minuto e a rejeitando no minuto seguinte. Ela se afastou dele.

— Alix — Jared começou a dizer, mas ela se meteu rapidamente no meio da multidão.

Toby a alcançou.

— Não quero ouvir nenhuma justificativa... — Alix disse.

— Vá direto até a loja e pegue a esquerda; você vai ver uma ponte até a praia. Ande um pouco; você vai melhorar.

Alix assentiu com a cabeça e se apressou para sair dali. Não foi difícil encontrar a ponte, alta, descer as escadas e chegar à praia. O tempo frio significava que não haveria muita gente por ali, e ela ficou satisfeita com isso. A água e a areia a acalmaram.

Não sabia direito quanto tempo ficou lá. Seus pensamentos não lhe ocorriam de forma ordenada; pareciam flutuar, misturados. Visões se amontoavam à sua frente, ela e Jared rindo, comendo e criando juntos. E ele sempre deixara bem claro que não haveria nenhuma ligação sexual entre os dois. Alix concluíra que isso fosse porque ele não se sentia atraído por ela.

Mas aquele beijo! Tão elétrico quanto um raio. Ela percebera que ele havia sentido o mesmo, então, por que a olhara tão friamente? Tudo indicava que não havia uma mulher na vida dele. Então, qual era o problema?

Quando um calafrio a percorreu, ela esfregou os braços e se virou. A pouca distância, Jared estava sentado na areia, à sombra. Simplesmente sentado, esperando. Parecia preocupado com alguma coisa.

Ela, porém, não se sentiu solidária. Foi até onde ele estava e disse:

— Gostaria de... — não podia chamar a Casa dos Kingsley de "casa" — ...voltar — terminou a frase.

Ele não se levantou.

— Eu te levo aonde você quiser, mas primeiro quero te contar a verdade.

— Isso seria bom, para variar — ela disse.

Ele tirou o paletó e o estendeu para Alix, mas ela não o pegou.

— Por favor — ele disse —, me dê vinte minutos, e, se depois você ainda quiser me deixar, ou a Nantucket, ou fazer qualquer outra coisa, eu providencio.

Relutante, ela se sentou na areia a poucos metros dele, e, quando ele começou a vestir o paletó em seu corpo, ela se encolheu e disse:

— Você vai sentir frio.

— O raio laser que você está disparando contra mim vai impedir que isso aconteça — Jared respondeu.

Ela não sorriu.

— Não sei por onde começar. Se dependesse de mim, eu contaria tudo, mas não posso.

Ela se virou e o olhou, furiosa:

— Então, por que estou aqui?

— Não sei! — Jared exclamou, exasperado. — Sei uns cinco por cento mais do que você, e não estou entendendo nada. Só sei que certas pessoas vêm mantendo segredos de você durante toda a vida.

— Quem?

— Não posso contar. Gostaria de poder, mas não posso. Só posso dizer que são pessoas a quem vou ser grato a vida inteira. Eu não passaria de um criminoso se não fosse por... algumas pessoas que me ajudaram.

Alix contemplou o mar e tentou imaginar o que ele lhe estava contando:

— Sei que você não queria que eu viesse para cá.

Ele respondeu:

— É verdade, eu não queria. Eu disse que estava zangado com minha tia, porque considerava o testamento dela uma traição a mim. Se você não tivesse antecipado sua chegada, eu já estaria longe daqui, e nós não teríamos nos conhecido.

— Mas você ficou — ela disse.

— Porque gostei de você.

— Pretérito perfeito?

Ele demorou para responder:

— Nunca antes conheci alguém que se encaixasse nos meus dois mundos: uma mulher que sabe limpar um peixe e também é capaz de discutir comigo sobre contrapisos.

— Pois é — Alix disse, suavemente. — Estamos nos tornando grandes amigos.

— Não — ele replicou. — Tim, meu sócio, e eu somos amigos. Ele detesta pescar, acha que todas as trilhas de terra devem ser cobertas de concreto e não para de reclamar sobre dinheiro. Mesmo assim, somos bons amigos.

— E você e eu não somos? — Alix perguntou. Droga! Ela sentiu que lágrimas começaram a se formar nos seus olhos.

— Embora eu goste muito do Tim, não tenho a menor vontade de rasgar as roupas dele. Jamais quis transar com ele por mais tempo que essa fome, que me corrói, demore a acontecer e seja saciada. Nunca fiquei acordado pensando nos lábios ou nas coxas dele ou qualquer outra parte do corpo dele.

Alix olhou fixamente para ele:

— Mas, mesmo assim, você nem me toca.

— Porque fiz uma promessa a uma pessoa a quem devo muito — ele disse, suavemente.

— E essa pessoa te pediu para... o quê? Ficar longe de mim?

— Isso mesmo.

Alix voltou a olhar para o mar.

— Quero esclarecer o assunto. Você deve muito a alguém, ou a várias pessoas, que nos conhecem.

— É, mas não posso mesmo te dizer mais do que isso.

— Tudo bem. Acho que consigo deduzir parte dessa história. Houve uma série de reparos recentes na Casa dos Kingsley, coisas como o telhado, que custam caro, mas não pude deixar de notar que alguns dos consertos envolviam muitos detalhes, o que quer dizer que, a certa altura, permitiram que a casa se deteriorasse muito. Estou certa?

Inclinando a cabeça para o lado, Jared olhou para Alix e assentiu brevemente com a cabeça.

— Permitir que uma casa chegue a essa situação significa que ou o proprietário não está nem aí, ou não pode arcar com o custo dos reparos. Obviamente, sua família se importa muito com essa casa antiga.

— É fato — ele concordou.

— Além disso, há outras casas. Você disse que sua família é dona da casa onde Lexie vive, e também daquela onde mora Dilys, onde você cresceu. Você também me disse que só tinha catorze anos quando fizeram a reforma, que foi, evidentemente, trabalho seu.

Em silêncio, ele a observava, fascinado.

— No ano em que estive aqui com minha mãe você tinha catorze anos. Agora me diga: quem no mundo permitiria que um adolescente fosse encarregado de uma reforma? E quem pagaria por ela?

— Tia Addy — Jared respondeu, sorrindo para ela.

— Se ela podia pagar pela obra, por que não reformou a própria casa?

Jared sorriu ainda mais:

— Tudo bem, Senhorita. Detetive, qual é a sua teoria?

— Acredito que minha mãe escreveu todos os livros dela baseados na sua família, e, para compensar isso, ela pagou pelas reformas e ...

— E o quê?

— Também acredito que ela provavelmente pagou pelos seus estudos, Jared.

Ele não respondeu, mas Alix percebeu, pelos olhos dele, que estava certa.

— A pergunta é: por que minha mãe proibiria você de tocar em mim?

Quando um pensamento verdadeiramente escandaloso lhe passou pela cabeça, seus olhos se arregalaram e ela disse, horrorizada:

— Já entendi tudo! Você e minha mãe foram amantes!

— Não, nunca — afirmou Jared, e sorriu. — Mas, quando eu estava com dezessete anos e sua mãe ficava perambulando pelo jardim num biquíni vermelho, eu visitava tia Addy com mais frequência.

Alix estreitou os olhos para ele, cujo sorriso desapareceu.

— Garanto que Victoria e eu jamais dividimos qualquer outro sentimento que não fosse amizade.

Ela desviou o olhar e perguntou:

— O que minha mãe tem a ver com o testamento?

— Nada que eu saiba — Jared respondeu, sinceramente. — Ela ficou tão perplexa quanto eu.

Alix refletiu um momento:

— Quero que tudo fique muito claro, porque acho que você tem razão quando diz que mentiram para mim na maior parte da minha vida. É verdade que você gosta de mim por outro motivo além de eu ajudá-lo a preparar projetos?

Ele ia protestar contra essa afirmação, mas sorriu e disse:

— Acho que sou capaz de fazer isso sozinho.

Ela ignorou o tom brincalhão dele e disse:

— Você se deu àquele trabalho todo com Wes porque...

— Você acha que eu ia deixar um devasso como ele passar o dia com minha garota?

— Sua...? — Ela respirou fundo. — Já que estamos sendo sinceros, também quero acrescentar um pouco da minha verdade. Meu pai também é arquiteto, embora agora esteja mais lecionando, e ele tem pegado no meu pé por sua causa.

— Como assim?

— Sua reputação com mulheres não é boa.

— Nem particular — Jared resmungou.

— Você é uma figura pública e, portanto, não tem privacidade. Você pega modelos, aspirantes a atriz e...

— Aonde você quer chegar?

— Houve uma época em que eu sonhava ter um caso com o Grande Jared Montgomery, mas...

— Mas o quê?

— Quando Eric me deu um fora, doeu, mas muito choro e algumas barras de chocolate me tiraram da fossa. Depois, ao ver você, o Grande...

— Não repita isso.

— Está certo. A verdade é que eu já superei minha antiga maneira de pensar sobre você.

— E como é que você me considera agora? — ele perguntou, docemente.

— Como um ser humano. Um homem vivo, que respira e é impaciente, manipula conversas e informações da forma que quer, como um designer que às vezes falha em suas concepções.

— Não tenho nada de bom?

— Você é um homem que partilha generosamente o que tem e tudo o que sabe com outras pessoas. Comida, dinheiro, trabalho, seja lá o que for seu, você compartilha. Já constatei que você é um homem que protege aqueles a quem ama, e ama profundamente e de todo o coração.

— Um verdadeiro santo. — Suas palavras foram brincalhonas, mas o tom, não.

— Não é bem assim — Alix disse, ao observar o mar. — Eu podia me recuperar de uma briga com Eric com chocolate e uma poesia, mas você... — ela falou devagar. — Eu poderia te amar. Mas, se nós tivéssemos um caso, ainda que rápido, e você me descartasse, não sei se eu conseguiria me recuperar. — Ela tomou fôlego e disse: — Pronto. Disse tudo o que queria e acho que foi muito mais do que você queria ouvir. Acho...

Ela parou de falar porque ele a beijou. Foi um beijo gentil, delicado, um encontro de lábios suave e... promissor.

Ela se afastou, olhou para ele. Tocou-lhe o rosto e examinou os olhos dele: precisava descobrir a verdade dentro de si. Sentia atração por esse homem por causa de quem ele era? Fazia tantos anos que o idolatrava...

Mas agora conhecia o homem, seus amigos e parentes, e o vira no seu próprio ambiente, por assim dizer. Achava que o via como nenhuma outra mulher jamais tinha visto: o verdadeiro Jared Montgomery Kingsley Sétimo. Verdadeira e completamente, sem armadura de nenhuma espécie: via os *dois* lados dele. Havia o homem internacionalmente famoso a quem pediam autógrafo, e havia o homem a quem um casal idoso sentado na varanda pedia que verificasse o seu forno antes que o inverno chegasse.

Jared esperava em silêncio, com o rosto junto ao dela. Ele sabia que ela estava fazendo uma pergunta e, quando Alix pronunciasse as palavras, ele estaria pronto para responder.

Ela se perguntou: qual desses dois homens preferia? O brilhante designer, ou o homem que era parte de uma comunidade e de uma família, e que ela presumia que podia ser um rolo compressor?

— Eu gosto de vocês dois — ela disse, com a mão lhe acariciando o rosto e sentindo sua barba recém-aparada. Havia dias que ela o contemplava, sem se dar conta de quanto queria tocar no que via. E, agora, era gostoso sentir o queixo forte dos Kingsley na sua pele.

Ele virou a cabeça para beijar a palma das mãos dela, e o brilho ardente voltou a lhe surgir nos olhos.

Os pelos do corpo de Alix se arrepiaram. Nunca sentira tanto desejo por um ser humano.

— Precisamos ir com calma — ela disse, quando parte de seu corpo dizia "*Isto é de verdade. E pode ser para sempre*".

Jared tirou a mão do rosto de Alix:

— Nada de toques. Eu compreendo.

A voz dele parecia pesar meia tonelada.

— Não! — ela exclamou. — Tocar é beleza, é gostoso. Na verdade, quero muito mais disso. Quanto mais toques, melhor. A gente só precisa refletir sobre as promessas.

Jared sorriu:

— É assim que eu gosto. Sugiro irmos para casa. Agora. Vou conseguir uma carona com alguém.

— E a caminhonete antiga? — Ela sabia que continuava cheia de comida.

— Lexie pode devolvê-la.

Apenas as pontas dos dedos deles estavam se tocando, mas era como se uma corrente elétrica de alta voltagem estivesse sendo transmitida por Jared. Eles não estavam só se tocando, estavam *conectados.* Mentes, corpos e almas fluíam entre si. Era quase como se Alix pudesse ler os pensamentos dele, e enxergasse até o futuro, a ser partilhado pelos dois. Concebendo projetos, trocando ideias, viajando. Anos juntos. Alegrias e risadas compartilhadas. Muitas, muitas risadas. Ia além disso, mas ela teve receio de visualizar.

— Eu sinto que conheço você, que conheço *nós* dois — ela murmurou.

— Eu também — Jared disse ao se levantar, pegar a mão dela e puxá-la para junto de seu corpo.

Ela queria deslizar os braços pelo pescoço dele, mas sabia que, se o fizesse, não conseguiria parar, e eles acabariam rolando nos arbustos daquela praia pública. Pensou então que não seria um bom começo para duas pessoas que iriam ficar juntas para sempre.

Jared compreendeu. Recuou e deteve o contato.

— Vamos para casa.

Alix começou a percorrer o trecho da praia que levava à rua e aos degraus; Jared a seguia. Tropeçou duas vezes, porque as pernas não estavam firmes.

— Acho que imaginei nosso futuro — ela conseguiu dizer quando chegaram aos degraus.

— Acredito. Era bom?

Ela concordou com a cabeça e disse:

— Muito bom.

— Coisas estranhas acontecem às pessoas que se dão com os Kingsley.

— Você se refere a fantasmas?

Ela tentou levar na brincadeira, mas não era fácil.

— Acho que devemos conversar antes de irmos adiante.

Alix parou nos degraus e virou-se para olhar Jared. O rosto dele estava na altura do dela.

— Se você concordar, prefiro não falar neste instante. Deixe para me contar as coisas horríveis depois que nós... você sabe.

Jared riu e disse:

— Tudo bem. Vamos para casa e... bem, depois conversamos sobre nosso futuro. Isto é, objetivos, esse tipo de coisa.

— Isso é exatamente o que quero fazer.

Os olhos dos dois brilharam.

Capítulo catorze

Quando podiam ser vistos pela multidão, soltaram as mãos. Tocando-se ou não, Alix sabia que tudo havia mudado. Ela ficou atrás quando Jared disse à Lexie que eles queriam ir embora imediatamente.

— Você está de gozação, só pode ser — Lexie disse. — Toby e eu estamos com aquele enorme utilitário, e precisamos colocar tudo isto aqui nele, e depois vamos fazer o que com a velha caminhonete?

— Uma de vocês pode dirigir o utilitário, e a outra, devolver a caminhonete a Polpis. — A voz de Jared demonstrou que estava sendo excessivamente paciente.

— Ótima ideia! — Lexie disse, sorrindo. — Suponho que o câmbio seja automático, porque nunca dirigi um carro manual, e mal posso esperar para levar o veículo pelas amplas pistas de Nantucket. Vi a sra. Ferris há alguns minutos. Você acha que ela está dirigindo hoje?

— Lexie ... — Jared começou a falar, mas não acabou a frase. Virou-se para Alix, com uma expressão de desamparo.

— Quem é a sra. Ferris? — perguntou Alix.

Lexie respondeu:

— É nossa vizinha, vive na alameda Kingsley, e é especialmente conhecida por dirigir bem no meio das ruas. Até os turistas fogem dela. Espero não cruzar com ela na sua requintada caminhonete antiga, Jared. Não gostaria de arranhá-la, mas é provável que eu arranque a transmissão quando tentar mudar de marcha, portanto, alguns arranhões serão o de menos. — Ela se dirigiu para a comida, mas, ao passar por Jared, falou: — Detesto estragar a sua tarde, mas você sabe o que dizem sobre agir com...

— Que é um desperdício inútil de energia?

Rindo, Lexie continuou andando.

Jared se aproximou de Alix e disse:

— Lamento, mas acho que...

— Já sei. Você e eu devemos levar a caminhonete de volta.

Ele sorriu para ela, e os olhos expressaram agradecimento pela compreensão.

Eles estavam de pé juntos, e ela estendeu a mão para tocar nas pontas dos dedos dele.

— Por que você não vai conversar com seus amigos enquanto eu ajudo com a limpeza?

A verdade nessa sugestão estava relacionada ao fato de talvez não conseguir ficar perto dele sem bancar a boba. Os dois já haviam sido alvo da língua afiada de Lexie, e ela não queria que isso se repetisse.

— Boa ideia — Jared disse, e desapareceu.

Alix foi até a caminhonete, onde Lexie e Toby estavam empacotando as coisas. Lexie estava falando sobre o que deveriam levar, quando um homem parou atrás dela.

Lexie não o viu, mas Alix e Toby, de pé à sua frente, certamente sim. Ele era simplesmente lindo. Não tinha os traços acentuados de Jared, mas era espetacular, como um modelo de *outdoor*. Tinha cabelos e olhos pretos, as maçãs do rosto salientes, e uma boca que parecia esculpida. Era alto, tinha cintura fina, mas ombros largos.

Alix e Toby ficaram imóveis, só olhando.

— Oi, Lexie! — ele disse. A voz era tão bonita quanto ele.

— Por favor, hoje não! — ela retrucou, sem se virar. — Vá embora.

— Você sabe onde está meu cinto? Aquele com um desenho de baleia?

Ela se virou e o olhou furiosa:

— Você veio de longe até Sconset só para me perguntar onde está seu cinto com fivela de prata?

— Mais ou menos. — Ele encolheu os ombros de um modo autodepreciativo que faria qualquer mulher perdoá-lo.

Menos Lexie. Ela continuou de costas, com os punhos cerrados, e respirou fundo para se acalmar. Relanceou o olhar para Alix e Toby, imóveis como estátuas, olhando fixamente para ele. Lexie pensou: "Maravilha! Mais mulheres babando por ele. Exatamente do que esse cara não precisa".

Virando-se de novo para ele, Lexie sabia que a discussão ia demorar um pouco. Seu objetivo era se livrar dele. Não ia misturar trabalho com vida pessoal.

Logo que Lexie começou a passar um sermão no homem, Toby sussurrou:

— Acho que esse é o chefe dela, Roger Plymouth.

— Você não o conhece? — Alix também sussurrou.

— Não — Toby respondeu.

— Ele é...

— Lindo? — Toby completou.

— Mais do que isso — Alix disse. — Parece programado por computador. Ela nunca contou que ele era ssim?

— Nunca. Lexie só reclama dele. Pensei que fosse um monstro.

Alix inclinou a cabeça e perguntou:

— Você viu a cara dele quando Lexie lhe deu as costas?

— Você se refere à maneira como ele a olhou? Como se estivesse loucamente, insanamente apaixonado por ela? — Toby indagou.

— Eu percebi, mas achei que talvez tivesse apenas imaginado. Você acha mesmo que ele está... você sabe?

— Apaixonado por ela? — disse Toby. — Se está, ela nunca me disse nada.

Roger já nem escutava Lexie lhe dizendo que ele podia encontrar a própria roupa, que não era sua função rastrear os bens pessoais dele etc. etc. Já tinha ouvido isso tudo antes. Ele olhou por cima da cabeça dela, deu um ligeiro sorriso para as duas bonitas moças que o olhavam imobilizadas como se ele fosse um ET, e olhou ao redor.

— Que lugar é este?

— Sconset — Lexie respondeu, com voz irritada. — Antes, era um vilarejo pesqueiro. E pode ir tirando essa expressão do rosto. Você *não pode* comprar nada aqui.

Ele olhou por cima da cabeça dela quando a bonita loura deu uns passos à frente. Roger pensou: "Não faz meu gênero. A aparência é muito pura, intocável". A outra, a ruiva, tinha algo radiante de que ele gostava, mas a intensidade do olhar dela o desencorajou. Teve a sensação de que ela poderia lhe pedir para recitar a tabela de multiplicação.

— Tem uma loja lá na rua — Toby disse, olhando para Roger.

— Ele prefere comprar casas, e não pão de fôrma — retrucou Lexie, olhando zangada para Roger: — Escute aqui, pode dar umas voltas por aí e ver coisas, mas não compre nada. Vou pegar as chaves desta caminhonete com Jared, e você pode levá-la de volta a Polpis para ele.

— Seu primo é Jared Montgomery, o arquiteto? Eu gostaria de conhecê-lo.

— Mas não vai, e nem contratá-lo para construir uma casa maior para você. Vá embora!

Roger não se mexeu, mas continuou olhando para Lexie como se esperasse mais alguma coisa dela.

— Tudo bem! — Lexie disse. — Pare de me olhar assim. Vou com você na caminhonete.

Suas palavras mostraram que ela sabia exatamente o que ele estava esperando.

Sorrindo, Roger se virou e caminhou calmamente até a multidão.

Lexie olhou para Alix e Toby, e disse:

— Nem uma palavra! Não quero ouvir nada sobre ele, e não vou responder a *nenhuma* pergunta. Entendido?

Alix e Toby concordaram com a cabeça e se entreolharam, aturdidas.

Alguns minutos depois Jared voltou, e Lexie lhe disse que Roger reapareceu e dirigiria a caminhonete antiga de volta a Polpis.

— Lexie — o tom de voz de Jared voltou a ser paciente —, essa caminhonete é valiosa. Eu não posso simplesmente entregá-la a alguém que nem sequer conheço.

— Minutos atrás você estava disposto a entregá-la a mim, e não sei nem dirigir direito carros com câmbios manuais.

— Sei que você é ótima motorista porque eu a ensinei a dirigir. Mas não conheço esse tal de Roger, que é um forasteiro.

— Ele é piloto de carros de corrida da Fórmula 1, não para ganhar dinheiro – ele tem mais do que o suficiente. Ele gosta de dirigir coisas. E velejar. E escalar montanhas. — Ela agitou a mão. — Ele gosta de qualquer coisa que se mexa.

— Ele é piloto de carros de corrida e você nunca nos contou? — Jared perguntou.

— Parece que ela não contou a ninguém muitas coisas sobre seu chefe — Alix disse.

— Uma pessoa é mais do que o seu exterior — Lexie comentou, estreitando os olhos para Alix e Toby.

— Ele é piloto de corrida, faz alpinismo, veleja — disse Alix. — Para mim, já está de bom tamanho.

— Tudo contido numa embalagem do melhor presente de Natal — Toby acrescentou.

— Sempre amei o Natal — disse Alix.

— E eeeeeeeuuuuuu taaaaaaammmbéééééém! — Toby exclamou.

— Dá um tempo! — Lexie resmungou, e se virou para Jared. — Vá embora! Vaza! Pegue Alix e vá para casa. A gente cuida da caminhonete, do carro e da comida.

— Roger vai aerotransportar tudo para você? — Alix perguntou, absolutamente séria.

Lexie franziu a testa como se fosse replicar irritada, mas mudou de ideia e riu.

— Você e Jared combinam perfeitamente.

Jared deu um sorriso forçado para Alix e disse:

— É bem possível. Vamos, encontrei uma carona para nós.

Despediram-se de Lexie e Toby com um aceno e caminharam pela rua em direção à mercearia.

A carona foi na parte traseira de um utilitário que mais parecia um ônibus do que um carro. O meio do veículo estava ocupado por crianças e adolescentes, e os pais, com aparência cansada, ficaram na parte da frente.

Sentados nos assentos de trás, Jared e Alix tinham quase privacidade total.

— Qual é a história desse tal de Roger Plymouth? — ele perguntou, com voz quase abafada pelo barulho das crianças.

— Nada demais — Alix respondeu. — Acontece que ele é tão lindo que parece um modelo, e é zilionário. E queria conhecer você, aliás, Montgomery. E, sim, está loucamente apaixonado pela Lexie.

Jared a olhou, atônito:

— Eu só me afastei por uns minutos. Como é que aconteceu tanta coisa?

— Que posso dizer? Roger não dorme no ponto.

— Devo ficar com ciúme?

— Sem a menor dúvida! — Alix respondeu e Jared riu.

— Jared! — gritou o motorista, mais alto do que o barulho das crianças. — Quando você precisa voltar para Nova York?

Jared estendeu o braço, pegou um Frisbee antes que atingisse a cabeça de Alix e colocou-o no chão. E lançou para o menino que o atirara um olhar que dizia "pare com isso!"

— Só daqui a algumas semanas — respondeu.

Alix havia sido apresentada ao casal, mas não se lembrava dos seus nomes. Durante os oito quilômetros de volta à cidade, os dois dispararam perguntas a Jared.

Ele respondeu a todas enquanto segurava a mão de Alix; as duas crianças menores olharam pelo espaço entre os assentos e deram risadinhas.

Alix e Jared finalmente foram deixados na Main Street.

— Espero que não se importem se eu não levar vocês até sua rua — disse o homem. — É meio estreita para o meu gosto.

Os dois desceram, agradeceram muito ao casal e suspiraram aliviados quando eles se foram.

— Veranistas? — Alix perguntou.

Jared pegou a mão dela e indagou:

— O que foi que os denunciou?

Ela riu e respondeu:

— A alameda Kingsley é até muito larga, se comparada a algumas ruas que já vi na ilha.

— Absolutamente espaçosa.

Logo que dobraram a esquina e viram a casa de Lexie e Toby, Alix se sentiu em casa – o oposto de como havia se sentido há algumas horas. Era uma alameda tranquila, ladeada por árvores, com elegantes residências antigas, e a melhor delas era a deles. Não, ela pensou, não "deles". Ainda não. Mas é que ela havia passado pouco tempo lá com Jared, daí a sensação de que pertencia a ambos.

Quando o olhou, o pensamento do que estava para acontecer fez com que estremecesse de emoção.

Jared devia ter sentido o mesmo, porque se deteve. Quando se virou para ela, os olhos estavam em fogo. Ele a puxou para seus braços e a beijou. Não suavemente como antes, mas o beijo mostrou sua ânsia e seu desejo por ela.

Ela precisou ficar nas pontas dos pés para alcançá-lo, e foi gostosa a sensação do corpo dele contra o dela, mas eles se separaram e recomeçaram a andar. A caminho da casa, Alix começou a ficar nervosa. Ela e Jared eram amigos, colegas de trabalho, mas agora... A verdade era que ela não sabia o que esperar quando chegaram à casa. Até aquele momento, toques eram um tabu. Além disso, havia o fato de ele ser um intelectual, alguém que frequentava altos círculos. Algumas das pessoas mais ricas do mundo queriam que ele desenhasse suas casas.

Os dois se dirigiram à porta dos fundos da Casa dos Kingsley – que estava sempre destrancada – e entraram.

Alix virou-se para ele e disse:

— Acho melhor eu trocar de...

Não terminou a frase porque Jared a levantou, uniu sua boca à dela, que estava com as pernas enroscadas na cintura dele, e a pressionou contra uma parede. Em segundos ambos estavam nus da cintura para baixo.

Ela pensou: "Paixão". Era o que queria... e precisava desse homem.

Quando ele a penetrou, ela começou a gritar, mas Jared a beijou.

Apesar da necessidade frenética entre eles, Jared não se apressou, e a sensação começou a percorrer Alix e a aumentar, a crescer.

Ele a pôs na mesa da cozinha, fazendo com que o saleiro e o pimenteiro caíssem no chão; ela se agarrou a ele enquanto os golpes lentos e constantes ficavam cada vez mais intensos.

Alix estendeu os braços, e as mãos seguraram a parte de trás da bancada, enquanto ele a penetrava inúmeras vezes. Os olhos de Alix estavam fechados, e ela se entregou à sensação daquele homem e daquele momento.

Quando achou que já não aguentava mais, ele a levantou e a puxou para que os corpos dos dois se unissem. Ambos continuavam vestidos da cintura para cima, mas parecia que a pele estava em chamas.

A ponto de gozar, Alix inclinou a cabeça para trás, mas Jared a fez chegar ainda mais perto, até que sentiram os frêmitos ao mesmo tempo, e, silenciosos, sentiram-se plenamente satisfeitos. Passaram-se minutos antes que qualquer um dos dois se mexesse.

— Kingsley — Alix murmurou.

— Sou eu. — Jared estava com a boca na orelha dela.

— Ótimo, porque estava meio nervosa que fosse Montgomery.

Ele deu uma risada ao se afastar dela. Pegou as calças e as vestiu. Alix permaneceu na mesa, só de camiseta.

— Você roubou o título da Daris — ele disse, sorrindo.

A princípio ela não entendeu o que ele quis dizer, mas depois se lembrou de que Jared tinha dito que Daris tinha as pernas mais bonitas da ilha.

— Faço muito exercício com pesos — ela disse. Quando ele se aproximou, ela passou a mão debaixo da camisa dele, para acariciar-lhe a barriga de tanquinho. — E você? Malha muito?

— Meus exercícios são com um molinete para pescar atuns de cem quilos — ele respondeu, pegando as roupas dela do chão e as entregando a Alix. Considerando a frequência com que parentes entravam e saíam da casa, ele sabia que era melhor não as deixar caídas por ali. Ela começou a vestir suas calças, mas Jared a impediu.

— Gosto de ver coisas *bonitas.* — Pôs o braço debaixo das pernas de Alix e a levantou no colo. — No da tia Addy ou no da sua mãe? — perguntou. Ele estava querendo saber para que quarto deveriam ir, e Alix ficou feliz porque os momentos juntos ainda não haviam terminado.

— No da mamãe, não, e...

— E o quê?

Ele a estava carregando pelas escadas, aparentemente sem nenhum esforço. Alix pensou que isso não era muito difícil para ele, pois ela pesava bem menos do que um atum.

— Bem, com o comandante nos observando...

— Ele não vai estar lá — Jared afirmou, e, quando Alix quis continuar, ele a beijou para que não falasse. — Há coisas nas quais você precisa acreditar na minha palavra.

Ele a deitou gentilmente na grande cama do quarto principal e ela nem soube direito como aconteceu, mas ficou nua em frações de segundo. Ele se estendeu ao seu lado e beijou-lhe o pescoço enquanto começou a percorrer-lhe a parte superior do corpo.

— Você é linda — murmurou.

Ele continuava vestido, apenas sem o paletó, e ela achou estranho estar nua e ele, coberto. As persianas do quarto estavam fechadas, mas a luz externa escoava para dentro, dourada e sombreada.

Deitada, cercada pelas cortinas de seda do dossel da cama, o corpo inteiramente despido, ela observou os olhos de Jared cobertos pelos cílios, ardentes, insondáveis. Alix estendeu a mão para começar a desabotoar a camisa dele, mas Jared beijou-lhe as pontas dos dedos e afastou sua mão.

Ela ia perguntar por quê, mas desistiu. Sua experiência com sexo era que se tratava de algo que se fazia e terminava rapidamente. Na faculdade, o sexo se encaixava entre aulas e tarefas escolares.

Mas aquele homem – a palavra-chave sendo homem, não adolescente – tinha outras ideias.

Ele começou a acariciar-lhe o corpo enquanto a admirava. Seus lábios logo seguiram as mãos sobre os seios, as costelas e a barriga. Ela ergueu os quadris, querendo que ele a penetrasse, o que ele não fez. As mãos de Jared percorreram suas pernas até os tornozelos.

Ele lhe beijou a boca enquanto as mãos vagavam pelo corpo dela, e Alix começou a sentir que estava novamente próxima de gozar. Havia algo intensamente erótico sobre estar nua e ele vestido, algo que ela nunca havia sentido, enquanto as mãos dele a tocavam e acarinhavam.

Quando ele chegou ao seu centro de prazer, Alix se arqueou para encontrá-lo. Não demorou para ela alcançar o clímax, e gozar na mão dele.

Ela escondeu o rosto no ombro dele e perguntou:

— Onde você aprendeu *isso*?

— Inventei. Sou muito criativo.

Ela riu e, por um momento, os dois ficaram imóveis, e aí ela começou a desabotoar a camisa dele. Até então, só o vira de mangas compridas, que ele enrolava, exibindo antebraços musculosos e bronzeados. Ela se perguntou como seria o resto do corpo dele.

Ela só levou alguns segundos para lhe tirar a camisa e arfou ao ver tudo. Ele era todo bronzeado, de um castanho-dourado, e não havia um grama de gordura no seu corpo. Ela tocou sua pele com a boca: era tão quente quanto parecia.

⚓

Uma hora depois Alix, exausta e sublimamente feliz, ouviu-o dizer:

— Seus lábios são lindos.

Quando ela deixou escapar um riso, ele recuou para olhá-la e perguntou:

— Qual é a graça?

— Não conheço você o suficiente para contar.

— Depois de tudo que acabamos de fazer, você não pode me dizer o que sobre seus lábios a faz rir?

— Não se trata dos meus lábios, e sim dos seus. Especificamente do seu lábio inferior.

Ele passou os dentes sobre o lábio.

— Que isso quer dizer?

— Um dia eu te conto. Na verdade, te mostro.

— Você está escondendo segredos de mim?

— Alguns. E você? Não queria me falar sobre uma coisa?

— Não agora. Depois.

Ela percebeu que ele estava com sono, e isso significava que a parte do sexo que Alix detestava estava prestes a acontecer. O homem ou ia embora, ou começava a roncar.

— Você vai voltar para a casa de hóspedes?

— Se você quiser, eu vou, mas preferia ficar aqui, se não for incomodar.

Sorrindo, ela se aconchegou nele e disse:

— Não dá para entender por que nenhuma mulher roubou você.

Ela quis fazer graça, mas ele levou a sério seu comentário:

— Desde que você chegou à ilha, passamos a maior parte do tempo fazendo o quê?

— Trabalhando.

— É disso que elas não gostam a meu respeito.

— São umas bobocas.

— Concordo.

Eles não dormiram muito. Acordaram à meia-noite, primeiro com fome um do outro, e depois por comida. Satisfizeram imediatamente o primeiro desejo, depois Jared vestiu suas calças; Alix, a camisa dele, e desceram à cozinha. Para sua alegria, a geladeira estava cheia de sobras do piquenique: salada de siri, fatias de frango, pão e quatro tipos de biscoito. Mas, embora fosse bom encontrarem comida, isso também significava que, enquanto estavam no quarto, alguém entrara na casa. Alix nem queria pensar no que essa pessoa poderia ter escutado.

— Agora você sabe por que nunca deixo roupa de baixo no chão da cozinha — Jared disse, de boca cheia.

— Isso quer dizer que você está acostumado a deixar suas sungas no chão da cozinha da casa da sua tia-avó? — ela perguntou, afetadamente.

— Não eram sungas, eram calcinhas da tia Addy. Eu sempre tinha de apanhá-las.

Alix riu da gracinha dele.

— Me conta como você era quando garoto. Além de gentil e generoso?

— Você acha isso porque eu te dei uns blocos de Lego? Eu só estava protegendo minha herança. Tia Addy deixava você brincar com objetos que deviam estar expostos num museu.

— Falando nisso, quem sabe amanhã eu possa ver os documentos sobre Valentina.

Jared deteve um garfo cheio de comida antes de pô-lo na boca.

— Se você repetir esse nome, o fantasma vai aparecer.

— Estamos falando do *gato* do comandante Caleb? Então, pode contar comigo.

— Qual é a sua e a dos assim chamados "gatos" hoje em dia?

— Tem você e quem mais?

— Boa tentativa — ele respondeu. — Primeiro, o chefe de Lexie, e agora meu avô.

O sorriso desapareceu do rosto de Alix.

— Você já o mencionou antes. Do lado materno ou paterno? Ainda está vivo?

— Se bem me lembro, mudei essa referência para tia Addy.

— Mudou mesmo. — Ela o olhou e percebeu que ele não ia dizer mais nada. — Posso ver os documentos?

— Claro. Estão no sótão. Posso ficar no chão para ver você subir aqueles degraus íngremes?

— Com ou sem calcinha?

O olhar de Jared fez com que ela engolisse rapidamente o que tinha na boca. Sem dizerem uma palavra, devolveram de qualquer jeito a comida à geladeira e subiram correndo as escada até o quarto.

Uma hora depois, Jared sugeriu que experimentassem a banheira grande no quarto de Victoria.

— Acho que ainda não vi o banheiro dela. Não vá me dizer que é verde!

— Vou ter de ficar calado.

Gemendo, Alix deixou que ele a puxasse pelo corredor até a banheira de mármore verde de sua mãe.

No corredor, Caleb sorriu.

Capítulo quinze

— Alix? Você está aí?

A voz era familiar e reconfortante, e parecia vir de muito longe. Ela se aconchegou no corpo de Jared. A luz se filtrava no quarto, o que significava que era de dia, mas ela não tinha intenção de se levantar. Da maneira como se sentia, podia ficar na cama para sempre.

Ela o sentiu beijá-la em cima da cabeça e se aproximar ainda mais.

— Ontem à noite, você justificou a alcunha de lenda viva americana — ela murmurou e voltou a adormecer.

— Alix, você está aí em cima?

Ela voltou a ouvir aquela voz, tão familiar.

— Só mais um minuto — Alix disse, de olhos ainda fechados.

Mas aí ela os abriu abruptamente e sussurrou:

— É o meu pai!

— Que seja — disse Jared, abraçando-a com força.

Ela se virou e o encarou:

— É meu pai. Você precisa ir. Ele não pode nos ver... juntos. Você vai ter de pular pela janela.

Jared continuou deitado, mas não abriu os olhos.

— Quando eu estava com dezesseis anos, já era muito velho para fazer uma coisa dessas. Agora então... Além do mais, vamos ter de contar a seu pai alguma hora.

A essa ideia uma sensação de pânico se apossou dela. Se sua mãe a encontrasse na cama com um homem, não importaria, mas já se fosse seu pai... Ele acreditava em honra e integridade e... em *não* encontrar sua filha na cama com um homem com quem não fosse casada. Tentou esconder sua ansiedade de Jared, com a maior paciência que conseguiu demonstrar.

— Sei que você vai conhecê-lo um dia, mas ainda não é hora. Primeiro, deixe que eu o "amacie", por favor.

Ela pôs a mão no rosto dele.

Quando abriu os olhos, ele viu o temor nos olhos dela e disse:

— Tudo bem, mas depois precisamos falar sobre umas coisas.

— Não são as mulheres que costumam querer discutir a relação? — ela sussurrou.

— São e, pela minha experiência, essas palavras significam que a mulher quer uma declaração de amor eterno.

— É mesmo? E quantas vezes você já fez essa promessa?

Bateram à porta, e Ken disse:

— Alix, a não ser que você seja igual à sua mãe, eu vou entrar.

— Não! — ela disse alto. — Isto é, estou sem roupa. — Ela falou baixinho a Jared: — Ele se refere ao fato de minha mãe dormir...

— Nua — disse Jared, ao sair da cama. — Todo macho desta ilha sabe disso e sonha a respeito.

Ele vestiu o jeans e pegou o resto das roupas do chão.

Alix pôs uma camiseta e foi à janela. Ia destrancá-la quando Jared, do outro lado da cama, estendeu o braço atrás do retrato do comandante Caleb, destravou alguma coisa que fez um clique e retirou a grande moldura.

Alix ficou perplexa, principalmente porque ela, como arquiteta, não havia reparado que bem próximo ao quadro havia dobradiças e o retrato camuflava uma passagem secreta. Ela se recuperou do choque em um minuto, e depois rolou pela cama até chegar a Jared. Atrás do retrato havia uma porta e uma escadaria suja e estreita que levava para a parte debaixo da casa.

— Alix! — disse Ken, desta vez mais alto.

— Só um minutinho, pai, estou me vestindo. — Olhou para Jared e sussurrou: — Isso foi feito para que o comandante pudesse entrar e sair sorrateiramente do quarto de Valentina?

— Não, para que a criada pudesse esvaziar o penico e ninguém precisasse vê-la fazendo isso.

Depois de um beijo rápido, Jared começou a descer a escadaria e Alix fechou a porta, mas não a trancou, caso ele quisesse voltar.

Ela olhou para o retrato do comandante Caleb e disse:

— Cada segredo que o senhor esconde!

— Alix — disse seu pai, do outro lado da porta —, recebi uma chamada que preciso atender. Não se apresse em se vestir, e depois me encontre lá embaixo.

Alix soltou um suspiro de alívio que mostrou a tensão que havia sentido. De que jeito ia contar ao pai sobre ela e Jared? E *o que* diria ao pai? Que eles eram amantes? A essa ideia pôde imaginar o resmungo do pai, sua expressão de mágoa e, pior, sentir o desapontamento dele. "Quer dizer que você é mais uma do séquito do Grande Jared Montgomery?!", ele provavelmente diria.

Ela escutou junto à porta, ouviu o pai falando baixo e depois descendo a escada. Gostou, pois precisava de tempo para pensar, e para tomar banho. Embora não quisesse, ia precisar remover do seu corpo todos os indícios da noite passada. Queria saborear suas lembranças, mas neste momento não podia fazer sua vontade. Lidar com o pai era prioritário.

Ela passou muito tempo debaixo da água quente, pensando em como iria apresentar Jared ao pai. Diria, por exemplo: "Dê-se a oportunidade de conhecê-lo como homem, e não pela reputação", ou "Talvez ele seja arrogante na América, mas...". Não, isso não daria certo: ela teria de explicar essa observação. Diria apenas "fora da ilha". "Fora da ilha ele pode ser arrogante a ponto de dizer aos clientes que aceitam os seus projetos como são, ou nada feito, mas aqui em Nantucket..." Não, isso tampouco funcionaria. "Arrogante" era uma palavra forte demais.

Ela passou xampu no cabelo. E se lembrasse ao pai que era adulta, capaz de tomar as próprias decisões?

Quando saiu do chuveiro, continuava na estaca zero, sem saber como lidar com o assunto.

— Talvez eles simpatizem um com o outro — disse em voz alta ao pegar o secador, mas deu um risinho. Seu gentil pai/professor e Jared, pescador de atum? Não, isso jamais aconteceria. Mas talvez Montgomery e seu pai pudessem... Mas havia aquele monte de mulheres com quem Jared costumava sair. Não, isso tampouco daria certo.

Enquanto tratava do cabelo e de se vestir sem pressa, não pôde deixar de imaginar o que Jared estaria fazendo. Teria fugido no seu barco? Valia tudo para escapar de enfrentar o pai de uma namorada. Mas ele parecia não ter medo nenhum disso, então quem sabe...

Alix sorriu para o espelho e lembrou-se: "Minha garota". Fora assim que Jared a chamara. Talvez, se ela conseguisse fazer seu pai acreditar que havia — ou haveria — um relacionamento sólido entre ela e Jared Montgomery Kingsley Sétimo, seria mais fácil para ele aceitar.

Quando ela finalmente estava pronta, abriu a porta do quarto: era hora de encarar a realidade.

⚓

Jared desceu as velhas escadas e, como havia feito tantas vezes, prometeu a si mesmo passar um cabo de eletricidade pela parede e instalar luzes. Estava escuro como breu no túnel para baixo, e teias de aranha o cobriam.

Ele estava ansioso para se encontrar com Ken. Fazia meses, desde o enterro de tia Addy, que não se viam. É certo que havia acontecido o episódio em que Ken detonara Jared, mas ele já estava habituado. Quando se conheceram, Ken estava de mal com a vida, e só falava em voz alta e agressiva. Mas naquela época Jared não prestava atenção a nada dito em um tom normal de voz.

A grande preocupação de Jared era Alix. Como será que reagiria ao descobrir que o pai também havia passado tanto tempo em Nantucket, e escondera isso dela?

A escada terminava na saleta de visitas da frente, atrás do que parecia ser um painel. Mais uma vez, ele duvidou da história do penico do quarto da família. A criada poderia aparecer em meio a uma reunião das senhoras tomando chá. Jared precisaria perguntar a verdade ao avô – mas duvidava que lhe fosse contada.

Jared não se surpreendeu ao ver Ken de pé na saleta esperando por ele. Muitos anos antes, eles dois haviam consertado a velha escadaria. Enquanto estavam arrancando o piso estragado, Ken dissera: "Não queremos que o fantasma amante de tia Addy se machuque, não é mesmo?".

Na ocasião, Jared o olhou severamente, perguntando-se o que ele saberia, mas Ken tinha apenas feito uma piada.

Agora, houve um minuto de hesitação entre os dois porque era óbvio que Ken sabia onde Jared havia estado. Ken foi o primeiro a reagir quando abriu os braços e Jared foi até ele. Ficou tão agradecido por Ken não estar zangado que a reunião foi como a de um filho que chegava a casa vindo da guerra e seu pai. Eles permaneceram abraçados por um longo momento.

— Venha — disse Ken, o braço ainda ao redor dos ombros de Jared —, vamos nos sentar. Fiz café e trouxe donuts da Downyflake.

Jared nunca foi homem de adiar más notícias, por isso disse:

— Sabe onde eu estava?

Era melhor escancarar logo o que havia entre ele e Alix.

— Sempre acreditei que você e minha filha gostariam um do outro.

O sorriso de Jared mostrou seu alívio. Teria sido muito ruim se Ken desaprovasse a ideia de sua preciosa Alix estar envolvida com um homem que havia sido um delinquente. O sucesso que ele conquistara desde aquela época não importava. Jared sabia que Ken o conhecia pelo avesso.

A bonita sala da frente acomodava móveis valiosos, inclusive vários deles que seu avô mandara pelo navio do irmão. Depois daquele período, nenhuma outra criança da família recebeu seu nome, porque muitos dos nativos de Nantucket ficaram furiosos pelo fato de que Caleb Kingsley, na pressa de voltar para casa, desviara a embarcação para águas perigosas e ela afundara. Família, amigos e tripulação naufragaram com o navio.

Ken se sentou no sofá, e Jared numa cadeira à sua frente. Para grande irritação de Jared, seu avô se acomodou na grande *bergère.* Sua forma e substância eram mais fortes nesse cômodo e Jared se surpreendeu por Ken não conseguir vê-lo.

— Como vai Celeste? — Jared perguntou, ao pegar um donut recoberto de chocolate.

— Desapareceu — Ken respondeu. — E Avery?

— Foi embora possessa faz meses — disse Jared. — Queria ficar noiva.

Os dois homens trocaram sorrisos. Havia entre eles humor e compreensão, baseados em muitos anos de confidências partilhadas sobre as mulheres da vida deles. O fato de nenhum dos dois ter fixado raízes com alguma delas era um vínculo entre eles.

Enquanto comiam um dos deliciosos donuts, Ken esperou um instante antes de perguntar:

— O que Caleb tem a dizer sobre você e minha filha?

— Ele sempre achou... — Jared começou, mas se deteve, de olhos arregalados.

Ken sorriu ao ver o espanto de Jared.

— Nem perca seu tempo em tentar encobrir isso. Eu praticamente morava com você, não se lembra? Você estava sempre discutindo com uma pessoa invisível. Deduzi que você fosse maluco, ou conversasse com um fantasma. Claro que me referi a essa última possibilidade como uma piada.

— E então você achou que eu fosse maluco?

— Mais ou menos.

Jared recusou-se a olhar para o avô que, sem dúvida, sabia que Ken estava a par dos Segredos da Família Kingsley — ou, pelo menos, de um deles.

— Além disso — Ken continuou —, descobri que, se tia Addy bebesse rum suficiente, me contaria qualquer coisa.

— Mas ela não sabia que eu podia... — Jared não conseguiu dizer a verdade em voz alta. Desde que ele era capaz de compreender palavras todos os membros da família haviam lhe recomendado sigilo.

— Não, ela não me contou sobre você, mas me contou, sim, sobre minha filha e seu ancestral fantasma, Jared. Suponho que a capacidade de Alix ver o... o homem é o mote principal de ela estar aqui.

— Acho que sim — Jared disse. Não conseguiu controlar seu mal-estar em discutir esse assunto.

— Ela... minha filha, já...?

— Não, ela ainda não o viu — Jared respondeu.

Ken franziu a testa:

— Eu me preocupo com isso. Na verdade, essa é a verdadeira razão pela qual vim aqui agora – e pretendo ficar até que... — Olhou para Jared e concluiu: — ... até que ele apareça. Não sei como minha filha reagirá ao ver um fantasma.

Jared tampouco sabia. Se estivesse sozinho, exigiria uma resposta do avô, mas a presença de Ken impossibilitava isso.

— Eu vou estar aqui — disse Jared. — Alix não ficará sozinha, e não creio que ela vá ficar muito nervosa.

Ele achou melhor não mencionar todas as coisas que o avô já havia feito para deixar Alix tranquila quando ela acabasse vendo-o: fotos que caíam, beijos na face. Caleb nunca parava.

Jared quis mudar de assunto.

— Como vai a linda Victoria?

Ken compreendeu que Jared não diria mais nada sobre o fantasma, que, supostamente, Alix tinha o dom de ver. Ou era capaz de ver, quando criança.

— Victoria disse ao editor dela que metade do seu próximo livro está pronta.

Jared gemeu.

— Quando ela chegar aqui, vai querer derrubar esta casa procurando pelos diários de tia Addy.

— Quer apostar que ela vai tentar fazer com que Alix saia da ilha para que ela possa procurar em paz?

— Sob *nenhuma* circunstância Victoria vai ficar sozinha na *minha* casa — Jared afirmou. — Tanto quanto sei, tia Addy pode ter escondido os diários debaixo de uma moldura talhada à mão.

— Victoria rasgaria todo o papel de parede da casa para pegar os diários.

Os dois homens, ambos arquitetos que amavam casas antigas, se entreolharam, horrorizados. Parte do papel de parede fora feita especificamente para a Casa dos Kingsley, e pintada à mão na França, no início do século XIX. Era algo único e insubstituível.

— O que é mais um motivo por que pretendo ficar na ilha. — Ken olhou para Jared: — Seria possível *você* perguntar ao seu... bem, ancestral, onde estão escondidos os diários?

Mais uma vez, Jared precisou se controlar muito para não relancear o olhar para o avô, sentado bem à esquerda de Ken. Uma coisa era falar de um fantasma em sentido geral, mas outra, completamente diferente, era ser informado de que ele estava sentado a poucos metros de distância. Jared e seu pai conversavam abertamente sobre Caleb, e, quando Jared era adolescente, muitas vezes teve vontade de confidenciar a história toda a Ken.

— Meu avô — Jared enfatizou o nome — sabe, mas seu senso de humor não lhe permite revelar. Ele provavelmente acredita que, se os diários forem encontrados, ninguém vai procurar por Valentina.

Jared percebeu o esforço de Ken para não demonstrar seu desconforto a essa menção direta de um homem que havia morrido fazia tanto tempo. Talvez pensasse que Jared fosse negar o contato com o avô — e talvez ele devesse mesmo ter feito isso.

— Ah, sim! — Ken disse, e pigarreou. — A desaparecida Valentina. Li sobre ela no testamento.

— O documento que Victoria tomou o maior cuidado para que Alix não lesse?

Ken sorriu:

— E nós acabamos num círculo vicioso e voltando à minha filha. — Ele fez uma pausa. — Acho que fui meio duro com você quando lhe telefonei.

— Eu merecia coisa pior. Ela...

— Continue — incentivou Ken. — O que você ia dizer sobre ela?

— Que ela não é como eu pensava que fosse. Através dos anos, ouvi você e Victoria falarem tanto sobre ela, que achei que seria uma pestinha mimada, que seus pais concorriam para obter sua atenção. Aos meus olhos, Alix tinha tudo. Era uma verdadeira princesa. — Ele tomou um pequeno gole de café. — Acho que no fundo eu tinha inveja.

— Não há necessidade de ter. Não era nossa intenção, mas só agora compreendo que a mãe dela, e eu, tentamos dividir Alix pela metade. Victoria queria que ela fosse escritora e eu... — Encolheu os ombros.

— Queria que ela fosse arquiteta — Jared completou. — Alix me disse que não herdou o talento da mãe, que sabia escrever, mas não criar enredos. Eu não lhe pude dizer que ela herdou exatamente o talento da mãe. E o seu.

— Alix é melhor do que jamais fui. — A voz de Ken estava cheia de orgulho. — Ela possui a ambição da mãe e meu... Não, não vou tirar nada que é inato a ela. Alix tem seu próprio talento, ela é única.

— Quando ela fala sobre você, fica enlevada.

Ken sorriu:

— Escolha estranha de palavra.

Jared não se apressou em perguntar:

— Será que ela...? Você acha que ela vai me perdoar?

— Você se refere a quando ela descobrir que você não lhe contou sobre minha participação na sua vida? — Ken perguntou.

— É.

— É importante que ela te perdoe?

Jared respondeu imediatamente, em tom apaixonado:

— Sim, é. — Encarou Ken e disse: — É *muito* importante para mim.

Ken nem tentou esconder sua alegria ao ouvir essas palavras. Alix e Jared eram as duas pessoas que ele mais amava no mundo, e nesse instante ele ficou *muito* satisfeito que não tivessem crescido juntos. "Um a zero para Victoria", ele pensou. Ela sempre tinha dito que seria um erro deixar os dois passarem muito tempo juntos quando estivessem crescendo.

— Se isso acontecer, ele sempre a verá como apenas uma garota — Victoria tinha dito.

À época, Ken achou que esse era apenas mais um argumento de Victoria para conseguir o que queria, mas parecia que estava enganado.

Ken sorriu para Jared e disse:

— É comigo que Alix vai ficar zangada, mas não estou muito preocupado. Ela já perdoou Victoria por um monte de coisas.

— Mas não a você?

— Ela nunca precisou me perdoar por nada. — O sorriso de Ken e sua despreocupação tranquilizaram Jared. — Até agora.

Jared riu.

⚓

Quando Alix chegou ao andar térreo, tentou acalmar os nervos em frangalhos enquanto caminhava para a grande sala de estar nos fundos e se preparava para a discussão iminente. Pensou então: "Isto é ridículo! Tenho 26 anos e tenho o direito de...".

A sala estava vazia e ela não soube se o que sentiu era alegria ou decepção. O problema não era ela ter um namorado, era de *quem* se tratava. Os designs de Jared Montgomery eram exibidos por seu pai nas suas aulas. E um quarto dos seus alunos, especialmente as moças, escolhia como tema dos seus projetos o trabalho de Montgomery. Mais de uma vez Alix ouviu o pai reclamar sobre o que elas escreviam: "Não dá para entender por que elas se sentem compelidas a incluir páginas inteiras sobre a vida sexual de Montgomery. Escute isto aqui". Ele então lia em voz alta algo como o fato de ele haver sido visto com meia dúzia de mulheres no ano anterior.

De que maneira Alix poderia neutralizar isso? Como poderia fazer seu pai acreditar que Jared havia mudado?

E, por falar nisso, o que dava certeza a Alix de que ele havia mudado *mesmo?* Só porque ela afirmara não querer ser magoada não significava que eles dois tinham um futuro juntos.

Por um momento, pensou em correr para cima e se esconder. Talvez mandasse um e-mail ao pai.

— Não seja covarde! — disse baixinho, e continuou andando.

Quando se dirigiu à frente da casa, ouviu duas vozes masculinas. Estaria seu pai conversando com uma visita? Mas, ao se aproximar, reconheceu as vozes: eram de Jared e de seu pai.

Pensou então: "Essa não! Isso é uma catástrofe! Meu Deus, por favor, não deixe Jared contar a verdade ao papai!". Alix precisava falar com ele antes.

Entretanto, o som de risadas a fez parar atrás da porta e ouvir.

— É bom saber que Dilys vai bem — seu pai estava dizendo. — Você acha que consigo persuadi-la a jantar na casa dela?

— Acho até que ela ficará magoada se você não for. Ela pode preparar aquelas vieiras de que você gosta tanto — Jared respondeu. — E Lexie quer ver você.

— Ah, não! — disse Ken. — Lexie vai me dar uma bronca por não contar tudo a Alix.

— Entre na fila! — Jared falou. — Eu vou até lá só quando tenho certeza de que Toby está em casa.

— E como está essa moça linda?

— A mesma coisa. Seu pai lhe deu um grande refrigerador para as flores.

— Barrett! Não o vejo faz mais de ano. Na faculdade, nós éramos grandes amigos. Ele ainda joga tênis?

— Da última vez que eu soube, ele ainda jogava. No Great Harbor.
— Ele se referia ao clube de iatismo cujo título de sócio custava mais de 300 mil dólares.

— E Wes, como está? Ele e Daris já se casaram?

— Ele tentou sair com Alix.

Ken disse, em tom de deboche:

— Mas você se encarregou de impedir, aposto.

— Claro que sim. — Jared respondeu, risonho. — Convenci Daris a aparecer quase nua. Wes não conseguiu resistir e, além disso, Daris estava pronta para perdoá-lo.

— Você descobriu o que ele fez a ela?

— Nem de longe.

— Pobre sujeito! Como é que ele pode saber que não deve repetir o que fez se, para princípio de conversa, desconhece o que foi?

— Isso vai ser bom para ele. Daris vai mantê-lo na linha. — De repente, Jared olhou para a esquerda de Ken e ficou lívido: — Essa não! — murmurou, e largou a caneca na mesa.

— Que foi? — Ken perguntou, assustado.

— Vovô me disse que Alix ouviu o que conversamos e subiu a escada.

Jared atravessou a sala em três largas passadas e saiu.

Ken recostou-se na poltrona. Não gostava de sua filha ter sido magoada por uma revelação bombástica inesperada, mas *gostava menos ainda* que Jared tivesse acabado de falar com um fantasma.

⚓

Tudo em que Alix conseguiu pensar ao subir correndo a escada foi que Jared e seu pai se conheciam fazia anos – o que significava que seu pai havia passado muito tempo em Nantucket, mas nunca lhe tinha contado. Alix não queria acreditar que ele tivesse guardado um segredo desses. Sua mãe, sim, mas não seu pai. Eles tinham um vínculo especial. Pelo menos, era nisso que ela acreditava.

Ela fechou a porta do quarto, encostou-se nela, e pensou: "Que faço agora? Tento agir como se essa informação não me magoasse?".

Girou o corpo e buscou a chave para trancar a porta, mas não a encontrou.

— Isto é Nantucket! — ela disse em voz alta, momentaneamente irritada porque nada nunca era trancado.

Ela pôs uma cadeira sob a maçaneta e depois, furiosa, começou a tirar os lençóis da cama. Perguntou-se haveria outros segredos que desconhecia. Primeiro, sua mãe e, agora, seu pai. Parecia que todos mentiram para ela sua vida inteira. Mas Jared tinha dito isso. Segredos de que ela não estava a par, foi isso que ele disse. Alix atirou os lençóis no chão e olhou para o retrato do comandante Caleb:

— *O senhor* também tem milhares de segredos? Como *todos* os Kingsley? E não responda, ou eu vou arrastar seu retrato até o sótão e encher de pregos a escada do penico.

— Alix — ela ouviu a voz de Jared atrás da porta —, podemos conversar? Por favor?

— Vá embora — ela respondeu.

— Eu nunca menti para você. Eu disse que havia segredos não revelados a você. Por favor, abra a porta e me deixe explicar. Não queria esconder nada de você, mas eu havia me comprometido a não contar. Por favor, me deixe entrar, e assim podemos conversar.

Ela ia mandá-lo embora, mas sabia que ele estava falando a verdade. Tirou a cadeira da maçaneta e ele abriu a porta. Ele então entrou no quarto, mas não avançou. A expressão profundamente preocupada contou pontos a seu favor.

— Você me induziu a pensar que tudo tinha a ver com a minha mãe — Alix disse. — Mas eu nem podia imaginar que meu pai me...

— Trairia? — Jared perguntou. — Ajudaria eu te dizer que foi tudo responsabilidade da sua mãe? Ela fez Ken jurar não te contar nada sobre Nantucket.

— Mas *por quê?*

— Ela... — Ele parou de falar. Não tinha o direito de falar sobre os diários, que eram a base de todos os romances de Victoria.

— Você está tentando decidir que outras mentiras vai me contar?

— Não vou mentir, mas não posso revelar segredos que não são meus. — Ele deu um passo e se aproximou dela: — Lamento não poder sentar com você e contar tudo que sei, mas devo tudo o que sou, tudo o que tenho aos seus pais. Se não fosse por seu pai, eu provavavelmente estaria na cadeia agora, ou morto. E, como você astutamente imaginou, sua mãe pagou pela maior parte dos meus estudos, que eram muito caros. Seu pai também ajudou com isso, mas...

— Mamãe é que tem dinheiro — Alix disse.

— Pois é, mas aprendi com seu pai tudo o que construí na minha carreira.

Alix arregalou os olhos:

— Mestre de obras. Você me disse que um "mestre de obras" deixou você redesenhar um projeto quando você ainda era um garoto. Foi meu pai?

— Sim, foi. Isso foi logo depois que sua mãe levou você embora de Nantucket. Ken estava muito deprimido porque Victoria havia pedido o divórcio, e ele não ia poder viver com sua amada, e eu acrescento, e adorável filha.

— E você tinha perdido o pai fazia pouco tempo — ela disse, suavemente.

— Já fazia dois anos, mas eu ainda não acreditava que meu pai não ia mais entrar pela porta e me obrigar a abrir mão de meus maus hábitos. — Jared deu um sorriso meio forçado. — Não que eu tenha *desistido* de todos eles...

— Fico satisfeita por isso. — Ela fez uma pausa, sabendo que tudo que ele estava dizendo era verdade e, para ser sincera, Alix gostou de ele ter honrado as promessas que tinha feito. Mas as promessas dele não eram dela, e ela ia descobrir tudo o que pudesse. — Só não consigo entender por que minha mãe não queria que eu descobrisse sobre Nantucket.

— E você espera que eu possa explicar o porquê de a Victoria ter feito o que fez?

— Você está fugindo da minha pergunta?

— Completamente. Vou te contar um segredo: seu pai pode berrar comigo até seu rosto ficar com cor de tomate, e uma hora depois eu já vou estar legal. Mas Victoria... ela consegue me fazer sentir como um verme.

— Verdade? Comigo funciona ao contrário. — Ela o olhou: — Essa história toda é muito esquisita: verificar que você conhece meus pais tão bem... Fica difícil eu compreender.

— Eles foram como segundos pais para mim. Bem, na verdade, *seu pai* foi como um pai para mim, mas Victoria não parece mãe de ninguém.

— Para mim, parece — Alix disse, e levantou a cabeça. — Você não acha que isso nos torna irmão e irmã, acha?

A essa tirada de Alix Jared ficou muito aliviado e a puxou para seus braços, enterrando seu rosto no peito dele. Ela mal pôde respirar, mas não se importou.

— Eu teria sido um péssimo irmão mais velho — ele disse.

— Não é verdade. Você foi maravilhoso com os Legos.

— Pare com isso! — disse Jared. — Vamos descer e falar com seu pai. Ele deve estar doido para sair e almoçar frutos do mar.

— Foi *você* que lhe ensinou a limpar peixe?

— Foi. Quando ele veio para cá a primeira vez, não sabia distingir a cabeça do rabo.

Ele tinha os braços agarrados na cintura de Alix, como se temesse que ela se afastasse meros centímetros.

Alix parou no alto da escada e olhou para ele:

— Quantos mais segredos enormes você não está me contando?

— Dois — ele respondeu.

— E eles são...?

Jared deu um gemido de dor e perguntou:

— Se eu prometer acompanhar você para escolher qualquer coisa de que Izzy precise para o casamento, você me perdoa antecipadamente por não te contar agora?

Alix refletiu um momento sobre a proposta.

— Você está dizendo que vai comigo escolher flores?

— Claro. Toby pode...

— Não, você e eu vamos a uma florista juntos. Você vai ter de analisar fotos de arranjos de flores para que eu possa mandá-los a Izzy.

Jared vacilou, mas concordou com a cabeça.

— E vai me ajudar também a escolher o bolo para mostrar a Izzy? — ela perguntou.

— Você se refere a um daqueles bolos grandões?

— Isso mesmo. Daqueles com camadas.

— Com camadas?

Ele fingiu enxugar uma lágrima, como se estivesse criticando esse tipo de bolo.

Ela o olhou e ele disse:

— Entendi. Tive uma ideia! Que tal fazer um bolo que se pareça com um edifício projetado por Gaudi? Ou talvez eu pudesse desenhar alguma coisa...

— Nada de edifícios de açúcar — Alix disse. — Izzy é muito tradicional. Provavelmente vai querer um bolo com rosinhas cor-de-rosa e lilás.

Ele a olhou com uma expressão horrorizada.

— Que mais?

— Uma tenda, comida, uma banda. E um vestido para mim.

— Estou vendo um fantasma — Jared deixou escapar, quando cedeu sob a pressão.

— E quem não veria, morando nesta casa? — Alix perguntou, começando a descer a escada. Virou o rosto para olhar para ele e disse: — Por favor, não pode ser tão ruim assim.

— Prefiro nadar em meio a tubarões — Jared resmungou ao descer atrás dela.

— Boa ideia! — ela exclamou. — Ei, talvez a gente possa conseguir réplicas de cestas de navios-faróis, e enchê-las de flores.

— Réplicas? — Jared sussurrou; ele se engasgou com a palavra como se fosse veneno. — Você está exagerando.

Rindo, Alix deu o braço a ele.

— Onde posso comprar sapatos adequados para um casamento? Você gosta de sapatos Chanel?

Jared fez uma expressão como se fosse começar a chorar.

Capítulo dezesseis

"Três semanas", Ken pensou. Fazia três semanas que estava em Nantucket e nunca havia sido tão feliz.

A princípio, ficou no quarto de hóspedes do casarão. Não no Palácio de Esmeraldas de Victoria, mas no quarto em frente ao de Addy, agora de Alix. Em todos aqueles anos havia ficado muitos vezes ali. Gostava de permanecer perto de Addy, caso ela precisasse dele. Sorrindo, relembrou as muitas vezes em que ouviu a voz dela, quando estava sozinha no quarto. Ele havia pensado que ela falava quando dormia, mas, certa noite, enquanto bebiam rum — ele não era concorrente para ela nesse quesito —, ela mencionou Alix e Caleb. Ele sabia que ela se referia a sua filha, mas quem era Caleb? Mais um parente dos Kingsley que ele ainda não conhecia?

Só depois de várias noites e múltiplas garrafas de rum, ele conseguiu que Addy lhe contasse toda a verdade.

Segundo Addy, a filhinha querida dele, a pequena Alix de quatro anos, costumava conversar com um fantasma. Se Ken, à época, tivesse sabido o que estava acontecendo, teria... A verdade era que ele não sabia o que teria feito. Naquele tempo, estava tão zangado e deprimido que não agia racionalmente. Se lhe tivessem dado alguma razão para fazer isso, ele receava que descontaria sua fúria em Victoria, o que poderia ter significado que a ira talvez resvalasse até na pequena Alix.

Da maneira como ocorreu, Ken demonstrou apenas a Jared sua cólera em relação ao que a vida havia feito com ele. Ah, as discussões aos gritos que os dois costumavam travar! Nunca antes ou depois Ken berrou daquela forma. Nem xingou tanto. Mas o fato era que ele nunca voltou a ser tão infeliz. Nem Jared.

Certa noite, Ken encontrou Jared aos prantos. O adolescente de 1,80 metro tinha uma atitude que se traduzia por "não banque o engraçadinho comigo", e estava sentado, chorando, perto de um lago em terras de propriedade da sua família. Ken reagiu naturalmente e abraçou o garoto. Nenhum dos dois disse uma palavra, mas Ken estava a par da tristeza contínua de Jared, porque a mãe do rapazinho lhe dissera que o marido havia sido um marido bom e afetuoso, que adorava o filho.

Ela confidenciou a Ken:

— Eu não pude mais dar à luz depois de Jared. Por isso, implorei ao Seis para se divorciar de mim e casar-se com uma mulher saudável, que lhe pudesse dar muitos filhos, mas ele respondeu que um filho perfeito era tudo de que precisava.

Quando Ken conheceu Jared – ou Sete, como o chamava –, a última palavra que usaria para descrever o rapaz seria "perfeito".

A certa altura do relacionamento, ele e Jared pararam de brigar. Ken estava certo de que isso aconteceu quando o rapazote demonstrou seu extraordinário e deslumbrante talento para design de arquitetura. Foi por acaso que Ken viu Jared desenhando na terra. Ninguém mais prestou atenção aos rabiscos, mas Ken os reconheceu como uma planta baixa rudimentar.

Ken discutiu o assunto com a mãe de Jared, e ela lhe mostrou uma gaveta cheia de esboços feitos pelo filho. "Ele e o pai planejavam acrescentar um grande cômodo a esta casa antiga. Seis lhe afirmou que ele era capaz de fazer isso, mas depois... bem, depois Sete guardou tudo."

Ken teve de insistir com Jared para que lhe mostrasse suas ideias. Quando Ken viu os esboços, agiu como se os estivesse apenas analisando, em vez de elogiá-los como mereciam. Lentamente, mostrou ao adolescente como transferir para o papel o que ele tinha em mente. E, como Jared nada sabia sobre construção, com o passar dos anos Ken foi ensinando a ele como materializar o que concebia mentalmente.

Mas, apesar de Ken haver formado uma vida própria em Nantucket, sabia que, se quisesse estar periodicamente com Alix, precisaria deixar a ilha. Sentiu-se dividido. Tinha uma filha nos Estados Unidos, e um filho honorário em Nantucket, e sua ex-mulher determinara que Ken não poderia estar com ambos quando lhe desse na telha.

No dia em que foi embora, Ken viu nos olhos de Jared que ele não acreditava que Ken voltaria. Mas ele voltou. Todo feriado em que não ficava com Alix, Ken ia a Nantucket. Nas férias, nos dias de licença médica acumulados, nos dias em que gazeteava, enfim, qualquer tempinho que conseguia reunir, ele o passava na ilha.

Mesmo depois que Jared foi para a faculdade, Ken continuou a visitar a ilha sempre que possível. A essa altura, ele e Addy eram bons amigos, e ele sabia muito da vida de outras pessoas de Nantucket. Foi natural que começasse a cuidar das casas de propriedade da família Kingsley. Dizia a Addy o que precisava ser consertado, e depois informava a Victoria, que pagava as contas. A princípio Ken não gostou desse esquema, mas Addy revelou que todo o dinheiro de Victoria se originava dos diários dos Kingsley, portanto, por que ela não deveria pagar pelos reparos? Ken não discutiu. Telhados que não vazassem eram mais importantes do que seu orgulho.

Em resumo, Ken achava que tudo tinha funcionado bem – exceto pelo fato de que Alix havia sido excluída. Victoria nunca cedeu um milímetro no tocante à regra de que sua filha não devia ir a Nantucket, nem sequer ouvir falar da cidade. A princípio Ken brigou, argumentou e questionou, mas a mulher não fraquejou nunca na sua decisão.

Era noite e nevava quando o casarão antigo cheio de correntes de ar estava mais frio do que externamente, e Ken preparou um fogo crepitante na lareira enquanto Addy lhe contava sobre Alix e o fantasma.

— Victoria tem conhecimento dessa... pessoa? — Ken perguntou, sem saber se acreditava ou não.

— Não — respondeu Addy, sorrindo. — Victoria me acha uma velha chata. Pensa que eu... — debruçou-se até Ken —, pensa que eu sou virgem.

Rindo, ele disse a Addy que ela era muito sexy, e os homens não conseguiriam ficar longe dela. Ela riu também, encantada, serviu mais rum aos dois, e lhe disse que nenhuma das outras mulheres escrevera sobre Caleb.

— Elas conseguiam vê-lo, mas nunca falaram sobre ele. — Ela tomou um gole. — Escreveram sobre seus casos amorosos e até sobre assassinatos, mas não comentaram sobre ver e falar com um fantasma.

— Mas você comentou — disse Ken, sorrindo enquanto o rum lhe percorria o corpo.

— Claro que comentei — Addy confirmou. — E, quando Victoria descobrir, vai tentar de tudo para encontrar meus diários.

— Onde estão eles? — Ken perguntou.

— Muito bem escondidos — Addy respondeu, sorrindo. — E Caleb e eu concebemos um plano de maneira que alguém que possa vê-lo vai ser informado sobre muitas coisas. Mas isso só depois que eu me for.

À época, Ken quis ser gentil e não a questionou, e só descobriu, ao ler o testamento de Addy, que "alguém" era sua filha.

Foi depois dessa conversa que Ken refletiu sobre o que haviam dito. Anos antes, mesmo Victoria desconhecendo que havia um fantasma que Alix era capaz de ver, sabia que *alguma coisa* estava errada. Depois disso, Ken deixou de importuná-la para que contasse a Alix sobre Nantucket. Nunca discutiram o assunto, mas haviam chegado a um entendimento.

Quando Addy morreu, e seu testamento determinou que Alix podia morar na casa durante um ano, Ken compreendeu por que não gostara absolutamente dessa cláusula: como pai, queria proteger sua filha.

Mas Victoria teve opinião diferente, e Ken achou que a razão tinha mais a ver com sua busca para encontrar os diários de Addy do que com Alix. Quando disse isso a ela, tiveram uma de suas brigas intensas. Fazia anos que ele havia deixado de se atormentar com a ideia de que sua negligência em relação à sua jovem e linda esposa tinha sido o motivo do afastamento dela. Ele demorou alguns anos após o divórcio para se dar conta de que a forte personalidade de Victoria havia sido mais do que ele podia tolerar. Se tivessem permanecido juntos, provavelmente matariam um ao outro. Mas, certa vez, durante uma de suas discussões, Victoria admitiu que só se casara com ele para se ver livre do vilarejo onde vivia. Isso o magoou mais do que Ken permitiu que ela percebesse.

Depois que o testamento de Addy foi lido, Victoria implorou a Ken que ficasse longe da ilha, para que Alix e Jared pudessem ficar juntos algum tempo. E tudo deu certo. Quando Ken voltou, encontrou Jared e Alix muito juntos. E ele permaneceu para...

Ken queria pensar que suas razões para ficar eram altruístas. Primeiro, porque queria proteger a filha de um fantasma. Depois, porque precisava estar lá, caso o mulherengo do Jared não negasse o passado e magoasse Alix. E ele então deveria...

Chega! Ken não se enganou com as próprias mentiras. Ele permanecia na ilha porque, pela primeira vez na sua vida adulta, tinha a sensação de uma família. Uma *família* verdadeira, afetuosa e encantadora.

No fim da primeira semana, ele se mudou para a casa de hóspedes e Jared voltou para a própria casa, onde dividia com Alix o espaçoso quarto que deveria ter ficado com ele quando sua tia-avó morrera.

Os três se sentiam maravilhosamente bem juntos! Ken havia ensinado a Jared e Alix tudo sobre design arquitetônico e construções, de modo que eles costumavam concordar em tudo. Jared ensinara a Ken sobre o mar e seus habitantes. Por sua vez, Ken transmitira tudo isso à filha.

Quanto a Alix, ela unia os dois homens. Tomava conta deles, tornava a vida de ambas agradável e, acima de tudo, instilava vida nova neles.

Várias vezes, nas últimas semanas, os três haviam velejado no barco de Jared. Gostavam das mesmas comidas, armavam as iscas da mesma forma, desfrutavam o mesmo panorama.

Quando estavam em casa, Ken fazia questão de deixar o casal sozinho durante algum tempo. Visitava Dilys com frequência. Num adorável verão há muito tempo, foram amantes. Dilys era mais velha do que Ken, e ele gostava da companhia dela – e do sexo que ela aprendera na década de 1970, regida por "paz e amor". Mas ele sabia que não podia permanecer para sempre em Nantucket, e ela jamais sairia da ilha, por isso utilizaram esses pretextos para romperem. Deixaram de ser amantes – à exceção de uma noite de tempestade em 1992 –, mas continuaram amigos.

Nestas últimas semanas, Ken passara muito tempo com Dilys, e assumira as tarefas de reparo de Jared no seu antigo bairro. Ken também consertou o aquecedor da estufa para Lexie e Toby. Deixou que Toby lhe preparasse refeições maravilhosas, ouviu Lexie reclamar de seu "terrível" chefe e depois discutiu com Toby – também confuso como a moça – a questão de Lexie e seu empregador.

Em resumo: Ken nunca se sentiu tão bem. Ia se aposentar em alguns anos, e agora estava certo de que permaneceria em Nantucket. Talvez conseguisse persuadir Jared a assinar um longo contrato de aluguel de uma das casas que lhe pertenciam na alameda Kingsley.

Nesse instante, chovia lá fora e fazia frio no casarão antigo. Ken acendeu toras na lareira da grande sala de visitas, e eles três estavam lá juntos. Alix e Jared trabalhavam no design da casa dos astros de cinema. Essa seria a primeira colaboração oficial entre Madsen e Montgomery. Era incomensurável o prazer que Ken sentia com a união desses nomes.

Fazia dois fins de semana que Izzy e seu noivo, Glenn, haviam ido à ilha para conversar sobre o casamento. Izzy demorou vinte e quatro horas para superar sua reverência por Jared. Passou um dia inteiro olhando fixamente para ele, sem nem sequer piscar.

Glenn aceitou isso bem, mas o fato é que estava tão apaixonado por Izzy que mal percebeu o que acontecia ao seu redor. Na primeira noite, Jared disse a Ken: "Meu avô revelou que, em outra vida, Glenn era o fabricante local de carroças e também estava apaixonado por Izzy".

Independentemente das muitas menções ao fantasma, Ken continuava incrédulo. Tentava esconder isso, mas, quando houve a referência à reencarnação, ele não foi bem-sucedido. Jared deve ter percebido, porque não voltou a mencionar o avô.

E Alix nada havia dito sobre ser capaz de ver um fantasma. Sua cabeça estava totalmente ocupada com o projeto de Jared para a casa na Califórnia, a reforma da cozinha dele e o casamento da sua melhor amiga.

Izzy teve muitas dúvidas quanto à escolha de flores, dos sabores do bolo e da música para o casamento. Na maior parte dos lugares que ela visitou no fim de semana, todos só falaram de tendas, banheiros químicos, assentos e tudo o mais que se possa imaginar. Jared não desgrudou do telefone, ligando para pessoas que conhecia e reservando coisas. Considerando a gravidez de Izzy, anteciparam o casamento para vinte e três de junho. Dali a muito pouco tempo.

— O que *você* faria? — Izzy perguntou a Alix na noite de domingo, quando todos estavam à mesa de jantar, à frente de um banquete preparado por eles mesmos.

— Sobre o quê?

— Se fosse o *seu* casamento, o que você faria?

Todos à mesa pararam e olharam para Alix. Ken ficou satisfeito ao ver que o rosto de Jared estava tão atento quanto o dos demais.

— Sobre as flores? — Alix perguntou.

Ken reparou que sua filha estava evitando os olhos de Jared. Era muito cedo para pensar em casamento, mas, quando se sabia, se sabia.

Ele decidiu ajudar a filha:

— Victoria planeja o casamento da filha desde que Alix era bebê. Tudo está preparado. Alix não vai precisar tomar nenhuma decisão.

Alix gemeu e pediu:

— Pai, *por favor*, não conte essa história!

— Agora você tem de contar — Izzy disse.

— Eu também gostaria de ouvi-la — Jared acrescentou.

— Um vestido — Jared sorriu. — O que foi mesmo que sua mãe falou sobre uma vela iluminando o mundo?

Alix balançou a cabeça e disse:

— Tudo bem, mas isso é coisa da minha mãe e vocês todos sabem como ela é, certo?

— Eu não sei — Glenn disse.

— Mas vai saber — disse Alix. — Mamãe me recomendou usar um vestido com tantos cristais e miçangas facetadas que, se eu segurar uma vela, milhares de reflexos vão iluminar a igreja inteira. — Ela olhou para Glenn: — Agora você sabe como é minha mãe.

Ele riu e falou:

— Acho que vou gostar dela.

Jared estava olhando para Alix:

— Isso que sua mãe sugeriu não faz seu gênero?

A expressão dele estava tão séria que Alix enrubesceu e respondeu:

— Prefiro algo mais simples.

Izzy disse então:

— Alix não se importa com o vestido nem com as flores. Ela quer apenas se casar numa construção de importância arquitetônica.

Todos riram.

— Na *sua* capela — Izzy disse, em tom mais alto para que pudesse ser ouvida. — Você deve se casar na capela que *você* desenhou.

— Acho que não... — Alix começou a dizer.

Ken a interrompeu:

— Eu tinha me esquecido disso. Você me disse ao telefone que estava desenhando uma capela, mas não me falou mais nada depois.

— É que não é nada demais. É apenas...

— Ela fez uma maquete — Izzy informou.

— Podemos vê-la? — perguntou Ken.

— Não — Alix respondeu. — Fiz só para me entreter. Nós temos trabalhado numa casa, com uma parede de pedra. É...

Jared cobriu a mão dela com a sua.

— Eu realmente gostaria muito de ver a maquete que você fez.

Ken conhecia a filha o suficiente para saber que ela se preocupava com a crítica ao design, mas, com todo mundo na expectativa, não podia negar o pedido. Ele assentiu com a cabeça para incentivá-la, e Alix deixou a mesa e subiu para pegar a maquete.

Quando voltou, parecia tão apreensiva que Ken teve vontade de advertir Jared que não fizesse *nenhuma* crítica, mas não precisava ter se preocupado.

Jared olhou para a maquete e disse apenas:

— É perfeita.

Ken não achava que Jared algum dia tivesse pensado nessa palavra, e muito menos a tivesse dito antes. Certamente não em relação a qualquer coisa que tivesse a ver com uma construção.

— Você gostou mesmo? — Alix perguntou, e todos à mesa se calaram. Era a primeira vez que ela falava como uma estudante pedindo um elogio.

— Você está perguntando ao Montgomery, não é?

— Acho que sim.

Ele pôs a mão na dela:

— Eu não teria dito que era perfeita se não achasse isso de verdade. Vou te dizer quanto eu gostei: não quero mudar nada.

— O campanário não é muito alto? — ela perguntou.

— Não.

Ela abriu a boca para falar.

— Nem muito baixo — Jared disse.

Ela fechou a boca.

Ele apertou a mão dela.

— Onde você acha que a capela deve ser construída?

— Quando eu a desenhei, estava pensando em Nantucket.

Foi Izzy que interrompeu o que se havia tornado uma conversa particular:

— É uma pena que essa capela esteja só no papel. Se eu me casasse nela, não precisaríamos comprimir cem pessoas no jardim dos fundos.

— Entre os banheiros químicos — Glenn acrescentou.

Ao rir junto com os demais, Alix virou-se e olhou para Jared interrogativamente. Ele pareceu compreender: será que eles poderiam construir a capela nas terras que Jared lhe mostrara?

Jared balançou a cabeça, negando:

— Não é possível. As licenças demorariam semanas, talvez meses. Nós, habitantes de Nantucket, somos extremamente exigentes em relação àquilo que permitimos que seja construído na nossa ilha.

Ela se recostou na cadeira:

— Que pena! Seria lindo a Izzy se casar em...

— Alguma coisa de importância arquitetônica? — Jared perguntou. — Uma capela criada por sua melhor amiga, que está prestes a conquistar o mundo com seus designs?

— E construída pelo maior arquiteto vivo do mundo — ela disse, sorrindo para ele com olhar de adoração.

— Essa melação está me deixando enjoada — Izzy disse, ao se debruçar para beijar o rosto de Glenn. — Que bom que você e eu não nos comportamos assim.

— Você só pode estar brincando! — Alix exclamou. — Me lembro bem da noite em que você saiu com Glenn pela terceira vez. Você ficou tão pirada por ele que...

Ela continuou falando, encantada por contar a história de Izzy e Glenn, e desviar a atenção dela e de Jared. Era cedo demais para eles sequer pensarem em discutir o futuro.

Alix estava tão envolvida em sua história que não reparou na maneira como Jared e seu pai se entreolharam por cima da cabeça dela. Baseados em muitos anos de convivência, eles se comunicavam em silêncio com a maior facilidade. Tudo o que Jared precisava fazer era levantar as sobrancelhas, e Ken assentia com a cabeça. Antes que qualquer coisa fosse construída em Nantucket, tinha de passar pelo crivo da Comissão de Preservação do Centro Histórico, e Dilys era membro dessa comissão.

Quando Alix terminou de contar sua história do namoro entre Izzy e Glenn, Ken e Jared sorriam de orelha a orelha. Haviam acabado de bolar um plano, e fariam de tudo para realizá-lo.

Ken sorriu para Jared e Alix.

⚓

Estavam acomodados em extremidades opostas do sofá, com o chão entre eles estava abarrotado de papéis. Nas últimas semanas, os três utilizavam o escritório na casa de hóspedes para desenhar as plantas da reforma da casa do primo de Jared na cidade.

Anos atrás, o escritório havia sido de Ken. Ele o montara ao chegar a Nantucket, e foi lá que ensinou Jared a usar um triângulo e uma régua T. Ele ficou satisfeito ao ver Jared e Alix debruçados na grande prancheta.

Cada um deles tinha uma história sobre o escritório fora de moda. Ken contou o que teve de tolerar para fazer com que Addy lhe cedesse a sereia que já fizera parte da proa de um navio.

— A sereia ficava lá, enfurnada no sótão em meio a velhos baús cobertos de poeira, e Addy parecia achar que eu queria usá-la como lenha.

— Então, o que você precisou fazer para que ela consentisse em que a sereia viesse para cá? — Jared perguntou.

— Tentei argumentar, mas Addy não tomou conhecimento. Como última tentativa, eu lhe disse que estava apaixonado pela lembrança da mulher que havia posado para a escultura de madeira. Isso funcionou.

Alix quase engasgou com seu drinque de tanto rir, e então floreou sua história sobre como Izzy e ela invadiram o escritório, e disse a Jared:

— Mas isso foi antes de nos darmos conta de que você era de carne e osso.

Ele olhou sério para ela:

— Preciso admitir que parte de mim sente falta da admiração da estudante.

— Sei exatamente o que você quer dizer — Ken disse, com um olhar penetrante para Jared.

Todos riram juntos.

A história de Jared era simples: jamais havia permitido a entrada de alguém no escritório, exceto eles dois.

Ken sorriu. Vinda de Jared, essa frase significava muito.

Quando Ken sorriu para eles dois, pensando em como era boa a vida, no lado de fora houve um relâmpago que os assustou com sua ferocidade. Segundos depois, ouviu-se um grande estrondo.

Eles se entreolharam. Como pessoas experientes na área de construções, sabiam o que significava aquele barulho. Quase tropeçaram um em cima do outro quando correram para a cozinha e saíram pela porta dos fundos.

Lá fora estava escuro e chovia muito. Jared havia pegado numa gaveta uma grande lanterna, com a qual apontou para todos os lugares do jardim. Quando iluminou o caramanchão de rosas, ele se deteve.

O caramanchão, ainda coberto por hastes espinhosas, estava caído na terra, junto com as roseiras. Onde antes havia uma linda arcada coberta, agora se via uma mixórdia de madeira quebrada e mudas arrancadas. A terra estava lamacenta e sem grama.

— Ah, não! — gritou Alix debaixo da chuva. — Como é que Izzy vai poder usar isso? — Ela olhou para Jared. — Izzy vai ficar desolada. Você pode dar um jeito, não é?

Com chuva lhe escorrendo pelo rosto, Jared sorriu para ela, que o olhava como se achasse que ele poderia fazer qualquer coisa. Se houvesse um buraco no planeta, ela acreditava que ele poderia repará-lo. Então ele a puxou para si. Ao fazê-lo, olhou de relance para cima, e viu o avô na janela do andar superior.

De repente, Jared teve certeza absoluta de que seu avô, de alguma forma, havia sido responsável pelo desastre. Desde fazer com que Alix desenhasse uma capela, provocar a queda na lama do sólido caramanchão de cedro e até o casamento, ele *soube* que Caleb Kingsley era o autor de tudo.

— Vamos entrar — Jared disse a Alix. — Você está molhada e descalça.

— Estou só preocupada com...

Ele lhe beijou a testa e afirmou:

— Vou consertar tudo, fique tranquila.

Ela concordou com a cabeça e eles voltaram para dentro de casa, enquanto Ken foi se enxugar na casa de hóspedes.

Quando entraram, Jared disse a Alix para subir e encher a banheira de água quente.

— Subo daqui a pouquinho.

Seria um convite sexy irrecusável, mas Jared estava com rugas profundas na testa.

— Está tudo bem? — ela perguntou. Seus dentes começaram a ranger de frio.

— Está — ele respondeu. — Só preciso... pegar umas toalhas. Pode subir, que eu já vou indo.

Alix teve vontade de perguntar o que estava acontecendo *mesmo,* mas sentia frio demais para poder pensar claramente, e a cabeça estava concentrada no casamento de Izzy. O que eles iriam fazer agora? Claro que reconstruir, replantar e decorar as rosas cortadas em todos os lugares. Isso poderia ser feito. Ela subiu as escadas correndo até sua banheira – isto é, a banheira *deles*, ela pensou – e começou a enchê-la.

Capítulo dezessete

Jared se dirigiu direto à escada que levava ao sótão. Sabia, por experiência, que seu avô era mais poderoso na parte de cima da casa. O espaçoso sótão estava atulhado de baús, caixas e móveis velhos, alguns dos quais guardavam objetos que haviam sido do seu avô. Essas conexões terrenas, nesse local e na sala de visitas da frente, tornavam Caleb mais visível.

Jared também sabia que sua fúria atrairia o avô até ele. Efetivamente, quando abriu a porta do sótão e puxou o cordão para acender a lâmpada do teto, lá estava o avô, com as mãos cruzadas na nuca, pronto para a discussão que viria.

— Foi o senhor, não foi? — disse Jared, com o queixo travado. — O senhor fez com que o caramanchão desabasse.

— Por que você diz isso?

— Não fuja da minha pergunta — retrucou Jared.

— Achava que você é que era mestre nisso.

Jared o olhou possesso, mas sua expressão mudou. Toda a sua vida havia visto o vulto umbroso do avô. Uma de suas primeiras lembranças era vê-lo sorrindo, debruçado sobre seu berço de bebê.

Jared nunca achou estranho poder ver através daquele homem. Passaram-se anos até ele se dar conta de que homens semitransparentes não faziam parte da vida das outras pessoas.

Mas, nesse momento, ele não conseguia ver através do avô. Pelo menos, não totalmente. Ele estava mais nítido do que Jared jamais o havia visto. Já sem raiva na voz, perguntou:

— Que está acontecendo?

Jared sabia que o avô o compreendera, mas movimentou a mão de cima para baixo no seu corpo:

— Por que o senhor está com essa aparência?

Caleb demorou a responder:

— No dia vinte e três de junho vou deixar a Terra.

Jared levou um momento para compreender o que o avô tinha acabado de afirmar:

— Deixar? — sussurrou. — O senhor quer dizer "morrer"?

Apesar de todas as piadas que Jared costumava fazer sobre o avô finalmente deixar a Terra, não conseguia imaginar a vida sem ele.

— Eu... eu... — Jared começou a falar, mas não teve condições de continuar.

— Você vai ficar bem — Caleb disse gentilmente. — Você tem uma família agora.

— Claro que ficarei bem — Jared estava se esforçando ao máximo para se recuperar do choque. — E o senhor vai... ser mais feliz.

— Vai depender do lugar para onde me mandarem. — Os olhos de Caleb brilharam.

Jared não sorriu:

— Por que na data do casamento de Izzy? — Jared levantou a cabeça. — Ou foi o senhor que a fez marcar essa data?

— Fui eu mesmo. Parece que agora sou capaz de fazer mais... coisas do que fazia. E sei muitíssimo mais. Alguma coisa vai acontecer. É... — Ele se interrompeu.

— O quê???? — Jared berrou.

— Não sei. Só consigo sentir que as coisas estão mudando. Fico mais forte a cada dia que passa. — Ele estendeu a mão. — Posso ver meu corpo. Ontem, eu me vi num espelho. Tinha esquecido de que sou bonitão.

Jared continuou sem sorrir:

— *O que* vai acontecer?

— Já lhe disse que não sei, mas sinto... uma expectativa. Só sei que minha vida... a sua vida... a vida de *todos* nós vai mudar em breve. Você precisa contar a Alix o que você e Ken estão tramando. Você *pode* construir a capela a tempo para o casamento.

— Não tenho certeza — disse Jared. — O tempo é curto.

— Você precisa fazer isso! — exclamou Caleb, com voz inflexível e severa. — Você sabe onde vai ficar a capela de Alix, não sabe?

— No local da casa antiga.

— É isso mesmo. — Caleb prestou atenção em algo. — Alix já encheu a banheira. Vá ficar com ela. — O corpo de Caleb estava começando a se desvanecer, não a desaparecer num instante, como de hábito, mas como se fosse o sol começando a se pôr. — Você precisa descobrir...

— Eu sei! — Jared disse, impaciente. — Devo descobrir o que aconteceu com Valentina.

O corpo de Caleb era pouco mais que uma sombra:

— Acho que, antes que você possa encontrá-la, deve procurar por Parthenia.

Ele então desapareceu.

Jared permaneceu parado um instante, olhando fixo para o obscuro comprimento do sótão, e resmungou:

— Com os diabos, quem é Parthenia?

Balançando a cabeça, puxou o cordão da luz e desceu a escada. Quando chegou ao banheiro, Alix já estava na banheira de água quente, com quinze centímetros de bolhas na superfície, e sua cabeça pouco acima. Sorriu de modo insinuante para Jared, mas, como ele não pareceu notar, ela se sentou mais ereta na banheira e perguntou:

— Que foi que houve?

Distraído, Jared tirou a roupa fria e molhada e pôs uma perna na banheira.

— Droga! A água está muito quente.

— Acho que você precisa dessa temperatura: está tão branco quanto uma geleira.

Logo que Jared entrou na banheira, ela se acomodou entre as pernas dele, de costas para ele:

— Me conte o que está te incomodando. E nem ouse dizer que não é nada.

Jared demorou um pouco antes de falar. Embora em sua vida sempre tivesse guardado muitos segredos, naquele instante sentiu vontade de contar a Alix o que o avô lhe revelara. No dia do casamento de Izzy, o comandante Caleb Jared Kingsley, que havia morrido fazia mais de duzentos anos, iria finalmente desaparecer da Terra. Essa data *não* seria alegre para Jared.

Ele não podia revelar isso a Alix, mas podia, sim, contar no que ele e o pai dela estavam trabalhando secretamente nas últimas duas semanas:

— Acho que podemos construir sua capela — ele disse.

— Como assim?

— Ken e eu temos trabalhado em segredo nesse projeto, e em breve ele deverá conseguir a autorização para a obra. Não tem sido nada fácil.

Alix ficou em silêncio enquanto escutava Jared falar o que ele e Ken haviam realizado. Seu pai tinha tirado medidas baseadas nos esboços e na maquete, e ele passara uma noite inteira desenhando a planta baixa e as elevações.

— Depois ele mandou tudo para Nova York, para que fossem feitas as plantas. Stanley acelerou esse processo.

— Seu assistente — disse Alix.

— Às vezes, acho que ele é o chefe.

— Não sei por que duvido disso...

Ele a beijou e ela voltou a ficar de costas. Seu coração estava disparado. Ia mesmo ver um de seus projetos construído? Não conseguia acreditar.

— Claro que Ken sabia que precisávamos fazer dois designs.

— Não entendi — ela disse.

— Os comitês *nunca* aceitam a proposta original, por isso da primeira vez seu pai apresentou uma caricatura do seu design, e com a ajuda da Dilys...

— Que é que ela tem a ver com isso?

— Ela é membro da diretoria. Meu nome não pode constar no projeto porque ela é minha prima, mas ela e Ken não são aparentados, embora no passado tenham...

— Tenham o quê? — perguntou Alix, mas em seguida levantou a mão: — Nem precisa me contar; já adivinhei. Mas o que foi que ela fez então?

— Ela criou o maior tumulto, disse que o projeto era horrível, e o jogou fora. Então, na semana seguinte, Ken fez cara de anjinho e apresentou o projeto verdadeiro. Dilys liderou o grupo ao dizer que esse era muito melhor que o primeiro.

— E o projeto foi aprovado?

— Foi, mas conseguir que fosse autorizado em tão pouco tempo implicou certas condições.

— Sei... — disse Alix, desanimada.

— Será uma construção acessória; quer dizer, não pode ter cozinha nem banheiro, e nenhum encanamento. Não pode ser vista de nenhuma via ou caminho público, mas isso não é problema. Depois podemos... — Ele deixou de falar. Esteve para dizer que depois os dois poderiam construir uma casa ali. Talvez para alugar ou... Ele mal conseguiu pensar nisso, mas poderia ser uma casa para o Oitavo e sua família.

— Onde exatamente a capela seria construída?

— No local da antiga casa — Jared disse rapidamente.

— Você acha que é uma boa ideia? Seria algo como construir num cemitério nativo norte-americano.

Jared pensou que era provável que exatamente por esse motivo seu avô queria que a capela fosse construída lá, mas não disse nada. Quando começassem a escavar, ele se certificaria de que Alix não estivesse presente. Se seu palpite estava certo, era possível que encontrassem um esqueleto com centenas de anos, e ele não queria que Alix visse isso.

— Talvez nós encontremos alguns artefatos e os doemos à Sociedade Histórica de Nantucket.

A única palavra que Alix ouviu foi “nós”.

— Você acha mesmo que a obra pode ser feita a tempo para o casamento? Que Izzy possa se casar numa capela?

— Na *sua* construção? — perguntou Jared. Estava finalmente se recuperando daquilo que seu avô lhe dissera, mas chegou a pensar que Caleb estava deixando a Terra porque Jared havia encontrado Alix.

Ele lhe beijou o rosto quando suas mãos começaram a percorrer o corpo de Alix.

— Está empolgada?

— Evidentemente!

Ele a segurou pelos ombros e fez com que ela o encarasse:

— Como é que você se sente sobre sua própria criação saindo do papel e se transformando em uma coisa que você pode ver e sentir? E dentro da qual se pode caminhar? E ser cercada por ela?

— É uma sensação maravilhosa! — ela exclamou, com a cabeça para trás. Alix se virou e enganchou as pernas na cintura dele. — Parece que escalei o monte mais elevado, saltei na direção das estrelas, fui da lua ao sol. É como se eu estivesse pisando em raios de sol.

— Falando em monte elevado... — Jared disse ao beijar o pescoço dela e sentando-a à sua frente, fazendo com que sentisse quanto a estava desejando. — Vou sair da ilha — ele lhe beijou o pescoço —, comprar os materiais e trazê-los num caminhão.

— Que tipo de tijolos você vai comprar? — ela sussurrou.

— Do tipo feito à mão.

— Noooooosssssa! Você sabe direitinho como excitar uma mulher. — Os lábios dele desceram no corpo dela.

— Conheço um ferreiro em Vermont que faz dobradiças de portas como as que você desenhou. Vai ser um encontro dos celtas com a Escócia do século XIII.

— Estou quase subindo as paredes de tanto desejo. E que mais?

— Um sino.

Ela se afastou e o olhou:

— Um sino? — murmurou.

— Fundido à mão. Tenho um depósito cheio de coisas que coleciono. Eu sempre soube que um dia precisaria de um sino.

Ele beijou os seios de Alix.

— A porta! — ela sussurrou, já não contendo o desejo. — E a porta?

— De carvalho envelhecido, de oito centímetros de espessura.

— Não estou aguentando mais! Sou toda sua.

As mãos de Jared começaram a explorar o corpo de Alix; a suavidade da água misturada ao sabonete tornava cada toque uma carícia. Ele passou as mãos sobre as coxas dela, sempre se movendo para cima, até penetrar o centro quente de Alix. Ela jogou a cabeça para trás, seu pescoço estava num ombro dele; os lábios de Jared lhe roçaram o rosto.

— Você é linda — ele disse. — Sua pele é clara e dourada. Às vezes, sinto como se sempre a tivesse conhecido.

Alix gostou dessas palavras, mas percebeu que havia algo mais no que elas significavam. Pela primeira vez, sentiu que o grande e poderoso Montgomery *precisava* dela. Ela o enlaçou no pescoço e encostou o peito desnudo no de Jared, dizendo então, ao lhe beijar o queixo:

— Estou aqui. E não pretendo ir embora. — Beijou a boca de Jared, e a língua mal tocou o lábio inferior dele. Ela sussurrou: — "Macio e suculento".

Ele recuou o corpo:

— Que foi que você disse?

— "Delicioso e firme."

Ela puxou o lábio inferior dele entre seus dentes.

— "Cativante, sedutor, provocante." — Ela passou a língua pela barba dele, sentindo os pelos eriçados. — "E o canto de uma sereia, a flauta de Pied Piper." — Ela beijou a boca de Jared e depois concentrou seus lábios só no lábio inferior do amante. — "Eu sonho com ele dormindo e acordada. Quero tocá-lo, acariciá-lo, beijá-lo." — Ela pôs os lábios nos dele. — "Com a ponta da língua" — ela sussurrou, e agiu de acordo com essas palavras. — "Nossa respiração se mistura." — Por um instante ela abriu a boca sob a dele e depois puxou o lábio daquele homem para a quente cavidade de sua boca. — "E ele na minha boca, para eu acarinhá-lo, e senti-lo no meu próprio lábio. Ah!" — ela sussurrou, rouquenha —, "o lábio inferior de Jared!".

Quando ele a olhou, seus olhos brilhavam de luxúria. Com o tom de azul que ela amava. Em seguida, ele se pôs de pé e a levantou. Seu braço a rodeou com força, ele saiu da banheira e a levou para o quarto. Ficou em cima dela, nu, e contemplou o corpo quente e molhado daquela mulher, e o sorriso que lhe deu fez com que ela sentisse um desejo ainda mais intenso.

— Há partes do seu corpo que eu também prefiro — ele disse, ao se estender ao lado dela.

— Tais como?... — ela perguntou, quando ele começou a lhe beijar o pescoço, com a mão tocando na sua cintura.

— Sou melhor agindo do que falando.

— É mesmo? — ela murmurou. — Nesse caso, é melhor provar o que diz.

— Eu adoraria.

Ele começou a se mexer para a parte inferior do corpo dela, e a boca seguiu suas mãos.

Capítulo dezoito

— Tem certeza de que vai ficar bem sem mim? — Jared perguntou a Alix possivelmente pela décima segunda vez. Eram sete horas da manhã de uma quarta-feira, e eles estavam na lanchonete Downyflake esperando para tomar o desjejum. A bonita Linda os havia servido e a sempre alegre Rosie tinha parado junto à mesa para bater papo. Era a quinta ou sexta vez que iam ao restaurante, e Alix encontrou algumas pessoas que Jared não conhecia. Conhecer gente separadamente dele a fez achar que começava a se sentir em casa.

— Tenho, não se preocupe — ela lhe disse mais uma vez, e estendeu a mão na mesa para tocar nos dedos dele. Alix continuava meio entorpecida depois da noite anterior. Eles haviam feito amor durante horas, e cada um se demorou em expressar seu desejo pelo outro. Embora Alix soubesse que alguma coisa havia acontecido, não conseguiu que Jared lhe contasse o quê, mas durante toda a noite e nesta manhã ele agira como se Alix pudesse sair pela porta e nunca mais voltar. Ela estava apreensiva com ele, e não queria que ele se preocupasse. — Papai vai estar aqui, e Lexie e Toby também. De que você tem tanto medo?

Jared teve vontade de dizer: "Do meu avô e da sua mãe", mas ficou calado. À tarde ele iria voar até Nova York, a fim de começar a providenciar a compra e o embarque dos materiais para a construção da capela de Alix.

— Tem certeza de que não quer ir comigo? — perguntou.

— Não, não tenho, mas... — Ela realmente não sabia por que *sentia* que *precisava* permanecer em Nantucket, mas resolveu seguir seu instinto. — Vou saber o que puder sobre Valentina. E quem era a outra mulher sobre quem você me perguntou?

— Parthenia.

— Você não sabe o sobrenome dela?

— Com um primeiro nome como esse, ela não precisa de sobrenome.

Ele olhou para o café e achou que tinha sido o avô que pusera na cabeça de Alix a ideia de permanecer na ilha e pesquisar os documentos. Se tinha sido, Jared sabia *por que* ele fizera isso. Dali a exatamente um mês, o comandante Caleb Kingsley partiria para sempre deste mundo. O último vínculo íntimo da vida de Jared iria embora. Para sempre.

Alix estendeu a mão na mesa e a pôs em cima da dele:

— Queria muito que você me contasse o que o está perturbando.

— Se pudesse, eu contaria. — Ele sorriu sem jeito. — Quais são as notícias de sua mãe?

— Ela acabou a turnê do livro e já está em casa. Da última vez que nos falamos, eu comecei a lhe dizer o que pensava de ela mentir para mim esses anos todos.

Jared sorriu com vontade:

— Ela riu muito?

Alix resmungou:

— Detesto que você conheça meus pais tão bem. Mamãe disse que fez tudo em nome da arte e, portanto, tudo era permissível.

— Você disse a ela que eu ia me ausentar da ilha?

— Disse sim.

Jared deu um gole no café e falou:

— Então, ela vai estar aqui vinte e quatro horas depois que eu viajar.

Alix ia começar a falar, mas se calou porque Linda trouxe a comida deles. Quando ficaram sozinhos de novo, Alix se inclinou para Jared e perguntou mansamente:

— Por que minha mãe esperaria você ir embora para vir para cá? Que outros segredos vocês dois têm?

— Você quer dizer como fazer sexo na escadaria do quarto do penico, como você e eu fizemos ontem à noite? — ele perguntou, levantando as sobrancelhas. — Minhas costas ainda estão doendo.

Alix não gostou da gracinha.

Jared se deu conta de que sua ligação com Alix era muito mais forte do que qualquer lealdade em relação à mãe dela:

— Victoria quer ter acesso aos últimos diários das mulheres Kingsley, especificamente os da tia Addy, para escrever um romance baseado neles.

Alix deu algumas mordidas em sua *quesadilla*[9] enquanto pensava no que ele dissera, e como se enquadrava direitinho naquilo que ela já sabia.

— Quer dizer que não se tratava de uma invenção da tia Addy... existem *mesmo* diários.

— Existem. Muitos.

— Esse é um dos seus dois segredos? — ela perguntou.

— É.

— E o outro é que você viu o comandante Caleb como fantasma?

— Mais ou menos.

— É isso mesmo? Agora eu sei *todos* os seus segredos?

— Talvez saiba — ele disse, com olhos que expressavam alegria. Jared não havia contado exatamente tudo sobre seus encontros fantasmagóricos.

— E acha que mamãe vai esperar você sair da ilha para vir aqui procurar os diários da tia Addy?

— Acho — Jared respondeu. — E, como ninguém sabe onde eles se encontram, estou meio preocupado que ela possa... — Ele esteve a ponto de dizer que Victoria talvez recorresse a uma motosserra para descobrir os diários, mas calculou que Alix não gostaria de ouvir isso.

— Você está preocupado que ela possa causar avarias na sua casa na busca para encontrar os diários, não é? — Alix perguntou.

— Exatamente. — Jared ficou aliviado por ela compreender. — Você acha que seu pai pode... você sabe.

— Fazer com que ela se comporte? Não, ela o apavora. Ele enfrenta qualquer outra pessoa no mundo, mas minha mãe consegue transformá-lo num banana. Ele afirma que não existe homem na Terra forte o bastante para lidar com ela.

— Concordo com ele quanto a isso — disse Jared. — Eu jamais gostaria de confrontá-la. Está pronta para ir?

---

[9] Iguaria da culinária mexicana que consiste em um pão fino feito de farinha de milho ou trigo, tostado e recheado de queijo. (N.T.)

Ela assentiu com a cabeça, ele deixou dinheiro na mesa para pagar pelo café da manhã, despediram-se de todos – inclusive de Mark, o proprietário/*chef* – e saíram para se acomodar na caminhonete de Jared. Iam se dirigir ao litoral norte, para examinar o local da capela mais uma vez. A licença de construção ainda não havia sido concedida, mas logo isso aconteceria, e eles queriam estar prontos.

Alix observou as pessoas do lado de fora da Downyflake, à espera de uma mesa disponível. Ela já estava na ilha havia tempo suficiente para distinguir entre os habitantes locais e os turistas. Ao analisá-los, sentiu-se como se estivesse num zoológico. As pessoas eram anormalmente limpas e magras, como se tivessem sido extraídas de uma máquina e não fossem reais. Joias e celulares pendiam dos seus braços.

Ia fazer um comentário depreciativo, quando três moças bonitas de cabelos compridos lustrosos os viram.

— Jared! Quando é que você vai jogar conosco?

— Sou velho demais para vocês, garotas — ele disse à janela da caminhonete.

— Não foi isso que você *disse* no verão passado — falou a mais bonita.

— E foi isso que me envelheceu.

As moças riram.

— Desculpe — ele disse, ao entrar na Sparks Avenue. — Eu conheço os pais delas.

Ele a olhou intensamente, perguntando-se como Alix lidaria com o pequeno flerte do jogo de palavras.

— Isso quer dizer que você me acha suficientemente *velha* para você?

Jared riu e disse:

— Você é *mesmo* filha da Victoria, e parece estar planejando alguma coisa.

— Eu estava pensando que mamãe adoraria escrever sobre Valentina e o comandante Caleb. Talvez eu consiga que ela se envolva tanto com esses dois que ela não precise procurar os diários da tia Addy. Além disso, o que eles poderiam conter de tão interessante? Segundo minhas lembranças, ela não era uma mulher destrambelhada, nem uma possível assassina.

Jared não dizia nada enquanto olhava para Alix.

— Ah, tudo bem. O fantasma do comandante Caleb — ela disse. — Mas certamente minha mãe não pensa que poderia escrever um romance inteiro baseado em alguns encontros fantasmagóricos. Um vulto nebuloso de pé no alto de uma escadaria e depois desaparecendo. Isso não é muita coisa. Eu me lembro vagamente de histórias que tia Addy me contou sobre o comandante Caleb, mas devaneios românticos não são o mesmo que a verdade. Vou dizer à mamãe que seria melhor se ela tentasse descobrir qual foi a catástrofe que aconteceu com o comandante Caleb que o transformou num fantasma. — Alix olhou para Jared. — Isso, é claro, vai levá-la à história que você me contou sobre Valentina e Caleb. Sei que mamãe não viu os diários, mas será que ouviu a história?

— Acredito que não — ele respondeu. — Se a tivesse ouvido... — Ele a olhou.

— Mamãe já estaria aqui, pedindo para vasculhar o seu sótão.

Eles trocaram sorrisos de compreensão. À primeira insinuação de uma história romântica, sem dúvida Victoria estaria rapidinho na entrada da casa apelando, passando a conversa, fazendo o que fosse necessário. Seria quase impossível resistir a ela.

— Quer saber? — disse Jared. — Acho que isso pode dar certo.

— É bem provável — ela disse. — Posso ser uma boa vendedora quando é preciso. É uma pena que você e papai não me contaram tudo isso antes. Se vocês dois não tivessem passado a vida escondendo segredos, eu poderia ter sido de ajuda desde o início.

Durante o resto do percurso até o litoral norte, Alix estava tranquila, mas firmemente detalhou a Jared onde ele cometera erros ao lidar com Victoria.

Ele apenas sorriu e não se defendeu. Sabia que havia muito mais coisas relacionadas ao fantasma dos Kingsley do que apenas uma vaga visão de pé no topo da escadaria, e se perguntou o que Alix diria quando descobrisse tudo. Será que ela continuaria tão atrevida assim?

Quando chegaram às terras dele no litoral norte, ele estacionou e desligou a caminhonete.

— Quer ver o local de novo? Isto é, se você parar de acabar comigo.

— Você não pode me culpar por me sentir excluída, pode? Fiquei de fora uma *vida* inteira.

Debruçando-se no assento, ele disse:

— Do meu ponto de vista, seja lá o que foi que fez de você o que você é, foi benfeito.

Depois de um beijnho, ele saltou da caminhonete.

Tudo o que Alix conseguiu fazer foi sorrir.

Eles passaram umas duas horas no local. Na caixa de ferramentas na parte traseira da caminhonete, Jared tinha sinalizadores de obras, estacas e cordas e uma fita métrica de sessenta metros. Sem necessidade de discussão, ele e Alix puseram mãos à obra; ambos queriam ver o esboço da capela exposto no terreno.

Como se trabalhassem juntos há anos — o que, graças a Ken, de certa forma tinha de fato ocorrido —, os dois provisoriamente balizaram os alicerces e os cercaram de cordas, depois recuaram para a sombra das árvores e olharam o que haviam feito.

— Você consegue visualizar a obra?

Ele pegou duas garrafas de água gelada do *cooler* e entregou uma a ela.

— Perfeitamente. — A voz dela se alterou. — Quero dizer que isso é muito generoso da...

— Pode parar! — ele exclamou.

Ela sabia que ele não queria ouvir os agradecimentos dela mais uma vez:

— Tudo bem. Só para você saber. — Ela olhou ao redor: — Valentina morava aqui ou na cidade?

— Nos dois lugares. Depois que Caleb construiu a casa nova, deu a antiga ao primo Obed.

— Ele *deu* a casa ao primo?

— Sim, por um dólar. Esse é um procedimento comum em Nantucket. Verifique no jornal local, o *Inky*, as transferências de imóveis e você vai ver que isso acontece quase todo dia. O pessoal da Nantucket costuma herdar suas casas — ele disse, em tom de zombaria. — Se não fosse assim, nós não poderíamos nos dar ao luxo de morar na nossa própria ilha.

Alix pensou na casa de vinte milhões de dólares que havia visto. O que ele dissera certamente fazia sentido.

— Quer dizer que Caleb foi viajar num navio e deixou para trás o amor de sua vida, grávida de um filho dos dois. Aí ela acabou se casando com o primo dele, provavelmente porque foi preciso. E, a princípio, Valentina e Obed moraram aqui, na casa original.

— Isso mesmo — ele concordou. — Depois da morte de Caleb, quando seu irmão voltou para a ilha com o testamento, Obed e Valentina se mudaram para o casarão na alameda Kingsley.

— Com o filho de Caleb, o primeiro Jared — Alix disse. — Depois Valentina desapareceu e esta casa foi incendiada por completo. — Ela refletiu um momento: — Você acha que existe alguma ligação entre o desaparecimento dela e o incêndio?

Ambos estavam olhando para a depressão no solo que ficava no centro de onde seria construída a capela. Como ele não respondeu de imediato, ela olhou para ele:

— Eu acho — ele disse lentamente — que existe uma *forte* ligação entre os dois fatos.

Ele estava dizendo que, na sua opinião, Valentina morrera no incêndio, mas Alix não quis acreditar que algo tão terrível pudesse ter acontecido com a jovem mulher que o comandante Caleb havia amado tanto.

Eles se entreolharam e um sentimento de compreensão os perpassou. Havia algo mais nessa capela do que dar à Izzy um local onde se casar. Tinha a ver com a família de Jared. E em corrigir um erro, ela pensou.

— Tenho uma pergunta — ela disse. — Quem é Parthenia e onde você ouviu falar dela?

— A que horas é o meu voo?

Alix resmungou:

— Pensei que você não tinha mais segredos.

Sorrindo, ele a levantou do chão e girou seu corpo.

— Eu não seria interessante se não tivesse segredos, não acha? Por favor, vamos para a cidade. Preciso comprar cinco quilos de cranberries cobertas de chocolate para levar comigo.

— Você não pode comprá-las em Nova York?

— Só se elas forem de baixa qualidade e sem gosto — ele disse, quando voltaram para a caminhonete. — As que compro são feitas de cranberries cultivadas em Nantucket. Além disso, elas não são para qualquer um em Nova York. Vou até Vermont para encontrar a adorável Sylvia. São para ela.

Na volta para a cidade, ele provocou Alix falando sobre Sylvia, que era a ferreira que ele mencionara antes. Ela era casada com um ferrador, e o casal tinha duas filhinhas. Jared disse que, se ia persuadir Sylvia a fazer o mais breve possível as grandes dobradiças para a capela, em vez de entregá-las em seis meses como de costume, precisava levar presentes. Eles estacionaram em casa, caminharam de volta à cidade, compraram as cranberries na Sweet Inspirations, e depois atravessaram a rua até a Bookworks. Compraram quatro livros infantis cujas histórias se passavam em Nantucket, e o mais recente livro de não ficção apavorante de Nat Philbrick, que morava nas imediações. Na hora do almoço todas essas compras haviam deixado Alix radiante, mas Jared estava exausto. Foram então almoçar no Languedoc.

Depois da refeição, caminharam de volta para casa e levaram as compras para o andar de cima. Na cama estava a mala de Jared, ainda não terminada. Ele tinha um apartamento em Nova York, por isso não ia levar muita coisa, mas precisava embalar os presentes.

— Isto é tudo? — perguntou Alix ao fechar a mala.

— Não, falta uma coisa — Jared disse, ao pegá-la nos braços e beijá-la.

Ela se agarrou a ele.

— Acha que vai sentir saudade? — Jared perguntou, com o rosto enterrado no cabelo dela.

— Pare, se não eu choro.

Ele recuou e a olhou no rosto.

— Eu poderia tolerar suas lágrimas, se soubesse que eram por mim.

Ela encostou a cabeça no peito dele e lágrimas começaram a lhe escorrer pelo rosto.

— Você vai voltar a ser o Grande Jared Montgomery e vai se esquecer de mim.

Ele a beijou no alto da cabeça.

— Você ainda não se deu conta de que não existe Jared Montgomery. Ele não é real. O verdadeiro eu está aqui nesta casa, nesta ilha.

Ele ia dizer "com você", mas ainda era muito cedo para isso.

Alix passou os braços pelo pescoço dele e beijou sua boca.

— Seu lindo lábio inferior — murmurou.

— É essa a única parte do meu corpo de que você gosta?

Ele a beijou no rosto e nas têmporas. Foram beijos suaves e carinhosos.

— Gosto da sua cabeça. Você é bastante inteligente. Isto é, para um homem.

Jared deu uma risada.

— Vou te mostrar que sou muito inteligente!

Ele jogou a mala no chão.

— Por favor, agora! — ela disse. — Gosto de qualquer coisa que você me mostre, me diga ou peça para... — Ela parou de falar porque ele a silenciou com um beijo.

Capítulo dezenove

No dia da partida de Jared, os dois permaneceram calados até o aeroporto. Alix estava cheia de pensamentos e preocupações, e talvez até com medo do futuro. Embora Jared lhe tivesse dito que essa separação não mudaria nada entre eles, ela continuava preocupada.

— Você vai usar terno? — ela perguntou quando eles pararam na máquina de tíquetes no estacionamento do aeroporto.

— Vou. Eu não quero, mas é Nova York.

— Vai se barbear e cortar o cabelo?

— Não — ele respondeu, sorrindo. — Exceto se você quiser.

— Não, não quero. Será que Tim vai brigar com você por ficar tanto tempo longe?

— Ele só se importa com que as plantas da casa da Califórnia estejam terminadas. — Jared estacionou numa vaga, desligou o motor, olhou para ela e indagou: — Que é que está preocupando você de verdade?

— Nada — ela respondeu. — Mas é que nos conhecemos há tão pouco tempo e você... — A expressão dele a fez dizer o que não queria. — Você vai voltar a ser *ele*.

— E *ele* é um mau sujeito? Um explorador de mulheres? Do tipo que "as ama e as abandona"?

— Eu não quis dizer isso — ela falou, mas fez uma careta e concluiu: — Mentira; talvez eu quisesse ter dito sim.

— Se eu fizesse isso com você, seus pais me matariam.

— Maravilha! — ela exclamou. — É ótimo saber que você está comigo por medo dos meus pais.

Jared apenas balançou a cabeça.

— Palavras não vão provar nada. Ligue pra mim, eu vou ligar pra você. Vou também mandar mensagens de texto, e-mails, toda essa parafernália. E informar o tempo todo a você onde vou estar. Você se sentirá melhor assim?

— Só vou me sentir melhor quando você voltar. Voltar para *mim*, não apenas para sua casa antiga e sua adorada ilha.

Jared riu e disse:

— Acho que você me conhece bem demais. Por favor, vamos.

No aeroporto, ele ia sair pela porta e entrar no pequeno jato, mas voltou, pegou Alix nos braços e a beijou uma vez mais. Aproximou os lábios do ouvido dela e sussurrou:

— Daqui a umas quatro horas todo mundo na ilha vai saber que formamos um casal.

Houve mais um beijo de despedida e depois Alix ficou vendo Jared caminhar pela pista e subir a rampa até o avião. Seu assento era na janela do lado onde ela estava, e ele acenou quando o jato decolou.

Quando ele partiu, Alix se virou para sair do aeroporto e viu que várias pessoas sorriam para ela. Não os turistas que viajavam em grupo e tinham uma expressão frenética nos olhos, nem os veranistas, com suas roupas de linho e pulseiras coloridas. Os sorrisos foram dados pelos moradores de Nantucket, homens e mulheres que viviam e trabalhavam lá. As pessoas *reais*, as pessoas que importavam. As mulheres sorriram e os homens a cumprimentaram com a cabeça, da mesma forma que ela já vira agirem com relação a Jared. Era quase como se o beijo que ele lhe havia dado em público fosse um anúncio de que agora Alix era... O quê?, ela se perguntou. Que estaria de algum modo relacionada com as pessoas que se estabeleceram na ilha? Que ela *fazia parte* do lugar?

Alix não pôde deixar de retribuir os sorrisos. Ao caminhar em direção à caminhonete no estacionamento, um homem carregando bagagem acenou com a cabeça para ela. É, as notícias voavam mesmo.

⚓

Na manhã seguinte, Toby apareceu para perguntar a Alix se gostaria de conhecer mais de Nantucket, o que ela prontamente aceitou.

Toby dirigiu pela ilha mostrando-lhe praias e lagoas, rochedos e a casa mais antiga, com seu lindo jardim de ervas. Caminharam por trás da encantadora casa antiga até o restaurante Something Natural, para almoçar.

Depois voltaram para a alameda Kingsley, estacionaram e foram para a cidade. Como Toby não nascera na ilha, sabia mais claramente o que era incomum no lugar:

— Tudo se chama Nantucket: a cidade, a ilha, o condado.

Ela informou que Nantucket recentemente recebera a duvidosa honra de ser considerado o condado mais rico dos Estados Unidos. "Embora muitos de nós tenhamos dificuldade em pôr comida na mesa", ela acrescentou.

Alix não acreditou que essa difícil situação se aplicasse a Toby, cuja aparência só podia ser descrita como elegante. Suas roupas eram de alta qualidade, mas discretas. Ela não usava uma dúzia de pulseiras, nem um colar de ouro tão grosso quanto um cabresto de cavalo, como faziam as forasteiras. Tampouco um chapeuzinho gracioso com aba virada para cima, que custava o salário mensal de uma pessoa comum. Com Toby, tudo era simples e refinado. No fim do dia, Alix se pegou andando mais ereta e prometendo jogar fora seu moletom mais velho.

Depois, Lexie surgiu na Casa dos Kingsley com uma sacola cheia de legumes frescos para o jantar, que tinham acabado de ser colhidos na horta do seu chefe.

— Deus sabe que ele *jamais* colhe nenhum deles. Gosta mesmo é de ficar observando as garotas se debruçando para extrair as ervas daninhas.

Toby e Alix se entreolharam, com sobrancelhas levantadas.

— O que o Roger usa quando fica observando as garotas? — Alix perguntou.

— O menos possível permitido por lei — Lexie respondeu.

Toby e Alix trocaram sorrisos: aquela era uma linda visão.

Depois do jantar as três mulheres se sentaram na sala de estar e deram cabo de uma garrafa de vinho. Como era costume de Lexie, ela foi direto ao ponto:

— Como é que você e Jared estão se dando?

Alix sabia muito bem que ela e Jared eram primos, portanto, como podia comentar suas preocupações com a partida dele?

— Otimamente, muito bem mesmo.

— Podemos ajudar com alguma coisa? — Toby perguntou. Obviamente, ela não se deixou enganar pela bravata de Alix.

— É apenas uma questão de tempo — Alix disse, e tomou fôlego. Ela estava *realmente* preocupada, mas sua melhor amiga não estava lá para ela poder desabafar, por isso, prima ou não, ela precisava revelar seus pensamentos. — Sei que Jared gosta dos meus designs e minha ética de trabalho, e nos damos maravilhosamente na cama, mas acho que ele é feliz do jeito atual. E... — ela respirou fundo — ele tem uma vida em Nova York e outra aqui também, de modo que talvez eu não me encaixe no mundo dele lá. — Ela olhou para Lexie: — Por que você está sorrindo?

— Porque Jared não é como você pensa. Ele não é o sujeito público famoso que as pessoas veem. Aqui em Nantucket ele se mostra como verdadeiramente é.

— Isso nós vamos ver, não é? — Alix disse. — Bem, chega de exame de consciência da minha parte. Quero saber de vocês duas. O que vocês procuram na vida?

Lexie fez uma careta.

— Meu problema é que *sei* meu futuro, e como será minha vida. Tenho certeza de que vou me casar com Nelson no máximo daqui a dois anos. Sei onde vamos morar, e até mesmo a casa onde vamos viver. Sei tudo. Tudo.

— Quem é Nelson? — Alix perguntou. Ela não havia visto nenhum homem perto de Lexie, exceto seu chefe, e era evidente que não queria nada com ele.

— Ele é o meu Eric.

— Mas eu levei um fora dele — disse Alix.

Toby assentiu com a cabeça:

— Isso é o que vai acontecer com Lexie se ela não se casar logo com ele.

Lexie tomou um gole de vinho e disse:

— Eu só quero uma vida que não seja previsível. Pode haver obstáculos, problemas até. Quero uma aventura. Na verdade, quero alguma coisa que não seja comum, rotineira.

Alix virou-se para Toby:

— E você?

Lexie falou primeiro:

— Toby tem mais do que problemas com namorados. A mãe dela não é fácil!

Alix olhou interrogativamente para Toby.

— Minha mãe — Toby comentou — era, é, suponho, obcecada em ser... não sei direito como explicar, mas a maneira mais precisa é dizer que ela quer ser considerada da classe alta. É que meu pai tem...

— Sangue azul — Lexie concluiu. — Ou é o mais próximo disso do que se pode ser na América. Faz parte de clubes de golfe, escolas particulares, uma árvore genealógica que remonta a... quantos séculos mesmo?

— Não importa.

Toby desviou o olhar, constrangida.

— Como é o lado da família da sua mãe? — Alix perguntou.

— Não sei. Não conheço nenhum dos parentes dela, nem alguém que a tenha conhecido antes de se casar com meu pai. É como se ela tivesse nascido no dia em que se casou. — Toby olhou para as duas: — Entretanto...

— O quê? — Ambas se debruçaram para a frente.

— Certa vez minha mãe ficou muito zangada comigo e...

— Pelo que já vi, ela está sempre nesse estado — Lexie interrompeu; seu tom de voz mostrou sua desaprovação.

Toby continuou:

— Uma noite, depois do jantar, mamãe quis que papai e eu nos apressássemos para ir a um lugar. Ela pegou nossos pratos cheios até a metade e pôs um no antebraço e o outro na mão. Foi muito eficiente. Eu disse: "Mãe, você fez isso como uma garçonete experiente". Eu não teria achado nada de incomum nesse fato, exceto que ela imediatamente largou os pratos e saiu pisando forte da sala; meu pai não parou de rir.

— Muito interessante — Lexie disse. — Isso é um mistério que vale a pena tentar decifrar.

— Lexie adora romances de mistério — Toby informou.

Lexie fez uma careta.

— Nesse mistério, o único homem que sua mãe aprovaria para você é o Príncipe Encantado.

— Tarde demais — disse Alix, com expressão séria. — Eu já o fisguei.

Toby riu e Lexie resmungou:

— Queremos saber sobre a *sua* mãe — Toby disse. — Como é viver com alguém especial como ela?

— Especial? — Lexie repetiu. — Toby está sendo educada. Victoria Madsen é uma sensação internacional, linda, bem-sucedida, e os livros que ela escreve, nossa!

— Vocês conhecem o "Grande Segredo" da origem deles, não conhecem? — Alix indagou.

— Que eles tratam da minha família? — disse Lexie. — É claro. Todo mundo em Nantucket sabe disso. — Ela agitou a mão, como que rejeitando. — Sei tudo sobre minha família. Quero saber da *sua*.

— Bem — Alix começou a falar lentamente, enquanto pensava numa forma de explicar como era sua mãe, sem demorar horas. — Ela é uma mistura de praticidade com exibicionismo, vaidade e altruísmo, ingenuidade e muita sofisticação.

— Isso pode ser horrível ou maravilhoso — Lexie disse. — Mas o que queremos saber é como era conviver com ela todos os dias.

Alix refletiu um momento e respondeu:

— Está certo. Vou lhes contar uma história que pode ilustrar minha vida com ela, e só conheço os detalhes porque vários anos depois do fato muita gente me contou o que aconteceu. Eu estava fazendo cinco anos, e minha mãe e eu morávamos num apartamento no décimo sexto andar de um edifício no centro da cidade de Nova York. Era depois que seu primeiro livro foi aceito para publicação, mas antes de ser editado e chegar às listas dos mais vendidos. Mas o importante para mim era que meus pais haviam se separado recentemente, e eu sentia muita falta do meu pai.

Alix desviou o olhar brevemente.

— Bem, na manhã do meu aniversário, quando acordei, dei de cara com um pônei de verdade.

Lexie sorriu e disse:

— Legal! Sua mãe te levou a um estábulo enquanto você dormia.

— Não — Alix respondeu. — Eu estava na minha cama no nosso apartamento em Nova York. Minha mãe tinha trazido o pônei no elevador de serviço. Ela havia usado tanto charme com o porteiro – acho até que derramou lágrimas pelo casamento fracassado – que ele deixou passar.

— Estou pensando no que os vizinhos acharam — disse Toby.

— Você acertou na mosca. Minha mãe não deu a mínima ao fato de o piso estar permanentemente avariado pelos cascos. Mas, quando os vizinhos reclamaram do barulho, ela *precisou* tomar uma atitude.

— Que foi que ela fez? — Lexie perguntou.

— Ela transformou tudo numa festa improvisada. Escolheu o homenzinho mais feio, que estava de boca fechada ao lado da esposa furiosa, e lhe pediu que fosse comprar bebida. E, claro, minha mãe não tinha dinheiro, então ele pagou. Depois ela conseguiu que um adolescente parrudo e gato fizesse drinques para todo mundo que foi lá em casa reclamar.

— Acho que ter usado um menor de idade para fazer isso foi ilegal — Toby disse.

— Minha mãe não acredita que as leis se apliquem a ela. Quando acabaram as aulas naquele dia, até mais vizinhos apareceram com os filhos, que andaram de pônei dentro do apartamento.

— E a bagunça? — Lexie perguntou.

— Minha mãe disse a duas adolescentes que não desgrudavam os olhos do garoto no bar que *ele* queria que elas ajudassem.

— E elas ficaram encarregadas de limpar a sujeira? — perguntou Lexie, com um largo sorriso.

— Exatamente — Alix respondeu. — E sabem de uma coisa? Anos depois minha mãe me contou que uma das duas meninas se casou com o garoto.

Lexie e Toby deram risada.

— Sua mãe é uma casamenteira.

— Ela adora romance, sob todas as formas.

— Que aconteceu com o pônei? — Toby quis saber.

— No fim do dia, quando o proprietário do animal voltou, teve um piripaque. Minha mãe havia mentido para ele que tinha um sítio no interior e um adestrador. Foi tão convincente que ele deixou que ela levasse o pônei. Quando descobriu a verdade, ficou furioso, mas mamãe jogou tanto charme para cima do homem que, quando ele levou o pônei de volta no elevador de serviço, estava sorrindo. Àquela altura, mamãe teve de expulsar todos do nosso apartamento, porque estavam de porre. Ela me deu banho, depois se aconchegou comigo na cama e leu um livro para mim. Que fossem as provas do seu próprio romance, excluídas as partes sobre sexo, foi o de menos. Adormeci instantaneamente. Depois desse episódio, virei a criança mais popular do prédio. Todo mundo chorou quando nos mudamos para outro bairro.

Por um momento, Lexie e Toby ficaram em silêncio, absorvendo a história.

— Que maravilha! — Lexie exclamou, suspirando. — Bem que eu queria uma aventura na minha vida.

— Seu chefe... — Alix começou a dizer.

— Ele está apaixonado demais por si próprio para se importar.

Alix e Toby se entreolharam. Pelo que perceberam de Roger Plymouth, ele estava loucamente apaixonado por Lexie, e não por si mesmo.

Depois dessa primeira noite, as jovens se tornaram um trio — isto é, sempre que podiam. Toby e Lexie trabalhavam e Alix estava tentando concluir seus esboços para os clientes de Jared.

Além disso, havia, é claro, as providências para o casamento de Izzy. Sem o caramanchão de rosas e com a inclusão da capela, tudo mudou. Alix deu a ideia de um motivo de flores silvestres baseado na louça da Casa dos Kingsley. Mostrou a Toby um jogo de pratos, e Toby preparou um arranjo semelhante ao padrão da porcelana. As duas planejaram tudo centrado em pequenas flores, muitas com haste, todas muito delicadas.

— Acho que isso vai dar certo — Toby disse a Alix quando começou a desenhar as flores para os lugares à mesa.

Para a capela, desenharam grinaldas de fitas azuis do tom de pintarroxos, que pendiam do teto ao longo da parede. Em cada laço haveria um arco com buquês de esporas azuis e minúsculas margaridas brancas inclinadas para baixo. Elas os colocaram num fundo de gramíneas ornamentais.

— Acho que ficou uma beleza — Alix disse, olhando para o que Toby fez, e Lexie concordou.

Alix fotografou tudo e enviou para Izzy, que não conseguiu se concentrar muito bem. Estava com muito enjoo matinal, e disse a Alix que virava e mexia caía no sono.

— Você sabe do que eu gosto — Izzy disse. — Do que *você* gostaria no seu casamento? Eu aceito tudo, sem ressalvas.

Alix não se permitiu refletir sobre seu casamento; se viesse a acontecer, seria dali a anos.

Na tardinha da partida de Jared, Alix ligou o computador e começou a procurar por Parthenia. Sabendo apenas esse nome, não era fácil, mas acrescentou o lugar Nantucket, e encontrou uma Parthenia Taggert Kendricks. O nome Taggert levou aos Montgomery de Warbrooke, Maine.

— Na mosca! — Alix exclamou, e em seguida começou a buscar algum Montgomery ou Taggert que ainda morassem no Maine. Para sua alegria, descobriu *vários* deles.

Quando Jared ligou à noite, Alix tinha muito para lhe contar:

— Ela era Parthenia Taggert, prima da Valentina, e ambas eram de Warbrooke. Parthenia se casou com um nativo de Nantucket chamado John Kendricks, mas não consegui encontrar muita coisa sobre ele; só que era professor. Vou mandar as datas por e-mail para você. — Ela hesitou.

— Que é que você tem em mente?

— Acho que você deve ir de carro ao Maine e falar com essas pessoas — ela disse.

— E fazer perguntas sobre uma coisa que aconteceu há duzentos anos?

— E por que não? Talvez a família seja como a sua, e tenha um casarão cheio de tralhas que ninguém joga fora há séculos.

— Duvido que haja outra família como a minha.

Pessoalmente, ela achava que não existia ninguém no mundo como ele.

— Então você acha mesmo que devo ir?

Ela adorou que ele pedisse o incentivo dela e, talvez, até sua aprovação.

— Acho sim.

— Preciso ir até Vermont para conseguir as dobradiças, e posso estender a viagem até Warbrooke, no Maine — Jared disse.

Alix deu um largo sorriso. Ficou satisfeita por ele ter aceitado sua sugestão.

— O pessoal de Nova York ficou contente de rever você?

Ela queria saber como ele estava se sentindo ao voltar ao escritório, mas fazia muito tempo que aprendera a nunca perguntar diretamente a um homem como se sentia.

— Tim e Stanley ficaram eufóricos, mas rasguei oito designs feitos pelos funcionários, e deu para ver que queriam me ver de volta ao inferno, onde pensam que moro quando não estou no escritório.

Alix riu e disse:

— Aposto que ficariam chocados se soubessem que você é um cara legal. — Tomou coragem e perguntou: — Sente saudade de mim?

— Demais da conta. Mostrei três de seus esboços à mão a um dos imbecis que Tim contratou e o sujeito agora odeia você.

— Verdade?

Alix disse isso com tanto entusiasmo que fez Jared rir.

— Sim, é verdade. Escute, acho que você devia convidar o dr. Huntley, da Sociedade Histórica, para ir à sua casa e pedir-lhe que descubra o possível sobre esse tal de Kendricks. Tem mais uma coisa: é provável que Huntley sinta falta das reuniões da tia Addy para tomar chá. E ele se dá muito com sua mãe, portanto, se você falar sobre ela, sem dúvida ele fará o que você quiser. Mas certifique-se de que ele não se aproxime do sótão. Esses historiadores podem se mostrar cleptomaníacos se tiverem oportunidade. Se o objeto for antigo, então, é capaz de o colocarem numa redoma de vidro e cobrarem entrada para que o povo o veja.

— Farei isso com prazer — Alix disse, rindo.

— Preciso desligar. Você acha que pode me mandar os nomes e endereços das pessoas que devo procurar em Warbrooke?

— Claro.

— Tenho mesmo que desligar, mas volto a ligar para você lá pelas nove, para falarmos sobre sexo.

— Grande ideia! — ela disse, entusiasmada, e os dois desligaram.

Alix jogou o fone na cama e se posicionou em frente ao retrato do comandante Caleb.

— O senhor ouviu aquilo? O Grande Jared Montgomery mostrou os *meus* esboços a um funcionário! Estou nas nuvens!

Ela dançou um pouquinho, depois pegou seu bloco de rascunhos. Tinha uma ideia para a casa de hóspedes, e queria desenhá-la logo antes que se esvanecesse.

Alguns dias depois, foram dadas as licenças para a capela no litoral norte, e o pai de Alix, com o empresário Twig Perkins e seus operários, começaram as obras. Desde o início, Ken proibiu Alix de ajudar, dizendo:

— Você já tem muito que fazer para a Izzy. Pode deixar que eu me encarrego da capela.

Ela sabia que a intenção dele era construir a capela como presente, mas, ainda assim, fez questão de permanecer no local quando começaram as escavações. O que encontrariam nas ruínas da antiga casa? Ossos?

Não havia nada. Apenas algumas madeiras carbonizadas, nada mais. Ela não sabia se deveria sentir-se aliviada ou decepcionada. Até então, não haviam descoberto nada que pudesse ser usado para solucionar o mistério de Valentina.

Alix sabia que podia começar sua pesquisa pelo sótão, mas alguma coisa dentro de si lhe dizia "Ainda não". Além disso, Jared continuava a desencorajá-la a se aprofundar no assunto. "Continue procurando na internet, e espere que eu volte, para podermos pesquisar juntos." A sugestão era por demais sedutora para que ela a recusasse.

⚓

Quando Ken soube por Alix que Jared ia de carro ao Norte, à região que chamava "das antiguidades", ligou para ele na mesma hora. Alix teve de esconder o riso quando ouviu o pai dizer a Jared o que ele devia comprar entre Vermont e o Maine:

— Um vitral. E não quero um desses modernos e baratos, de chumbo pesado e grandes lâminas de vidro. Compre alguma coisa antiga e bem-feita, até mais ou menos de 1910. Depois da guerra, toda a habilidade artesanal e a atenção aos detalhes desapareceram.

O engraçado era que ele estava falando com um homem considerado um dos maiores... etc. Mas Ken tratava Jared como um garoto de catorze anos que sabia mais sobre fazer ligação direta em carros do que sobre escolher um vitral.

— Você anotou os tamanhos? — Ken perguntou. — Ótimo! Tome cuidado para não perder o celular. Quando chegar ao Maine, pergunte a alguém onde você pode comprar antiguidades de qualidade. — Ken prestou atenção ao que Jared disse. — Tudo bem, tudo bem, um vitral recuperado também serve. Quê? Sim, ela está bem aqui. — Ken passou o telefone para a filha: — Ele quer falar com você.

— Vou te contar, seu pai!... — Jared disse, exasperado, e ela compreendeu muito bem. — Notícias de sua mãe?

— Não. E você pensou que ela viria para cá imediatamente...

— A única razão pela qual ela não apareceu aí foi porque eu lhe telefonei e disse que estava com uma pista quente sobre o paradeiro dos diários da tia Addy. E acrescentei que, se fosse para Nantucket, ela iria deslumbrar tanto meu informante, que eu perderia meu contato.

— E você inventou isso tudo sozinho?

— Inventei — ele respondeu.

— Não diga a mamãe que você mente tão bem, ou ela vai querer que você crie o enredo do seu próximo romance. Aposto que ela adorou ouvir que deslumbraria alguém.

— Eu acho que ela julgou que isso lhe era devido. Certamente não se mostrou surpresa com o elogio — Jared disse. — A propósito, se seu pai não gostar do que eu comprar, sei de um lugar onde ele pode enfiar o vitral...

— Vou dar seu recado a ele.

Jared baixou a voz:

— Você diga a ele o que eu falei, e eu vou contar a sua mãe que *você* está com os diários.

— Você é cruel — disse Alix. — Realmente cruel.

⚓

Ela convidou o dr. Frederick Huntley para um chá no domingo à tarde. Alix se surpreendeu ao constatar que se lembrava de muitas coisas a respeito das reuniões para tomar chá oferecidas por tia Addy. Lembrou-se de onde estava escondido o jogo de porcelana Herend. De joelhos, vasculhou um armário, de onde tirou o lindo bule verde e branco, o açucareiro e o recipiente para o creme, duas xícaras e dois pires.

Toby ajudou Alix a preparar *petits-fours* e até a colocar em cima deles os botões de rosa amarelos. As duas fizeram pequenos sanduíches triangulares e os rechearam de fatias finas de pepinos. Enquanto isso, Lexie as entretinha com mais histórias das escapadelas de Roger Plymouth.

Quando o dr. Huntley chegou, Toby e Lexie saíram sorrateiramente pelos fundos e Alix abriu a porta da entrada social.

O primeiro pensamento de Alix ao vê-lo foi que ele era um homem muito infeliz. Os ombros se curvavam um pouco para a frente e os olhos se inclinavam para baixo nos cantos.

Alix demorou apenas alguns minutos para lhe pedir que a ajudasse a descobrir sobre John Kendricks. Ele anotou o nome e as datas, prometeu que iria verificar e continuou sentado, como se esperasse para saber se ela precisava de mais alguma coisa.

— Que tal uma xícara de chá? — Alix perguntou, e começou a servir a bebida. — Minha mãe fala muito bem do senhor. — Essa era uma grande mentira, mas ela achou cabível no caso.

O dr. Huntley sorriu timidamente e Alix achou que esse homem talvez fosse mais jovem do que aparentava.

Ele permaneceu por mais de uma hora. Ambos beberam dois bules de chá, comeram tudo o que havia para comer e Alix teve de escutar muito sobre o charme de sua mãe e sobre como o dr. Huntley e sua esposa apreciavam a companhia de Victoria e de Adelaide.

— Eram mulheres muito interessantes — ele disse. — Victoria havia viajado muito a fim de pesquisar para seus maravilhosos romances, e Addy sabia tudo sobre a ilha. Seus detalhes eram tão vívidos que às vezes davam a impressão de que ela havia mesmo conhecido as pessoas que moraram nesta encantadora casa antiga há séculos.

"O fantasma do comandante Caleb provavelmente lhe contava tudo", Alix pensou, mas não disse. Quanto às viagens de sua mãe... Ela era mais uma exploradora de poltrona. Alix agora sabia que as descrições de lugares no exterior que faziam parte dos livros de sua mãe se originavam dos diários de mulheres que os haviam de fato conhecido pessoalmente. Sua mãe certamente não iria se aventurar em uma ilha remota dos Mares do Sul tentando descobrir algum acontecimento horroroso, para que pudesse descrevê-lo. Alix costumava achar que ela inventava tudo, mas agora sabia que ela apenas transpunha os fatos.

O dr. Huntley relembrou quando Alix era criança e falou de como a menina construía torres de artefatos que poderiam figurar em museus.

— Quando eu chegava em casa, minha esposa tinha de me reavivar com uma dose de conhaque.

— Na próxima vez, faço questão que o senhor a traga — Alix disse.

Havia levado uma hora para tirar a expressão triste do rosto desse homem, mas num instante ela voltou.

Rapidamente, e de maneira que parecia ter sido ensaiada, como se ele não conseguisse suportar a dor de falar sobre o assunto, ele disse que sua mulher havia morrido fazia dois anos. Ele havia sido diagnosticado com câncer, e, enquanto ela o acompanhou durante todo o seu tratamento, sua própria enfermidade havia sido negligenciada.

— Quando alcancei o estágio de remissão, já era tarde demais para ela. — Quando ele voltou a olhar para Alix, o sofrimento nos seus olhos foi muito penoso de ver. — Bem — ele disse ao se levantar —, você é jovem e tem uma vida pela frente. Não devo ocupá-la mais.

Alix ficou contente por nunca haver vivenciado nada parecido com o que aquele homem sofrera. Ela se levantou e pôs a mão no antebraço dele.

— Queria muito ter conhecido sua esposa.

— Ela teria gostado de você. Adorava a Victoria, tão cheia de vida e energia, e sempre olhando para a frente. E Victoria não parava de falar sobre sua maravilhosa filha.

— É mesmo? — Alix perguntou, surpresa.

— Ela disse que uma das provações da sua vida era você sempre escolher passar com seu pai o tempo em que ela ficava em Nantucket. — Ele lhe dirigiu um olhar de reprovação. — Você devia ter nos visitado pelo menos uma vez.

Alix, de alguma forma, conseguiu continuar sorrindo, mesmo enquanto jurava que iria criticar severamente a mãe — não que isso fosse adiantar alguma coisa, mas faria Alix se sentir melhor.

Na segunda-feira, Ken tomou a barca expressa até Hyannis, para receber o caminhão que o supereficiente Stanley estava acompanhando ao porto. Ele havia se superado ao conseguir reunir tão rapidamente todo o material de construção.

— Com alguns operários e uma frota de picapes, em dois dias posso montar uma catedral — Stanley tinha afirmado a Jared, que relatou a fanfarronada a Alix. Quando ela comentou com o pai que Stanley era a prova da grande competência de Jared em admitir funcionários, Ken ficou contente porque o celular não deixou a filha vê-lo revirar os olhos por causa da admiração de Alix por Jared.

Ele comprou mais ferramentas em Hyannis e, como todos os nativos de Nantucket, foi ao depósito local de atacado e fez um estoque de suprimentos domésticos. Os motoristas do caminhão, que não eram da ilha, ficaram impressionados com a quantidade enorme de artigos, como pacotes gigantescos de toalhas de papel, que se esperava que eles acomodassem entre a madeira e os pregos. Quando perguntaram o que estava acontecendo, os balseiros os olharam como se eles não batessem bem. "Eles vivem em Nantucket" era a resposta para todas as perguntas, como se isso explicasse tudo — e, para um ilhéu, explicava mesmo.

Quando Jared chegou a Warbrooke, ligou para Alix. Ela havia encontrado os nomes de Michael Taggert e Adam Montgomery on-line no catálogo da cidade. Baseada na participação dos dois na comunidade, ela presumiu que fossem os patriarcas da família.

— Parece que a família é dona da maior parte da cidade — ela lhe disse.

— É um lugar legal — Jared comentou a respeito da cidade no Maine. — Me lembra Nantucket.

— Isso é que é elogio!

⚓

No dia em que Jared devia conhecer os homens que Alix rastreara, ela estava meio nervosa e teve dificuldade em se concentrar no que Toby dizia. Elas haviam concluído quase todos os preparativos para o casamento, inclusive as reservas para todos os convidados de Izzy e Glenn. Alguns iam se hospedar em hotéis – que custavam uma fortuna –, mas a maioria seria acomodada em casas de parentes dos Kingsley. Lexie organizou isso, e também persuadiu Roger Plymouth a permitir que sua casa de seis quartos fosse usada para abrigar convidados.

— Mas ele vai estar lá? — Toby perguntou.

— Não — Lexie respondeu. — Ele prometeu que vai ficar na casa que tem em Taos.

— Droga! — Alix exclamou. — Toby e eu estávamos pensando em ficar na suíte principal.

— E se ele aparecesse... — Toby disse.

— Nós o trancaríamos na suíte conosco — Alix completou.

— Vocês são doidinhas — Lexie disse. — E não fazem ideia do que esse homem realmente é.

— Então, conte para a gente — Alix disse, e ela e Toby se debruçaram segurando os queixos, prontas para escutar avidamente.

De testa franzida, Lexlie ia começar a falar, mas balançou a cabeça e disse:

— Vocês duas não têm jeito. Como é que Jared está se saindo com os novos parentes lá no Maine?

— Eu ainda não soube de nada. Ele me disse apenas que gostou muito da cidade — Alix respondeu. — Ele vai se encontrar com os homens hoje, e à noite me telefona para contar.

Jared só ligou pouco antes das dez da noite.

— Conte-me tudo! Quero saber de todas as palavras.

— Eles são meio... incomuns — Jared disse.

— Como assim?

— Há duas famílias, os Montgomery e os Taggert, que se tornaram parentes por meio de um casamento faz muito tempo.

— Há quanto tempo vivem naquela cidade?

— Parece que chegaram faz alguns séculos. — Ele fez uma pausa. — Você está rindo porque isso parece a minha família?

— Exatamente. Eles têm alguma documentação sobre Valentina e Parthenia?

— Na realidade têm.

— Você está brincando!

— Não estou, não. Existe uma mulher que é uma espécie de historiadora da família, e ela vai vir do Colorado para me trazer cartas trocadas entre Valentina e seu primo.

— Maravilha! — Alix exclamou. — E aí, você gostou dos novos parentes?

— É, gostei — ele disse, com voz hesitante.

— Qual é o problema?

— Nenhum. Na verdade, tudo é muito bom. A personalidade deles é tão semelhante à minha que sinto como se os conhecesse desde sempre, especialmente o lado dos Montgomery. Eles até se parecem fisicamente comigo. Estou tentando convencer todos eles a passar um tempo em Nantucket. A casa dos Harpers está à venda.

— Não é aquele casarão da esquina? Que estão pedindo 7,25 milhões de dólares?

— Acho que sim — ele respondeu. — Mas eles têm bala na agulha para pagar isso.

— Veeeeerrrrdade?

— Verdade. Preciso desligar agora. Vou me encontrar com Mike daqui a alguns minutos. Amanhã vou pescar com dois dos meus novos primos. E eu talvez demore mais alguns dias para voltar do que o planejado. Você se importa?

Alix sorriu: não quis dizer-lhe, mas ficou contente por ele ter perguntado o que ela achava. Era como se eles formassem mesmo um casal.

— Acho que você merece uma folga. Divirta-se! E, a propósito, o que eles têm que precisa de design?

Jared riu tão alto que Alix precisou afastar o fone do ouvido:

— Tem uma enorme casa antiga localizada num rochedo que precisa de uma grande reforma, mas até agora não confiaram em ninguém para fazer isso.

— Até agora — Alix disse.

— Até que um parente de sangue apareceu. É uma conexão distante, mas o elemento tempo da família não os incomoda.

— Você vai se enquadrar direitinho neles se falar sobre o comandante Caleb, como se o tivesse visto ontem.

Jared ficou um pouco espantado ao ouvir isso, mas sorriu e disse:

— Sinto sua falta. Você está bem?

— Muito bem. — Ela gostou do tom suave da voz dele. — Papai não quer que eu veja o andamento das obras da capela, Izzy não consegue ficar acordada tempo suficiente para tomar uma decisão, e esta casa fica muito grande e vazia com apenas o comandante e eu aqui. A não ser isso, estou ótima.

Jared susteve a respiração e perguntou:

— Você tem falado com ele?

— Tenho. Muito, mas, infelizmente, ele nunca responde.

— Nem mesmo com beijinhos no seu rosto?

— Não — Alix disse. — Então, o que devo fazer para que o lendário comandante Caleb fale comigo?

— Pensando bem, talvez fosse bom você ficar com Toby e Lex até eu voltar.

— Será que isso é uma demonstração de ciúme?

— Você quer falar com um fantasma, e eu é que estou com ciúme?

— Mais uma pergunta que você evita responder.

Jared riu e admitiu:

— Tudo bem, estou mesmo com ciúme porque ele está com você e eu não. Você está vestindo o quê?

Alix olhou para seu moletom e uma velha camiseta, e mentiu descaradamente.

⚓

Alguns dias depois, Jared ligou e falou com ela sobre Jilly Taggert. Ela era a historiadora da família que voara até o Maine especialmente para se encontrar com Jared:

— Tudo bem se ela voltar para casa comigo?

Alix respondeu no mesmo instante:

— Quantos anos ela tem e qual sua aparência?

— Ela é bonitinha de maneira discreta, dessas que sobressaem num piquenique de domingo, inteligente, e deve estar na casa dos quarenta, suponho. Ela disse que sempre teve vontade de ir a Nantucket, por isso pensei...

— Que a ilha é tão linda que ela *precisa* conhecê-la — Alix concluiu por ele.

— Exatamente! — Ele se calou por um instante. — Alix, você acharia que sou maluco se eu lhe dissesse que há alguma coisa sobre ela que me lembra o seu pai?

Será que Jared estava bancando o casamenteiro?, Alix se perguntou. Se estivesse, ela ficaria contente.

— Suponho que Jilly não seja como minha mãe.

Jared deu uma gargalhada:

— Jilly é o oposto de sua mãe. Ela nunca solicita atenção, e é muito atenciosa com as pessoas.

— Parece mesmo que meu pai vai gostar dela, então, pode trazê-la com você! Vocês vêm de carro ou de avião?

— De carro. — Ele informou a data das reservas na barca. — Devemos nos ver lá pelo início da tarde — ele disse, e baixou a voz. — Você já escreveu mais poemas?

— Não, mas tenho uma boa ideia para um.

— Então me diga qual... — ele falou docemente.

Capítulo vinte

Era domingo de manhã cedo, e Alix estava na cama ouvindo a chuva. Parecia que nesse dia todo mundo que ela conhecia na ilha estava fora ou ocupado. Toby estava preparando flores para um casamento à tarde, e Dilys e Lexie tinham ido às compras fora da ilha. Seu pai chegava ao canteiro de obras às seis da manhã, sete dias por semana, e Alix sabia que ele não a queria por lá.

Alix tinha trabalho a fazer nos esboços para a casa de hóspedes para o homem do Festival de Narcisos, mas não queria fazer isso. Finalmente, nessa manhã ela acordou com uma irresistível necessidade de ir para o sótão ver o que poderia encontrar. Apesar da oferta de ajuda de Jared, Alix sabia que havia chegado a hora de ela começar a procurar os papéis sobre Valentina.

Levantou-se, abriu a cortina do quarto e viu que caía uma chuva forte. Lá fora o tempo estava carregado, pintado por uma combinação de chuva e nevoeiro. "A Dama Cinzenta" era uma alcunha da ilha, e ela entendeu por quê.

Alix vestiu-se rapidamente; não era preciso caprichar muito com a aparência, pois Jared não estava lá. Comeu em pouco tempo uma tigela de granola e subiu a escadaria que levava ao sótão. Dois dias antes, questionara Lexie sobre o que ela sabia do sótão e o que podia ter ali guardado.

— Aquele lugar é uma bagunça — Lexie afirmara —, embora Jared goste. Ele chega a passar horas lá.

— Interessante — Alix disse. — Preciso estudar esse mistério. Além disso, se eu esperar até a volta de Jared, nós vamos ficar entretidos com designs e eu nunca vou conseguir me demorar lá. Onde estão os documentos sobre Valentina?

Segundo instruções de Lexie, Alix deixou a porta aberta "para a luz do hall entrar", e depois puxou o cordão que acendia a única lâmpada. Embora nunca tivesse estado antes no sótão, imaginara que deveria estar entulhado de coisas, mas nada poderia tê-la preparado para o que viu. O enorme cômodo abrangia a casa inteira, e, enquanto o andar de baixo tivesse sido constantemente reparado e reformado, o sótão parecia continuar o mesmo de quando o comandante Caleb havia construído a casa. Enormes vigas estavam expostas acima, e um largo piso de tábuas se apresentava. Entretanto, Alix ficou satisfeita ao ver que todos os centímetros estavam secos, e até mesmo razoavelmente limpos. Era óbvio que a equipe de serviços domésticos da empresa Jo Costake's Domestic Goddess, que vinha a cada duas semanas limpar o andar térreo, às vezes também cuidava do sótão.

Mas não lhes era possível fazer muita coisa, além de tirar a poeira. À frente havia um espaço com um pequeno sofá, uma velha mesa de centro meio bamba e uma poltrona surrada. Atrás desses móveis, estendendo-se até desaparecerem na escuridão, viam-se fileiras de caixas, baús, cestos, móveis e malas, empilhadas quase até o teto. Estreitas passagens se misturavam entre os objetos, e Alix viu mais umas duas lâmpadas no teto, mas, em resumo, a ideia de tentar encontrar alguma coisa naquele imenso espaço a fez ter vontade de sair correndo.

Ela abriu a porta de um enorme armário e encontrou roupas velhas que pareciam ser das décadas de 1920 e 1930. Na frente estavam um casaco de lã com gola de pele, alguns vestidos de algodão e um reluzente vestido de noite, perfeito para ser usado numa festa à fantasia.

Ela se perguntou onde estariam as informações sobre Valentina. Lexie disse que estavam todas juntas, "à direita da porta", mas, quando Alix olhou perto da porta por onde entrara, viu apenas uma pilha de mesas.

"Talvez ela tenha querido dizer para percorrer o corredor à direita", ela disse em voz alta, e começou a tentar se esgueirar por ali. Mais ou menos na metade do caminho havia uma outra luz, e ela puxou o cordão. A lâmpada de poucos watts tornou o lugar ainda mais soturno. Quaisquer documentos que ela encontrasse teriam de ser levados para baixo, porque ali era escuro demais para poder ler.

À sua direita havia uma pilha de quase dois metros de caixas de armazenamento, do tipo para arquivos. Na parte inferior de cada uma, escrito em letras grandes, via-se VALENTINA. Alix recuou o máximo que pôde para poder olhá-las. Devia haver umas vinte caixas, e todas pareciam cheias até a borda. Ela subiu num baú no outro lado do corredor e se espichou para puxar a caixa que estava no topo. Alix segurou-a, mas acabou perdendo o equilíbrio. Por um segundo, pensou que fosse cair. Com os pés escorregando, segurou-se à caixa e saltou para o chão. Caiu com o traseiro no piso duro e, nisso, a lâmpada se apagou.

— Que beleza! — ela exclamou ao se levantar. Na véspera, reparara que o estoque de lâmpadas da casa havia acabado e precisava ser reposto. Resmungando, pegou a caixa e se dirigiu à parte da frente.

— Olá!

Era uma voz masculina familiar. Por um instante, ela achou que fosse a de Jared, que antecipara sua volta, mas depois se deu conta de que a voz era mais profunda e parecia ser de alguém mais velho.

No fim do corredor, ela se deteve. À sua frente, estava uma versão moderna do comandante Caleb. Vestia jeans, uma camisa de brim e sólidas botas castanhas com cadarço, mas, a não ser por isso, ele era o comandante.

— Acho que a assustei. — A voz dele era parecidíssima com a de Jared. — Mil perdões. Acho melhor eu ir embora e só voltar quando formos adequadamente apresentados. — Ele se virou em direção à porta.

— Não! Você não precisa ir embora. Você se parece demais com o comandante Caleb. Só pode ser um Kingsley.

— Eu pareço com o comandante Caleb? — E, mesmo sob a fosca luz cinzenta, ela viu que os olhos dele brilharam. — Eu não poderia jamais ser tão bonitão assim. Nenhum homem de hoje poderia.

Sorrindo, Alix pôs no chão a caixa que estava segurando.

— Tenho de concordar, mas talvez você seja um pouco diferente dele. Seus olhos são menos sérios.

— Ah, mas quando aquele retrato dele foi pintado, o comandante tinha muitas preocupações. Ele estava tentando conquistar a linda Valentina.

— Segundo me contaram, ele não teve nenhum problema com isso.

Quando Alix se afundou no pequeno sofá, uma nuvem de poeira a envolveu, e ela suspirou:

— Desculpe — disse, ao olhar para ele. — É que estou me sentindo sobrecarregada com todas essas caixas que devo examinar.

— Você se importa? — ele perguntou, indicando a poltrona em frente a ela.

— Por favor, fique à vontade.

Ele se sentou na grande poltrona, cujos rebordos lhe mantinham o rosto ensombreado. Ela achou que ele se parecia muito com o comandante, mas talvez porque ela olhava para o retrato de Caleb todas as manhãs e noites. Independentemente do motivo, ele lhe parecia muito familiar.

— Quem é você? — ela perguntou.

— Jared não lhe falou sobre mim?

— Não, não falou — ela respondeu. — Mas ele tampouco me informou sobre seu primo Wes.

Quando o homem deu uma risada, ela teve quase certeza de que havia ouvido aquele som quando criança.

— Acho que já o conheci, mas você é...

Pela aparência, ele era um pouco mais jovem do que Jared, o que significava que não teria aquela risada profunda e adulta quando ela era tão pequena.

— Nós nos conhecemos sim, quando você era criança — ele disse, sorrindo. — Mas você já conheceu tantos membros da minha família, que talvez não consiga me identificar: eu sou Caleb.

— Isso é adequado — ela disse.

O sorriso dele a tranquilizou:

— Suponho que a grande quantidade de material escondido não vai fazer você desistir de se aprofundar e analisar isso tudo.

— Não, não vai.

— Vou lhe contar um segredo — ele disse. — Li todas as palavras dos papéis que estão guardados nessas caixas.

— É mesmo?

— Sim. Na verdade, sou diretamente responsável por grande parte das informações armazenadas aqui. Você gostaria de que eu lhe contasse a verdadeira história de Valentina e Caleb? A que o resto da minha família não sabe?

Alix hesitou. Talvez devesse esperar pela volta de Jared, para que Caleb pudesse contar tudo a eles dois. Mas não conseguiu resistir e assentiu com a cabeça.

Ele olhou ao redor do sótão e disse:

— Para essa história de um grande e profundo amor, precisamos criar um ambiente apropriado. Eu tenho um... como é que se chama? — Ele fez um pequeno círculo com as mãos. — Isto aqui toca música. Você tem um gramofone?

Ela sorriu à imagem do aparelho obsoleto, que se enquadrava perfeitamente nos artefatos que os cercavam.

— Não, mas tenho um excelente laptop que vai tocar seu CD.

Ele sorriu, como se ela fosse a pessoa mais inteligente.

— Eu me lembro de ter visto um vestido longo no fim do primeiro corredor. Sua dona era muito alta, assim como você, e acredito que ele vai lhe cair perfeitamente bem. Talvez você possa vesti-lo, e, enquanto conversarmos, posso lhe ensinar uma dança da época de Valentina.

— Como? — Alix indagou, de olhos arregalados. Sendo uma mulher de um mundo moderno que raramente se dava ao trabalho de se vestir elegantemente para algum evento, ela ia começar a protestar, mas olhou de relance pela janela e verificou que o temporal continuava. Como não tinha realmente nada urgente para fazer, por que não dançar com o parente bonitão de Jared? — Onde está o vestido?

Caleb lhe sorriu com tamanha cordialidade que Alix deu um passo à frente, em direção a ele. “Minha nossa!”, ela pensou, e recuou. Se o verdadeiro comandante Caleb tinha esse magnetismo, ela entendia muito bem por que Valentina engravidara antes de eles se casarem. Ele pareceu compreender os pensamentos de Alix, mas nada comentou, enquanto lhe informou sobre onde encontrar a caixa contendo o vestido.

Ela a achou facilmente, mas retirar a vestimenta da caixa foi difícil. Precisou tirar outros seis objetos de cima e arrastar o vestido para fora, que estava numa caixa verde-escura, com o nome de uma loja de Boston na tampa.

Quando ela o levou até a frente do sótão, Caleb estava de pé ao lado da poltrona, sorrindo. Ela se perguntou por que não havia sido apresentada a esse homem. Será que ele morava na vizinhança?

— Aqui está — ela disse.

Em apenas alguns minutos, Alix abriu a caixa. Dentro estava o que parecia ser um vestido comprido branco de algodão. Quando o tirou da caixa, ela o segurou sob a única lâmpada acesa. Era lindo: de algodão límpido e clássico, com uma gola quadrada, mangas compridas e uma saia em camadas que ia até o chão. Era, sem dúvida, um vestido de noiva. Ela olhou para Caleb e perguntou:

— É da década de 1950?

— Acredito que sim. — Ele fez uma pausa. — Você gostaria de experimentá-lo?

Ela olhou para o longo vestido branco. Na verdade, não havia por que vesti-lo, mas ultimamente sua cabeça andava tão cheia de ideias sobre casamentos e tudo o que acompanha essa cerimônia que se sentiu atraída pelo vestido. E, claro, havia Jared. Ela não tinha dito que seu vestido de casamento seria de algodão?

— Acho que vou lá embaixo para vesti-lo.

— Depois você volta para me mostrar? — ele perguntou, de uma forma que a surpreendeu. Pareceu que ele ficaria arrasado se ela negasse seu pedido.

— Sim, volto — ela respondeu, e desceu a escadaria correndo, até seu quarto.

Quando chegou, não pôde deixar de olhar para o retrato do comandante Caleb. O homem lá no sótão era a cara do seu antepassado!

— Ele não é *tão* bonitão quanto o senhor, mas o páreo é duro!

No minuto seguinte, ela tirou a roupa. Num impulso, vasculhou uma gaveta para encontrar sua roupa de renda branca mais requintada e a vestiu. Ia pôr o vestido, mas resolveu ir antes ao banheiro e se maquiar. Ficou contente porque o longo cabelo estava limpo. Arrancou o laço do rabo de cavalo e conseguiu fazer um coque delicado. Não foi um serviço de profissional, mas era mais adequado à elegância do vestido.

Finalmente voltou ao quarto usando apenas a lingerie e apanhou o vestido. Ao tentar vesti-lo, teve de lutar com as mangas justas e estreitas e se esforçar para abotoar os botões nas costas. Só depois de terminar tudo, ela se olhou no espelho. Se o vestido tivesse sido feito por encomenda, não lhe teria caído melhor. O decote era amplo e deixava à vista grande parte do seu colo. Ela tentou, sem convicção, puxá-lo para cima, mas depois sorriu e desistiu: seus seios nunca pareceram tão bonitos!

À medida que ia subindo os degraus íngremes e estreitos da escadaria que levava ao sótão, usando um vestido de noiva e carregando um laptop, hesitava, mas, quando viu Caleb, sua resistência desapareceu. Ele estava de *smoking*, do tipo perfeito, como os usados por Cary Grant nos filmes. A roupa caía maravilhosamente nele, ajustando-se muito bem na cintura e mostrando as pernas compridas e musculosas. Ela não sabia qual academia ele frequentava, mas o local deveria receber um prêmio.

O olhar que ele dirigiu a Alix fez com que ela se aprumasse. Ele sussurrou:

— As deusas devem invejá-la.

As palavras dele foram lisonjeiras, mas, evidentemente, não eram verdadeiras. De qualquer maneira, fizeram com que Alix deixasse de ter qualquer dúvida sobre sua aparência. Ela colocou o laptop na mesa e inseriu o CD que ele já havia posto em cima do móvel. A primeira melodia era uma combinação de danças típicas da Escócia e da Irlanda, com muitos violinos. O ritmo era rápido, mas também lírico.

Sorrindo, ele estendeu a mão até ela.

Quando ela a pegou, um calor instantâneo a percorreu. O toque desse homem não era tão elétrico nem tão sexual quanto o de Jared, mas era tranquilizador e revigorante ao mesmo tempo. As preocupações de Alix com o trabalho que precisava fazer se esvaneceram. Tudo o que importava era esse momento e o que esse homem tinha a lhe dizer.

Ele deu um passo para trás, fez uma reverência, e, embora Alix não conhecesse a dança para a qual ele a estava conduzindo, ela sabia o que fazer. Fez uma vênia, depois se virou e deu quatro passos à frente, com Caleb ao seu lado. Ela parou, virou-se para ele e levantou as mãos para tocar as dele.

— Como é que eu sei o que devo fazer? — ela perguntou.

— Por causa de lembranças do passado — ele respondeu, girando-lhe o corpo uma vez mais. — Mas agora não é hora de pensar. Apenas sinta, e eu vou lhe contar a história. Valentina era extraordinariamente linda. Tinha cabelos ruivos, olhos verdes e sua cintura era da largura da mão de um homem.

Estavam se movimentando de acordo com a música em direção à parede na extremidade.

— Pela sua descrição, ela se parece com minha mãe.

— Ela é exatamente como sua mãe.

— Então devia arrasar o coração dos rapazes da ilha.

— Ah, sim! — Caleb disse, numa voz que soou distante. — Todos eles faziam papel de bobos quando ela estava por perto.

— Ela e o comandante Caleb se apaixonaram imediatamente?

— Ele sim. Na época ele não sabia disso, mas se apaixonou à primeira vista. Quanto a Valentina, a princípio ela o desprezou.

— Não é isso que acontece sempre com os grandes romances? — Alix girou um círculo completo e o encarou.

— Talvez para se ler a respeito, mas não para vivenciar. Eles só se encontraram mesmo porque o comandante retornou de sua longa viagem antes do esperado.

— Da mesma forma que Izzy e eu — disse Alix. — E, se nós não tivéssemos antecipado nossa chegada à ilha, eu não teria conhecido o Jared.

— Você se refere à sua irmã?

Alix deu uma risada:

— Posso acreditar que Izzy tenha sido minha irmã numa outra vida. Acho que é bem capaz de você me dizer agora que um eu alternativo conhecia Jared.

— Vocês dois fizeram prédios juntos — afirmou Caleb. — Muitas casas desta ilha são suas. Você as desenhava, e ele as construía.

Alix deu mais uma risada.

— Que maravilhoso embromador você é! Você *precisa* conhecer minha mãe. Com seus enredos e os escritos dela, vocês seriam uma combinação perfeita.

— E nós fomos — ele disse.

— Sim, é claro. Você só poderia ser o comandante Caleb. Mas como Valentina pôde *desprezá-lo?*

Alix não pôde deixar de flertar com ele. Se algum dia existiu um homem com quem se devia flertar, esse homem era ele. Seus olhos insinuavam que seu lugar era numa cama, e, combinada com o lindo vestido, ela estava começando a se achar a mulher mais desejável do mundo. Muito tempo atrás, Alix havia descoberto que, sendo sua mãe como era, ela, Alix, precisava ser inteligente, talentosa e altamente conceituada. Quando se tratava de puro *sex appeal*, ninguém podia competir com Victoria, mas nesse instante esse homem estava fazendo Alix se sentir a tentação em pessoa.

Caleb disse:

— Quando o comandante chegou de volta a Nantucket, não sabia quem era Valentina. Ela voltou para a ilha depois que ele partiu numa viagem à China, de modo que não a havia visto.

Ele girou o corpo, depois se reaproximou de Alix com uma expressão que dizia haver ficado longe dela tempo demais.

O rosto dela estava perto do dele. Ele estava bem barbeado, e ela sentiu o cheiro da pele desse homem: era salgado e, nossa!, muito másculo.

Uma nova canção começou a tocar; essa era mais suave e mais lenta. Caleb estendeu os braços para ela. Parecia a coisa mais natural do mundo deslizar até eles. Ele a conduziu numa valsa tão delicada que ela não tinha certeza de que seus pés estivessem tocando no chão. Eles giravam sem parar.

Alix pôs a cabeça para trás e fechou os olhos. Quando os abriu, estava olhando de cima para a janela e para as pilhas de artefatos. Ela e esse homem pareciam estar no alto, bem no alto, acima do chão. Como arquiteta, ela sabia que isso não era possível. O teto era muito baixo, mas nesse momento ela não se sentia uma profissional de ramo nenhum de negócios. O lindo vestido branco de noiva girava no seu corpo, e quase envolvia eles dois numa suave névoa. Ela experimentava uma sensação profunda de si mesma como mulher. Todas as características sedutoras e cativantes que a faziam ser quem era estavam irradiando dela.

E era esse homem, esse homem maravilhoso, que estava causando isso tudo.

Alix deixou que as sensações e os sentimentos lhe penetrassem o corpo. A música ficou mais alta, como se houvesse uma orquestra naquele vasto cômodo. Ela sentiu cheiro de comida e de perfume. Ouviu risadas e pessoas conversando. Ao olhar para baixo, havia luz: dourada, brilhante e aquecida. Era luz de velas cintilando e radiantes, iluminando a pele corada e rósea de uma centena de pessoas.

Alix conseguiu ver debaixo do chão. O andar térreo todo estava inundado de luz e risadas.

— Eu estou vendo — ela sussurrou, e agarrou a mão de Caleb.

— Quem você vê? — ele murmurou também.

— Minha mãe! Os homens a estão rodeando. Ela está com a aparência que tem pela manhã, antes de se maquiar. Nunca vi suas sobrancelhas sem estarem depiladas.

— Essa é Valentina — disse Caleb suavemente. — Quem mais está lá?

— Muita gente. Um homem que se parece com meu pai.

— Ele é John Kendricks, viúvo e professor, mas também construiu esta casa enquanto o comandante estava fora. — Você está se vendo? Talvez você seja a filha de John. É aquela moça no assento perto da janela.

— Ah, sim. Ela está com um bloco de rascunho, e realmente se parece comigo. O que ela está desenhando?

— Uma casa, é claro — Caleb disse. — Está vendo Parthenia? Ela deve estar com seu pai. Eles estavam apaixonadíssimos.

— Estou vendo! Parthenia é a moça bonita ao lado dele? — A mulher estava de pé junto dele, sorrindo, mas não ria nem batia papo como as outras pessoas. — Ela parece muito reservada.

— E é mesmo.

— Quem é o senhor grisalho? Ele se parece com o dr. Huntley.

— Esse é o pai do comandante — Caleb disse. — Ele faz *qualquer coisa* pelo filho.

Alix voltou a fechar os olhos e o volume da música aumentou. Ela abriu os olhos e sorriu para Caleb.

— Ontem eu estava calculando quantos sacos de cimento devia encomendar para uma obra. Hoje, estou usando um vestido lindo e dançando no ar. Literalmente. A propósito, onde está o comandante?

Ainda sem fôlego por causa da dança, ela procurou por ele.

— Você não vai poder vê-lo no baile. Ele acaba de chegar em casa depois de uma demorada viagem; ele se sentia como se tivesse vivido sempre no mar. Está cansado e faminto, e quer conhecer sua casa nova.

— Então o sedutor comandante Caleb estava chegando de viagem nessa noite?

Caleb sorriu:

— Sedutor. Gosto dessa palavra, mas nessa noite ele era tudo menos isso. Quando chegou à alameda Kingsley, viu que sua nova casa estava toda iluminada, e isso o aborreceu. É que John e Parthenia iam se casar naquela noite, e metade da ilha foi convidada, mas o comandante ignorava esse fato. Ele só viu que havia mil velas, muitas carruagens e cavalos do lado de fora. O esterco estava à altura dos tornozelos.

— Que imagem romântica! — Alix disse, rindo. — O comandante expulsou as pessoas?

— Não, ele não era desse tipo. Mas não queria ver ninguém, então entrou sorrateiramente e subiu a escadaria até seu quarto. Para seu desagrado, encontrou sua cama coberta de mantos das senhoras, por isso subiu até o sótão.

— Para se esconder e ficar emburrado.

— Não! — Caleb exclamou, afrontado, mas rodopiou Alix ainda mais intensamente, e deu um pequeno sorriso. — Talvez tenha sido isso que você disse, mas sabe-se lá por quê, ele estava lá quando Valentina subiu.

— Com um rapaz? — Alix perguntou.

— Não. Ela queria tirar os sapatos e ficar em paz por um momento. Havia dançado tanto que os pés estavam muito doídos.

— O encontro deles foi romântico?

— De jeito nenhum — Caleb respondeu, com voz risonha. — Ele não a conhecia e, segundo a aparência dela, ele julgou ser muito possível que ela fosse uma mulher da noite.

— A mim, parece que o comandante Caleb havia acabado de voltar de portos exóticos, e, quando viu a deslumbrante e voluptuosa Valentina, lhe passou uma cantada, isso sim. Não acredito que ele tenha sido rude com ela nesse primeiro encontro.

— Talvez — ele disse, com um largo sorriso. — Acho que a filha do professor é inteligente demais. Assim, vai ser muito difícil você encontrar um marido.

Alix lhe retribuiu o sorriso:

— Minha mãe também é muito inteligente, e *conquistou* o comandante Caleb.

A gargalhada dele ressoou; era a mesma de que Alix se lembrava claramente: profunda, exuberante, retumbante, como melado intenso, escuro e doce.

— Garanto que nunca ri tanto desde a última vez em que você esteve aqui. Onde foi mesmo que parei a história?

— A filha de John Kendricks era inteligente demais para que um homem soubesse lidar com ela.

Caleb sorriu.

— É verdade que naquela primeira noite o comandante Caleb tentou persuadir a linda Valentina a beijá-lo, mas isso foi tudo o que aconteceu.

— Qual a quantidade de rum envolvida nessa história?

— Mensurada em galões ou jarras?

Alix riu.

— Valentina esbofeteou o comandante?

— Não — Caleb respondeu. — Ela...

Alix olhou para ele e perguntou:

— Você está ruborizado?

— Essa característica é feminina. Homens não enrubescem.

— Que foi que Valentina fez com o comandante? Que, a propósito, podia ter estado meio embriagado.

— Ela usou de um truque com ele. Sabe, ela fingiu convidá-lo para fazer amor.

— Como assim?

Caleb continuou dançando e segurando Alix, e demorou para responder:

— Ela fez com que ele se despisse.

— Você quer dizer que ele ficou nu e ela não?

— Isso mesmo. — Caleb sorriu, encabulado. — Quando o comandante ficou totalmente despido, Valentina pegou a roupa dele, saiu do sótão e trancou a porta com firmeza.

— Quê? — Alix começou a rir ao visualizar a cena. — Se a casa era nova, provavelmente não havia muita coisa aqui no sótão, não é?

— Havia apenas meia jarra de rum. — A expressão de Caleb era um misto de remorso e constrangimento. — E a noite estava fria.

Alix não conseguiu reprimir o riso.

— Como é que ele saiu daqui?

— Na manhã seguinte Kendricks ouviu... bem, alguns palavrões que chegaram a atravessar as tábuas do assoalho. Foi muito difícil para a família despertar após a festança da véspera.

— Sem esquecer que foi a noite do casamento do professor. Não quero rir do comandante, mas ele mereceu o que lhe fizeram.

— Mereceu mesmo — Caleb concordou. — Embora ele certamente não tenha achado isso na ocasião. Quando finalmente foi libertado do sótão, vestiu seu uniforme mais imponente, foi à lavanderia, onde Valentina estava mexendo seus tachos de sabonete, e exigiu que lhe pedisse desculpas.

— E ela se desculpou?

— Ela lhe disse que fosse útil, agarrasse uma pá e mexesse a mistura.

— Essa não era bem a maneira pela qual um comandante de navio era tratado...

— É verdade — Caleb disse, sorrindo. — Ele não estava absolutamente habituado a ser tratado daquela forma.

Os dois trocaram sorrisos e continuaram dançando.

Capítulo vinte e um

Jared estava na velha e surrada caminhonete que mantinha em Hyannis, dirigindo de volta do Maine. No verão era difícil conseguir uma reserva para um veículo na barca rotineira. Em virtude dos cerca de 60 mil visitantes que vinham e iam da ilha, e com seus muitos veículos ocupando espaço na barca, muitos moradores de Nantucket deixavam seus carros ou caminhonetes fora da ilha.

Ao seu lado estava Jilly Taggert Leighton, uma das várias parentes que ele havia conhecido nos últimos dias. Parecia haver centenas deles!

Havia alguns, na maioria de Montgomery, na cidadezinha do Maine fundada por seus antepassados, e lhe contaram que existiam outros, os Taggert, que moravam em Chandler, no Colorado. Jared viu fotos de um casarão no Colorado construído por um barão usurpador no século XIX. De acordo com o que pareceu a Jared, a casa não era reformada fazia muitos anos. Ele não disse, mas queria muito pôr mãos à obra e dar um jeito na residência. Nem conseguia imaginar o perigo que a fiação elétrica devia representar.

Enquanto olhava as fotos, imaginava o rosto de Alix quando visse a mansão no Colorado. E o que ela diria ao ver o casarão no Maine. Além dos prédios, ele se perguntou de qual membro da família ela gostaria mais, e de qual ela jamais se aproximaria. Será que ele e Alix teriam as mesmas opiniões sobre tudo e todos? Ou discordariam?

A verdade era que Jared pensou em Alix o tempo todo em que esteve ausente. E falou sobre ela. Talvez fosse isso o que mais o surpreendeu: que ele tivesse falado sobre ela em voz alta. Fora da ilha, ele sempre fora uma pessoa muito discreta. Seu avô dizia que o contraste era bom. Em

Nantucket um homem não podia namorar, romper com a namorada ou simplesmente flertar com uma garota sem que metade da cidade ficasse sabendo. Essa era uma das muitas razões pelas quais Jared só saía com turistas quando estava na ilha, e por que mantinha suas namoradas de Nova York longe de Nantucket.

Mas Alix era diferente. Nunca na vida ele havia se sentido tão bem, tão à vontade com uma pessoa. Desde como fatiar um peixe até desenhar uma casa, eles sabiam como... bem, na verdade como *viver* juntos.

Umas duas vezes antes Jared havia morado com mulheres, mas essas ocasiões haviam sido calamitosas. Para começo de conversa, todas as suas namoradas se importavam mais com o sucesso dele do que com sua paixão por seu ofício. Ele era um arquiteto famoso que frequentava os círculos da elite, e elas queriam fazer parte disso. Queriam usar vestidos de noite que custavam milhares de dólares, joias ainda mais caras, e ir a festas todas as noites da semana. Queriam ser vistas com o famoso Jared Montgomery, queriam que seus nomes fossem ligados ao dele. Jared se achava secundário a esse homem, que sempre julgava ser uma criação da mídia.

Havia anos ele tentava namorar mulheres de diferentes níveis sociais. Houve uma jovem bonitinha de Indiana, que trabalhava como recepcionista, mas que fora sufocada pela vida de alto padrão de Jared. Um dia, ele a encontrou aos prantos no apartamento dele e lhe pagou uma passagem aérea para voltar para casa. As mulheres que cresceram ricas se aborreciam por Jared passar tão pouco tempo com elas. As ambiciosas usavam os contatos de Jared como trampolim para chegar ao topo.

Independentemente da origem, todas as mulheres que ele havia namorado se interessaram muito mais por Jared, o Famoso, do que por Jared, o Homem. Nenhuma delas percebera o conceito do *trabalho* subjacente ao que ele fazia. Ele *trabalhava* muito e arduamente.

Mas Alix percebeu. Ele podia entregar-lhe a extremidade de uma fita métrica, e ela sabia o que fazer. Ele podia falar em termos resumidos com ela, e seria compreendido. Mas trabalho não era o cerne de tudo, nem a parte principal. Alix o via como homem: via os dois lados dele, e gostava de ambos.

— Você sente saudade dela? — Jilly perguntou, do assento do carona ao lado do dele.

Jared sorriu.

— Eu banquei o bobo ao falar tanto sobre ela?

— De jeito nenhum — Jilly disse. — A maioria de nós já passou por isso que você está sentindo, e, quem não passou, tem a esperança de um dia vir a passar. Você contou a Alix que vamos chegar hoje?

— Não. Ela só me espera amanhã.

Ele sorriu abertamente à ideia de revê-la. Dois dias atrás ele havia ido com Kane, o irmão mais velho de Jilly, e seus filhos gêmeos idênticos à procura de um vitral para a capela. Na segunda loja, encontraram o vitral perfeito. Feito na década de 1870, retratava um cavaleiro encostado na espada, com expressão melancólica. Jared não disse, mas o homem se parecia extraordinariamente com seu avô Caleb.

Depois que comprou o vitral, Jared começou a ajudar a colocá-lo na parte traseira da caminhonete, mas Kane disse:

— Você é um Montgomery. É melhor deixar que a gente faça isso.

Jared logo tomara conhecimento da rivalidade entre as duas famílias. Os grandalhões dos Taggert diziam que os Montgomery, mais altos e magros, eram fracos e magricelas, enquanto os Montgomery afirmavam que os Taggert tinham pouquíssimos neurônios. Claro que era tudo mentira, mas Jared gostava das provocações.

Em resumo, ele se encaixou bem na família e sem dúvida tinha mais afinidade com os Montgomery. Eles eram os parentes que o incentivaram a falar sobre o que desenhava durante sua carreira, e que gostavam de desvendar seus laços de parentesco.

Dos Taggert, Jared gostou especialmente de Kane e Mike, homens no início dos cinquenta anos, que acumularam grandes fortunas, mas eram pessoas muito simples. Os dois eram gêmeos idênticos, e tão parecidos que Jared não conseguia distingui-los; só suas esposas eram capazes disso. E seus filhos também.

Cale, mulher de Kane, era escritora famosa e fazia todo mundo rir com suas observações espirituosas, algumas muito sarcásticas, mas sempre objetivas. Com algumas palavras, ela era capaz de resumir perfeitamente uma situação.

— Como é Nantucket? — ela perguntou no segundo dia de Jared lá. Ela caminhou até um local no litoral do Maine onde ele estava sentado observando o oceano. Como sempre, segurava um bloco de notas.

— É tranquila — ele respondeu. — Isto é, quando se ignoram os visitantes. — Ela era pequena e bonitinha, e seus olhos eram cheios de curiosidade. Era uma expressão que ele vira muito no rosto de Victoria. Será que escritores estavam sempre procurando ideias?, ele se perguntou. — E temos um monte de fantasmas na ilha.

Ela arregalou os olhos.

Ele também já vira isso no rosto de Victoria.

— Algumas das histórias sobre como as pessoas se transformaram em fantasmas são longas e complicadas, e muito fascinantes.

— Sei... — foi tudo que ela conseguiu dizer. Como escritora profissional, estava sempre em busca de material. Da mesma forma que um alcoólatra anseia por bebida, escritores são viciados em *histórias*.

— É melhor que eu deixe você continuar seus escritos. — Ele acenou com a cabeça para o bloco de notas ao se levantar, e depois se virou e olhou para ela. — Há uma casa na alameda Kingsley que está à venda. É grande e antiga. Chama-se ALÉM DO TEMPO porque existe uma lenda de que o fantasma que "mora" lá pode levar a pessoa de volta à época em que ele vivia. — Jared agitou a mão. — Mas isso é apenas boato. Não sei se alguém realmente fez isso, embora eu me pergunte como teve início esse rumor, que perdura há séculos. Bem, espero encontrar você no jantar.

Ele saiu caminhando, sorrindo. A não ser que seu palpite estivesse errado, aquele casarão antigo valia tanto quanto ouro.

Jilly veio de avião alguns dias depois da chegada de Jared. Ela era viúva, e seus dois filhos crescidos estavam em acampamentos de verão no seu estado natal. Era seu último verão antes de irem para a faculdade.

Tinham contado a Jared que, depois da morte do marido, Jilly fora contratada pela família para ser sua genealogista. Ela passara anos vasculhando o enorme volume de documentos familiares, escrevendo histórias sobre todas as partes. Recentemente havia postado on-line uma detalhada árvore genealógica, na qual Alix encontrou Valentina e Parthenia.

Jilly trouxe consigo do Colorado três grandes caixas de documentos fotocopiados. "Os originais estão numa caixa-forte", ela revelou ao jantar à enorme mesa naquela primeira noite. Em uma das caixas estavam as cartas trocadas entre Valentina e Parthenia. Ela as havia sintetizado para Jared.

Enquanto ela lhe contava o que diziam as cartas, que as duas moças sentiam saudade uma da outra e planejavam se visitar, Jared a observava. Ela era suave e gentil, enquanto as outras Taggert eram grandonas e severas.

— Ela se parece com sua avó materna — disse Cale, sentada ao lado dele. — Ou então é uma alienígena de outro planeta.

Jared riu. Jilly, de aparência tão frágil e tão afável, sentada entre os irmãos grandalhões e robustos, parecia mesmo ser de outra dimensão.

Ao ver que tinha uma plateia, Cale continuou a falar:

— Como você acha que é o planeta dela? Róseo e cremoso?

Jared não deixou a peteca cair:

— Acho que deve parecer com Nantucket, com névoas e pores do sol sobre o oceano, areia aquecida pelo sol e casas acinzentadas por séculos de vida.

Cale piscou para ele um momento, depois olhou para o marido no outro lado da mesa:

— Preciso do seu talão de cheques.

— Ah, é? — Kane perguntou, com os olhos brilhando. — Que é que você vai comprar?

— Uma casa em Nantucket.

Kane olhou para Cale, depois para Jared, e novamente para sua mulher:

— Vou adivinhar. A casa tem uma grande história ligada a ela.

— Talvez — ela disse, e todos riram. Sabiam que Cale adorava histórias.

Era depois do jantar, na véspera do dia em que ele ia partir, e Jared estava sentado ao ar livre num balanço, com Jilly ao lado. Desde o momento em que a conhecera, ela o lembrava de alguém. A princípio ele pensou que fosse Toby: ambas eram elegantemente discretas, mas ao jantar sua maneira de segurar o garfo – com os dentes para baixo, à moda europeia – fez com ela lhe recordasse Ken. Um gesto aqui, outro ali, uma certa entonação na voz suave fizeram com que ele tivesse vontade de ligar para Ken e lhe dizer que havia conhecido a mulher perfeita para ele.

Mas Jared sabia que a relação terminaria antes mesmo de começar, por isso só contou a Alix sua ideia de voltar para casa com Jilly. Na última noite, sentou-se com ela e a escutou falar mais sobre as cartas:

— Depois da sua primeira visita a Nantucket, Parthenia voltou para o Maine e a correspondência entre elas recomeçou, mas, dessa vez, comentaram sobre os homens de que gostaram. Parthenia havia se apaixonado pelo professor e Valentina por...

— Caleb — Jared disse. — Mas o que aconteceu com ela?

— Sabemos tanto quanto vocês. Quando Valentina desapareceu, Parthenia estava casada com o professor e vivia em Nantucket, de modo que não houve mais cartas entre elas. Um antepassado dos Montgomery escreveu para casa dizendo que, depois que Valentina sumiu, três homens de sua família foram à ilha procurar por ela. Descobriram uns dois marinheiros que afirmaram ter levado Valentina para Cape[10], mas nem lá nem em nenhum outro lugar se encontrou algum traço dela. Ela certamente não voltou para a casa no Maine. Depois que Parthenia morreu, todas as cartas entre ela e Valentina foram mandadas de volta a Warbrooke. Eu li tudo, mas não se consegue encontrar uma explicação para o desaparecimento de Valentina.

Jared franziu a testa:

— Me disseram... ouvi falar, de qualquer maneira, que ninguém viu Valentina deixar a ilha.

— Talvez a partida tenha sido mantida em sigilo. Uma mulher abandonando o filho seria muito criticada, e duvido que seus parentes tivessem divulgado essa informação. Isso foi há muito tempo. Você tem documentos da família em casa?

Jared percebeu, pelo tom da voz de Jilly, que ela gostaria de vê-los, por isso revelou o que sabia:

— Tenho toneladas deles. Nada é jogado fora na minha família. Somos proprietários de várias casas e todas estão empilhadas até o teto de papéis, cartas e livros velhos amarelados.

— Parece fascinante.

[10] Também conhecida como Cape Cod. Faz parte de uma península com lindas praias e está localizada no extremo leste do estado de Massachusetts. (N.T.)

— Para não mencionar a maneira de Alix falar disso. — Ele sorriu de uma forma que esperava fosse persuasiva. — Por que você não volta comigo e passa o resto do verão examinando tudo?

— Não posso, de jeito nenhum — ela disse, suspirando. — Por outro lado, meus dois filhos logo estarão indo para a faculdade e eu já quase terminei com os papéis da nossa família. Receio estar com um caso grave da síndrome do ninho vazio. — Ela levantou a cabeça. — Na verdade, eu adoraria ir para Nantucket com você. Devo fazer reserva em algum hotel?

— Há um apartamento no andar de cima da minha casa. Você pode ficar lá o tempo que quiser.

— Mas você e Alix precisam de privacidade.

— Nós vamos gostar muito da sua companhia — ele disse, voltando a pensar em Ken.

Ela o olhou interrogativamente.

— Eu não o conheço muito bem, mas seus olhos expressam o que minha família, os Taggert, dizem que significa que um Montgomery está aprontando alguma, e que se deve ficar muito atento.

Jared deu uma gargalhada que podia ser ouvida dentro da antiga casa e perguntou:

— Isso quer dizer que você não é receptiva a um pouco de aventura?

Jilly sorriu:

— Criei dois filhos sozinha desde que eles tinham três anos, e meu emprego tem sido examinar pilhas de quase três metros de altura de documentos. A verdade é que, se um pirata me perguntasse se eu queria velejar com ele mundo afora, eu provavelmente diria que sim. A que horas devo estar pronta?

— Amanhã, quando nascer o dia, é muito cedo para você? A viagem de carro até Hyannis leva cinco horas. Encontrei uma pessoa para entregar o vitral que vou levar à ilha, e, portanto, podemos pegar a barca expressa do meio-dia até Nantucket.

— Estarei pronta às quatro da matina.

— Você é meu tipo de garota — ele disse.

— Estou longe de ser uma garota, mas, de qualquer maneira, agradeço o elogio.

Isso ocorreu na noite anterior à viagem, e ele passou a noite ajudando Jilly a fazer as malas. Ou melhor, ele viu as mulheres correndo para cima e para baixo para aprontar tudo. Jared ficou com os homens, assistindo aos esportes na TV. Uma por uma as mulheres vieram fazer um comentário.

A esposa de Mike disse a Jared que estavam todos muito satisfeitos que ele fosse um acréscimo à vida de Jilly.

— Ela é a pessoa mais doce de todos os Taggert.

— Isso não significa muita coisa — disse um dos Montgomery, e os Taggert atiraram pipocas nele.

— Vocês homens é que vão limpar essa bagunça — ela disse ao sair da sala.

Cale entrou com um laptop, espremeu-se ao lado de Jared no sofá e lhe mostrou a listagem de imóveis que encontrara na alameda Kingsley:

— É *esta* a casa de que você me falou? A que abriga um fantasma que viaja no tempo?

— A própria — ele respondeu.

— Esta casa custa uma fortuna.

— Porque fica em Nantucket — Jared justificou.

Cale não perguntou o que isso queria dizer; apenas relanceou o olhar para o marido.

— O preço vai exigir um bocado de persuasão.

— Faça um esquema de compartilhamento de tempo — Jared sugeriu. — Três ou quatro meses por família. Todas compartilham o custo. — Ele se inclinou para ela. — Escritores adoram o inverno na ilha. É quando é tranquilo, e os fantasmas aparecem.

— Você é mesmo um Montgomery, não? Capaz de vender geladeira a um esquimó. — Ela sorriu. — Gostei da ideia, e vou propô-la a eles. — Jilly pôs a mão no braço dele: — Estou contente por você fazer parte da família, e ansiosa por conhecer a Alix.

— Que é que está havendo entre vocês dois? — Kane perguntou, do outro lado da sala.

— Estou planejando fugir com o seu novo primo — Cale respondeu. — Onde está o Kane?

Jared levantou a vista, surpreso:

— Ele é o Mike?

— É — Cale disse. — Ele é gordo, meu marido não é.

Mike resmungou ao ouvir isso e voltou a ver TV.

Jared sorriu ao ouvir aquelas palavras absurdas. Sabia que Kane e Mike usavam a academia no porão para se manter em forma, com seus exercícios que seriam árduos até para um atleta olímpico. Seus corpos musculosos mostravam o resultado das malhações. Nenhum dos dois tinha um grama de excesso de peso.

Como tinha dito, Jilly estava pronta para partir logo que o dia raiou – e todos os membros da família acima dos dois anos de idade compareceram para se despedir dela. Jared nunca havia visto tantos abraços e beijos na vida! Um dos Taggert mais fortões abraçou-o com força e disse:

— Se você permitir que ela se magoe de qualquer jeito, vai se ver conosco.

Em resposta, Jared assentiu com a cabeça. Era um conceito que ele compreendia e aprovava.

Horas depois, quando chegaram ao cais de Hyannis, um dos primos de Jared o esperava. Ele ia levar a caminhonete com o vitral na parte traseira da barca lenta – a que transportava veículos – no dia seguinte, e depois permaneceria na ilha para ajudar com a capela.

Jared e Jilly pegaram suas malas de pernoite e se dirigiram à barca expressa. Durante o percurso de uma hora, sentaram-se a uma mesa. Jilly folheou um exemplar do *Yesterday's Island*, e lhe perguntou sobre as pessoas que iria conhecer.

Ele se reclinou no assento do longo banco, segurando uma xícara de café, e falou sobre as pessoas da alameda Kingsley:

— Ken está, por enquanto, na casa de hóspedes. Ele é pai de Alix.

Jared não queria estragar nada, e não disse achar que Jilly iria gostar muito desse homem, mas prolongou-se sobre como Ken o havia ajudado no começo da carreira; que, se não fosse por Ken, ele provavelmente estaria na cadeia agora, e que Ken e ele fizeram a maquete do projeto final da faculdade, e que Ken era solteiro e à procura de alguém para formar uma família. Ele revelou apenas alguns fatos.

Jilly o escutou educadamente, sem fazer comentários, e perguntou:

— E que me diz sobre a mãe de Alix? Sei que é escritora como Cale, mas queria saber como é pessoalmente.

Jared sorriu. Fisicamente, não poderia haver duas pessoas mais diferentes. Cale era baixinha e elegante, enquanto Victoria era alta e curvilínea como uma ampulheta. Disse então:

— Victoria não se parece com nenhuma outra pessoa, mas não está na ilha agora. Ken está construindo uma capela para o casamento da amiga de Alix.

Jared falou sobre o design de Alix, as núpcias iminentes e tudo o que estava sendo preparado para o casamento.

— Suponho que saiba que, quando fala sobre Alix, todo o seu rosto se ilumina — Jilly disse.

Jared desviou o olhar por um momento, para recuperar sua discrição, típica da Nova Inglaterra.

— Nós parecemos feitos um para o outro.

— Então, espero que você não a perca — Jilly disse. — Agora me conte sobre seus outros vizinhos da alameda.

Um minuto depois Jared a fez rir ao falar de Lexie e seu chefe zilionário, e da maneira pela qual Alix e Toby implicavam com Lex sobre ele.

— As garotas dizem que ele não é feio, mas eu, pessoalmente, não concordo. As fotos que vi dele me fizeram achá-lo meio gay.

Jilly riu.

Quando a barca ancorou, Jared carregou a bagagem dos dois, e eles caminharam em Main Street. Ele sempre gostara de acompanhar pessoas que vinham à ilha pela primeira vez. Ver Nantucket pelos olhos delas renovava sua perspectiva da beleza da ilha.

— Ah, não tenho dúvida — Jilly disse. — Minha família vai amar este lugar.

Havia lindas construções, perfeitamente proporcionais, com janelões e elegantes vidraças. Calçadas de tijolos perpassavam os paralelepípedos, o que facilitava o caminhar. Ela olhava para os dois lados da rua, para ver as casas antigas. Quando chegaram ao local conhecido como Three Bricks[11],

---

[11] Onde ficam as três casas de tijolos vermelhos mais antigas da cidade. (N.T.)

ela parou por um momento, para absorver sua beleza majestosa, antes de caminharem pela alameda Kingsley.

Ela se deteve à primeira casa à direita. ALÉM DO TEMPO, estava escrito na placa de madeira acima da porta.

— É esta a casa à qual Cale se referiu? A que está à venda?

— Esta mesma. Ela já está em campanha para que sua família a compre?

— Está, e quando eu lhes transmitir minha impressão sobre a casa, ela vai conseguir. Além do mais, Kane é loucamente apaixonado pela mulher, e faz tudo o que ela quer.

— Ótimo! — Jared exclamou, e apressou o passo: estava ansioso para rever Alix.

A apenas três imóveis dali ficava sua antiga casa, que nunca lhe parecera tão bonita. Os dois passaram pelo portão lateral que levava aos fundos e, por uma dessas coincidências cósmicas, Ken estava saindo da casa de hóspedes com um desenho enrolado em uma das mãos e uma caneca fumegante na outra.

Mas Jared sabia que o encontro não era uma coincidência. Virando--se, olhou para a janela do sótão, e lá estava seu avô: olhava fixo para Jilly, como se a estivesse analisando.

De cenho franzido, sem gostar da ideia de que o avô poderia ter feito isso acontecer, Jared olhou para Ken. Ele observava Jilly de olhos arregalados, como se estivesse contemplando uma visão divina, um anjo que baixou à Terra, e ela o olhava com a mesma expressão.

Jared teve vontade de se parabenizar, mas apenas se concedeu um sorriso mínimo e disse, fazendo menção de entrar na casa:

— Ken, Jilly, Jilly, Ken. Vocês se importam se eu for falar com Alix?

Ninguém respondeu: os dois ficaram se olhando.

— Tudo bem — Jared disse. — Estou indo.

Logo que entrou, pensou em gritar por Alix, mas não o fez: seu avô estava à porta:

— Onde está ela?

— Na sala de visitas da frente — Caleb respondeu. — Mas antes precisamos discutir um certo assunto.

— Depois — disse Jared, atravessando o avô e dirigindo-se ao cômodo da frente. Pensou que Alix estaria debruçada sobre um bloco de rascunho, trabalhando numa planta para uma casa de hóspedes, mas ela estava sentada no chão de pernas cruzadas, rodeada de caixas de velhos documentos empoeirados. Papéis e maços amarrados de cartas cobriam o sofá, as mesas e as cadeiras. Havia uma pilha de uns 30 centímetros de folhas amareladas no colo de Alix.

— Olá! — ele disse, suavemente.

Quando ela levantou os olhos, seu rosto se iluminou, como se tivesse acabado de ter a visão mais maravilhosa da Terra: ela demonstrou sua felicidade ao revê-lo. Deu um salto, os papéis se espalharam pelo chão, ela pulou sobre duas caixas, atirou os braços em torno dele e sua boca se juntou à dele. O beijo foi profundo e alegre. Haviam sentido muita saudade um do outro, e seus lábios e línguas expressaram isso intensamente.

— Você pensou em mim? — ele perguntou, ao beijar o pescoço dela.

— Sim, sim! — ela exclamou, inclinando a cabeça para trás. — Tenho uma porção de coisas para lhe contar. O dr. Huntley encontrou John Hendricks e me trouxe alguns documentos sobre ele. Mas eu ainda não os li. Toby, Lexie e eu fizemos mil coisas para o casamento. E Caleb me contou sobre o comandante e Valentina e sobre Parthenia, a prima dela e...

Jared pôs as mãos nos ombros de Alix e a afastou dele, para poder encará-la:

— Caleb? Quando foi que você o viu?

— Ontem, domingo. Ele e eu... — Alix não sabia direito como contar a Jared o que ela e Caleb fizeram.

— E o que foi que vocês dois fizeram?

— Desculpe, mas nós dançamos. Você não vai ficar zangado, vai? Não significou nada.

Jared esforçou-se para se acalmar:

— Tudo bem. Sei que Caleb pode ser, digamos, sobrenaturalmente encantador.

Alix suspirou, aliviada.

— E ele é excelente historiador. Sua narrativa foi tão impressionante que foi quase como se eu visse o interior desta casa na noite em que John Kendricks e Parthenia Taggert se casaram. Vi velas de cera de abelha e até senti o cheiro de comida deliciosa. Também ouvi música, mas eu estava tocando um CD no meu laptop e... Por que você está me olhando assim?

— Vamos embora desta casa. Agora.

— Não posso. — Ela recuou. — Caleb me contou sobre como o comandante e Valentina se conheceram. Foi muito engraçado, mas o que aconteceu depois foi tão trágico... *Preciso* descobrir *a verdade* do que aconteceu com ela. — Alix apontou para as caixas e os documentos que as cercavam. — Preciso examinar tudo e descobrir... Ei! O que você está fazendo?

Jared havia se inclinado, levantado Alix e a colocado em cima do ombro. Ele se virou em direção à porta. Seu avô estava lá, com uma expressão de desculpas, por ter levado as coisas tão longe com Alix.

Com um olhar furioso que ignorou seu parente, Jared o atravessou e rumou para a porta dos fundos.

Alix, com a cabeça no alto e o traseiro para baixo, disse:

— Não quero interromper seu momento *Shrek,* mas o quarto é lá em cima.

— Nós não vamos para a cama. Pelo menos, não agora. Vamos passar alguns dias na casa de Dilys.

— Então, preciso pegar umas roupas.

— Você não vai precisar delas — ele disse, ao carregá-la para fora da casa.

— Oba! Eu estava ansiosa para você voltar, mas seu retorno melhora a cada minuto.

⚓

Depois que Jared deixou Ken e Jilly juntos, foi ela quem falou primeiro:

— Quer dizer que você é o pai da moça mais linda, inteligente e talentosa da Terra.

— Eu mesmo — ele disse, satisfeito com as palavras dela e com sua voz. Achou que Jilly era a mulher mais bonita que já vira. Era esbelta, com o rosto oval, e usava um vestido rosa e branco que parecia tão frágil que poderia ter sido feito de pétalas de rosa. Ela segurava um chapelão contra o sol. — E Jared concorda comigo?

— Concorda. Ele contou a toda a minha família sobre Alix, e até nos mostrou alguns desenhos feitos por ela.

Por um momento Ken ficou parado sorrindo, mas depois recuperou a lucidez.

— Desculpe, mas nem pareço educado. Você gostaria de entrar? Vou preparar um chá para nós. Tenho também uns donuts.

— Da Downyflake?

Ken riu.

— Jared lhe contou *tudo* sobre Nantucket?

— Só contou coisas boas. Na verdade, ele quer que nossa família compre uma casa aqui. A que fica no fim da alameda.

— A ALÉM DO TEMPO?

— Essa mesmo.

— Então, temos de discutir o assunto.

Recuando, ele abriu a porta da frente da casa de hóspedes.

Alguns minutos depois, Ken e Jilly estavam sentados ao ar livre, à mesa de cedro lindamente envelhecida, mastigando donuts e esperando o chá impregnar. Suas cabeças estavam inclinadas uma em direção à outra, tão perto que quase se tocavam.

Foi Ken que primeiro viu Jared andando até eles, com Alix em cima do ombro.

Jared parou junto à mesa, com uma expressão no rosto que implicava que nada estava fora de controle.

— Vamos passar uns dias na Dilys. Ela não está na ilha, de modo que vamos ficar com a casa só para nós. — Ele olhou para os dois. — Parece que vocês não vão sentir nossa falta.

— Não, acho que não vamos mesmo — Ken disse, levantando-se. A maleta de Jared estava no solo e Ken a apanhou e a colocou no porta-malas da caminhonete.

Jilly os seguiu.

— Acho que devo perguntar: Alix, você está bem? A propósito, sou Jilly Leighton, era Taggert antes de me casar.

Jared girou o corpo, para que Alix pudesse vê-la de cima para baixo.

— Prazer em conhecê-la, e estou muito bem. Jared está com ciúme porque passei a manhã de ontem dançando com um parente dele.

Ken sorriu.

— Com que parente? Wes?

— Caleb — Alix e Jared responderam, em uníssono.

— Ah! — foi tudo que Ken conseguiu expressar, e depois baixou a voz e olhou para Jared: — Por favor, leve minha filha para longe daqui, e a mantenha afastada o maior tempo *possível.*

— Traída! — Alix exclamou. — Traída pelo meu próprio sangue — Seu tom de voz transmitiu que ela estava muito satisfeita com tudo aquilo.

Jared pôs Alix na caminhonete, fechou a porta e tomou o lugar de motorista.

— Ligue pra mim — Ken pediu, pela janela.

— Com certeza — respondeu Jared; os olhos traíam a raiva que sentia do avô. Ele deu marcha à ré para a alameda.

Quando Ken e Jilly ficaram sozinhos de novo, ela disse:

— Jared me falou de muitas pessoas, mas não me lembro de haver mencionado um Caleb. Existe algum problema com esse homem?

Ken a acompanhou de volta à mesa. Quando se sentaram, ele disse:

— Acho que isso depende de como se considera o assunto. Sabe... — Ele olhou para ela. Conheciam-se há menos de uma hora, mas já gostava dela. Sua aparência, a maneira como ela se movimentava, o som de sua voz o atraíam, mas ele receou que, se lhe contasse a verdade, era bem possível que ela fugisse. Mas às vezes era preciso arriscar alguma coisa, para ganhar tudo. — Caleb... — ele disse devagar.

— Sim?

— Caleb morreu faz uns duzentos anos.

— Minha nossa! — Jilly exclamou ao pegar um donut coberto de chocolate. — Agora você tem de me contar tudo. Desde o começo.

Ken não pôde deixar de sorrir para ela. Uma mulher que não se apavorava à simples menção de um fantasma! Onde é que ela havia estado a vida inteira dele?

— Mais chá? — ele perguntou, sorrindo ainda mais.

— Sim, por favor, mas acho que vamos precisar de mais um bule, porque quero ouvir todos os detalhes.

— Acho que você está certa. Tudo começou quando encontrei minha mulher, mãe de Alix, na cama com meu sócio comercial.

— Que choque terrível para você!

— Pior do que consigo descrever.

— Imagino que sim — Jilly disse, pensando na sua própria experiência marital infeliz, mas não citou isso. Agora era hora de Ken desabafar.

Ele a olhou no fundo dos olhos. Tinha havido outras mulheres nos muitos anos desde Victoria, e duas vezes ele quase chegara a se casar, mas, no último momento, teve medo e recuou. Nunca, com pessoa alguma, ele tinha sequer chegado perto de contar a verdade sobre Victoria, nem sobre o tempo que passara em Nantucket. Tampouco jamais havia comentado sua relação com o famoso arquiteto Jared Montgomery. Principalmente, nunca havia falado sobre um fantasma que assombrava a antiga Casa dos Kingsley, um fantasma que sua filha vira nitidamente quando criança, e com quem parecia haver dançado num dia chuvoso.

A bonita Jilly o olhava pacientemente. Era como se ela tivesse todo o tempo do mundo, e a única coisa que quisesse fosse escutar a história dele.

E Ken percebeu que tudo o que ele queria era contar a ela. À janela lá em cima, Caleb sorriu para eles e sussurrou: "Bem-vinda de volta a casa, Parthenia".

Capítulo vinte e dois

Jared estava se esforçando ao máximo para se acalmar e proteger Alix. Ele percebeu que ela não tinha ideia de que havia dançado com um fantasma, e ele não queria que ela jamais viesse a saber. Se Alix descobrisse, ele achava que não ficaria histérica, mas como saber ao certo? Ele só precisava garantir que ela não ficasse a par até o casamento de Izzy, porque depois Caleb partiria e... Jared não quis pensar nisso.

O que estava realmente incomodando Jared era que seu avô parecia ter agora muito mais poder do que antes. Normas e fatos a respeito de Caleb haviam sido transmitidos aos Jared através de séculos: "Não diga às mulheres que você consegue vê-lo"; "Não o mencione a forasteiros"; "Ele não pode sair da casa"; "Ele pode ficar na frente das pessoas, mas elas não conseguem vê-lo". Isso continuava sem cessar.

Mas nunca, jamais, alguém havia insinuado que Caleb era capaz de *dançar* com alguém, nem tocar uma pessoa. Pôr uma das mãos estranhas num ombro, um beijinho no rosto, tudo bem, mas não um contato real de corpo inteiro.

E que dizer de sua aparente capacidade de fornecer a Alix vislumbres do passado? Ele nunca havia vivenciado nada desse tipo com o avô, nem seu pai lhe tinha falado a respeito.

Ao seu lado, Alix estava falando sobre o que havia visto:

— Claro que foi tudo imaginação minha. Talvez por eu assistir a muitos filmes, mas consegui visualizar completamente o que ele estava me contando. Ele era um excelente contador de histórias. Foi como se eu pudesse ver e ouvir tudo, como se eu estivesse *presente*. Ou pairando sobre a cena ou, de qualquer maneira, olhando para ela. E as pessoas de quem ele falava, eu as imaginei parecendo-se com gente que eu conheço! Meu pai estava lá e...

— Está tudo pronto para o casamento da Izzy? — Jared perguntou. — Como vai ela? Está se sentindo melhor?

Alix compreendeu que Jared não queria mais saber sobre ela e Caleb. Quando ela tinha dito que ele estava com ciúme, fora uma brincadeira, mas talvez fosse verdade. Ele não tinha motivo para se sentir assim, mas Alix não queria aborrecê-lo, mesmo que ele não estivesse sendo inteiramente razoável.

— Izzy está bem. Nós trocamos uma meia dúzia de e-mails e mensagens de texto por dia, e nos falamos de dois em dois dias. Os enjoos diminuíram muito, mas agora ela está comendo tudo o que vê.

Jared parou no estacionamento do Stop and Stop e disse:

— Preciso dar um telefonema rápido para o escritório. Você se importa de comprar suprimentos suficientes para pelo menos três dias?

— Nada de roupas, mas muita comida?

— Vou comer direto da sua barriga — disse Jared, e Alix riu, ao sair da picape. Logo que ela se afastou, ele ligou para Ken.

— Como é que ela está? — Ken perguntou, ao sair da cozinha da casa de hóspedes, onde Jilly estava fazendo chá e sanduíches, para atender a ligação.

— Ela não tem ideia do que viu — Jared respondeu.

— Minha filha dançou com um fantasma, mas não se dá conta disso?

— Isso mesmo. E parece que meu avozinho lhe mostrou algumas visões de passado. Ela viu a prima de Valentina se casando.

Ken continuava a se adaptar à ideia de o fantasma ser real. Levantou os olhos para os fundos do casarão, analisando todas as janelas. Mas não viu nada, e ficou satisfeito por isso. Não achava que fosse apreciar ver um fantasma.

— Você vai contar a ela a verdade sobre o que aconteceu?

— Claro que não! — exclamou Jared. — Ele não queria revelar que seu avô ia deixar a Terra no dia do casamento de Izzy. Doía muito pensar nisso, e ele duvidava que Ken compreendesse. Os forasteiros adoravam frases como "descanso eterno", como se isso resolvesse tudo. Era só livrar-se do fantasma e todos ficariam felizes, isto é, menos as pessoas que o amavam. — Não quero que ela volte a vê-lo, por isso vou fazer de tudo para Alix ficar ao meu lado o tempo todo.

— De qualquer forma, isso é o que você já está fazendo com ela mesmo — disse Ken, falando como o pai que era.

— Não interfira no meu assunto! — Jared retrucou agressivamente, mas em seguida se acalmou. — Preciso de alguma coisa que a desvie desse episódio. Por mais que eu goste de ficar sozinho com Alix, isso não vai impedir que ela fale, nem que pense. Se ela continuar assim, vai compreender tudo.

Ken sabia que ele estava certo.

— Tudo o que ela precisa saber é que o nome Caleb foi usado apenas uma vez na sua família para deduzir tudo. Minha filhota é inteligente.

— Inteligente demais — Jared resmungou, olhando para o estacionamento lotado. Havia carros na grama, nas ruas. Durante a temporada de verão, fazer compras de mantimentos significava arriscar a vida! — Qual sua opinião sobre a Jilly? — Como Ken não respondeu, Jared insistiu: — Você está me ouvindo?

— Estou — ele respondeu. — Você acredita em amor à primeira vista?

— Há um mês eu não acreditava. Você precisa fazer com que a Jilly fale. Cale disse que seu falecido marido era, e repito palavra por palavra, "um monstro mentiroso e safado". O desgraçado roubou toda a herança de Jilly e dos filhos.

— Espero que ele apodreça no inferno — Ken disse, entre os dentes. — Espere aí! Você está falando de Cale Anderson? Victoria disse que ela se aninha na lista de *best-sellers* do *New York Times,* e depois choca esses ovos até eles virarem filmes.

Jared deu uma risadinha:

— Obrigado, eu precisava mesmo de rir, e essa aí é a própria Cale. Escute, preciso de ajuda para distrair a atenção de Alix. Ela está escavando fundo o assunto.

Ken disse, com voz cautelosa:

— Não se esqueça de que, no fim do ano, ela vai sair da sua casa. Quando Alix for embora, você não vai nunca mais precisar se preocupar com que ela veja o fantasma de novo.

— Vou fazer de conta que você não disse isso — Jared afirmou. — Só preciso manter a Alix ocupada até o casamento da Izzy; depois, tudo vai mudar, e eu não vou contar a você por quê. Depois disso, Alix será minha. Para sempre. Não apenas por só um ano.

— Tudo bem — disse Ken, com voz alegre ao ouvir essas palavras. — Vou falar com a Jilly e ver se ela tem alguma ideia sobre o que poderia fazer com que a curiosa da minha filha parasse de pensar no seu fantasma.

— Você comentou com Jilly sobre meu avô?!

— Comentei — Ken confirmou —, e não me venha com sermões, senão ligo para Victoria e conto *a ela* sobre Caleb.

Jared esperou um minuto para imaginar esse horror e disse:

— Tenho de desligar. Você e Jilly precisam bolar alguma coisa *rapidinho.*

Ao desligar, enquanto esperava por Alix, tentou imaginar alguma distração, mas não conseguiu. Viu Alix se aproximando com um carrinho cheio de mantimentos e adiantou-se para ajudá-la.

Na casa de Dilys, tinham acabado de descarregar os últimos suprimentos, quando um carro estacionou atrás da caminhonete. Uma loura bonita estava ao volante, e no assento de trás um menininho, de cerca de dois anos, gritava a plenos pulmões.

Jared se inclinou para olhar a mulher pela janela do passageiro. Alix ficou atrás dele.

— Jared! Graças a Deus que alcancei você! — ela disse, mais alto do que o barulho feito pelo filho. — Dilys não está na ilha, por isso tenho de bancar a babá. Preciso arrastar o Tyler por aí, e você sabe que ele detesta fazer compras, mas não tenho ninguém para cuidar do menino. Com o pai pescando, enfrentando o mar para ganhar dinheiro e nos sustentar, é difícil para Tyler e eu...

— Tudo bem! — Jared disse. — Não precisa maltratar mais meus ouvidos.

Alix não tinha ideia sobre o que ele estava falando, mas observou Jared abrir a porta de trás, desafivelar a cadeirinha do carro e a criança pular, sem algazarra, para os braços dele. Pela maneira como o menino parou de gritar imediatamente, era óbvio que ele e Jared se conheciam bem.

— Pegue também a sacola — disse a mãe do garotinho. — Lá tem números de telefones e roupas limpas. Ah, leve a cadeirinha também. Por via das dúvidas. Ah, sim, acho que ele precisa... — Ela se interrompeu com um sorrisinho.

— Você acha? — A voz de Jared foi sarcástica.

Ela deu um grande sorriso ao dar marcha à ré. Ao se afastar, gritou:

— Jared, te amo!

Alix observou o carro dobrar a esquina e depois olhou para Jared, segurando confortavelmente o garoto, que era uma gracinha: cabelo louro-escuro e grandes olhos azuis.

— Antiga namorada? — Alix perguntou, num tom que esperou soasse despreocupado. Por dentro, estava histérica. "Meu Deus, por favor, não permita que ela seja uma ex-alguma coisa, e que esse menino seja filho de um amor de Jared."

— Nada disso. O irmão dela e eu fomos colegas de faculdade. Ela me ama porque este garotinho é muito "cheiroso"... Você topa?

Por um momento, Alix não se deu conta do que ele quis dizer, mas logo se tocou:

— Ah! Você quer dizer que ele precisa trocar de roupa?

— E *agora.*

Ele tirou a pesada sacola do ombro e a entregou a ela. Alix a pegou, mas, quando Jared ia lhe passar a criança, ela recuou.

— Assustada? — ele perguntou, brincando.

— Não é bem assim. É que nunca troquei fralda antes, e não sei como.

Jared piscou para ela algumas vezes:

— O que estão ensinando naquela sua faculdade chique hoje em dia?

— Como ganhar a vida — Alix respondeu, sorrindo.

— Mas obviamente não o que fazer com o que se ganha. Vamos entrar e eu te mostro a grande arte de trocar fraldas.

— Se você está ensinando de novo, então esse deve ser Montgomery.

— Aquele sujeito? Ele veste *smoking* para jantar.

Quando entraram na casa, para incredulidade de Alix, a criança não quis trocar a fralda. O cinema e a TV mostravam crianças chorando se suas fraldas estivessem sujas, mesmo se apenas um pouquinho. Mas isso não se aplicava a Tyler.

— Será que a gente deve colocá-lo na cama? — ela perguntou.

— Dilys nos mataria se ele sujasse a cama — Jared respondeu, segurando o garotinho, que agora esperneava porque queria ir para o chão.

— Chão! Chão! — ele berrava e chutava as costelas de Jared.

— Procure no armário, pegue um velho cobertor azul e o estenda sobre o tapete — Jared disse. — E vou precisar de uma toalhinha de rosto, não, duas, molhadas com água quente.

Alix pegou o cobertor e o estendeu, depois correu ao banheiro para pegar umas toalhinhas molhadas. Ela se perguntou: "Tudo isto só para trocar uma fralda suja?".

Quando voltou à sala de visitas, Jared havia tirado o short de Tyler, que não estava limpo. Ela vasculhou a sacola, de onde pegou uma fralda, depois se sentou no braço do sofá e ficou olhando. Tyler ria enquanto Jared o segurava com uma das mãos e retirava a fralda imunda com a outra.

O primeiro pensamento de Alix foi sobre como uma criaturinha daquele tamanho podia produzir tanta porcaria? Jared usou a fralda e as toalhinhas para limpá-lo, mas...

— Olhe só — Alix disse. Quando Tyler rolou o corpinho, ela viu que o cocô se estendia pelas costas todas, quase até o cabelo.

— Muito bem, amiguinho — Jared disse. — Agora você vai para o chuveiro.

— Não seria melhor encher a banheira? — Alix perguntou.

— Você quer limpar a porcaria?

— Não, obrigada.

Jared segurou o menininho meio desnudo e foram para a banheira. Alix ia pegar o cobertor e o short, mas Jared a chamou:

— Por favor, me ajude a me despir — ele disse ao esticar o braço e ligar o chuveiro. — Não posso deixá-lo solto, ou ele é capaz de espalhar a porcaria toda pela casa, então, vou entrar com ele na banheira.

Com os braços segurando Tyler com firmeza, Jared se inclinou para que Alix pudesse tirar sua camisa pela cabeça.

Quando Alix começou a ajudar Jared com seu jeans, a criança quase escapou, mas Jared a apanhou. Infelizmente, a sujeira em Tyler estava agora também no peito nu de Jared.

Alix não pôde deixar de rir.

— Não dê corda a ele — Jared disse, mas estava sorrindo. Ainda segurando Tyler, ele foi para baixo do chuveiro com o menino e pegou um sabonete.

Alix olhou para eles, ambos nus, ambos lindos. Nunca na vida havia visto uma cena que a emocionasse mais. Nenhum edifício na face da Terra se equiparava à perfeição desse homem com essa criança. A ternura, a suavidade e o amor entre os dois criavam um esplendor ao redor deles.

Durante um instante, ela precisou encostar-se na pia para não cair.

— Eu vou... — ela começou a falar. — Eu vou pegar... — De modo vago, apontou para a sala de estar.

— Não pode comer o sabonete — Jared disse a Tyler. — E fique de olhos fechados. Preciso ensaboar seu corpo todo.

Alix saiu do banheiro para pôr o cobertor e as roupas na máquina de lavar roupa e jogar a fralda na lata de lixo.

Quando voltou ao banheiro, Jared entregou-lhe Tyler, molhado e escorregadio:

— Vista o garoto, por favor. Preciso lavar o cabelo.

— Eu não sei como... — Alix começou a dizer, mas Jared não estava prestando atenção. Ela tirou uma toalha do suporte e pegou a criança.

Tyler não gostava de que trocassem sua fralda, mas *detestava* que o vestissem. Alix conseguiu deitá-lo na cama, de onde ele rapidamente rolou para fora e correu até a porta. Ela o alcançou. Colocou-o de novo na cama, e o manteve assim com uma das mãos no seu peito, enquanto tirava roupas da sacola de fraldas.

Tyler ria sem parar ao lutar para se libertar de Alix. Saber como pôr uma fralda enquanto o mantinha deitado não foi fácil. Logo que ela punha a fralda debaixo dele, o menino rolava na cama e ela precisava trazê-lo de volta ao mesmo lugar. Ela conseguiu colocar a fralda, mas a aba adesiva grudou no seu polegar esquerdo e ela não conseguiu soltá-la. Alix teve de colocar a outra aba no lugar antes que a primeira cedesse. Quando finalmente endireitou a fralda, Tyler a olhou com olhos travessos, mas Alix o pegou antes que ele tentasse escapar de novo.

— Ah, você não vai, não, sair correndo por aí. Agora são as roupas.

Ela fez um som cacarejante de bruxa má, o que fez Tyler ter acessos histéricos de riso.

Quando Alix finalmente conseguiu vesti-lo com uma camiseta e um short, olhou triunfante para ele.

— Pronto. Não é bom estar limpinho? Vamos calçar suas sandálias.

Vendo a oportunidade, Tyler rolou e saiu da cama como um raio. Passou correndo por Jared, de pé à porta, usando apenas seu jeans e uma toalha no pescoço.

Alix sentou-se na beirada da cama, depois se jogou para trás, com os braços abertos:

— Estou *exausta.*

Era uma pena que Tyler não se sentisse da mesma forma. Jared o pegou quando o menino saía correndo do quarto, e depois o atirou na cama ao lado de Alix. Quando Jared se estendeu no outro lado deles, Tyler imediatamente começou a gritar:

— Subir! Subir!

Jared gemeu:

— Ele só conhece umas seis palavras. Por que essa precisa ser uma delas?

— Que significa?

— Você vai ver — Jared disse, e começou a empilhar travesseiros, e depois se deitou em cima deles.

Alix observou Jared deitado sobre o monte de travesseiros. Às gargalhadas, Tyler caiu pesadamente no peito de Jared e enrijeceu o corpinho robusto. Jared o pegou pelas laterais e começou a levantá-lo, como se Tyler fosse uma barra com pesos nas pontas.

— Acho que vou preparar o jantar — disse Alix, rindo, e se levantou para sair do quarto.

Quando Jared e Tyler chegaram à cozinha, com Jared dizendo que seus braços doíam, Alix estava mexendo camarões e arroz numa das frigideiras grandes de Dilys. Jared prendeu Tyler numa sólida cadeira alta de madeira, que ele disse haver sido feita por seu bisavô, e começou a alimentar a criança com queijo e bolachas.

Alix estava ansiosa para contar a Jared o que Caleb lhe dissera sobre o diário de Valentina. No final, quando a chuva tinha parado e o sol começara a aparecer, Caleb lhe contara onde devia estar escondido. Um minuto depois, Caleb relanceou o olhar até a janela do sótão, e disse que precisava ir embora.

— Você é um vampiro e o sol o faz cintilar? — ela perguntou, brincando.

— Mais ou menos isso.

Quando Caleb saiu, o sótão deixou de parecer mágico. Era apenas um lugar grande cheio de caixas em excesso, abarrotadas de muitos segredos. Por um momento, Alix sentou-se no pequeno sofá e desejou que a luz das velas e a música voltassem. As damas na festa eram tão lindas nos seus vestidos de baile...

Pouco depois, a fome obrigou Alix a descer a escadaria. Enquanto comia à mesa da cozinha, refletiu sobre tudo o que vira e ouvira. À medida que passavam as horas, a ideia de que tudo havia sido real se esvaneceu. Ela começou a recordar a experiência como se fosse um filme a que tivesse assistido.

— Caleb me disse que Valentina mantinha um diário — Alix contou a Jared enquanto mexia o arroz.

— É? — Jared perguntou, mas não demonstrou interesse. — Você pode me passar aquela caixa?

Alix lhe entregou as bolachas de água e sal. Ciúme era uma coisa, mas aquela era uma informação que precisava ser contada, por isso ela continuou a falar:

— Caleb disse acreditar que o diário de Valentina estava escondido num forno no porão da lavanderia onde ela costumava produzir os sabonetes. Disse também que essa parte da casa também se incendiou quando a casa pegou fogo.

— Nunca ouvi falar de nenhum anexo lá.

Alix passou os camarões e o arroz para um prato.

— Caleb falou que Parthenia desenhou um mapa do imóvel que mostra onde ficava a lavanderia. Era isso que eu estava tentando encontrar nas caixas que arrastei para a sala de estar lá embaixo. Se eu conseguir achar o mapa de Parthenia, talvez possamos escavar, localizar o diário e solucionar o mistério de Valentina. Mas vai demorar semanas para analisar todo o material naquelas caixas. Pensei que você talvez pudesse me ajudar.

— Você pode, por favor, tomar conta do Tyler um minuto e garantir que ele não pule fora da cadeira?

— Claro — Alix disse quando Jared se levantou. — Aonde você vai?

Ele não respondeu. Quando voltou, estava com seu laptop e o abriu.

— Talvez Parthenia tenha desenhado um mapa para mostrar ao povo de Nantucket, e pode ser que ele esteja nas cartas que Jilly tem.

— Ótima ideia! — Alix exclamou, sorrindo à perspectiva de não precisar examinar todas as caixas velhas.

Jared mandou um e-mail a Ken para perguntar a Jilly sobre um mapa. Fechou o computador e olhou para Alix:

— Será que agora podemos parar de falar de Caleb por um tempo?

— Claro — Alix respondeu, mas ficou de costas para esconder a cara amarrada.

Depois do jantar, a mãe de Tyler ligou e praticamente implorou que eles ficassem com o menino aquela noite:

— Por mim, tudo bem — concordou Jared —, mas vou perguntar a Alix. Ele lhe contou o pedido, com o qual Alix prontamente concordou: já estava se afeiçoando ao alegre garotinho.

⚓

— Eu não fazia ideia — Alix disse, contemplando a água. Os dois haviam deitado Tyler num berço que Jared tirou de um armário. Todas as portas e janelas da casa estavam abertas, de modo que, se a criança fizesse qualquer ruído, eles ouviriam. Ela estava encostada num velho barco a remo de madeira, um dos três de cabeça para baixo no quintal arenoso. A cabeça de Jared estava no colo de Alix, que lhe acariciava o cabelo. — Nunca me senti tão cansada na vida.

— É um cansaço bom ou mau? — ele perguntou.

— Muito, muito bom. — Ela olhou para os fundos da casa e mais uma vez se encantou com a beleza de um projeto de Jared Montgomery. — Como é que você recebeu a incumbência de reformar esta casa? Você era tão menino...

Jared manteve os olhos fechados, e sorriu à lembrança.

— Durante anos meu pai reclamava que nossa velha casa estava desmoronando, mas não sabia direito o que fazer com ela. Construir um anexo? Ou acrescentar um andar? Contratar um arquiteto? Essa última era a ideia de que ele menos gostava, pois custaria muito dinheiro.

— Mas ele tinha você.

— Não sei por que ele fez isso, mas um dia se virou para mim e disse: "Sete, por que não me economiza um caminhão de dinheiro e *você* faz o projeto do acréscimo?". Ele só estava brincando, mas eu o levei a sério.

— Quantos anos você tinha?

— Onze — ele respondeu, olhando para Alix.

Ela percebeu o que o olhar dele dizia: isso foi um ano antes de o pai de Jared morrer. Alix perguntou, suavemente:

— Que foi que você fez?

— Fiquei obcecado com a ideia e não consegui dormir por três dias. Eu não sabia desenhar, tirar medidas, nada, mas comecei a fazer esboços.

— Estava tudo no seu cérebro.

— Acho que sim. Mamãe sabia que eu não estava dormindo, e comia muito pouco, mas não me denunciou ao papai. Em vez disso, no quarto dia ela preparou nosso jantar favorito: vieiras com espigas de milho, e depois me mandou mostrar meus desenhos ao papai.

— Você ficou nervoso?

Ela não pôde deixar de relembrar como se sentiu quando mostrara a ele a maquete de sua capela: empolgada e assustada ao mesmo tempo.

— Muito nervoso. Eu sabia que estava fazendo uma coisa de adulto, e nem sei como reagiria se ele risse dos meus desenhos primitivos.

— Mas ele não riu.

— Não. Papai os achou maravilhosos, e disse que no ano seguinte começaríamos as obras, mas aí... — Jared encolheu os ombros.

Nenhum dos dois precisou dizer o que ele estava sentindo, mas o pai de Jared havia morrido e a casa só foi reformada anos depois, quando Ken apareceu.

Quando ela voltou a fitá-lo, os olhos de Jared se concentraram nos dela com aquele brilho intenso, mas desta vez não foi luxúria que ela viu.

— Que foi? — perguntou, sem compreender exatamente o que ele estava tentando lhe dizer.

— É que às vezes as coisas dão certo e é possível perceber. Esta velha casa era pouco mais do que um casebre, mas eu conseguia enxergá-la no futuro. Tudo o que fiz foi desenhar o que eu podia ver. Isso faz sentido?

— Perfeito sentido — ela respondeu, mas ele parecia estar levando a conversa para outro assunto, que ela desconhecia.

Ele fechou os olhos e disse mansamente:

— Eu já tive muitas namoradas.

Alix ficou sem fôlego. Essa história era sobre eles? Sobre *ela*?

Quando ele a olhou, seu olhar estava tão intenso que os pelos da nuca de Alix se eriçaram.

— Às vezes a pessoa simplesmente *sabe*. A pessoa sabe sobre construções e sabe sobre pessoas.

— É verdade — Alix sussurrou.

Ela não sabia o que teria acontecido em seguida se Tyler não tivesse gritado.

Jared ficou logo de pé e correu para dentro da casa, com Alix atrás. No quarto, ela ficou parada quando Jared pegou a criança e a acalmou:

— Pesadelo, homenzinho?

Tyler se afastou de Jared, olhou para ele como se nunca o tivesse visto, e depois caiu para o lado: queria que Alix o segurasse.

— Ah, o consolo que as mulheres dão! — Jared exclamou. — Compreendo perfeitamente, amiguinho. Alix, tem uma grande cadeira de balanço na sala de estar. Ele não é muito pesado para você?

— De jeito nenhum — Alix respondeu, adorando a maneira pela qual o menininho se agarrava a ela.

Quando ela e Tyler se acomodaram na cadeira, Jared deu uns passos atrás e os olhou aconchegados.

— Posso deduzir que você vai querer ser mãe?

O primeiro pensamento de Alix foi evitar a pergunta, fazer uma piadinha com ela. De modo geral, os homens fazem perguntas como essa para induzir as mulheres a caírem numa armadilha. Se ela respondesse que desejaria ter filhos um dia, ele interpretaria isso como significando que ela estava a fim de "amarrá-lo", mas Jared não era como os rapazes que ela havia namorado. Ele era um *homem* que não fugia das responsabilidades, não temia agir como adulto. Ela respirou fundo e disse:

— Quando eu tiver minha licença para trabalhar e um emprego, gostaria, sim, de ter filhos.

Ele não falou nada, mas Alix viu que sorria quando deu as costas.

Demorou mais de uma hora antes que eles conseguissem fazer Tyler voltar a dormir. Jared o tirou dos braços dela e o carregou de volta para o berço. Não era muito tarde, e Alix visualizou taças de vinho e os dois fazendo amor, mas a luz do seu celular estava piscando. Era seu pai, e ela leu a mensagem quando Jared voltou para o quarto.

— Papai disse que Jilly te mandou uma cópia do mapa.

— É mesmo? — Jared disse. — Amanhã de manhã vou... — Ele se interrompeu ao olhar para o rosto de Alix. Ela queria vê-lo imediatamente. — Tudo bem, onde está meu laptop?

Alix já o estava segurando. Quando finalmente foi possível imprimir o mapa, haviam tomado duas taças de vinho cada um, era quase meia-noite e ambos bocejavam.

Jared levantou o pedaço de papel.

— Tanto sacrifício por isto.

Era apenas um simples esboço, desenhado com uma caneta de pena por uma jovem que escrevia para sua família. O desenho mostrava, de modo vago, os arredores da casa do litoral norte e três anexos.

— Por que ela não contratou um cartógrafo para fazer as coordenadas? Certamente havia homens suficientes em Nantucket naquela época que poderiam ter feito um mapa adequado. Qualquer primeiro imediato digno dessa função poderia ter traçado esse mapa. Como é que alguém vai conseguir encontrar alguma coisa com esse troço?

Alix tirou o papel da mão dele e o pôs na mesa.

— Parthenia desenhou isto para a família. Ela não podia calcular que, duzentos anos depois, alguém fosse precisar dele. Agora já deu, vamos para a cama. Você pode reclamar contra mulheres e mapas o dia inteiro amanhã, quando a gente for ao local e tentar encontrar onde ficava a lavanderia de Valentina.

— Talvez devêssemos esperar quanto a isso, e não estou reclamando. Estou...

Ela ficou na ponta dos pés para beijá-lo e fazê-lo parar de falar, e depois o conduziu para o quarto. Jared levou apenas segundos para tirar a roupa de baixo, e Alix foi rápida para vestir uma das grandes camisetas dele. Ela não tinha nenhuma roupa sua ali, e estava cansada demais para pensar em revirar o armário de Dilys.

— Onde é mesmo que nós estávamos? — Alix disse e começou a beijá--lo. Mas se afastou e olhou para ele. Não havia fogo azul cintilando nos olhos. Na verdade, ela viu mesmo foi uma neblina cinza-azulada, mas ele estava passando o braço ao redor do corpo dela, como se estivesse se preparando para fazer amor. Gentilmente, Alix o empurrou para que deitasse na cama, cobriu-o com a colcha e o beijou na testa.

— Obrigado — ele murmurou, e adormeceu na mesma hora. Antes de dormir, Alix não pôde deixar de imaginar que esse aconchego era ainda mais romântico e íntimo do que quando eles faziam amor.

Capítulo vinte e três

Alix acordou quando uma pequenina mão atingiu sua boca. A princípio, não se lembrou de onde estava. À medida que o sono desapareceu totalmente, ela viu que, a certa altura da madrugada, Tyler havia escapado dos limites do berço e subido na cama com eles. Ele estava no meio dos dois adultos, de lado. Jared dormia de frente para Alix e a envolvia, bem como Tyler, com um de seus braços, como se os estivesse protegendo.

Sorrindo, Alix cuidadosamente se libertou e depois passou um momento contemplando os dois. Era uma imagem tão terna que ela pegou seu celular e tirou uma foto. Foi à cozinha, apanhou um dos livros de receita de Dilys de uma prateleira, encontrou uma de biscoitos e pôs-se a prepará-los.

Deu batidinhas na massa fofa. Mesmo com pensamentos agradáveis sobre onde estava, e com quem estava, sentia-se frustrada. Tinha muita coisa para contar a Jared sobre o que Caleb lhe havia revelado e o que ela havia visto, mas não conseguia encontrar a hora certa para fazer isso. Mas, também, Jared não estava facilitando as coisas para ela. Toda santa vez que ela mencionava Caleb, Jared se fechava em copas. Sua expressão se tornava distante, como se ele se recusasse a ouvir o que Alix tinha a dizer.

Entretanto, ela sabia que era importante. Se a família considerava o desaparecimento de Valentina significativo a tal ponto que, por testamento, a casa fora designada para servir de moradia a uma forasteira por um ano inteiro, o que Alix sabia *precisava* ser contado.

Além disso, Alix tinha um monte de perguntas que gostaria que fossem respondidas. A primeira: quem era Caleb? Por que ela não lhe havia sido apresentada? Ele se parecia tanto com Jared, que tinha obviamente um parentesco muito próximo, mas Alix não havia ouvido mencionarem o nome dele. Ele morava na ilha?

A *grande* pergunta era: por que Caleb não contara à família o que sabia? Jared não sabia que Valentina escrevia um diário, e que Caleb poderia indicar onde estava escondido. Jared tampouco sabia da existência do mapa de Parthenia. Por que Caleb revelara tudo isso a Alix, uma forasteira? Haveria alguma rixa familiar? Mas, se isso fosse verdade, Caleb não se sentiria livre para perambular pela Casa dos Kingsley. Ou ele aparecera porque sabia que Jared estava fora?

Se Alix não estivesse tão concentrada nos antigos documentos na manhã em que conhecera Caleb, teria ligado para Lexie e descoberto mais detalhes. Na situação atual, na primeira oportunidade que tivesse, iria bombardear Jared com todas as perguntas que lhe passavam pela cabeça. Ela precisava de respostas!

Quando os biscoitos ficaram prontos, Alix já estava decidida a forçar Jared a responder às suas perguntas. O testamento determinara que ela deveria procurar por Valentina, e fazer isso tinha de incluir Caleb.

Quando tirou os biscoitos do forno, levantou a vista e viu Jared, sem camisa, com um sonolento Tyler aconchegado a ele. Era uma visão realmente linda.

— O cheirinho nos acordou — Jared disse. — A princípio pensei que tinha morrido e estava no céu.

Ao ver os dois, a decisão férrea de Alix a abandonou. Alimentar uma criança era mais importante do que Caleb e seus mistérios.

— Será que Tyler come bacon e ovos?

Jared estava sentando o garotinho numa cadeira alta para crianças.

— Considerando o volume que ele descarregou na fralda ontem, acho que come até pedra triturada no café da manhã.

Jared pegou um biscoito, jogou-o de um lado para outro a fim de esfriá-lo, partiu-o, passou manteiga e o deu a Tyler. Depois da primeira mordida, o menininho deu uma risadinha e bateu um calcanhar contra o outro, mostrando sua apreciação.

— Minha opinião é igual à sua — Jared disse à criança, ao se sentar e pegar mais um biscoito quente. — Eu estava pensando — ele falou, ao aplicar no biscoito uma camada da geleia de morango feita por Dilys — que você e eu devemos ir de carro a Warbrooke e passar uns dias lá. Podemos fazer isso até antes do casamento de Izzy. Precisamos dar uma olhada naquela antiga casa dos Montgomery e passar a planta baixa do piso para o papel. Eu podia mandar uns funcionários do escritório lá, mas...

O que ele estava dizendo pareceu tão maravilhoso — especialmente por ele usar o plural — que Valentina e Caleb desapareceram da cabeça de Alix.

— Mas você gostaria de conhecer seus novos parentes, não?

— Gostaria. Mike Taggert e eu nos demos bem de cara, e eu lhe contei que o irmão gêmeo dele, Kane, é casado com Cale Anderson.

— Não diga à mamãe, mas adoro os livros dela.

— Combinado, mas só se você prometer não contar a Lexie que eu a conheci. Ela ficaria histérica. Certa vez Lexie foi até Hyannis só para a tarde de lançamento do romance mais recente de Cale.

— Como é ela, pessoalmente?

— Inteligente, divertida, perspicaz. Ela é baixinha, mas seu marido é do tamanho de um urso. Todos os Taggert são grandalhões e pesados, enquanto os Montgomery são como eu.

— Altos, magros e bonitos?

Jared deu uma risada.

— Aposto que você não pensou assim ontem, quando eu estava coberto do cocô do jovenzinho Tyler.

— *Especialmente* ontem. Na verdade, acho que nunca vi coisa mais linda.

— Ah, é? — O fogo azul voltou aos olhos dele, mas nesse instante Tyler riu e atirou um pedaço do biscoito amanteigado, que bateu no nariz de Jared. — Esse aí é o que se chama de estraga-tesão!

Alix aproximou-se e beijou Jared longa e lentamente.

— Não estragou o *meu* tesão.

Jared olhou para Tyler e balançou a cabeça.

— Você vai aprender que qualquer homem que disser que compreende as mulheres é um mentiroso. — Ele olhou de novo para Alix: — Está pronta para procurar o diário de Valentina?

Alix deu um amplo sorriso. Ele *tinha* estado pensando em Caleb.

— Me dê uns dez minutos. Pensei em levarmos um pacote grande de fraldas. Acha que vai ser suficiente?

— Está brincando? Esses pacotes são tão grandes que, se eu entrasse no mar com minha caminhonete com eles presos na caçamba, ela flutuaria.

— Mas será que isso vai bastar para o Tyler?

Eles olharam para o menininho, para o ovo, o leite e o biscoito amanteigado no seu rosto, no cabelo, e na frente do seu corpinho.

— É melhor mesmo a gente levar um segundo pacote — Jared disse.

— Concordo; vou pegar umas toalhas também.

— Grande ideia — Jared disse, ao tirar o garotinho da cadeira e rumar para a pia da cozinha. — Pega uma camiseta limpa para ele, tá? — ele pediu a Alix.

Mas ela já se havia adiantado, e lhe entregou uma antes que ele terminasse de falar.

— Obrigado, mamãe — ele disse, e lhe beijou a testa.

Alix saiu sorrindo.

⚓

Demorou mais acomodar todas as coisas necessárias para Tyler na picape do que dirigir até o local. Eles concluíram que decifrar como prender o menino na cadeirinha do carro exigia graduação em engenharia.

— Eu costumava achar que minha instrução valia alguma coisa — Alix disse. —Tyler, meu bem, não coma isso!

Jared afastou o menino do acelerador, sentou-o na cadeirinha e afivelou o cinto de segurança.

— Todos prontos? — perguntou, quando Alix entrou no veículo e fechou a porta.

— Todos nós estamos prontos para ir. Certo, Tyler?

Ele riu, deu um chute com as perninhas atarracadas, e disse:

— Vai! Vai!

— Sim senhor, comandante — disse Jared, e saiu da entrada de carros.

Quando chegaram ao litoral norte, os operários de Twig estavam trabalhando. Dois deles reuniram uma pilha de aparas de madeira, colocaram-na no chão e Tyler correu até ela.

Alix não visitava a capela fazia algum tempo e ficou paralisada. Ver seu design se materializar era quase mais forte do que ela podia suportar. A estrutura ainda estava inacabada, mas boa parte da capela já estava pronta e dava para ela visualizar a construção terminada. O exterior, as janelas, as portas e o campanário estavam exatamente da maneira como ela havia imaginado.

— Gostou? — Jared perguntou.

— Muito.

Ele pôs as mãos nos ombros dela e os apertou. Como companheiro de profissão, sabia como Alix se sentia.

— Muito bem — ele disse. — Chega de devaneios. Vamos pôr mãos à obra. — Ele estava segurando o mapa de Parthenia. — É difícil encontrar alguma coisa baseado neste negócio aqui, mas...

— Que é isto? — Alix apontou para um retângulo desenhado ao lado da lavanderia. Na noite anterior ela estava com tanto sono que só conseguira olhar de relance para o desenho.

— Aí diz SABONETE. Estou achando que Valentina armazenava os sabonetes aí.

Alix apanhou o esboço, apontou a frente da casa para o mar, depois olhou à sua direita, onde, no mapa, se via o desenho da lavanderia. Não havia indicação de distância, de modo que poderia ficar a quinze ou a cem metros, porque o imóvel era muito grande.

A única coisa próxima à lavanderia era um pequeno e engraçado símbolo com dois círculos e um retângulo que os ligava à palavra "sabonete" escrita ao lado.

Alix e Jared se entreolharam, sem fazer ideia do significado do símbolo, mas ficava a oeste da casa, de forma que eles caminharam nessa direção. Os séculos haviam coberto o solo com pequenos arbustos silvestres e os dois lentamente avançaram entre eles.

À pequena distância da casa, Alix viu uma rocha que tinha um pouco mais de um metro de altura e uma outra próxima a ela. Havia alguns pedregulhos na ilha, restos de uma geleira secular, e essas duas rochas eram separadas por apenas cerca de um metro e oitenta.

— Elas foram polidas de modo a ficarem com a superfície reta — disse Alix, passando a mão em cima da primeira rocha. Além disso, cada uma delas apresentava a mesma marcação. Era algo sutil, não muito visível, mas um tampo de mesa caberia ali, escorado pelas pedras.

Jared olhou para o mapa:

— Se isto era uma mesa...

— Ou prateleiras abertas onde se localizavam os moldes dos sabonetes que secavam — disse Alix.

— Certo. Então a lavanderia ficava... — Ele caminhou cerca de um metro. — Aqui.

Abaixando-se, ele retirou com a mão a areia que encobria uma pedra redonda, do tipo usado em lareiras, e debaixo dela havia um pedaço muito velho de metal enferrujado. Parecia a alça de um grande tanque.

Alix sorriu.

— Afinal de contas, Parthenia desenhou mesmo um bom mapa!

Jared deu um risinho meio sem jeito, e Alix disse:

— É, as mulheres continuam mandando bem!

Jared deu uma risada.

— Pare de "se achar" e vamos pegar umas pás.

Os operários de Twig pararam de trabalhar na capela e foram ajudar a encontrar a lavanderia. Eles estavam acostumados a encontrar, nas casas antigas onde trabalhavam, muitos artefatos interessantes, como moedas, objetos de marfim e botões.

Não foi preciso cavar muito para encontrar resquícios da construção que fora erguida ali. Viam-se alguns pedaços de madeira carbonizada, cacos de porcelana e outros restos de peças metálicas. Depois de mais de uma hora, já começavam a enxergar o piso de pedra do cômodo. Dava para ver onde era o alicerce da grande lareira e começaram a escavar por ali.

Os homens se revezaram, enchendo baldes e depois carrinhos de mão. Alix permaneceu à sombra de uma árvore com Tyler, tentando mantê-lo ocupado, para que ele não atrapalhasse o trabalho. A princípio, esforçou-se para mantê-lo limpo, mas logo constatou que isso era impossível. Todos pararam para almoçar, e recomeçaram uma hora depois. Era uma tarefa lenta, porque as pedras antigas precisavam da terra para ficar no lugar. Os homens tiveram de parar três vezes, a fim de providenciar maneiras de escorar as pedras. Foram duas vezes à Island Lumber, para comprar materiais de reforço.

À tardinha, Jared informou a Alix:

— Acho que encontramos alguma coisa.

Ela pegou Tyler e foi até o que agora era uma cratera assustadoramente grande. Jared e Dennis, o azulejador, estavam no fundo do buraco. Algumas pedras haviam caído das espessas paredes, e os homens estavam em meio aos detritos. Jared recuou para mostrar o que haviam encontrado. Bem atrás dele, embutida na rocha, havia uma porta de ferro enferrujado. Todos os homens estavam de pé no buraco, olhando para baixo e observando. Dave, o marceneiro, entregou um pé de cabra a Jared. Depois de olhar para Alix, ele forçou a abertura da porta.

Ela prendeu a respiração quando ele entrou. Devagar, retirou uma caixa de metal corroído, do tipo em que se guardam saquinhos de chá.

Começou a abrir a caixa, mas desistiu e a levantou até Alix. Ela se debruçou, apanhou o objeto e esperou Jared sair do buraco e se postar ao seu lado. Após vários minutos usando uma espátula, a tampa finalmente se soltou. Ainda assim, Alix teve de pôr as pontas dos dedos sob a beira e puxar com força, para a velha caixa se abrir. Séculos a haviam mantido fechada.

Quando a tampa se abriu, Alix ficou sem fôlego, relanceou o olhar para Jared, e depois olhou para a caixa. Dentro, havia um livro com encadernação de couro. Considerando onde havia permanecido nos últimos duzentos anos, estava em boas condições. A capa estava um pouco mofada, mas as páginas não se haviam esfarelado, protegidas pelo couro e pela caixa.

Alix pôs a mão dentro da caixa como se fosse retirar o diário, mas então olhou para Jared. Seus olhares se encontraram e eles dialogaram em silêncio. Havia outras pessoas que mereciam examinar esse livro primeiro.

Com um sorriso, Alix acenou a cabeça para ele; Jared fechou a tampa e deixou a caixa com ela.

— Acho que devemos guardar isto para seu... parente, Caleb. — Ela estava brincando, porque ainda precisava descobrir quem era o misterioso Caleb. — Foi ele que me revelou como encontrar o diário, então é ele que deve vê-lo primeiro.

— Ei, Jared — disse Dave —, Caleb não é o fantasma da sua casa? — Ele sorriu de orelha a orelha. — Não foi ele que causou a morte de muita gente e por isso sua família nunca usou esse nome de novo?

O olhar de Jared para Dave foi um recado para ele se calar, mas absolutamente não o reprimiu. Todos os homens ficaram olhando para Jared, esperando sua resposta.

Ele olhou para Alix, cujo rosto estava lívido. *Ela sabia!*

— Está na hora de levar Tyler para casa — ele disse. — Você está pronta para ir?

Alix só conseguiu assentir com a cabeça.

Tyler, que não tinha tirado sua soneca vespertina, pareceu adivinhar que sua aventura desse dia estava para acabar e começou a correr de um lado para outro, como se tivesse tomado duas xícaras de café expresso. Jimmy o interceptou, Eric o bloqueou e Joel, que era pai de gêmeos, conseguiu apanhar o garotinho e o entregou a Jared. Tyler reagiu como se estivesse sendo aprisionado, e lutou contra Jared, que segurou a criança com firmeza ao pegar a mão de Alix e conduzi-la à caminhonete.

Ele abriu a porta e logo Alix se sentou dentro do veículo, Jared sentou Tyler na cadeirinha e afivelou o cinto de segurança, depois fechou a porta e deu a volta na caminhonete. Quando ele assumiu o volante, o menininho tinha se virado de lado e já estava dormindo profundamente. Alix, sentada ao lado do garotinho, olhava firme para a frente e segurava a mãozinha de Tyler, como se ele fosse um salva-vidas e ambos estivessem sozinhos em alto-mar.

Jared relanceou o olhar para ela, mas Alix não desviou o olhar do para-brisa. Ele ligou o motor.

— Eu...? Ele é...? — A voz de Alix era um sussurro.

Jared pensou em lhe dar uma detalhada explanação, algo que a tranquilizasse, mas sabia que, no final, a resposta seria a mesma:

— Sim.

Alix respirou fundo, tentando absorver a história toda. Quando Tyler se mexeu no sono, ela se inclinou para ele e encostou a face no seu cabelo aquecido pelo sol.

— Você me falou sobre ele, não foi?

— Sim, falei.

— Mas você pensou que eu me referia a... a...

— Uma luz enevoada no topo da escadaria? — ele perguntou.

Visões coloridas passaram pela cabeça de Alix. Danças, risadas. O que ela tinha visto, ouvido e de que até sentira o cheiro.

— Acho que talvez eu tenha realmente visto uma cena do casamento de Parthenia. — Oh! — Ela olhou para Jared. — Parthenia é uma sósia de Jilly Taggert. Eu estava de cabeça para baixo quando a conheci, e não me dei conta na ocasião. E meu pai se parece com o marido dela, John Kendricks, o que provavelmente significa que... — Seu tom de voz se elevou.

Jared estendeu o braço, pegou e apertou a mão dela.

— Está tudo bem. Lamento que tenham metido você nisso. Geralmente, apenas nós, Kingsley, conseguimos vê-lo, e somente poucos de nós. Nenhum forasteiro jamais... — Ele parou de falar.

— Só eu. Uma forasteira. Qual foi o termo que escutei? Algo a ver com chegar a uma praia?

— Dar na praia.

— Essa sou eu mesma. Eu simplesmente flutuei nas coisas.

Jared continuava a segurar a mão dela quando chegaram à entrada de carros da casa. Ele desligou a caminhonete e se virou para olhá-la. Sabia que devia começar do início e lhe contar sobre seu avô a partir do naufrágio, mas não o fez. Ela não precisava de mais informações tão sérias lhe enchendo a cabeça. Ele desviou o olhar para Tyler.

— Vocês dois fazem uma linda imagem juntos. Você continua querendo ter filhos?

— O que isso tem a ver com...?

Ele se estendeu no comprido assento e a beijou suavemente na boca.

— Meu avô te assustou?

— Não, na hora não. Dançamos e flertamos escandalosamente. Eu não tinha a intenção, mas ele foi, digamos, muito persuasivo.

— Estou com ciúme e meu rival é um fantasma de duzentos anos. Como posso concorrer com isso?

— Ele não é um rival! — Alix disse. — Prefiro você a... — Ela parou porque os olhos de Jared expressavam muita alegria. Ele estava brincando com ela. Alix lhe deu um olhar de desagrado: — Você é muito parecido com ele, sabia?

— Foi o que me disseram. — Seu rosto ficou sério. — Alix, o que sei é que você neste momento tem uma escolha. Pode optar pelo caminho dos filmes de terror, e ficar apavorada. Pode até ir embora de Nantucket para sempre, se quiser. Ou pode seguir em frente e aceitar minha casa mal-assombrada com seu fantasma intrometido, e então eu a ajudarei a lidar com isso. Posso responder a qualquer pergunta que você faça, contar-lhe qualquer história que queira saber. Vou partilhar com você todas as informações que eu tiver.

Com a parada do motor, Tyler começou a acordar. Jared tirou-o da cadeirinha e saiu da picape, mas ficou imóvel, segurando a criança, olhando para Alix e esperando sua decisão.

Ela abriu a boca para fazer perguntas, mas havia muitas. Por onde começar? Finalmente, ela perguntou:

— *Você* quer filhos?

Jared lhe deu um sorriso de felicidade tão completa e alegre alívio que Alix sentiu que seus ossos iam derreter.

— Quero! Pelo menos três. — Os olhos dele quase perfuraram os dela: — Mas meu avô disse que estou tão atrasado para começar a ser pai que nenhuma mulher vai me querer.

A última parte dessa frase era tão absurda que ela nem sequer a considerou.

— Você se refere àquele avô?

— O mesmo com quem você passou o dia dançando — Jared respondeu. — Por que você não prepara uns drinques para nós enquanto eu levo Tyler para casa? Use um ótimo rum que Dilys esconde no fundo do armário em cima da geladeira. — Ele se virou, mas olhou para trás e disse: — Alix, você não é uma pessoa que calhou de vir dar na praia. Não entendo direito, mas jamais conheci alguém que faça mais parte de Nantucket do que você. Você enxerga o fantasma dos Kingsley, "manda ver" no rum como um baleeiro e se movimenta pela minha casa como se tivesse nascido aqui.

As palavras dele a tranquilizaram, e ela deu um pequeno sorriso.

— Eu faço parte daqui, mesmo não sendo uma Kingsley?

— Bem, é fácil mudar o sobrenome de uma mulher. Vejo você daqui a pouquinho.

Alix se recostou na caminhonete. O que significava aquilo sobre mudar o sobrenome de uma mulher? Ela sabia, mas simplesmente não podia ser verdade!

Capítulo vinte e quatro

Alix se encontrava sentada à mesa do café observando Jared no fogão. Na noite anterior ela estava exausta e sobrecarregada demais para racionar claramente. Ele grelhou peixe e fez salada enquanto ela tomava banho. Quando voltaram do canteiro de obras, na cama havia uma pilha de roupas limpas e uma sacola de artigos de toalete para Alix. Um bilhete dizia:

Espero que goste das coisas. Ken me ajudou a escolhê-las. Jilly.

Mesmo a comprovação de seu pai estar junto com alguém não lhe havia interessado. Logo que Alix jantou, foi para a cama. A exaustão causada por Tyler, a empolgação de haver achado o diário e o choque de saber que havia dançado com um fantasma fizeram com que dormisse profundamente.

Quando acordou, Jared já estava de pé, vestido e preparando o café da manhã. O maravilhoso aroma de café enchia a casa. No meio da mesa estava a caixa metálica que guardava o diário de Valentina. Mas o que Alix havia descoberto sobre Caleb superou seu interesse pelo diário. Jared lhe deu um beijo de bom-dia, abraçou-a demoradamente e disse que eles poderiam ficar em casa o dia inteiro, se ela quisesse. Voltou a afirmar que responderia a qualquer pergunta que ela lhe fizesse.

— Dilys consegue? Quero dizer, vê-lo? — Alix perguntou, mas depois colocou as pontas dos dedos nas têmporas: — Não, Dilys me perguntou sobre Caleb, então ela não consegue, mas ocorre que todo mundo tem conhecimento desse segredo, e talvez ela possa ver seu avô. — Ela olhou para Jared ao colocar a massa na grelha. — Lexie consegue vê-lo?

— Estou certo de que Dilys não consegue, mas, quanto à Lexie, não sei. Ela é muito reservada. Todos os primogênitos homens de cada geração eram capazes de vê-lo e falar com ele. Isto é, os homens com números ao final do nome.

Ela pensou nessa continuidade e na longevidade do homem com quem havia dançado.

— Suponho que você saiba que, na maioria das famílias, os números no final de um nome são eliminados quando morre alguém.

— Eu sei disso — Jared disse e virou uma panqueca. — O que significa que, pelos padrões de fora da ilha, eu voltaria ao número um, pois nenhum dos demais está vivo. Mas meu avô precisava de ajuda para distinguir um do outro, por isso mantivemos os números.

— Entendo — ela disse, dando uma olhada para as costas dele, tentando absorver tudo: — Você acha que minha mãe tem conhecimento dele?

— Não faço a menor ideia, mas ela e tia Addy eram muito amigas, por isso calculo que ela tenha, sim.

Alix assentiu com a cabeça e perguntou:

— O que aconteceu com o homem com quem Valentina se casou?

— Ele... Acho que você não quer saber.

— Pode me contar. Eu aguento.

— Obed espancou o filho de Caleb porque o garoto estava falando com alguém que Obed não conseguia ver.

— Ele estava falando com o pai? Com Caleb?

— Estava, e Obed morreu naquela noite. Tem sido passado de geração a geração na minha família que a expressão de terror no rosto dele era tão hedionda que ele só pode ter morrido de medo.

— Quer dizer que Caleb é capaz de fazer maldades.

— Não creio que isso seja verdade. Meu avô afirma que foi o remorso que matou Obed. O sujeito acordou, viu Caleb e teve tanto medo do que poderia acontecer, que morreu no mesmo instante. Meu avô nem teve tempo de lhe perguntar o que tinha acontecido com Valentina.

Alix olhou para a mesa.

— Ele já dançou com muita gente?

Jared deu um risinho e respondeu:

— Tanto quanto sei, a única vez em que meu avô dançou com alguém foi com você.

Alix sentiu o amor na voz de Jared quando ele disse "avô". Ela se perguntou como seria crescer tendo um avô como parente, mas nesse instante não estava pronta para discutir essas coisas despreocupadamente. Ela olhou de relance para a caixa metálica.

— Que vamos fazer com o diário de Valentina? Não podemos entregá-lo a um fantasma. Bem, talvez pudéssemos, mas... — Ela olhou para ele, em busca de ajuda.

— Acho que existe apenas uma coisa que podemos fazer com ele — disse Jared, com o rosto absolutamente sério.

A princípio ela não entendeu o que ele quis dizer, mas depois viu o brilho nos olhos dele, e seu rosto ficou tão sério quanto o dele.

— Devemos usá-lo para proteger os assoalhos.

Jared deu um grande sorriso.

— Exatamente o que pensei. Você acha que se dermos a Victoria *esse* diário, podemos impedir que ela destrua a Casa dos Kingsley atrás dos diários de tia Addy?

— Não sei. Às vezes é fácil persuadir mamãe, mas outras vezes é impossível. Ela talvez insista em escrever a história de tia Addy primeiro.

— Lá se vai o papel de parede — Jared resmungou ao colocar uma pilha de panquecas à frente de Alix.

— Estas panquecas parecem gostosas. Eu estava começando a pensar que você só sabia fritar peixe...

— E você estaria certa. Encontrei esta caixa de panquecas na geladeira, e me convenci de que era capaz de prepará-las. Não pode ser mais difícil do que desenhar um arranha-céu...

Alix sorriu pela primeira vez naquele dia — embora tenha sido apenas um ligeiro sorriso — e deu uma mordida:

— Uma delícia!

— Obrigado! — ele disse, ao pôr outro prato na mesa e se sentar. Apontou o garfo para a caixa e perguntou: — Afinal, o que vamos fazer com esta coisa?

— Que tal entregá-la a mamãe, com a condição de que ela faça um juramento de sangue de que não vai destruir nada na casa para tentar descobrir os diários de tia Addy? — Alix levantou a cabeça. — Talvez Caleb saiba onde...

— Nem termine a frase. É claro que ele sabe onde os diários estão. Já lhe perguntei isso mil vezes. Talvez você possa perguntar-lhe... — Ele se interrompeu quando o rosto de Alix ficou lívido: — É muito cedo?

— Ah, é. Cedo demais. É uma pena que mamãe não consiga vê-lo. Tenho certeza de que ele contaria *a ela.*

— Provavelmente. Ele gosta de mulheres bonitas.

— É mais do que isso. Mamãe é uma sósia de Valentina.

Jared parou o garfo a caminho da boca.

— O quê?

— Eu já te falei isso tudo — disse Alix. — Ou o máximo que pude, antes de você mudar de assunto. Eu vi o casamento de Parthenia. Ela se parece com Jilly, e o homem com quem se casou é a cara do meu pai. É interessante que ele era chamado de John Kendricks, e agora é Kenneth. Ele...

Jared estendeu o braço na mesa, e pôs a mão em cima da mão de Alix:

— E o que você me diz de Valentina e Victoria? — O olhar dele foi intenso.

— Minha mãe *era* Valentina. Eu a vi no casamento, e Caleb me contou como eles se conheceram. Foi muito divertido. Ele... — Quando Jared se levantou abruptamente, ela percebeu que ele não estava prestando atenção. — Qual é o problema?

Ele ficou de costas, de modo que Alix não pôde ver que Jared tremia de medo. Ele ouviu claramente o que tinha dito ao avô pouco antes da chegada de Alix. Lembrou-se até do seu tom de sarcasmo, misturado com raiva:

— O senhor está esperando a volta – ou a reencarnação, não importa – da mulher que o senhor ama, sua preciosa Valentina. O senhor vai saber que é ela quando a vir, e aí vocês dois vão partir juntos em direção ao pôr do sol. Isso quer dizer que ou ela morre, ou o senhor volta à vida...

— Jared, você está bem?

Ele respirou fundo e virou-se para ela. Mais do que tudo, ele não queria que Alix percebesse o que ele estava pensando. Tentou, assim, parecer alegre:

— Detesto precisar fazer isso, mas tenho de voltar para casa por mais ou menos uma hora. Para trabalhar. Quer ir comigo?

— Ainda não — ela respondeu.

— Não posso te deixar sozinha. Vou ligar para Lexie e...

— Não! — Alix disse. — Não sou inválida e não vou imaginar que estou vendo fantasmas em tudo quanto é canto. — Ela fez uma pausa. — Não existe nenhum fantasma nesta casa, não é? E Caleb pode...?

— Aqui não existem fantasmas e Caleb não pode sair da Casa dos Kingsley.

— Eu vou ficar bem, de verdade. Jilly colocou meu eReader com as roupas, e já vi que ela e papai o encheram de livros de Cale Anderson. Eu vou ficar bem. Na verdade, posso aguentar um tempo sozinha.

— Tem certeza?

— Absoluta. — Ela olhou para ele. — Você chegou a tirar fotos daquela casa no Maine?

Jared deu uma risada de alívio.

— Você é *mesmo* meu tipo de garota! Existem umas duzentas delas no arquivo de fotos do meu computador, sob o título "Warbrooke", e já fiz uma planta baixa rudimentar. Examine tudo isso, e depois me dê suas sugestões.

— Se você me der acesso ao seu computador, não posso garantir que não vou xeretar os seus arquivos mais íntimos...

— Pode xeretar à vontade. O computador com todas as coisas *interessantes* está em Nova York...

Alix riu.

— Tudo bem, vá fazer seja lá o que for que você não está me contando. Eu vou ficar bem. Tem algum papel de desenho por aqui?

— No armário do quarto lá de cima tem uma caixa de meus antigos suprimentos.

— Esse papel é provavelmente tão velho quanto o diário de Valentina.

Jared pôs a mão no coração e disse:

— Assim você acaba comigo. Mas, quando eu voltar, vou te mostrar como sou velho.

— Mal posso esperar — ela disse, com sinceridade.

Alix gostaria de que seu beijo de despedida fosse mais longo, mas sabia que alguma coisa o estava incomodando e que ele queria ir embora para resolver o assunto. Alguns dias antes ela teria insistido para que ele lhe contasse aonde estava indo e por quê. Mas agora não. Por enquanto, sua curiosidade estava saciada, e tudo o que queria fazer era se concentrar no projeto de um design. Estava farta de fantasmas! E de dançar com homens que não existiam. E de vislumbres sobrenaturais do passado.

Precisava de paz e tranquilidade para se concentrar em um projeto.

Capítulo vinte e cinco

Na Casa dos Kingsley, Jared abriu a porta com tanta força que os velhos vidros chacoalharam. Geralmente, ele tratava a casa com o respeito que ela merecia, mas hoje não. Depois a fechou com a mesma força.

Olhou furioso para o vão da porta, na esperança de ver o avô, mas ele não estava lá. Jared subiu de dois em dois os degraus dos fundos até o sótão. Puxou com tanto vigor o cordão da luz que ele se rompeu na sua mão. Irado, ele o jogou fora.

— Apareça! — exigiu, e girou o corpo em um círculo, mas Caleb não estava lá. — Valentina e Victoria são a mesma pessoa? Sei que o senhor pode me ouvir, portanto, pode muito bem me responder.

— Estou aqui — Caleb disse mansamente às costas dele.

Quando Jared se virou, ficou sem fôlego, pois seu avô fantasmagórico estava quase sólido. Não era de admirar que Alix tivesse achado que ele era real! Jared teve vontade de estender o braço para tocá-lo, mas não o fez. Apenas permaneceu de pé, com um olhar possesso, esperando uma resposta.

— Sim, Valentina e Victoria são o mesmo espírito.

Jared sentiu tamanha fúria que pensou que sua cabeça fosse explodir.

— O senhor vai deixar a Terra! Pretende levar Victoria *junto*?

— Não sei — Caleb respondeu com voz tranquila e calma. Apenas os olhos traíam sua preocupação.

— O senhor não pode fazer isso com Alix, nem com Victoria — ele berrou. — Ela merece *viver*.

— Não depende de mim — Caleb afirmou, elevando a voz. — Você acha que quero ser um... um...

— Vá adiante, diga logo! O senhor é um fantasma!

— Sim, sou — disse Caleb, e sua própria raiva começou a aumentar. — Você pensa que eu *escolhi* permanecer nesta casa durante duzentos anos, assistindo à morte das pessoas que amei? Eu as vejo como bebês, observo seu crescimento, rio com elas, mas sempre – *sempre* – preciso me afastar e assistir à sua morte. Acontece de novo, e de novo, e, independentemente da quantidade de ocasiões em que passo por isso, o sofrimento não é menor. Toda vez me dói da mesma forma.

A raiva de Jared não diminuiu, mas, quando ele recomeçou a falar, já não gritou:

— E agora o senhor vai deixar este mundo e levar Victoria. E tudo porque a ama. Isso é amor?

— É isso que você pensa de mim?

— Já não sei mais o que pensar. Por favor, não faça isso. Se o senhor for mesmo embora, *não pode* levá-la!

Caleb tentou se acalmar:

— Já lhe disse que não depende de mim. Tudo o que sei com certeza é que as mesmas pessoas que participaram dos acontecimentos que vivenciei quando vivo estão novamente reunidas. E sei que no dia vinte e três de junho vou partir deste mundo. Não sei para onde vou. — O corpo de Caleb estava desaparecendo. — Preciso ir agora. Estou cansado.

— Desde quando o senhor se cansa? — Jared perguntou.

— Quanto mais me aproximo da hora H, mais forte e mais fraco eu fico, curiosamente.

— Isso não faz sentido.

— Nada desta minha meia vida faz sentido. — Ele olhou para o neto com um olhar que revelava toda a sua infelicidade. — Por favor, acredite em mim quando lhe digo que não sei o que vai acontecer. Se for possível, vou embora sozinho, *sem* levar Valentina.

— Ela é Victoria, vive *neste* século e tem pessoas aqui, na Terra, que a amam muito. — Jared estava perturbado demais para raciocinar de maneira clara, e seu avô estava se dissipando rapidamente. — Victoria consegue ver o senhor?

Por um momento ele ficou mais nítido, menos transparente.

— Se eu permitisse, ela conseguiria, mas jamais quis que ela amasse um meio homem. — Ele começou a ficar mais obscuro. — Não deixe Alix escapar. Não seja o imbecil que eu fui. Se eu tivesse permanecido com Valentina, nada disso teria acontecido, mas eu quis fazer mais uma viagem, achei que precisava ficar mais rico do que já era. — Sua voz e seus olhos estavam lacrimosos. — Aprenda comigo. E fale com Parthenia. O espírito dela sempre foi capaz de ver dentro de você.

Ele desapareceu então.

Jared se largou no sofá, sentindo como se estivesse sozinho tentando deter um trem de carga.

Só minutos depois se deu conta de que deveria sair da casa. Como precisava respirar, ele *tinha* de ir embora dali. Seus pensamentos eram tão fortes que ele teve certeza de que seu avô os estava controlando.

— Pare com isso! — resmungou, e imediatamente cessaram as sensações esmagadoras.

Ele se levantou, acalmando-se e compreendendo agora mais profundamente o que Alix havia suportado. Com esses novos poderes que seu avô detinha, era crível que pudesse mostrar a Alix visões do passado.

Jared olhou por todo o sótão, para as imagens familiares do excesso de coisas acumuladas por sua família, depois desceu a escada e saiu pela porta dos fundos. Pensou em voltar para Alix, mas imaginou que ela estivesse alegremente focalizada nas plantas para a casa de Montgomery. Como gostaria de estar junto dela! Mas a ideia de que Victoria poderia morrer em breve era forte demais para que ele pudesse se tranquilizar, e não queria que Alix percebesse o seu temor.

Caminhou na alameda em direção à Main Street. Talvez Lexie ou Toby estivesse em casa. As perguntas de Alix o fizeram imaginar quem mais da família poderia ver Caleb. Jared crescera sendo informado de todas as normas sobre seu avô, mas nessa manhã ele as estava questionando. Talvez se as mulheres tivessem contado aos homens, e vice-versa, poderiam ter feito alguma coisa há muito tempo. Um exorcismo, quem sabe?

Embora Jared nem pudesse imaginar ter crescido sem o avô — especialmente depois que seu pai morreu e antes de Ken aparecer —, nesse momento ele desejou que alguém tivesse mandado esse homem embora há muito, muito tempo.

Jared foi até a casa de Lexie, abriu a porta dos fundos e gritou, mas ninguém respondeu. Estavam no trabalho. Ele girou o corpo para ir embora, mas ouviu um barulho nos fundos. Talvez uma delas estivesse na estufa.

Era Jilly: havia acabado de derrubar um enorme vaso de flores, que se estilhaçou, e ela estava tentando catar os cacos.

— Deixe que eu cuido disso — Jared disse, ao se inclinar e começar a reunir os fragmentos do vaso.

Jilly ficou de pé.

— Eu estava querendo ajudar, mas fiz esta lambança. Eu deveria desistir, mas é que as moças estão muito ocupadas e eu precisava fazer alguma coisa.

Jared examinou a estufa. Não era jardineiro, mas mesmo ele viu que o lugar precisava de uma boa faxina.

— E se eu tratar do que for pesado, e nós dois trabalharmos juntos?

— Você deve ter outras coisas para fazer — ela disse. — Estou certa de que Alix precisa de você.

— Ela está trabalhando no projeto de reforma daquele casarão antigo em Warbrooke. Além disso, aposto como está contente em se ver livre de mim.

Jilly olhou firme para ele, no fundo dos seus olhos. Alguma coisa o estava perturbando.

— Que tal começarmos por esta extremidade?

— Perfeito — ele respondeu.

Limpar a grande estufa era um trabalho estafante. Tudo tinha de ser mexido, ervas daninhas arrancadas debaixo dos bancos, cascalho revolvido com ancinho. Duas mesas precisavam de reparo, porque estavam sempre molhadas. Plantas tinham de ser replantadas em outros vasos, o que significava lidar com grandes sacos de adubo, turfa e vermiculita[12].

Jared precisava gastar sua energia, por isso carregou sacos de vinte e cinco quilos, serrou novas placas de cedro e as martelou nos lugares apropriados.

[12] Ou vermiculite é um mineral usado na agricultura para ajudar a nutrir a terra e a reter água em solos arenosos. (N.E.)

Levantou pesados vasos de arbustos e os levou para fora, a fim de que Jilly pudesse apará-los, e depois os levou novamente para dentro. Apesar de a palma de sua mão estar machucada pelos espinhos das rosas, ele nem reparou.

Era já de tardinha quando Jilly conseguiu persuadi-lo a parar de trabalhar e comer alguma coisa. Além disso, não havia mais o que fazer. Ela sugeriu que caminhassem até a Casa dos Kingsley, mas Jared se recusou. A verdade era que ele não queria sequer ir até a casa de hóspedes, por isso entraram na casa de Lexie. Jilly olhou para ele, todo sujo, suado, e com olhos que pareciam mal-assombrados, e sugeriu:

— Por que você não toma uma chuveirada enquanto preparo uns sanduíches para nós?

— Boa ideia — ele disse. — Lexie roubou um par de meus moletons, e tem uma dúzia de minhas camisetas.

— Vou procurar por elas — Jilly disse —, enquanto você toma banho.

Depois que ela preparou os sanduíches e pôs na máquina de lavar as roupas que ele jogou pela porta do banheiro, Jared apareceu à mesa. Parecia um pouco menos preocupado do que quando ela o vira antes, mas dava para perceber que continuava muito perturbado.

— É alguma coisa com Alix? — ela perguntou, esperando que ele não tomasse aquela atitude masculina exasperante de fazer com que ela arrancasse dele à força o que o estava preocupando.

— Não, está tudo bem entre nós — ele respondeu, ao olhar para o prato.

— Então se trata de Caleb? — ela indagou, e, quando Jared a olhou, ela susteve a respiração. Os olhos dele expressavam que algo profundo no seu íntimo — talvez, na sua alma — havia sido mortalmente ferido. — Pode desabafar comigo — ela sussurrou.

— Acho que talvez Caleb vá matar Victoria.

Jilly não disse uma palavra. Desde muito, aprendera que a primeira norma de ser um bom ouvinte era exatamente esta: *ouvir.*

Jared demorou quase uma hora para contar a história toda. Falou de seu avô haver deixado Valentina para trás por causa de uma última viagem, e depois descobrir que ela havia se casado com a cascavel do seu primo, um homem que praticamente a perseguia o tempo todo.

— Quando Caleb soube que ela deu à luz seu filho, trocou de navio com o irmão e conduziu a embarcação para uma tormenta, com as velas à mostra. A tripulação era, na maioria, de nativos de Nantucket, e todos morreram — Jared disse. — Durante anos após a tragédia, não era um bom negócio ser um Kingsley aqui na ilha.

— Mas Caleb voltou — disse Jilly.

— Sim, voltou.

— Valentina chegou a ver o fantasma do homem que ela amava?

— Não. Na primeira vez em que ele apareceu na Casa dos Kingsley, fazia seis anos do naufrágio. A essa altura Valentina já não estava, e Obed havia se casado de novo, mas o filho do meu avô permanecia lá, e conseguia ver e falar com o pai.

— A madrasta do menino tratava bem o filho de Caleb?

— Tratava. Ela não tinha filhos, de modo que o jovem Jared era muito amado por ela.

— E a cascavel do primo?

— Morreu jovem — Jared respondeu curto e rasteiro, depois seu olhar expressou que ele não queria falar sobre isso. Rapidamente pulou os duzentos anos seguintes até chegar a Alix e ao que ela havia visto — e o que Caleb tinha dito a ele sobre finalmente partir deste mundo.

— Mas ele não pode levar Victoria junto — Jared afirmou; seus olhos demonstravam o medo de que isso ocorresse. — Ela gosta muito de *viver*. Toma conta das pessoas, e foi uma excelente companhia para a tia Addy. Elas costumavam caminhar até o centro da cidade, fazer refeições juntas e falar sobre de que maneira Victoria poderia contar as histórias que havia lido nos diários. Tia Addy era tranquila e trabalhadora, enquanto Victoria lidera a corte, como uma rainha de antigamente. Ela atrai as pessoas. As duas eram perfeitas, uma para a outra.

Jared olhou para Jilly.

— Meu avô fala sobre pessoas que se assemelham e em reencarnação, e que ele *sabe* que vai deixar a Terra no dia do casamento de Izzy. Mas, se ele ama Victoria de verdade, não vai levá-la com ele. Se Alix...

— Se Alix o quê?

— Se eu tivesse de partir da Terra, não seria egoísta a ponto de levá-la comigo. Eu não pensaria que minha felicidade era mais importante do que *a vida* dela.

— O que Caleb quer fazer?

— Ele diz não estar nas mãos dele a última palavra no assunto. Não escolheu ser um fantasma e não vai poder escolher o que deve acontecer quando for embora.

Ele olhou para Jilly, como se lhe pedisse um conselho.

— Acho que você precisa manter Victoria longe daqui até o casamento — ela disse.

— Concordo — Jared falou —, e acredito que já fiz isso. — Ele lhe contou sobre os diários de tia Addy que Victoria queria, mas não conseguia encontrar. — Enquanto ela achar que permanecer longe daqui lhe dará acesso aos preciosos diários dos Kingsley, não chegará nem perto de Nantucket.

— Ótimo! — Jilly exclamou.

Nenhum dos dois disse o óbvio: que a morte pode encontrar quem quer que seja, em qualquer lugar.

Capítulo vinte e seis

Eram quase seis horas da tarde quando Jared e Jilly saíram da casa de Lexie. Nem ela nem Toby haviam chegado do trabalho ainda. Jared voltou a vestir as roupas usadas, e estava se sentindo melhor, depois de falar com Jilly. Agora queria se encontrar com Alix. Talvez pudesse pensar claramente para elaborar um projeto de design.

— Posso caminhar com você até sua casa? — Jilly perguntou. — Ken vai chegar daqui a pouco, e eu prometi preparar o jantar.

— Vocês dois estão se dando bem, não?

— Muito bem — ela respondeu, sorrindo.

— Desculpe ter alugado tanto você hoje com meus problemas. Você deve ter pensado...

Ele parou de falar ao observar a alameda Kingsley, que geralmente era tranquila. O único lugar movimentado era a Pousada Porto de Refúgio, onde se estacionava entrando por outra rua.

Nesse momento, porém, a alameda Kingsley era tudo menos tranquila. Havia uma fileira dupla de caminhões de entrega. Eles precisavam subir nas calçadas para poder se movimentar. As inscrições nos veículos indicavam lojas de flores, bufês, uma loja de frutos do mar e uma de vinho.

As entregas só poderiam significar uma coisa: Victoria havia chegado!

Em estado de choque, Jared ficou imóvel, olhando para o caos. Ele não tinha ideia de como Victoria havia conseguido fazer com que todas aquelas lojas fizessem entregas para uma residência particular. Entre os caminhões, viam-se uns seis carros com motoristas. Dois garotos de bicicleta levavam cestas cheias de arranjos florais.

— Ei! — Um dos garotos de bicicleta gritou para Jared: — Você sabe onde fica a Casa dos Kingsley?

Jared estava amuado demais para responder.

— É o número vinte e três — Jilly informou, apontando para o casarão branco.

— Valeu! — disse o garoto, ao voltar a subir na bicicleta e sair pedalando.

Jilly olhou para Jared e perguntou:

— Alguém vai dar uma festa?

— Sim e não — Jared respondeu. — Só mesmo a chegada de Victoria seria capaz de causar tanta agitação.

De olhos arregalados, Jilly observou a comprida fila de veículos. A distância, dois homens gritavam, raivosos, um com o outro. Ela olhou para Jared, de pé, imóvel, e perguntou:

— Será que isso vai acabar em briga?

— Provavelmente — Jared respondeu. — Isso costuma acontecer, quando se trata de Victoria. — Ele se virou para ela: — Por que você não atravessa pela cerca até os fundos e anda até a casa de hóspedes? Deixe que eu vou me entender com Victoria primeiro.

— Boa sorte — Jilly desejou, ao atravessar a rua.

Jared permaneceu parado por um minuto, enquanto refletia. Faltavam apenas duas semanas para o casamento. Ele conhecia Victoria o suficiente para saber que não haveria argumento para convencê-la a ir embora antes do casamento de uma jovem de quem ela gostava muito. Além disso, a distância não impediria o que poderia acontecer.

Jared contemplou o céu. O dia estava lindo, mas cada ideia que lhe vinha à cabeça era mais desanimadora do que a precedente. E se ele contasse à Victoria o que temia? De saída, sabia que isso não funcionaria. Se contasse à Victoria a verdade sobre seu avô, não havia dúvida de que ela iria querer *ver* Caleb, falar com ele, entrevistá-lo, perguntar-lhe como *se sentia* sobre tudo. "Como se *sentiu* quando se afogou?" "Como se *sentiu* ao saber que causou a morte de centenas de seus amigos e parentes?". Victoria alegaria que essas dolorosas perguntas visavam a seus próximos romances, como se isso fosse toda a justificativa de que ela precisasse.

Havia também uma esplendorosa história de amor. Durante toda a sua vida, Jared ouvira falar do amor entre Caleb e Valentina. Seu pai lhe havia contado a história, assim como tia Addy e seu avô. Cada narrativa continha elementos diferentes, mas todas eram idênticas quando se tratava do grande e profundo amor que Caleb e Valentina nutriam um pelo outro. Um amor tão profundo e verdadeiro que nada no mundo poderia destruir. Nem a morte nem o tempo tinham sido capazes de deter esse amor.

Quando Jared observou os caminhões se movimentando lentamente, fazendo suas entregas e depois indo embora, perguntou-se se havia alguma vez visto seu avô com Victoria. Caleb costumava ocupar uma cadeira próxima quando Ken estava lá, mas, e quando Victoria estava perto? Ele se lembrava de seu avô ter dito que vira Victoria se despir, mas afirmara em seguida: "Mas só vi a Victoria".

Quando viu outro garoto com mais um buquê na cestinha à frente da bicicleta, Jared passou a mão no rosto. Não tinha a menor ideia de como lidar com aquilo. Tirou o celular do bolso e o segurou um instante. Teve vontade de ligar para Alix e sugerir que voassem até o Maine. Agora. Talvez ele conseguisse persuadi-la a ficar lá com ele até depois do casamento de Izzy. Lexie poderia ser a madrinha. Os dois voltariam quando tudo já tivesse acabado.

Ele guardou o telefone. Covardia não era própria dos Kingsley, e não seria ele a começar a expor essa "característica".

Posicionou os ombros para trás e caminhou lentamente até sua casa, abrindo caminho entre os muitos entregadores. Três deles esperavam na cozinha. Jared pegou a carteira, deu-lhes uma gorjeta e mandou-os deixar flores, bebidas, comida, e qualquer outra coisa, e que fossem embora.

Demorou um pouco, mas Jared se livrou deles. Escutou a risada de Victoria vindo da sala de visitas da frente e fez uma careta. De que maneira ele lhe iria dizer que fosse embora sem lhe contar por quê?

Depois que Jared pôs na geladeira a comida que havia sido entregue, deu uma olhada nos cartões que acompanhavam algumas das flores. Um deles dizia: "Agora o verão pode começar de verdade. No mesmo lugar, à mesma hora?". Não estava assinado. Um enorme buquê, ocupando a mesa inteira, era do chefe de Lexie, Roger Plymouth. Jared nem sabia que Victoria o conhecia. "Meu jato é seu", "Será que você aceitaria fazer uma noite de autógrafos para nós?", "Sonho com você..." era outro cartão sem assinatura.

Jared não sabia bem se deveria ficar impressionado ou enojado. Inclinava-se pelo último.

Tentou fortalecer sua coragem quando começou a andar pelo corredor, rumo à sala de visitas da frente. Ele e tia Addy costumavam rir de pessoas que se deslumbravam com o fato de Jared jamais se intimidar com qualquer pessoa do mundo dos negócios. Mesmo quando ele ainda era um arquiteto principiante, nunca ficava nervoso ao ir a uma reunião.

— Isso é porque você passou muito tempo com a Victoria — tia Addy tinha dito. — Ela tem um jeito de conseguir que as pessoas façam o que ela quer. Se você é capaz de lidar com Victoria, é capaz de lidar com qualquer um.

Quando Jared chegou à porta, parou e contemplou a cena. Sentada no centro do sofá estava a linda Victoria. Como sempre, sua aparência era perfeita. Os magníficos cabelos ruivos estavam engenhosamente desordenados, dando a impressão de que haviam sido atingidos por uma brisa. Os olhos verdes, com os cílios negros e espessos, conseguiam ser ao mesmo tempo sedutores e inocentes. E seu corpo... Ele sabia, por haver passado grande parte da vida perto dela, que, para manter a forma com que fora presenteada, ela malhava tanto quanto um fisiculturista profissional. Era, porém, astuta o bastante para dar a impressão de que não tinha conhecimento do seu extraordinário corpo.

Quatro homens a rodeavam, e todos se debruçavam diante dela; Victoria permanecia recostada nas almofadas. Via-se o refinado aparelho de chá de tia Addy na mesa, as xícaras estavam cheias, e havia bonitos pratinhos com minissanduíches, bolinhos, biscoitos, tarteletes. Jared seria capaz de apostar todo o dinheiro que ganharia no ano seguinte que Victoria não havia feito nada para preparar o lanche.

Ele ia entrar na sala quando, ao se virar, viu seu avô de pé ao seu lado. Para Jared esse homem estava tão claro quanto a luz do sol; ninguém mais, porém, conseguia vê-lo. Quando Caleb levantou os olhos, o que Jared viu o fez sustar a respiração.

O rosto do avô expressava amor absoluto. Um amor comovente, em estado bruto, descontrolado, do tipo pelo qual a pessoa morre, se sacrifica e sofre. Era um tipo de amor que faria uma pessoa esperar duzentos anos para realizar. Era amor verdadeiro, na sua concepção mais pura.

O rosto de Jared deve ter exprimido o que ele viu, porque, num instante, Caleb retirou do semblante a expressão de arrebatamento. Dirigiu ao neto um meio sorriso despreocupado, e depois desapareceu num segundo.

— Meu querido Jared — era a voz de Victoria —, finalmente você chegou!

Jared amaldiçoou sua sorte e sua vida, e rezou por ajuda, tudo ao mesmo tempo. Quando se virou para encará-la, estava sorrindo.

Quando Victoria o envolveu nos seus braços, ele não pôde deixar de ficar contente por vê-la. Ela o beijou no rosto e passou as bonitas mãos no cabelo comprido dele.

— Tudo isso é para agradar à minha Alix? — Victoria perguntou. — Ela sempre gostou de homens com aparência de motoqueiro. Ou será que ela agora gosta da aparência de um pescador de Nantucket?

— Acho que ela agora prefere alguém que pareça um arquiteto sujo — ele disse, quando ela lhe deu o braço e permitiu que Jared a levasse de volta ao sofá. Relutantemente, os outros homens abriram espaço.

— É, minha Alix deve ter mudado de gosto. Você conhece todo mundo aqui, não?

Jared olhou para os homens. Sim, ele os conhecia. A expressão que dirigiu aos três que eram casados significou que deviam ir embora — o que eles fizeram, ficando apenas o dr. Huntley, que parecia haver se enraizado ali.

— Você é um garoto muito levado — Victoria disse a Jared, depois que se despediu dos três homens; seus olhos tinham expressão brincalhona. — Freddy estava me dizendo que ele e Alix passaram horas encantadoras juntos. Eu não fazia ideia de que você e ela estavam pesquisando a história da família.

Jared engoliu em seco. Ia contar o mínimo possível a Victoria.

Freddy — também conhecido como dr. Frederick C. Huntley — bebericou seu chá e disse:

— A jovem Alix estava procurando por Valentina.

— Sim, claro — Victoria disse. — Valentina, a evasiva. Ela teve algum sucesso nisso?

— Nenhum — Jared respondeu, colocando uma grande fatia de torta de nata na boca.

Victoria lhe sorriu de uma forma que significava que ela, em alguma hora, conseguiria extrair dele tudo o que quisesse. Ela fez com que Jared tivesse vontade de subir correndo a escadaria para se esconder. Ou talvez pegar Alix e voar para Nova York.

Ela se voltou para o dr. Huntley:

— Freddy, você vai ter de me contar tudo na sua próxima visita.

— Ah! — exclamou o dr. Huntley, que demorou um minuto para se dar conta de que estava sendo dispensado. Rapidamente, pôs a xícara na mesa, pegou mais um sanduíche e se levantou para despedir-se.

Logo que ficaram sozinhos, Jared bocejou e disse:

— Estou de pé há horas. Acho que vou...

— Jared, meu querido — Victoria disse —, precisamos conversar.

Ele se levantou:

— Claro, mas é que sua visita foi inesperada, e tenho um monte de coisas que precisam ficar prontas. Se você tivesse dito que viria — como parece que fez com a ilha inteira —, eu poderia ter reservado um tempo, mas o fato é que... — Ele não conseguiu pensar em como estender a mentira, e deu um passo à frente rumo à porta.

— Quero saber suas intenções em relação à minha filha.

Jared olhou para trás; seu rosto expressou surpresa.

— Você quer saber sobre mim e Alix?

— Sim, evidente. Foi por isso que vim. Sei que você me avisou para que não viesse, e pretendo ficar bem quietinha enquanto estiver aqui, mas preciso verdadeiramente saber o que acontece com a minha filha querida.

Jared olhou firmemente para o que deveriam ser uns doze arranjos de flores na sala. *Isso* era ficar "bem quietinha".

— Ora — ela disse, com um aceno de mão. — Não cheguei de iate.

— Não desta vez.

Victoria sorriu docemente, e deu uma palmadinha no assento ao seu lado.

— Por favor, sente-se aqui, Jared querido. Não vejo você há meses, e Kenneth continua sendo uma pessoa horrível, e não me conta nada sobre minha própria filha. Veja isto aqui. — Ela estendeu o braço para baixo do sofá, de onde tirou uma caixa branca que ele reconheceu. — Guardei isto para nós e... — Ela tirou uma garrafa de rum de vinte e cinco anos de trás de uma almofada. — Isto é para animar um pouco o maldito chá da Addy. Que é que você me diz? Donuts da Downyflake e rum?

Jared balançou a cabeça e disse:

— Victoria, aposto que você poderia seduzir o próprio demônio.

Ele voltou a se sentar no sofá ao lado dela.

— Segundo me contaram sobre você e minha filha, é exatamente assim que você é. Não está planejando voltar correndo para Nova York e a deixar para trás, está? Alix não é como eu. É tão séria quanto o pai.

— Não — Jared respondeu, ao pegar a xícara de chá que ela ofereceu, com rum até a metade. — Não planejo deixar Alix.

Victoria sorriu:

— Ela sabe disso?

— Já dei várias dicas, por isso suponho que ela saiba.

— Sei...: — disse Victoria, ao pegar um pedacinho minúsculo de donut e delicadamente mordiscá-lo. — Nós mulheres não somos boas com dicas. Gostamos de sólidas declarações de amor para sempre.

Jared levou a xícara aos lábios.

— E gostamos de anéis. — disse Victoria. — Principalmente se for de esmeralda... Tamanho dezesseis.

— Victoria — Jared disse —, acho que já tenho idade suficiente para tomar decisões sobre certos aspectos da minha própria vida.

— Claro que tem, querido, mas é que amo muito você e Alix. Você sabe disso, não sabe?

— Sim, sei. Prometo que vou cuidar de Alix.

— Ela não é maravilhosa? — perguntou Victoria. — Não sei como Ken e eu fomos capazes de produzir uma criatura que reúne o melhor de nós dois. Você está impressionado com o talento dela como arquiteta?

— Muito impressionado.

— Ken disse que está construindo uma capela desenhada por ela. Me dê sua xícara para reabastecer e pegue mais um donut. Você parece mesmo cansado, e, agora que estou aqui, vou ajudar com o que você precisar.

Com o rum e o açúcar, Jared estava começando a se acalmar.

— Victoria, não sei onde estão os diários de tia Addy.

Victoria respirou fundo e pôs a mão no profundo decote que deixava à mostra seus deslumbrantes seios.

— Você acha que foi por isso que vim para cá? Jared, meu menino querido, pensei que me conhecesse melhor. Você está me olhando como se receasse que eu pudesse... Bem, que eu pudesse demolir a casa à procura deles. Levantar os assoalhos ou fazer alguma coisa horrorosa assim. — Os olhos se encheram de lágrimas, o que fez com que o tom verde-esmeralda brilhasse ainda mais. — Você acha mesmo que eu pude passar anos neste lindo casarão antigo e não o amar quase tanto quanto você?

— Bem, eu realmente pensei... — Ele se interrompeu porque Victoria parecia magoada. — Eu sabia que você ia querer ver os diários.

— É claro que eu quero — ela disse, piscando os olhos e afastando as lágrimas. — Tenho certeza de que eles vão aparecer um dia. Kenneth disse que conheceu uma... — ela balançou a mão — pesquisadora ou coisa assim, e que vai contratá-la para vasculhar o sótão. Só espero que ele tenha bala na agulha para pagar pelo serviço. É certo que Kenneth nunca foi bom em finanças, mas quem sou eu para reclamar? Você vai mesmo permitir que essa estranha more aqui na sua casa?

Jared apanhou o quarto donut e encheu a boca. Ele *não* ia dar a Victoria nenhuma informação sobre Jilly. Ele perguntou, de boca cheia:

— Você veio na barca expressa?

Ela sorriu docemente:

— Não, desta vez eu trouxe um carro. Pensei que talvez Alix fosse precisar dele. Não dá para ela dirigir aquela sua horrível caminhonete velha, não é? A propósito, onde é que ela está?

— Na casa de Dilys. Dei a ela umas plantas baixas nas quais trabalhar.

— É tão estranho você ir trabalhar lá, quando seu escritório é bem aqui... Por que fez isso? — Esperou pela resposta de Jared, que não veio. — As plantas são para alguém que conheço?

Jared achava que Victoria estava a par da ligação de Jilly com os Taggert e os Montgomery, e provavelmente sabia a quanto montava o patrimônio líquido de cada um deles, mas nesse instante ele não quis tratar disso. Contar a ela da procura por Parthenia poderia levar a Caleb.

— Não creio que você conheça as pessoas. Olhe — ele disse, ao se levantar —, preciso levar uns documentos para Alix, então é melhor eu ir agora. Estou certo de que você já tem convites para jantar.

— Vários.

Ela foi até o outro lado da mesinha de centro e estendeu os braços para ele, que não pôde deixar de abraçá-la.

— Jared, meu menino querido, muito querido — ela disse mansamente —, você não imagina como estou feliz com seu relacionamento com Alix. Sempre achei que vocês dois nasceram um para o outro. Kenneth foi contra, mas perseverei. Vocês dois são pessoas maravilhosas, e eu os amo muito. — Ela se afastou e pôs as mãos nos braços dele. — Eu não poderia ter criado um homem melhor para minha filha. Sabe quanto eu o admiro?

Jared abrandou-se ao ouvir essas palavras.

— E eu devo demais a você. Eu não estaria onde estou hoje não fosse por sua ajuda.

— Eu apenas ajudei financeiramente e o incentivei algumas vezes. Nada demais.

— Foi tudo para mim — Jared disse.

— E agora estou confiando a você meu bem mais precioso, minha linda e talentosa filha.

— Ela é isso aí mesmo que você disse — afirmou Jared, sorrindo calorosamente à lembrança de Alix. Fazia apenas algumas horas que não se viam, mas ele já estava com saudade.

— Fico satisfeita em você pensar assim — Victoria disse, ao se inclinar e juntar sua face quente e macia à dele. — Então agora você pode me dar o diário de Valentina — sussurrou.

Jared levou um momento para reagir, deu uns passos para trás, de olhos arregalados:

— Nós o encontramos só ontem! Quem foi que te contou?

— Jude, a mulher de Twig, me mandou um e-mail. Somos ótimas amigas há anos. Eu adoro os filhinhos dela e...

— Victoria!

Ele planejava dar-lhe o diário, mas era contra suas convicções que ela já lhe tivesse passado a perna quanto a isso.

— Sim, querido?

Ele lhe deu as costas e disse:

— Vou para casa ficar com Alix.

Ele só conseguia pensar em estar com ela. Queria a sua sanidade, tranquilidade, a maneira com que ela não tentava manipular todos a quem conhecia. Ele só queria *estar* com ela.

Capítulo vinte e sete

Alix afastou-se do computador, pôs os braços nas costas e se espreguiçou. Estava ficando tarde, e Jared não havia voltado ainda. Nesse instante, porém, ela sentiu uma espécie de corrente elétrica lhe percorrer o corpo e olhou para a porta. Não se surpreendeu quando Jared entrou.

O que a surpreendeu foi a expressão no rosto dele: um desejo feroz e escaldante.

Jared largou na bancada da cozinha a sacola que segurava e, depois, sem dizer uma palavra, abriu os braços para ela.

Alix nem hesitou ao correr para ele. Ele se inclinou um pouco para apanhá-la; as mãos pegaram a parte inferior do seu traseiro, quando ele a levantou. As pernas de Alix rodearam a cintura dele quando Jared a beijou na boca, com as línguas se tocando, e braços, pernas e corpos se entrelaçando.

Ela se afastou por um momento e, com o coração disparado, disse:

— Mamãe quer que almocemos juntos amanhã.

Jared acenou brevemente com a cabeça e voltou a beijá-la, enquanto se encaminhava para o quarto. Uma cadeira o atrapalhou, e ele a atirou para o lado.

— Minha nossa! — Alix exclamou, mas Jared começou a lhe beijar o pescoço, e ela esqueceu as palavras.

Ele a jogou na cama de tal maneira que as cobertas e os travesseiros voaram para cima.

De olhos arregalados, Alix começou a desabotoar a blusa, mas Jared a rasgou; seus lábios acompanharam suas mãos. No minuto seguinte, o resto das roupas dela caiu no chão e, por um momento, ele a contemplou e sussurrou:

— Você é muito linda.

Alix o puxou para ela, sorriu com o peso do corpo dele em cima do dela, amou a sensação das roupas dele na sua pele nua. As mãos de Jared percorreram o corpo inteiro de Alix, tocaram a parte interna de suas pernas e seus dedos a penetraram. Ela arquejou, com a cabeça para trás e os olhos fechados, quando os lábios dele lhe beijaram os seios.

Ele a levou ao auge do desejo, beijando-a, com as mãos e os lábios em harmonia. No instante em que ela pensou não poder aguentar mais, ele saiu de cima dela e imediatamente ficou nu.

Foi a vez de Alix percorrer o corpo dele com as mãos e os lábios, concentrando-se no cerne da sua masculinidade. Jared inclinou a cabeça para trás enquanto ela se movimentava para a parte inferior dele. Minutos depois, quando ele já não se continha, virou-a para ficar de costas e a penetrou com toda a força do seu desejo. Alix levantou as mãos para se apoiar na cabeceira da cama, e arfou a cada um dos vigorosos impulsos dele.

Quando os dois estavam quase alcançando o clímax, ela se virou, enganchou as pernas na cintura de Jared, os braços no pescoço dele, e deixou que ele a levantasse. Alix não conseguiu deixar de gritar de gozo.

Ele desabou em cima dela, mas não se moveu, continuou segurando-a com tanta força que ela mal conseguia respirar. Mas quem precisava de ar com um homem suado e musculoso em cima do corpo?

—Você está bem? — ele murmurou no ouvido dela, com voz suave e preocupada.

— Estou mais do que bem.

Ele rolou o corpo para o lado, mas a segurou com força, mexendo a perna dela para que ficasse entre as dele.

Alix demorou um pouco para se recuperar do que havia acabado de acontecer. O ato de fazer amor de Jared nunca havia sido tão veemente, evidenciando uma *necessidade* inexistente até então. Ela teve vontade de lhe fazer perguntas, mas não o fez. Em vez disso, esperou que ele falasse.

— Eu te machuquei?

— Longe disso — Alix respondeu.

— Senti muito sua falta hoje.

Alix não quis ressaltar o óbvio, que ele só havia ficado longe dela por algumas horas, mas aconteceu que ela também sentira falta dele. Trabalhar em plantas baixas sem ele era muito sem graça.

— Que foi que você fez?

Ele hesitou:

— Tive uma briga com meu avô.

— Que pena! — Alix disse, tentando permanecer calma, embora soubesse que o avô de Jared era um fantasma. Ela engoliu em seco e perguntou: — E por quê?

Jared não podia contar-lhe sobre seus temores em relação a Victoria.

— Não gostei da maneira como ele se mostrou para você.

— Ele quis me contar sobre Valentina — disse Alix, e em seguida deu um risinho: estava defendendo um fantasma.

Jared lhe beijou a testa.

— Ele podia ter *me* contado o que queria te dizer.

— Acho que sim — Alix concordou —, mas, na verdade, aquele dia foi muito legal. Só fiquei meio perturbada depois. Cheguei a te contar sobre o vestido que eu estava usando?

— Ele fez com que você vestisse alguma monstruosidade histórica? — Jared pareceu que estava à beira de se zangar de novo.

— De jeito nenhum. Era um lindo vestido de casamento, feito de algodão branco.

Ele se acalmou:

— A saia é meio dobrada? — Ele fez um movimento com a mão. — E está guardado numa caixa verde?

Ela recuou e olhou para ele.

— É esse mesmo. Quem foi que o usou?

— Ninguém. Era o vestido de casamento de tia Addy. Ela o mostrou a minha mãe um dia em que eu estava lá. As duas insistiam para que uma prima o usasse no dia do seu casamento, mas a moça queria alguma coisa com grandes mangas, e que reluzisse.

— Bem, eu o usaria... — Alix começou a falar, mas se deteve. Não era de bom-tom falar do seu vestido de casamento com um homem de quem nem era noiva, e com quem ainda não havia sido trocada a frase “eu te amo”.

— Você se importa de me contar exatamente o que aconteceu no domingo? — ele perguntou. — Quero saber de todos os detalhes.

Alix começou do início, desde a manhã chuvosa quando ela acordara com uma vontade irreprimível de ir ao sótão, até o ponto em que a visão do casamento desaparecera.

Jared escutou atentamente a história toda, acenando com a cabeça quando ela contou das pessoas que tinha visto no casamento.

— Tive a impressão de haver realmente visto todas elas, mas agora não estou certa de que isso aconteceu.

— Quem mais estava lá? E Valentina, onde estava?

Quando Alix lhe contou a história sobre como o comandante Caleb e Valentina se conheceram, não pôde deixar de sorrir.

— Tudo parecia muito com alguma coisa que minha mãe faria. Caleb me contou sobre esse encontro, mas não o mostrou a mim.

— Meu avô ficaria muito constrangido de deixar alguém vê-lo ser vencido por uma garota — Jared disse. — E ele jamais contou essa história a alguém antes. Isso certamente teria sido transmitido de geração a geração.

— Ele me disse que eu era a primeira pessoa a quem contou isso tudo. — Ela aconchegou a cabeça no ombro dele. — Você esteve com mamãe?

— Estive. — E ele lhe contou dos caminhões, bicicletas e homens que apareceram na alameda. — Até Roger Plymouth mandou flores.

— Deus meu! — Alix exclamou.

— Eu preciso conhecer esse sujeito — disse Jared.

— Posso ir com você?

Com um resmungo, ele rolou para cima dela.

— Você merece um castigo por essa pergunta.

— Concordo completamente — ela disse, ao abrir a boca para receber a dele.

Dessa vez, fizeram amor sem pressa, saboreando o corpo um do outro, beijando-se e acariciando-se, explorando. Uma hora depois, nos braços um do outro, suados e saciados, Jared sentiu muita fome.

— Esqueci de fazer o jantar — Alix disse.

— Tudo bem. Fiz uma limpa na geladeira de Victoria antes de sair. Estou com refeições dos melhores restaurantes da ilha. — Ele se levantou da cama e dirigiu-se ao banheiro.

— Minha mãe é uma defensora da tese de que se deve comer bem.

Quando ele se postou na porta, em toda a sua gloriosa nudez, o olhar dos dois se encontrou. Não precisaram dizer o que estavam pensando. Com a chegada de Victoria, as coisas mudariam. No mínimo, o grande casarão antigo não mais seria só deles dois. Jilly era tão tranquila, e estava passando mais tempo com Ken, que sua estada no apartamento não os incomodava. Mas Victoria ficaria hospedada no quarto do outro lado do corredor, e sempre havia gente com ela. Quando adolescente, Alix sempre reclamava que a música era alta demais e tocava até muito tarde.

Jared suspirou, e sorriu.

— Vamos ficar bem. Victoria quer o diário de Valentina, então, talvez se nós o entregarmos a ela... — Ele encolheu os ombros: — Quer tomar uma chuveirada comigo?

— Adoraria — Alix respondeu.

Por um acordo tácito, os dois não falaram mais sobre Victoria. Queriam desfrutar o tempo juntos. Depois do banho, estenderam o banquete no chão e fizeram aquilo de que gostavam tanto: analisaram projetos arquitetônicos. Alix estava satisfeita com o que havia criado, mas Jared não concordou com muita coisa, e disse isso a ela.

— Kingsley — disse Alix —, você não sabe o que está dizendo. Foi essa frase que ela disse a ele na primeira vez em que trabalharam juntos, que parecia haver acontecido havia muito tempo. Os dois trocaram olhares e riram. Naquele período, Alix quase o temia, mas agora era difícil para ela se lembrar de que ele era o Grande Jared Montgomery.

Eles se entendiam, porque ele afastou os pratos e os dois fizeram amor em cima dos esboços da antiga casa dos Montgomery. Foi uma cópula especialmente meiga, porque ambos se davam conta das mudanças que os aguardavam.

Depois, Alix tirou três folhas de papel colados ao estômago de Jared e disse:

— Nós podíamos ficar aqui.

— Dilys vem para casa amanhã, e vai querer sua residência de volta.

— E que tal a casa de Lexie e Toby? — Alix perguntou.

— Não há privacidade lá.

— Vamos ter de ser firmes com mamãe — ela disse. — E trancar a porta do quarto.

— Quer ir para meu apartamento em Nova York?

Por um instante, os olhos de Alix brilharam, mas em seguida ela balançou a cabeça:

— Talvez depois do casamento de Izzy.

— Certo — ele disse. — Depois do casamento.

Ele desviou o olhar para que ela não visse a expressão de medo no seu rosto. Era naquele dia que seu avô ia deixar este mundo, e talvez Victoria fosse com ele.

Jared voltou a olhar para Alix.

— Se você conseguir tirar as mãos de mim tempo suficiente, eu gostaria de te mostrar uma ideia muito melhor para a ala leste.

— Diferente pode ser, mas não melhor. Quanto a manter as mãos afastadas, você me prometeu que iria fazer uma refeição em cima da minha barriga. Que aconteceu com essa promessa?

— Você não viu a musse de chocolate que eu trouxe? É para lambuzar sua barriga desnuda, mas primeiro tenho de te ensinar como reformar uma casa.

— Sou sua aluna, e ansiosa para aprender. Você trouxe creme chantilly?

— Uma tigela cheinha.

— Pegue logo esses papéis e vamos pôr mãos à obra — ela ordenou, e Jared obedeceu.

⚓

Na manhã seguinte, Victoria estava sentada à mesa da cozinha e, pela primeira vez no casarão antigo, sentia-se sozinha. Era muito estranho estar lá mas não ver Addy, nem falar com ela. Com o passar dos anos, as duas haviam desenvolvido maneiras de fazer as coisas, com quem se encontrariam, onde fariam as refeições. Agora a casa lhe parecia enorme e vazia.

Na noite anterior, ao jantar, Victoria havia adorado rever alguns dos seus velhos amigos de Nantucket, mas não tinha sido a mesma coisa: Addy não estava presente. Victoria sempre se esforçou para fazer com que Addy saísse com pessoas, do que ela gostava quando estavam todos reunidos. Quanto a Victoria, gostava muito de ter alguém próximo que soubesse a verdade do que ela dissesse. Ela olhava para um homem e exclamava: "Que interessante!", e depois, já em casa, ela e Addy bebericavam seus drinques e caçoavam do tal homem, monótono e presunçoso.

Contudo, na noite anterior não tinha havido ninguém para quem olhar com sobrancelhas levantadas e riso contido, e Victoria sentiu muitíssimo a falta de Addy.

Junto à pia da cozinha, fingindo lavar pratos, estava Jilly Taggert. Victoria sabia que a moça tinha um sobrenome de casada, mas não se lembrava de qual. Ela havia encontrado a cunhada de Jilly, a escritora Cale Anderson, em vários eventos, e gostava dela. O fato de escreverem gêneros diferentes e ambas serem autoras de *best-sellers* impedia a inveja que escritores costumavam sentir uns dos outros.

Victoria olhou para Jilly por cima da xícara de café e sentiu que nunca seriam grandes amigas. Pelo menos, não por enquanto. Nesse instante, tudo o que Jilly conseguiu fazer foi olhar fixamente para a casa de hóspedes, procurando algum sinal de movimento no jardim. Estava esperando que Ken aparecesse.

Ela e Jilly haviam conversado amenidades naquela manhã, nada importante, mas Victoria percebeu que Jilly estava pronta para mudar de vida. Era viúva havia muitos anos, e agora os filhos gêmeos – uma moça e um rapaz – estavam saindo de casa para estudar na faculdade, o que dava a Jilly a liberdade de seguir qualquer caminho para onde a vida a conduzisse. E ela estava mesmo *pronta.*

Victoria sabia que Ken seria um problema. Estava a par, por longa e sofrida experiência própria, de que o ex-marido precisava ser empurrado para *fazer* as coisas. Foi péssimo que, depois de cinco anos de casamento, Victoria precisasse ter tido um caso com outro homem para mostrar a Ken que estava muito infeliz. Ele não havia tomado conhecimento da maneira pela qual seus pais a menosprezavam, de como constantemente a faziam lembrar-se de que havia trabalhado como garçonete no *country club* no qual Ken jogava tênis todos os dias – como se ela pudesse esquecer! Independentemente do que Victoria fizesse, não era suficiente para os pais dele. Mas pior era o modo como observavam a pequena Alix, como se a estivessem julgando. Pareciam estar esperando para ver se a criança seria como eles, ou se tornaria igual à mãe e levaria a vida sem a seriedade merecida.

Victoria chorou, implorou e ameaçou, numa tentativa de fazer com que Ken prestasse atenção às suas reclamações, mas ele falava com ela como se ela fosse uma criança, e dizia que ela exagerava tudo. Num esforço para acalmá-la, havia dito que o que apreciava em Victoria era o fato de ela ser o oposto de tudo com que ele havia crescido. A verdade era que Ken não acreditava em revelar emoções, mas, até conhecer Victoria, sua vida era tão perfeita que ele não havia tido razão para sentir alguma coisa profundamente.

Do ponto de vista de Victoria, ir para a cama com o sócio de Ken era algo que *precisava* fazer. Ela ainda se surpreendia com o fato de Ken nunca ter se perguntado por que ela o havia traído na casa deles, na cama deles, e na hora em que ele avisara que chegaria do trabalho.

Entretanto, a raiva e a mágoa de Ken não tiveram o efeito esperado por Victoria. Depois disso, ele *continuou* a ignorar o que ela dizia. Ken queria apenas gritar ou ficar emburrado, sem nenhuma outra reação intermediária.

Frustrada além de sua capacidade de tolerância, Victoria decidiu dar tempo ao marido para se acalmar. Com a pequena Alix a tiracolo, fugiu para Nantucket, mas nunca pensou em permanecer na ilha. Queria apenas que Ken soubesse como era se sentir verdadeiramente infeliz: tinha certeza de que ele ficaria assim sem elas. Além disso, queria também *obrigá-lo* a prestar atenção às coisas.

Mas uma tarde de dança e um velho armário caindo aos pedaços mudaram tudo.

Depois, Victoria sentiu algum remorso, pois Ken nunca se recuperou do sofrimento do divórcio. Com o passar dos anos, ao vê-lo com uma sucessão de mulheres horríveis, ela tentou manter-se calada, o que não foi fácil.

Victoria constatou que todas as namoradas anteriores de Ken eram iguais: extrovertidas, quase chamativas e ambiciosas. Victoria não pôde deixar de se sentir lisonjeada porque as mulheres eram cópias dela mesma, só que de má qualidade – o que significava que não eram adequadas a Ken.

Segundo a perspectiva de Victoria, ele temia amar novamente. Não queria arriscar-se a ter o coração destroçado pela segunda vez, por isso se ligava a mulheres que só gostavam desse homem pelo que ele podia proporcionar-lhes. O aspecto positivo era que romper esses relacionamentos tornava-se bem fácil.

Como sempre, Addy havia sido muito perspicaz em relação ao que estava acontecendo. Certa noite, ela disse:

— Se você não tivesse ferido profundamente o coração de Ken, ele teria se tornado um arquiteto medíocre, lutando para se manter na profissão. E certamente não teria nem cancelado um jogo de tênis para ajudar um garoto a ficar fora da cadeia. Você lhe mostrou do que a ira é capaz.

Victoria levou um momento antes de rir desse elogio às avessas, mas era tão verdadeiro que ela teve mesmo de rir.

— É uma pena que Ken tenha permitido que seu coração virasse pedra — Addy acrescentou, e Victoria teve de assentir com a cabeça. Sim, era mesmo uma pena.

Mas agora, enquanto Victoria observava Jilly perto da pia, olhando sem parar pela janela para ver Ken, a velha sensação de remorso a percorreu. Essa mulher era perfeita para Ken, mas seria ele inteligente o bastante para tomar uma atitude quanto a isso? Ou ficaria tão apavorado que levaria anos para se decidir?

Quando Jilly deu a impressão de haver visto algo celestial na Terra, Victoria deduziu que Ken estava chegando. Levantou-se, foi até Jilly e a beijou na face:

— Gosto de você — ela disse. — Lembre-se disso.

Quando Victoria viu Ken caminhando em direção à casa, abriu a porta e se apressou a sair para cumprimentá-lo. Teve de reconhecer que a aparência dele era a melhor que via em anos. A habitual expressão de cachorro que caiu da mudança e a melancolia de seu olhar haviam desaparecido.

— Querido! — Victoria exclamou em voz alta, quando atirou os braços ao redor do pescoço dele e lhe beijou as faces.

Ele se afastou, e olhou de relance para Jilly, junto à porta:

— Que está acontecendo?

— Nada — Victoria respondeu. — Não posso ficar contente ao ver o pai da minha filha? — Enganchou o braço no dele e se moveu para o lado, mas o manteve onde Jilly pudesse ver os dois, enquanto aguardava no jardim. — Conheci sua mais recente namorada e devo dizer que ela é adorável. É tão gracinha que acho que até você é capaz de lidar com ela.

— Victoria, você consegue acabar com um homem numa única frase. Preciso sair daqui.

— Não — ela disse, sorrindo e apoiando-se com firmeza no braço dele. — Você e eu precisamos falar sobre nossa filha. Estou certa de que sua bonequinha "boazinha" não se importará de ficar só por alguns minutos.

Ken, com o rosto já furioso, soltou-se do braço de Victoria e a olhou possesso:

— Jilly nada tem de "boazinha". Ela... — Ele balançou a mão. — O que você tem a dizer sobre Alix?

— Eu estava me perguntando sobre ela e Jared. Você sabe como ele é, e receio que vá rejeitá-la e quebrar o coração dela.

— Você lê demais seus próprios romances. Jared e Alix estão se dando muito bem. Eu preciso...

— Você quer dizer que eles *trabalham* juntos? Ouvi dizer que Jared faz com que ela desenhe todos os esboços para ele. O que ele fica fazendo enquanto ela trabalha? Pegando periguetes num bar da ilha?

— Victoria, não tenho tempo para esse tipo de conversa! Jared é um bom homem, você sabe que é. Ele e Alix... — Ken tomou fôlego, para se acalmar. — Olhe, preciso ir trabalhar. O andamento da obra está atrasado.

Ele virou as costas.

Victoria disse:

— Obrigada por deixar essa tal de *Julie* morar na casa comigo. Ela é tão dócil e ansiosa para agradar que está lavando minha roupa e limpando a cozinha para mim. Será que ela sabe passar? E cozinhar? Quero dar um jantar no sábado, e sua Julie pode tratar disso para mim. Muito obrigada por me emprestar essa garota.

— Victoria! — Ken rosnou, cerrando os dentes e os punhos. — Se você...

— Se eu o quê, meu querido? — Ela sorriu docemente para ele.

Ken estava tão furioso que nem conseguiu falar. Dirigiu mais um olhar raivoso à ex-mulher, e depois saiu como um furacão, batendo a porta violentamente.

Victoria observou Ken chegar perto de Jilly. Ken a agarrou e a beijou com tanta força e paixão que, quando ela recuou, estava aturdida. Ele a segurou firme pelos ombros, e Victoria o viu falar com a mulher com tanta veemência que Jilly apenas assentiu com a cabeça.

Momentos depois, Ken bateu a porta com violência e saiu da casa. Nem desacelerou ao passar por Victoria, mas disse:

— Você mesma providencie sua maldita empregada!

Virando-se, Victoria olhou para Jilly pela janela. Ela ainda parecia estar em estado de choque. Desapareceu por um momento, depois abriu a porta dos fundos e praticamente correu até Victoria.

— Ken disse que eu não ia ser sua empregada, e quer que eu faça as malas e me instale no segundo quarto da casa de hóspedes. Com ele. — Ela piscou rapidamente os olhos. — Victoria, nem sei o que dizer, exceto que... — Ela tomou fôlego — eu amo você. De verdade. Se houver alguma coisa que eu possa fazer por você algum dia, é só me dizer. Ken... — Jilly parou de falar ao ouvir o som de passos rápidos vindos na direção delas.

Victoria pôs os dedos nos lábios e disse em voz alta, usando tom arrogante:

— É claro que minha roupa de baixo precisa ser lavada à mão. E meus lençóis são de algodão egípcio, ou seja, ultraluxuosos. Devem ser muito bem passados a ferro, porque eu simplesmente *preciso* usar lençóis impecáveis.

Ken parou junto das duas mulheres e olhou irado para Victoria antes de se virar para Jilly e perguntar:

— Por que você não passa o dia comigo no canteiro de obras?

— Eu adoraria — Jilly respondeu. — Vou só pegar minha sacola.

Deixado a sós com Victoria, Ken a olhou com desprezo antes de se dirigir a sua picape.

Momentos depois, Jilly saiu apressada da casa, com uma grande sacola pendurada no ombro. Diminuiu o ritmo o tempo suficiente para dar um beijo no rosto de Victoria e dizer:

— Obrigada. Eu lhe devo uma. — Depois, foi correndo atrás de Ken.

Victoria ouviu a caminhonete sair da entrada de carros e depois, sorrindo, voltou para casa.

Na janela de cima, olhando para ela, Caleb deu um risinho e murmurou:

— Você teve que fazer a mesma coisa da primeira vez que eles se conheceram.

⚓

Victoria passou o resto da manhã retornando telefonemas e e-mails e arrumando seu querido quarto verde. Addy a havia incentivado a se permitir a alegria de usar essa cor.

— Por que não agradar a si mesma? — disse Addy. — Faço isso todos os dias.

Ela se referia ao fato de só aceitar convites para eventos aos quais tinha vontade de comparecer. Quando Victoria não estava na ilha, ela passava em casa a maior parte do tempo.

Victoria concordou, e decorou de verde todo o seu lindo quarto. Em casa ela não ousava fazer algo desse tipo porque, mesmo quando criança, Alix era tão crítica quanto o pai.

— Mãe — Alix disse quando tinha apenas seis anos —, você precisa pensar no conceito geral.

Victoria não soube se devia achar divertido ou ficar horrorizada. Escolheu dar risada. Mas, depois, grande parte do tempo Victoria julgava ser a criança, e Alix, a adulta.

Pouco antes do meio-dia, Victoria começou a preparar almoço para três pessoas. Isso significou que ela tirou pacotes da geladeira e dispôs os conteúdos em travessas. Alix lhe havia mostrado como usar o micro-ondas, mas Victoria ainda não dominava o eletrodoméstico, e não permitia que alguém soubesse disso. Ela achava recompensador que outras pessoas se sentissem necessárias.

Enquanto se movimentava, olhava pela janela, tão nervosa quanto Jilly à procura de Ken. Desde que Alix fora para a faculdade, não estava sendo fácil. Deixar o estúdio onde escrevia e voltar para uma casa vazia às vezes a deixava tonta e carente. Havia sempre convites, e Victoria gostava de dar festas, mas sentia falta da filha.

Quando Alix vinha para casa, era como se o mundo recomeçasse a girar. Elas conversavam muito e Victoria lhe contava sobre seus livros, as pessoas com quem havia estado, lugares para onde viajara. Sabia perfeitamente que Alix era muito reservada e só revelava poucas informações de sua vida pessoal, mas Victoria sabia como extraí-las de Ken. Tudo o que precisava fazer era começar uma frase com "Estou preocupada com Alix", e Ken despejava tudo o que sabia sobre a vida da filha. Mas, depois, Victoria não achava justo que a filha contasse mais coisas ao pai do que a ela.

Victoria preparou tudo para o almoço e arrumou lindamente a velha mesa de jantar. Ela e Addy tinham dado muitos jantares lá. Victoria vasculhava os armários e até o sótão, à procura de bonitas porcelanas antigas e toalhas de mesa. Addy se encarregava da lista de convidados. Dizia: "Não, de jeito nenhum. Esses dois se detestam. Seus bisavôs eram apaixonados pela mesma mulher". Ou "Não se sabe muito sobre eles. Sua família mudou-se para a ilha apenas na década de 1920". Às vezes ela dizia: "Apesar de serem veranistas, são respeitáveis".

Quanto à comida, outra pessoa a preparava, e Addy e Victoria colocavam tudo em travessas de porcelana chinesa do século XVIII, trazidas pelo comandante Caleb.

Nesse dia, Victoria pôs a mesa para Alix e Jared, duas pessoas que ela amava muito.

No primeiro verão em que conheceu o sobrinho de Addy, viu um garoto alto e rude, sempre tão zangado que era meio assustador. Nesse verão Victoria só pensava nos diários, e se manteve afastada do adolescente. Além disso, ele deixou bem claro que não gostava que uma forasteira ficasse hospedada na casa de sua família.

Mas, no verão seguinte, ela encontrou uma pessoa diferente. Ainda existiam vestígios daquele adolescente de mal com a vida, mas Jared havia passado a maior parte do ano sob a tutela de um Ken muito enfurecido.

Victoria custou, mas acabou conseguindo que o rapazote lhe sorrisse algumas vezes.

Quando Jared se formou no ensino médio, estava completamente mudado, e, quando Ken abordou Victoria e lhe pediu que o ajudasse a pagar pelos estudos de Jared, ela prontamente concordou.

Às vezes Victoria se arrependia de não contar a Alix sobre suas estadas em Nantucket, mas sabia que era a melhor decisão. Fazia tempo que Ken havia lhe mostrado que Jared tinha talento para a arquitetura, e Alix rabiscava desenhos de casas desde que aprendera a usar lápis de cera.

Naquele primeiro verão, uma tarde Victoria entrou na grande sala de estar da família e encontrou Jared, de catorze anos, e Alix, de quatro, sentados no chão construindo uma grande e alta estrutura de Lego. Alix olhava para o garoto com olhos deslumbrados, enquanto Jared a considerava apenas uma menininha.

Na mesma hora, Victoria anteviu o futuro de Alix: ela teria uma paixonite tão forte pelo adolescente alto e bonito que renunciaria à própria vida. Victoria desejava mais para sua filha. Não queria que Alix fizesse o que ela própria tinha feito, casando-se muito cedo e assumindo responsabilidades também muito cedo. E, quando se tinha um relacionamento estável com um homem, era preciso lidar com a família dele, coisa que Victoria não soubera fazer, porque era muito nova. Não, Victoria queria que primeiro sua filha descobrisse sobre si mesma e, depois, se reencontrasse Jared e os dois se gostassem. Isso seria outra história.

Todos esses pensamentos levaram Victoria à sua preocupação atual. Por tudo que usou para incitar Ken a uma discussão, ela se preocupava com os sentimentos de Jared em relação a Alix. Quando se tratava de mulheres, ele era meio cafajeste. Todos os meses de agosto, os dois zombavam das namoradas dele. Jared nunca tinha tempo para elas, e mantinha a vida profissional separada da pessoal. "Metade delas não sabe o que faço para ganhar a vida", ele lhe revelara apenas dois verões atrás. "E a outra metade não está nem aí."

Victoria queria saber se Jared estava temporariamente usando sua filha, ou se era sério em relação a ela. Quanto a Alix, estaria apenas fascinada, ou a fama dele no mundo da arquitetura era apenas um elemento a ser considerado?

Pouco depois do meio-dia, Victoria escutou a porta dos fundos se abrir e seu coração disparou. Eles chegaram! Ela deu um passo à frente, mas seu celular tocou. Havia apenas uma pessoa cuja chamada ela atenderia, mesmo que isso significasse adiar ver sua filha: essa pessoa era seu editor. A telinha do celular o identificou.

— Preciso atender — ela gritou, e subiu a escadaria. Precisava de sossego para poder inventar suas mentiras para o editor. Não estava a fim de lhe dizer a verdade: que não havia sequer começado a escrever o romance havia muito atrasado. Pelo menos desta vez poderia dizer que o livro estava "quase" terminado; isso não seria uma completa mentira. Depois de passar um mês lendo o diário de Valentina e escrevendo o esboço detalhado, estaria a caminho de transformá-lo em um produto acabado. "Quase" era um termo relativo.

Victoria passou vinte minutos exagerando tudo para seu editor – sem mentir, mas sem ser sincera tampouco. Usou palavras como "complicado", "o melhor que já escrevi", "estou lidando com emoções profundas neste livro". Essas eram frases que editores adoravam ouvir.

Quando desligou o telefone, seu primeiro impulso foi correr para contar a conversa a Addy. Ela teria rido histericamente.

Uma lágrima molhou um olho de Victoria, mas ela a secou na hora. Não podia contar a Addy, mas podia contar a sua filha querida. Alix sempre adorava as histórias da mãe.

Sorrindo, Victoria desceu a escada que levava à sala de jantar, preparando-se para fazer uma entrada triunfal. Mas eles não estavam sentados à mesa. O casaco de Alix dobrado estava pendurado nas costas de uma cadeira, e Victoria o apanhou quando se dirigiu para a frente da casa.

Encontrou Jared e Alix sentados lado a lado no pequeno sofá, um reclinado no outro, com apenas as pontas dos dedos se tocando. Victoria ia anunciar sua presença. Mas não o fez; em vez disso, permaneceu observando a cena, em estado de choque.

Desde que Alix chegara a Nantucket, as duas conversavam sempre ao telefone, e sua filha falava muito sobre o que Jared dizia e fazia. Victoria percebera que Alix estava começando a viver seu primeiro grande amor, e ficara satisfeita por isso.

Mas Victoria não estava preparada para *isso*. Alix e Jared se olhavam como se só eles existissem. Não havia mais ninguém no mundo, apenas os dois.

Victoria recuou da porta, recostou-se na parede e fechou os olhos. Aquela era a maneira como sempre quis que um homem a olhasse. Centenas de homens haviam passado por sua vida porque ela os atraía, mas ela mesma sempre se conteve. Eles a consideravam um troféu a ser ganho, algo a conquistar. E, se ela lhes permitisse se aproximarem muito, eles fugiam. Victoria não era absolutamente indefesa, como eles supunham.

Ela espreitou pela porta. Eles agora estavam se beijando. Doce e suavemente, sorrindo, totalmente contentes por estarem juntos, e sem precisar de ninguém mais, e, claro, muito menos que uma certa mãe lhes contasse acerca de um romance que estava tentando escrever.

Victoria continuou a segurar o suéter de Alix, e enterrou o rosto no agasalho. Ela havia perdido sua filha! Tão completa e totalmente como se Alix tivesse voado para outro planeta, ela havia sumido.

Victoria sabia que precisava se acalmar antes de aparecer. De maneira tranquila, voltou a subir a escada, mas não foi para seu quarto e sim para o de Alix, que havia sido de Addy. O fato de uma camisa de Jared estar numa cadeira cravou um prego no coração de Victoria.

Ela pôs o suéter de Alix no pé da cama e pensou: "Eu posso aguentar isso", mas então olhou para o grande retrato do comandante Caleb e foi sentar-se naquele lado da cama. O fantasma desse homem estava mesmo na casa, ou se tratava de uma invenção de Addy?

— E agora, o que faço? — Victoria murmurou ao olhar para o retrato. Lágrimas lhe vieram aos olhos. — Devo ajudá-los? Facilito as coisas para eles me abandonarem? — Tirou um lenço de papel da caixa na mesinha da cabeceira e assoou o nariz.

— Ken acabou de conhecer essa tal de Jilly, mas os olhos dela se iluminam quando o vê. E ele estava pronto para brigar comigo e protegê-la. Alix e Jared... parece que se fundiram numa única pessoa. Minha filha... — As lágrimas caíram mais fortes. — Minha linda e amada filha vai me abandonar. Como vou viver sem ela? É ela que mantém minha sanidade; Alix *sempre* me apoia. Ela é... — Victoria engoliu em seco.

— Ela é *dele.*

Victoria olhou para o retrato.

— Que é que eu faço? Preciso de um conselho. Volto para meu grande casarão vazio e aprendo a fazer biscoitos, na esperança de logo ter um neto? Eu agora... — Ela tomou fôlego. — Eu agora *envelheço*? É isso aí que me aguarda? Ficar sentada numa varanda e envelhecer sozinha? Onde está *meu* amor verdadeiro? — Começou a chorar copiosamente.

De súbito, Victoria foi subjugada por uma sonolência, como se alguém a estivesse empurrando suavemente para deitar. A cama era muito confortável, e, no instante em que sua cabeça tocou os travesseiros, ela adormeceu.

Ela acordou uma hora depois, sorrindo. Sabia o que tinha de fazer. Parecia que alguém a tinha instruído enquanto dormia. Era a voz de um homem, e lhe soou muito familiar: "Você deve ajudá-los. Não é ocasião para pensar em si mesma. O amor não pode ser egoísta, não pode ser unilateral. Esta é a hora de Alix e Jared, e você vai lhes dar esse tempo".

Sorrindo, ela se levantou e foi até a porta do quarto, mas aí se virou e olhou para o retrato do comandante Caleb.

— Se você quer aparecer para mim, faça isso. Eu posso não ser sua Valentina, mas me faria muito bem receber parte do que você sentiu por ela.

Ela saiu do quarto, fechando a porta. Tinha um plano, e a primeira coisa a fazer era ligar para Izzy. Tudo dependia de ela conseguir persuadi-la.

Capítulo vinte e oito

— Mãe, eu realmente não posso — Alix disse, pela terceira vez. Fazia apenas três dias da chegada de sua mãe, mas a vida de Alix já estava de cabeça para baixo. — Jared precisa que eu o ajude com as plantas para uma nova encomenda no Maine.

— Não é esse o trabalho que você me disse que ainda não está fechado?

— É, mas tenho certeza de que ele vai conseguir o sinal verde.

Estavam tomando café na cozinha da Casa dos Kingsley, e Jared já havia corrido para o local da capela. Nessa manhã ele decidira que Ken não poderia, de jeito nenhum, trabalhar sem ele. "Covarde!", Alix sibilou para ele. Jared, em vez de ficar constrangido, piscou para ela e se escafedeu.

— Só estou dizendo, Alix, que acho que você deve dedicar mais tempo ao casamento de Izzy, só isso.

— Está tudo sob controle.

Ela já havia entregado à mãe a volumosa pasta com todas as providências para o casamento, desde as flores até o bolo.

Victoria se debruçou na mesa para se aproximar da filha.

— Se isso fosse a Segunda Guerra Mundial, e todos estivessem submetidos a rações, esse seria o casamento perfeito.

Alix olhou para o relógio na parede. Eram quase onze horas e ela ainda não havia trabalhado nada. Ela e Jared passaram a última noite na casa de Dilys, limparam o lugar, reabasteceram a geladeira, fizeram as malas e partiram.

Foi quando voltaram para a Casa dos Kingsley que começaram os problemas. Sua mãe começara a se comportar como alguém de um romance da era vitoriana, mostrando-se chocada porque Alix e Jared planejavam ficar no mesmo quarto.

— Mãe, já tive namorados antes — Alix alegou.

— Mas não na *minha* frente — Victoria disse, com as costas anormalmente duras.

— Qual é o seu problema? Você está agindo de modo muito estranho.

Jared apanhou a mochila de lona e olhou para Victoria.

— Faça como quiser. Agora que você praticamente obrigou Jilly a morar com Ken, vou ficar no apartamento da empregada. — Ele olhava, divertido, para Victoria, mas também claramente tentando deduzir o que ela estava aprontando. — Você se importa se eu ficar com Alix no quarto decorado por tia Addy? Ou isso é muito indecente para suas novas e delicadas sensibilidades?

— Pensei que esse fosse o meu quarto! — Alix disse. Olhou para a mãe. — Por que você e eu ficávamos lá?

Victoria olhou para Jared de uma forma que lhe dizia para acabar com isso agora, e pôs o braço possessivamente ao redor dos ombros da filha.

— Vamos logo acomodar você. Será que você viu algum diário antigo por aqui?

— Cuidado, o papel de parede! — Jared disse, ao ir pelo corredor até o apartamento.

Isso acontecera na véspera, e Alix não gostou de dormir sozinha. Esperava que Jared usasse a escadaria do quarto do penico para entrar furtivamente, mas ele não apareceu. Pela manhã, ao beijá-la, ele sussurrou:

— Sua mãe pôs uma fechadura na porta antiga.

Ele pareceu ter achado isso muito divertido.

— Não vejo graça nenhuma no que ela fez — Alix disse.

Ele agora se encontrava no canteiro de obras da capela, e Alix estava com a mãe, tendo de ouvir que havia feito um mau trabalho para o casamento de Izzy.

— Esse *não* vai ser como um casamento de guerra, e eu fico ressentida de você dizer isso.

— É que pensei que Izzy fosse sua melhor amiga. Ela não merece mais do que *isso?* Você estava com a cabeça tão centralizada em Jared que se esqueceu de sua grande amiga?

— Mãe, isso não é justo. O orçamento de Izzy é limitado, e ela não quer nada muito elaborado. Mesmo assim, vai ser um evento lindo. As flores silvestres e as fitas que escolhemos para decorar a capela são encantadoras. É tudo o que eu desejaria no meu próprio casamento.

Victoria se recostou na cadeira, com uma expressão de que a simples ideia a horrorizava.

— No *seu* casamento? Você é minha única filha, e eu tenho muitas admiradoras a quem não posso decepcionar. Elas esperam que eu lhes proporcione um grande espetáculo. Para o seu casamento... — Ela balançou a mão. — Isso não vem ao caso agora. Você nem tem noivo.

Alix olhou possessa para a mãe.

— Caso você não tenha reparado, Jared e eu estamos...

— Eu sei, eu sei — Victoria disse ao se levantar. — Você se tornou uma das damas da corte de Jared. Agora vista um daqueles tops bonitos da Zero Main e vamos pesquisar bolos.

Alix levantou-se:

— O bolo já foi encomendado. O que você quis dizer com eu sou uma das *damas da corte* de Jared?

— Nada

— Victoria respondeu. — Foi só um lapso. Vi o bolo que você encomendou. É muito simples e pequeno demais. Minha querida Alix, você *só* sabe desenhar prédios? Não poderia ter criado alguma coisa mais adequada a uma futura arquiteta? Por que não imagina o que gostaria para seu próprio casamento, depois o reduz para um quarto do tamanho e o usa para Izzy? — Ela foi até a porta. — Vou estar pronta em dez minutos. Por que você não liga o carro?

Alix continuou na cozinha, respirou fundo algumas vezes e examinou a pasta cheia de encomendas e fotos. Talvez tudo fosse mesmo meio espartano, e talvez tivesse estado tão envolvida com a própria vida que houvesse negligenciado o casamento de Izzy.

Subiu correndo a escada, trocou de blusa, pegou o bloco de rascunhos e saiu até o pequeno carro que a mãe lhe havia trazido. Tratava-se de um pequeno BMW, quase novo, e o interior estava em condições imaculadas.

É claro que sua mãe demorou trinta minutos para se assegurar de que o cabelo e a maquiagem estavam perfeitos; nesse período, Alix fez alguns esboços de possíveis bolos. Quando a mãe entrou no carro e abriu a boca impecavelmente pintada para dar mais uma ordem, Alix perguntou:

— Sabia que Valentina se parecia com você?

— Como você sabe?

— Quando dancei com o comandante Caleb, ele me contou.

Alix teve a satisfação profunda e emocionante de deixar sem palavras sua sempre autoconfiante mãe.

Victoria demorou apenas segundos para se recuperar.

— Quando? Como? Onde? Você não dançou com ele de verdade, dançou? Isso não passou de um sonho, certo?

Alix sorriu e disse:

— E se a camada inferior do bolo for quadrada, a segunda for redonda, e aí a gente deixa um espaço vazio, e depois coloca uma torre redonda como terceira camada?

— Alixandra — Victoria disse devagar —, quero saber sobre você e o comandante Caleb.

— Jared pode voltar a morar comigo?

Victoria respirou tão fundo que quase engasgou. Jared passar noites com Alix não se encaixava no plano que ela concebera ao adormecer na cama da filha. Recordou a noite em que Addy havia lhe contado sobre o fantasma. Foi na última noite da vida de Addy. A partir daí, Victoria quase enlouqueceu de tanto esperar que Jared parasse de lhe contar suas histórias idiotas sobre as pessoas estarem muito deslumbradas para conseguir falar, e permitir que ela voltasse à Casa dos Kingsley. Mas, depois de saber que o diário de Valentina havia sido encontrado, Victoria se recusou a esperar mais, e tomou a próxima barca.

Contudo, desde sua chegada, as prioridades de Victoria mudaram: sua filha vinha em primeiro lugar.

Victoria engoliu em seco. Dizer a frase seguinte seria doloroso:

— O casamento de Izzy é mais importante do que qualquer coisa que você acredita já ter visto — ela disse, entre os dentes, e, como resultado, suas palavras soaram muito afetadas: — Você é adulta e pode, é evidente, fazer o que quiser, mas não acho apropriado que more com um homem que conheceu há tão pouco tempo. Querida Alix, você realmente negligenciou sua amiga de maneira terrível.

Foi a vez de Alix se calar. Se sua mãe estava disposta a deixar de lado uma história pela qual ansiava fazia muito tempo, então o casamento de Izzy devia ser muito importante para ela.

— Você está certa. Tenho pensado muito mais em Jared do que na minha amiga. Os planos para o casamento são mesmo horríveis?

— Não, claro que não — Victoria respondeu. — Eles são apenas excessivamente moderados, e eu gostaria de fazer mais por Izzy. Você se importa de, por algum tempo, dar precedência à sua amiga, e não ao Jared?

— É óbvio que não! — Alix respondeu.

— Ótimo! Agora, fale-me de novo sobre esse seu desenho, e me explique o que é um "espaço vazio" num bolo.

Umas duas horas depois, Alix e a mãe estavam almoçando no lindo restaurante Sea Grille. Victoria olhava para o prato e ia empurrando a comida para o lado.

— Qual é o problema? — Alix indagou.

Victoria suspirou e disse.

— Jurei não revelar nada, mas *não posso* deixar de contar a você.

Alix susteve a respiração:

— Alguém está doente?

Victoria acenou com o garfo:

— Não, não, nada disso. Trata-se de Izzy.

— É sobre o bebê!

— Não — Victoria disse. — Nada tem a ver com saúde. Você se lembra de que eu lhe disse que liguei para ela?

— Sim, me lembro.

— Passei mais de uma hora ao telefone com Izzy, e ela está muito perturbada por causa dos sogros e da mãe.

— Pensei que isso já tivesse sido resolvido — disse Alix.

— É isso que Izzy quer que você ache. Que mulher não quer escolher o bolo do seu próprio casamento? Mas Izzy está tão estressada que não dá a mínima. A verdade é que ela está com medo do casamento.

Alix se recostou na cadeira acolchoada do restaurante.

— Eu não fazia ideia, mas é que... — Ela fez uma careta: — É isso mesmo que você disse. Tenho estado muito envolvida com Jared e tudo o que diz respeito aos Kingsley, e deixei minha amiga de lado.

Victoria pôs a mão em cima da mão da filha.

— Sei bem o que é isso. Quando vim para Nantucket pela primeira vez, há muitos anos, eu estava muito sobrecarregada. Por isso não quis que *você* participasse das coisas, que fosse tragada pela família e por todos os seus fantasmas e pelas histórias de amores perdidos. Se eu tivesse competência para ganhar a vida e sustentar minha filha de alguma outra maneira, não teria vindo para cá todos os verões.

Victoria rezou em silêncio para ser perdoada por essa mentira deslavada, mas tudo visava a um bem maior.

— Eu vou ficar com ela — Alix disse. — Posso tomar uma barca hoje à tarde e...

— Não! — Victoria exclamou. — Eu não devia ter dito nada. Foi exatamente por isso que Izzy não contou que a situação continua terrível. Ela é uma amiga tão altruísta que quer que você continue aqui com seu mais recente namorado e...

— Acho que Jared é bem mais do que isso.

— Tenho certeza de que você pensa assim, mas o foco agora não é ele. Acho que devemos trabalhar juntas para proporcionar a Izzy um casamento realmente fabuloso.

— Lamento a respeito do bolo. Eu devia ter dedicado um tempo para desenhar uma coisa bem bonita.

Victoria balançou a mão:

— Minha ideia é maior ainda. Não tão grande quanto será *o seu* casamento, porém maior do que é agora.

— Mãe — Alix disse, de modo firme —, gostaria que você parasse de dizer isso. *Eu não quero um casamento suntuoso.* Se, e quando, eu me casar, quero que estejam comigo pessoas que conheço e que vão gostar de comparecer. E já sei que quero me casar na capela que desenhei. Ela é muito especial para mim.

— Alix, querida, acho que você está se adiantando muito. Para começo de conversa, essa capela é em Nantucket. Exceto se você planeja ter um casamento acanhado, não há razão para você se casar aqui. É muito trabalhoso e caro trazer as pessoas de avião, e é claro que todo o pessoal da minha editora vai querer comparecer, e como é que eles vão chegar aqui?

— Todo o pessoal...? — Alix se interrompeu. — Vamos continuar a falar de Izzy, está bem? O que você está pensando em fazer para ela?

— Convidar os Kingsley. E a nova namorada de Kenneth é uma Taggert, e eles são relacionados com os Montgomery, de modo que vamos convidar alguns deles também.

— Você está falando de centenas de pessoas?

— De precisamente trezentos e cinquenta. Vamos convidar pessoas suficientes para anular os parentes das famílias da noiva e do noivo que desaprovarem o casamento.

— Você vai pagar por tudo?

— É claro! — disse Victoria. — Izzy é como uma segunda filha para mim. Além disso, quando você se casar numa catedral em Nova York, usando um vestido com uma cauda de quase cinco metros, não queremos que Izzy tenha um piripaque de inveja.

— Posso garantir que ninguém, em sã consciência, teria inveja de um espetáculo circense desses! Mãe, repito mais uma vez: *não* vou usar um vestido com uma cauda de qualquer comprimento que seja. Na verdade...

Ela parou de falar porque citar o bonito vestido de casamento de tia Addy a levaria de novo a falar sobre Caleb, e, nesse momento, estava com muito remorso por haver negligenciado sua amiga. Não queria provocar a mãe uma segunda vez, e ser bombardeada com mais remorso ainda.

Victoria olhou para o relógio e disse:

— Precisamos ir. Freddy vai me levar a Sconset para passar a tarde.

— Vocês estão tendo um relacionamento sério?

— Cruzes, não! Ele é um doce de homem, mas, desde que a mulher morreu, não se importa com mais nada. — Ela se inclinou para a frente: — Corre o boato de que vão em breve exonerá-lo de seu cargo na Sociedade Histórica devido à sua falta de capacidade de liderança. Ele continua a ter uma aparência maravilhosa num *smoking*, mas já não consegue lidar bem com pessoas. — Passou o cartão de crédito na máquina, e a garçonete o levou. — Em que você está pensando tão firmemente?

— Em Lexie — Alix respondeu. — Ela deve saber quem convidar para o casamento de Izzy. E Toby sabe como ressaltar a decoração.

— Essas moças são umas queridas! Como vão elas? Vamos convidá-las para jantar lá em casa hoje.

— Continuo me esquecendo de que você conhece todo mundo aqui. Elas estão ótimas.

— Lexie continua noiva do Nelson? E Toby, já perdeu a virgindade?

Alix levantou as sobrancelhas.

— Não sei sobre o noivado, e não sei sobre Toby.

Victoria assinou o comprovante do cartão de crédito, deixando uma generosa gorjeta, e sorriu para a garçonete.

— Não comente com ninguém sobre Toby. Não é uma coisa que ela saia espalhando para as pessoas. Ela é muito elitista, e não quer cometer um erro. Victoria olhou firme para a filha.

— Ao contrário de mim, que conhece um arquiteto lindo e famoso, e imediatamente se atira em cima dele.

Victoria encolheu os ombros e falou:

— Jared causa esse efeito nas mulheres, mas ele proporciona uma grande experiência. Tenho certeza de que depois você vai usar tudo o que aprendeu com ele na sua vida real. Está pronta para ir? O casamento é daqui a duas semanas, portanto, não podemos desperdiçar tempo. Roger está na Califórnia, então Lexie talvez esteja livre para começar a trabalhar hoje.

— Você se refere a Roger Plymouth?

— É claro — Victoria respondeu ao se levantar.

— Como é que você o conhece?

— Querida, enquanto você estava na faculdade eu não ficava em casa fazendo as unhas. Roger está em todos os lugares. Você viu o buquê rosa e creme na sala de estar? Ele que mandou.

— Aquele que está cobrindo a mesa redonda de dois metros?

— Esse mesmo. Roger nunca faz nada que não sobressaia. Ele continua apaixonado pela Lexie?

Alix balançou a cabeça e perguntou:

— Você sabe todos os segredos desta ilha?

— Não sei onde estão os diários de Addy, nem como você acabou dançando com um homem que está morto há duzentos anos, nem mesmo onde você escondeu o diário de Valentina.

Alix sorriu para a mãe.

— É bom saber que existem algumas coisas que as pessoas conseguem esconder de você.

— Mas eu acabarei descobrindo todas elas — Victoria afirmou.

Alix não respondeu, porque sabia que a mãe tinha razão.

Capítulo vinte e nove

Jared nunca esteve tão frustrado na vida. Frustrado mentalmente, fisicamente, psicologicamente. Sob qualquer aspecto em que pensava, estava frustrado.

Sempre gostara de Victoria. Bem, talvez não no primeiro verão, mas, à época, ele detestava quase todo mundo. Depois passara a apreciar as visitas dela à ilha, mas agora queria torcer-lhe o pescoço.

Nas quase duas semanas desde a chegada de Victoria, ele mal havia estado com Alix. Eles haviam ido de viverem juntos de maneira extremamente agradável até não estarem sequer juntos. No passado isso não o teria incomodado; ele apenas teria ido pescar. Mas descobrira que trabalhar, tomar conta de criança, conviver com outras pessoas, tudo que ele fazia era sempre mais fácil e certamente mais prazeroso quando Alix estava por perto.

No dia anterior, seu sócio, Tim, lhe telefonara e dissera estar farto de sua ausência, e que precisava que ele voltasse para Nova York:

— Todo mundo no escritório gosta tanto de mim que fica batendo papo perto do bebedouro. Partilhando. Marcando saídas uns com os outros. Desde que você foi para a ilha, começaram dois romances entre colegas, e mal posso esperar para todos tomarem partido quando os casais romperem.

— Mande-os voltar a trabalhar — Jared disse, mas sua voz não transmitiu nenhum interesse ou convicção real.

— Vou fazer isso, mas eles me dão um tapinha nas costas e me mostram as fotos dos filhos. E Stanley! Sem você aqui, ele não tem quase o que o fazer. Na semana passada, enviou um memorando informando que, a partir de agora, todas as pastas precisavam ter códigos coloridos.

— E que mal isso pode fazer?

— Você acha mesmo? Stanley criou vinte e uma categorias, e vinte e uma cores. Que diabo de cor é cereja? Jared, você precisa voltar e botar ordem neste lugar. Eu sou o sujeito que trata das finanças, lembra? Você é o tirano.

Jared zombou:

— Se eu sou um tirano, como é possível que uma baixinha de salto alto esteja passando por cima de mim como um trator?

— Você está se referindo a Alix?

— Droga, não! Nem tenho estado com Alix. É a mãe dela que está me tirando do sério.

Tim revirou os olhos.

— Sei muito bem do que você está falando. Antes de me casar, minha sogra era um monstro. Agora, ela é... na verdade, ela continua a ser uma cobra. Comprei um livro sobre uma tribo que não permite à mãe da esposa falar com o marido da filha. Quer que eu te mande um exemplar?

— Não, obrigado — disse Jared. — Depois do casamento de Izzy, eu volto. Falta menos de uma semana.

— Você está planejando trazer junto sua nova garota?

— Alix não é apenas minha "nova garota" — Jared disse, exaltado. — Ela é mais do que isso.

— Não precisa me decapitar! Guarde seu impulso para os funcionários que ficam falando abobrinhas ao redor do bebedouro. Talvez eu deva começar a distribuir balões de gás quando eles trabalharem corretamente. Acha que isso vai inspirá-los?

— Entendo o que você quer dizer. O casamento é no próximo sábado. Estarei no escritório na segunda.

— Essa promessa é para valer?

— Vá tomar banho! — Jared rosnou, e desligou.

Depois desse telefonema, Jared se sentiu pior, o que ele não achava que fosse possível. A princípio havia se divertido com o que Victoria vinha fazendo. Ken tinha chegado com Jilly ao canteiro de obras da capela, mostrando-se possesso com o que Victoria tentara fazer.

— Ela quis usar Jilly como sua empregada! Dá para imaginar uma coisa dessas?!

Ken bufava de raiva.

— E sua solução foi chamar Jilly para morar com você? — Jared perguntou.

— Eu tinha de protegê-la, não?

Jared ficou de costas para esconder um sorriso, mas no dia seguinte estava de cenho franzido. Victoria o proibira de partilhar o quarto com Alix. Na hora isso não o perturbara porque tinha pensado que depois subiria a escada secreta, mas subestimou Victoria. Ela trancou a porta do lado de dentro. Era irritante que ela conhecesse a casa tão bem, e ele desejou poder dizer à sua tia Addy que não achava correto ela ter contado a uma forasteira sobre a escadaria. O fato de Jared a haver mostrado à Alix e de Ken ter sido autorizado a repará-la não era importante para ele.

Pior do que as trancas físicas foi o que Victoria fez com a cabeça de Alix. Victoria conseguira deixar Alix obcecada com o casamento de Izzy. Tudo o que ela tinha feito antes precisou ser refeito, e apresentado a Victoria para aprovação.

— Talvez mais algumas rosas — Victoria dizia ao olhar os esboços enquanto tomava chá, e Alix voltava à prancha e refazia tudo. Tanto quanto Jared sabia, Alix estava tendo de fazer cada tarefa cerca de quatro vezes.

Nessa manhã, ele tentara falar com Alix sobre aquilo tudo, mas não deu muito certo.

— É só até acabar a festa do casamento — Alix disse. — Depois, tudo vai voltar ao normal.

— O que significa "normal"?

— Não sei. — Ela olhou para o relógio. — Tenho um compromisso com o pessoal das tendas daqui a dez minutos. Preciso ir agora.

Ele a pegou pelo braço e disse:

— Alix, depois do casamento sua mãe vai vasculhar tudo para encontrar o diário de Valentina, e provavelmente vai começar a procurar pelos diários escritos por tia Addy. — "Isto é, se sua mãe ainda estiver viva", ele pensou, mas não disse. Esse segredo o estava consumindo a cada dia que passava.

— Não vejo nenhum problema nisso — Alix disse, ao começar a descer a escada.

— O problema é que você cede a todas as vontades de sua mãe, e a obedece como se ainda tivesse quatro anos de idade.

Ela parou na escada e o olhou raivosamente:

— O que *exatamente* você está dizendo? Que eu não deveria desistir de parte do meu tempo para ajudar minha amiga a ter um casamento *feliz*?

— Não, claro que não. Acontece que eu estou no fim do corredor, e você não está lá comigo. — Ele sorriu timidamente para ela.

— Resumindo numa palavra: sexo, não é? Você me quer na cama com você, e minha amiga que se vire com o próprio casamento. É isso mesmo que você está dizendo?

Ela desceu mais um degrau, mas Jared estendeu o braço e bloqueou sua passagem. Alix parou, mas não olhou para ele.

— Alix, não tive intenção de dizer o que pareceu. É que sinto sua falta. — Ele se inclinou para a frente e sussurrou no ouvido dela: — Sinto falta das nossas conversas, da maneira como trabalhamos juntos. Sinto falta de estar com você.

Ela girou o corpo e o encarou.

— Eu também sinto sua falta, mas sou realista. Logo você vai voltar para Nova York, e eu vou ficar aqui com mamãe pelo resto do ano, na sua casa. Ela me pediu para ajudá-la com o esboço do seu novo livro. Mamãe está com problemas de visão, e vou ler o diário de Valentina em voz alta para ela.

Por um momento, Jared não conseguiu falar.

— E você acreditou nessa história?

— Acreditar que minha mãe está com problema nos olhos? Fala sério, Jared, por que ela me mentiria sobre uma coisa dessas?

— Para nos manter separados — ele respondeu.

— Isso não faz sentido! Estou nesta casa por causa do testamento da *sua* tia, minha mãe está aqui porque precisa ganhar a vida, e você *não vai* ficar aqui, porque tem de dirigir sua empresa. Como é que minha mãe está usando *algum* desses motivos para nos manter separados?

— Quero dizer *agora*. Hoje, amanhã.

— Sei, já entendi. Você está zangado porque não vou para a cama com você *neste instante*. Você vai se dar bem quando estiver em Nova

York usando um *smoking* e namorando suas supermodelos, mas hoje, agora, você me quer porque... bem, porque estou *aqui*.

— Isso é ridículo! Ainda tenho uma semana antes de voltar para Nova York, e eu sempre volto para minha casa aqui. *Sempre*.

Essa afirmação deixou Alix tão furiosa que ela teve medo de responder. Olhou para ele de cima a baixo, e, apressando-se a descer os degraus, disse apenas:

— Preciso ir!

Jared se controlou ao máximo para não socar a parede. Era por *isso* que ele nunca trazia suas namoradas para Nantucket. Bastava começar a ser legal com elas em casa e...

E o quê?, ele pensou. Elas fogem e ajudam as amigas, em vez de passarem todos os minutos com ele? "E então, quem é a criança de quatro anos?", ele resmungou e subiu devagar a escada.

De pé no alto da escada estava seu avô, tão sólido, tão *real*, que Jared sabia que, se o tocasse, sentiria o corpo. Caleb estava com um sorriso cínico que dizia: "Eu lhe falei!".

Jared não via o avô fazia semanas, e sentia sua falta quase tanto quanto a que sentia de Alix.

— Quero falar com o senhor.

— Tudo já foi dito — afirmou Caleb, e se afastou.

Ele não desapareceu num sopro, mas *caminhando*. Jared ficou certo de ouvir o ranger dos velhos assoalhos, o que era impossível, pois o corpo fantasmagórico de Caleb não tinha peso.

Quando Jared chegou ao alto da escadaria, o amplo saguão se encontrava vazio, e Victoria estava saindo do quarto.

— Jared, você me assustou. Ouvi você e Alix discutindo?

— Claro que não. Que motivo teríamos para brigar? O que você planejou que ela faça hoje? Providenciar passeios em golfinhos?

Victoria sorriu docemente:

— Claro que não, querido. Imaginei oferecermos aos convidados um passeio de trenó em Nantucket.

Um passeio de trenó em Nantucket acontecia quando, há muito tempo, os marinheiros arpoavam uma baleia de seus barcos a remo, e então a enorme criatura os arrastava pelo mar num ritmo apavorante e que era uma ameaça à vida.

Cerrando os dentes, Jared a observou descer a escada. Quando olhou para trás, viu seu avô de novo, mas, desta vez, ele sorria largamente.

— *Não* vá embora! — Jared gritou, mas Caleb deu uma risada e se foi.

Jared se recostou na parede. "Devo ter saltado da cama com o pé esquerdo hoje", pensou.

⚓

— Você está bem? — Victoria perguntou à filha. Era noite, e as duas estavam sentadas na sala de visitas. Victoria se recostava no sofá, com uma pilha de papéis impressos no colo, e segurava um coquetel de rum.

Alix, sentada numa almofada no chão e as pernas debaixo da mesinha de centro, preparava laços com pequenas fitas verdes. No dia anterior, sua mãe havia declarado que era absolutamente imprescindível que elas oferecessem um chá de bebê a Izzy um dia antes do casamento. A partir daí, Alix se viu afundada em coisas de bebê.

— Estou ótima — Alix respondeu.

— Você não parece feliz. Se não quer fazer isso, posso pedir a Lexie e Toby para ajudar. Estou certa de que elas não se recusariam.

— Não, não é isso. É que...

— É Jared, não é?

— É sim. Tivemos uma discussão hoje de manhã, e fui muito dura. Ele me disse que sente minha falta.

— Tenho certeza de que sente. Quando ele volta para Nova York?

— Na semana que vem. Depois do casamento, suponho. — Ela fez uma careta. — Mas ele prometeu vir sempre a Nantucket, e acho que então a gente vai se ver.

— Alix...

Ela levantou a mão:

— Tudo bem. Eu sabia que isso aconteceria, esperei que não, mas... não sei bem o que eu esperei. — Ela passou a mão pela caixa de laços. — Você acha que isso será suficiente?

— Mais do que suficiente.

Victoria estava observando a filha.

— Por que você não faz uma visitinha a Lexie e Toby? Quem sabe elas te animam. E acho que Jared está lá fora com a cabeça debaixo do capô da sua caminhonete. Talvez você possa entregar-lhe umas ferramentas.

— Não, obrigada — Alix disse ao se levantar. — Vê-lo agora só vai dificultar o inevitável. Acho que vou subir e ler um pouco. De repente, estou me sentindo muito cansada.

Ela beijou a mãe no rosto e saiu da sala.

Victoria pôs as páginas do seu manuscrito na mesinha de centro e endireitou-se, franzindo a testa. Até agora, o plano que concebera enquanto dormia não estava saindo como imaginado.

— Jared — ela disse, em voz alta —, você é um idiota.

Do lado de fora, Jared levantou os olhos da picape e viu luz no quarto de Alix. Estava mais calmo agora, e compreendeu que ela estava certa. Havia prometido a Tim estar no escritório na segunda-feira, e planejava ir para lá. Depois disso, poderia começar a agir para manter Alix junto dele para sempre. Sorriu com essa ideia. Levaria algum tempo, e os dois precisariam resolver algumas coisas juntos. Para começo de conversa, havia a questão de Nova York. Seu escritório e sua vida profissional eram grande parte dele, e Alix tinha de entender isso.

Voltou a olhar de relance para a janela e viu a silhueta dela se movimentando. A quem ele estava enganando? Provavelmente, Alix seria capaz de administrar seu escritório melhor do que ele. E ela se dava melhor com as pessoas do que ele, de modo que isso não seria problema.

A verdade era que Jared não conseguia imaginar nenhum aspecto de sua vida que Alix fosse incapaz de melhorar.

A dúvida dele era sobre como ela se sentia em relação a ele. Certamente não parecera perturbada com sua ida para Nova York, enquanto ela permanecia na ilha.

Jared apanhou uma chave inglesa. Tim ia ficar furioso porque no próximo ano seu sócio ia passar muito tempo fora do escritório.

Capítulo trinta

Dois dias depois, Victoria viu Jared caminhando pela trilha que levava à porta da cozinha. Parecia ter acabado de tomar banho e carregava um grande buquê de flores. Obviamente, vinha se desculpar.

Ken tinha dito que Jared passara o dia anterior inteiro no seu barco.

— A capela está quase pronta, mas teria sido útil contar com a ajuda dele. Posso saber o que você fez com Alix, por que ela está tão melancólica?

Victoria pôs uma das mãos nas costas e cruzou os dedos.

— Desta vez não fui eu. Jared e Alix tiveram uma briga feia.

— Não consigo imaginar isso — Ken disse. — Eles dão a impressão de se conhecerem há séculos.

— Você gosta de pensar que eles são seus clones, não é? — disse Victoria, com repulsa, mas Ken sorriu.

— Por que eles discutiram?

Victoria encolheu os ombros.

— Ele disse a ela que vai voltar para Nova York, e Alix vai ficar aqui. Parece que o relacionamento deles chegou ao fim. Na verdade, ela está tão deprê que pouco fala. Você acha que devo levá-la a um médico para que ele lhe receite uns comprimidos?

O sangue quente de Ken lhe subiu do pescoço ao rosto.

— Eu vou matar esse cara! — ele vociferou, depois se virou e saiu violentamente da casa.

Quando Victoria o observou sair, só pôde balançar a cabeça:

— Quer dizer que *agora* você me escuta? Eu minto, e você escuta. Sou sincera, e você vai correndo jogar tênis com o pai de Toby. Ah, esses homens!

Encaminhando-se para a casa com os braços cheios de flores, Jared mostrava uma expressão contrita. Talvez Victoria devesse se alegrar ao ver isso, o que não ocorreu. O que aconteceria em seguida? Ele e Alix fariam as pazes? Isso não mudaria nada. Depois do casamento, Jared iria para Nova York e Alix permaneceria para trás. Ficaria para ler os diários de Valentina para sua mãe?

"Que Deus se compadeça de mim!", Victoria pensou. Ela nunca seria capaz de se concentrar com alguém lendo em voz alta. Além disso, Alix estaria na fossa, olhando sem parar para o celular, esperando que Sua Alteza Real lhe telefonasse.

Não, seria melhor Victoria apressar essa história toda. Jared estava perto da porta, que ela abriu um pouquinho para não fazer barulho, e foi para a sala de estar.

Alix estava junto à janela, olhando para algumas plantas baixas de casas, mas, quando ouviu os passos da mãe, as escondeu debaixo de três revistas sobre casamento.

— Você deve estar aliviada por terminar com um homem como Jared — Victoria disse, bem alto.

— Nós apenas discutimos. Nada terminou. Mãe, às vezes penso que você não gosta mesmo dele.

— Mas querida — Victoria disse, ao ver Jared parar, com as flores nas mãos, e fora da área de visão. — Eu adoro Jared. Sempre adorei, mas você acha que ele é o homem certo para uma mulher como você?

— Que você quer dizer com isso?

— Ele é um homem vivido, experiente, querida. Está acostumado com iates, com festas que duram a noite inteira e com moças que já fizeram muitas plásticas e o lembram que ele é famoso.

Alix sentiu o sangue se acelerar no corpo inteiro e, igual ao pai, seu rosto começou a ficar rubro.

— Jared também gosta de trabalhar, assim como eu. E esse mesmo homem que veleja em iates também cuida de muita gente nesta ilha. Se alguém precisa de ajuda, Jared está pronto a ser útil.

— Mas como *você* se encaixa nesse panorama? — Victoria perguntou, levantando uma sobrancelha que mostrou seu ceticismo. Seu tom implicou que Alix não sabia como era a vida dele de verdade.

— Ele *precisa* de mim — Alix afirmou, quase gritando de raiva. — Eu conheço a pessoa sob o homem público, e que está atrás do homem *famoso.* Sabe de uma coisa? Acho que antes de mim Jared levava uma vida muito solitária, na qual as pessoas o queriam pelo que ele lhes podia proporcionar ou fazer por elas, e não pelo que ele é.

— Mas não é isso que *você* quer dele? Para impulsionar sua carreira? Tornar-se um grande sucesso, pegando carona com o dele?

— Não! — Alix gritou. Depois, de repente, deixou de sentir raiva. — Isso foi no início. Quando o conheci, tudo o que eu queria era trabalhar no escritório dele, mas agora não. Agora quero partilhar minha vida com ele. Se ele quiser construir cabanas na África, eu irei com ele.

— E vai desistir de arrebatar o mundo com seus projetos? Você o ama *tanto assim*?

— Amo — respondeu Alix, suavemente. — Eu o amo mais do que todas as construções do mundo. Mais do que pensei fosse possível amar.

O lindo rosto de Victoria perdeu a expressão arrogante e ela voltou a ser a mãe de Alix:

— Era isso que eu queria ouvir.

Ela abriu os braços e Alix correu para se aconchegar num abraço afetuoso. Victoria olhou por cima da cabeça de Alix para Jared, que estava silenciosamente parado à porta.

Com um sorriso de tanta felicidade que pareceu iluminar a sala, Jared se virou e foi para fora.

Ele ia entrar na caminhonete, mas o que havia ouvido o deixou meio aturdido, sem condição de dirigir. Quando se deu conta de que ainda estava segurando as flores, atirou-as na janela aberta e continuou a andar. Percorreu as ruas de sua amada cidade, indiferente aos turistas que apontavam para a perfeição das casas antigas e as contemplavam.

Ele desceu a Center Street até a JC e pegou à direita depois da livraria. Era um percurso curto até a Jetties Beach, lugar onde podia ver e ouvir o oceano.

Havia acabado de chegar à beira d'água quando seu celular tocou. Pensou que fosse Alix, mas o número não constava de sua lista de contatos. Normalmente ele não atenderia, mas desta vez atendeu. Uma voz nervosa disse:

— Sr. Montgomery? Isto é, Kingsley, isto é, Jared?

— Sim?

— Sou eu, Izzy.

— Alix está bem — disse Jared. — Lamento tê-la deixado tão triste.

— Oh! — Izzy exclamou. — Não estou sabendo de nada disso, mas tenho certeza de que você sabe. Esse não foi o motivo pelo qual liguei. Você está podendo falar?

— Claro. Qual é o problema?

— Não quero aborrecer Alix, mas vou fazer uma coisa terrível, horrível com ela: não vou aparecer no meu próprio casamento.

— Você vai abandonar o Glenn no altar? — Jared perguntou.

— Não, não, claro que não! Ele vai estar junto de mim. As pessoas que vou abandonar são nossos pais e parentes, que só sabem discutir e brigar o tempo inteiro.

— Não compreendo o que você quer fazer.

— Só um minuto; Glenn está aqui, e ele pode explicar melhor.

Quando o noivo de Izzy falou, sua voz estava firme. Tratava-se de um homem protegendo a mulher a quem amava:

— A situação aqui está péssima. Nossas famílias brigam o tempo todo. Durante um tempo, pensei que estava tudo resolvido, mas não foi o caso. Estava apenas fermentando, e agora explodiu de novo. Eu não tinha ideia de como a situação era séria, porque Izzy costuma lidar com tudo, o que ela continuaria a fazer, se não estivesse grávida.

Ele fez uma pausa e recomeçou:

— Izzy não conseguiu sequer se livrar das repulsivas damas de honra que foram escolhidas para ela, embora tivesse se esforçado. De qualquer maneira, estou me sentindo um imbecil por não ter prestado mais atenção a tudo isso, mas achei que as mulheres agiam assim, por isso... — Ele arfou: — Isso não importa. Ontem o médico disse que o estresse ao qual ela está sendo submetida está causando problemas físicos. Se Izzy não se aliviar disso tudo, é possível que percamos o bebê.

No mesmo instante, Jared disse:

— Que posso fazer? É só me dizer que eu faço.

Glenn respondeu que eles queriam que tudo continuasse como planejado, que seus parentes fossem a Nantucket, mas, na hora da cerimônia, alguém informaria aos convidados que não haveria casamento.

— Você – ou outra pessoa – pode dizer que Izzy e eu fugimos para os confins do mundo. Estão pagando por tudo, então, que desfrutem a comida e a música. Só não vão ter minha noiva presente para continuar a torturá-la.

— Compreendo — disse Jared.

— Mais uma coisa. Izzy está receosa de ligar para Alix porque sabe o duro que ela vem dando para realizar o casamento, especialmente desde que Victoria apareceu. Izzy também está com medo de que você pense que ela é mau caráter por decepcionar todo mundo.

— Posso falar com ela, por favor?

— Estou ouvindo — disse Izzy, em voz baixa.

— Izzy — ele disse lentamente —, acho que essa é a coisa mais sábia que já ouvi na vida. E qualquer mulher que prioriza seu filho em lugar do seu casamento, está no número um da minha lista de boa gente.

Izzy começou a chorar e Glenn tirou o telefone dela.

— Ela está bem? — Jared perguntou.

— Está ótima. Ela chora por qualquer coisa, mas nos últimos dois dias minha mãe e a mãe dela quase me levaram às lágrimas. Izzy escondeu de Alix a maior parte dessa novela para que ela... — Ele se calou.

— Para que ela o quê?

— Para que ela pudesse ficar na ilha com você. Izzy sabe que, se ela contasse a maior parte da verdade a Alix, ela viria imediatamente para cá, o que Izzy também faria por ela. Izzy não queria que Alix ficasse... bem, sem você.

Jared não pôde deixar de sentir uma ponta de remorso.

— Escute, Glenn, não se preocupe com nada. Vou mentir a todos sobre tudo. Vou dizer que Izzy está escondida na minha casa, pronta para caminhar pela nave da capela. Todos só vão saber que não haverá casamento no último minuto. E vou me certificar de que haverá tanta bebida que os convidados nem vão se importar. Quanto às mães, vou fazer com que Victoria não dê uma folga a elas.

— Obrigado — Glenn disse num tom que mostrou a Jared alívio e gratidão. — Não conheço muita gente famosa, e Izzy me disse que você é hipersupermega no mundo da arquitetura, mas se todos forem como você... Bem, muitíssimo obrigado. Talvez agora Izzy possa relaxar. Vamos voar até as Bermudas para nos casarmos.

— Mandem um postal para nós — disse Jared.

— Nós? Você e Alix?

— É. Alix ainda não sabe, mas vou pedir-lhe que faça parte da família Kingsley.

No segundo plano, Jared ouviu um grito, o que demonstrou que Izzy havia escutado o que ele dissera.

— Cara — disse Glenn —, você conseguiu! Vou ter de sedar a Izzy para que ela não ligue para Alix e conte.

— Vocês vão ficar por aí hoje? Posso ligar depois, para nós acertarmos alguns detalhes? — Jared perguntou.

— Vamos ficar por aqui, sim — Glenn respondeu. — Mais uma vez, obrigado.

Os dois desligaram, e Jared guardou o celular no bolso.

Ele permaneceu lá, contemplando a água. Até dizer em voz alta o que lhe estava passando pela cabeça, a ideia ainda não havia se solidificado, mas ele gostou dela. Queria muito passar o resto da vida com Alix.

Seu primeiro pensamento foi que queria falar com o avô, mas sabia que isso não aconteceria. Além disso, Jared sabia o que ele diria: "Primeiro, você precisa pedir a mão dela". O sorriso que acompanhou o pensamento lhe lembrou que seu avô iria partir no mesmo dia em que Jared começaria sua nova vida.

Enquanto caminhava de volta à cidade, imaginou como e onde pediria Alix em casamento. Havia apenas um lugar onde isso poderia acontecer. Ele tinha uma amiga decoradora de interiores, e ela poderia ajudar com a primeira parte do plano. Foi à loja de flores onde Toby trabalhava, contou-lhe o que Izzy e Glenn lhe revelaram, e que ele, Jared, havia concebido um plano inteiramente novo.

— Sábado? Lexie e eu? — ela perguntou.

— É isso aí. Tenho algumas coisas para resolver com Izzy, mas a maior parte delas já está pronta. Apenas algumas pessoas serão diferentes.

— Apenas algumas — Toby disse, zombando da simplificação dele, do que seria um enorme projeto.

Sorrindo, Jared lhe deu um beijo no rosto.

— Sei que você pode fazer isso. Preciso ir. Tenho um montão de coisas para fazer.

— Tenho certeza disso. A propósito, parabéns!

— Ela ainda não aceitou — Jared disse.

— Seus olhos já aceitaram; é isso que vale.

Ele parou junto à porta e olhou para Toby:

— Você acha que vamos conseguir executar nosso plano?

— Claro que sim! — ela respondeu. — Lexie e eu vamos nos encarregar de tudo.

No minuto em que ele fechou a porta, Toby quis se dar ao luxo de derramar lágrimas de desespero, mas não tinha tempo para isso. Jared havia ressaltado que, sob nenhuma circunstância, Victoria deveria tomar conhecimento do que eles pretendiam, mas não ia ser fácil manter esse segredo. Se uma pessoa errada ficasse a par, todo mundo na ilha ficaria sabendo.

Toby só havia estado com Jilly uma vez, quando fora lhe agradecer por lidar com a estufa, mas o bom era que Jilly não conhecia ninguém na ilha a quem pudesse contar. Toby ligou para ela e, sem nenhum preâmbulo, perguntou:

— Você é capaz de guardar um segredo de Ken?

— Provavelmente não.

— Então, vamos ter de incluí-lo em tudo, porque não tenho tempo para brincar de capa e espada. Pelo menos, não para a espada. Desculpe, estou divagando. Ken é gente fina, mas Victoria é outra questão. Você acha que pode impedir Ken de contar a Victoria um enorme segredo, que tem tudo a ver com Alix?

— Acho que Ken é capaz de vender a alma por essa oportunidade.

Toby deu risada e disse:

— É bom saber. Mais ou menos. Para começo de conversa, precisamos de um homem. Será que você consegue quebrar esse galho?

— É só me dar o ano, tamanho, marca, modelo e cor, e posso encontrar exatamente o homem de que você precisa entre os meus parentes.

Toby riu mais uma vez. Afinal de contas, talvez o que Jared pedira que ela e Lexie fizessem não fosse tão difícil.

Logo que desligou, Jilly telefonou para Ken.

— Você tem visto Jared? — ele imediatamente perguntou.

— Não, mas soube o que ele anda fazendo.

— E eu também! — Ken disse, furioso.

Jilly percebeu, pela voz, que ele estava zangado.

— E você não aprova?

— O fato de Jared estar enrolando minha filha, de a estar usando como uma marionete, para depois dar-lhe um chute no traseiro? É claro que eu...

— Ken! — Jilly disse, em voz alta. — É melhor você escutar o que tenho a lhe contar. Ah, só para saber: você tem *smoking*?

Essa pergunta o manteve calado tempo suficiente para ouvir o que Jilly tinha a dizer.

Quanto a Jared, ele andou apenas um quarteirão antes de abrir a porta de uma joalheria:

— Que anéis vocês têm em tamanho dezesseis? — ele perguntou ao proprietário da loja.

Capítulo trinta e um

Alix passou o dia com a mãe, indo de uma loja a outra e procurando tudo, desde queijos até presentes para as damas de honra e abotoaduras para os padrinhos.

— Mãe, acho que Izzy está fazendo tudo isso. Você esqueceu de que o casamento é dela, não meu.

— Como eu poderia esquecer uma coisa dessas? Quando você se casar, vou precisar de um ano para planejar tudo.

— Ótimo — Alix resmungou. — Quando eu me casar, já estarei velha demais para fazer compras para mim mesma.

Victoria pegou o braço da filha:

— Jared ainda não te ligou?

— Não, nenhuma palavra. Nenhum telefonema, mensagem de texto, e-mail, pombo-correio, nada.

— Ken disse que Jared saiu de barco ontem, então talvez ainda esteja velejando. Não, espere aí. Ele voltou ontem à noite. Vai ver está ocupado com um novo projeto.

— Sem mim.

— Meu Deus, Alix! Você precisa melhorar esse astral. Esta não é a primeira vez que você se apaixona e certamente não será a última. — Victoria parou para admirar uns sapatos numa vitrine, e depois olhou para a loja Sweet Inspirations, do outro lado da rua. — Que tal uns chocolates?

— Não, obrigada — Alix respondeu, e olhou para a mãe: — O que você fazia quando o homem que você amava não telefonava?

— Isso nunca aconteceu — Victoria disse.

— Nenhum homem deixou de ligar para você? — Alix perguntou, interessada. Nunca antes perguntara à mãe uma coisa assim.

— Já deixou sim. O caso é que eu nunca me apaixonei. Pelo menos, não da maneira como você interpreta o amor.

Ela começou a caminhar.

Alix apressou-se atrás dela.

— Você nunca me contou isso.

— Jamais contei a alguém. Escrevo livros de grandes paixões, e de amor verdadeiro, duradouro e eterno. Se eu conseguir pôr a mão no diário de Valentina, e tiver a sorte de conhecer o fantasma dos Kingsley, planejo escrever uma grande saga sobre um amor tão profundo que sobreviveu à morte. É maravilhoso ler e escrever a respeito dessa espécie de amor, mas, fora dos meus livros, eu nunca vivenciei esse sentimento.

Alix piscou. Pode-se viver com uma pessoa toda a vida e desconhecer fatos fundamentais sobre ela.

— E aquele cara, Rockwell? Você gostava muito dele.

— Tratava-se de puro sexo.

— Oh! — Alix estava dividida entre querer e não querer saber mais sobre sua mãe. — Cheguei a pensar que era por isso que você gostava daquele rapaz, o André. Nunca te contei, mas ele me passou uma cantada. Eu devia estar com uns dezesseis anos.

— Querida, André passava cantadas em todo mundo. Na sua festa de aniversário de dezessete anos, eu o encontrei num armário com um dos garçons. Ele me pediu para ficar nua da cintura para cima e me juntar a eles.

— Nua só da cintura para cima? — Alix levantou as mãos. — Não me responda. E o Preston? Eu simpatizava com ele.

— Você gostava era dos presentes que ele te dava. Quando eu o vi dobrando a sua roupa para lavar, mas deixando a minha no cesto, eu o mandei pastar.

Alix deu o braço à mãe.

— Lamento muito. Eu não tinha ideia, mas vi tantos homens bancarem os idiotas por sua causa que sempre supus que havia amor na história.

— Parece que eu atraio o tipo errado de homem. Eles não me olham e veem uma casa de dois andares e três filhos.

— Mas papai viu — disse Alix, e fez uma careta. — Por favor, não me conte nada horrível sobre meu pai.

— Não há nada ruim para contar. Ele cresceu num mundo confortável e protegido, onde todo mundo sabia seu lugar. Eu era jovem, e meu mundo era muito diferente. Suponho que ele me tenha achado excitante. Pelo menos, por um tempo. Quando a coisa ficou feia entre mim e os pais dele, ele fugiu e se escondeu. — Victoria apertou o braço de Alix: — Tudo isso foi há muito tempo, e já não importa. Além disso, seu pai está apaixonado.

— Por Jilly?

Alix andava tão sobrecarregada com o casamento e os planos para o chá de bebê que tinha pouco tempo para se ocupar com outras coisas. Certamente não havia reparado que seu pai estava apaixonado.

— Sim, estão loucos um pelo outro, já percebi.

Alix suspirou.

— Bem, mamãe, acho que agora somos só você e eu. De novo. Jared me ofereceu emprego no escritório dele, mas não sei se devo aceitar. Se eu o visse com outra mulher, provavelmente teria um ataque e cairia durinha.

— Você vai descobrir que consegue aguentar muito mais na vida do que pensa. É claro que você vai aceitar o emprego.

Elas estavam perto do embarcadouro, no Juice Bar.

— Você ainda gosta de sorvete de manteiga de amendoim? — Victoria perguntou.

— Gosto. E você ainda gosta de flocos com cereja?

Vitoria sorriu:

— Continua meu favorito. Que tal nos mimarmos e pararmos de falar sobre homens?

— Com o maior prazer! — disse Alix.

⚓

Mais ou menos às quatro horas daquela tarde, Alix recebeu a seguinte mensagem de texto de Lexie:

> "TOBY E EU VAMOS NOS VESTIR ELEGANTEMENTE E SAIR PARA TOMAR UNS DRINQUES. APANHO VOCÊ ÀS SETE E MEIA?".

Alix leu a mensagem para sua mãe e comentou:

— Não estou muito a fim de sair.

— Quero que você saia — Victoria disse. — Freddy vem aqui para casa e gostaríamos de ficar um tempo sozinhos.

Alix continuou hesitante e a mãe disse:

— E se eu te emprestar meu Oscar de la Renta de seda azul?

— E os sapatos Blahnik?

— Aqueles pretos com *strass* na lateral? — Victoria pôs a mão no coração: — Ah, os sacrifícios que se fazem por uma filha...

Alix tirou do colo três revistas — todas sobre noivas — e dois rolos de papel de embrulho e começou a subir a escada.

— E seus brincos prateados com diamantes — ela disse, ao subir a escada correndo.

Victoria emitiu um gemido alto e melodramático, o que não foi fácil, porque estava dando um largo sorriso.

⚓

Quando Lexie apareceu na porta dos fundos, olhou para Alix e exclamou:

— Nossa! Você parece a...

— Cinderela — disse Toby, atrás dela.

As duas estavam bem-vestidas, mas Alix dava a impressão de que ia desfilar numa passarela.

— Mamãe me penteou. Gostaram?

Victoria havia prendido o cabelo de Alix para cima, com suaves fios de cabelo soltos lhe emoldurando o rosto.

— Você está maravilhosa — Toby disse. — Devíamos ter contratado uma limusine.

— Mas minha picape vai ter de servir — Lexie disse.

Victoria beijou as três, desejou-lhes bom divertimento e se despediu com um aceno.

As três moças sentaram-se na frente da picape de Lexie. Alix não fazia ideia de onde estavam indo, mas surpreendeu-se ao constatar que se dirigiam para o local onde a capela estava sendo construída. Não ia lá desde que encontraram o diário de Valentina, o que nesse momento parecia ter acontecido fazia muito tempo. Quando Lexie estacionou na estrada de terra, Alix começou a suspeitar de alguma coisa.

— O que vocês estão fazendo?

Foi Toby quem respondeu:

— Desculpe, Alix, mas Jared nos pediu que trouxesse você aqui. Ele está na capela e quer falar com você.

Alix franziu a testa.

— Se ele quisesse falar comigo, não precisava ter armado esta charada. Poderia ter...

Toby pôs a mão na de Alix e disse:

— Vá, por favor. Ele tem estado muito aflito desde que vocês discutiram.

— Todo mundo na ilha está a par da nossa briga?

Toby olhou para Lexie, e depois para Alix:

— A grande maioria.

Alix não pôde deixar de rir.

— Eles estão do lado de quem?

— Do seu — Toby respondeu.

— Sem a menor dúvida — Lexie ratificou.

— Nesse caso, eu vou.

Ela abriu a porta da caminhonete, saltou fora e se afundou na areia de Nantucket. Tirou os sapatos de salto alto e foi descalça para a capela, enquanto Lexie dava marcha à ré.

Ouvia-se o oceano a distância; era linda a silhueta da capela no crepúsculo azulado. Alix sentiu-se orgulhosa dessa vista. Era inspirador ver em forma sólida algo que havia existido apenas na sua cabeça: fez com que ela tivesse vontade de criar mais construções.

As janelas já estavam colocadas, e ela pôde ver luz de velas tremulando no interior. Alix parou em frente às grandes portas, tocou nas dobradiças que ela desenhara e Jared construíra, e calçou os sapatos antes que a porta se abrisse.

Lá dentro estava Jared, com seu mais de um metro e oitenta, usando calças escuras e uma camisa de linho. Continuava de barba, que havia sido aparada, assim como o cabelo. Com a luz das velas atrás dele, sua aparência deixou Alix sem fôlego.

— Por favor, entre — ele disse, pegando a mão de Alix. — Permita-me dizer que nunca na vida vi alguém tão deslumbrante como você está hoje.

Ainda não havia móveis na capela. Mas um grande e lindo tapete azul e dourado tinha sido estendido no chão. Em torno de duas extremidades havia o que parecia ser umas cem almofadas de seda e algodão, umas bordadas, outras lisas. No outro lado estavam algumas cadeiras e uma pequena mesa com champanhe num balde com gelo, duas taças de cristal, e pratos com queijos, bolachinhas salgadas e chocolates.

— Que lindo! — ela sussurrou quando Jared foi até a mesa para abrir o espumante. Ela olhou ao redor do lugar, com suas centenas de velas, algumas em bancadas altas, outras penduradas em cordas presas às vigas no alto, e muitas no chão.

No final, estava o vitral comprado por Jared no Maine. Alix só havia visto fotos da peça. Como não havia eletricidade, ela reparou que o vitral estava iluminado por velas, colocadas na parte de fora da capela, indicando que o caixilho do janelão era um pouco maior. Isso não estava nos seus desenhos, mas era uma coisa que ela deveria ter especificado. Alix virou-se para ele e perguntou:

— Você estendeu o caixilho?

Ele lhe entregou uma taça de champanhe gelado.

— Foi minha única contribuição. Você se importa?

— Não — ela respondeu. — Talvez você possa me ensinar mais sobre iluminação. Você poderia...

— Não esta noite. Nada de ensinamentos. Esta noite é para... — Ela olhou para o cavaleiro estampado no vitral. — Esta noite é para o futuro.

Eles brindaram e deram um golinho na bebida.

Quando ela olhou de novo para o vitral, se deu conta de que o cavaleiro se parecia com o comandante Caleb.

— É um antepassado seu?

— Poderia ser, não? — Ele parou de falar e perguntou: — Alix, tenho um assunto que quero discutir com você.

Ela ficou sem fôlego. O assunto seria Nova York? Onde cada um deles moraria? Onde trabalhariam? Será que ele ia lhe dizer com que frequência visitaria a ilha?

Jared pegou sua mão e a conduziu até uma das cadeiras. Ela se sentou, mas ele continuou em pé.

— Em primeiro lugar, quero me desculpar por nossa briga. Eu fui um cretino.

— Não — ela disse —, você estava certo. Tenho seguido minha mãe do mesmo jeito que fazia quando era uma pirralha. — Ela relanceou o olhar pela capela, pelas velas, pelo tapete, pela mesa, pela comida. — Devo reconhecer que ninguém se desculpa melhor do que você. Antes, narcisos, e agora, champanhe. Mas, neste caso, metade da desculpa cabe a mim. É que me senti tão culpada por ter negligenciado o casamento de Izzy que parecia ter sido esmagada – aliás, continuo me sentindo assim.

Ele estava junto dela, olhando-a e sorrindo.

— O fato de você se importar com as pessoas é uma das suas características de que mais gosto. A mãe de Tyler disse que ele perguntou de você.

Ela sorriu.

— Tenho sentido falta dele nesses últimos dias. Vou convidá-lo e aos pais dele para o casamento de Izzy. Você soube que mamãe está convidando uma porção de gente da ilha? E que Jilly já chamou alguns dos parentes de Warbrooke? Ela e Cale estão tentando persuadir a família a comprar aquele casarão no final da alameda e... — Ela olhou para ele: — Por que você está sorrindo para mim desse jeito?

— Porque senti sua falta e porque amo você.

Alix se calou e olhou para ele, piscando, sem ter certeza de que ouvira direito. Tudo estava tão lindo ao redor deles, com todas as velas tremulando, as cores vivas do tapete e das almofadas — e Jared. Aos olhos dela, ele era a coisa mais linda daquele lugar.

Ainda sorrindo, Jared tirou do bolso do paletó um pequeno estojo aveludado.

Alix sentiu todo o seu corpo parar: coração, pulmões, cérebro, tudo!

Ele se ajoelhou à frente dela e disse:

— Alixandra Victoria Madsen, eu te amo. De todo o meu coração, de todo o meu ser, agora e para sempre, eu te amo. Quer se casar comigo?

Quando ele pegou a mão direita dela e preparou-se para colocar um anel verdadeiramente esplendoroso no seu dedo, esperou que ela respondesse.

Mas Alix estava atônita demais para poder reagir. Continuou sentada e imóvel, sem respirar: era uma estátua humana, congelada onde estava.

— Alix? — Jared disse, mas ela não respondeu: apenas olhou fixamente para ele. — Alix? — ele perguntou mais alto. — Você está pensando em recusar? — Ele se preocupou.

Ela conseguiu tomar fôlego e disse:

— Não, quer dizer, sim. Sim! Sim! E...

Ela atirou os braços ao redor do pescoço dele. Como continuava de joelhos, e sem esperar que ela pulasse, Jared caiu para trás no tapete, e seu corpo ficou entre Alix e o chão.

— Sim, vou me casar com você — ela disse. — Digo "sim" um milhão de vezes. — Ela enfatizou cada palavra com beijos no rosto e no pescoço dele. — Posso ir com você para Nova York?

Jared riu.

— Pode, claro que pode. Quem vai me dizer que todos os meus projetos estão errados se você não estiver lá?

— Pensei que você fosse me deixar para trás.

Ele pôs a mão na face de Alix.

— Jamais. Nunca vou deixar você.

Alix começou a desabotoar a camisa dele.

Ele pôs a mão em cima da mão dela.

— Não, agora não.

Ela recuou.

— A capela anda não foi consagrada, por isso...

— Não se trata disso. Acho apenas que devemos esperar até nos casarmos.

Ela afastou seu corpo do dele e o olhou fixamente:

— Mas isso pode demorar um ano! Minha mãe diz...

Jared a beijou para que ficasse calada.

— Você não quer ver o anel? — ele perguntou. — É muito bonito, mesmo que seja eu a dizê-lo.

— O anel! Sou uma imbecil.

Ela rolou para sair de cima dele e começou a procurar a joia no tapete.

Jared levantou a mão. Um anel de platina com um grande diamante cor-de-rosa estava no seu mindinho.

— É isto que você está procurando?

Ela se deitou no tapete ao lado dele e encostou a cabeça em seu ombro. Então, levantou a mão direita para que Jared colocasse o anel na sua mão.

Alix ergueu a mão para contemplar a joia. Nada brilhava tanto quanto um diamante à luz de cem velas.

— Gostou? Se não, podemos comprar outro.

Alix fechou a mão e disse:

— Ele é perfeito, é o anel mais lindo que já vi. Até a mamãe vai aprová-lo.

— Falando na sua mãe — Jared disse, ao rolar o corpo, levantar-se e estender a mão para ela também se levantar. — Você só pode contar a ela depois que nos casarmos.

— Concordo! — ela disse quando se levantou. — Vamos fugir para casar. Mamãe anda dizendo que meu casamento vai ser numa catedral, e que meu vestido vai ter uma cauda de quase cinco metros.

Ele a levou a uma cadeira, ela se sentou, e ele se acomodou à frente dela.

— Eu não aguentaria de remorso se privasse uma garota de um casamento real.

— Eu não dou a mínima — Alix disse. — Se for preciso escolher entre fugir para casar e me submeter a uma ostentação exibicionista da minha mãe, prefiro me casar em Las Vegas com um show de um clone de Elvis Presley.

Ele cortou um pedaço de brie, colocou-o numa bolacha e se debruçou sobre a mesa para oferecê-la a Alix.

— Sabe de uma coisa? — ele disse, ao pegar um pouco de homus e comê-lo: — Parece que Izzy não quer mais o casamento, por isso pensei que você e eu pudéssemos casar no lugar dela.

— Ah, não! Não me diga que Izzy e Glenn romperam!

— De jeito nenhum — Jared disse. — Eles vão se casar nas Bermudas. Inclusive vou mandar até lá os dois irmãos dele e a irmãzinha dela de avião, para estarem presentes. Isto é, se você concordar com tudo.

Quando Alix se deu conta do que ele estava dizendo, ficou imóvel, segurando uma bolacha com queijo brie do lado de fora da boca. Jared estendeu o braço e levou a mão dela à boca.

Alix mastigou um instante e perguntou:

— Posso usar o vestido da tia Addy?

— Tenho certeza de que ela vai sorrir lá do céu e agradecer a você.

— E Lexie e Toby...?

— Vão ser suas damas de honra... se você aprovar, claro.

— Claro que aprovo! — Ela comeu mais uma bolacha. — Estamos falando *deste* próximo sábado, certo?

— Certo — ele disse, e esticou o braço na mesa, para segurar a mão dela.

Alix deu um enorme sorriso.

— Quero saber mais detalhes.

— Com prazer — ele disse.

Capítulo trinta e dois

Era de manhã bem cedo, faltavam apenas três dias para Jared se casar, e ele não conseguia dormir. Toby lhe havia mandado um e-mail com detalhes tais como obter a licença de casamento, os horários dos ensaios para a cerimônia, e que ela e Lexie estavam voando a Nova York para comprar vestidos para a ocasião. Disse também que enviara e-mails a Alix com mais informações.

Jared, deitado na cama com as mãos cruzadas na nuca, olhava para o teto. Na noite anterior, ele e Alix ficaram na capela e conversaram até meia-noite. Não fora fácil se manterem vestidos, mas eles conseguiram. Talvez porque estivessem conscientes da solenidade do que estavam planejando, de passarem juntos o resto da vida.

Nenhum dos dois gostava do sigilo de seus planos, mas gostavam, sim, do objetivo final. Haviam tomado uma decisão e estavam determinados a levar adiante a vida juntos. Em outras palavras: queriam continuar da maneira como vinham agindo, vivendo e trabalhando um com o outro, sem nenhuma interferência.

Na noite anterior, quando Jared ia se deitar, mandara um e-mail a Tim, chamando-o para vir a Nantucket, e que trouxe o *smoking*. Jared só lhe diria pessoalmente que ele ia ser seu padrinho. Em outras circunstâncias, teria sido Ken, mas ele ia acompanhar Alix na nave da capela.

O dia ainda não havia nascido, mas Jared saltou da cama, vestiu um jeans e uma camiseta, calçou sandálias e depois subiu silenciosamente até o sótão. Quando se esticou para puxar o cordão da luz, lembrou-se de por que havia ficado tão zangado quando rompera o cordão.

Por um momento, ficou imóvel, olhando pela janela. Sua raiva em relação ao avô e a Victoria tinha se dissipado. Em algum momento dos últimos dias, ele aceitara que o destino era poderoso e que, independentemente do quão furioso estivesse, não podia mudar o futuro. Não poderia impedir o que pudesse acontecer, e duvidava de que seu avô tampouco pudesse.

Quando ouviu um som atrás de si, não se virou, mas sabia que já não estava sozinho.

— Sabe o que eu fiz?

— Recuperou o juízo e pediu a querida Alix em casamento?

— Isso mesmo — disse Jared, ao se virar e prender a respiração, num susto: seu avô estava sentado na grande poltrona, e parecia tão sólido quanto qualquer ser humano.

Jared andou na direção dele, estendeu o braço e tocou na mão do avô: era real, quase sólida e quase quente. Essa foi a primeira vez na vida que Jared o tocou. Ele recuou e se sentou pesadamente no sofá surrado. Teve uma visão horrenda de Caleb abraçando Victoria, e os dois atravessando uma neblina, e nunca mais sendo vistos. Jared conseguiu apenas olhar fixo para o avô.

— Eu ainda não sei — Caleb disse, em resposta à pergunta não feita. — Não sei como, nem por quê, nem o que vai acontecer. Todos estão aqui agora. Alix lhe contou que viu meu pai no casamento de Parthenia?

— Não — Jared respondeu, mantendo o olhar no avô.

— O espírito dele está incorporado no corpo do dr. Huntley. Meu pai era homem de grande integridade e bondade, e minha mãe era sua âncora. — Caleb suspirou. — Tive de vê-los morrer quatro vezes, e três dessas vezes foram iguais. Primeiro foi meu pai, logo seguido por minha mãe. Mas desta vez a medicina moderna de vocês fez com que um deixasse o outro em uma sequência diferente.

— Que significa isso? — Jared perguntou.

— É mais uma coisa que não sei, mas detesto vê-lo da maneira como está agora. Sente tanta falta da minha mãe que está vivo apenas pela metade.

Jared estava analisando o avô, plenamente consciente de que dali a alguns dias ele já não estaria lá.

— O senhor tem estado espionando Victoria?

— Não da forma que você pensa — Caleb respondeu, com um pequeno sorriso. — Só tenho falado um pouquinho enquanto ela dorme, nada mais. — Ele acenou com a mão. — Se eu me aproximasse dela da maneira como estou agora, ela me veria. Estou analisando se devo permitir-lhe isso. Pela última vez.

— O senhor não vai conhecer o número oito — disse Jared, referindo-se ao filho que ele e Alix logo teriam. — Mas então acho que devo deixar de usar os números.

— Talvez você possa chamar seu filho de Caleb.

— Seria uma honra — Jared disse. — Talvez no seu último dia o senhor seja autorizado a sair desta casa tempo suficiente para assistir ao meu casamento.

— Eu bem que gostaria — afirmou Caleb. — Com todo o meu poder, gostaria muito de comparecer. Queria prender Valentina nos meus braços pela última vez, vê-la sorrir para mim. — Ele suspirou. — Paguei caro por minha ganância. — Ele deu um risinho: — A ironia é que o tesouro que julguei ter deixado para trás no meu navio foi meu irmão que o trouxe para Nantucket.

— O senhor se refere ao carregamento de mercadorias que comprou na China?

Caleb fez um gesto com a mão:

— Isso já não importa. Você vai contar a Victoria que seu casamento é sigiloso?

— Absolutamente não! — Jared respondeu. — O senhor sabe como ela é. Iria querer controlar tudo. — Ele olhou incisivamente para o avô: — O senhor interferiu nessa história? Convenceu Izzy a desistir do próprio casamento?

— Como eu poderia ter feito isso se não tenho permissão para sair desta casa?

— Mas o senhor *pode* responder diretamente às perguntas.

— Posso mesmo? — Caleb indagou. — Ouço um barulho. Acho que sua Alix está subindo a escada.

Jared observou, fascinado, Caleb sair da cadeira e andar no sótão. Ao chegar à parede, continuou andando.

Quando o avô desapareceu, Alix surgiu à porta. Jared abriu os braços e ela se aconchegou a ele no sofá.

— Este é seu esconderijo?

Ela não quis dizer-lhe que Lexie o "entregara".

— Desde garoto.

— Você dormiu bem? — ela perguntou.

— Mais ou menos. Estou com muita coisa na cabeça. Você recebeu um e-mail da Toby?

— No meu celular havia cinco e-mails, por isso desliguei o aparelho. Leio as mensagens depois. Parece que alguma coisa está te perturbando. Você ainda tem tempo de mudar de ideia.

Ele beijou o alto da cabeça dela.

— Minha única preocupação é que você recupere o bom-senso e fuja. Tem certeza de que quer fazer parte da grande família dos Kingsley?

— Acho que você se refere ao comandante Caleb. — Como Jared ficou calado, ela se virou, olhou para ele e perguntou: — Ele esteve aqui?

Jared percebeu a apreensão na voz dela, mas não ia mentir:

— Esteve sim. Eu subi aqui para falar com ele. Meu avô vai partir deste mundo muito em breve.

Alix não soube o que responder. Nunca ouvira falar de alguém se entristecer porque um fantasma estava indo embora. As pessoas estavam sempre querendo livrar-se deles.

— Por que ele vai partir? — ela indagou.

— Não compreendo. Pessoas reencarnadas do passado se reuniram, por isso meu avô está saindo da Terra.

— Isso tem a ver com minha mãe, não tem? Ela era Valentina.

Jared assentiu com a cabeça, temeroso de dizer mais.

— Talvez agora, que ele finalmente pode vê-la de novo, ele possa partir.

— Ele tem visto sua mãe periodicamente nos últimos vinte e dois anos, portanto, por que agora tem de ir?

— Existe uma outra pessoa aqui agora?

— Na verdade, existe: Jilly.

— Parthenia! — Alix exclamou, virando o corpo e olhando para ele: — Talvez não seja apenas uma pessoa que importe, e sim todas elas. E pense como aconteceu, desde o design da capela até a briga dos parentes de Izzy, e até mesmo o fato de termos encontrado o diário de Valentina. Pode ser que agora, que todos nós estamos reunidos, ele possa ir embora. Somos uma espécie de sessão espírita do passado.

— Gosto muito dessa ideia — ele disse, achando que, se ela estivesse certa, isso significava que Victoria não corria perigo. Ele deu um beijo firme em Alix. — Obrigado. Você fez eu me sentir melhor. Como sempre. — Ele relanceou o olhar para fora da janela, para ver a luz do dia, que estava mais clara. Victoria logo sairia da cama. — Pensei que a gente devia entregar agora a sua mãe o diário de Valentina, antes do casamento. Ele pode mantê-la ocupada o suficiente para que você e eu possamos fazer todas as coisas que Toby planejou.

— Boa ideia. Os convidados de Izzy vão começar a chegar depois de amanhã, e temos de recebê-los no aeroporto e nas barcas, e acomodá-los. Você acha que eles vão ficar muito zangados quando lhes contarmos que Izzy não está aqui?

Ele acariciou o rosto dela.

— Você se importa se ficarem?

— Não. Não me importo por causa da maneira como trataram Izzy, mas não me sinto à vontade por não contar à mamãe. Mas ela iria...

— Fazer você usar um vestido com uma cauda tão comprida que você precisaria anexar um reboque para caminhar?

Rindo, Alix passou os braços pelo pescoço dele.

— Eu te amo.

— É bom finalmente ouvir isso. Pensei que você talvez tivesse dito "sim" só para se aproximar de Montgomery.

— Eu *nunca* faria isso — ela disse. — Entretanto — ela beijou o pescoço dele —, talvez ele pudesse me dar um cursinho sobre iluminação. Bem curtinho.

— Está certo, tudo bem — ele disse ao empurrá-la para o sofá , mas cada lição vale um poema. Nesse meio-tempo, você pode me falar de novo sobre meu lábio inferior, especialmente a parte que afirma que ele é *macio e suculento.*

— Prefiro a parte que diz "*e ele na minha boca, para eu acarinhá-lo, e senti-lo no meu próprio lábio*".

— Recite o poema inteiro de novo, e deixe que eu decida minha parte favorita.

Ele a beijou longa e profundamente.

Capítulo trinta e três

Eram cinco horas da manhã do dia em que Jared ia se casar. Ele devia ser o homem mais feliz do mundo, mas só conseguia pensar se Victoria estaria viva. Continuaria viva no fim do dia?

Ele estava sentado no pequeno sofá no sótão, com as mãos nos bolsos, e um franzir de cenho constante. Para começo de conversa, o sótão estava vazio. A grande pilha de caixas ainda permanecia lá, mas faltava alguma coisa – e ele sabia o que era. Na sua vida inteira, seu avô sempre aparecia. Era uma das certezas de sua vida. Uma hora depois que contaram a Jared sobre a morte do pai, ele subira até o sótão. O avô se sentara ao seu lado, enquanto Jared olhava para o vazio, incapaz de compreender o que havia acontecido.

Hoje, pela primeira vez, não sentia a presença do avô. O lugar estava oco, vazio, tão estéril quanto um mar sem vento.

Será que o avô já havia deixado este mundo? Já se passavam cinco horas do vigésimo terceiro dia do mês, de modo que talvez Caleb tivesse partido à meia-noite. Se isso de fato acontecera, Jared não se despediu dele. A última vez em que estiveram juntos tinha sido muito abrupta. Muitas coisas não foram ditas. Quando se falaram pela última vez, Jared não pensou em despedidas agradáveis: só se preocupou com Victoria.

E, se Caleb havia partido da Terra, isso poderia significar que Victoria também já não estava lá. Nesse mesmo instante, era possível que estivesse deitada na cama... e morta, ele pensou.

Quando ouviu alguém subindo a escada, seu coração deu um pulo. Seria seu avô? Alix? Talvez até Victoria? Mas Alix passara a noite na casa de Toby e Lexie, para que ela e Jared não se vissem. Todos estavam preocupados em evitar que Victoria ficasse sabendo do casamento sigiloso, mas ela estava tão concentrada no diário de Valentina que não teria reparado nem num terremoto. A única pessoa com quem ela estava interessada em conversar era o dr. Huntley: passava horas extraindo informações dele sobre a história de Nantucket. Na noite anterior, o pobre homem chegara a adormecer no sofá grande. Jared se oferecera para levá-lo em casa, mas Victoria lhe disse que o deixasse ficar. Jared pensou então: "Coitado desse homem!". Victoria pretendia recomeçar a "escavar" a memória dele logo de manhã.

"Isto é, se ela continuar viva", ele pensou.

Despedir-se dela na véspera à noite foi difícil. Quando ela estava se dirigindo para a cama, Jared não parou de abraçá-la:

— Jared! Que está havendo com você? — ela perguntou.

— Nada!

Ele deu uns passos para trás e a olhou. Reparou que seu cabelo estava um tom castanho-avermelhado mais escuro do que quando a conhecera, havia muitos anos. Jared sempre dera crédito a Ken por lhe salvar a vida, mas Victoria também havia tido papel importante nisso. Fora ela que ajudara Jared quando a mãe dele morreu. Victoria foi incansavelmente solidária, assim como os parentes dele. Eles diziam: "Coitadinho do Jared! É um órfão que passou a carregar toda a sobrecarga da família Kingsley".

Ao contrário deles, Victoria fazia Jared rir. Quando estava em Nantucket, dava festas e convidava pessoas de quem ele gostava. Quando ela não se encontrava na ilha, mandava-lhe postais e e-mails engraçados, e sempre se falavam ao telefone.

— Jared — Victoria comentou —, você está me olhando de modo muito esquisito.

— Estou apenas recordando coisas. Tem certeza de que o doutor vai ficar bem acomodado no sofá?

— Ele vai ficar muito bem. Quero acordar cedo para o casamento, e aí vou verificar como ele está.

Alarmes dispararam na cabeça de Jared.

— Por que você precisa acordar cedo? Quero dizer, Lexie e Toby estão cuidando de tudo, não é?

— E Alix também. Ela é a madrinha, mas você está certo. Talvez eu deva ir até lá agora e dar uma olhada nelas. Será que é muito tarde para ligar e falar com Izzy?

— É! — Ele sabia que Izzy e Glenn tinham chegado bem às Bermudas, porque lhe mandaram um longo e-mail agradecendo-lhe por ter se encarregado das passagens de avião dos seus irmãos e de três amigos até a ilha. — É tarde demais. As moças disseram que iam... fazer o pé hoje à noite.

— Fala sério, Jared! — Victoria disse. — Não é possível que você seja tão ingênuo assim. Elas vão é sair para tomar um porre e flertar com os rapazes.

— Você acha mesmo? — disse Jared, parecendo tão ingênuo quanto Victoria achava que ele era. — É, deve ser isso mesmo que elas vão fazer.

— Continuo sem entender por que Izzy quis ficar na casa de Lexie e Toby, e não aqui. Esta casa é maior.

— Elas não querem ficar perto de Tim nem de mim.

Seu sócio havia chegado de avião cedo na véspera, trazendo um *smoking* e uma pulseira de diamantes.

— É para a noiva. Achei que seria um presente melhor do que uma torradeira.

Jared olhou fixamente para a pulseira, atônito.

— É um presente caro para alguém que você ainda nem conheceu. Izzy...

— Izzy? A pulseira é para Alix. Você e ela vão se amarrar, certo?

— Como é que você chegou a essa conclusão?

— Você não me convidaria para o casamento de uma desconhecida, concorda? E certamente não me diria para trazer um *smoking*.

Para Jared foi um alívio ter outro homem com quem falar sobre o casamento iminente. Ken estava ocupado durante o dia, terminando os últimos detalhes da capela, e suas noites eram passadas com Jilly. Jared achava que talvez eles já não estivessem dormindo em quartos separados.

Jared discutiu com Tim, alguém que entendia profundamente de finanças, as providências para o casamento, e a maneira pela qual os presentes chegariam a Izzy e Glenn, que precisavam deles.

— A Casa dos Kingsley certamente não precisa servir de depósito para mais nenhum objeto.

Tim, que era casado, esclareceu Jared sobre esse assunto:

— Pode ser que Alix não queira um novo liquidificador, mas deve haver alguma coisa que ela queira de verdade.

Jared se deu conta do que seria isso.

— Seu próprio escritório aqui em Nantucket.

O único lugar apropriado para um escritório eram os alojamentos de dois quartos da empregada. Victoria estava passando o dia fora, o que lhes dava liberdade para agir.

— Vocês vão precisar dos outros quartos para as crianças — Tim disse. — Pela minha experiência, elas começam a chegar cerca de seis meses depois da cerimônia.

— É possível que Alix goste disso.

— Vocês dois já falaram sobre esse assunto?

— Era isso ou fantasmas, por isso preferimos as crianças.

— Sábia escolha.

Jared ligou para uns primos, que por sua vez ligaram para outros primos, e assim conseguiram gente suficiente para remover o velho papel de parede e pintar os quartos. Enquanto eles trabalhavam, Tim e Jared foram às compras em Nantucket e vasculharam os sótãos das casas antigas de propriedade da família Kingsley. Encontraram tudo de que precisavam, exceto uma prancheta.

Jared e Jim se entreolharam e falaram:

— Stanley.

Bastou um telefonema: Stanley garantiu que levaria a prancheta de avião no dia seguinte, e a montaria durante o casamento.

Às dez horas da noite tudo estava pronto. Transferiram o escritório de Jared da casa de hóspedes, para que ele e Alix pudessem ficar juntos. Encontraram alguns magníficos artefatos escondidos nos sótãos, que abrangiam desde entalhes até ossos de baleia, e os penduraram nos aposentos. Só faltava a prancheta. Stanley conseguiu descobrir um ex-cliente que ia para Nantucket no seu jato particular, e daria carona para ele e a prancheta.

Em resumo, Jared ficou satisfeito com o trabalho físico do dia, que o impediu de pensar no que poderia acontecer no dia seguinte.

Era tarde quando a casa finalmente ficou em silêncio e, com Tim dormindo lá em cima, Jared encontrou o dr. Huntley no sofá. Pobre homem, parecia que Victoria o havia exaurido. Ele estava com olheiras, e o tom da pele era de uma palidez meio cinza. No dia seguinte, depois do casamento, Jared ia pedir a Victoria que deixasse o homem em paz.

Esse pensamento fez com que a ansiedade de Jared voltasse. O dia seguinte era o dia vinte e três, quando seu avô deixaria o mundo para sempre. A dúvida era se Victoria iria com ele.

Ele a viu no corredor, e receou deixá-la sozinha. Quando os dois finalmente se deram boa-noite, ele se perguntou se chegaria a vê-la viva de novo.

Tão logo ela foi para o quarto, Jared começou a subir a escada que levava ao sótão. Queria falar com o avô, mas deu um passo e foi tão dominado pelo sono que quase caiu. Ele não tinha a menor dúvida de que Caleb estava por trás de tudo, usando seus novos poderes para controlar e manipular.

Jared lutou contra a sensação de estar sendo arrastado, mas não adiantou. A porta do quarto de Alix estava aberta e a cama – muito bem-arrumada e com aparência convidativa – o atraiu. Ele mal conseguiu chegar até a cama porque caiu em cima dela, e logo adormeceu profundamente.

Isso acontecera na noite anterior; agora, ele estava sentado no sótão, aonde sempre ia quando estava aborrecido. Não sabia direito se esse ia ser o melhor ou o pior dia de sua vida. Tim apareceu à porta. Esse seu amigo vinha muito a Nantucket, e sabia que Jared costumava se esconder no sótão.

— Por favor, me diga que não está mudando de ideia — Tim disse ao se sentar na poltrona.

— Mudar de ideia? De que você está falando?

— Você parece um homem que vai ser executado, e não um noivo feliz.

Jared tentou deixar de franzir a testa, mas não conseguiu.

— Está tudo beleza com Alix; é só que... — Ele se interrompeu. — Se eu te pedir para fazer uma coisa sem me fazer perguntas, você faz?

— Tem a ver com armas de fogo?

— Não, só com uma linda mulher.

— Concordo. Não vou fazer perguntas. Mas não conte à minha mulher...

Jared não sorriu:

— Quero que você desça, abra a porta do quarto de Victoria, olhe para dentro e verifique como está ela.

Tim conhecera Victoria na véspera, e fizera umas piadinhas sobre ela não se parecer com uma sogra.

— Você quer que eu espreite o quarto dela? Isso é meio invasivo, não? Talvez até ilegal.

— Nada de perguntas, lembra-se?

Tim levantou as sobrancelhas.

— Esta não é uma pergunta, mas existe alguma coisa especial que devo procurar? E se ela perguntar que diabos eu estou fazendo lá, que é que eu respondo?

— Só quero saber se ela está respirando, e você pode lhe dizer que se enganou de quarto.

— Se ela está respirando? Se está viva?

Jared não respondeu; apenas olhou para o amigo, e Tim saiu. Durante a ausência dele, Jared mal respirou. Dava para sentir seus batimentos cardíacos na garganta.

Pareceu que se passou uma hora antes de ele ouvir Tim na escada de novo; a mão de Jared agarrou com tanta força o braço do sofá que provavelmente deixou impressões digitais na madeira.

— Ela está ótima — Tim disse, quando entrou.

— Que significa isso?

Tim se sentou de volta na cadeira.

— Significa que ela está bem, dormindo profundamente.

— Você tem certeza de que ela está respirando?

— Qual é o seu *problema*, cara? — Tim perguntou, exasperado.

— Só quero *estar certo* de que Victoria está bem e saudável.

— Sim, ela está respirando, e me pareceu muito saudável. Quando abri a porta, ela mudou de posição na cama. Acho que você sabe que ela dorme pelada.

Jared soltou um suspiro de alívio. Caleb Kingsley não tinha levado com ele o espírito de sua amada Valentina quando partira da Terra.

Jared tomou fôlego, deixou de franzir a testa e deu um sorriso.

Tim o estava observando.

— Que doideira aconteceu que o fez pensar que a mãe da sua noiva não estaria viva hoje de manhã?

— Se eu contasse, você não acreditaria — Jared respondeu, agora estampando um enorme sorriso. — Você é meu padrinho; quero que me diga o que precisamos fazer para nos aprontarmos para essa festa.

— Primeiro, temos de escolher um pobre infeliz para informar à multidão que Izzy e Glenn foram substituídos por um casal que eles não conhecem. Esse povo vai ficar furioso por ter tido tanto trabalho, apenas para assistir ao casamento dos filhos de outras pessoas. Para não falar das despesas.

— Tim, meu velho amigo, sua função é receber uma listagem de todos os gastos que eles tiveram e reembolsá-los. O objetivo de tudo isso foi mantê-los afastados de Izzy, para que ela pudesse ter um pouco de paz. Eles não vão ter nenhum prejuízo financeiro.

Tim suspirou.

— Estou feliz por você estar se casando, mas suponho que isso queira dizer que você não estará no escritório na segunda-feira, por causa da lua de mel e tudo o mais.

Jared levantou-se.

— Você não conhece Alix. Para ela, lua de mel será pôr mãos à obra em todos os projetos da minha companhia, e analisar todos os detalhes de todas as plantas. Os garotos que você contratou vão finalmente ver o que é talento e precisão. Ken a ensinou bem.

— Ela não vai distribuir balões de gás e estrelas douradas, não é?

Jared riu com desdém:

— Eu desenhei uma parede dez centímetros fora do lugar e ela me disse – a mim! – que eu precisava melhorar minhas habilidades de observação.

De olhos arregalados, Tim falou:

— Se eu já não fosse casado, e você não fosse se casar com ela, eu ligaria para Alix neste instante e a pediria em casamento.

— Não vai dar: essa mulher é minha, e vai ficar comigo. Vamos à Downyflake comer alguma coisa. Depois que contarmos a Ken, ele é que deve informar a alteração às pessoas.

— É melhor a gente convidá-lo para ir conosco. Pobre sujeito! — Tim disse, solidário.

— Não se preocupe com ele. Ken me deve muita coisa. Fui eu que lhe trouxe Parthenia.

— Pensei que a mulher que me foi apresentada se chamasse Jilly.

— Victoria, Valentina, Parthenia, Jilly são todas a mesma coisa.

Tim parou no alto da escada e olhou para ele.

— Você *realmente* precisa voltar para Nova York. Esta ilha está mexendo com a sua cabeça.

Jared deu um largo sorriso e respondeu:

— Que posso dizer? Estamos em Nantucket.

⚓

Foi preciso que as duas madrinhas ajudassem Alix a se acomodar no vestido da tia Addy. Isso a fez se perguntar como conseguira vesti-lo sozinha da primeira vez. Parou a mão na bainha e se indagou se o comandante Caleb a teria ajudado de alguma forma. Esse pensamento a fez reprimir um risinho, e ela perguntou:

— Alguém já viu o Jared hoje?

Estavam na casa partilhada por Lexie e Toby, e as duas usavam os vestidos que compraram em Nova York, de estilo simples, mas cores vibrantes: safira e rubi. O cabeleireiro e o maquiador já tinham ido embora, e faltavam menos de duas horas para que Alix percorresse a nave da capela.

Lexie levantou a vista e analisou a saia sólida e impecável.

— Ele foi à Downyflake hoje de manhã, com Tim e Ken. Não sei o que fizeram o resto do dia, mas acho que estão planejando "presentear" Ken com a tarefa de contar aos convidados que Izzy e Glenn não estão na ilha.

— Sabem de uma coisa? — disse Alix. — Tenho pena porque a mãe de Izzy não vai vê-la se casar.

— E daí? Eles podem realizar uma segunda cerimônia depois — Lexie disse, sempre sensata.

Toby segurou o véu.

— Alix, você só tem pena de a mãe de Izzy não assistir ao casamento da filha porque sua mãe é sensacional. Aqueles de nós cuja mãe não é assim gostariam de ter um casamento tranquilo, da maneira que conseguíssemos.

— Minha mãe é mesmo sensacional, não é? — Alix disse, suavemente.

— *Não* chore! — Lexie exclamou. — Você vai ficar com o rosto todo borrado de rímel.

— Está certo — Alix disse, e fungou quando Toby lhe entregou um lenço de papel. — Qual é mesmo o plano?

— Vamos para a capela, e você fica esperando na pequena tenda com Jilly até seu pai soltar a notícia-bomba — Lexie disse. — Quando secar o sangue da batalha que se seguir, Toby e eu vamos caminhar pela nave primeiro, e em seguida Ken entra com você. Depois disso, todo mundo dança e come. É simples.

— Mamãe vai ficar muito magoada — Alix sussurrou.

Por um momento as duas mulheres apenas olharam para ela, incapazes de responder, mas aí Lexie disse:

— Vamos indo. Precisamos dar andamento ao espetáculo.

Ela relanceou o olhar para Toby. A princípio havia parecido uma ótima ideia não deixar Victoria ficar mandando em todo mundo, mas, quando refletia sobre o assunto, pensava que afinal que Victoria era sua mãe.

Lexie pegou emprestado o motorista do seu chefe e o Bentley para o dia inteiro. Alix estava tão quieta que ninguém mais falou no curto percurso até o litoral norte.

Havia muitos carros lá, mas apenas alguns convidados se encontravam ao ar livre. Todos foram afastados por Lexie, para que não vissem a noiva. Rapidamente a fizeram entrar em uma das duas tendas onde havia mesas e cadeiras. A visão era linda: toalhas de mesa brancas e buquês de jacintos azuis, rosas creme, e raminhos de gramíneas, todos amarrados com fitas azul-claros. Viam-se fitas grandes de um tom mais escuro de azul nas costas das cadeiras, e penduradas no topo da tenda.

— Toby — Alix disse —, tudo está incrivelmente lindo. Obrigada.

— Nada de lágrimas! — Lexie voltou a determinar. — Agora fique aqui, e espere voltarmos para chamá-la. Jilly já deve estar aqui.

Uma pequena tenda havia sido montada ao lado da grande. A única coisa que havia nela eram duas cadeiras, e Alix sentou-se cuidadosamente, estendendo a saia para que não a amassasse. Ouvia pessoas lá fora, mas, até então, nada de gritos. Era óbvio que ainda não tinham contado a eles. A verdade era que ela abominava se casar em meio a um sentimento de raiva. Haveria o desapontamento dos convidados e a mágoa de sua mãe. *Não* era uma forma favorável de começar um casamento. Ela sinceramente esperava que os convidados fossem compreensivos.

Quando a aba da tenda se movimentou, Alix esperava ver Jilly, mas lá estava sua mãe, num conjunto de seda verde-esmeralda, e um casquete com um véu curto. Alix achou que ela nunca havia estado tão linda. Uma luz ao redor de seu rosto a fazia resplandecer.

— Mamãe! — Alix exclamou, parecendo uma garotinha de cinco anos perdida. Ela se levantou e atirou os braços ao redor do pescoço da mãe — e ambas começaram a chorar. — Como é que você soube? Pensei que não fosse ver você. Esperei...

— Caladinha — Victoria disse, afastando-se do abraço da filha. — Olhe só o que fizemos com nosso rosto. Ainda bem que eu trouxe um estojo de maquiagem. Agora, sente-se e deixe que eu endireito tudo.

Obediente e muito, muito feliz, Alix voltou a se sentar. Sua mãe pegou a outra cadeira, tirou um estojo completo de maquiagem da bolsa e começou a refazer o estrago no rosto da filha.

— Como? — Alix murmurou.

— Meu Deus do céu! Você e seu pai são parecidos demais. Você realmente pensou que conseguiria esconder uma coisa dessas de mim? Com tantos sussurros, tantas entradas e saídas... E então, onde está o anel?

Alix orgulhosamente exibiu a mão direita.

— Nada mau. — Ela se deteve com o pincel de maquiagem na mão. — Quem você acha que disse a Jared o tamanho do seu anel?

— Você?

— Claro que fui eu. — Ela sorriu para a filha. — Quando cheguei aqui e observei que você e Jared estavam partilhando, sob todos os aspectos, uma vida de casados, eu sabia que precisava dar fim a uma situação demasiadamente confortável.

— Por que cargas d'água você faria isso?

— Querida — Victoria disse —, o que está no seu dedo neste momento? Que vestido você está usando? Às vezes os homens precisam de um empurrãozinho para tomar uma atitude. Agora, olhe para cima.

Alix estava tentando não piscar enquanto sua mãe lhe aplicava rímel, e pensou no que estava ouvindo.

— E a catedral? E a cauda de quase cinco metros do meu vestido?

— Sinceramente, minha querida, você devia confiar mais no meu bom gosto...

— Mamãe, eu não queria deixar você de fora do meu casamento. Isto é...

— Chega de lágrimas — Victoria disse, sorrindo. — Fale sério, você não está contente de eu tê-la feito desenhar um bolo maior, escolher flores mais bonitas e convidar mais gente?

— De fato, estou, mas Izzy...

— Está feliz. Hoje de manhã falei com ela nas Bermudas. Izzy está calma e tranquila, e o bebê não está mais sob estresse. Depois, quando a criança nascer, ela e Glenn vão fazer uma segunda cerimônia de casamento, e todos os parentes comparecerão. Você vai ser madrinha dela. Tudo vai dar certo, é só esperar.

Alix olhou para a mãe.

— Você parece extraordinariamente feliz, e fico contente por isso, mas existe mais alguma outra coisa?

Não parecia possível, mas o rosto de Victoria ficou ainda mais iluminado e lindo.

— Bem, querida, sei que você é virgem e preciso lhe falar sobre hoje à noite...

Alix riu de brincadeira. Sua mãe disse então:

— Bem, minha noite foi muito interessante.

— Como assim?

— Não que eu possa te contar. Pelo menos, não agora. Hoje, o dia é *seu.* — Victoria acabou de refazer a própria maquiagem e olhou para o relógio: — Vou ter de deixar você. Seu pai tem a tarefa de contar a todos a mudança de noivos, e sei que ele vai meter os pés pelas mãos. Mal posso esperar para ver o espetáculo!

— Mãe, seja legal com ele.

— Estou sendo muitíssimo legal com seu pai. Passei o dia lhe dizendo doces palavras. Ele está começando a parecer completamente apavorado.

Alix sabia que não deveria rir, mas riu.

— Preciso me encontrar com Caleb — Victoria disse, ao se levantar.

— Como é que é?!

— Você, a Addy e o seu fantasma! Não é o comandante Caleb, é o Freddy, você conhece, é o dr. Huntley. E posso te garantir que o corpo dele é muito sólido. — Ela se calou um momento e sorriu: — De qualquer maneira, hoje de manhã ele me disse que, de agora em diante, quer ser chamado por seu nome do meio, Caleb.

Alix exclamou:

— Que estranho!

— Estranha é a energia desse homem. — Victoria levantou a mão. — Mas você ainda é virgem, por isso não posso dizer mais nada sobre isso.

— Depois, vou querer ouvir cada detalhe do que está acontecendo.

Victoria olhou para fora e falou:

— Tudo bem, eu prometo que conto. Jilly está chegando, e vou me sentar na capela com Caleb e assistir a seu pai fazer papel de bobo. Hoje é um dia divino!

Ela atirou um beijo para Alix e saiu da tenda.

⚓

— Lá está ele! — Lexie suspirou para Toby. As duas estavam escondidas numa tenda usando os vestidos com cor de pedras preciosas e espreitando a capela. Os vestidos do tamanho de trajes de bailarina eram iguais, com a parte de cima sem mangas e ajustada ao corpo, cintura apertada, e saias até os pés. A seda das saias era encoberta por camadas de tule com cores que combinavam. O único enfeite era um pequeno cinto prateado na cintura. Do lado de fora, a pequena construção estava abarrotada de pessoas, e as duas damas de honra esperavam a instrução para que entrassem. Alix estava escondida com Jilly em outra tenda.

Na noite anterior, as três jovens saíram para uma despedida de solteira na boate mais animada da ilha, mas não demoraram muito porque o local estava tomado de assalto por apenas um homem.

Tão logo Lexie o viu, afirmou.

— Ele é um Kingsley.

— Acho que, nesse caso, é um Montgomery — Alix opinou. — Jilly me contou que um homem estava vindo de avião para encontrar a Toby.

Lexie se surpreendeu.

— Para me acompanhar na nave — Toby esclareceu. — Roger é para você, mas eu preciso de alguém.

— Plymouth?! — Lexie exclamou. — Você fez meu chefe voar até aqui só para percorrer a nave comigo?

— É, foi isso mesmo que eu fiz — Toby respondeu.

— Por que você não me perguntou? — Lexie disse.

— Porque você teria recusado.

— Teria mesmo. Esse homem...

— Gente, chega disso! Esta noite é minha, nada de brigas.

Relutantemente, Lexie parou de discutir, mas não sorriu.

Elas três haviam pedido drinques, mas o lugar estava tão barulhento que não conseguiam conversar. O sujeito Kingsley-Montgomery e as pessoas ao seu redor estavam causando muito alvoroço. Estrepitosas gargalhadas de homens e mulheres enchiam o ambiente.

— Esse homem gosta mesmo de se divertir — Lexie disse. — Jared me deu a impressão de que os Montgomery eram paradigmas de virtude.

— Sempre existe uma ovelha negra.

— Epa! Ele nos localizou — disse Lexie, desviando o olhar.

O homem tirou uma jovem do colo e veio caminhando devagar até a mesa delas. Parecia-se com Jared, mas era mais novo e seus olhos tinham uma expressão irresponsável, nunca vista no olhar de Jared.

— O que damas tão encantadoras estão fazendo aqui sozinhas?

Lexie ia começar a falar. Afinal de contas, ele provavelmente era um parente distante, mas, sem dizer uma palavra, Toby levantou-se, saiu da mesa e foi para fora.

— Estamos indo embora — Alix disse. Terminou o drinque de um só gole, pegou a bolsa e saiu.

— Vejo você amanhã — Lexie falou, e seguiu as outras duas para fora.

Agora elas se encontravam na capela e lá estava ele, usando um *smoking*, de pé junto à porta, indicando os lugares às pessoas.

— Não é ele — Toby afirmou.

— Claro que é — refutou Lexie. — É o mesmo homem que vimos ontem à noite. Ele está disfarçando bem a ressaca.

Toby não disse mais nada ao entrar novamente na capela.

Lexie nunca deixava de enfrentar um desafio.

— Psiu! — ela disse para o sujeito. Quando ele olhou, ela fez um movimento para ele vir à tenda, e segurou a aba a fim de que ele entrasse. Toby estava afastada, mas os observava. — Como você está se sentindo? — Lexie perguntou.

— Muito bem. E você?

— Estou ótima. Meu nome é Lexie, e o dela é Toby. Suponho que você seja o parente da Jilly que vai acompanhar Toby na nave.

O homem olhou para Toby, em seu bonito vestido azul, achou que o tom combinava perfeitamente com os olhos dela, e sorriu:

— Graydon Montgomery — ele disse, e inclinou a cabeça para a frente, numa espécie de reverência.

Toby não se mexeu, nem disse coisa alguma ao homem.

Lexie ficou meio incomodada com essa falta de gentileza, especialmente porque nunca vira Toby ser desagradável com alguém, e falou:

— Acho que você e eu devemos ser primos. Sou Kingsley por parte de mãe.

— Ah, sim. Cheguei tarde ontem, e ainda tenho de conhecer os membros da minha nova família.

— Mas não chegou tão tarde assim — Lexie disse. — Não se lembra de nos ter visto ontem à noite?

— Não sei direito.

Sorrindo, Lexie olhou para Toby, cujo rosto continuava imóvel. Qual era o problema dela?

— Entendo bem por que você não se lembra de nós, nem de nenhuma outra pessoa. Você estava chapado.

— Ah, é? — ele disse, e seu rosto enrubesceu. — Sei. Eu cantei, dancei, bebi champanhe?

— Quer dizer que agora você está se lembrando?

— Sim, eu sempre me lembro de noites assim. — Ele olhou para Toby: — Talvez você e eu devêssemos ensaiar antes da cerimônia.

Lexie olhou para os dois. Toby podia não simpatizar com ele, mas ele certamente parecia atraído por ela.

— Acho uma ótima ideia — Lexie disse. — Comecem naquela extremidade da tenda, caminhem lentamente até a outra extremidade e voltem.

Ele estendeu o braço para Toby e ela o aceitou, mas manteve o corpo o mais longe possível do dele.

Quando um garçom entrou na tenda e captou a atenção de Lexie, Graydon perguntou a Toby:

— Eu a ofendi ontem à noite?

— O homem que se aproximou da nossa mesa foi muito desagradável — Toby respondeu. — Ele deu a impressão de achar que nós estávamos na boate por causa dele.

— Peço desculpas — ele disse. — Não tive a intenção de ofender. Talvez amanhã você me dê o prazer de jantar comigo. Não conheço ninguém aqui e...

— Você detesta comer sozinho? — Toby perguntou, com um tom desdenhoso pelo clichê não dito. Ela parou de andar e soltou o braço do dele. — Escute, não sei qual é o seu jogo, mas o homem que nos abordou ontem à noite não era você. E não tenho ideia de por que você está tentando nos convencer que era. Não gosto de mentirosos, por isso minha resposta é não; não vou sair com você. Agora, faça o favor de sair daqui, até que nos chamem.

Ele pareceu chocado, como se ninguém nunca lhe tivesse dito uma coisa daquelas. Sem uma palavra, girou o corpo e saiu da tenda.

Do lado de fora, viu sua tia Jilly ao lado do pai da noiva, conversando baixinho. Ken parecia muito sombrio.

Graydon não ia contar à tia, mas uma reunião de família havia sido marcada para discutir o súbito envolvimento da amada tia Jilly com um homem que eles não conheciam. Depois do que acontecera com o falecido marido dela, os parentes estavam muito preocupados com esse novo pretendente. Tudo o que descobriram pela internet era favorável, mas queriam saber mais sobre ele, em nível mais pessoal. Quando Jilly telefonou à procura de um padrinho para o noivo, todos pensaram em Graydon.

— Acho que não seria apropriado — ele disse a princípio, mas depois a ideia começou a atraí-lo. Por que não? Três horas depois, estava de mala pronta, e num avião para Nantucket.

Ele começou a fazer perguntas sobre Ken logo que entrou na caminhonete surrada na qual um homem chamado Wes o recebeu no aeroporto. Tanto quanto Graydon sabia, ninguém na ilha tinha alguma coisa negativa a dizer sobre Kenneth Madsen. E, quando os dois foram apresentados, Graydon gostou dele.

— Ah, aí estão vocês! — Jilly exclamou ao ver Graydon sair da tenda, e Ken uns passos atrás. — Tudo pronto? Vocês ensaiaram a caminhada na nave?

— Sim, mas... — ele relanceou o olhar para Ken, que estava próximo, mas parecia não os estar escutando.

— Algum problema? — Jilly perguntou.

— Não, nenhum — Graydon respondeu. — É só que... — ele deu um sorrisinho. — Aconteceu uma coisa muito esquisita. A jovem que vou acompanhar na nave... Toby é o nome dela, não?

— Acho que é apelido, mas qual é o problema com ela?

— Ela e as amigas viram Rory ontem à noite – eu nem sabia que ele estava na ilha – e a outra mulher...

— Lexie?

— É. Lexie disse que elas *me* viram na boate.

— O que é compreensível, pois você e Rory são idênticos.

— Pois é — Graydon concordou —, nós somos, mas Toby ficou muito zangada porque disse que eu estava mentindo, e que *não* fui eu que elas viram.

— Minha nossa! — Jilly exclamou, usando a mão para tampar a boca. O alarme na sua voz fez com que Ken despertasse do seu devaneio.

— Há algum problema?

— Não — Jilly respondeu, mas seus olhos estavam arregalados e fixos em Graydon. — Mas certamente isso já aconteceu com você antes.

— Nunca. Nem uma vez sequer.

— Ah... — Jilly disse. — O que você vai fazer?

— Acho que posso providenciar e ficar um tempo aqui na ilha. Lexie e Toby dividem uma casa, não é?

— É — Jilly respondeu, cautelosamente. — O que você está pensando em fazer?

Graydon sorriu de uma forma que a fez perceber que ele não ia revelar o que lhe passava pela cabeça:

— Acho que devia descobrir mais sobre isso, concorda?

Ele pegou a mão da tia e lhe deu um beijo.

— Acho que vou estar mais com você nas próximas semanas.

Ele olhou para Ken, cumprimentou-o com a cabeça e se foi.

Ken viu o rapaz se afastar e disse:

— Não quero me intrometer, mas sobre que vocês tanto falaram?

— Parece que nossa querida Toby é capaz de distinguir os gêmeos.

— Você tem de me dar uma pista sobre o que significa isso — disse Ken.

— É que gêmeos idênticos não são nada raros na nossa imensa família, e existe um ditado – na verdade, ridículo – que diz que alguém capaz de diferenciar um gêmeo do outro é seu amor verdadeiro.

— E Toby consegue fazer isso em relação a esse rapaz? Graydon, não é?

— É, parece que ela consegue — Jilly respondeu.

— Isso quer dizer que a nossa Toby encontrou seu amor verdadeiro? — Ken sorriu à ideia.

— Não sei, mas Graydon está muito curioso.

— Por que você parece tão apreensiva? — Ken indagou. — Existe alguma coisa errada com esse jovem?

— Com ele, pessoalmente, não. Mas é que as circunstâncias do seu nascimento são extraordinárias.

— Que significa isso?

— Graydon é, como o irmão, príncipe herdeiro de Laconia[13].

Ken arregalou os olhos.

[13] Cidade do estado de New Hampshire, nos Estados Unidos. (N.T.)

— Príncipe herdeiro? Isso quer dizer que ele um dia poderá ser...

— Que ele um dia poderá ser rei? É isso mesmo.

Ken refletiu sobre o assunto um momento.

— A primeira vez em que segurei Toby no colo ela havia nascido fazia umas quatro horas, e desde então eu a tenho observado crescer. Na minha opinião, se o seu príncipe conseguir conquistá-la, é ele que vai sair ganhando.

— Não estou bem certa, mas acho que Graydon pensa o mesmo.

Sorrindo, Ken lhe beijou o rosto.

— Rainha Toby. Gostei!

Respirou fundo, olhou para o relógio e parou de sorrir.

— Chegou a hora de irmos?

— Chegou — ele confirmou. Juntos, caminharam em direção à capela.

⚓

Sentindo-se como se estivesse indo para o cadafalso, Ken foi até a frente da capela e olhou para o grande número de convidados. A pequena construção estava abarrotada de cadeiras com pessoas sentadas, e havia mais convidados ao redor do perímetro. Haviam sido colocados geradores, de modo que a capela estava iluminada por luzes suaves, e nas paredes viam-se fitas e o que pareciam ser buquês de flores silvestres. Velas estavam em todos os lugares.

De pé ao lado de Ken, havia três mulheres com vestidos da cor de suco de uva. Estavam escaladas para ser as damas de honra de Izzy, e ele sabia que não foram escolhidas por ela. Para começo de conversa, as criaturas não eram nada bonitas, e a expressão amarga só acentuava isso. Reclamavam em voz alta porque ninguém lhes tinha dado buquês para segurar. Ken pensou: "Não era de surpreender que Izzy tivesse fugido!".

Como lecionava numa grande universidade, Ken sabia que devia estar acostumado a falar perante uma multidão, mas, ao olhar para os muitos homens e mulheres, sentiu medo. As pessoas acomodadas nas pequenas cadeiras de madeira eram, na maioria, parentes de Izzy e de Glenn.

Na primeira fila, separadas apenas por um corredor estreito, estavam as mães de Glenn e de Izzy. Ambas vestiam conjuntos de seda, e parecia que uma havia tentado superar a outra na quantidade de joias. Num local escuro, as duas cintilariam.

Ambas estavam com o cenho franzido, chegando até a se olhar raivosamente, e, quando Ken foi à frente, elas concentraram nele seus olhares. O casamento já estava atrasado, e ainda não havia sinal da noiva nem do noivo, mas Ken sabia que Jared estava bem do lado de fora da porta lateral.

— Tenho um comunicado a fazer — disse Ken em voz alta, mas ninguém prestou nenhuma atenção nele, o que o fez olhar para a ex-mulher. Ela estava sentada no fim da fila da frente, ao lado do dr. Huntley, e de vez em quando olhava para o acompanhante com expressão sonhadora.

Ken se perguntou o que estaria acontecendo com ela. Não o havia criticado o dia inteiro. Geralmente ela não demorava mais de quinze minutos sem dizer uma gracinha sobre qualquer coisa que Ken dissesse ou fizesse, mas não nesse dia. Ele ficou curioso sobre o que ela estaria aprontando.

Falando em tom mais alto, Ken pediu atenção, e algumas pessoas na frente pararam de resmungar e olharam para ele.

— Houve uma alteração nos planos desta linda noite — Ken disse, e não conseguiu deixar de olhar de relance para Victoria. Sabia que ela não havia sido avisada da mudança de noivos, e que, quando soubesse, ficaria furiosa, e Ken não tinha a menor dúvida de que *ele* seria o alvo da ira.

Voltou a olhar para a multidão:

— Tudo continua o mesmo — ele disse —, exceto que a noiva e o noivo serão outros. E as damas de honra também — ele acrescentou, olhando rapidamente para as damas de honra vestidas de uva, perto dele.

Isso fez todo mundo se calar. Num instante, todas as pessoas na capela — mesmo as que estavam de pé nos fundos do lugar, e eram basicamente nativas ou moradoras de Nantucket — pararam de falar e olharam para Ken.

Por um momento, ele contraiu os ombros enquanto esperava o massacre, que acabou não acontecendo. Todos, mesmo Victoria, o olhavam fixa e silenciosamente.

Ken tomou fôlego e continuou:

— Glenn e Izzzy decidiram por um casamento mais discreto, por isso eles, seus irmãos e alguns amigos voaram até... Laconia para se casar lá. Assim, no lugar deles — ele olhou diretamente para Victoria — Jared Kingsley e minha filha, Alix, vão se casar hoje.

Num reflexo, Ken preparou-se para se esquivar, pois certamente Victoria começaria a atirar objetos. Como tudo o que ela fez foi sorrir, da maneira mais satisfeita consigo mesma que ele já vira, Ken ficou de queixo caído.

Quando se recuperou, percebeu que os demais convidados haviam se levantado dos assentos e se dirigiam até ele. Apenas Victoria e o dr. Huntley permaneciam sentados.

— Este casamento é *nosso*! — gritou uma das mães. — Vim aqui para ver *minha filha* se casar. Como se não bastasse nós termos de voar até este lugar e agora...

— Onde está meu filho? — perguntou a outra mãe. — Aquele sujeito Kingsley nos disse que Glenn e Izzy já estavam aqui. Se ele não...

— Será que isto é um plano daqueles dois para conseguirem se casar de graça? — indagou um dos pais. — Se vocês pensam que vou pagar por esta palhaçada, estão...

— A mãe de Glenn me disse que eu seria uma das damas de honra, e vou ser, mesmo que eu tenha de...

— Alix sempre tentou ofuscar minha filha. Acho que ela obrigou Izzy a fugir do próprio casamento. Sempre foi...

Ao ouvir esse comentário, Victoria levantou-se e confrontou a mulher. Victoria era mais alta e muito mais imponente do que ela.

— Como se atreve a dizer isso sobre minha filha! Ela sempre ajudou Izzy. Alix...

Ken observou os convidados. Tudo estava um caos. A porta da frente estava aberta, e o maior número de moradores de Nantucket que cabia na capela se enfileirou ao longo das paredes e se divertiu imensamente. Todos os parentes da noiva e do noivo se levantaram das cadeiras e gritavam: contra Ken, uns contra os outros e contra Victoria, que também gritava. Estava defendendo Alix, Jared, a ilha e a instituição do casamento. De maneira geral, o nível de raiva subia a cada segundo.

A única pessoa que continuava sentada era o dr. Huntley. Não parecia preocupado, apenas ligeiramente interessado.

Ken evitou os dois pais furiosos, que discutiam sobre dinheiro, para chegar à mãe que empurrava, bem na hora em que a outra mãe levantou a mão para esbofetear a primeira. Ken agarrou o pulso da mulher que queria dar um tapa e o segurou firmemente. Nossa! A danada era forte! Ela o empurrou com tanta força que ele duvidou que conseguiria segurá-la.

Nesse meio-tempo, a outra mãe — a que empurrara Ken — virou-se para Victoria e disse:

— Isto tudo é culpa *sua*? É algum tipo de truque para ajudar a vender os seus livros?

Ela estava praticamente cuspindo no rosto de Victoria, cuja cor estava tão vermelha quanto seu cabelo.

Um movimento chamou a atenção de Ken; ele viu o dr. Huntley pôr as mãos nos joelhos e lentamente se levantar. Enquanto Ken estava às voltas com a mulher — os dois estavam quase numa luta livre —, o homem abriu caminho entre a multidão que gritava e foi até a frente da capela, posicionando-se contra o grande vitral da janela.

Permaneceu lá por um instante, balançando a cabeça como se não pudesse acreditar no que via, depois tomou fôlego e berrou:

— SILÊNCIO!

"Berrou" é um eufemismo. As janelas pareceram voltar para dentro, o vitral tremeu, e várias cadeiras caíram no chão azulejado.

— Sentem-se! — o dr. Huntley ordenou e, docilmente, todos começaram a voltar aos seus assentos. Ele esperou, mas não por muito tempo. Ken recuou e se encostou na parede, e Victoria se sentou. Todos os olhos estavam no dr. Huntley. Ele cruzou as mãos nas costas enquanto andava para lá e para cá e começou a falar.

Foram sua postura, suas mãos e especialmente sua voz que fizeram Ken ter a impressão de estar vendo um comandante de muito tempo atrás. Um homem que tinha de ser ouvido acima de um mar revolto. Um homem que podia se encarregar de uma tripulação inteira.

— Vocês vão receber seu dinheiro de volta — o dr. Huntley disse, numa voz que não permitia nenhuma interrupção. — É desprezível o fato de considerarem que moedas valem mais do que integridade e gentileza.

Muitos de vocês atormentaram tanto a jovem Isabella que ela precisou fugir *do seu próprio casamento.* Todos vocês deveriam se envergonhar!

Ele encarou, raivosamente, todas as pessoas; seu olhar se concentrou nas duas mães.

— O fato de vocês fazerem isso com alguém da sua própria carne é uma prova de falta de honra. É a maneira mais baixa de desumanidade, especialmente quando essa moça adorável está carregando uma vida!

Ele se deteve para olhá-las com expressão carrancuda.

— Eu não tive a intenção... — a mãe de Izzy começou a falar.

— Calada, mulher! — Dr. Huntley gritou tão alto que as janelas chacoalharam.

Ele esperou em silêncio por um momento, e então baixou o tom de voz.

— Fora deste espaço está uma noiva. Acreditem vocês ou não, ela é a noiva certa, nós lhe devemos o respeito que todas as noivas merecem. *E vocês vão demonstrar esse respeito!* Fui claro?

Ele esperou até que todos os convidados assentissem com a cabeça. Os moradores de Nantucket, que se encontravam no fundo da capela, sorriam como se finalmente estivessm comprovando que a disciplina havia voltado ao seu mundo.

— Quero lhes garantir que, se qualquer um de vocês não se comportar adequadamente, se alguém não desejar *sinceramente* à noiva e ao seu afortunado noivo o melhor que a vida tem a oferecer, pessoalmente vou me encarregar dessa criatura e atirá-la para fora daqui; e isso vale para as mulheres também.

O dr. Huntley voltou a olhar para todos na capela.

Lá no fundo, uma voz feminina disse:

— Eu primeiro.

Houve alguns risos reprimidos de mulheres, mas o olhar inflexível de Huntley acabou com aquilo. Ele se virou para Ken e disse:

— Agora, ocupe seu lugar. Você é o pai da noiva. — Victoria ficou de pé e parecia estar na iminência de dizer alguma coisa. — E você se sente — ordenou o dr. Huntley, e ela obedeceu na hora.

Dirigindo aos convidados mais um olhar severo, ele caminhou em direção à porta lateral, de onde Jared olhava fixamente. Com largas passadas, o dr. Huntley foi até ele, e, ao passar, bateu com força a porta da capela.

— Marinheiros de água doce! Se estivessem comigo num navio, eu os puniria severamente.

Jared continuava olhando fixamente para esse homem, incapaz de pronunciar nenhuma palavra. Alguns minutos antes, a voz que ecoara pela porta lhe soara muito familiar. Certamente, não era a voz macia e plácida do dr. Huntley. E, quando Jared abriu a porta, viu um homem cujos movimentos e gestos eram os do seu avô. O dr. Huntley, que costumava andar de ombros caídos, estava tão ereto que até os postes o invejariam. Não havia nada de manso e meigo nesse homem. Ele estava possesso, e transmitiu isso à multidão. Era quase impossível a Jared compreender, mas estava vendo seu avô vivo, no corpo de outra pessoa.

Nesse instante, fitando-o incrédulo, Jared estendeu a mão para tocar no ombro desse homem.

— É um corpo frágil. Preciso fortalecê-lo.

— Como? Quando? — Jared sussurrou, sem acreditar no que estava pensando. Seria esse indivíduo seu avô Caleb?

— Sim, sou eu — ele disse. — Você me olha como se eu fosse um fantasma. — Essa brincadeira divertiu muito Caleb, mas, quando Jared continuou a olhar fixa e silenciosamente, ele cedeu. — Ontem à noite, meu pai deixou o corpo de Huntley.

— Isso quer dizer que ele morreu? — Jared perguntou.

— Morreu — Caleb respondeu. — Eu não esperava por isso. — Por um momento, ele desviou o olhar, e havia lágrimas nos seus olhos. — Quando meu pai já não estava num corpo, ele conseguiu me ver e se lembrou de todos os momentos que passamos juntos. Ele me ofereceu o corpo, se eu o quisesse. — Caleb tomou fôlego. — E aí minha mãe veio buscá-lo. Por um instante, nós três ficamos juntos de novo. Eles me beijaram e partiram. Estavam muito felizes por voltarem a ficar unidos. E eu me vi de volta a um corpo humano.

Jared continuava olhando fixo.

— Que foi que o senhor fez então?

— O que você acha que fiz? — Caleb perguntou, olhando para o neto como se ele não fosse inteligente. — Subi a escada e me meti na cama com Valentina. Duzentos anos de celibato provocam muita ansiedade por sexo.

Jared piscou algumas vezes, depois começou a rir, antes de agarrar o avô e abraçá-lo.

Caleb retribuiu o abraço, mas no minuto seguinte recuou e disse:

— Não sou do seu século. Controle-se!

Suas palavras foram severas, mas seus olhos brilhavam.

Jared não conseguiu deixar de pôr a mão no ombro do avô. Era muito estranho senti-lo em forma sólida. Seu rosto estava diferente, mais velho, menos bonitão, mas ainda com boa aparência. Os olhos, porém, eram os mesmos que Jared havia visto a vida inteira. Ele indagou:

— Qual a sensação desse corpo?

— Pesado! — disse Caleb. — Hoje de manhã me choquei com uma parede.

Jared riu.

— E é muito esquisito as pessoas poderem me ver. Acho... — ele se deteve porque atrás dele começou a música. — Você deve ir receber sua noiva.

Jared começou a caminhar até a capela, mas parou à porta.

— O que o senhor vai fazer agora que tem um corpo?

— Tenho uma tarefa. Vou me casar com Valentina e...

— Victoria.

— Não importa. Ela é a mesma pessoa. E você vai produzir seis netos para que eu possa estragá-los com muito mimo. Que mais existe na vida?

— Certo. Que mais existe?

Sorrindo, e se sentindo como se tivesse tirado uma tonelada de preocupações da alma, Jared foi para a capela e ocupou seu lugar ao lado de Tim.

Os convidados estavam muito quietos, controlados, e uma das mães esboçou um sorriso para Jared. Enquanto esperavam o começo da cerimônia, Jared disse a Tim, pelo canto da boca:

— Quando você verificou a condição de Victoria hoje de manhã, ela estava sozinha na cama?

— Não. O homem sentado ao lado dela aqui na capela estava com ela.

— E você nem pensou em me contar que havia outra pessoa na cama com ela?

Tim olhou para o sócio como se este fosse maluco:

— Se uma mulher bonita como Victoria tivesse dormido sozinha, aí, sim, eu teria feito uma observação. Mas a cena que vi era perfeitamente natural. O que você tem a ver com o que sua sogra faz na cama?

— Não tenho a ver com ela, e sim com ele — Jared disse. Ele ia continuar falando, mas o pastor pigarreou. Era hora de eles se calarem.

Lexie estava caminhando pela nave, de braço dado com um homem que Jared jamais havia visto, mas não demorou a deduzir que era o chefe da prima. "Um cara bonito", pensou Jared, e Plymouth dava a impressão de que gostaria muito de um *Nantucket sleigh ride*[14] com Lexie.

Em seguida vinha a bonita Toby. Ela segurava o braço de um homem alto que se parecia com membros da família dos Montgomery que Jared conhecera no Maine, mas ele não se lembrava desse homem especificamente. Enquanto o chefe de Lexie a segurava tão perto do seu corpo que era de admirar que não tropeçasse na saia dela, Toby caminhava o mais longe possível do seu acompanhante. Um boto poderia passar entre os dois.

No minuto seguinte, as cerimonialistas se separaram e se posicionaram na frente da capela. Atrás delas vinha Alix. Nunca na vida Jared havia visto uma criatura tão linda quanto ela estava no seu vestido branco. Um véu claro lhe cobria o rosto, mas ele conseguiu ver que ela lhe sorria.

Ele a observou, sem desgrudar os olhos dela, caminhar na sua direção, braço dado com Ken. Quando chegaram aonde ele estava, o noivo deu um passo à frente, e Ken pôs a mão da filha na de Jared.

Quando Jared levantou o véu da filha, ele disse:

— Estou confiando a você o meu bem mais precioso.

Era o que Victoria havia dito, e apenas Jared o ouviu, e viu as lágrimas nos seus olhos.

Jared concordou com a cabeça – era um voto sagrado entre os dois homens, e Ken se afastou e foi se sentar ao lado de Jilly.

Alix e Jared haviam decidido não escrever os próprios votos, porque as palavras da cerimônia tradicional diziam tudo: "Na saúde e na doença", "até que a morte nos separe".

---

[14] Termo usado pelos baleeiros de Nantucket para descrever o que acontece logo que se arpoa uma baleia. O cetáceo, incomodado pelo arpão, tenta escapar e, assim, arrasta o barco junto. (N.T.)

À menção da morte, Jared pensou no avô e no que ele tivera de suportar para ficar com a mulher que amava. Jared sorriu para Alix, que retribuiu o sorriso. Como sempre, eles tinham os mesmos pensamentos, na mesma hora.

Alix repetiu seus votos para ele, e Jared constatou que todos tinham a ver com o ato de partilhar. Partilhar tudo o que se tinha, tudo o que se era, com outro ser humano. Recordou-se de Alix dizer a Victoria que ela achava a vida de Jared solitária até agora. Ele nunca tinha achado que fosse, mas soube então que ela estava certa. Uma por uma, ele for perdendo as pessoas em meio às quais nascera, mas pouco a pouco a família de Alix as substituiu. E agora o círculo estava completo.

— Aceito — Alix disse, e, no momento seguinte, o pastor concluiu:

— Eu os declaro marido e mulher. Pode beijar a noiva.

Jared pegou Alix nos braços e a beijou docemente, um beijo de promessa. Ele a segurou por um instante, e os olhos dos dois disseram tudo. Virando-se, eles olharam para as muitas pessoas que lotavam a capela.

Pareceu que toda a raiva e hostilidade tinham sido eliminadas pela mágica do casamento, pois a multidão começou a aplaudir calorosamente.

Jared pegou a mão de Alix e começou a correr pela nave. Quando Alix tropeçou na saia comprida, ele a levantou nos braços e a carregou. Os convidados adoraram esse gesto. Começaram a rir espontaneamente e a aplaudir ainda mais.

Do lado de fora da capela, Jared pôs Alix no chão. Por apenas um segundo, estavam a sós.

— Para sempre — ele disse.

— Sim — ela concordou. — Para sempre.

Epílogo

Jared se recostou na cadeira e olhou para o avô. Três semanas haviam decorrido desde o casamento e, conforme ele previra, Alix quis ir para Nova York imediatamente, a fim de conhecer o escritório dele.

Durante o tempo todo, ela se afligiu: será que, quando saíssem de Nantucket, as coisas mudariam? Especificamente, estava preocupada com a possibilidade de seu marido se transformar numa outra pessoa, que ele se tornasse o Grande Jared Montgomery.

Claro que isso não aconteceu. Embora fosse verdade que a maioria dos funcionários o temesse, Alix não o temia. Independentemente de como as demais pessoas o vissem, ela via o homem – e se assegurava de que ele soubesse disso. No primeiro dia no escritório, discutiram feio sobre a reforma de uma casa que deveria ser feita com o nome da companhia estampado.

— Abomino essa coisa! E você não pode, de jeito nenhum, permitir que alguém veja isso. Está tão abaixo do nível do seu trabalho habitual que você devia se sentir constrangido — Alix disse, com veemência.

— Não há nada errado com esta planta — Jared contestou, de maneira também apaixonada.

Alix continuou a lhe dizer em detalhes o que estava errado com todas as janelas, portas e paredes. Um por um, os demais funcionários andaram na ponta dos pés pelo corredor, para escutar e observar. Ficaram chocados por alguém falar com Jared Montgomery daquela maneira.

Contudo, Tim, que também estava de olho, sorria abertamente.

Só depois que Alix analisou todos os detalhes das doze páginas dos esboços, ela se deu conta de que, na verdade, Jared concordava com ela. Alix olhou ao redor, viu o escritório prestando atenção e entendeu o que ele estava fazendo: estava mostrando que ali era mesmo o lugar dela, que sua mulher tinha o poder de vetar *todos* os projetos, inclusive os dele.

De repente, ela percebeu que o design não era de Jared. Era produto de alguém do escritório, que, a partir do que houve, passaria a odiá-la. Ela enrubesceu, enrolou os desenhos e, com eles na mão levantada, perguntou:

— Quem fez isto?

Um rapaz de cabelos pretos timidamente ergueu a mão.

Alix atirou-lhe o design e depois, constrangida demais para falar, saiu da sala.

Jared demorou a persuadi-la a perdoá-lo, não pelo que tinha feito, mas pela maneira como o fizera. Apenas quando ela entendeu que, em vez de ser detestada pelo pessoal do escritório, era muito estimada, Alix o perdoou.

Os funcionários viam em Alix uma intermediária perfeita entre as atitudes permissivas de Tim e as negativas de Jared, raramente acompanhadas por uma explicação. No fim da primeira semana, Alix já era indispensável a todos eles. Tim lhe perguntava tudo, desde como fazer com que os funcionários usassem menos papel de impressora até a apresentar a Jared uma fatura para computadores novos. Os outros arquitetos lhe pediam para analisar seus projetos, antes que os mostrassem a Jared.

Quanto a Jared, estava tão satisfeito por Alix administrar o escritório, o que lhe dava tempo para criar mais, que mal deixava de sorrir – algo que poucos do escritório já haviam visto.

Na noite anterior, os dois voltaram a Nantucket pela primeira vez desde o casamento, e, de manhã, Alix foi ver sua mãe e Toby. Tão logo ela saiu, Jared foi visitar o avô, na casa do dr. Huntley.

Como Victoria estava morando na pequena casa com ele, e Jared sabia que ela não gostava de lugares modestos, prontamente lhes ofereceu a Casa dos Kingsley.

— Nunca mais quero entrar naquela casa — Caleb disse, com tamanha amargura, que Jared teve de rir. Os dois precisavam colocar muita coisa em dia. Era muito cedo para ele dominar um teclado de computador, e até um celular, então deixaram tudo isso para quando ficassem sozinhos.

— Pelo diário você conseguiu descobrir o que aconteceu com Valentina? — Jared perguntou.

— Consegui — Caleb respondeu. Ele estava sentado junto a uma janela, com o rosto levantado em direção ao sol, adorando o calor. Sabia que Jared esperava fazia muito tempo tomar conhecimento da história, portanto, não adiou mais. — Mesmo enquanto eu estava aqui na ilha, meu odioso primo Obed costumava seguir Valentina por tudo quanto era canto. Ele se escondia atrás das árvores para espioná-la. Eu o ameacei mais de uma vez.

Caleb tomou fôlego. Embora tantos anos se houvessem passado, essa história ainda o abalava muito.

— Valentina me implorou que não fosse fazer aquela última viagem, mas eu não lhe dei ouvidos. Era muito arrogante. Bem, de qualquer maneira, Obed deve ter reparado nos sintomas de gravidez em Valentina. Ele não esperou muito para lhe contar uma mentira. Inventou que havia sabido que meu navio afundara e eu havia morrido. Isso foi anos antes de o naufrágio do navio em que eu estava realmente acontecer.

Ele fez uma pausa, relembrando a história.

— Valentina relatou no seu diário que Obed foi muito delicado quando lhe contou sobre minha morte, e que teve a generosidade de lhe propor casamento. Disse-lhe que daria ao meu filho o nome Kingsley, e jurou que amaria os dois, e construiria para eles uma excelente casa na Main Street. Valentina escreveu no seu diário que ficou tão infeliz com a notícia da minha morte que nem conseguiu raciocinar direito e aceitou o pedido de casamento de Obed.

— Mas era tudo mentira, não era? — Jared indagou.

— A única verdade foi que meu filho herdou o sobrenome Kingsley. Obed sempre foi um sovina, e manteve Valentina numa casa que era pouco mais que uma cabana no litoral norte. Eu dei a ele aquele lugar, com a intenção de que ele construísse uma casa lá — Caleb disse. — O que Obed queria *realmente* era a fórmula do sabonete, em posse de Valentina. Parece que, quando ele começou a persegui-la, visava a descobrir como ela fazia o sabonete. — Caleb balançou a cabeça. — Eu estava tão apaixonado por ela que achava que todos a viam como eu a via. — Ele fez uma careta. — Sim, tudo não passou de mentira. Depois que eles se casaram, Obed tratava meu filho como um criado, e obrigava a pobre Valentina a trabalhar catorze horas por dia fabricando o maldito sabonete.

Caleb tomou fôlego.

— No dia do seu desaparecimento, ela escreveu no diário que pagou a um forasteiro para levá-la e ao nosso filho até o continente. Ia depois voltar para sua terra natal, no Maine. Achou que não podia contar a ninguém que ia partir, nem mesmo a Parthenia, porque receava o que Obed pudesse fazer quando descobrisse que Valentina havia ido embora. Ela sabia que ele ficaria furioso, não porque ela e a criança haviam partido, mas pelo fato de ela levar consigo a fórmula do sabonete. Valentina estava certa de que a fórmula representava o futuro do seu filho.

— Mas ele conseguiu a fórmula — Jared concluiu, e acabou adivinhando a parte seguinte da história. Após o desaparecimento de Valentina, Obed continuou a fabricar e a comercializar o Sabonete Kingsley, que o enriqueceu. Além disso, quando Caleb trocou de navio com o irmão, e escreveu um testamento deixando seus bens para Valentina e seu filho com ela, todo o dinheiro foi para Obed. Por algum tempo, ele foi um miliardário.

Mas isso não durou muito. Alguns anos depois que seu navio naufragou, Caleb reapareceu como fantasma. Estava confuso e aturdido, e a única pessoa que conseguia vê-lo era seu jovem filho, Jared.

Quando Obed viu o menino falando com o que parecia ser nada, reagiu com medo e espancou a criança. Naquela noite, a ira de Caleb o fortaleceu tanto que até Obed pôde enxergá-lo. Ele gritou, aterrorizado, e morreu instantaneamente, antes que Caleb pudesse interrogá-lo sobre o sumiço de Valentina.

— Ele deve ter descoberto o plano de fuga dela e a impedido de fugir — Jared presumiu.

— Foi isso mesmo. Ela escreveu que desconfiava que Obed havia pago a pessoas para espioná-la o tempo todo. Ele era o maior crápula, e sempre adorou agir furtivamente.

— E o que foi que o diário revelou sobre o que aconteceu? Sobre o desaparecimento de Valentina? — Jared perguntou.

Caleb levantou-se da cadeira, foi até um armário na parede e de lá retirou o diário. Voltou a sentar-se, abriu-o na última página, e começou a ler:

Matei minha mulher. Não tive a intenção. Que Deus me perdoe, mas o que ela falou fez com que eu incorporasse o demônio. Ela disse que preferia estar morta ao lado de Caleb a estar viva comigo. Ao ouvir essas palavras, minh'alma foi extraída de mim. Por um tempo, perdi a noção de tudo e, quando me recompus, ela estava morta no chão, estrangulada. Vou agora me entregar às autoridades e aceitar o conceito de justiça dos homens, embora jure que não sou culpado. Como sempre, Valentina me obrigou a fazer o que eu não queria. Ela mereceu seu trágico destino, mas eu não o mereço. Que o Senhor e meus semelhantes tenham compaixão da minh'alma inocente.

Quando Caleb terminou de ler, olhou para Jared. O sofrimento no seu olhar era avassalador.

— Mas ele não se entregou às autoridades — Jared disse.

— Não. Suponho que ele tenha levado o cadáver dela para o mar, e depois denegriu o nome dela para sempre. Deve ter pago para que contassem aos parentes de Valentina que a tinham levado para o continente.

Jared refletiu sobre o que os homens eram capazes de fazer por dinheiro. A traição de Obed e sua ganância provocaram a morte de muita gente. Caleb, na sua pressa de chegar em casa, fez com que um navio carregado de homens naufragasse junto com ele.

Entretanto, Obed não viveu o suficiente para desfrutar todos os benefícios da companhia de sabonetes, que ele obteve após matar Valentina e se apossar da fórmula do produto. O filho de Caleb e Susan, a mulher com quem Obed se casara pouco depois do desaparecimento de Valentina, dirigiram a empresa. Durante longo tempo, a família Kingsley foi riquíssima, mas muitos anos depois, como o Cinco não era bom comerciante, vendeu a companhia e gastou a fortuna toda. Quando Jared nasceu, sobraram apenas casas velhas que necessitavam de reparos constantes. E foi graças a Caleb e à ajuda de Addy que elas não foram vendidas.

— Por que Obed não destruiu o diário é o que me intriga — Jared disse.

Caleb sorriu.

— Acontece que, depois da morte de Valentina, antes de Obed destruir o diário com sua confissão nele, a jovem Alix encontrou o livro e o escondeu.

— A *minha* Alix? Ah! O senhor está falando de reencarnação novamente...

— Estou. Naquela época, ela era Alisa, a filha de John Hendricks e sua primeira mulher. Parthenia...

— Que é agora Jilly.

— Você tem razão. Parthenia é Jilly. Isso significa que lhe ensinei alguma coisa?

— Não fique muito esperançoso — Jared respondeu, com um largo sorriso. Seu avô estava com aparência diferente, mas continuava, sem dúvida, a ser o mesmo homem.

Caleb deu um risinho.

— Parthenia foi a segunda mulher de John Kendricks, e mostrou-se ser uma excelente mãe para Alisa, que também gostava muito da Valentina, da mesma forma que hoje. Quando Alisa soube do desaparecimento de Valentina, roubou-lhe o diário, e o escondeu onde Valentina o procuraria.

— Por que ela não contou às pessoas o que estava escrito na parte final do diário? — Jared quis saber.

— Presumo que ela não tenha tido tempo de ler esse trecho. A casa velha foi destruída por um incêndio, provavelmente provocado por Obed, poucos dias depois do desaparecimento de Valentina. Além disso, Alix era apenas uma criança, talvez tenha esquecido. Na verdade, esqueceu por duzentos anos.

— Se o senhor sabia onde estava o diário, por que não mandou alguém desenterrá-lo cem anos atrás?

— Eu nem sequer sabia da existência de um diário, até a chegada da sua Alix a esta vida. Às vezes as criancinhas se recordam de coisas de antes do nascimento, mas as esquecem quando são adultas. Alix, então com quatro anos, e eu estávamos jogando damas quando ela me disse que tinha um grande segredo. Eu a incentivei a me contar esse segredo, e ela me disse que havia entrado sem ser vista na casa do homem mau, encontrado o livro favorito da mãe e o escondido no forno. Obviamente, pensei que ela estivesse se referindo a Victoria, e só anos depois me dei conta do que ela quis dizer. Mãe nesta vida, e tia querida há muito tempo.

Caleb sorriu ao se recordar da história.

— Mas, apesar de eu saber onde estava o diário, não era a ocasião apropriada para desenterrá-lo. Ken precisava superar a raiva, e Parthenia tinha de voltar para nós aqui na ilha. Todos precisavam estar nos seus lugares, começando com sua jovem Alix, que não tinha nenhum razão para voltar a Nantucket por qualquer período que fosse. Addy sempre se sentiu culpada por não haver procurado mais por Valentina, por isso ela e eu inventamos aquele testamento que deixou você furioso.

Jared sorriu.

— Às vezes, não temos noção do que pode ser bom para nós.

— No seu caso, isso acontece com muita frequência.

Jared resmungou:

— Pelo que estou vendo, ter um corpo humano não suavizou o senhor.

— Eu tinha esquecido a sensação da dor humana. Este corpo range e dói. E Victoria me solicita muito... — Ele deu um pequeno sorriso.

— Falando nisso, Victoria sabe a verdade a seu respeito? — perguntou Jared. Apesar de todas as reclamações do avô, o corpo do dr. Huntley parecia muito mais saudável do que algumas semanas antes.

— Ela finge não saber de nada, mas sempre guardou segredos.

— Como aquele referente ao casamento? — Jared levantou a cabeça. — O senhor estava a par de que ela sabia? Ou contou a ela?

— Eu posso ter ajudado, mas não foi difícil calcular o que ela estava aprontando.

— Eu não tinha a menor ideia!

— Não era para você saber mesmo, mas isso não o diminui como homem. Valentina várias vezes me colocou em situações em que eu não queria estar. — Ele sorriu. — Está na hora de você ir encontrar sua mulher. Será que preciso dizer que quero netos o mais rápido possível?

— Vou me esforçar ao máximo — Jared prometeu ao se levantar para ir embora. Ia continuar a falar, mas se calou. Queria saber como o avô estava indo no trabalho, e como estava se adaptando ao fato de estar vivo novamente. Tinha milhares de perguntas que queria fazer, mas não nessa ocasião. — Estou feliz porque o senhor voltou para casa — ele disse.

— Eu também — Caleb respondeu.

Jared parou à porta e perguntou:

— Me diga uma coisa, agora que o senhor tem a Valentina de volta, ela valeu a espera de duzentos e dois anos?

Caleb sorriu:

— Você esperou trinta e seis anos por Alix. Por quanto tempo mais esperaria?

Jared não hesitou:

— Para sempre.

— É isso mesmo — Caleb concordou. — Espera-se para sempre o amor verdadeiro.

Agradecimentos

Passar um tempo na ilha de Nantucket foi uma experiência inigualável, e eu gostaria de agradecer a várias pessoas:

Betsey Tyler, que escreveu livros sobre as histórias individuais de casas em Nantucket, livros que muito admiro. Como colegas historiadoras, ela e eu nos demos bem logo que nos conhecemos, e ela me emprestou um livro que me foi muito útil.

Nat Philbrick, ao responder a minhas perguntas sobre pesquisas, e também me inspirou com seus maravilhosos livros. Tenho grande reverência por suas pesquisas. Sua esposa, Melissa, conversou comigo sobre casamentos, e sobre o que está acontecendo em Nantucket. Ambos são companhias encantadoras!

Nancy, também conhecida como Nancy Thayer, e Charles Walters, que me fizeram conhecer a ilha de carro, levaram-me ao Dia dos Narcisos e deram jantares extraordinários na sua linda casa antiga, para que eu pudesse conhecer pessoas. Isso foi muito gentil e generoso da parte deles.

Twig Perkins e todos os bonitos, inteligentes e divertidos funcionários de seu escritório de arquitetura. Twig respondeu a todas as minhas inúmeras perguntas sobre as licenças referentes às construções de Nantucket e me deu dicas privilegiadas. Além disso, ele e seus solícitos funcionários realizaram um fabuloso trabalho de reforma para mim, embora cada um deles testasse os meus conhecimentos na área. Twig só ficava assistindo, e rindo. Ah, como era bom ouvir: "Ela está certa".

A esposa de Twig, Jude, e eu nos conhecemos quando eu estava num *tour* de jardinagem. Ela tem galinhas e uma casa espetacular. O fato de nosso nome ser o mesmo causou muitos risos.

Julie Hensler, por suas informações arquitetônicas. Julie estava em seu belo jardim cuidando de suas flores, e eu a interroguei sobre o que fazer para uma pessoa se tornar arquiteta. Eu achava que sabia tudo, mas lhe perguntei só para ter certeza. Quando descobri que nada sabia sobre a escolaridade necessária, ela me proporcionou um *tour* gratuito por Harvard.

Dave Hitchcock (um dos funcionários de Perkins), por me ajudar com a pesca e por me mostrar suas colmeias. E também por reduzir o tamanho dos meus móveis de escritório, para que se adequassem a uma pessoa de tamanho normal.

Jimmy Jaksic, que permitiu que eu fosse de carona a um dos casamentos que ele estava organizando. Eu ficava o tempo todo perguntando às pessoas se conheciam um cerimonialista que eu pudesse entrevistar, mas ninguém conhecia. Então, certo dia, quando eu estava no pátio lateral da minha casa, cumprimentei meu vizinho. Começamos a conversar, e descobri que Jimmy era cerimonialista. Quase saltei a cerca e passei a entrevistá-lo ali mesmo.

Tricia Patterson, que cuida do meu cabelo e me diverte com histórias sobre o que está acontecendo na ilha. Até agora, ainda não encontrei um livro que ela não tivesse lido.

José Partida e seus funcionários atenciosos da Clean Cut Landscaping, que assumiram a terrível tarefa de escavar meu pequeno meio hectare e nele compor um lindo jardim. Eles me ajudaram a travar a Guerra dos Cervos (que perdemos). José não parava de me arrastar para longe dos meus escritos, alegando que eu trabalhava demais.

Georgen Charnes, por me fornecer uma pilha de livros para pesquisar a gloriosa ilha de Nantucket, e por enviar mapas e periódicos. Scott Charnes, por me levar para velejar no seu barco. Cassie, por ser a pessoa perfeita que é.

Zero Main é real, e suas roupas são maravilhosas. Nöel me deixa ficar muito tempo num provador, leva um monte de roupas para eu experimentar, e me diz o que me fica bem.

Downyflake. Não sei o que teria feito sem a Downyflake. Fico sentada lá e escrevo enquanto me servem, e é tudo muito gostoso. Algumas das minhas melhores ideias me ocorreram enquanto eu comia ovos e *muffins* de cranberry. E os competentes funcionários me divertem com histórias do que está se passando na ilha.

John Ekizian, meu relações-públicas. John é o responsável pelas minhas páginas no Facebook, porém, mais do que isso, ele me faz rir. Ele é o rei das piadinhas de uma só frase, e me faz rir tanto que chego a ficar com o estômago dolorido.

Linda Marrow, minha querida e amada editora, que tem a capacidade mágica de perceber instantaneamente o que está errado e reparar o erro. Seus comentários são breves e absolutamente objetivos. Ela é muito talentosa!

A propósito, o verdadeiro nome da sociedade histórica de Nantucket é NHA, legenda em inglês para Associação Histórica de Nantucket. Alterei o nome para NHS, Sociedade Histórica de Nantucket, porque não quis ofender ninguém ao colocar um ex-fantasma como diretor.

Gostaria de agradecer especialmente a meus amigos do Facebook. Fui arrastada para o mundo das redes sociais esbravejando e gritando. Eu *não* queria participar. Só concordei quando me informaram que eu poderia falar sobre minhas experiências diárias ao tentar escrever um romance. Eu não precisaria apenas postar que tudo era lindo e maravilhoso, poderia também desabafar quando minhas personagens e as circunstâncias fictícias do mundo editorial estivessem me levando à loucura. Eu queria ser *verdadeira*, e não fazer o papel do escritor que está na imaginação das pessoas, quer dizer, aquela pessoa que se acomoda em uma cadeira e espera as ideias brotarem, e depois, informalmente, as escreve. Mesmo com essas informações, eu continuava a me preocupar com o que parece ser o novo passatempo norte-americano: massacrar anonimamente as pessoas na internet. Uma grande surpresa me aguardava! As pessoas – principalmente as mulheres – que curtem o meu perfil têm sido incrivelmente estupendas! Seu apoio maciço tem dado novo vigor aos meus escritos. Com frequência, suas opiniões me fazem rir, e elas se solidarizam quando reclamo de alguma dificuldade que me atrapalha o caminho. As pessoas respondem às minhas perguntas diárias com tamanha percepção que penso diariamente no que elas dizem. Considerando que elas têm me acompanhado em todas as etapas deste livro – inclusive sabendo seu verdadeiro título –, criei um arquivo no meu site que contém um grande número dos documentos que inventei para escrever este romance. Existem um mapa da alameda Kingsley, um gráfico genealógico, rascunhos e formas definitivas de escritos, e até cenas que não fizeram parte do livro. Quero apenas dizer "obrigada" a todas essas pessoas. Vocês são o máximo!

Este livro foi composto em Adobe Garamond Pro e
impresso pela RR Donnelley para a Editora Planeta do Brasil
em setembro de 2016.